全訳

源氏物語

上巻

與謝野晶子＝訳

角川文庫 851

本書は、著作権継承者の了解を得て、現代表記法により、原文を新字・新かなづかいにしたほか、漢字の一部をひらがなに改めた。

（編集部）

目次

挿絵　江崎孝坪

桐壺

紫のかがやく花と日の光思ひあはざる
ことわりもなし　　　　　　（晶子）

どの天皇様の御代《みよ》であったか、女御《にょご》とか更衣《こうい》とかいわれる後宮《こうきゅう》がおおぜいいた中に、最上の貴族出身ではないが深い御愛寵《あいちょう》を得ている人があった。最初から自分こそはという自信と、親兄弟の勢力に恃《たの》む所があって宮中にはいった女御たちからは失敬な女としてねたまれた。その人と同等、もしくはそれより地位の低い更衣たちはまして嫉妬《しっと》の焔《ほのお》を燃やさないわけもなかった。夜の御殿《おとど》の宿直所《とのいどころ》から退《さが》る朝、続いてその人ばかりが召される夜、目に見耳に聞いて口惜《くちお》しがらせた恨みのせいもあったかからだが弱くなって、心細くなった更衣は多く実家へ下がっていがちということになると、いよいよ帝《みかど》はこの人にばかり心をお引かれになるという御様子で、人が何と批評をしようともそれに御遠慮などというものがおできにならない。御聖徳を伝える歴史の上にも暗い影の一所残るようなことにもなりかねない状態になった。高官たちも殿上役人たちも困って、御覚醒《かくせい》になるのを期しながら、当分は見ぬ顔をしていたいという態度をとるほどの御寵愛《ちょうあい》ぶりであった。唐の国でもこの種類の寵姫《ちょうき》、楊家《ようか》の女《じょ》の出現によって乱が醸《かも》されたなどと蔭《かげ》ではいわれる。今やこの女性が一天下の煩《わざわ》いだとされるに至った。馬嵬《ばかい》の駅が

＊本文庫がテキストとする與謝野晶子訳『新新訳源氏物語』（全八巻、昭和一三年一〇月―一四年一〇月、金尾文淵堂刊）では、刊行当時の社会状況から、この二字が用いられるべき箇所は、……によって伏字とされている。

いつ再現されるかもしれぬ。その人にとっては堪えがたいような苦しい雰囲気《ふんいき》の中でも、ただ深い御愛情だけをたよりにして暮らしていた。父の大納言《だいなごん》はもう故人であった。母の未亡人が生まれのよい見識のある女で、わが娘を現代に勢力のある派手《はで》な家の娘たちにひけをとらせないよき保護者たりえた。それでも大官の後援者を持たぬ更衣は、何かの場合にいつも心細い思いをするようだった。

前生《ぜんしょう》の縁が深かったか、またもないような美しい皇子までがこの人からお生まれになった。寵姫を母とした御子《みこ》を早く御覧になりたい思召《おぼしめ》しから、正規の日数が立つとすぐに更衣母子《おやこ》を宮中へお招きになった。小皇子《しょうおうじ》はいかなる美なるものよりも美しいお顔をしておいでになった。帝の第一皇子は右大臣の娘の女御からお生まれになって、重い外戚《がいせき》が背景になっていて、疑いもない未来の皇太子として世の人は尊敬をささげているが、第二の皇子の美貌《びぼう》にならぶことがおできにならぬため、それは皇家《おうけ》の長子として大事にあそばされ、これは御自身の愛子《あいし》として非常に大事がっておいでになった。更衣は初めから普通の朝廷の女官として奉仕するほどの軽い身分ではなかった。ただお愛しになるあまりに、その人自身は最高の貴女《きじょ》と言ってよいほどのりっぱな女ではあったが、始終おそばへお置きになろうとして、殿上で音楽その他のお催し事をあそばす際には、だれよりもまず先にこの人を常の御殿へお呼びになり、またある時はお引き留めになって更衣が夜の御殿から朝の退出ができずそのまま昼も侍しているようなことになったりして、やや軽いふうにも見られたのが、皇子のお生まれになって以後目に立って重々しくお扱いになったから、東宮にもどうかすればこの皇子をお立てになるかもしれぬと、第一

であった。この女御がする批難と恨み言だけは無関心にしておいでになれなかった。この女御へ済まないという気も十分に持っておいでになった。帝の深い愛を信じながらも、悪く言う者と、何かの欠点を捜し出そうとする者ばかりの宮中に、病身な、そして無力な家を背景としている心細い更衣は、愛されれば愛されるほど苦しみがふえるふうであった。

住んでいる御殿《ごてん》は御所の中の東北の隅《すみ》のような桐壺《きりつぼ》であった。幾つかの女御や更衣たちの御殿の廊《ろう》を通い路《みち》にして帝がしばしばそこへおいでになり、宿直《とのい》をする更衣が上がり下がりして行く桐壺であったから、始終ながめていねばならぬ御殿の住人たちの恨みが量《かさ》んでいくのも道理と言わねばならない。召されることがあまり続くころは、打ち橋とか通い廊下のある戸口とかに意地の悪い仕掛けがされて、送り迎えをする女房たちの着物の裾《すそ》が一度でいたんでしまうようなことがあったりする。またある時はどうしてもそこを通らねばならぬ廊下の戸に錠がさされてあったり、そこが通れねばこちらを行くはずの御殿の人どうしが言い合わせて、桐壺の更衣の通り路《みち》をなくして辱《はずか》しめるようなことなどもしばしばあった。数え切れぬほどの苦しみを受けて、更衣が心をめいらせているのを御覧になると帝はいっそう憐《あわ》れを多くお加えになって、清涼殿《せいりょうでん》に続いた後涼殿《こうりょうでん》に住んでいた更衣をほかへお移しになって桐壺の更衣へ休息室としてお与えになった。移された人の恨みはどの後宮《こうきゅう》よりもまた深くなった。

第二の皇子が三歳におなりになった時に袴着《はかまぎ》の式が行なわれた。前にあった第一の皇子のその式に劣らぬような派手《はで》な準備の費用が宮廷から支出された。それにつけても世間はいろいろに批評をしたが、成長されるこの皇子の美貌《びぼう》と聡明《そうめい》さとが類のないものであったから、だれも皇子を悪く思うことはできなかった。有識者はこの天才的な美しい小皇子を見て、こんな人も人間世界に生まれてくるものかと皆驚いていた。その年の夏のことである。御息所《みやすどころ》――皇子女《おうじじょ》の生母になった更衣はこう呼ばれるのである――はちょっとした病気になって、実家へさがろうとしたが帝はお許しにならなかった。どこかからだが悪いということはこの人の常のことになっていたから、帝はそれほどお驚きにならずに、

「もうしばらく御所で養生をしてみてからにするがよい」

と言っておいでになるうちにしだいに悪くなって、そうなってからほんの五、六日のうちに病は重体になった。母の未亡人は泣く泣くお暇を願って帰宅させることにした。こんな場合にはまたどんな呪詛《じゅそ》が行なわれるかもしれない、皇子にまで禍《わざわ》いを及ぼしてはとの心づかいから、皇子だけを宮中にとどめて、目だたぬように御息所だけが退出するのであった。この上留めることは不可能であると帝は思召して、更衣が出かけて行くところを見送ることのできぬ御尊貴の御身の物足りなさを堪えがたく悲しんでおいでになった。

はなやかな顔だちの美人が非常に痩《や》せてしまって、心の中には帝とお別れして行く無限の悲しみがあったが口へは何も出して言うことのできないのがこの人の性質である。あるかないかに弱っているのを御覧になると帝は過去も未来も真暗《まっくら》になった気があそばすのであった。泣く泣くいろいろな頼もしい将来の約束をあそばされても更衣はお返辞もできないのである。目つきもよほどだるそうで、平生からなよなよとした人がいっそう弱々しいふうになって寝ている

のであったから、これはどうなることであろうという不安が大御心《おおみこころ》を襲うた。更衣が宮中から輦車《れんしゃ》で出てよい御許可の宣旨《せんじ》を役人へお下しになったりあそばされても、また病室へお帰りになると今行くということをお許しにならない。

「死の旅にも同時に出るのがわれわれ二人であるとあなたも約束したのだから、私を置いて家《うち》へ行ってしまうことはできないはずだ」

と、帝がお言いになると、そのお心持ちのよくわかる女も、非常に悲しそうにお顔を見て、

「限りとて別るる道の悲しきにいかまほしきは命なりけり

死がそれほど私に迫って来ておりませんのでしたら」

これだけのことを息も絶え絶えに言って、なお帝にお言いしたいことがありそうであるが、まったく気力はなくなってしまった。死ぬのであったらこのまま自分のそばで死なせたいと帝は思召《おぼしめ》したが、今日から始めるはずの祈禱《きとう》も高僧たちが承っていて、それもぜひ今夜から始めねばなりませぬというようなことも申し上げて方々から更衣の退出を促すので、別れがたく思召しながらお帰しになった。

帝はお胸が悲しみでいっぱいになってお眠りになることが困難であった。帰った更衣の家へお出しになる尋ねの使いはすぐ帰って来るはずであるが、それすら返辞を聞くことが待ち遠しいであろうと仰せられた帝であるのに、お使いは、

「夜半過ぎにお卒去《かくれ》になりました」

と言って、故大納言家の人たちの泣き騒いでいるのを見ると力が落ちてそのまま御所へ帰って来た。

更衣の死をお聞きになった帝のお悲しみは非常で、そのまま引きこもっておいでになった。その中でも忘れがたみの皇子はそばへ置いておきたく思召したが、母の忌服《きふく》中の皇子が、穢《けが》れのやかましい宮中においでになる例などはないので、更衣の実家へ退出されることになった。皇子はどんな大事があったともお知りにならず、侍女たちが泣き騒ぎ、帝のお顔にも涙が流れてばかりいるのだけを不思議にお思いになるふうであった。父子の別れというようなことはなんでもない場合でも悲しいものであるから、この時の帝のお心持ちほどお気の毒なものはなかった。

どんなに惜しい人でも遺骸《いがい》は遺骸として扱われねばならぬ、葬儀が行なわれることになって、母の未亡人は遺骸と同時に火葬の煙になりたいと泣きこがれていた。そして葬送の女房の車にしいて望んでいっしょに乗って愛宕《おたぎ》の野にいかめしく設けられた式場へ着いた時の未亡人の心はどんなに悲しかったであろう。

「死んだ人を見ながら、やはり生きている人のように思われてならない私の迷いをさますために行く必要があります」

と賢そうに言っていたが、車から落ちてしまいそうに泣くので、こんなことになるのを恐れていたと女房たちは思った。

宮中からお使いが葬場へ来た。更衣に三位《さんみ》を贈られたのである。勅使がその宣命《せんみょう》を読んだ時ほど未亡人にとって悲しいことはなかった。三位は女御《にょご》に相当する位階である。生きていた日に女御とも言わせなかったことが帝《みかど》には残り多く思召されて贈位を賜わったのである。こんなことででも後宮のある人々は反感を持った。同情のある人は故人の美しさ、性格のなだらかさなどで憎むことのできなかった人であると、今になって桐壺の更衣《こうい》の真価を思い出していた。あまりにひどい御殊寵《しゅちょう》ぶりであったからその当時は嫉妬《しっと》を感じたのであるとそれらの人は以前のことを思っていた。優しい同情深い女性であったのを、帝付きの女官たちは皆恋しがっていた。「なくてぞ人は恋しかりける」とはこうした場合のことであろうと見えた。時は人の悲しみにかかわりもなく過ぎて七日七日の仏事が次々に行なわれる、そのたびに帝からはお弔いの品々が下された。

愛人の死んだのちの日がたっていくにしたがってどうしようもない寂しさばかりを帝はお覚えになるのであって、女御、更衣を宿直《とのい》に召されることも絶えてしまった。ただ涙の中の御朝夕であって、拝見する人までがしめっぽい心になる秋であった。

「死んでからまでも人の気を悪くさせる御寵愛ぶりね」

などと言って、右大臣の娘の弘徽殿《こきでん》の女御《にょご》などは今さえも嫉妬を捨てなかった。帝は一の皇子を御覧になっても更衣の忘れがたみの皇子の恋しさばかりをお覚えになって、親しい女官や、御自身のお乳母《めのと》などをその家へおつかわしになって若宮の様子を報告させておいでになった。

野分《のわき》ふうに風が出て肌寒《はださむ》の覚えられる日の夕方に、平生よりもいっそう故人がお思われになって、靫負《ゆげい》の命婦《みょうぶ》という人を使いとしてお出しになった。夕月夜の美しい時刻に命婦を出かけさせて、そのまま深い物思いをしておいでになった。以前にこうした月夜は音楽の遊びが行なわれて、更衣はその一人に加わってすぐれた音楽者の素質を見せた。またそんな夜に詠《よ》む歌なども平凡ではなかった。彼女の幻は帝のお目に立ち添って少しも消えない。しかしながらどんなに濃い幻でも瞬間の現実の価値はないのである。

命婦は故大納言《だいなごん》家に着いて車が門から中へ引き入れられた刹那《せつな》からもう言いようのない寂しさが味わわれた。未亡人の家であるが、一人娘のために住居《すまい》の外見などにもみすぼらしさがないようにと、りっぱな体裁を保って暮らしていたのであるが、子を失った女主人《おんなあるじ》の無明《むみょう》の日が続くようになってからは、しばらくのうちに庭の雑草が行儀悪く高くなった。またこのごろの野分の風でいっそう邸内が荒れた気のするのであったが、月光だけは伸びた草にもさわらずさし込んだその南向きの座敷に命婦を招じて出て来た女主人はすぐにものが言えないほどまたも悲しみに胸をいっぱいにしていた。

「娘を死なせました母親がよくも生きていられたものというように、運命がただ恨めしゅうございますのに、こうしたお使いが荒《あば》ら屋へおいでくださるとまたいっそう自分が恥ずかしくてなりません」

と言って、実際堪えられないだろうと思われるほど泣く。

「こちらへ上がりますと、またいっそうお気の毒になりまして、魂も消えるようでございますと、先日典侍《ないしのすけ》は陛下へ申し上げていらっしゃいましたが、私のようなあさはかな人間でもほんとうに悲しさが身にしみます」

と言ってから、しばらくして命婦は帝の仰せを伝えた。

「当分夢ではないであろうかというようにばかり思われましたが、ようやく落ち着くとともに、どうしようもない悲しみを感じるようになりました。こんな時はどうすればよいのか、せめて話し合う人があればいいのですがそれもありません。目だたぬようにして時々御所へ来られてはどうですか。若宮を長く見ずにいて気がかりでならないし、また若宮も悲しんでおられる人ばかりの中にいてかわいそうですから、彼を早く宮中へ入れることにして、あなたもいっしょにおいでなさい」

「こういうお言葉ですが、涙にむせ返っておいでになって、しかも人に弱さを見せまいと御遠慮をなさらないでもない御様子がお気の毒で、ただおおよそだけを承っただけでまいりました」

と言って、また帝のお言《こと》づてのほかの御消息を渡した。

「涙でこのごろは目も暗くなっておりますが、過分なかたじけない仰せを光明にいたしまして」

未亡人はお文《ふみ》を拝見するのであった。

時がたてば少しは寂しさも紛れるであろうかと、そんなことを頼みにして日を送っていても、日がたてばたつほど悲しみの深くなるのは困ったことである。どうしているかとばかり思いやっている小児《こども》も、そろった両親に育てられる幸福を失ったものであるから、子を失ったあなたに、せめてその子の代わりとして面倒《めんどう》を見てやってくれることを頼む。

などこまごまと書いておありになった。

宮城野《みやぎの》の露吹き結ぶ風の音《おと》に小萩《こはぎ》が上を思ひこそやれ

という御歌もあったが、未亡人はわき出す涙が妨げて明らかには拝見することができなかった。

「長生きをするからこうした悲しい目にもあうのだと、それが世間の人の前に私をきまり悪くさせることなのでございますから、まして御所へ時々上がることなどは思いもよらぬことでございます。もったいない仰せを伺っているのですが、私が伺候いたしますことは今後も実行はできないでございましょう。若宮様は、やはり御父子の情というものが本能にありますものと見えて、御所へ早くおはいりになりたい御様子をお見せになりますから、私はごもっともだとおかわいそうに思っておりますということなどは、表向きの奏上でなしに何かのおついでに申し上げてくださいませ。良人《おっと》も早く亡《な》くしますし、娘も死なせてしまいましたような不幸ずくめの私が御いっしょにおりますことは、若宮のために縁起のよろしくないことと恐れ入っております」

などと言った。そのうち若宮ももうお寝《やす》みになった。

「またお目ざめになりますのをお待ちして、若宮にお目にかかりまして、くわしく御様子も陛下へ御報告したいのでございますが、使いの私の帰りますのをお待ちかねでもいらっしゃいますでしょうから、それではあまりおそくなるでございましょう」

と言って命婦は帰りを急いだ。

「子をなくしました母親の心の、悲しい暗さがせめて一部分でも晴れますほどの話をさせていただきたいのですから、公のお使いでなく、気楽なお気持ちでお休みがてらまたお立ち寄りください。以前はうれしいことでよくお使いにおいでくださいましたのでしたが、こんな悲しい勅使であなたをお迎えするとは何ということでしょう。返す返す運命が私に長生きさせるのが苦しゅうございます。故人のことを申せば、生まれました時から親たちに輝かしい未来の望みを持たせました子で、父の大納言《だいなごん》はいよいよ危篤になりますまで、この人を宮中へ差し上げようと自分の思ったことをぜひ実現させてくれ、自分が死んだからといって今までの考えを捨てるようなことをしてはならないと、何度も何度も遺言いたしましたが、確かな後援者なしの宮仕えは、かえって娘を不幸にするようなものではないだろうかとも思いながら、私にいたしましてはただ遺言を守りたいばかりに陛下へ差し上げましたが、過分な御寵愛を受けまして、そのお光でみすぼらしさも隠していただいて、娘はお仕えしていたのでしょうが、皆さんの御嫉妬の積もっていくのが重荷になりまして、寿命で死んだとは思えませんような死に方をいたしましたのですから、陛下のあまりに深い御愛情がかえって恨めしいように、盲目的な母の愛から私は思いもいたします」

こんな話をまだ全部も言わないで未亡人は涙でむせ返ってしまったりしているうちにますます深更になった。

「それは陛下も仰せになります。自分の心でありながらあまりに穏やかでないほどの愛しようをしたのも前生《ぜんしょう》の約束で長くはいっしょにおられぬ二人であることを意識せずに感じていたのだ。自分らは恨めしい因縁でつながれていたのだ、自分は即位《そくい》してから、だれのためにも苦痛を与えるようなことはしなかったという自信を持っていたが、あの人によって負ってならぬ女の恨みを負い、ついには何よりもたいせつなものを失って、悲しみにくれて以前よりももっと愚劣な者になっているのを思うと、自分らの前生の約束はどんなものであったか知りたいとお話しになって湿っぽい御様子ばかりをお見せになっています」

どちらも話すことにきりがない。命婦《みょうぶ》は泣く泣く、

「もう非常に遅《おそ》いようですから、復命は今晩のうちにいたしたいと存じますから」

と言って、帰る仕度《したく》をした。落ちぎわに近い月夜の空が澄み切った中を涼しい風が吹き、人の悲しみを促すような虫の声がするのであるから帰りにくい。

　鈴虫の声の限りを尽くしても長き夜飽かず降る涙かな

車に乗ろうとして命婦はこんな歌を口ずさんだ。

「いとどしく虫の音《ね》しげき浅茅生《あさぢふ》に露置き添ふる雲の上人《うへびと》

かえって御訪問が恨めしいと申し上げたいほどです」

と未亡人は女房に言わせた。意匠を凝らせた贈り物などする場合でなかったから、故人の形見ということにして、唐衣《からぎぬ》と裳《も》の一揃《ひとそろ》えに、髪上げの用具のはいった箱を添えて贈った。

若い女房たちの更衣の死を悲しむのはむろんであるが、宮中住まいをしなれていて、寂しく物足らず思われることが多く、お優しい帝《みかど》の御様子を思ったりして、若宮が早く御所へお帰りになるようにと促すのであるが、不幸な自分がごいっしょに上がっていることも、また世間に批難の材料を与えるようなものであろうし、またそれかといって若宮とお別れしている苦痛にも堪《た》えきれる自信がないと未亡人は思うので、結局若宮の宮中入りは実行性に乏しかった。

御所へ帰った命婦は、まだ宵《よい》のままで御寝室へはいっておいでにならない帝を気の毒に思った。中庭の秋の花の盛りなのを愛していらっしゃるふうをあそばして凡庸でない女房四、五人をおそばに置いて話をしておいでになるのであった。このごろ始終帝の御覧になるものは、玄《げん》宗《そう》皇帝と楊貴妃《ようきひ》の恋を題材にした白楽天の長恨歌《ちょうごんか》を、亭子院《ていしいん》が絵にあそばして、伊勢《いせ》や貫之《つらゆき》に歌をお詠《よ》ませになった巻き物で、そのほか日本文学でも、支那《しな》のでも、愛人に別れた人の悲しみが歌われたものばかりを帝はお読みになった。帝は命婦にこまごまと大納言《だいなごん》家の様子をお聞きになった。身にしむ思いを得て来たことを命婦は外へ声をはばかりながら申し上げた。未亡人の御返事を帝は御覧になる。

もったいなさをどう始末いたしてよろしゅうございますやら。こうした仰せを承りましても愚か者はただ悲しい悲しいとばかり思われるのでございます。

荒き風防ぎし蔭《かげ》の枯れしより小萩《こはぎ》が上ぞしづ心無き

というような、歌の価値の疑わしいようなものも書かれてあるが、悲しみのために落ち着かない心で詠《よ》んでいるのであるからと寛大に御覧になった。帝はある程度まではおさえていねばならぬ悲しみであると思召すが、それが御困難であるらしい。はじめて桐壺《きりつぼ》の更衣《こうい》の上がって来たころのことなどまでがお心の表面に浮かび上がってきてはいっそう暗い悲しみに帝をお誘いした。その当時しばらく別れているということさえも自分にはつらかったのに、こうして一人でも生きていられるものであると思うと自分は偽り者のような気がするとも帝はお思いになった。

「死んだ大納言の遺言を苦労して実行した未亡人への酬《むく》いは、更衣を後宮の一段高い位置にすえることだ、そうしたいと自分はいつも思っていたが、何もかも皆夢になった」

とお言いになって、未亡人に限りない同情をしておいでになった。

「しかし、あの人はいなくても若宮が天子にでもなる日が来れば、故人に后《きさき》の位を贈ることもできる。それまで生きていたいとあの夫人は思っているだろう」

などという仰せがあった。命婦《みょうぶ》は贈られた物を御前《おまえ》へ並べた。これが唐《から》の幻術師が他界の楊《よう》貴妃《きひ》に逢《あ》って得て来た玉の簪《かざし》であったらと、帝はかいないこともお思いになった。

尋ね行くまぼろしもがなつてにても魂《たま》のありかをそこと知るべく

絵で見る楊貴妃はどんなに名手の描《か》いたものでも、絵における表現は限りがあって、それほどのすぐれた顔も持っていない。太液《たいえき》の池の蓮花《れんげ》にも、未央宮《びおうきゅう》の柳の趣にもその人は似ていたであろうが、また唐《から》の服装は華美ではあったであろうが、更衣の持った柔らかい美、艶《えん》な姿態をそれに思い比べて御覧になると、これは花の色にも鳥の声にもたとえられぬ最上のものであった。お二人の間はいつも、天に在《あ》っては比翼の鳥、地に生まれれば連理の枝という言葉で永久の愛を誓っておいでになったが、運命はその一人に早く死を与えてしまった。秋風の音《ね》にも虫の声にも帝が悲しみを覚えておいでになる時、弘徽殿《こきでん》の女御《にょご》はもう久しく夜の御殿《おとど》の宿直《とのい》にもお上がりせずにいて、今夜の月明に更《ふ》けるまでその御殿で音楽の合奏をさせているのを帝は不愉快に思召した。このころの帝のお心持ちをよく知っている殿上役人や帝付きの女房なども皆弘徽殿の楽音に反感を持った。負けぎらいな性質の人で更衣の死などは眼中にないというふうをわざと見せているのであった。

月も落ちてしまった。

雲の上も涙にくるる秋の月いかですむらん浅茅生《あさぢふ》の宿

命婦が御報告した故人の家のことをなお帝は想像あそばしながら起きておいでになった。右近衛府《うこんえふ》の士官が宿直者の名を披露《ひろう》するのをもってすれば午前二時になったのであろう。人目をおはばかりになって御寝室へおはいりになってからも安眠を得たもうことはできなかった。朝のお目ざめにもまた、夜明けも知らずに語り合った昔の御追憶がお心を占めて、寵姫《ちょうき》の在《あ》った日も亡《な》いのちも朝の政務はお怠りになることになる。お食欲もない。簡単な御朝食はしるしだけお取りになるが、帝王の御朝餐《ちょうさん》として用意される大床子《だいしょうじ》のお料理などは召し上がらないものになっていた。それには殿上役人のお給仕がつくのであるが、それらの人は皆この状態を歎《なげ》いていた。すべて側近する人は男女の別なしに困ったことであると歎いた。よくよく深い前生の御縁で、その当時は世の批難も後宮の恨みの声もお耳には留まらず、その人に関することだけは正しい判断を失っておしまいになり、また死んだあとではこうして悲しみに沈んでおいでになって政務も何もお顧みにならない、国家のためによろしくないことであるといって、支《し》那《な》の歴朝の例までも引き出して言う人もあった。

幾月かののちに第二の皇子が宮中へおはいりになった。ごくお小さい時ですらこの世のものとはお見えにならぬ御美貌の備わった方であったが、今はまたいっそう輝くほどのものに見えた。その翌年立太子のことがあった。帝の思召《おぼしめ》しは第二の皇子にあったが、だれという後見の人がなく、まただれもが肯定しないことであるのを悟っておいでになって、かえってその地位は若宮の前途を危険にするものであるとお思いになって、御心中をだれにもお洩《も》らしにならなかった。東宮におなりになったのは第一親王である。この結果を見て、あれほどの御愛子でもやはり太子にはおできにならないのだと世間も言い、弘徽殿《こきでん》の女御《にょご》も安心した。その時から宮の外祖母の未亡人は落胆して更衣のいる世界へ行くことのほかには希望もないと言って一心に御仏《みほとけ》の来迎《らいごう》を求めて、とうとう亡《な》くなった。帝はまた若宮が祖母を失われたことでお悲しみになった。これは皇子が六歳の時のことであるから、今度は母の更衣の死に逢《あ》った時とは違い、皇子は祖母の死を知ってお悲しみになった。今まで始終お世話を申していた宮とお別れするのが悲しいということばかりを未亡人は言って死んだ。

それから若宮はもう宮中にばかりおいでになることになった。七歳の時に書初《ふみはじ》めの式が行なわれて学問をお始めになったが、皇子の類のない聡明《そうめい》さに帝はお驚きになることが多かった。

「もうこの子をだれも憎むことができないでしょう。母親のないという点だけででもかわいがっておやりなさい」

と帝はお言いになって、弘徽殿へ昼間おいでになる時もいっしょにおつれになったりしてそのまま御簾《みす》の中にまでもお入れになった。どんな強さ一方の武士だって仇敵《きゅうてき》だってもこの人を見ては笑《え》みが自然にわくであろうと思われる美しい少童《しょうどう》でおありになったから、女御も愛を覚えずにはいられなかった。この女御は東宮のほかに姫宮をお二人お生みしていたが、その方々よりも第二の皇子のほうがおきれいであった。姫宮がたもお隠れにならないで賢い遊び相手としてお扱いになった。学問はもとより音楽の才も豊かであった。言えば不自然に聞こえるほどの天才児であった。

その時分に高麗人《こまうど》が来朝した中に、上手《じょうず》な人相見の者が混じっていた。帝はそれをお聞きになったが、宮中へお呼びになることは亭子院のお誡《いまし》めがあっておできにならず、だれにも秘密にして皇子のお世話役のようになっている右大弁《うだいべん》の子のように思わせて、皇子を外人の旅宿する鴻臚《こうろ》館《かん》へおやりになった。

相人は不審そうに頭《こうべ》をたびたび傾けた。

「国の親になって最上の位を得る人相であって、さてそれでよいかと拝見すると、そうなることはこの人の幸福な道でない。国家の柱石になって帝王の輔佐をする人として見てもまた違うようです」

と言った。弁も漢学のよくできる官人であったから、筆紙をもってする高麗人との問答にはおもしろいものがあった。詩の贈答もして高麗人はもう日本の旅が終わろうとする期《ご》に臨んで珍しい高貴の相を持つ人に逢《あ》ったことは、今さらにこの国を離れがたくすることであるというような意味の作をした。若宮も送別の意味を詩にお作りになったが、その詩を非常にほめていろいろなその国の贈り物をしたりした。

朝廷からも高麗《こま》の相人へ多くの下賜品があった。その評判から東宮の外戚の右大臣などは第二の皇子と高麗の相人との関係に疑いを持った。好遇された点が腑《ふ》に落ちないのである。聡明《そうめい》な帝は高麗人の言葉以前に皇子の将来を見通して、幸福な道を選ぼうとしておいでになった。それでほとんど同じことを占った相人に価値をお認めになったのである。四品《しほん》以下の無品《むほん》親王などで、心細い皇族としてこの子を置きたくない、自分の代もいつ終わるかしれぬのであるから、将来に最も頼もしい位置をこの子に設けて置いてやらねばならぬ、臣下の列に入れて国家の柱石たらしめることがいちばんよいと、こうお決めになって、以前にもましていろいろの勉強をおさせになった。大きな天才らしい点の現われてくるのを御覧になると人臣にするのが惜しいというお心になるのであったが、親王にすれば天子に変わろうとする野心を持つような疑いを当然受けそうにお思われになった。上手な運命占いをする者にお尋ねになっても同じような答申をするので、元服後は源姓を賜わって源氏の某《なにがし》としようとお決めになった。

年月がたっても帝は桐壺の更衣との死別の悲しみをお忘れになることができなかった。慰みになるかと思召して美しい評判のある人などを後宮へ召されることもあったが、結果はこの世界には故更衣の美に準ずるだけの人もないのであるという失望をお味わいになっただけである。

そうしたころ、先帝――帝《みかど》の従兄《いとこ》あるいは叔父君《おじぎみ》――の第四の内親王でお美しいことをだれも言う方で、母君のお后《きさき》が大事にしておいでになる方のことを、帝のおそばに奉仕している典《ないし》侍《のすけ》は先帝の宮廷にいた人で、后の宮へも親しく出入りしていて、内親王の御幼少時代をも知り、現在でもほのかにお顔を拝見する機会を多く得ていたから、帝へお話しした。

「お亡《かく》れになりました御息所《みやすどころ》の御容貌《ようぼう》に似た方を、三代も宮廷におりました私すらまだ見たことがございませんでしたのに、后の宮様の内親王様だけがあの方に似ていらっしゃいますことにはじめて気がつきました。非常にお美しい方でございます」

もしそんなことがあったらと大御心《おおみこころ》が動いて、先帝の后の宮へ姫宮の御入内《ごじゅだい》のことを懇切にお申し入れになった。お后は、そんな恐ろしいこと、東宮のお母様の女御《にょご》が並みはずれな強い性格で、桐壺の更衣《こうい》が露骨ないじめ方をされた例もあるのに、と思召して話はそのままになっていた。そのうちお后もお崩《かく》れになった。姫宮がお一人で暮らしておいでになるのを帝はお聞きになって、

「女御というよりも自分の娘たちの内親王と同じように思って世話がしたい」

となおも熱心に入内をお勧めになった。こうしておいでになって、母宮のことばかりを思っておいでになるよりは、宮中の御生活にお帰りになったら若いお心の慰みにもなろうと、お付きの女房やお世話係の者が言い、兄君の兵部卿《ひょうぶきょう》親王もその説に御賛成になって、それで先帝の第四の内親王は当帝の女御におなりになった。御殿は藤壺《ふじつぼ》である。典侍の話のとおりに、姫宮

の容貌も身のおとりなしも不思議なまで、桐壺の更衣に似ておいでになった。この方は御身分に批《ひ》の打ち所がない。すべてごりっぱなものであって、だれも貶《おとし》める言葉を知らなかった。桐壺の更衣は身分と御愛寵とに比例の取れぬところがあった。お傷手《いたで》が新女御の宮で癒《いや》されたともいえないであろうが、自然に昔は昔として忘れられていくようになり、帝にまた楽しい御生活がかえってきた。あれほどのこともやはり永久不変でありえない人間の恋であったのであろう。

源氏の君——まだ源姓にはなっておられない皇子であるが、やがてそうおなりになる方であるから筆者はこう書く。——はいつも帝のおそばをお離れしないのであるから、自然どの女御の御殿へも従って行く。帝がことにしばしばおいでになる御殿は藤壺《ふじつぼ》であって、お供して源氏のしばしば行く御殿は藤壺である。宮もお馴《な》れになって隠れてばかりはおいでにならなかった。どの後宮でも容貌の自信がなくて入内した者はないのであるから、皆それぞれの美を備えた人たちであったが、もう皆だいぶ年がいっていた。その中へ若いお美しい藤壺の宮が出現されてその方は非常に恥ずかしがってなるべく顔を見せぬようにとなすっても、自然に源氏の君が見ることになる場合もあった。母の更衣は面影も覚えていないが、よく似ておいでになると典侍が言ったので、子供心に母に似た人として恋しく、いつも藤壺へ行きたくなって、あの方と親しくなりたいという望みが心にあった。帝には二人とも最愛の妃であり、最愛の御子であった。「彼を愛しておやりなさい。不思議なほどあなたとこの子の母とは似ているのです。失礼だと思わずにかわいがってやってください。この子の目つき顔つきがまたよく母に似ていますから、この子とあなたとを母と子と見てもよい気がします」

など帝がおとりなしになると、子供心にも花や紅葉《もみじ》の美しい枝は、まずこの宮へ差し上げたい、自分の好意を受けていただきたいというこんな態度をとるようになった。現在の弘徽殿の女御の嫉妬《しっと》の対象は藤壺の宮であったからそちらへ好意を寄せる源氏に、一時忘れられていた旧怨《きゅうえん》も再燃して憎しみを持つことになった。女御が自慢にし、ほめられてもおいでになる幼内親王方の美を遠くこえた源氏の美貌《びぼう》を世間の人は言い現わすために光の君《ひかるきみ》と言った。女御として藤壺の宮の御寵愛《ちょうあい》が並びないものであったから対句のように作って、輝く日の宮と一方を申していた。

源氏の君の美しい童形《どうぎょう》をいつまでも変えたくないように帝は思召したのであったが、いよいよ十二の歳《とし》に元服をおさせになることになった。その式の準備も何も帝御自身でお指図《さしず》になった。前に東宮の御元服の式を紫宸殿《ししんでん》であげられた時の派手《はで》やかさに落とさず、その日官人たちが各階級別々にさずかる饗宴《きょうえん》の仕度《したく》を内蔵寮《くらりょう》、穀倉院などでするのはつまり公式の仕度で、それでは十分でないと思召して、特に仰せがあって、それらも華麗をきわめたものにされた。

清涼殿は東面しているが、お庭の前のお座敷に玉座の椅子《いす》がすえられ、元服される皇子の席、加冠役の大臣の席がそのお前にできていた。午後四時に源氏の君が参った。上で二つに分けて耳の所で輪にした童形の礼髪を結った源氏の顔つき、少年の美、これを永久に保存しておくことが不可能なのであろうかと惜しまれた。理髪の役は大蔵卿《おおくらきょう》である。美しい髪を短く切るのを惜しく思うふうであった。帝は御息所《みやすどころ》がこの式を見たならばと、昔をお思い出しになることによって堪えがたくなる悲しみをおさえておいでになった。加冠が終わって、いったん休息所《きゅうそくじょ》に下がり、そこで源氏は服を変えて庭上の拝をした。参列の諸員は皆小さい大宮人の美に感激の涙をこぼしていた。帝はまして御自制なされがたい御感情があった。藤壺の宮をお得になって以来、紛れておいでになることもあった昔の哀愁が今一度にお胸へかえって来たのである。まだ小さくて大人《おとな》の頭の形になることは、その人の美を損じさせはしないかという御懸念もおありになったのであるが、源氏の君には今驚かれるほどの新彩が加わって見えた。加冠の大臣には夫人の内親王との間に生まれた令嬢があった。東宮から後宮にとお望みになったのをお受けせずにお返辞《へんじ》を躊躇《ちゅうちょ》していたのは、初めから源氏の君の配偶者に擬していたからである。大臣は帝の御意向をも伺った。

「それでは元服したのちの彼を世話する人もいることであるから、その人をいっしょにさせればよい」

という仰せであったから、大臣はその実現を期していた。

今日の侍所《さむらいどころ》になっている座敷で開かれた酒宴に、親王方の次の席へ源氏は着いた。娘の件を大臣がほのめかしても、きわめて若い源氏は何とも返辞をすることができないのであった。帝のお居間のほうから仰せによって内侍《ないし》が大臣を呼びに来たので、大臣はすぐに御前へ行った。加冠役としての下賜品はおそばの命婦が取り次いだ。白い大袿《おおうちぎ》に帝のお召し料のお服が一襲《ひとかさね》で、これは昔から定まった品である。酒杯を賜わる時に、次の歌を仰せられた。

いときなき初元結ひに長き世を契る心は結びこめつや

大臣の女《むすめ》との結婚にまでお言い及ぼしになった御製は大臣を驚かした。

結びつる心も深き元結ひに濃き紫の色しあせずば

と返歌を奏上してから大臣は、清涼殿《せいりょうでん》の正面の階段《きざはし》を下がって拝礼をした。左馬寮《さまりょう》の御馬と蔵人所《くろうどどころ》の鷹《たか》をその時に賜わった。そのあとで諸員が階前に出て、官等に従ってそれぞれの下賜品を得た。この日の御饗宴《きょうえん》の席の折り詰めのお料理、籠《かご》詰めの菓子などは皆右大弁《うだいべん》が御命令によって作った物であった。一般の官吏に賜う弁当の数、一般に下賜される絹を入れた箱の多かったことは、東宮の御元服の時以上であった。

その夜源氏の君は左大臣家へ婿になって行った。この儀式にも善美は尽くされたのである。高貴な美少年の婿を大臣はかわいく思った。姫君のほうが少し年上であったから、年下の少年に配されたことを、不似合いに恥ずかしいことに思っていた。この大臣は大きい勢力を持った上に、姫君の母の夫人は帝の御同胞であったから、あくまでもはなやかな家である所へ、今度また帝の御愛子の源氏を婿に迎えたのであるから、東宮の外祖父で未来の関白と思われている右大臣の勢力は比較にならぬほど気押《けお》されていた。左大臣は何人かの妻妾《さいしょう》から生まれた子供を幾人も持っていた。内親王腹のは今蔵人《くろうど》少将であって年少の美しい貴公子であるのを左右大臣の仲はよくないのであるが、その蔵人少将をよその者に見ていることができず、大事にしている四女の婿にした。これも左大臣が源氏の君をたいせつがるのに劣らず右大臣から大事な婿君としてかしずかれていたのはよい一対のうるわしいことであった。

源氏の君は帝がおそばを離しにくくあそばすので、ゆっくりと妻の家に行っていることもできなかった。源氏の心には藤壺《ふじつぼ》の宮の美が最上のものに思われてあのような人を自分も妻にしたい、宮のような女性はもう一人とないであろう、左大臣の令嬢は大事にされて育った美しい貴族の娘とだけはうなずかれるがと、こんなふうに思われて単純な少年の心には藤壺の宮のことばかりが恋しくて苦しいほどであった。元服後の源氏はもう藤壺の御殿の御簾《みす》の中へは入れていただけなかった。琴や笛の音《ね》の中にその方がお弾《ひ》きになる物の声を求めるとか、今はもう物越しにより聞かれないほのかなお声を聞くとかが、せめてもの慰めになって宮中の宿直《とのい》ばかりが好きだった。五、六日御所にいて、二、三日大臣家へ行くなど絶え絶えの通い方を、まだ少年期であるからと見て大臣はとがめようとも思わず、相も変わらず婿君のかしずき騒ぎをしていた。新夫婦付きの女房はことにすぐれた者をもってしたり、気に入りそうな遊びを催したり、一所懸命である。御所では母の更衣のもとの桐壺を源氏の宿直所にお与えになって、御息《みやす》所《どころ》に侍していた女房をそのまま使わせておいでになった。更衣の家のほうは修理《しゅり》の役所、内匠《たくみ》寮《りょう》などへ帝がお命じになって、非常なりっぱなものに改築されたのである。もとから築山《つきやま》のあるよい庭のついた家であったが、池なども今度はずっと広くされた。二条の院はこれである。源氏はこんな気に入った家に自分の理想どおりの妻と暮らすことができたらと思って始終歎息《たんそく》をしていた。

光《ひかる》の君という名は前に鴻臚館《こうろかん》へ来た高麗人《こまうど》が、源氏の美貌《びぼう》と天才をほめてつけた名だとそのころ言われたそうである。

帚木

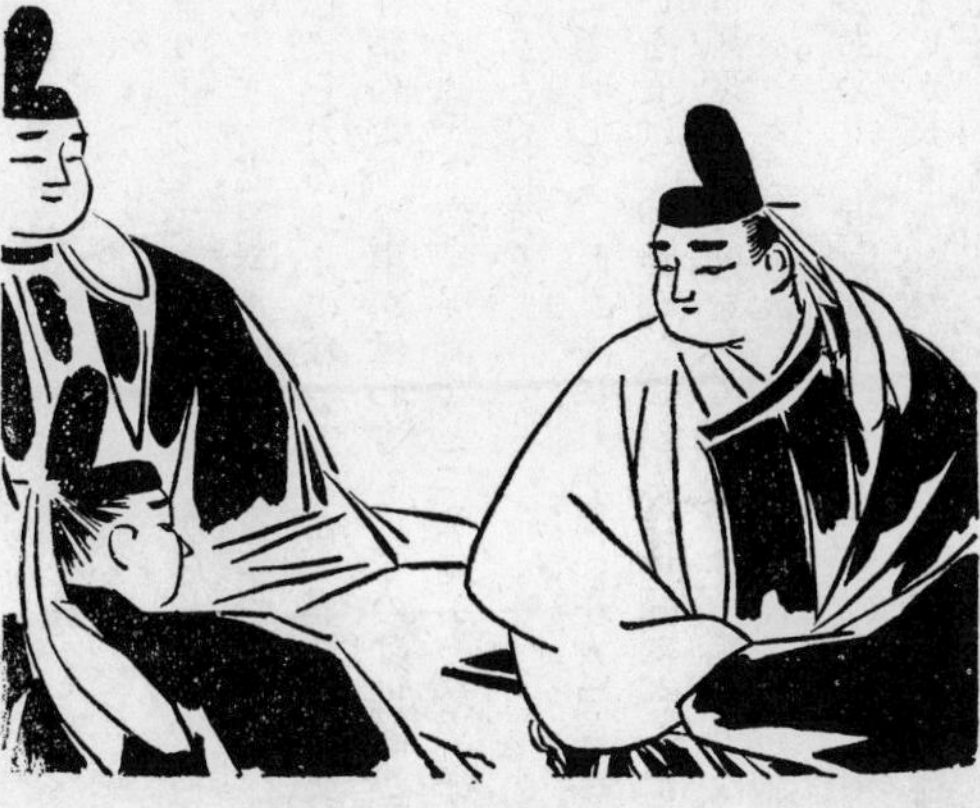

中川の皐月《さつき》の水に人似たりかたればむせびよればわななく　（晶子）

光源氏《ひかるげんじ》、すばらしい名で、青春を盛り上げてできたような人が思われる。自然奔放な好色生活が想像される。しかし実際はそれよりずっと質素《じみ》な心持ちの青年であった。その上恋愛という一つのことで後世へ自分が誤って伝えられるようになってはと、異性との交渉をずいぶん内輪にしていたのであるが、ここに書く話のような事が伝わっているのは世間がおしゃべりであるからなのだ。自重してまじめなふうの源氏は恋愛風流などには遠かった。好色小説の中の交野《かたの》の少将などには笑われていたであろうと思われる。

中将時代にはおもに宮中の宿直所《とのいどころ》に暮らして、時たまにしか舅《しゅうと》の左大臣家へ行かないので、別に恋人を持っているかのような疑いを受けていたが、この人は世間にざらにあるような好色男の生活はきらいであった。まれには風変わりな恋をして、たやすい相手でない人に心を打ち込んだりする欠点はあった。

梅雨《つゆ》のころ、帝《みかど》の御謹慎日が幾日かあって、近臣は家へも帰らずに皆宿直《とのい》する、こんな日が続いて、例のとおりに源氏の御所住まいが長くなった。大臣家ではこうして途絶えの多い婿君を恨めしくは思っていたが、やはり衣服その他贅沢《ぜいたく》を尽くした新調品を御所の桐壺《きりつぼ》へ運ぶのに倦《う》むことを知らなんだ。左大臣の子息たちは宮中の御用をするよりも、源氏の宿直所への勤めのほうが大事なふうだった。そのうちでも宮様腹の中将は最も源氏と親しくなっていて、遊戯をするにも何をするにも他の者の及ばない親交ぶりを見せた。大事がる舅の右大臣家へ行くことはこの人もきらいで、恋の遊びのほうが好きだった。結婚した男はだれも妻の家で生活するが、この人はまだ親の家のほうにりっぱに飾った居間や書斎を持っていて、源氏が行く時には必ずついて行って、夜も、昼も、学問をするのも、遊ぶのもいっしょにしていた。謙遜もせず、敬意を表することも忘れるほどぴったりと仲よしになっていた。

五月雨《さみだれ》がその日も朝から降っていた夕方、殿上役人の詰め所もあまり人影がなく、源氏の桐壺も平生より静かな気のする時に、灯《ひ》を近くともしていろいろな書物を見ていると、その本を取り出した置き棚《だな》にあった、それぞれ違った色の紙に書かれた手紙の殻《から》の内容を頭中将《とうのちゅうじょう》は見たがった。

「無難なのを少しは見せてもいい。見苦しいのがありますから」

と源氏は言っていた。

「見苦しくないかと気になさるのを見せていただきたいのですよ。平凡な女の手紙なら、私には私相当に書いてよこされるのがありますからいいんです。特色のある手紙ですね、怨みを言っているとか、ある夕方に来てほしそうに書いて来る手紙、そんなのを拝見できたらおもしろいだろうと思うのです」

と恨まれて、初めからほんとうに秘密な大事の手紙などは、だれが盗んで行くか知れない棚などに置くわけもない、これはそれほどの物でないのであるから、源氏は見てもよいと許した。

中将は少しずつ読んで見て言う。

「いろんなのがありますね」

自身の想像だけで、だれとか彼とか筆者を当てようとするのであった。上手《じょうず》に言い当てるのもある、全然見当違いのことを、それであろうと深く追究したりするのもある。そんな時に源氏はおかしく思いながらあまり相手にならぬようにして、そして上手に皆を中将から取り返してしまった。

「あなたこそ女の手紙はたくさん持っているでしょう。少し見せてほしいものだ。そのあとなら棚のを全部見せてもいい」

「あなたの御覧になる価値のある物はないでしょうよ」

こんな事から頭中将は女についての感想を言い出した。

「これならば完全だ、欠点がないという女は少ないものであると私は今やっと気がつきました。ただ上《うわ》っつらな感情で達者な手紙を書いたり、こちらの言うことに理解を持っているような利巧《りこう》らしい人はずいぶんあるでしょうが、しかもそこを長所として取ろうとすれば、きっと合格点にはいるという者はなかなかありません。自分が少し知っていることで得意になって、ほかの人を軽蔑《けいべつ》することのできる厭味《いやみ》な女が多いんですよ。親がついていて、大事にして、深窓に育っているうちは、その人の片端だけを知って男は自分の想像で十分補って恋をすることになるというようなこともあるのですね。顔がきれいで、娘らしくおおようで、そしてほかに用がないのですから、そんな娘には一つくらいの芸の上達が望めないこともありませんからね。

それができると、仲に立った人間がいいことだけを話して、欠点は隠して言わないものですから、そんな時にそれはうそだなどと、こちらも空で断定することは不可能でしょう、真実だろうと思って結婚したあとで、だんだんあらが出てこないわけはありません」

中将がこう言って歎息《たんそく》した時に、そんなありきたりの結婚失敗者ではない源氏も、何か心にうなずかれることがあるか微笑をしていた。

「あなたが今言った、一つくらいの芸ができるというほどのとりえね、それもできない人があるだろうか」

「そんな所へは初めからだれもだまされて行きませんよ、何もとりえのないのと、すべて完全であるのとは同じほどに少ないものでしょう。上流に生まれた人は大事にされて、欠点も目だたないで済みますから、その階級は別ですよ。中の階級の女によってはじめてわれわれはあざやかな、個性を見せてもらうことができるのだと思います。またそれから一段下の階級にはどんな女がいるのだか、まあ私にはあまり興味が持てない」

こう言って、通《つう》を振りまく中将に、源氏はもう少しその観察を語らせたく思った。

「その階級の別はどんなふうにつけるのですか。上、中、下を何で決めるのですか。よい家柄でもその娘の父は不遇で、みじめな役人で貧しいのと、並み並みの身分から高官に成り上がっていて、それが得意で贅沢《ぜいたく》な生活をして、初めからの貴族に負けないふうでいる家の娘と、そんなのはどちらへ属させたらいいのだろう」

こんな質問をしている所へ、左馬頭《さまのかみ》と藤式部丞《とうしきぶのじょう》とが、源氏の謹慎日を共にしようとして出て来た。風流男という名が通っているような人であったから、中将は喜んで左馬頭を問題の中へ引き入れた。不謹慎な言葉もそれから多く出た。

「いくら出世しても、もとの家柄が家柄だから世間の思わくだってやはり違う。またもとはいい家《うち》でも逆境に落ちて、何の昔の面影もないことになってみれば、貴族的な品のいいやり方で押し通せるものではなし、見苦しいことも人から見られるわけだから、それはどちらも中の品ですよ。受領《ずりょう》といって地方の政治にばかり関係している連中の中にもまたいろいろ階級がありましてね、いわゆる中の品として恥ずかしくないのがありますよ。また高官の部類へやっとはいれたくらいの家よりも、参議にならない四位の役人で、世間からも認められていて、もとの家柄もよく、富んでのんきな生活のできている所などはかえって朗らかなものですよ。不足のない暮らしができるのですから、倹約もせず、そんな空気の家に育った娘に軽蔑《けいべつ》のできないものがたくさんあるでしょう。宮仕えをして思いがけない幸福のもとを作ったりする例も多いのですよ」

左馬頭がこう言う。

「それではまあ何でも金持ちでなければならないんだね」

と源氏は笑っていた。

「あなたらしくないことをおっしゃるものじゃありませんよ」

中将はたしなめるように言った。左馬頭はなお話し続けた。

「家柄も現在の境遇も一致している高貴な家のお嬢さんが凡庸であった場合、どうしてこんな人ができたのかと情けないことだろうと思います。そうじゃなくて地位に相応なすぐれたお嬢さんであったら、それはたいして驚きませんね。当然ですもの。私らにはよくわからない社会のことですから上の品は省くことにしましょう。こんなこともあります。世間からはそんな家のあることなども無視されているような寂しい家に、思いがけない娘が育てられていたとしたら、発見者は非常にうれしいでしょう。意外であったということは十分に男の心を引く力になります。父親がもういいかげん年寄りで、醜く肥《ふと》った男で、風采《ふうさい》のよくない兄を見ても、娘は知れたものだと軽蔑している家庭に、思い上がった娘がいて、歌も上手であったりなどしたら、それは本格的なものではないにしても、ずいぶん興味が持てるでしょう。完全な女の選にははいりにくいでしょうがね」

と言いながら、同意を促すように式部丞のほうを見ると、自身の妹たちが若い男の中で相当な評判になっていることを思って、それを暗に言っているのだと取って、式部丞は何も言わなかった。そんなに男の心を引く女がいるであろうか、上の品にはいるものらしい女の中にだって、そんな女はなかなか少ないものだと自分にはわかっているがと源氏は思っているらしい。柔らかい白い着物を重ねた上に、袴《はかま》は着けずに直衣《のうし》だけをおおように掛けて、からだを横にしている源氏は平生よりもまた美しくて、女性であったらどんなにきれいな人だろうと思われた。この人の相手には上の上の品の中から選んでも飽き足りないことであろうと見えた。

「ただ世間の人として見れば無難でも、実際自分の妻にしようとすると、合格するものは見つからないものですよ。男だって官吏になって、お役所のお勤めというところまでは、だれもできますが、実際適所へ適材が行くということはむずかしいものですからね。しかしどんなに聡明《そうめい》な人でも一人や二人で政治はできないのですから、上官は下僚に助けられ、下僚は上に従って、多数の力で役所の仕事は済みますが、一家の主婦にする人を選ぶのには、ぜひ備えさせねばならぬ資格がいろいろと幾つも必要なのです。これがよくてもそれには適しない。少しは譲歩してもまだなかなか思うような人はない。世間の多数の男も、いろいろな女の関係を作るのが趣味ではなくても、生涯《しょうがい》の妻を捜す心で、できるなら一所懸命になって自分で妻の教育のやり直しをしたりなどする必要のない女はないかとだれも思うのでしょう。必ずしも理想に近い女ではなくても、結ばれた縁に引かれて、それと一生を共にする、そんなのはまじめな男に見え、また捨てられない女も世間体がよいことになります。しかし世間を見ると、そう都合よくはいっていませんよ。お二方のような貴公子にはまして対象になる女があるものですか。私などの気楽な階級の者の中にでも、これと打ち込んでいいのはありませんからね。見苦しくもない娘で、それ相応な自重心を持っていて、手紙を書く時には蘆手《あしで》のような簡単な文章を上手に書き、墨色のほのかな文字で相手を引きつけて置いて、もっと確かな手紙を書かせたいと男をあせらせて、声が聞かれる程度に接近して行って話そうとしても、息よりも低い声で少ししかものを言わないというようなのが、男の正しい判断を誤らせるのですよ。なよなよとしていて優し味のある女だと思うと、あまりに柔順すぎたりして、またそれが才気を見せれば多情でないかと不安になります。そんなことは選定の最初の関門ですよ。妻に必要な資格は家庭を預かることですから、文学趣味とかおもしろい才気などはなくてもいいようなものですが、まじめ一方で、なりふりもかまわないで、額髪《ひたいがみ》をうるさがって耳の後ろへはさんでばかりいる、ただ物質的な世話だけを一所懸命にやいてくれる、そんなのではね。お勤めに出れば出る、帰れば帰るで、役所のこと、友人や先輩のことなどで話したいことがたくさんあるんですから、それは他人には言えません。理解のある妻に話さないではつまりません。この話を早く聞かせたい、妻の意見も聞いて見たい、こんなことを思っているとそとででも独笑《ひとりえみ》が出ますし、一人で涙ぐまれもします。また自分のことでないことに公憤を起こしまして、自分の心にだけ置いておくことに我慢のできぬような時、けれども自分の妻はこんなことのわかる女でないのだと思うと、横を向いて一人で思い出し笑いをしたり、かわいそうなものだなどと独言《ひとりごと》を言うようになります。そんな時に何なんですかと突っ慳貪《けんどん》に言って自分の顔を見る細君などはたまらないではありませんか。ただ一概に子供らしくておとなしい妻を持った男はだれでもよく仕込むことに苦心するものです。たよりなくは見えても次第に養成されていく妻に多少の満足を感じるものです。一緒《いっしょ》にいる時は可憐さが不足を補って、それでも済むでしょうが、家を離れている時に用事を言ってやりましても何ができましょう。遊戯も風流も主婦としてすることも自発的には何もできない、教えられただけの芸を見せるにすぎないような女に、妻としての信頼を持つことはできません。ですからそんなのもまただめです。平生はしっくりといかぬ夫婦仲で、淡い憎しみも持たれる女で、何かの場合によい妻であることが痛感されるのもあります」

こんなふうな通《つう》な左馬頭にも決定的なことは言えないと見えて、深い歎息《ためいき》をした。

「ですからもう階級も何も言いません。容貌《きりょう》もどうでもいいとします。片よった性質でさえなければ、まじめで素直な人を妻にすべきだと思います。その上に少し見識でもあれば、満足して少しの欠点はあってもよいことにするのですね。安心のできる点が多ければ、趣味の教育などはあとからできるものですよ。上品ぶって、恨みを言わなければならぬ時も知らぬ顔で済ませて、表面は賢女らしくしていても、そんな人は苦しくなってしまうと、凄文句《すごもんく》や身にしませる歌などを書いて、思い出してもらえる材料にそれを残して、遠い郊外とか、まったく世間と離れた海岸とかへ行ってしまいます。子供の時に女房などが小説を読んでいるのを聞いて、そんなふうの女主人公に同情したものでしてね、りっぱな態度だと涙までもこぼしたものです。今思うとそんな女のやり方は軽佻《けいちょう》で、わざとらしい。自分を愛していた男を捨てて置いて、その際にちょっとした恨めしいことがあっても、男の愛を信じないように家を出たりなどして、無用の心配をかけて、そうして男をためそうとしているうちに取り返しのならぬはめに至ります。いやなことです。りっぱな態度だなどとほめたてられると、図に乗ってどうかすると尼なんかにもなります。その時はきたない未練は持たずに、すっかり恋愛を清算した気でいますが、まあ悲しい、こんなにまであきらめておしまいになってなどと、知った人が訪問して言い、真底から憎くはなっていない男が、それを聞いて泣いたという話などが聞こえてくると、召使や古い女房などが、殿様はあんなにあなたを思っていらっしゃいますのに、若いおからだを尼になどしておしまいになって惜しい。こんなことを言われる時、短くして後ろ梳《ず》きにしてしまった額髪に手が行って、心細い気になると自然に物思いをするようになります。忍んでももう涙を一度流せばあとは始終泣くことになります。御弟子《みでし》になった上でこんなことでは仏様も未練をお憎みになるでしょう。俗であった時よりもそんな罪は深くて、かえって地獄へも落ちるように思われます。また夫婦の縁が切れずに、尼にはならずに、良人《おっと》に連れもどされて来ても、自分を捨てて家出をした妻であることを良人に忘れてもらうことはむずかしいでしょう。悪くてもよくてもいっしょにいて、どんな時もこんな時も許し合って暮らすのがほんとうの夫婦でしょう。一度そんなことがあったあとでは真実の夫婦愛がかえってこないものです。また男の愛がほんとうにさめている場合に家出をしたりすることは愚かですよ。恋はなくなっていても妻であるからと思っていっしょにいてくれた男から、これを機会に離縁を断行されることにもなります。なんでも穏やかに見て、男にほかの恋人ができた時にも、全然知らぬ顔はせずに感情を傷つけない程度の怨《うら》みを見せれば、それでまた愛を取り返すことにもなるものです。浮気《うわき》な習慣は妻次第でなおっていくものです。あまりに男に自由を与えすぎる女も、男にとっては気楽で、その細君の心がけがかわいく思われそうでありますが、しかしそれもですね、ほんとうは感心のできかねる妻の態度です。つながれない船は浮き歩くということになるじゃありませんか、ねえ」

中将はうなずいた。

「現在の恋人で、深い愛着を覚えていながらその女の愛に信用が持てないということはよくない。自身の愛さえ深ければ女のあやふやな心持ちも直して見せることができるはずだが、どうだろうかね。方法はほかにありませんよ。長い心で見ていくだけですね」

と頭中将《とうのちゅうじょう》は言って、自分の妹と源氏の中はこれに当たっているはずだと思うのに、源氏が目を閉じたままで何も言わぬのを、物足らずも口惜《くちお》しくも思った。左馬頭《さまのかみ》は女の品定めの審判者であるというような得意な顔をしていた。中将は左馬頭にもっと語らせたい心があってしきりに相槌《あいづち》を打っているのであった。

「まあほかのことにして考えてごらんなさい。指物師《きしものし》がいろいろな製作をしましても、一時的な飾り物で、決まった形式を必要としないものは、しゃれた形をこしらえたものなどに、これはおもしろいと思わせられて、いろいろなものが、次から次へ新しい物がいいように思われますが、ほんとうにそれがなければならない道具というような物を上手《じょうず》にこしらえ上げるのは名人でなければできないことです。また絵所《えどころ》に幾人も画家がいますが、席上の絵の描《か》き手に選ばれておおぜいで出ます時は、どれがよいのか悪いのかちょっとわかりませんが、非写実的な蓬莱山《ほうらいさん》とか、荒海の大魚とか、唐《から》にしかいない恐ろしい獣の形とかを描く人は、勝手ほうだいに誇張したもので人を驚かせて、それは実際に遠くてもそれで通ります。普通の山の姿とか、水の流れとか、自分たちが日常見ている美しい家や何かの図を写生的におもしろく混ぜて描き、われわれの近くにあるあまり高くない山を描き、木をたくさん描き、静寂な趣を出したり、あるいは人の住む邸《やしき》の中を忠実に描くような時に上手《じょうず》と下手《へた》の差がよくわかるものです。字でもそうです。深味がなくて、あちこちの線を長く引いたりするのに技巧を用いたものは、ちょっと見がおもしろいようでも、それと比べてまじめに丁寧に書いた字で見栄《みば》えのせぬものも、二度目によく比べて見れば技巧だけで書いた字よりもよく見えるものです。ちょっとしたことでもそうなんです、まして人間の問題ですから、技巧でおもしろく思わせるような人には永久の愛が持てないと私は決めています。好色がましい多情な男にお思いになるかもしれませんが、以前のことを少しお話しいたしましょう」

と言って、左馬頭は膝《ひざ》を進めた。源氏も目をさまして聞いていた。中将は左馬頭の見方を尊重するというふうを見せて、頰杖《ほおづえ》をついて正面から相手を見ていた。坊様が過去未来の道理を説法する席のようで、おかしくないこともないのであるが、この機会に各自の恋の秘密を持ち出されることになった。

「ずっと前で、まだつまらぬ役をしていた時です。私に一人の愛人がございました。容貌《ようぼう》などはとても悪い女でしたから、若い浮気《うわき》な心には、この人とだけで一生を暮らそうとは思わなかったのです。妻とは思っていましたが物足りなくて外に情人も持っていました。それでとても嫉妬《しっと》をするものですから、いやで、こんなふうでなく穏やかに見ていてくれればよいのにと思いながらも、あまりにやかましく言われますと、自分のような者をどうしてそんなにまで思うのだろうとあわれむような気になる時もあって、自然身持ちが修まっていくようでした。この女というのは、自身にできぬものでも、この人のためにはと努力してかかるのです。教養の足りなさも自身でつとめて補って、恥のないようにと心がけるたちで、どんなにも行き届いた世話をしてくれまして、私の機嫌《きげん》をそこねまいとする心から勝ち気もあまり表面に出さなくなり、私だけには柔順な女になって、醜い容貌《きりょう》なんぞも私にきらわれまいとして化粧に骨を折りますし、この顔で他人に逢《あ》っては、良人《おっと》の不名誉になると思っては、遠慮して来客にも近づきませんし、とにかく賢妻にできていましたから、同棲《どうせい》しているうちに利巧《りこう》さに心が引かれてもいきましたが、ただ一つの嫉妬《しっと》癖、それだけは彼女自身すらどうすることもできない厄介《やっかい》なものでした。当時私はこう思ったのです。とにかくみじめなほど私に参っている女なんだから、懲らすような仕打ちに出ておどして嫉妬《やきもちやき》を改造してやろう、もうその嫉妬ぶりに堪えられない、いやでならないという態度に出たら、これほど自分を愛している女なら、うまく自分の計画は成功するだろうと、そんな気で、ある時にわざと冷酷に出まして、例のとおり女がおこり出している時、『こんなあさましいことを言うあなたなら、どんな深い縁で結ばれた夫婦の中でも私は別れる決心をする。この関係を破壊してよいのなら、今のような邪推でも何でももっとするがいい。将来まで夫婦でありたいなら、少々つらいことはあっても忍んで、気にかけないようにして、そして嫉妬のない女になったら、私はまたどんなにあなたを愛するかしれない、人並みに出世してひとかどの官吏になる時分にはあなたがりっぱな私の正夫人でありうるわけだ』などと、うまいものだと自分で思いながら利己的な主張をしたものですね。女は少し笑って、『あなたの貧弱な時代を我慢して、そのうち出世もできるだろうと待っていることは、それは待ち遠しいことであっても、私は苦痛とも思いません。あなたの多情さを辛抱《しんぼう》して、よい良人になってくださるのを待つことは堪えられないことだと思いますから、そんなことをお言いになることになったのは別れる時になったわけです』そう口惜《くちお》しそうに言ってこちらを憤慨させるのです。女も自制のできない性質で、私の手を引き寄せて一本の指にかみついてしまいました。私は『痛い痛い』とたいそうに言って、『こんな傷までもつけられた私は社会へ出られない。あなたに侮辱された小役人はそんなことではいよいよ人並みに上がってゆくことはできない。私は坊主にでもなることにするだろう』などとおどして、『じゃあこれがいよいよ別れだ』と言って、指を痛そうに曲げてその家を出て来たのです。

『手を折りて相見しことを数ふればこれ一つやは君がうきふし

言いぶんはないでしょう』と言うと、さすがに泣き出して、

『うき節を心一つに数へきてこや君が手を別るべきをり』

反抗的に言ったりもしましたが、本心ではわれわれの関係が解消されるものでないことをよく承知しながら、幾日も幾日も手紙一つやらずに私は勝手《かって》な生活をしていたのです。加茂《かも》の臨時祭りの調楽《ちょうがく》が御所であって、更《ふ》けて、それは霙《みぞれ》が降る夜なのです。皆が退散する時に、自分の帰って行く家庭というものを考えるとその女の所よりないのです。御所の宿直室で寝るのもみじめだし、また恋を風流遊戯にしている局《つぼね》の女房を訪《たず》ねて行くことも寒いことだろうと思われるものですから、どう思っているのだろうと様子も見がてらに雪の中を、少しきまりが悪いのですが、こんな晩に行ってやる志で女の恨みは消えてしまうわけだと思って、はいって行くと、暗い灯《ひ》を壁のほうに向けて据《す》え、暖かそうな柔らかい、綿のたくさんはいった着物を大きな炙《あぶ》り籠《かご》に掛けて、私が寝室へはいる時に上げる几帳《きちょう》のきれも上げて、こんな夜にはきっと来るだろうと待っていたふうが見えます。そう思っていたのだと私は得意になりましたが、妻自身はいません。何人かの女房だけが留守《るす》をしていまして、父親の家へちょうどこの晩移って行

ったというのです。艶《えん》な歌も詠《よ》んで置かず、気のきいた言葉も残さずに、じみにすっと行ってしまったのですから、つまらない気がして、やかましく嫉妬をしたのも私にきらわせるためだったのかもしれないなどと、むしゃくしゃするものですからありうべくもないことまで忖度《そんたく》しましたものです。しかし考えてみると用意してあった着物なども平生以上によくできています し、そういう点では実にありがたい親切が見えるのです。自分と別れた後のことまでも世話していったのですからね、彼女がどうして別れうるものかと私は慢心して、それからのち手紙で交渉を始めましたが、私へ帰る気がないでもないようだし、まったく知れない所へ隠れてしまおうともしませんし、あくまで反抗的態度を取ろうともせず、『前のようなふうでは我慢ができない、すっかり生活の態度を変えて、一夫一婦の道を取ろうとお言いになるのなら』と言っているのです。そんなことを言っても負けて来るだろうという自信を持って、しばらく懲らしてやる気で、一婦主義になるとも言わず、話を長引かせていますうちに、非常に精神的に苦しんで死んでしまいましたから、私は自分が責められてなりません。家の妻というものは、あれほどの者でなければならないと今でもその女が思い出されます。風流ごとにも、まじめな問題にも話し相手にすることができましたし、また家庭の仕事はどんなことにも通じておりました。染め物の立田《たつた》姫にもなれたし、七夕《たなばた》の織姫にもなれたわけです」

と語った左馬頭は、いかにも亡《な》き妻が恋しそうであった。

「技術上の織姫でなく、永久の夫婦の道を行っている七夕姫だったらよかったですね。立田姫もわれわれには必要な神様だからね。男にまずい服装をさせておく細君はだめですよ。そんな人が早く死ぬんだから、いよいよ良妻は得がたいということになる」

中将は指をかんだ女をほめちぎった。

「その時分にまたもう一人の情人がありましてね、身分もそれは少しいいし、才女らしく歌を詠《よ》んだり、達者に手紙を書いたりしますし、音楽のほうも相当なものだったようです。感じの悪い容貌《きりょう》でもありませんでしたから、やきもち焼きのほうを世話女房にして置いて、そこへはおりおり通って行ったころにはおもしろい相手でしたよ。あの女が亡くなりましたあとでは、いくら今さら愛惜しても死んだものはしかたがなくて、たびたびもう一人の女の所へ行くようになりますと、なんだか体裁屋で、風流女を標榜《ひょうぼう》している点が気に入らなくて、一生の妻にしてもよいという気はなくなりました。あまり通わなくなったころに、もうほかに恋愛の相手ができたらしいのですね、十一月ごろのよい月の晩に、私が御所から帰ろうとすると、ある殿上役人が来て私の車へいっしょに乗りました。私はその晩は父の大納言《だいなごん》の家へ行って泊まろうと思っていたのです。途中でその人が、『今夜私を待っている女の家があって、そこへちょっと寄って行ってやらないでは気が済みませんから』と言うのです。私の女の家は道筋に当たっているのですが、こわれた土塀《どべい》から池が見えて、庭に月のさしているのを見ると、私も寄って行ってやっていいという気になって、その男の降りた所で私も降りたものです。その男のはいって行くのはすなわち私の行こうとしている家なのです。初めから今日の約束があったのでしょう。男は夢中のようで、のぼせ上がったふうで、門から近い廊《ろう》の室の縁側に腰を掛けて、気どったふうに月を見上げているんですね。それは実際白菊が紫をぼかした庭へ、風で紅葉《もみじ》がたくさん降ってくるのですから、身にしむように思うのも無理はないのです。男は懐中から笛を出して吹きながら合い間に『飛鳥井《あすかゐ》に宿りはすべし蔭《かげ》もよし』などと歌うと、中ではいい音のする倭琴《やまとごと》をきれいに弾《ひ》いて合わせるのです。相当なものなんですね。律の調子は女の柔らかに弾くのが御簾《みす》の中から聞こえるのもはなやかな気のするものですから、明るい月夜にはしっくり合っています。男はたいへんおもしろがって、琴を弾いている所の前へ行って、『紅葉の積もり方を見るとだれもおいでになった様子はありませんね。あなたの恋人はなかなか冷淡なようですね』などといやがらせを言っています。菊を折って行って、『琴の音も菊もえならぬ宿ながらつれなき人を引きやとめける。だめですね』などと言ってまた『いい聞き手のおいでになった時にはもっとうんと弾いてお聞かせなさい』こんな嫌味《いやみ》なことを言うと、女は作り声をして『こがらしに吹きあはすめる笛の音を引きとどむべき言の葉ぞなき』などと言ってふざけ合っているのです。私がのぞいていて憎らしがっているのも知らないで、今度は十三絃《げん》を派手《はで》に弾き出しました。才女でないことはありませんがきざな気がしました。遊戯的の恋愛をしている時は、宮中の女房たちとおもしろおかしく交際していて、それだけでいいのですが、時々にもせよ愛人として通って行く女がそんなふうではおもしろくないと思いまして、その晩のことを口実にして別れましたがね。この二人の女を比べて考えますと、若い時でさえもあとの風流女のほうは信頼のできないものだと知っていました。もう相当な年配になっている私は、これからはまたそのころ以上にそうした浮華なものがきらいになるでしょう。いたいたしい萩《はぎ》の露や、落ちそうな笹《ささ》の上の霰《あられ》などにたとえていいような艶《えん》な恋人を持つのがいいように今あなたがたはお思いになるでしょうが、私の年齢まで、まあ七年もすればよくおわかりになりますよ、私が申し上げておきますが、風流好みな女には気をおつけなさい。三角関係を発見した時に良人《おっと》の嫉妬《しっと》で問題を起こしたりするものです」

左馬頭は二人の貴公子に忠言を呈した。例のように中将はうなずく。少しほほえんだ源氏も左馬頭の言葉に真理がありそうだと思うらしい。あるいは二つともばかばかしい話であると笑っていたのかもしれない。

「私もばか者の話を一つしよう」

中将は前置きをして語り出した。

「私がひそかに情人にした女というのは、見捨てずに置かれる程度のものでね、長い関係になろうとも思わずにかかった人だったのですが、馴《な》れていくとよい所ができて心が惹《ひ》かれていった。たまにしか行かないのだけれど、とにかく女も私を信頼するようになった。愛しておれば恨めしさの起こるわけのこちらの態度だがと、自分のことだけれど気のとがめる時があっても、その女は何も言わない。久しく間を置いて逢《あ》っても始終来る人というようにするので、気の毒で、私も将来のことでいろんな約束をした。父親もない人だったから、私だけに頼らなければと思っている様子が何かの場合に見えて可憐《かれん》な女でした。こんなふうに穏やかなものだから、久しく訪《たず》ねて行かなかった時分に、ひどいことを私の妻の家のほうから、ちょうどまたそのほうへも出入りする女の知人を介して言わせたのです。私はあとで聞いたことなんだ。そんなかわいそうなことがあったとも知らず、心の中では忘れないでいながら手紙も書かず、長く行きもしないでいると、女はずいぶん心細がって、私との間に小さな子なんかもあったもんですから、煩悶《はんもん》した結果、撫子《なでしこ》の花を使いに持たせてよこしましたよ」

中将は涙ぐんでいた。

「どんな手紙」

と源氏が聞いた。

「なに、平凡なものですよ。『山がつの垣《かき》は荒るともをりをりに哀れはかけよ撫子の露』ってね。私はそれで行く気になって、行って見ると、例のとおり穏やかなものなんですが、少し物思いのある顔をして、秋の荒れた庭をながめながら、そのころの虫の声と同じような力のないふうでいるのが、なんだか小説のようでしたよ。『咲きまじる花は何《いづ》れとわかねどもなほ常夏《とこなつ》にしくものぞなき』子供のことは言わずに、まず母親の機嫌《きげん》を取ったのですよ。『打ち払ふ袖《そで》も露けき常夏に嵐《あらし》吹き添ふ秋も来にけり』こんな歌をはかなそうに言って、正面から私を恨むふうもありません。うっかり涙をこぼしても恥ずかしそうに紛らしてしまうのです。恨めしい理由をみずから追究して考えていくことが苦痛らしかったから、私は安心して帰って来て、またしばらく途絶えているうちに消えたようにいなくなってしまったのです。まだ生きておれば相当に苦労をしているでしょう。私も愛していたのだから、もう少し私をしっかり離さずにつかんでいてくれたなら、そうしたみじめな目に逢《あ》いはしなかったのです。長く途絶えて行かないというようなこともせず、妻の一人として待遇のしようもあったのです。撫子の花と母親の言った子もかわいい子でしたから、どうかして捜し出したいと思っていますが、今に手がかりがありません。これはさっきの話のたよりない性質の女にあたるでしょう。素知らぬ顔をしていて、心で恨めしく思っていたのに気もつかず、私のほうではあくまでも愛していたというのも、いわば一種の片恋と言えますね。もうぼつぼつ今は忘れかけていますが、あちらではまだ忘れられずに、今でも時々はつらい悲しい思いをしているだろうと思われます。これなどは男に永久性の愛を求めようとせぬ態度に出るもので、確かに完全な妻にはなれませんね。だからよく考えれば、左馬頭のお話の嫉妬《しっと》深い女も、思い出としてはいいでしょうが、今いっしょにいる妻であってはたまらない。どうかすれば断然いやになってしまうでしょう。琴の上手《じょうず》な才女というのも浮気《うわき》の罪がありますね。私の話した女も、よく本心の見せられない点に欠陥があります。どれがいちばんよいとも言えないことは、人生の何のこともそうですがこれも同じです。何人かの女からよいところを取って、悪いところの省かれたような、そんな女はどこにもあるものですか。吉祥天女《きちじょうてんにょ》を恋人にしようと思うと、それでは仏法くさくなって困るということになるだろうからしかたがない」

中将がこう言ったので皆笑った。

「式部の所にはおもしろい話があるだろう、少しずつでも聞きたいものだね」

と中将が言い出した。

「私どもは下の下の階級なんですよ。おもしろくお思いになるようなことがどうしてございますものですか」

式部丞《しきぶのじょう》は話をことわっていたが、頭中将《とうのちゅうじょう》が本気になって、早く早くと話を責めるので、

「どんな話をいたしましてよろしいか考えましたが、こんなことがございます。まだ文章生《もんじようせい》時代のことですが、私はある賢女の良人《おっと》になりました。さっきの左馬頭《さまのかみ》のお話のように、役所の仕事の相談相手にもなりますし、私の処世の方法なんかについても役だつことを教えていてくれました。学問などはちょっとした博士《はかせ》などは恥ずかしいほどのもので、私なんかは学問のことなどでは、前で口がきけるものじゃありませんでした。それはある博士の家へ弟子《でし》になって通っておりました時分に、先生に娘がおおぜいあることを聞いていたものですから、ちょっとした機会をとらえて接近してしまったのです。親の博士が二人の関係を知るとすぐに杯を持ち出して白楽天の結婚の詩などを歌ってくれましたが、実は私はあまり気が進みませんでした。ただ先生への遠慮でその関係はつながっておりました。先方では私をたいへんに愛して、よく世話をしまして、夜分寝《やす》んでいる時にも、私に学問のつくような話をしたり、官吏としての心得方などを言ってくれたりいたすのです。手紙は皆きれいな字の漢文です。仮名《かな》なんか一字だって混じっておりません。よい文章などをよこされるものですから別れかねて通っていたのでございます。今でも師匠の恩というようなものをその女に感じますが、そんな細君を持つのは、学問の浅い人間や、まちがいだらけの生活をしている者にはたまらないことだとその当時思っておりました。またお二方のようなえらい貴公子方にはそんなずうずうしい先生細君なんかの必要はございません。私どもにしましても、そんなのとは反対に歯がゆいような女でも、気に入っておればそれでいいのですし、前生の縁というものもありますから、男から言えばあるがままの女でいいのでございます」

これで式部丞《しきぶのじょう》が口をつぐもうとしたのを見て、頭中将は今の話の続きをさせようとして、

「とてもおもしろい女じゃないか」

と言うと、その気持ちがわかっていながら式部丞は、自身をばかにしたふうで話す。

「そういたしまして、その女の所へずっと長く参らないでいました時分に、その近辺に用のございましたついでに、寄って見ますと、平生の居間の中へは入れないのです。物越しに席を作ってすわらせます。嫌味《いやみ》を言おうと思っているのか、ばかばかしい、そんなことでもすれば別れるのにいい機会がとらえられるというものだと私は思っていましたが、賢女ですもの、軽々しく嫉妬《しっと》などをするものではありません。人情にもよく通じていて恨んだりなんかもしやしません。しかも高い声で言うのです。『月来《げつらい》、風病《ふうびょう》重きに堪えかね極熱《ごくねつ》の草薬を服しました。それで私はくさいのでようお目にかかりません。物越しででも何か御用があれば承りましょう』ってもっともらしいのです。ばかばかしくて返辞ができるものですか、私はただ『承知いたしました』と言って帰ろうとしました。でも物足らず思ったのですか『このにおいのなくなるころ、お立ち寄りください』とまた大きな声で言いますから、返辞をしないで来るのは気の毒ですが、ぐずぐずもしていられません。なぜかというと草薬の蒜《ひる》なるものの臭気がいっぱいなんですから、私は逃げて出る方角を考えながら、『ささがにの振舞《ふるま》ひしるき夕暮れにひるま過ぐせと言ふがあやなき。何の口実なんだか』と言うか言わないうちに走って来ますと、あとから人を追いかけさせて返歌をくれました。『逢《あ》ふことの夜をし隔てぬ中ならばひるまも何か眩《まば》ゆからまし』というのです。歌などは早くできる女なんでございます」

式部丞の話はしずしずと終わった。貴公子たちはあきれて、

「うそだろう」

と爪弾《つまはじ》きをして見せて、式部をいじめた。

「もう少しよい話をしたまえ」

「これ以上珍しい話があるものですか」

式部丞は退《さが》って行った。

「総体、男でも女でも、生かじりの者はそのわずかな知識を残らず人に見せようとするから困るんですよ。三史五経の学問を始終引き出されてはたまりませんよ。女も人間である以上、社会百般のことについてまったくの無知識なものはないわけです。わざわざ学問はしなくても、少し才のある人なら、耳からでも目からでもいろいろなことは覚えられていきます。自然男の知識に近い所へまでいっている女はつい漢字をたくさん書くことになって、女どうしで書く手紙にも半分以上漢字が混じっているのを見ると、いやなことだ、あの人にこの欠点がなければという気がします。書いた当人はそれほどの気で書いたのではなくても、読む時に音が強くて、言葉の舌ざわりがなめらかでなく嫌味《いやみ》になるものです。これは貴婦人もするまちがった趣味です。歌詠《よ》みだといわれている人が、あまりに歌にとらわれて、むずかしい故事なんかを歌の中へ入れておいて、そんな相手になっている暇のない時などに詠《よ》みかけてよこされるのはいやになってしまうことです、返歌をせねば礼儀でなし、またようしないでいては恥だし困ってしまいますね。宮中の節会《せちえ》の日なんぞ、急いで家を出る時は歌も何もあったものではありません。

そんな時に菖蒲《しょうぶ》に寄せた歌が贈られる、九月の菊の宴に作詩のことを思って一所懸命になっている時に、菊の歌。こんな思いやりのないことをしないでも場合さえよければ、真価が買ってもらえる歌を、今贈っては目にも留めてくれないということがわからないでよこしたりされると、ついその人が軽蔑《けいべつ》されるようになります。何にでも時と場合があるのに、それに気がつかないほどの人間は風流ぶらないのが無難ですね。知っていることでも知らぬ顔をして、言いたいことがあっても機会を一、二度ははずして、そのあとで言えばよいだろうと思いますね」

こんなことがまた左《さ》馬頭《まのかみ》によって言われている間にも、源氏は心の中でただ一人の恋しい方のことを思い続けていた。藤壺《ふじつぼ》の宮は足りない点もなく、才気の見えすぎる方でもないりっぱな貴女《きじょ》であるとうなずきながらも、その人を思うと例のとおりに胸が苦しみでいっぱいになった。いずれがよいのか決められずに、ついには筋の立たぬものになって朝まで話し続けた。

やっと今日は天気が直った。源氏はこんなふうに宮中にばかりいることも左大臣家の人に気の毒になってそこへ行った。一糸の乱れも見えぬというような家であるから、こんなのがまじめということを第一の条件にしていた、昨夜の談話者たちには気に入るところだろうと源氏は思いながらも、今も初めどおりに行儀をくずさぬ、打ち解けぬ夫人であるのを物足らず思って、中納言の君、中務《なかつかさ》などという若いよい女房たちと冗談《じょうだん》を言いながら、暑さに部屋着だけになっている源氏を、その人たちは美しいと思い、こうした接触が得られる幸福を覚えていた。大臣も娘のいるほうへ出かけて来た。部屋着になっているのを知って、几帳《きちょう》を隔てた席について話そうとするのを、

「暑いのに」

と源氏が顔をしかめて見せると、女房たちは笑った。

「静かに」

と言って、脇息《きょうそく》に寄りかかった様子にも品のよさが見えた。

暗くなってきたころに、

「今夜は中神のお通り路《みち》になっておりまして、御所からすぐにここへ来てお寝《やす》みになってはよろしくございません」

という、源氏の家従たちのしらせがあった。

「そう、いつも中神は避けることになっているのだ。しかし二条の院も同じ方角だから、どこへ行ってよいかわからない。私はもう疲れていて寝てしまいたいのに」

そして源氏は寝室にはいった。

「このままになすってはよろしくございません」

また家従が言って来る。紀伊守《きいのかみ》で、家従の一人である男の家のことが上申される。

「中川辺でございますがこのごろ新築いたしまして、水などを庭へ引き込んでございまして、そこならばお涼しかろうと思います」

「それは非常によい。からだが大儀だから、車のままではいれる所にしたい」

と源氏は言っていた。隠れた恋人の家は幾つもあるはずであるが、久しぶりに帰ってきて、方角除《よ》けにほかの女の所へ行っては夫人に済まぬと思っているらしい。呼び出して泊まりに行

くことを紀伊守に言うと、承知はして行ったが、同輩のいる所へ行って、

「父の伊予守——伊予は太守の国で、官名は介《すけ》になっているが事実上の長官である——の家のほうにこのごろ障《さわ》りがありまして、家族たちが私の家へ移って来ているのです。もとから狭い家なんですから失礼がないかと心配です」と迷惑げに言ったことがまた源氏の耳にはいると、

「そんなふうに人がたくさんいる家がうれしいのだよ、女の人の居所が遠いような所は夜がこわいよ。伊予守の家族のいる部屋の几帳《きちょう》の後ろでいいのだからね」

冗談《じょうだん》混じりにまたこう言わせたものである。

「よいお泊まり所になればよろしいが」

と言って、紀伊守は召使を家へ走らせた。源氏は微行《しのび》で移りたかったので、まもなく出かけるのに大臣へも告げず、親しい家従だけをつれて行った。あまりに急だと言って紀伊守がこぼすのを他の家従たちは耳に入れないで、寝殿《しんでん》の東向きの座敷を掃除《そうじ》させて主人へ提供させ、そこに宿泊の仕度《したく》ができた。庭に通した水の流れなどが地方官級の家としては凝《こ》ってできた住宅である。わざと田舎《いなか》の家らしい柴垣《しばがき》が作ってあったりして、庭の植え込みなどもよくできていた。涼しい風が吹いて、どこでともなく虫が鳴き、蛍《ほたる》がたくさん飛んでいた。源氏の従者たちは渡殿《わたどの》の下をくぐって出て来る水の流れに臨んで酒を飲んでいた。紀伊守が主人をよりよく待遇するために奔走している時、一人でいた源氏は、家の中をながめて、前夜の人たちが階級を三つに分けたその中《ちゅう》の品の列にはいる家であろうと思い、その話を思い出していた。思い上がった娘だという評判の伊予守の娘、すなわち紀伊守の妹であったから、源氏は初めからそれに

興味を持っていて、どの辺の座敷にいるのであろうと物音に耳を立てていると、この座敷の西に続いた部屋で女の衣摺《きぬず》れが聞こえ、若々しい、媚《なま》めかしい声で、しかもさすがに声をひそめてものを言ったりしているのに気がついた。わざとらしいが悪い感じもしなかった。初めその前の縁の格子《こうし》が上げたままになっていたのを、不用意だといって紀伊守がしかって、今は皆戸がおろされてしまったので、その室の灯影《ほかげ》が、襖子《からかみ》の隙間《すきま》から赤くこちらへさしていた。源氏は静かにそこへ寄って行って中が見えるかと思ったが、それほどの隙間はない。しばらく立って聞いていると、それは襖子の向こうの中央の間に集まってしているらしい低いさざめきは、源氏自身が話題にされているらしい。

「まじめらしく早く奥様をお持ちになったのですからお寂しいわけですわね。でもずいぶん隠れてお通いになる所があるんですって」

こんな言葉にも源氏ははっとした。自分の作っているあるまじい恋を人が知って、こうした場合に何とか言われていたらどうだろうと思ったのである。でも話はただ事ばかりであったから皆を聞こうとするほどの興味が起こらなかった。式部卿《しきぶきょう》の宮の姫君に朝顔を贈った時の歌などを、だれかが得意そうに語ってもいた。行儀がなくて、会話の中に節をつけて歌を入れたがる人たちだ、中の品がおもしろいといっても自分には我慢のできぬこともあるだろうと源氏は思った。

紀伊守が出て来て、灯籠《とうろう》の数をふやさせたり、座敷の灯《ひ》を明るくしたりしてから、主人には遠慮をして菓子だけを献じた。

「わが家はとばり帳《ちょう》をも掛けたればって歌ね、大君来ませ婿にせんってね、そこへ気がつかないでは主人の手落ちかもしれない」

「通人でない主人でございまして、どうも」

紀伊守は縁側でかしこまっていた。源氏は縁に近い寝床で、仮臥《かりね》のように横になっていた。随行者たちももう寝たようである。紀伊守は愛らしい子供を幾人も持っていた。御所の侍童を勤めて源氏の知った顔もある。縁側などを往来《ゆきき》する中には伊予守の子もあった。何人かの中に特別に上品な十二、三の子もある。どれが子で、どれが弟かなどと源氏は尋ねていた。

「ただ今通りました子は、亡《な》くなりました衛門督《えもんのかみ》の末の息子《むすこ》で、かわいがられていたのですが、小さいうちに父親に別れまして、姉の縁でこうして私の家にいるのでございます。将来のためにもなりますから、御所の侍童を勤めさせたいようですが、それも姉の手だけでははかばかしく運ばないのでございましょう」

と紀伊守が説明した。

「あの子の姉さんが君の継母なんだね」

「そうでございます」

「似つかわしくないお母さんを持ったものだね。その人のことは陛下もお聞きになっていらっしって、宮仕えに出したいと衛門督が申していたが、その娘はどうなったのだろうって、いつかお言葉があった。人生はだれがどうなるかわからないものだね」

老成者らしい口ぶりである。

「不意にそうなったのでございます。まあ人というものは昔も今も意外なふうにも変わってゆくものですが、その中でも女の運命ほどはかないものはございません」

などと紀伊守は言っていた。

「伊予介は大事にするだろう。主君のように思うだろうな」

「さあ。まあ私生活の主君でございますかな。好色すぎると私はじめ兄弟はにがにがしがっております」

「だって君などのような当世男に伊予介は譲ってくれないだろう。あれはなかなか年は寄ってもりっぱな風采《ふうさい》を持っているのだからね」

などと話しながら、

「その人どちらにいるの」

「皆下屋《しもや》のほうへやってしまったのですが、間にあいませんで一部分だけは残っているかもしれません」

と紀伊守は言った。

深く酔った家従たちは皆夏の夜を板敷で仮寝してしまったのであるが、源氏は眠れない、一人臥《ね》をしていると思うと目がさめがちであった。この室の北側の襖子《からかみ》の向こうに人のいるらしい音のする所は紀伊守の話した女のそっとしている室であろうと源氏は思った。かわいそうな女だとその時から思っていたのであったから、静かに起きて行って襖子越しに物声を聞き出そうとした。その弟の声で、

「ちょいと、どこにいらっしゃるの」

と言う。少し涸《か》れたきれいな声である。

「私はここで寝《やす》んでいるの。お客様はお寝みになったの。ここと近くてどんなに困るかと思っていたけれど、まあ安心した」

と、寝床から言う声もよく似ているので姉弟であることがわかった。

「廂《ひさし》の室でお寝みになりましたよ。評判のお顔を見ましたよ。ほんとうにお美しい方だった」

一段声を低くして言っている。

「昼だったら私ものぞくのだけれど」

睡《ね》むそうに言って、その顔は蒲団《ふとん》の中へ引き入れたらしい。もう少し熱心に聞けばよいのにと源氏は物足りない。

「私は縁の近くのほうへ行って寝ます。暗いなあ」

子供は燈心を掻《か》き立てたりするものらしかった。女は襖子の所からすぐ斜《すじか》いにあたる辺で寝ているらしい。

「中将はどこへ行ったの。今夜は人がそばにいてくれないと何だか心細い気がする」

低い下の室のほうから、女房が、

「あの人ちょうどお湯にはいりに参りまして、すぐ参ると申しました」

と言っていた。源氏はその女房たちも皆寝静まったころに、掛鉄《かけがね》をはずして引いてみると襖子はさっとあいた。向こう側には掛鉄がなかったわけである。そのきわに几帳《きちょう》が立ててあった。ほのかな灯《ひ》の明りで衣服箱などがごたごたと置かれてあるのが見える。源氏はその中を分けるようにして歩いて行った。

小さな形で女が一人寝ていた。やましく思いながら顔を掩《おお》うた着物を源氏が手で引きのけるまで女は、さっき呼んだ女房の中将が来たのだと思っていた。

「あなたが中将を呼んでいらっしゃったから、私の思いが通じたのだと思って」

と源氏の宰相中将《さいしょうのちゅうじょう》は言いかけたが、女は恐ろしがって、夢に襲われているようなふうである。「や」と言うつもりがあるが、顔に夜着がさわって声にはならなかった。

「出来心のようにあなたは思うでしょう。もっともだけれど、私はそうじゃないのですよ。ずっと前からあなたを思っていたのです。それを聞いていただきたいのでこんな機会を待っていたのです。だからすべて前生《ぜんしょう》の縁が導くのだと思ってください」

柔らかい調子である。神様だってこの人には寛大であらねばならぬだろうと思われる美しさで近づいているのであるから、露骨に、

「知らぬ人がこんな所へ」

とののしることができない。しかも女は情けなくてならないのである。

「人まちがえでいらっしゃるのでしょう」

やっと、息よりも低い声で言った。当惑しきった様子が柔らかい感じであり、可憐《かれん》でもあった。

「違うわけがないじゃありませんか。恋する人の直覚であなただと思って来たのに、あなたは知らぬ顔をなさるのだ。普通の好色者がするような失礼を私はしません。少しだけ私の心を聞いていただけばそれでよいのです」

と言って、小柄な人であったから、片手で抱いて以前の襖子《からかみ》の所へ出て来ると、さっき呼ばれていた中将らしい女房が向こうから来た。

「ちょいと」

と源氏が言ったので、不思議がって探り寄って来る時に、薫《た》き込めた源氏の衣服の香が顔に吹き寄ってきた。中将は、これがだれであるかも、何であるかもわかった。情けなくて、どうなることかと心配でならないが、何とも異論のはさみようがない。並み並みの男であったならできるだけの力の抵抗もしてみるはずであるが、しかもそれだって荒だてて多数の人に知らせることは夫人の不名誉になることであって、しないほうがよいのかもしれない。こう思って胸をとどろかせながら従ってきたが、源氏の中将はこの中将をまったく無視していた。初めの座敷へ抱いて行って女をおろして、それから襖子をしめて、

「夜明けにお迎えに来るがいい」

と言った。中将はどう思うであろうと、女はそれを聞いただけでも死ぬほどの苦痛を味わった。流れるほどの汗になって悩ましそうな女に同情は覚えながら、女に対する例の誠実な調子で、女の心が当然動くはずだと思われるほどに言っても、女は人間の掟《おきて》に許されていない恋に共鳴してこない。

「こんな御無理を承ることが現実のことであろうとは思われません。卑しい私ですが、軽蔑《けいべつ》してもよいものだというあなたのお心持ちを私は深くお恨みに思います。私たちの階級とあなた様たちの階級とは、遠く離れて別々のものなのです」

こう言って、強さで自分を征服しようとしている男を憎いと思う様子は、源氏を十分に反省さす力があった。

「私はまだ女性に階級のあることも何も知らない。はじめての経験なんです。普通の多情な男のようにお取り扱いになるのを恨めしく思います。あなたの耳にも自然はいっているでしょう、むやみな恋の冒険などを私はしたこともありません。それにもかかわらず前生の因縁は大きな力があって、私をあなたに近づけて、そしてあなたからこんなにはずかしめられています。ごもっともだとあなたになって考えれば考えられますが、そんなことをするまでに私はこの恋に盲目になっています」

まじめになっていろいろと源氏は説くが、女の冷ややかな態度は変わっていくけしきもない。女は、一世の美男であればあるほど、この人の恋人になって安んじている自分にはなれない、冷血的な女だと思われてやむのが望みであると考えて、きわめて弱い人が強さをしいてつけているのは弱竹《なよたけ》のようで、さすがに折ることはできなかった。真からあさましいことだと思うふうに泣く様子などが可憐《かれん》であった。気の毒ではあるがこのままで別れたらのちのちまでも後悔が自分を苦しめるであろうと源氏は思ったのであった。

もうどんなに勝手な考え方をしても救われない過失をしてしまったと、女の悲しんでいるの

を見て、

「なぜそんなに私が憎くばかり思われるのですか。お嬢さんか何かのようにあなたの悲しむのが恨めしい」

と、源氏が言うと、

「私の運命がまだ私を人妻にしません時、親の家の娘でございました時に、こうしたあなたの熱情で思われましたのなら、それは私の迷いであっても、他日に光明のあるようなことも思ったでございましょうが、もう何もだめでございます。私には恋も何もいりません。ですからせめてなかったことだと思ってしまってください」

と言う。悲しみに沈んでいる女を源氏ももっともだと思った。真心から慰めの言葉を発しているのであった。

鶏《とり》の声がしてきた。家従たちも起きて、

「寝坊をしたものだ。早くお車の用意をせい」

そんな命令も下していた。

「女の家へ方違《かたたが》えにおいでになった場合とは違いますよ。早くお帰りになる必要は少しもないじゃありませんか」

と言っているのは紀伊守であった。

源氏はもうまたこんな機会が作り出せそうでないことと、今後どうして文通をすればよいか、どうもそれが不可能らしいことで胸を痛くしていた。女を行かせようとしてもまた引き留める源氏であった。

「どうしてあなたと通信をしたらいいでしょう。あくまで冷淡なあなたへの恨みも、恋も、一通りでない私が、今夜のことだけをいつまでも泣いて思っていなければならないのですか」

泣いている源氏が非常に艶《えん》に見えた。何度も鶏《とり》が鳴いた。

つれなさを恨みもはてぬしののめにとりあへぬまで驚かすらん

あわただしい心持ちで源氏はこうささやいた。女は己《おのれ》を省みると、不似合いという晴がましさを感ぜずにいられない源氏からどんなに熱情的に思われても、これをうれしいこととすることができないのである。それに自分としては愛情の持てない良人《おっと》のいる伊予の国が思われて、こんな夢を見てはいないだろうかと考えると恐ろしかった。

身の憂《う》さを歎《なげ》くにあかで明くる夜はとり重ねても音《ね》ぞ泣かれける

と言った。ずんずん明るくなってゆく。女は襖子《からかみ》の所へまで送って行った。奥のほうの人も、こちらの縁のほうの人も起き出して来たんでざわついた。襖子をしめてもとの席へ帰って行く源氏は、一重の襖子が越えがたい隔ての関のように思われた。

直衣《のうし》などを着て、姿を整えた源氏が縁側の高欄《こうらん》によりかかっているのが、隣室の縁低い衝立《ついたて》の上のほうから見えるのをのぞいて、源氏の美の放つ光が身の中へしみ通るように思っている女房もあった。残月のあるころで落ち着いた空の明かりが物をさわやかに照らしていた。変わったおもしろい夏の曙《あけぼの》である。だれも知らぬ物思いを、心に抱いた源氏であるから、主観的にひどく身にしむ夜明けの風景だと思った。言《こと》づて一つする便宜がないではないかと思って顧みがちに去った。

家へ帰ってからも源氏はすぐに眠ることができなかった。再会の至難である悲しみだけを自分はしているが、自由な男でない人妻のあの人はこのほかにもいろいろな煩悶《はんもん》があるはずであると思いやっていた。すぐれた女ではないが、感じのよさを十分に備えた中の品だ。だから多くの経験を持った男の言うことには敬服される点があると、品定めの夜の話を思い出していた。

このごろはずっと左大臣家に源氏はいた。あれきり何とも言ってやらないことは、女の身にとってどんなに苦しいことだろうと中川の女のことがあわれまれて、始終心にかかって苦しいはてに源氏は紀伊守を招いた。

「自分の手もとへ、この間見た中納言の子供をよこしてくれないか。かわいい子だったからそばで使おうと思う。御所へ出すことも私からしてやろう」

と言うのであった。

「結構なことでございます。あの子の姉に相談してみましょう」

その人が思わず引き合いに出されたことだけででも源氏の胸は鳴った。

「その姉さんは君の弟を生んでいるの」

「そうでもございません。この二年ほど前から父の妻になっていますが、死んだ父親が望んでいたことでないような結婚をしたと思うのでしょう。不満らしいということでございます」

「かわいそうだね、評判の娘だったが、ほんとうに美しいのか」

「さあ、悪くもないのでございましょう。年のいった息子《むすこ》と若い継母は親しくせぬものだと申しますから、私はその習慣に従っておりまして何も詳しいことは存じません」

と紀伊守《きいのかみ》は答えていた。

紀伊守は五、六日してからその子供をつれて来た。整った顔というのではないが、艶《えん》な風采《ふうさい》を備えていて、貴族の子らしいところがあった。そばへ呼んで源氏は打ち解けて話してやった。子供心に美しい源氏の君の恩顧を受けうる人になれたことを喜んでいた。姉のことも詳しく源氏は聞いた。返辞のできることだけは返辞をして、つつしみ深くしている子供に、源氏は秘密を打ちあけにくかった。けれども上手《じょうず》に嘘《うそ》まじりに話して聞かせると、そんなことがあったのかと、子供心におぼろげにわかればわかるほど意外であったが、子供は深い穿鑿《せんさく》をしようともしない。

源氏の手紙を弟が持って来た。女はあきれて涙さえもこぼれてきた。弟がどんな想像をするだろうと苦しんだが、さすがに手紙は読むつもりらしくて、きまりの悪いのを隠すように顔の上でひろげた。さっきからからだは横にしていたのである。手紙は長かった。終わりに、

見し夢を逢《あ》ふ夜ありやと歎《なげ》く間に目さへあはでぞ頃《ころ》も経にける

安眠のできる夜がないのですから、夢が見られないわけです。

とあった。目もくらむほどの美しい字で書かれてある。涙で目が曇って、しまいには何も読

めなくなって、苦しい思いの新しく加えられた運命を思い続けた。

翌日源氏の所から小君《こぎみ》が召された。出かける時に小君は姉に返事をくれと言った。

「ああしたお手紙をいただくはずの人がありませんと申し上げればいい」

と姉が言った。

「まちがわないように言っていらっしったのにそんなお返辞はできない」

そう言うのから推《お》せば秘密はすっかり弟に打ち明けられたものらしい、こう思うと女は源氏が恨めしくてならない。

「そんなことを言うものじゃない。大人の言うようなことを子供が言ってはいけない。お断わりができなければお邸《やしき》へ行かなければいい」

無理なことを言われて、弟は、

「呼びにおよこしになったのですもの、伺わないでは」

と言って、そのまま行った。好色な紀伊守はこの継母が父の妻であることを惜しがって、取り入りたい心から小君にも優しくしてつれて歩きもするのだった。小君が来たというので源氏は居間へ呼んだ。

「昨日《きのう》も一日おまえを待っていたのに出て来なかったね。私だけがおまえを愛していても、おまえは私に冷淡なんだね」

恨みを言われて、小君は顔を赤くしていた。

「返事はどこ」

小君はありのままに告げるほかに術《すべ》はなかった。

「おまえは姉さんに無力なんだね、返事をくれないなんて」

そう言ったあとで、また源氏から新しい手紙が小君に渡された。

「おまえは知らないだろうね、伊予の老人よりも私はさきに姉さんの恋人だったのだ。頸《くび》の細い貧弱な男だからといって、姉さんはあの不恰好《ぶかっこう》な老人を良人《おっと》に持って、今だって知らないなどと言って私を軽蔑《けいべつ》しているのだ。けれどもおまえは私の子になっておれ。姉さんがたよりにしている人はさきが短いよ」

と源氏がでたらめを言うと、小君はそんなこともあったのか、済まないことをする姉さんだと思う様子をかわいく源氏は思った。小君は始終源氏のそばに置かれて、御所へもいっしょに連れられて行ったりした。源氏は自家の衣裳係《いしょうがかり》に命じて、小君の衣服を新調させたりして、言葉どおり親代わりらしく世話をしていた。女は始終源氏から手紙をもらった。けれども弟は子供であって、不用意に自分の書いた手紙を落とすようなことをしたら、もとから不運な自分がまた正しくもない恋の名を取って泣かねばならないことになるのはあまりに自分がみじめであるという考えが根底になっていて、恋を得るということも、こちらにその人の対象になれる自信のある場合にだけあることで、自分などは光源氏の相手になれる者ではないと思う心から返事をしないのであった。ほのかに見た美しい源氏を思い出さないわけではなかったのである。真実の感情を源氏に知らせてもさて何にもなるものでないと、苦しい反省をみずから強いている女であった。源氏はしばらくの間もその人が忘られなかった。気の毒にも思い恋しくも思った。女が自分とした過失に苦しんでいる様子が目から消えない。本能のおもむくままに忍んであいに行くことも、人目の多い家であるからそのことが知れては困ることになる、自分のためにも、女のためにもと思っては煩悶《はんもん》をしていた。

例のようにまたずっと御所にいた頃、源氏は方角の障《さわ》りになる日を選んで、御所から来る途中でにわかに気がついたふうをして紀伊守の家へ来た。紀伊守は驚きながら、

「前栽《せんざい》の水の名誉でございます」

こんな挨拶《あいさつ》をしていた。小君《こぎみ》の所へは昼のうちからこんな手はずにすると源氏は言ってやってあって、約束ができていたのである。

始終そばへ置いている小君であったから、源氏はさっそく呼び出した。女のほうへも手紙は行っていた。自身に逢おうとして払われる苦心は女の身にうれしいことではあったが、そうかといって、源氏の言うままになって、自己が何であるかを知らないように恋人として逢う気にはならないのである。夢であったと思うこともできる過失を、また繰り返すことになってはならぬとも思った。妄想《もうそう》で源氏の恋人気どりになって待っていることは自分にできないと女は決めて、小君が源氏の座敷のほうへ出て行くとすぐに、

「あまりお客様の座敷に近いから失礼な気がする。私は少しからだが苦しくて、腰でもたたいてほしいのだから、遠い所のほうが都合がよい」

と言って、渡殿《わたどの》に持っている中将という女房の部屋《へや》へ移って行った。初めから計画的に来た源氏であるから、家従たちを早く寝させて、女へ都合を聞かせに小君をやった。小君に姉の居

所がわからなかった。やっと渡殿の部屋を捜しあてて来て、源氏への冷酷な姉の態度を恨んだ。

「こんなことをして、姉さん。どんなに私が無力な子供だと思われるでしょう」

もう泣き出しそうになっている。

「なぜおまえは子供のくせによくない役なんかするの、子供がそんなことを頼まれてするのはとてもいけないことなのだよ」

としかって、

「気分が悪くて、女房たちをそばへ呼んで介抱《かいほう》をしてもらっていますって申せばいいだろう。皆が怪しがりますよ、こんな所へまで来てそんなことを言っていて」

取りつくしまもないように姉は言うのであったが、心の中では、こんなふうに運命が決まらないころ、父が生きていたころの自分の家へ、たまさかでも源氏を迎えることができたら自分は幸福だったであろう。しいて作るこの冷淡さを、源氏はどんなにわが身知らずの女だとお思いになることだろうと思って、自身の意志でしていることであるが胸が痛いようにさすがに思われた。どうしてもこうしても人妻という束縛は解かれないのであるから、どこまでも冷ややかな態度を押し通して変えまいという気に女はなっていた。

源氏はどんなふうに計らってくるだろうと、頼みにする者が少年であることを気がかりに思いながら寝ているところへ、だめであるという報《しら》せを小君が持って来た。女のあさましいほどの冷淡さを知って源氏は言った。

「私はもう自分が恥ずかしくってならなくなった」

気の毒なふうであった。それきりしばらくは何も言わない。そして苦しそうに吐息《といき》をしてから
また女を恨んだ。

帚木《ははきぎ》の心を知らでその原の道にあやなくまどひぬるかな

今夜のこの心持ちはどう言っていいかわからない、と小君に言ってやった。女もさすがに眠れないで悶《もだ》えていたのである。それで、

数ならぬ伏屋《ふせや》におふる身のうさにあるにもあらず消ゆる帚木

という歌を弟に言わせた。小君は源氏に同情して、眠がらずに往《い》ったり来たりしているのを、女は人が怪しまないかと気にしていた。

いつものように酔った従者たちはよく眠っていたが、源氏一人はあさましくて寝入れない。普通の女と変わった意志の強さのますます明確になってくる相手が恨めしくて、もうどうでもよいとちょっとの間は思うがすぐにまた恋しさがかえってくる。

「どうだろう、隠れている場所へ私をつれて行ってくれないか」

「なかなか開《あ》きそうにもなく戸じまりがされていますし、女房もたくさんおります。そんな所へ、もったいないことだと思います」

と小君が言った。源氏が気の毒でたまらないと小君は思っていた。

「じゃあもういい。おまえだけでも私を愛してくれ」

と言って、源氏は小君をそばに寝させた。若い美しい源氏の君の横に寝ていることが子供心に非常にうれしいらしいので、この少年のほうが無情な恋人よりもかわいいと源氏は思った。

空蟬

うつせみのわがうすごろも風流男に馴《な》れてぬるやとあぢきなきころ　（晶子）

眠れない源氏は、

「私はこんなにまで人から冷淡にされたことはこれまでないのだから、今晩はじめて人生は悲しいものだと教えられた。恥ずかしくて生きていられない気がする」

などと言うのを小君《こぎみ》は聞いて涙さえもこぼしていた。非常にかわいく源氏は思った。思いなしか手あたりの小柄なからだ、そう長くは感じなかったあの人の髪もこれに似ているように思われてなつかしい気がした。この上しいて女を動かそうとすることも見苦しいことに思われたし、また真から恨めしくもなっている心から、それきり言《こと》づてをすることもやめて、翌朝早く帰って行ったのを、小君は気の毒な物足りないことに思った。女も非常にすまないと思っていたが、それからはもう手紙も来なかった。お憤《おこ》りになったのだと思うとともに、このまま自分が忘れられてしまうのは悲しいという気がした。それかといって無理な道をしいてあの方が通ろうとなさることの続くのはいやである。それを思うとこれで結末になってもよいのであると思って、理性では是認しながら物思いをしていた。

源氏は、ひどい人であると思いながら、このまま成り行きにまかせておくことはできないような焦慮を覚えた。

「あんな無情な恨めしい人はないと私は思って、忘れようとしても自分の心が自分の思うようにならないから苦しんでいるのだよ。もう一度逢《あ》えるようないい機会をおまえが作ってくれ」

こんなことを始終小君は言われていた。困りながらこんなことででも自分を源氏が必要な人物にしてくれるのがうれしかった。子供心に機会をねらっていたが、そのうちに紀伊守《きいのかみ》が任地へ立ったりして、残っているのは女の家族だけになったころのある日、夕方の物の見分けの紛《まぎ》れやすい時間に、自身の車に源氏を同乗させて家へ来た。なんといっても案内者は子供なのであるからと源氏は不安な気はしたが、慎重になどしてかかれることでもなかった。目だたぬ服装をして紀伊守家の門のしめられないうちにと急いだのである。少年のことであるから家の侍などが追従して出迎えたりはしないのでまずよかった。東側の妻戸《つまど》の外に源氏を立たせて、小君自身は縁を一回りしてから、南の隅《すみ》の座敷の外から元気よくたたいて戸を上げさせて中へはいった。女房が、

「そんなにしては人がお座敷を見ます」

と小言《こごと》を言っている。

「どうしたの、こんなに今日は暑いのに早く格子《こうし》をおろしたの」

「お昼から西の対《たい》——寝殿《しんでん》の左右にある対の屋の一つ——のお嬢様が来ていらっしって碁を打っていらっしゃるのです」

と女房は言った。

源氏は恋人とその継娘《ままむすめ》が碁盤を中にして対《むか》い合っているのをのぞいて見ようと思って開いた口からはいって、妻戸と御簾《みす》の間へ立った。小君の上げさせた格子がまだそのままになっていて、外から夕明かりがさしているから、西向きにずっと向こうの座敷までが見えた。こちらの室の御簾のそばに立てた屏風《びょうぶ》も端のほうが都合よく畳まれているのである。普通ならば目ざわりになるはずの几帳《きちょう》なども今日の暑さのせいで垂れは上げて棹《さお》にかけられている。灯《ひ》が人の座に近く置かれていた。中央の室の中柱に寄り添ってすわったのが恋しい人であろうかと、まずそれに目が行った。紫の濃い綾《あや》の単衣襲《ひとえがさね》の上に何かの上着をかけて、頭の恰好《かっこう》のほっそりとした小柄な女である。顔などは正面にすわった人からも全部が見られないように注意をしているふうだった。痩《や》せっぽちの手はほんの少しより袖《そで》から出ていない。もう一人は顔を東向きにしていたからすっかり見えた。白い薄衣《うすもの》の単衣襲に淡藍《うすあい》色の小袿《こうちぎ》らしいものを引きかけて、紅《あか》い袴《はかま》の紐《ひも》の結び目の所までも着物の襟《えり》がはだけて胸が出ていた。きわめて行儀のよくないふうである。色が白くて、よく肥えていて頭の形と、髪のかかった額つきが美しい。目つきと口もとに愛嬌《あいきょう》があって派手《はで》な顔である。髪は多くて、長くはないが、二つに分けて顔から肩へかかったあたりがきれいで、全体が朗らかな美人と見えた。源氏は、だから親が自慢にしているのだと興味がそそられた。静かな性質を少し添えてやりたいとちょっとそんな気がした。才走ったところはあるらしい。碁が終わって駄目石《だめいし》を入れる時など、いかにも利巧《りこう》に見えて、そして蓮葉《はすっぱ》に騒ぐのである。奥のほうの人は静かにそれをおさえるようにして、

「まあお待ちなさい。そこは両方ともいっしょの数でしょう。それからここにもあなたのほ

うの目がありますよ」

などと言うが、

「いいえ、今度は負けましたよ。そうそう、この隅の所を勘定しなくては」

指を折って、十、二十、三十、四十と数えるのを見ていると、無数だという伊予の温泉の湯《ゆ》桁《げた》の数もこの人にはすぐわかるだろうと思われる。少し下品である。袖で十二分に口のあたりを掩《おお》うて隙見男《すきみおとこ》に顔をよく見せないが、その今一人に目をじっとつけていると次第によくわかってきた。少し腫《は》れぼったい目のようで、鼻などもよく筋が通っているとは見えない。はなやかなところはどこもなくて、一つずついえば醜いほうの顔であるが、姿態がいかにもよくて、美しい今一人よりも人の注意を多く引く価値があった。派手《はで》な愛嬌《あいきょう》のある顔を性格からあふれる誇りに輝かせて笑うほうの女は、普通の見方をもってすれば確かに美人である。軽佻《けいちょう》だと思いながらも若い源氏はそれにも関心が持てた。源氏のこれまで知っていたのは、皆正しく行儀よく、つつましく装った女性だけであった。こうしただらしなくしている女の姿を隙見したりしたことははじめての経験であったから、隙見男のいることを知らない女はかわいそうでも、もう少し立っていたく思った時に、小君が縁側へ出て来そうになったので静かにそこを退《の》いた。そして妻戸の向かいになった渡殿《わたどの》の入り口のほうに立っていると小君が来た。済まないような表情をしている。

「平生いない人が来ていまして、姉のそばへ行かれないのです」

「そして今晩のうちに帰すのだろうか。逢えなくてはつまらない」

「そんなことはないでしょう。あの人が行ってしまいましたら私がよくいたします」

と言った。さも成功の自信があるようなことを言う、子供だけれど目はしがよく利《き》くのだからよくいくかもしれないと源氏は思っていた。碁の勝負がいよいよ終わったのか、人が分かれ分かれに立って行くような音がした。

「若様はどこにいらっしゃいますか。このお格子はしめてしまいますよ」

と言って格子をことことと中から鳴らした。

「もう皆寝るのだろう、じゃあはいって行って上手にやれ」

と源氏は言った。小君もきまじめな姉の心は動かせそうではないのを知って相談はせずに、そばに人の少ない時に寝室へ源氏を導いて行こうと思っているのである。

「紀伊守の妹もこちらにいるのか。私に隙見《すきみ》させてくれ」

「そんなこと、格子には几帳《きちょう》が添えて立ててあるのですから」

と小君が言う。そのとおりだ、しかし、そうだけれどと源氏はおかしく思ったが、見たとは知らすまい、かわいそうだと考えて、ただ夜ふけまで待つ苦痛を言っていた。小君は、今度は横の妻戸をあけさせてはいって行った。

女房たちは皆寝てしまった。

「この敷居の前で私は寝る。よく風が通るから」

と言って、小君は板間《いたま》に上敷《うわしき》をひろげて寝た。女房たちは東南の隅《すみ》の室に皆はいって寝たようである。小君のために妻戸をあけに出て来た童女もそこへはいって寝た。しばらく空寝入りをして見せたあとで、小君はその隅の室からさしている灯《ひ》の明りのほうを、ひろげた屛風《びょうぶ》で隔ててこちらは暗くなった妻戸の前の室へ源氏を引き入れた。人目について恥をかきそうな不安を覚えながら、源氏は導かれるままに中央の母屋《もや》の几帳の垂絹《たれ》をはねて中へはいろうとした。

それはきわめて細心に行なっていることであったが、家の中が寝静まった時間には、柔らかな源氏の衣摺《きぬず》れの音も耳立った。女は近ごろ源氏の手紙の来なくなったのを、安心のできることに思おうとするのであったが、今も夢のようなあの夜の思い出をなつかしがって、毎夜安眠もできなくなっているころであった。

人知れぬ恋は昼は終日物思いをして、夜は寝ざめがちな女にこの人をしていた。碁の相手の娘は、今夜はこちらで泊まるといって若々しい屈託のない話をしながら寝てしまった。無邪気に娘はよく睡《ねむ》っていたが、源氏がこの室へ寄って来て、衣服の持つ薫物《たきもの》の香が流れてきた時に気づいて女は顔を上げた。夏の薄い几帳越しに人のみじろぐのが暗い中にもよく感じられるのであった。静かに起きて、薄衣《うすもの》の単衣《ひとえ》を一つ着ただけでそっと寝室を抜けて出た。

はいって来た源氏は、外にだれもいず一人で女が寝ていたのに安心した。帳台から下の所に二人ほど女房が寝ていた。上に被《かず》いた着物をのけて寄って行った時に、あの時の女よりも大きい気がしてもまだ源氏は恋人だとばかり思っていた。あまりによく眠っていることなどに不審が起こってきて、やっと源氏にその人でないことがわかった。あきれるとともにくやしくてならぬ心になったが、人違いであるといってここから出て行くことも怪しがられることで困ったと源氏は思った。その人の隠れた場所へ行っても、これほどに自分から逃げようとするのに一心である人は快く自分に逢《あ》うはずもなくて、ただ侮蔑《ぶべつ》されるだけであろうという気がして、これがあの美人であったら今夜の情人にこれをしておいてもよいという心になった。これでつれない人への源氏の恋も何ほどの深さかと疑われる。

やっと目がさめた女はあさましい成り行きにただ驚いているだけで、真から気の毒なような感情が源氏に起こってこない。娘であった割合には蓮葉《はすっぱ》な生意気なこの人はあわてもしない。源氏は自身でないようにしてしまいたかったが、どうしてこんなことがあったかと、あとで女を考えてみる時に、それは自分のためにはどうでもよいことであるが、自分の恋しい冷ややかな人が、世間をあんなにはばかっていたのであるから、このことで秘密を暴露させることになってはかわいそうであると思った。それでたびたび方違《かたたが》えにこの家を選んだのはあなたに接近したいためだったと告げた。少し考えてみる人には継母との関係がわかるであろうが、若い娘心はこんな生意気な人ではあってもそれに思い至らなかった。憎くはなくても心の惹《ひ》かれる点のない気がして、この時でさえ源氏の心は無情な人の恋しさでいっぱいだった。どこの隅にはいって自分の思い詰め方を笑っているのだろう、こんな真実心というものはざらにあるものでもないのにと、あざける気になってみても真底はやはりその人が恋しくてならないのである。

しかし何の疑いも持たない新しい情人も可憐《かれん》に思われる点があって、源氏は言葉《ことば》上手《じょうず》にのちのちの約束をしたりしていた。

「公然の関係よりもこうした忍んだ中のほうが恋を深くするものだと昔から皆言ってます。あなたも私を愛してくださいよ。私は世間への遠慮がないでもないのだから、思ったとおりの行為はできないのです。あなたの側でも父や兄がこの関係に好意を持ってくれそうなことを私は今から心配している。忘れずにまた逢いに来る私を待っていてください」

などと、安っぽい浮気《うわき》男の口ぶりでものを言っていた。

「人にこの秘密を知らせたくありませんから、私は手紙もようあげません」

女は素直《すなお》に言っていた。

「皆に怪しがられるようにしてはいけないが、この家の小さい殿上人《てんじょうびと》ね、あれに託して私も手紙をあげよう。気をつけなくてはいけませんよ、秘密をだれにも知らせないように」

と言い置いて、源氏は恋人がさっき脱いで行ったらしい一枚の薄衣《うすもの》を手に持って出た。隣の室に寝ていた小君《こぎみ》を起こすと、源氏のことを気がかりに思いながら寝ていたので、すぐに目をさました。小君が妻戸を静かにあけると、年の寄った女の声で、

「だれですか」

おおげさに言った。めんどうだと思いながら小君は、

「私だ」

と言う。

「こんな夜中にどこへおいでになるんですか」

小賢《こざか》しい老女がこちらへ歩いて来るふうである。小君は憎らしく思って、

「ちょっと外へ出るだけだよ」

と言いながら源氏を戸口から押し出した。夜明けに近い時刻の明るい月光が外にあって、ふ

と人影を老女は見た。

「もう一人の方はどなた」

と言った老女が、また、

「民部《みんぶ》さんでしょう。すばらしく背の高い人だね」

と言う。朋輩《ほうばい》の背高女のことをいうのであろう。老女は小君と民部がいっしょに行くのだと思っていた。

「今にあなたも負けない背丈《せたけ》になりますよ」

と言いながら源氏たちの出た妻戸から老女も外へ出て来た。困りながらも老女を戸口へ押し返すこともできずに、向かい側の渡殿《わたどの》の入り口に添って立っていると、源氏のそばへ老女が寄って来た。

「あんた、今夜はお居間に行っていたの。私はお腹《なか》の具合《ぐあい》が悪くて部屋《へや》のほうで休んでいたのですがね。不用心だから来いと言って呼び出されたもんですよ。どうも苦しくて我慢ができませんよ」

こぼして聞かせるのである。

「痛い、ああ痛い。またあとで」

と言って行ってしまった。やっと源氏はそこを離れることができた。冒険はできないと源氏は懲りた。

小君を車のあとに乗せて、源氏は二条の院へ帰った。その人に逃げられてしまった今夜の始末を源氏は話して、おまえは子供だ、やはりだめだと言い、その姉の態度があくまで恨めしいふうに語った。気の毒で小君は何とも返辞をすることができなかった。

「姉さんは私をよほどきらっているらしいから、そんなにきらわれる自分がいやになった。そうじゃないか、せめて話すことぐらいはしてくれてもよさそうじゃないか。私は伊予介よりつまらない男に違いない」

恨めしい心から、こんなことを言った。そして持って来た薄い着物を寝床の中へ入れて寝た。小君をすぐ前に寝させて、恨めしくも思うことも、恋しい心持ちも言っていた。

「おまえはかわいいけれど、恨めしい人の弟だから、いつまでも私の心がおまえを愛しうるかどうか」

まじめそうに源氏がこう言うのを聞いて小君はしおれていた。しばらく目を閉じていたが源氏は寝られなかった。起きるとすぐに硯《すずり》を取り寄せて手紙らしい手紙でなく無駄《むだ》書きのようにして書いた。

空蟬《うつせみ》の身をかへてける木《こ》のもとになほ人がらのなつかしきかな

この歌を渡された小君は懐《ふところ》の中へよくしまった。あの娘へも何か言ってやらねばと源氏は思ったが、いろいろ考えた末に手紙を書いて小君に託することはやめた。

あの薄衣《うすもの》は小袿《こうちぎ》だった。なつかしい気のする匂《にお》いが深くついているのを源氏は自身のそばから離そうとしなかった。

小君が姉のところへ行った。空蟬は待っていたようにきびしい小言《こごと》を言った。

「ほんとうに驚かされてしまった。私は隠れてしまったけれど、だれがどんなことを想像するかもしれないじゃないの。あさはかなことばかりするあなたを、あちらではかえって軽蔑《けいべつ》なさらないかと心配する」

源氏と姉の中に立って、どちらからも受ける小言の多いことを小君は苦しく思いながらことづかった歌を出した。さすがに中をあけて空蟬は読んだ。抜け殻《がら》にして源氏に取られた小袿が、見苦しい着古しになっていなかったろうかなどと思いながらもその人の愛が身に沁《し》んだ。空蟬のしている煩悶《はんもん》は複雑だった。

西の対の人も今朝《けさ》は恥ずかしい気持ちで帰って行ったのである。一人の女房すらも気のつかなかった事件であったから、ただ一人で物思いをしていた。小君が家の中を往来《ゆきき》する影を見ても胸をおどらせることが多いにもかかわらず手紙はもらえなかった。これを男の冷淡さからとはまだ考えることができないのであるが、蓮葉《はすっぱ》な心にも愁《うれい》を覚える日があったであろう。

冷静を装っていながら空蟬も、源氏の真実が感ぜられるにつけて、娘の時代であったならとかえらぬ運命が悲しくばかりなって、源氏から来た歌の紙の端に、

うつせみの羽《は》に置く露の木《こ》隠れて忍び忍びに濡《ぬ》るる袖《そで》かな

こんな歌を書いていた。

夕顔

うき夜半《よは》の悪夢と共になつかしきゆめ
もあとなく消えにけるかな　（晶子）

源氏が六条に恋人を持っていたころ、御所からそこへ通う途中で、だいぶ重い病気をし尼になった大弐《だいに》の乳母《めのと》を訪《たず》ねようとして、五条辺のその家へ来た。乗ったままで車を入れる大門がしめてあったので、従者に呼び出させた乳母の息子《むすこ》の惟光《これみつ》の来るまで、源氏はりっぱでないその辺の町を車からながめていた。惟光の家の隣に、新しい檜垣《ひがき》を外囲いにして、建物の前のほうは上げ格子《こうし》を四、五間ずっと上げ渡した高窓式になっていて、新しく白い簾《すだれ》を掛け、そこからは若いきれいな感じのする額を並べて、何人かの女が外をのぞいている家があった。高い窓に顔が当たっているその人たちは非常に背の高いもののように思われてならない。どんな身分の者の集まっている所だろう。風変わりな家だと源氏には思われた。今日は車も簡素なのにして目だたせない用意がしてあって、前駆の者にも人払いの声を立てさせなかったから、源氏は自分のだれであるかに町の人も気はつくまいという気楽な心持ちで、その家を少し深くのぞこうとした。門の戸も蔀風《しとみふう》になっていて上げられてある下から家の全部が見えるほどの簡単なものである。哀れに思ったが、ただ仮の世の相であるから宮も藁屋《わらや》も同じことという歌が思われて、われわれの住居《すまい》だって一所《いっしょ》だとも思えた。端隠しのような物に青々とした蔓草《つるくさ》が勢いよくかかっていて、それの白い花だけがその辺で見る何よりもうれしそうな顔で笑っていた。そこに白く咲いているのは何の花かという歌を口ずさんでいると、中将の源氏につけられた近衛《このえ》の随身《ずいしん》が車の前に膝《ひざ》をかがめて言った。

「あの白い花を夕顔と申します。人間のような名でございまして、こうした卑しい家の垣根《かきね》に咲くものでございます」

その言葉どおりで、貧しげな小家がちのこの通りのあちら、こちら、あるものは倒れそうになった家の軒などにもこの花が咲いていた。

「気の毒な運命の花だね。一枝折ってこい」

と源氏が言うと、蔀風《しとみふう》の門のある中へはいって随身は花を折った。ちょっとしゃれた作りになっている横戸の口に、黄色の生絹《すずし》の袴《はかま》を長めにはいた愛らしい童女が出て来て随身を招いて、白い扇を色のつくほど薫物《たきもの》で燻《くゆ》らしたのを渡した。

「これへ載せておあげなさいまし。手で提《さ》げては不恰好《ぶかっこう》な花ですもの」

随身は、夕顔の花をちょうどこの時門をあけさせて出て来た惟光の手から源氏へ渡してもらった。

「鍵《かぎ》の置き所がわかりませんでして、たいへん失礼をいたしました。よいも悪いも見分けられない人の住む界わいではございましても、見苦しい通りにお待たせいたしまして」

と惟光は恐縮していた。車を引き入れさせて源氏の乳母《めのと》の家へ下《お》りた。惟光の兄の阿闍梨《あじゃり》、乳母の婿の三河守《みかわのかみ》、娘などが皆このごろはここに来ていて、こんなふうに源氏自身で見舞いに来てくれたことを非常にありがたがっていた。尼も起き上がっていた。

「もう私は死んでもよいと見られる人間なんでございますが、少しこの世に未練を持っておりましたのはこうしてあなた様にお目にかかるということがあの世ではできませんからでございます。尼になりました功徳《くどく》で病気が楽になりまして、こうしてあなた様の御前へも出られたのですから、もうこれで阿弥陀《あみだ》様のお迎えも快くお待ちすることができるでしょう」

などと言って弱々しく泣いた。

「長い間恢復《かいふく》しないあなたの病気を心配しているうちに、こんなふうに尼になってしまわれたから残念です。長生きをして私の出世する時を見てください。そのあとで死ねば九品蓮台《くぼんれんだい》の最上位にだって生まれることができるでしょう。この世に少しでも飽き足りない心を残すのはよくないということだから」

源氏は涙ぐんで言っていた。欠点のある人でも、乳母というような関係でその人を愛している者には、それが非常にりっぱな完全なものに見えるのであるから、まして養君《やしないぎみ》がこの世のだれよりもすぐれた源氏の君であっては、自身までも普通の者でないような誇りを覚えている彼女であったから、源氏からこんな言葉を聞いてはただうれし泣きをするばかりであった。息子《むすこ》や娘は母の態度を飽き足りない歯がゆいもののように思って、尼になっていながらこの世への未練をお見せするようなものである、俗縁のあった方に惜しんで泣いていただくのはともかくもだがというような意味を、肱《ひじ》を突いたり、目くばせをしたりして兄弟どうしで示し合っていた。源氏は乳母を憐んでいた。

「母や祖母を早く失《な》くした私のために、世話する役人などは多数にあっても、私の最も親しく思われた人はあなただったのだ。大人《おとな》になってからは少年時代のように、いつもいっしょにいることができず、思い立つ時にすぐに訪《たず》ねて来るようなこともできないのですが、今でもまだあなたと長く逢《あ》わないでいると心細い気がするほどなんだから、生死の別れというものがなければよいと昔の人が言ったようなことを私も思う」

しみじみと話して、袖《そで》で涙を拭《ふ》いている美しい源氏を見ては、この方の乳母でありえたわが母もよい前生《ぜんしょう》の縁を持った人に違いないという気がして、さっきから批難がましくしていた兄弟たちも、しんみりとした同情を母へ持つようになった。源氏が引き受けて、もっと祈禱《きとう》を頼むことなどを命じてから、帰ろうとする時に惟光《これみつ》に蠟燭《ろうそく》を点《とも》させて、さっき夕顔の花の載せられて来た扇を見た。よく使い込んであって、よい薫物《たきもの》の香のする扇に、きれいな字で歌が書かれてある。

心あてにそれかとぞ見る白露の光添へたる夕顔の花

散らし書きの字が上品に見えた。少し意外だった源氏は、風流遊戯をしかけた女性に好感を覚えた。惟光に、

「この隣の家にはだれが住んでいるのか、聞いたことがあるか」

と言うと、惟光は主人の例の好色癖が出てきたと思った。

「この五、六日母の家におりますが、病人の世話をしておりますので、隣のことはまだ聞いておりません」

惟光《これみつ》が冷淡に答えると、源氏は、

「こんなことを聞いたのでおもしろく思わないんだね。でもこの扇が私の興味をひくのだ。この辺のことに詳しい人を呼んで聞いてごらん」

と言った。はいって行って隣の番人と逢って来た惟光は、

「地方庁の介《すけ》の名だけをいただいている人の家でございました。主人は田舎《いなか》へ行っているそうで、若い風流好きな細君がいて、女房勤めをしているその姉妹たちがよく出入りすると申します。詳しいことは下人《げにん》で、よくわからないのでございましょう」

と報告した。ではその女房をしているという女たちなのであろうと源氏は解釈して、いい気になって、物馴《ものな》れた戯れをしかけたものだと思い、下の品であろうが、自分を光源氏と見て詠《よ》んだ歌をよこされたのに対して、何か言わねばならぬという気がした。というのは女性にはほだされやすい性格だからである。懐紙《ふところがみ》に、別人のような字体で書いた。


寄りてこそそれかとも見め黄昏《たそが》れにほのぼの見つる花の夕顔

花を折りに行った随身に持たせてやった。夕顔の花の家の人は源氏を知らなかったが、隣の家の主人筋らしい貴人はそれらしく思われて贈った歌に、返事のないのにきまり悪さを感じていたところへ、わざわざ使いに返歌を持たせてよこされたので、またこれに対して何か言わねばならぬなどと皆で言い合ったであろうが、身分をわきまえないしかただと反感を持っていた随身は、渡す物を渡しただけですぐに帰って来た。

前駆の者が馬上で掲げて行く松明《たいまつ》の明りがほのかにしか光らないで源氏の車は行った。高窓はもう戸がおろしてあった。その隙間《すきま》から蛍《ほたる》以上にかすかな灯《ひ》の光が見えた。

源氏の恋人の六条貴女《きじょ》の邸《やしき》は大きかった。広い美しい庭があって、家の中は気高《けだか》く上手《じょうず》に住み馴《な》らしてあった。まだまったく源氏の物とも思わせない、打ち解けぬ貴女を扱うのに心を奪われて、もう源氏は夕顔の花を男い出す余裕を持っていなかったのである。早朝の帰りが少しおくれて、日のさしそめたころに出かける源氏の姿には、世間から大騒ぎされるだけの美は十分に備わっていた。

今朝《けさ》も五条の蔀風《しとみふう》の門の前を通った。以前からの通り路《みち》ではあるが、あのちょっとしたことに興味を持ってからは、行き来のたびにその家が源氏の目についた。幾日かして惟光が出て来た。

「病人がまだひどく衰弱しているものでございますから、どうしてもそのほうの手が離せませんで、失礼いたしました」

こんな挨拶《あいさつ》をしたあとで、少し源氏の君の近くへ膝《ひざ》を進めて惟光朝臣《これみつあそん》は言った。

「お話がございましたあとで、隣のことによく通じております者を呼び寄せまして、聞かせたのでございますが、よくは話さないのでございます。この五月ごろからそっと来て同居している人があるようですが、どなたなのか、家の者にもわからせないようにしていますと申すのです。時々私の家との間の垣根《かきね》から私はのぞいて見るのですが、いかにもあの家には若い女の人たちがいるらしい影が簾《すだれ》から見えます。主人がいなければつけない裳《も》を言いわけほどにでも女たちがつけておりますから、主人である女が一人いるに違いございません。昨日《きのう》夕日がすっかり家の中へさし込んでいました時に、すわって手紙を書いている女の顔が非常にきれいでした。物思いがあるふうでございましたよ。女房の中には泣いている者も確かにおりました」

源氏はほほえんでいたが、もっと詳しく知りたいと思うふうである。自重をなさらなければならない身分は身分でも、この若さと、この美の備わった方が、恋愛に興味をお持ちにならないでは、第三者が見ていても物足らないことである。恋愛をする資格がないように思われているわれわれでさえもずいぶん女のことでは好奇心が動くのであるからと惟光《これみつ》は主人をながめていた。

「そんなことから隣の家の内の秘密がわからないものでもないと思いまして、ちょっとした機会をとらえて隣の女へ手紙をやってみました。するとすぐに書き馴《な》れた達者な字で返事がまいりました、相当によい若い女房もいるらしいのです」

「おまえは、なおどしどし恋の手紙を送ってやるのだね。それがよい。その人の正体が知れないではなんだか安心ができない」

と源氏が言った。家は下《げ》の下《げ》に属するものと品定《しなさだ》めの人たちに言われるはずの所でも、そんな所から意外な趣のある女を見つけ出すことがあればうれしいに違いないと源氏は思うのである。

源氏は空蟬《うつせみ》の極端な冷淡さをこの世の女の心とは思われないと考えると、あの女が言うままになる女であったなら、気の毒な過失をさせたということだけで、もう過去へ葬ってしまったかもしれないが、強い態度を取り続けられるために、負けたくないと反抗心が起こるのであるとこんなふうに思われて、その人を忘れている時は少ないのである。これまでは空蟬《うつせみ》階級の女が源氏の心を引くようなこともなかったが、あの雨夜の品定めを聞いて以来好奇心はあらゆるものに動いて行った。何の疑いも持たずに一夜の男を思っているもう一人の女を憐《あわれ》まないのではないが、冷静にしている空蟬にそれが知れるのを、恥ずかしく思って、いよいよ望みのないことのわかる日まではと思ってそれきりにしてあるのであったが、そこへ伊予介《いよのすけ》が上京して来た。そして真先《まっさき》に源氏の所へ伺候した。長い旅をして来たせいで、色が黒くなりやつれた伊予の長官は見栄《みえ》も何もなかった。しかし家柄もいいものであったし、顔だちなどに老いてもなお整ったところがあって、どこか上品なところのある地方官とは見えた。任地の話などをしだすので、湯の郡《こおり》の温泉話も聞きたい気はあったが、何ゆえとなしにこの人を見るときまりが悪くなって、源氏の心に浮かんでくることは数々の罪の思い出であった。まじめな生一本《きいっぽん》の男と対《むか》っていて、やましい暗い心を抱くとはけしからぬことである。人妻に恋をして三角関係を作る男の愚かさを左馬頭《さまのかみ》の言ったのは真理であると思うと、源氏は自分に対して空蟬の冷淡なのは恨めしいが、この良人《おっと》のためには尊敬すべき態度であると思うようになった。

伊予介が娘を結婚させて、今度は細君を同伴して行くという噂《うわさ》は、二つとも源氏が無関心で聞いていられないことだった。恋人が遠国へつれられて行くと聞いては、再会を気長に待っていられなくなって、もう一度だけ逢《あ》うことはできぬかと、小君《こぎみ》を味方にして空蟬に接近する策を講じたが、そんな機会を作るということは相手の女も同じ目的を持っている場合だっても困難なのであるのに、空蟬のほうでは源氏と恋をすることの不似合いを、思い過ぎるほどに思っていたのであるから、この上罪を重ねようとはしないのであって、とうてい源氏の思うようにはならないのである。空蟬はそれでも自分が全然源氏から忘れられるのも非常に悲しいことだと思って、おりおりの手紙の返事などに優しい心を見せていた。なんでもなく書く簡単な文字の中に可憐《かれん》な心が混じっていたり、芸術的な文章を書いたりして源氏の心を惹《ひ》くものがあったから、冷淡な恨めしい人であって、しかも忘れられない女になっていた。もう一人の女は他人と結婚をしても思いどおりに動かしうる女だと思っていたから、いろいろな噂を聞いても源氏は何とも思わなかった。秋になった。このごろの源氏はある発展を遂げた初恋のその続きの苦《く》悶《もん》の中にいて、自然左大臣家へ通うことも途絶えがちになって恨めしがられていた。六条の貴《き》女《じょ》との関係も、その恋を得る以前ほどの熱をまた持つことのできない悩みがあった。自分の態度によって女の名誉が傷つくことになってはならないと思うが、夢中になるほどその人の恋しかった心と今の心とは、多少懸隔《へだたり》のあるものだった。六条の貴女はあまりにものを思い込む性質だった。源氏よりは八歳《やっつ》上の二十五であったから、不似合いな相手と恋に堕《お》ちて、すぐにまた愛されぬ物思いに沈む運命なのだろうかと、待ち明かしてしまう夜などには煩悶《はんもん》することが多かった。

霧の濃くおりた朝、帰りをそそのかされて、睡《ね》むそうなふうで歎息《たんそく》をしながら源氏が出て行くのを、貴女の女房の中将が格子《こうし》を一間だけ上げて、女主人《おんなあるじ》に見送らせるために几帳《きちょう》を横へ引いてしまった。それで貴女は頭を上げて外をながめていた。いろいろに咲いた植え込みの花に心が引かれるようで、立ち止まりがちに源氏は歩いて行く。非常に美しい。廊のほうへ行くのに中将が供をして行った。この時節にふさわしい淡紫《うすむらさき》の薄物の裳《も》をきれいに結びつけた中将の腰つきが艶《えん》であった。源氏は振り返って曲がり角《かど》の高欄の所へしばらく中将を引き据《す》えた。なお主従の礼をくずさない態度も額髪《ひたいがみ》のかかりぎわのあざやかさもすぐれて優美な中将だった。

「咲く花に移るてふ名はつつめども折らで過ぎうき今朝《けさ》の朝顔

どうすればいい」

こう言って源氏は女の手を取った。物馴《ものな》れたふうで、すぐに、

朝霧の晴れ間も待たぬけしきにて花に心をとめぬとぞ見る

と言う。源氏の焦点をはずして主人の侍女としての挨拶をしたのである。美しい童侍《わらわざむらい》の恰《かっ》好《こう》のよい姿をした子が、指貫《さしぬき》の袴《はかま》を露で濡《ぬ》らしながら、草花の中へはいって行って朝顔の花を持って来たりもするのである、この秋の庭は絵にしたいほどの趣があった。源氏を遠くから知っているほどの人でもその美を敬愛しない者はない、情趣を解しない山の男でも、休み場所には桜の蔭《かげ》を選ぶようなわけで、その身分身分によって愛している娘を源氏の女房にさせたいと思ったり、相当な女であると思う妹を持った兄が、ぜひ源氏の出入りする家の召使にさせたいとか皆思った。まして何かの場合には優しい言葉を源氏からかけられる女房、この中将のような女はおろそかにこの幸福を思っていない。情人になろうなどとは思いも寄らぬことで、女主

人の所へ毎日おいでになればどんなにうれしいであろうと思っているのであった。

それから、あの惟光《これみつ》の受け持ちの五条の女の家を探る件、それについて惟光はいろいろな材料を得てきた。

「まだだれであるかは私にわからない人でございます。隠れていることの知れないようにとずいぶん苦心する様子です。閑暇《ひま》なものですから、南のほうの高い窓のある建物のほうへ行って、車の音がすると若い女房などは外をのぞくようですが、その主人らしい人も時にはそちらへ行っていることがございます。その人は、よくは見ませんがずいぶん美人らしゅうございます。この間先払いの声を立てさせて通る車がございましたが、それをのぞいて女の童《めわらわ》が後ろの建物のほうへ来て、『右近《うこん》さん、早くのぞいてごらんなさい、中将さんが通りをいらっしゃいます』と言いますと相当な女房が出て来まして、『まあ静かになさいよ』と手でおさえるようにしながら、『まあどうしてそれがわかったの、私がのぞいて見ましょう』と言って前の家のほうへ行くのですね、細い渡り板が通路なんですから、急いで行く人は着物の裾《すそ》を引っかけて倒れたりして、橋から落ちそうになって、『まあいやだ』などと大騒ぎで、もうのぞきに出る気もなくなりそうなんですね。車の人は直衣《のうし》姿で、随身たちもおりました。だれだれも、だれだれもと数えている名は頭中将《とうのちゅうじょう》の随身や少年侍の名でございました」

などと言った。

「確かにその車の主が知りたいものだ」

もしかすればそれは頭中将が忘られないように話した常夏《とこなつ》の歌の女ではないかと思った源氏

の、も少しよく探りたいらしい顔色を見た惟光《これみつ》は、

「われわれ仲間の恋と見せかけておきまして、実はその上に御主人のいらっしゃることもこちらは承知しているのですが、女房相手の安価な恋の奴《やっこ》になりすましております。向こうでは上手《じょうず》に隠せていると思いまして私が訪ねて行ってる時などに、女の童《わらわ》などがうっかり言葉をすべらしたりいたしますと、いろいろに言い紛らしまして、自分たちだけだというふうを作ろうといたします」

と言って笑った。

「おまえの所へ尼さんを見舞いに行った時に隣をのぞかせてくれ」

と源氏は言っていた。たとえ仮住まいであってもあの五条の家にいる人なのだから、下の品の女であろうが、そうした中におもしろい女が発見できればと思うのである。源氏の機嫌《きげん》を取ろうと一所懸命の惟光であったし、彼自身も好色者で他の恋愛にさえも興味を持つほうであったから、いろいろと苦心をした末に源氏を隣の女の所へ通わせるようにした。

女のだれであるかをぜひ知ろうともしないとともに、源氏は自身の名もあらわさずに、思いきり質素なふうをして多くは車にも乗らずに通った。深く愛しておらねばできぬことだと惟光は解釈して、自身の乗る馬に源氏を乗せて、自身は徒歩で供をした。

「私から申し込みを受けたあすこの女はこの態《てい》を見たら驚くでしょう」

などとこぼしてみせたりしたが、このほかには最初夕顔の花を折りに行った随身と、それから源氏の召使であるともあまり顔を知られていない小侍だけを供にして行った。それから知れ

ることになってはとの気づかいから、隣の家へ寄るようなこともしない。女のほうでも不思議でならない気がした。手紙の使いが来るとそっと人をつけてやったり、男の夜明けの帰りに道を窺《うかが》わせたりしても、先方は心得ていてそれらをはぐらかしてしまった。しかも源氏の心は十分に惹《ひ》かれて、一時的な関係にとどめられる気はしなかった。これを不名誉だと思う自尊心に悩みながらしばしば五条通いをした。恋愛問題ではまじめな人も過失をしがちなものであるが、この人だけはこれまで女のことで世間の批難を招くようなことをしなかったのに、夕顔の花に傾倒してしまった心だけは別だった。別れ行く間も昼の間もその人をかたわらに見がたい苦痛を強く感じた。源氏は自身で、気違いじみたことだ、それほどの価値がどこにある恋人かなどと反省もしてみるのである。驚くほど柔らかでおおような性質で、深味のあるような人でもない。若々しい一方の女であるが、処女であったわけでもない。貴婦人ではないようである。どこがそんなに自分を惹きつけるのであろうと不思議でならなかった。わざわざ平生の源氏に用のない狩衣《かりぎぬ》などを着て変装した源氏は顔なども全然見せない。ずっと更《ふ》けてから、人の寝静まったあとで行ったり、夜のうちに帰ったりするのであるから、女のほうでは昔の三輪《みわ》の神の話のような気がして気味悪く思われないではなかった。しかしどんな人であるかは手の触覚からでもわかるものであるから、若い風流男以外な者に源氏を観察していない。やはり好色な隣の五位《ごい》が導いて来た人に違いないと惟光《これみつ》を疑っているが、その人はまったく気がつかぬふうで相変わらず女房の所へ手紙を送って来たり、訪《たず》ねて来たりするので、どうしたことかと女のほうでも普通の恋の物思いとは違った煩悶《はんもん》をしていた。源氏もこんなに真実を隠し続ければ、自分も女のだれであるかを知りようがない、今の家が仮の住居《すまい》であることは間違いのないことらしいから、どこかへ移って行ってしまった時に、自分は呆然《ぼうぜん》とするばかりであろう。行くえを失ってもあきらめがすぐつくものならよいが、それは断然不可能である。世間をはばかって間を空《あ》ける夜などは堪えられない苦痛を覚えるのだと源氏は思って、世間へはだれとも知らせないで二条の院へ迎えよう、それを悪く言われても自分はそうなる前生の因縁だと思うほかはない、自分ながらもこれほど女に心を惹《ひ》かれた経験が過去にないことを思うと、どうしても約束事と解釈するのが至当である、こんなふうに源氏は思って、

「あなたもその気におなりなさい。私は気楽な家へあなたをつれて行って夫婦生活がしたい」こんなことを女に言い出した。

「でもまだあなたは私を普通には取り扱っていらっしゃらない方なんですから不安で」

若々しく夕顔が言う。源氏は微笑された。

「そう、どちらかが狐《きつね》なんだろうね。でも欺《だま》されていらっしゃればいいじゃない」

なつかしいふうに源氏が言うと、女はその気になっていく。どんな欠点があるにしても、これほど純な女を愛せずにはいられないではないかと思った時、源氏は初めからその疑いを持っていたが、頭中将《とうのちゅうじょう》の常夏《とこなつ》の女はいよいよこの人らしいという考えが浮かんだ。しかし隠しているのはわけのあることであろうからと思って、しいて聞く気にはなれなかった。感情を害した時などに突然そむいて行ってしまうような性格はなさそうである、自分が途絶えがちになったりした時には、あるいはそんな態度に出るかもしれぬが、自分ながら少し今の情熱が緩和さ

れた時にかえって女のよさがわかるのではないかと、それを望んでもできないのだから途絶えの起こってくるわけはない、したがって女の気持ちを不安に思う必要はないのだと知っていた。

八月の十五夜であった。明るい月光が板屋根の隙間《すきま》だらけの家の中へさし込んで、狭い家の中の物が源氏の目に珍しく見えた。もう夜明けに近い時刻なのであろう。近所の家々で貧しい男たちが目をさまして高声で話すのが聞こえた。

「ああ寒い。今年《ことし》こそもう商売のうまくいく自信が持てなくなった。地方廻りもできそうでないんだから心細いものだ。北隣さん、まあお聞きなさい」

などと言っているのである。哀れなその日その日の仕事のために起き出して、そろそろ労働を始める音なども近い所でするのを女は恥ずかしがっていた。気どった女であれば死ぬほどきまりの悪さを感じる場所に違いない。でも夕顔はおおようにしていた。人の恨めしさも、自分の悲しさも、体面の保たれぬきまり悪さも、できるだけ思ったとは見せまいとするふうで、自分自身は貴族の子らしく、娘らしくて、ひどい近所の会話の内容もわからぬようであるのが、恥じ入られたりするよりも感じがよかった。ごほごほと雷以上の恐《こわ》い音をさせる唐臼《からうす》なども、すぐ寝床のそばで鳴るように聞こえた。源氏もやかましいとこれは思った。けれどもこの貴公子も何から起こる音とは知らないのである。大きなたまらぬ音響のする何かだと思っていた。そのほかにもまだ多くの騒がしい雑音が聞こえた。白い麻布を打つ砧《きぬた》のかすかな音もあちこちにした。空を行く雁《かり》の声もした。秋の悲哀がしみじみと感じられる。庭に近い室であったから、横の引き戸を開けて二人で外をながめるのであった。小さい庭にしゃれた姿の竹が立っていて、草の上の露はこんなところのも二条の院の前栽《せんざい》のに変わらずきらきらと光っている。虫もたくさん鳴いていた。壁の中で鳴くといわれて人間の居場所に最も近く鳴くものになっている蟋蟀《こおろぎ》でさえも源氏は遠くの声だけしか聞いていなかったが、ここではどの虫も耳のそばへとまって鳴くような風変わりな情趣だと源氏が思うのも、夕顔を深く愛する心が何事も悪くは思わせないのであろう。白い袷《あわせ》に柔らかい淡紫《うすむらさき》を重ねたはなやかな姿ではない、ほっそりとした人で、どこかきわだって非常によいというところはないが繊細な感じのする美人で、ものを言う様子に弱々しい可憐《かれん》さが十分にあった。才気らしいものを少しこの人に添えたらと源氏は批評的に見ながらも、もっと深くこの人を知りたい気がして、

「さあ出かけましょう。この近くのある家へ行って、気楽に明日《あす》まで話しましょう。こんなふうでいつも暗い間に別れていかなければならないのは苦しいから」

と言うと、

「どうしてそんなに急なことをお言い出しになりますの」

おおように夕顔は言っていた。変わらぬ恋を死後の世界にまで続けようと源氏の誓うのを見ると何の疑念もはさまずに信じてよろこぶ様子などのうぶさは、一度結婚した経験のある女とは思えないほど可憐であった。源氏はもうだれの思わくもはばかる気がなくなって、右近《うこん》に随身を呼ばせて、車を庭へ入れることを命じた。夕顔の女房たちも、この通う男が女主人を深く愛していることを知っていたから、だれともわからずにいながら相当に信頼していた。

ずっと明け方近くなってきた。この家に鶏《とり》の声は聞こえないで、現世利益《りやく》の御岳教《みたけきょう》の信心な

のか、老人らしい声で、起《た》ったりすわったりして、とても忙しく苦しそうにして祈る声が聞かれた。源氏は身にしむように思って、朝露と同じように短い命を持つ人間が、この世に何の慾《よく》を持って祈禱《きとう》などをするのだろうと聞いているうちに、

「南無《なむ》当来の導師」

と阿弥陀《あみだ》如来《にょらい》を呼びかけた。

「そら聞いてごらん。現世利益だけが目的じゃなかった」

とほめて、

優婆塞《うばそく》が行なふ道をしるべにて来ん世も深き契りたがふな

とも言った。玄宗《げんそう》と楊貴妃《ようきひ》の七月七日の長生殿の誓いは実現されない空想であったが、五十六億七千万年後の弥勒菩薩《みろくぼさつ》出現の世までも変わらぬ誓いを源氏はしたのである。

前《さき》の世の契り知らるる身のうさに行く末かけて頼みがたさよ

と女は言った。歌を詠《よ》む才なども豊富であろうとは思われない。月夜に出れば月に誘惑されて行って帰らないことがあるということを思って出かけるのを躊躇《ちゅうちょ》する夕顔に、源氏はいろいろに言って同行を勧めているうちに月もはいってしまって東の空の白む秋のしののめが始まってきた。

人目を引かぬ間にと思って源氏は出かけるのを急いだ。女のからだを源氏が軽々と抱いて車

に乗せ右近が同乗したのであった。五条に近い帝室の後院である某院へ着いた。呼び出した院の預かり役の出て来るまで留めてある車から、忍ぶ草の生《お》い茂った門の廂《ひさし》が見上げられた。たくさんにある大木が暗さを作っているのである。霧も深く降っていて空気の湿《しめ》っぽいのに車の簾《すだれ》を上げさせてあったから源氏の袖《そで》もそのうちべったりと濡《ぬ》れてしまった。

「私にははじめての経験だが妙に不安なものだ。

いにしへもかくやは人の惑ひけんわがまだしらぬしののめの道

前にこんなことがありましたか」

と聞かれて女は恥ずかしそうだった。

「山の端《は》の心も知らず行く月は上《うは》の空にて影や消えなん

心細うございます、私は」

凄《すご》さに女がおびえてもいるように見えるのを、源氏はあの小さい家におおぜい住んでいた人なのだから道理であると思っておかしかった。

門内へ車を入れさせて、西の対《たい》に仕度《したく》をさせている間、高欄に車の柄を引っかけて源氏らは庭にいた。右近は艶《えん》な情趣を味わいながら女主人の過去の恋愛時代のある場面なども思い出されるのであった。預かり役がみずから出てする客人の扱いが丁寧きわまるものであることから、右近にはこの風流男の何者であるかがわかった。物の形がほのぼの見えるころに家へはいった。

にわかな仕度ではあったが体裁よく座敷がこしらえてあった。

「だれというほどの人がお供しておらないなどとは、どうもいやはや」

などといって預かり役は始終出入りする源氏の下家司《しもけいし》でもあったから、座敷の近くへ来て右近に、

「御家司をどなたかお呼び寄せしたものでございましょうか」

と取り次がせた。

「わざわざだれにもわからない場所にここを選んだのだから、おまえ以外の者にはすべて秘密にしておいてくれ」

と源氏は口留めをした。さっそくに調えられた粥《かゆ》などが出た。給仕も食器も間に合わせを忍ぶよりほかはない。こんな経験を持たぬ源氏は、一切を切り放して気にかけぬこととして、恋人とはばからず語り合う愉楽に酔おうとした。

源氏は昼ごろに起きて格子を自身で上げた。非常に荒れていて、人影などは見えずにはるばると遠くまでが見渡される。向こうのほうの木立ちは気味悪く古い大木に皆なっていた。近い植え込みの草や灌木《かんぼく》などには美しい姿もない。秋の荒野の景色《けしき》になっている。池も水草でうずめられた凄《すご》いものである。別れた棟《むね》のほうに部屋《へや》などを持って預かり役は住むらしいが、そことこことはよほど離れている。

「気味悪い家になっている。でも鬼なんかだって私だけはどうともしなかろう」

と源氏は言った。まだこの時までは顔を隠していたが、この態度を女が恨めしがっているの

を知って、何たる錯誤だ、不都合なのは自分である、こんなに愛していながらと気がついた。

「夕露にひもとく花は玉鉾《たまぼこ》のたよりに見えし縁《えに》こそありけれ
あなたの心あてにそれかと思うと言った時の人の顔を近くに見て幻滅が起こりませんか」

と言う源氏の君を後目《しりめ》に女は見上げて、
光ありと見し夕顔のうは露は黄昏時《たそがれどき》のそら目なりけり
と言った。冗談《じょうだん》までも言う気になったのが源氏にはうれしかった。打ち解けた瞬間から源氏の美はあたりに放散した。古くさく荒れた家との対照はまして魅惑的だった。

「いつまでも真実のことを打ちあけてくれないのが恨めしくって、私もだれであるかを隠し通したのだが、負けた。もういいでしょう、名を言ってくださぃ、人間離れがあまりしすぎます」

と源氏が言っても、

「家も何もない女ですもの」

と言ってそこまではまだ打ち解けぬ様子も美しく感ぜられた。

「しかたがない。私が悪いのだから」

と怨《うら》んでみたり、永久の恋の誓いをし合ったりして時を送った。

惟光《これみつ》が源氏の居所を突きとめてきて、用意してきた菓子などを座敷へ持たせてよこした。これまで白《しら》ばくれていた態度を右近《うこん》に恨まれるのがつらくて、近い所へは顔を見せない。惟光は源氏が人騒がせに居所を不明にして、一日を犠牲にするまで熱心になりうる相手の女は、それに価する者であるらしいと想像をして、当然自己のものになしうるはずの人を主君にゆずった自分は広量なものだと嫉妬《しっと》に似た心で自嘲《じちょう》もし、羨望《せんぼう》もしていた。

静かな静かな夕方の空をながめていて、奥のほうは暗くて気味が悪いと夕顔が思うふうなので、縁の簾《すだれ》を上げて夕映《ゆうば》えの雲をいっしょに見て、女も源氏とただ二人で暮らしえた一日に、まだまったく落ち着かぬ恋の境地とはいえ、過去に知らない満足が得られたらしく、少しずつ打ち解けた様子が可憐《かれん》であった。じっと源氏のそばへ寄って、この場所がこわくてならぬふうであるのがいかにも若々しい。格子《こうし》を早くおろして灯《ひ》をつけさせてからも、

「私のほうにはもう何も秘密が残っていないのに、あなたはまだそうでないのだからいけない」

などと源氏は恨みを言っていた。陛下はきっと今日も自分をお召しになったに違いないが、捜す人たちはどう見当をつけてどこへ行っているだろう、などと想像をしながらも、これほどまでにこの女を溺愛《できあい》している自分を源氏は不思議に思った。六条の貴女《きじょ》もどんなに煩悶《はんもん》をしていることだろう、恨まれるのは苦しいが恨むのは道理であると、恋人のことはこんな時にもまず気にかかった。無邪気に男を信じていっしょにいる女に愛を感じるとともに、あまりにまで高い自尊心にみずから煩《わずら》わされている六条の貴女が思われて、少しその点を取り捨てたならと、眼前の人に比べて源氏は思うのであった。

十時過ぎに少し寝入った源氏は枕《まくら》の所に美しい女がすわっているのを見た。

「私がどんなにあなたを愛しているかしれないのに、私を愛さないで、こんな平凡な人をつれていらっしって愛撫《あいぶ》なさるのはあまりにひどい。恨めしい方」

と言って横にいる女に手をかけて起こそうとする。こんな光景を見た。苦しい襲われた気持ちになって、すぐ起きると、その時に灯《ひ》が消えた。不気味なので、太刀《たち》を引き抜いて枕もとに置いて、それから右近を起こした。右近も恐ろしくてならぬというふうで近くへ出て来た。

「渡殿《わたどの》にいる宿直《とのい》の人を起こして、蠟燭《ろうそく》をつけて来るように言うがいい」

「どうしてそんな所へまで参れるものでございますか、暗《くろ》うて」

「子供らしいじゃないか」

笑って源氏が手をたたくとそれが反響になった。限りない気味悪さである。しかもその音を聞きつけて来る者はだれもない。夕顔は非常にこわがってふるえていて、どうすればいいだろうと思うふうである。汗をずっぷりとかいて、意識のありなしも疑わしい。

「非常に物恐れをなさいます御性質ですから、どんなお気持ちがなさるのでございましょうか」

と右近も言った。弱々しい人で今日の昼間も部屋《へや》の中を見まわすことができずに空をばかりながめていたのであるからと思うと、源氏はかわいそうでならなかった。

「私が行って人を起こそう。手をたたくと山彦《やまびこ》がしてうるさくてならない。しばらくの間ここへ寄っていてくれ」

と言って、右近を寝床のほうへ引き寄せておいて、両側の妻戸の口へ出て、戸を押しあけたのと同時に渡殿についていた灯も消えた。風が少し吹いている。こんな夜に侍者は少なくて、しかもありたけの人は寝てしまっていた。院の預かり役の息子《むすこ》で、平生源氏が手もとで使っていた若い男、それから侍童が一人、例の随身、それだけが宿直《とのい》をしていたのである。源氏が呼ぶと返辞をして起きて来た。

「蠟燭《ろうそく》をつけて参れ。随身に弓の絃打《つるう》ちをして絶えず声を出して魔性に備えるように命じてくれ。こんな寂しい所で安心をして寝ていていいわけはない。先刻惟光《せんこくこれみつ》が来たと言っていたが、どうしたか」

「参っておりましたが、御用事もないから、夜明けにお迎えに参ると申して帰りましてございます」

こう源氏と問答をしたのは、御所の滝口に勤めている男であったから、専門家的に弓絃《ゆづる》を鳴らして、

「火危《あぶな》し、火危し」

と言いながら、父である預かり役の住居《すまい》のほうへ行った。源氏はこの時刻の御所を思った。殿上《てんじょう》の宿直役人が姓名を奏上する名対面はもう終わっているだろう、滝口の武士の宿直の奏上があるころであると、こんなことを思ったところをみると、まだそう深更でなかったに違いない。寝室へ帰って、暗がりの中を手で探ると夕顔はもとのままの姿で寝ていて、右近がそのそばでうつ伏せになっていた。

「どうしたのだ。気違いじみたこわがりようだ。こんな荒れた家などというものは、狐《きつね》などが人をおどしてこわがらせるのだよ。私がおればそんなものにおどかされはしないよ」

と言って、源氏は右近を引き起こした。

「とても気持ちが悪うございますので下を向いておりました。奥様はどんなお気持ちでいらっしゃいますことでしょう」

「そうだ、なぜこんなにばかりして」

と言って、手で探ると夕顔は息もしていない。動かしてみてもなよなよとして気を失っているふうであったから、若々しい弱い人であったから、何かの物怪《もののけ》にこうされているのであろうと思うと、源氏は歎息《たんそく》されるばかりであった。蠟燭《ろうそく》の明りが来た。右近には立って行くだけの力がありそうもないので、閨《ねや》に近い几帳《きちよう》を引き寄せてから、

「もっとこちらへ持って来い」

と源氏は言った。主君の寝室の中へはいるというまったくそんな不謹慎な行動をしたことがない滝口は座敷の上段になった所へもよう来ない。

「もっと近くへ持って来ないか。どんなことも場所によることだ」

灯《ひ》を近くへ取って見ると、この閨の枕の近くに源氏が夢で見たとおりの容貌《ようぼう》をした女が見えて、そしてすっと消えてしまった。昔の小説などにはこんなことも書いてあるが、実際にあるとはと思うと源氏は恐ろしくてならないが、恋人はどうなったかという不安が先に立って、自身がどうされるだろうかという恐れはそれほどなくて横へ寝て、

「ちょいと」

と言って不気味な眠りからさまさせようとするが、夕顔のからだは冷えはてていて、息はまったく絶えているのである。頼りにできる相談相手もない。坊様などはこんな時の力になるものであるがそんな人もむろんここにはいない。右近に対して強がって何かと言った源氏であったが、若いこの人は、恋人の死んだのを見ると分別も何もなくなって、じっと抱いて、

「あなた。生きてください。悲しい目を私に見せないで」

と言っていたが、恋人のからだはますます冷たくて、すでに人ではなく遺骸《いがい》であるという感じが強くなっていく。右近はもう恐怖心も消えて夕顔の死を知って非常に泣く。紫宸殿《ししんでん》に出て来た鬼は貞信公《ていしんこう》を威嚇《いかく》したが、その人の威に押されて逃げた例などを思い出して、源氏はしいて強くなろうとした。

「それでもこのまま死んでしまうことはないだろう。夜というものは声を大きく響かせるから、そんなに泣かないで」

と源氏は右近に注意しながらも、恋人との歓会がたちまちにこうなったことを思うと呆然《ぼうぜん》となるばかりであった。滝口を呼んで、

「ここに、急に何かに襲われた人があって、苦しんでいるから、すぐに惟光朝臣《これみつあそん》の泊まっている家に行って、早く来るように言えとだれかに命じてくれ。兄の阿闍梨《あじゃり》がそこに来ているのだったら、それもいっしょに来るようにと惟光に言わせるのだ。母親の尼さんなどが聞いて気にかけるから、たいそうには言わせないように。あれは私の忍び歩きなどをやかましく言って

止める人だ」

こんなふうに順序を立ててものを言いながらも、胸は詰まるようで、恋人を死なせることの悲しさがたまらないものに思われるのといっしょに、あたりの不気味さがひしひしと感ぜられるのであった。もう夜中過ぎになっているらしい。風がさっきより強くなってきて、それに鳴る松の枝の音は、それらの大木に深く囲まれた寂しく古い院であることを思わせ、一風変わった鳥がかれ声で鳴き出すのを、梟《ふくろう》とはこれであろうかと思われた。考えてみるとどこへも遠く離れて人声もしないこんな寂しい所へなぜ自分は泊まりに来たのであろうと、源氏は後悔の念もしきりに起こる。右近は夢中になって夕顔のそばへ寄り、このまま慄《ふる》え死にをするのでないかと思われた。それがまた心配で、源氏は一所懸命に右近をつかまえていた。一人は死に、一人はこうした正体もないふうで、自身一人だけが普通の人間なのであると思うと源氏はたまらない気がした。灯《ひ》はほのかに瞬《またた》いて、中央の室との仕切りの所に立てた屛風《びょうぶ》の上とか、室の中の隅々《すみずみ》とか、暗いところの見えるここへ、後ろからひしひしと足音をさせて何かが寄って来る気がしてならない、惟光が早く来てくれればよいとばかり源氏は思った。彼は泊まり歩く家を幾軒も持った男であったから、使いはあちらこちらと尋ねまわっているうちに夜がぼつぼつ明けてきた。この間の長さは千夜にもあたるように源氏には思われたのである。やっとはるかな所で鳴く鶏の声がしてきたのを聞いて、ほっとした源氏は、こんな危険な目にどうして自分はあうのだろう、自分の心ではあるが恋愛についてはもったいない、思うべからざる人を思った報いに、こんな後《あと》にも前《さき》にもない例となるようなみじめな目にあうのであろう、隠してもあった事実はすぐに噂《うわさ》になるであろう、陛下の思召《おぼしめ》しをはじめとして人が何と批評することだろう、世間の嘲笑《ちょうしょう》が自分の上に集まることであろう、とうとうついにこんなことで自分は名誉を傷つけるのだなと源氏は思っていた。

やっと惟光《これみつ》が出て来た。夜中でも暁でも源氏の意のままに従って歩いた男が、今夜に限ってそばにおらず、呼びにやってもすぐの間に合わず、時間のおくれたことを源氏は憎みながらも寝室へ呼んだ。孤独の悲しみを救う手は惟光にだけあることを源氏は知っている。惟光をそばへ呼んだが、自分が今言わねばならぬことがあまりにも悲しいものであることを思うと、急には言葉が出ない。右近は隣家の惟光が来た気配《けはい》に、亡《な》き夫人と源氏との交渉の最初の時から今日までが連続的に思い出されて泣いていた。源氏も今までは自身一人が強い人になって右近を抱きかかえていたのであったが、惟光の来たのにほっとすると同時に、はじめて心の底から大きい悲しみが湧《わ》き上がってきた。非常に泣いたのちに源氏は躊躇《ちゅうちょ》しながら言い出した。

「奇怪なことが起こったのだ。驚くという言葉では現わせないような驚きをさせられた。人のからだにこんな急変があったりする時には、僧家へ物を贈って読経《どきょう》をしてもらうものだそうだから、それをさせよう、願を立てさせようと思って阿闍梨《あじゃり》も来てくれと言ってやったのだが、どうした」

「昨日叡山《きのうえいざん》へ帰りましたのでございます。まあ何ということでございましょう、奇怪なことでございます。前から少しはおからだが悪かったのでございますか」

「そんなこともなかった」

と言って泣く源氏の様子に、惟光も感動させられて、この人までが声を立てて泣き出した。老人はめんどうなものとされているが、こんな場合には、年を取っていて世の中のいろいろな経験を持っている人が頼もしいのである。源氏も右近も惟光も皆若かった。どう処置をしていいのか手が出ないのであったが、やっと惟光が、

「この院の留守役などに真相を知らせることはよくございません。当人だけは信用ができましても、秘密の洩《も》れやすい家族を持っていましょうから。ともかくもここを出ていらっしゃいませ」

と言った。

「でもここ以上に人の少ない場所はほかにないじゃないか」

「それはそうでございます。あの五条の家は女房などが悲しがって大騒ぎをするでしょう、多い小家の近所隣へそんな声が聞こえますとたちまち世間へ知れてしまいます、山寺と申すものはこうした死人などを取り扱い馴《な》れておりましょうから、人目を紛らすのには都合がよいように思われます」

考えるふうだった惟光は、

「昔知っております女房が尼になって住んでいる家が東山にございますから、そこへお移しいたしましょう。私の父の乳母《めのと》をしておりまして、今は老人《としより》になっている者の家でございます。東山ですから人がたくさん行く所のようではございますが、そこだけは閑静です」

と言って、夜と朝の入り替わる時刻の明暗の紛れに車を縁側へ寄せさせた。源氏自身が遺骸《いがい》

を車へ載せることは無理らしかったから、莫蓙《ござ》に巻いて惟光《これみつ》が車へ載せた。小柄な人の死骸からは悪感は受けないできわめて美しいものに思われた。残酷に思われるような扱い方を遠慮して、確かにも巻かなんだから、莫蓙の横から髪が少しこぼれていた。それを見た源氏は目がくらむような悲しみを覚えて煙になる最後までも自分がついていたいという気になったのであるが、

「あなた様はさっそく二条の院へお帰りなさいませ。世間の者が起き出しませんうちに」

と惟光は言って、遺骸には右近を添えて乗せた。自身の馬を源氏に提供して、自身は徒歩で、袴《はかま》のくくりを上げたりして出かけたのであった。ずいぶん迷惑な役のようにも思われたが、悲しんでいる源氏を見ては、自分のことなどはどうでもよいという気に惟光はなったのである。

源氏は無我夢中で二条の院へ着いた。女房たちが、

「どちらからのお帰りなんでしょう。御気分がお悪いようですよ」

などと言っているのを知っていたが、そのまま寝室へはいって、そして胸をおさえて考えてみると自身が今経験していることは非常な悲しいことであるということがわかった。なぜ自分はあの車に乗って行かなかったのだろう、もし蘇生《そせい》することがあったらあの人はどう思うだろう、見捨てて行ってしまったと恨めしく思わないだろうか、こんなことを思うと胸がせき上がってくるようで、頭も痛く、からだには発熱も感ぜられて苦しい。こうして自分も死んでしまうのであろうと思われるのである。八時ごろになっても源氏が起きぬので、女房たちは心配をしだして、朝の食事を寝室の主人へ勧めてみたが無駄《むだ》だった。源氏は苦しくて、そして生命《いのち》の

危険が迫ってくるような心細さを覚えていると、宮中のお使いが来た。帝《みかど》は昨日《きのう》もお召しになった源氏を御覧になれなかったことで御心配をあそばされるのであった。左大臣家の子息たちも訪問して来たがそのうちの頭中将《とうのちゅうじょう》にだけ、

「お立ちになったままでちょっとこちらへ」

と言わせて、源氏は招いた友と御簾《みす》を隔てて対した。

「私の乳母《めのと》の、この五月ごろから大病をしていました者が、尼になったりなどしたものですから、その効験《ききめ》でか一時快《よ》くなっていましたが、またこのごろ悪くなりまして、生前にもう一度だけ訪問をしてくれなどと言ってきているので、小さい時から世話になった者に、最後に恨めしく思わせるのは残酷だと思って、訪問しましたところがその家の召使の男が前から病気をしていて、私のいるうちに亡《な》くなったのです。恐縮して私に隠して夜になってからそっと遺骸を外へ運び出したということを私は気がついたのです。御所では神事に関した御用の多い時期ですから、そうした穢《けが》れに触れた者は御遠慮すべきであると思って謹慎をしているのです。それに今朝方《けさがた》からなんだか風邪《かぜ》にかかったのですか、頭痛がして苦しいものですからこんなふうで失礼します」

などと源氏は言うのであった。中将は、

「ではそのように奏上しておきましょう。昨夜も音楽のありました時に、御自身でお指図《さしず》をなさいましてあちこちとあなたをお捜させになったのですが、おいでにならなかったので、御機嫌《ごきげん》がよろしくありませんでした」

と言って、帰ろうとしたがまた帰って来て、

「ねえ、どんな穢《けが》れにおあいになったのですか。さっきから伺ったのはどうもほんとうとは思われない」

と、頭中将から言われた源氏ははっとした。

「今お話ししたようにこまかにではなく、ただ思いがけぬ穢れにあいましたと申し上げてください。こんなので今日は失礼します」

素知らず顔には言っていても、心にはまた愛人の死が浮かんできて、源氏は気分も非常に悪くなった。だれの顔も見るのが物憂《ものう》かった。お使いの蔵人《くろうど》の弁《べん》を呼んで、またこまごまと頭中将に語ったような行触《ゆきぶ》れの事情を帝へ取り次いでもらった。左大臣家のほうへもそんなことで行かれぬという手紙が行ったのである。

日が暮れてから惟光《これみつ》が来た。行触《ゆきぶ》れの件を発表したので、二条の院への来訪者は皆庭から取り次ぎをもって用事を申し入れて帰って行くので、めんどうな人はだれも源氏の居間にいなかった。惟光を見て源氏は、

「どうだった、だめだったか」

と言うと同時に袖《そで》を顔へ当てて泣いた。惟光も泣く泣く言う、

「もう確《かく》かにお亡れになったのでございます。いつまでお置きしてもよくないことでございますから、それにちょうど明日は葬式によい日でしたから、式のことなどを私の尊敬する老僧がありまして、それとよく相談をして頼んでまいりました」

「いっしょに行った女は」

「それがまたあまりに悲しがりまして、生きていられないというふうなので、今朝《けさ》は渓《たに》へ飛び込むのでないかと心配されました。五条の家へ使いを出すというのですが、よく落ち着いてからにしなければいけないと申して、とにかく止めてまいりました」

惟光の報告を聞いているうちに、源氏は前よりもいっそう悲しくなった。

「私も病気になったようで、死ぬのじゃないかと思う」

と言った。

「そんなふうにまでお悲しみになるのでございますか、よろしくございません。皆運命でございます。どうかして秘密のうちに処置をしたいと思いまして、私も自身でどんなこともしているのでございますよ」

「そうだ、運命に違いない。私もそう思うが軽率《けいそつ》な恋愛漁《あさ》りから、人を死なせてしまったという責任を感じるのだ。君の妹の少将の命婦《みょうぶ》などにも言うなよ。尼君なんかはまたいつもああいったふうのことをよくないよくないと小言《こごと》に言うほうだから、聞かれては恥ずかしくてならない」

「山の坊さんたちにもまるで話を変えてしてございます」

と惟光が言うので源氏は安心したようである。主従がひそひそ話をしているのを見た女房などは、

「どうも不思議ですね、行触《ゆきぶ》れだとお言いになって参内もなさらないし、また何か悲しいこ

とがあるようにあんなふうにして話していらっしゃる」腑《ふ》に落ちぬらしく言っていた。

「葬儀はあまり簡単な見苦しいものにしないほうがよい」

と源氏が惟光《これみつ》に言った。

「そうでもございません。これは大層《たいそう》にいたしてよいことではございません」

と否定してから、惟光が立って行こうとするのを見ると、急にまた源氏は悲しくなった。

「よくないことだとおまえは思うだろうが、私はもう一度遺骸《いがい》を見たいのだ。それをしないではいつまでも憂鬱《ゆううつ》が続くように思われるから、馬ででも行こうと思うが」

主人の望みを、とんでもない軽率なことであると思いながらも惟光は止めることができなかった。

「そんなに思召《おぼしめ》すのならしかたがございません。では早くいらっしゃいまして、夜の更《ふ》けぬうちにお帰りなさいませ」

と惟光は言った。五条通いの変装のために作らせた狩衣《かりぎぬ》に着更《きが》えなどして源氏は出かけたのである。病苦が朝よりも加わったこともわかっていて源氏は、軽はずみにそうした所へ出かけて、そこでまたどんな危険が命をおびやかすかもしれない、やめたほうがいいのではないかとも思ったが、やはり死んだ夕顔に引かれる心が強くて、この世での顔を遺骸で見ておかなければ今後の世界でそれは見られないのであるという思いが心細さをおさえて、例の惟光と随身を従えて出た。非常に路《みち》のはかがゆかぬ気がした。十七日の月が出てきて、加茂川の河原を通るころ、前駆の者の持つ松明《たいまつ》の淡い明りに鳥辺野《とりべの》のほうが見えるというこんな不気味な景色《けしき》にも源氏の恐怖心はもう麻痺《まひ》してしまっていた。ただ悲しみに胸が掻《か》き乱されたふうで目的地に着いた。凄《すご》い気のする所である。そんな所に住居《すまい》の板屋があって、横に御堂《みどう》が続いているのである。仏前の燈明の影がほのかに戸からすいて見えた。部屋《へや》の中には一人の女の泣き声がして、その室の外と思われる所では、僧の二、三人が話しながら声を多く立てぬ念仏をしていた。近くにある東山の寺々の初夜の勤行《ごんぎょう》も終わったころで静かだった。清水《きよみず》の方角にだけ灯《ひ》がたくさんに見えて多くの参詣人《さんけいにん》の気配《けはい》も聞かれるのである。主人の尼の息子《むすこ》の僧が尊い声で経を読むのが聞こえてきた時に、源氏はからだじゅうの涙がことごとく流れて出る気もした。中へはいって見ると、灯をあちら向きに置いて、遺骸との間に立てた屏風《びょうぶ》のこちらに右近《うこん》は横になっていた。どんなに侘《わび》しい気のすることだろうと源氏は同情して見た。遺骸はまだ恐ろしいという気のしない物であった。美しい顔をしていて、まだ生きていた時の可憐《かれん》さと少しも変わっていなかった。

「私にもう一度、せめて声だけでも聞かせてください。どんな前生の縁だったかわずかな間の関係であったが、私はあなたに傾倒した。それだのに私をこの世に捨てて置いて、こんな悲しい目をあなたは見せる」

もう泣き声も惜しまずはばからぬ源氏だった。僧たちもだれとはわからぬながら、死者に断ちがたい愛着を持つらしい男の出現を見て、皆涙をこぼした。源氏は右近に、

「あなたは二条の院へ来なければならない」

と言ったのであるが、

「長い間、それは小さい時から片時もお離れしませんでお世話になりました御主人ににわかにお別れいたしまして、私は生きて帰ろうと思う所がございません。奥様がどうおなりになったかということを、どうほかの人に話ができましょう。奥様をお亡《な》くしましたほかに、私はまた皆にどう言われるかということも悲しゅうございます」

こう言って右近は泣きやまない。

「私も奥様の煙といっしょにあの世へ参りとうございます」

「もっともだがしかし、人世とはこんなものだ。別れというものに悲しくないものはないのだ。どんなことがあっても寿命のある間には死ねないのだよ。気を静めて私を信頼してくれ」

と言う源氏が、また、

「しかしそういう私も、この悲しみでどうなってしまうかわからない」

と言うのであるから心細い。

「もう明け方に近いころだと思われます。早くお帰りにならなければいけません」

惟光《これみつ》がこう促すので、源氏は顧みばかりがされて、胸も悲しみにふさがらせたまま帰途についた。露の多い路《みち》に厚い朝霧が立っていて、このままこの世でない国へ行くような寂しさが味わわれた。某院の閨《ねや》にいたままのふうで夕顔が寝ていたこと、その夜上に掛けて寝た源氏自身の紅の単衣《ひとえ》にまだ巻かれていたこと、などを思って、全体あの人と自分はどんな前生の因縁があったのであろうと、こんなことを途々《みちみち》源氏は思った。馬をはかばかしく御して行けるふうで

もなかったから、惟光が横に添って行った。加茂川堤に来てとうとう源氏は落馬したのである。失心したふうで、

「家の中でもないこんな所で自分は死ぬ運命なんだろう。二条の院まではとうてい行けない気がする」

と言った。惟光の頭も混乱状態にならざるをえない。自分が確《しか》とした人間だったら、あんなことを源氏がお言いになっても、軽率にこんな案内はしなかったはずだと思うと悲しかった。川の水で手を洗って清水《きよみず》の観音を拝みながらも、どんな処置をとるべきだろうと煩悶《はんもん》した。源氏もしいて自身を励まして、心の中で御仏《みほとけ》を念じ、そして惟光たちの助けも借りて二条の院へ行き着いた。

毎夜続いて不規則な時間の出入りを女房たちが、

「見苦しいことですね、近ごろは平生よりもよく微行《おしのび》をなさる中でも昨日《きのう》はたいへんお加減が悪いふうだったでしょう。そんなでおありになってまたお出かけになったりなさるのですから、困ったことですね」

こんなふうに歎息《たんそく》をしていた。

源氏自身が予言をしたとおりに、それきり床について煩ったのである。重い容体が二、三日続いたあとはまた甚《はなは》だしい衰弱が見えた。源氏の病気を聞こし召した帝《みかど》も非常に御心痛あそばされてあちらでもこちらでも間断なく祈禱《きとう》が行なわれた。特別な神の祭り、祓《はら》い、修法《しゅほう》などである。何にもすぐれた源氏のような人はあるいは短命で終わるのではないかといって、一天下の

人がこの病気に関心を持つようにさえなった。

病床にいながら源氏は右近を二条の院へ伴わせて、部屋《へや》なども近い所へ与えて、手もとで使う女房の一人にした。惟光《これみつ》は源氏の病の重いことに顚倒《てんとう》するほどの心配をしながら、じっとその気持ちをおさえて、馴染《なじみ》のない女房たちの中へはいった右近のたよりなさそうなのに同情してよく世話をしてやった。源氏の病の少し楽に感ぜられる時などには、右近を呼び出して居間の用などをさせていたから、右近はそのうち二条の院の生活に馴《な》れてきた。濃い色の喪服を着た右近は、容貌《ようぼう》などはよくもないが、見苦しくも思われぬ若い女房の一人と見られた。

「運命があの人に授けた短い夫婦の縁から、その片割れの私ももう長くは生きていないのだろう。長い間たよりにしてきた主人に別れたおまえが、さぞ心細いだろうと思うと、せめて私に命があれば、あの人の代わりの世話をしたいと思ったこともあったが、私もあの人のあとを追うらしいので、おまえには気の毒だね」

と、ほかの者へは聞かせぬ声で言って、弱々しく泣く源氏を見る右近は、女主人に別れた悲しみは別として、源氏にもしまたそんなことがあれば悲しいことだろうと思った。二条の院の男女はだれも静かな心を失って主人の病を悲しんでいるのである。御所のお使いは雨の脚《あし》よりもしげく参入した。帝の御心痛が非常なものであることを聞く源氏は、もったいなくて、そのことによって病から脱しようとみずから励むようになった。左大臣も徹底的に世話をした。大臣自身が二条の院を見舞わない日もないのである。そしていろいろな医療や祈禱《きとう》をしたせいでか、二十日ほど重態だったあとに余病も起こらないで、源氏の病気は次第に回復していくように見えた。行触《ゆきぶ》れの遠慮の正規の日数もこの日で終わる夜であったから、源氏は逢《あ》いたく思召《おぼしめ》す帝《みかど》の御心中を察して、御所の宿直所《とのいどころ》にまで出かけた。退出の時は左大臣が自身の車へ乗せて邸《やしき》へ伴った。病後の人の謹慎のしかたなども大臣がきびしく監督したのである。この世界でない所へ蘇生《そせい》した人間のように当分源氏は思った。

九月の二十日ごろに源氏はまったく回復して、痩《や》せるには痩せたがかえって艶《えん》な趣の添った源氏は、今も思いをよくして、またよく泣いた。その様子に不審を抱く人もあって、物怪《もののけ》が憑《つ》いているのであろうとも言っていた。源氏は右近を呼び出して、ひまな静かな日の夕方に話をして、

「今でも私にはわからぬ。なぜだれの娘であるということをどこまでも私に隠したのだろう。たとえどんな身分でも、私があれほどの熱情で思っていたのだから、打ち明けてくれていいわけだと思って恨めしかった」

とも言った。

「そんなにどこまでも隠そうなどとあそばすわけはございません。そうしたお話をなさいます機会がなかったのじゃございませんか。最初があんなふうでございましたから、現実の関係のように思われないとお言いになって、それでもまじめな方ならいつまでもこのふうで進んで行くものでもないから、自分は一時的な対象にされているにすぎないのだとお言いになっては寂しがっていらっしゃいました」

右近がこう言う。

「つまらない隠し合いをしたものだ。私の本心ではそんなにまで隠そうとは思っていなかった。ああいった関係は私に経験のないことだったから、ばかに世間がこわかったのだ。御所の御注意もあるし、そのほかいろんな所に遠慮があってね。ちょっとした恋をしても、それを大問題のように扱われるうるさい私が、あの夕顔の花の白かった日の夕方から、むやみに私の心はあの人へ惹《ひ》かれていくようになって、無理な関係を作るようになったのもしばらくしかない二人の縁だったからだと思われる。しかしまた恨めしくも思うよ。こんなに短い縁よりないのなら、あれほどにも私の心を惹いてくれなければよかったとね。まあ今でもよいから詳しく話してくれ、何も隠す必要はなかろう。七日七日に仏像を描《か》かせて寺へ納めても、名を知らないではね。それを表に出さないでも、せめて心の中でだれの菩提《ぼだい》のためにと思いたいじゃないか」

と源氏が言った。

「お隠しなど決してしようとは思っておりません。ただ御自分のお口からお言いにならなかったことを、お亡《かく》れになってからおしゃべりするのは済まないような気がしただけでございます。御両親はずっと前にお亡《な》くなりになったのでございます。殿様は三位《さんみ》中将でいらっしゃいました。非常にかわいがっていらっしゃいまして、それにつけても御自身の不遇をもどかしく思召《おぼしめ》したでしょうが、その上寿命にも恵まれていらっしゃいませんで、お若くてお亡《な》くなりになりましたあとで、ちょっとしたことが初めで頭中将《とうのちゆうじよう》がまだ少将でいらっしったころに通っておいでになるようになったのでございます。三年間ほどは御愛情があるふうで御関係が続いていましたが、昨年の秋ごろに、あの方の奥様のお父様の右大臣の所からおどすようなことを言ってまいりましたのを、気の弱い方でございましたから、むやみに恐ろしがっておしまいになりまして、西の右京のほうに奥様の乳母《めのと》が住んでおりました家へ隠れて行っていらっしゃいましたが、その家もかなりひどい家でございましたからお困りになって、郊外へ移ろうとお思いになりましたが、今年は方角が悪いので、方角避《よ》けにあの五条の小さい家へ行っておいでになりましたことから、あなた様がおいでになるようなことになりまして、あの家があの家でございますから侘《わび》しがっておいでになったようでございます。普通の人とはまるで違うほど内気で、物思いをしていると人から見られるだけでも恥ずかしくてならないようにお思いになりまして、どんな苦しいことも寂しいことも心に納めていらしったようでございます」

右近のこの話で源氏は自身の想像が当たったことで満足ができたとともに、その優しい人がますます恋しく思われた。

「小さい子を一人行方《ゆくえ》不明にしたと言って中将が憂鬱《ゆううつ》になっていたが、そんな小さい人があったのか」

と問うてみた。

「さようでございます。一昨年の春お生まれになりました。お嬢様で、とてもおかわいらしい方でございます」

「で、その子はどこにいるの、人には私が引き取ったと知らせないようにして私にその子をくれないか。形見も何もなくて寂しくばかり思われるのだから、それが実現できたらいいね」

源氏はこう言って、また、

「頭中将にもいずれは話をするが、あの人をああした所で死なせてしまったのが私だから、当分は恨みを言われるのがつらい。私の従兄《いとこ》の中将の子である点からいっても、私の恋人だった人の子である点からいっても、私の養女にして育てていいわけだから、その西の京の乳母にも何かほかのことにして、お嬢さんを私の所へつれて来てくれないか」

と言った。

「そうなりましたらどんなに結構なことでございましょう。あの西の京でお育ちになってはあまりにお気の毒でございます。私ども若い者ばかりでしたから、行き届いたお世話ができないということであっちへお預けになったのでございます」

と右近は言っていた。静かな夕方の空の色も身にしむ九月だった。庭の植え込みの草などがうら枯れて、もう虫の声もかすかにしかしなかった。そしてもう少しずつ紅葉《もみじ》の色づいた絵のような景色《けしき》を右近はながめながら、思いもよらぬ貴族の家の女房になっていることを感じた。五条の夕顔の花の咲きかかった家は思い出すだけでも恥ずかしいのである。竹の中で家鳩《いえばと》という鳥が調子はずれに鳴くのを聞いて源氏は、あの某院でこの鳥の鳴いた時に夕顔のこわがった顔が今も可憐《かれん》に思い出されてならない。

「年は幾つだったの、なんだか普通の若い人よりもずっと若いようなふうに見えたのも短命の人だったからだね」

「たしか十九におなりになったのでございましょう。私は奥様のもう一人のほうの乳母の忘れ形見でございましたので、三位様《さんみ》がかわいがってくださいまして、お嬢様といっしょに育ててくださいましたものでございます。そんなことを思いますと、あの方のお亡《な》くなりになりましたあとで、平気でよくも生きているものだと恥ずかしくなるのでございます。弱々しいあの方をただ一人のたよりになる御主人と思って右近は参りました」

「弱々しい女が私はいちばん好きだ。自分が賢くないせいか、あまり聡明《そうめい》で、人の感情に動かされないような女はいやなものだ。どうかすれば人の誘惑にもかかりそうな人でありながら、さすがに慎《つつ》ましくて恋人になった男に全生命を任せているというような人が私は好きで、おとなしいそうした人を自分の思うように教えて成長させていければよいと思う」

源氏がこう言うと、

「そのお好みには遠いように思われません方の、お亡《かく》れになったことが残念で」

と右近は言いながら泣いていた。空は曇って冷ややかな風が通っていた。寂しそうに見えた源氏は、

見し人の煙を雲とながむれば夕《ゆふべ》の空もむつまじきかな

と独言《ひとりごと》のように言っていても、返しの歌は言い出されないで、右近は、こんな時に二人そろっておいでになったらという思いで胸の詰まる気がした。源氏はうるさかった砧《きぬた》の音を思い出してもその夜が恋しくて、「八月九月正長夜《まさにながきよ》、千声万声無止時《せんせいばんせいやむときなし》」と歌っていた。

今も伊予介《いよのすけ》の家の小君《こぎみ》は時々源氏の所へ行ったが、以前のように源氏から手紙を託されて来

るようなことがなかった。自分の冷淡さに懲りておしまいになったのかと思って、空蟬《うつせみ》は心苦しかったが、源氏の病気をしていることを聞いた時にはさすがに歎《なげ》かれた。それに良人《おっと》の任国へ伴われる日が近づいてくるのも心細くて、自分を忘れておしまいになったかと試みる気で、このごろの御様子を承り、お案じ申し上げてはおりますが、それを私がどうしてお知らせすることができましょう。

問はぬをもなどかと問はで程ふるにいかばかりかは思ひ乱るる

苦しかるらん君よりもわれぞ益田《ますだ》のいける甲斐《かひ》なきという歌が思われます。

こんな手紙を書いた。

思いがけぬあちらからの手紙を見て源氏は珍しくもうれしくも思った。この人を思う熱情も決して醒《さ》めていたのではないのである。

生きがいがないとはだれが言いたい言葉でしょう。

うつせみの世はうきものと知りにしをまた言の葉にかかる命よ

はかないことです。

病後の慄《ふる》えの見える手で乱れ書きをした消息は美しかった。蟬《せみ》の脱殻《ぬけがら》が忘れずに歌われてあるのを、女は気の毒にも思い、うれしくも思えた。こんなふうに手紙などでは好意を見せながらも、これより深い交渉に進もうという意思は空蟬になかった。理解のある優しい女であったという思い出だけは源氏の心に留めておきたいと願っているのである。もう一人の女は蔵人少《くろうど》将と結婚したという噂《うわさ》を源氏は聞いた。それはおかしい、処女でない新妻を少将はどう思うだろうと、その良人《おっと》に同情もされたし、またあの空蝉の継娘《ままむすめ》はどんな気持ちでいるのだろうと、それも知りたさに小君を使いにして手紙を送った。

死ぬほど煩悶《はんもん》している私の心はわかりますか。

ほのかにも軒ばの荻《をぎ》をむすばずば露のかごとを何にかけまし

その手紙を枝の長い荻《おぎ》につけて、そっと見せるようにとは言ったが、源氏の内心では粗相《そそう》して少将に見つかった時、妻の以前の情人の自分であることを知ったら、その人の気持ちは慰められるであろうという高ぶった考えもあった。しかし小君は少将の来ていないひまをみて手紙の添った荻の枝を女に見せたのである。恨めしい人ではあるが自分を思い出して情人らしい手紙を送って来た点では憎くも女は思わなかった。悪い歌でも早いのが取柄《とりえ》であろうと書いて小君に返事を渡した。

ほのめかす風につけても下荻《したをぎ》の半《なかば》は霜にむすぼほれつつ

下手《へた》であるのを洒落《しゃ》れた書き方で紛らしてある字の品の悪いものだった。灯《ひ》の前にいた夜の顔も連想《れんそう》されるのである。碁盤を中にして慎み深く向かい合ったほうの人の姿態にはどんなに悪い顔だちであるにもせよ、それによって男の恋の減じるものでないよさがあった。一方は何の深味もなく、自身の若い容貌《ようぼう》に誇ったふうだったと源氏は思い出して、やはりそれにも心の惹《ひ》かれるのを覚えた。まだ軒端の荻との情事は清算されたものではなさそうである。

源氏は夕顔の四十九日の法要をそっと叡山《えいざん》の法華堂《ほっけどう》で行なわせることにした。それはかなり大層なもので、上流の家の法会《ほうえ》としてあるべきものは皆用意させたのである。寺へ納める故人の服も新調したし寄進のものも大きかった。書写の経巻にも、新しい仏像の装飾にも費用は惜しまれてなかった。惟光《これみつ》の兄の阿闍梨《あじゃり》は人格者だといわれている僧で、その人が皆引き受けてしたのである。源氏の詩文の師をしている親しい某文章博士《もんじょうはかせ》を呼んで源氏は故人を仏に頼む願《がん》文《もん》を書かせた。普通の例と違って故人の名は現わさずに、死んだ愛人を阿弥陀仏《あみだぶつ》にお託しするという意味を、愛のこもった文章で下書きをして源氏は見せた。

「このままで結構でございます。これに筆を入れるところはございません」

博士はこう言った。激情はおさえているがやはり源氏の目からは涙がこぼれ落ちて堪えがたいように見えた。その博士は、

「何という人なのだろう、そんな方のお亡《な》くなりになったことなど話も聞かないほどの人だのに、源氏の君があんなに悲しまれるほど愛されていた人というのはよほど運のいい人だ」

とのちに言った。作らせた故人の衣裳《いしょう》を源氏は取り寄せて、袴《はかま》の腰に、

泣く泣くも今日《けふ》はわが結《ゆ》ふ下紐《したひも》をいづれの世にか解けて見るべき

と書いた。四十九日の間はなおこの世界にさまよっているという霊魂は、支配者によって未

来のどの道へ赴《おもむ》かせられるのであろうと、こんなことをいろいろと想像しながら般若心経《はんにゃしんぎょう》の章句を唱えることばかりを源氏はしていた。頭中将に逢《あ》うといつも胸騒ぎがして、あの故人が撫《な》で子《しこ》にたとえたという子供の近ごろの様子などを知らせてやりたく思ったが、恋人を死なせた恨みを聞くのがつらくて打ちいでにくかった。

あの五条の家では女主人の行くえが知れないのを捜す方法もなかった。右近《うこん》までもそれきり便《たよ》りをして来ないことを不思議に思いながら絶えず心配をしていた。確かなことではないが通って来る人は源氏の君ではないかといわれていたことから、惟光になんらかの消息を得ようともしたが、まったく知らぬふうで、続いて今も女房の所へ恋の手紙が送られるのであったから、人々は絶望を感じて、主人を奪われたことを夢のようにばかり思った。あるいは地方官の息子《むすこ》などの好色男が、頭中将を恐れて、身の上を隠したままで父の任地へでも伴って行ってしまったのではないかとついにはこんな想像をするようになった。この家の持ち主は西の京の乳母《めのと》の娘だった。乳母の娘は三人で、右近だけが他人であったから便りを聞かせる親切がないのだと恨んで、そして皆夫人を恋しがった。右近のほうでは夫人を頓死《とんし》させた責任者のように言われるのをつらくも思っていたし、源氏も今になって故人の情人が自分であった秘密を人に知らせたくないと思うふうであったから、そんなことで小さいお嬢さんの消息も聞けないままになって不本意な月日が両方の間にたっていった。

源氏はせめて夢にでも夕顔を見たいと、長く願っていたが比叡《ひえい》で法事をした次の晩、ほのかではあったが、やはりその人のいた場所は某《それがし》の院で、源氏が枕《まくら》もとにすわった姿を見た女もそこに添った夢を見た。このことで、荒廃した家などに住む妖怪《あやかし》が、美しい源氏に恋をしたがために、愛人を取り殺したのであると不思議が解決されたのである。源氏は自身もずいぶん危険だったことを知って恐ろしかった。

伊予介《いよのすけ》が十月の初めに四国へ立つことになった。細君をつれて行くことになっていたから、普通の場合よりも多くの餞別《せんべつ》品が源氏から贈られた。またそのほかにも秘密な贈り物があった。ついでに空蟬《うつせみ》の脱殻《ぬけがら》と言った夏の薄衣《うすもの》も返してやった。

逢《あ》ふまでの形見ばかりと見しほどにひたすら袖《そで》の朽ちにけるかな

細々《こまごま》しい手紙の内容は省略する。贈り物の使いは帰ってしまったが、そのあとで空蟬は小君《こぎみ》を使いにして小袿《こうちぎ》の返歌だけをした。

蟬の羽もたち変へてける夏ごろもかへすを見ても音《ね》は泣かれけり

源氏は空蟬を思うと、普通の女性のとりえない態度をとり続けた女ともこれで別れてしまうのだと歎《なげ》かれて、運命の冷たさというようなものが感ぜられた。

今日《きょう》から冬の季にはいる日は、いかにもそれらしく、時雨《しぐれ》がこぼれたりして、空の色も身に沁《し》んだ。終日源氏は物思いをしていて、

過ぎにしも今日別るるも二みちに行く方《かた》知らぬ秋の暮《くれ》かな

などと思っていた。秘密な恋をする者の苦しさが源氏にわかったであろうと思われる。

こうした空蟬とか夕顔とかいうようなはなやかでない女と源氏のした恋の話は、源氏自身が非常に隠していたことがあるからと思って、最初は書かなかったのであるが、帝王の子だからといって、その恋人までが皆完全に近い女性で、いいことばかりが書かれているではないかといって、仮作したもののように言う人があったから、これらを補って書いた。なんだか源氏に済まない気がする。

若紫

春の野のうらわか草に親しみていとおほどかに恋もなりぬる　（晶子）

源氏は瘧病《わらわやみ》にかかっていた。いろいろとまじないもし、僧の加持《かじ》も受けていたが効験《ききめ》がなくて、この病の特徴で発作的にたびたび起こってくるのをある人が、

「北山の某《なにがし》という寺に非常に上手《じょうず》な修験僧《しゅげんそう》がおります、去年の夏この病気がはやりました時など、まじないも効果《ききめ》がなく困っていた人がずいぶん救われました。病気をこじらせますと癒《なお》りにくくなりますから、早くためしてごらんになったらいいでしょう」

こんなことを言って勧めたので、源氏はその山から修験者を自邸へ招こうとした。

「老体になっておりまして、岩窟《がんくつ》を一歩出ることもむずかしいのですから」

僧の返辞《へんじ》はこんなだった。

「それではしかたがない、そっと微行《しのび》で行ってみよう」

こう言っていた源氏は、親しい家司《けいし》四、五人だけを伴って、夜明けに京を立って出かけたのである。郊外のやや遠い山である。これは三月の三十日だった。京の桜はもう散っていたが、途中の花はまだ盛りで、山路を進んで行くにしたがって渓々《たにだに》をこめた霞《かすみ》にも都の霞にない美があった。窮屈《きゅうくつ》な境遇の源氏はこうした山歩きの経験がなくて、何事も皆珍しくおもしろく思われた。修験僧の寺は身にしむような清さがあって、高い峰を負った巌窟《いわや》の中に聖人《しょうにん》ははいって

いた。

源氏は自身のだれであるかを言わず、服装をはじめ思い切って簡単にして来ているのであるが、迎えた僧は言った。

「あ、もったいない、先日お召しになりました方様でいらっしゃいましょう。もう私はこの世界のことは考えないものですから、修験の術も忘れておりますのに、どうしてまあわざわざおいでくだすったのでしょう」

驚きながらも笑《えみ》を含んで源氏を見ていた。非常に偉い僧なのである。源氏を形どった物を作って、瘧病《わらわやみ》をそれに移す祈禱《きとう》をした。加持《かじ》などをしている時分にはもう日が高く上っていた。

源氏はその寺を出て少しの散歩を試みた。その辺をながめると、ここは高い所であったから、そこここに構えられた多くの僧坊が見渡されるのである。螺旋《らせん》状になった路《みち》のついたこの峰のすぐ下に、それもほかの僧坊と同じ小柴垣《こしばがき》ではあるが、目だってきれいに廻《めぐ》らされていて、よい座敷風の建物と廊とが優美に組み立てられ、庭の作りようなどもきわめて凝《こ》った一構えがあった。

「あれはだれの住んでいる所なのかね」

と源氏が問うた。

「これが、某僧都《そうず》がもう二年ほど引きこもっておられる坊でございます」

「そうか、あのりっぱな僧都、あの人の家なんだね。あの人に知れてはきまりが悪いね、こんな体裁で来ていて」

などと、源氏は言った。美しい侍童などがたくさん庭へ出て来て仏の閼伽棚《あかだな》に水を盛ったり花を供えたりしているのもよく見えた。

「あすこの家に女がおりますよ。あの僧都がよもや隠し妻を置いてはいらっしゃらないでしょうが、いったい何者でしょう」

こんなことを従者が言った。崖《がけ》を少しおりて行ってのぞく人もある。美しい女の子や若い女房やら召使の童女やらが見えると言った。

源氏は寺へ帰って仏前の勤めをしながら昼になるともう発作《ほっさ》が起こるころであるがと不安だった。

「気をお紛《まぎ》らしになって、病気のことをお思いにならないのがいちばんよろしゅうございますよ」

などと人が言うので、後ろのほうの山へ出て今度は京のほうをながめた。ずっと遠くまで霞《かす》んでいて、山の近い木立ちなどは淡く煙って見えた。

「絵によく似ている。こんな所に住めば人間の穢《きたな》い感情などは起こしようがないだろう」

と源氏が言うと、

「この山などはまだ浅いものでございます。地方の海岸の風景や山の景色《けしき》をお目にかけましたら、その自然からお得《え》になるところがあって、絵がずいぶん御上達なさいますでしょうと思います。富士、それから何々山」

こんな話をする者があった。また西のほうの国々のすぐれた風景を言って、浦々の名をたくさん並べ立てる者もあったりして、だれも皆病への関心から源氏を放そうと努めているのである。

「近い所では播磨《はりま》の明石《あかし》の浦がよろしゅうございます。特別に変わったよさはありませんが、ただそこから海のほうをながめた景色はどこよりもよく纏《まとま》っております。前播磨守《さきのはりまのかみ》入道が大事な娘を住ませてある家はたいしたものでございます。二代ほど前は大臣だった家筋で、もっと出世すべきはずの人なんですが、変わり者で仲間の交際なんかをきらって近衛《このえ》の中将を捨てて自分から願って出てなった播磨守なんですが、国の者に反抗されたりして、こんな不名誉なことになっては京へ帰れないと言って、その時に入道した人ですが、坊様になったのなら坊様らしく、深い山のほうへでも行って住めばよさそうなものですが、名所の明石の浦などに邸宅を構えております。播磨にはずいぶん坊様に似合った山なんかが多いのですがね、変わり者をてらってそうするかというとそれにも訳はあるのです。若い妻子が寂しがるだろうという思いやりなのです。そんな意味でずいぶん贅沢《ぜいたく》に住居《すまい》なども作ってございます。先日父の所へまいりました節、どんなふうにしているかも見たいので寄ってみました。京にいますうちは不遇なようでしたが、今の住居などはすばらしいもので、何といっても地方長官をしていますうちに財産ができていたのですから、生涯《しょうがい》の生活に事を欠かない準備は十分にしておいて、そして一方では仏弟子《ぶつでし》として感心に修行も積んでいるようです。あの人だけは入道してから真価が現われた人のように見受けます」

「その娘というのはどんな娘」

「まず無難な人らしゅうございます。あのあとの代々の長官が特に敬意を表して求婚するのですが、入道は決して承知いたしません。自分の一生は不遇だったのだから、娘の未来だけはこうありたいという理想を持っている。自分が死んで実現が困難になり、自分の希望しない結婚でもしなければならなくなった時には、海へ身を投げてしまえと遺言をしているそうです」

源氏はこの話の播磨の海べの変わり者の入道の娘がおもしろく思えた。

「竜宮《りゅうぐう》の王様のお后《きさき》になるんだね。自尊心の強いったらないね。困り者だ」

などと冷評する者があって人々は笑っていた。話をした良清《よしきよ》は現在の播磨守の息子《むすこ》で、さきには六位の蔵人《くろうど》をしていたが、位が一階上がって役から離れた男である。ほかの者は、

「好色な男なのだから、その入道の遺言を破りうる自信を持っているのだろう。それでよく訪問に行ったりするのだよ」

とも言っていた。

「でもどうかね、どんなに美しい娘だといわれていても、やはり田舎者《いなかもの》らしかろうよ。小さい時からそんな所に育つし、頑固《がんこ》な親に教育されているのだから」

こんなことも言う。

「しかし母親はりっぱなのだろう。若い女房や童女など、京のよい家にいた人などを何かの縁故からたくさん呼んだりして、たいそうなことを娘のためにしているらしいから、それでただの田舎娘ができ上がったら満足していられないわけだから、私などは娘も相当な価値のある女だろうと思うね」

だれかが言う。源氏は、

「なぜお后にしなければならないのだろうね。それでなければ自殺させるという凝り固まりでは、ほかから見てもよい気持ちはしないだろうと思う」

などと言いながらも、好奇心が動かないようでもなさそうである。平凡でないことに興味を持つ性質を知っている家司《けいし》たちは源氏の心持ちをそう観察していた。

「もう暮れに近うなっておりますが、今日《きょう》は御病気が起こらないで済むのでございましょう。もう京へお帰りになりましたら」

と従者は言ったが、寺では聖人が、

「もう一晩静かに私に加持をおさせになってからお帰りになるのがよろしゅうございます」

と言った。だれも皆この説に賛成した。源氏も旅で寝ることははじめてなのでうれしくて、

「では帰りは明日に延ばそう」

こう言っていた。山の春の日はことに長くてつれづれでもあったから、夕方になって、この山が淡霞《うすがすみ》に包まれてしまった時刻に、午前にながめた小柴垣《こしばがき》の所へまで源氏は行って見た。ほかの従者は寺へ帰して惟光《これみつ》だけを供につれて、その山荘をのぞくとこの垣根のすぐ前になっている西向きの座敷に持仏《じぶつ》を置いてお勤めをする尼がいた。簾《すだれ》を少し上げて、その時に仏前へ花が供えられた。室の中央の柱に近くすわって、脇息《きょうそく》の上に経巻を置いて、病苦のあるふうでそれを読む尼はただの尼とは見えない。四十ぐらいで、色は非常に白くて上品に痩《や》せてはいるが頰《ほお》のあたりはふっくりとして、目つきの美しいのとともに、短く切り捨ててある髪の裾《すそ》のそろ

ったのが、かえって長い髪よりも艶《えん》なものであるという感じを与えた。きれいな中年の女房が二人いて、そのほかにこの座敷を出たりはいったりして遊んでいる女の子供が幾人かあった。その中に十歳《とお》ぐらいに見えて、白の上に淡黄《うすき》の柔らかい着物を重ねて向こうから走って来た子は、さっきから何人も見た子供とはいっしょに言うことのできない麗質を備えていた。将来はどんな美しい人になるだろうと思われるところがあって、肩の垂《た》れ髪の裾が扇をひろげたようにたくさんでゆらゆらとしていた。顔は泣いたあとのようで、手でこすって赤くなっている。尼さんの横へ来て立つと、

「どうしたの、童女たちのことで憤《おこ》っているの」

こう言って見上げた顔と少し似たところがあるので、この人の子なのであろうと源氏は思った。

「雀《すずめ》の子を犬君《いぬき》が逃がしてしまいましたの、伏籠《ふせご》の中に置いて逃げないようにしてあったのに」

たいへん残念そうである。そばにいた中年の女が、

「またいつもの粗相《そそう》やさんがそんなことをしてお嬢様にしかられるのですね、困った人ですね。雀はどちらのほうへ参りました。だいぶ馴《な》れてきてかわゆうございましたのに、外へ出ては山の鳥に見つかってどんな目にあわされますか」

と言いながら立って行った。髪のゆらゆらと動く後ろ姿も感じのよい女である。少納言《しょうなごん》の乳母《めのと》と他の人が言っているから、この美しい子供の世話役なのであろう。

「あなたはまあいつまでも子供らしくて困った方ね。私の命がもう今日明日《きょうあす》かと思われるのに、それは何とも思わないで、雀のほうが惜しいのだね。雀を籠《かご》に入れておいたりすることは仏様のお喜びにならないことだと私はいつも言っているのに」

と尼君は言って、また、

「ここへ」

と言うと美しい子は下へすわった。顔つきが非常にかわいくて、眉《まゆ》のほのかに伸びたところ、子供らしく自然に髪が横撫《よこな》でになっている額にも髪の性質にも、すぐれた美がひそんでいると見えた。大人《おとな》になった時を想像してすばらしい佳人の姿も源氏の君は目に描いてみた。なぜこんなに自分の目がこの子に引き寄せられるのか、それは恋しい藤壺《ふじつぼ》の宮によく似ているからであると気がついた刹那《せつな》にも、その人への思慕の涙が熱く頰《ほお》を伝わった。尼君は女の子の髪をなでながら、

「梳《す》かせるのもうるさがるけれどよい髪だね。あなたがこんなふうにあまり子供らしいことで私は心配している。あなたの年になればもうこんなふうでない人もあるのに、亡《な》くなったお姫さんは十二でお父様に別れたのだけれど、もうその時には悲しみも何もよくわかる人になっていましたよ。私が死んでしまったあとであなたはどうなるのだろう」

あまりに泣くので隙見《すきみ》をしている源氏までも悲しくなった。子供心にもさすがにじっとしばらく尼君の顔をながめ入って、それからうつむいた。その時に額からこぼれかかった髪がつやつやと美しく見えた。

生《お》ひ立たんありかも知らぬ若草をおくらす露ぞ消えんそらなき

一人の中年の女房が感動したふうで泣きながら、

初草の生ひ行く末も知らぬまにいかでか露の消えんとすらん

と言った。この時に僧都《そうず》が向こうの座敷のほうから来た。

「この座敷はあまり開《あ》けひろげ過ぎています。今日に限ってこんなに端のほうにおいでになったのですね。山の上の聖人の所へ源氏の中将が瘧病《わらわやみ》のまじないにおいでになったという話を私は今はじめて聞いたのです。ずいぶん微行でいらっしゃったので私は知らないで、同じ山にいながら今まで伺候もしませんでした」

と僧都は言った。

「たいへん、こんな所をだれか御一行の人がのぞいたかもしれない」

尼君のこう言うのが聞こえて御簾《みす》はおろされた。

「世間で評判の源氏の君のお顔を、こんな機会に見せていただいたらどうですか、人間生活と絶縁している私らのような僧でも、あの方のお顔を拝見すると、世の中の歎《なげ》かわしいことなどは皆忘れることができて、長生きのできる気のするほどの美貌《びぼう》ですよ。私はこれからまず手紙で御挨拶《ごあいさつ》をすることにしましょう」

僧都がこの座敷を出て行く気配《けはい》がするので源氏も山上の寺へ帰った。源氏は思った。自分は可憐な人を発見することができた、だから自分といっしょに来ている若い連中は旅というものをしたがるのである、そこで意外な収穫を得るのだ、たまさかに京を出て来ただけでもこんな思いがけないことがあると、それで源氏はうれしかった。それにしても美しい子である、どんな身分の人なのであろう、あの子を手もとに迎えて逢《あ》いがたい人の恋しさが慰められるものならぜひそうしたいと源氏は深く思ったのである。

寺で皆が寝床についていると、僧都の弟子《でし》が訪問して来て、惟光《これみつ》に逢いたいと申し入れた。狭い場所であったから惟光へ言う事が源氏にもよく聞こえた。

「手前どもの坊の奥の寺へおいでになりましたことを人が申しますのでただ今承知いたしました。すぐに伺うべきでございますが、私がこの山におりますことを御承知のあなた様が素通りをあそばしたのは、何かお気に入らないことがあるかと御遠慮をする心もございます。御宿泊の設けも行き届きませんでも当坊でさせていただきたいものでございます」

と言うのが使いの伝える僧都の挨拶だった。

「今月の十幾日ごろから私は瘧病《わらわやみ》にかかっておりましたが、たびたびの発作で堪えられなくなりまして、人の勧めどおりに山へ参ってみましたが、もし効験《ききめ》が見えませんでした時には一人の僧の不名誉になることですから、隠れて来ておりました。そちらへも後刻伺うつもりです」

と源氏は惟光に言わせた。それから間もなく僧都が訪問して来た。尊敬される人格者で、僧ではあるが貴族出のこの人に軽い旅装で逢うことを源氏はきまり悪く思った。二年越しの山籠《やまごも》

りの生活を僧都は語ってから、

「僧の家というものはどうせ皆寂しい貧弱なものですが、ここよりは少しきれいな水の流れなども庭にはできておりますから、お目にかけたいと思うのです」

僧都は源氏の来宿を乞《こ》うてやまなかった。源氏を知らないあの女の人たちにたいそうな顔の吹聴《ふいちょう》などをされていたことを思うと、しりごみもされるのであるが、心を惹《ひ》いた少女のことも詳しく知りたいと思って源氏は僧都の坊へ移って行った。主人の言葉どおりに庭の作り一つをいってもここは優美な山荘であった、月はないころであったから、流れのほとりに篝《かがり》を焚《た》かせ、燈籠《とうろう》を吊《つ》らせなどしてある。南向きの室を美しく装飾して源氏の寝室ができていた。奥の座敷から洩《も》れてくる薫香《くんこう》のにおいと仏前に焚かれる名香の香が入り混じって漂っている山荘に、新しく源氏の追い風が加わったこの夜を女たちも晴れがましく思った。

僧都は人世の無常さと来世の頼もしさを源氏に説いて聞かせた。源氏は自身の罪の恐ろしさが自覚され、来世で受ける罰の大きさを思うと、そうした常ない人生から遠ざかったこんな生活に自分もはいってしまいたいなどと思いながらも、夕方に見た小さい貴女《きじょ》が心にかかって恋しい源氏であった。

「ここへ来ていらっしゃるのはどなたなんですか、その方たちと自分とが因縁のあるというような夢を私は前に見たのですが、なんだか今日こちらへ伺って謎《なぞ》の糸口を得た気がします」

と源氏が言うと、

「突然な夢のお話ですね。それがだれであるかをお聞きになっても興がおさめになるだけでございましょう。前の按察使《あぜち》大納言はもうずっと早く亡《な》くなったのでございますからご存じはありますまい。その夫人が私の姉です。未亡人になってから尼になりまして、それがこのごろ病気なものですから、私が山にこもったきりになっているので心細がってこちらへ来ているのです」

僧都の答えはこうだった。

「その大納言にお嬢さんがおありになるということでしたが、それはどうなすったのですか。私は好色から伺うのじゃありません、まじめにお尋ね申し上げるのです」

少女は大納言の遺子であろうと想像して源氏が言うと、

「ただ一人娘がございました。亡くなりましてもう十年余りになりますでしょうか、大納言は宮中へ入れたいように申して、非常に大事にして育てていたのですがそのままで死にますし、未亡人が一人で育てていますうちに、だれがお手引きをしたのか兵部卿《ひょうぶきょう》の宮が通っていらっしゃるようになりまして、それを宮の御本妻はなかなか権力のある夫人で、やかましくお言いになって、私の姪《めい》はそんなことからいろいろ苦労が多くて、物思いばかりをしたあげく亡くなりました。物思いで病気が出るものであることを私は姪を見てよくわかりました」

などと僧都は語った。それではあの少女は昔の按察使大納言の姫君と兵部卿の宮の間にできた子であるに違いないと源氏は悟ったのである。藤壺の宮の兄君の子であるがためにその人に似ているのであろうと思うといっそう心の惹《ひ》かれるのを覚えた。身分のきわめてよいのがうれしい、愛する者を信じようとせずに疑いの多い女でなく、無邪気な子供を、自分が未来の妻として教養を与えていくことは楽しいことであろう、それを直ちに実行したいという心に源氏はなった。

「お気の毒なお話ですね。その方には忘れ形見がなかったのですか」

なお明確に少女のだれであるかを知ろうとして源氏は言うのである。

「亡くなりますころに生まれました。それも女です。その子供が姉の信仰生活を静かにさせません。姉は年を取ってから一人の孫娘の将来ばかりを心配して暮らしております」

聞いている話に、夕方見た尼君の涙を源氏は思い合わせた。

「妙なことを言い出すようですが、私にその小さいお嬢さんを、託していただけないかとお話ししてくださいませんか。私は妻について一つの理想がありまして、ただ今結婚はしていますが、普通の夫婦生活なるものは私に重荷に思えまして、まあ独身もののような暮らし方ばかりをしているのです。まだ年がつり合わぬなどと常識的に判断をなすって、失礼な申し出だと思召《おぼしめ》すでしょうか」

と源氏は言った。

「それは非常に結構なことでございますが、まだまだとても幼稚なものでございますから、仮にもお手もとへなど迎えていただけるものではありません。まあ女というものは良人《おっと》のよい指導を得て一人前になるものなのですから、あながち早過ぎるお話とも何とも私は申されません。子供の祖母と相談をいたしましてお返辞をするといたしましょう」

こんなふうにてきぱき言う人が僧形《そうぎょう》の厳《いか》めしい人であるだけ、若い源氏には恥ずかしくて、望んでいることをなお続けて言うことができなかった。

「阿弥陀《あみだ》様がいらっしゃる堂で用事のある時刻になりました。初夜の勤めがまだしてございません。済ませましてまた」

こう言って僧都は御堂《みどう》のほうへ行った。

病後の源氏は気分もすぐれなかった。雨がすこし降り冷ややかな山風が吹いてそのころから滝の音も強くなったように聞かれた。そしてやや眠そうな読経《どきょう》の声が絶え絶えに響いてくる、こうした山の夜はどんな人にも物悲しく寂しいものであるが、まして源氏はいろいろな思いに悩んでいて、眠ることはできないのであった。初夜だと言ったが実際はその時刻よりも更《ふ》けていた。奥のほうの室にいる人たちも起きたままでいるのが気配《けはい》で知れていた。静かにしようと気を配っているらしいが、数珠《じゅず》が脇息《きょうそく》に触れて鳴る音などがして、女の起居《たちい》の衣摺《きぬず》れもほのかになつかしい音に耳へ通ってくる。貴族的なよい感じである。

源氏はすぐ隣の室でもあったからこの座敷の奥に立ててある二つの屏風《びょうぶ》の合わせ目を少し引きあけて、人を呼ぶために扇を鳴らした。先方は意外に思ったらしいが、無視しているように思わせたくないと思って、一人の女が膝行《いざり》寄って来た。襖子《からかみ》から少し遠いところで、

「不思議なこと、聞き違えかしら」

と言うのを聞いて、源氏が、

「仏の導いてくださる道は暗いところもまちがいなく行きうるというのですから」

という声の若々しい品のよさに、奥の女は答えることもできない気はしたが、

「何のお導きでございましょう、こちらでは何もわかっておりませんが」

と言った。

「突然ものを言いかけて、失敬だとお思いになるのはごもっともですが、

初草の若葉の上を見つるより旅寝の袖《そで》も露ぞ乾《かわ》かぬ

と申し上げてくださいませんか」

「そのようなお言葉を頂戴《ちょうだい》あそばす方がいらっしゃらないことはご存じのようですが、どなたに」

「そう申し上げるわけがあるのだとお思いになってください」

源氏がこう言うので、女房は奥へ行ってそう言った。

まあ艶《えん》な方らしい御挨拶である、女王《にょおう》さんがもう少し大人になっているように、お客様は勘違いをしていられるのではないか、それにしても若草にたとえた言葉がどうして源氏の耳にはいったのであろうと思って、尼君は多少不安な気もするのである。しかし返歌のおそくなることだけは見苦しいと思って、

「枕結《まくらゆ》ふ今宵《こよひ》ばかりの露けさを深山《みやま》の苔《こけ》にくらべざらなん

とてもかわく間などはございませんのに」

と返辞をさせた。

「こんなお取り次ぎによっての会談は私に経験のないことです。失礼ですが、今夜こちらで御厄介《ごやっかい》になりましたのを機会にまじめに御相談のしたいことがございます」

と源氏が言う。

「何をまちがえて聞いていらっしゃるのだろう。源氏の君にものを言うような晴れがましいこと、私には何もお返辞なんかできるものではない」

尼君はこう言っていた。

「それでも冷淡なお扱いをするとお思いになるでございましょうから」

と言って、人々は尼君の出るのを勧めた。

「そうだね、若い人こそ困るだろうが私など、まあよい。丁寧に言っていらっしゃるのだから」

尼君は出て行った。

「出来心的な軽率な相談を持ちかける者だとお思いになるのがかえって当然なような、こんな時に申し上げるのは私のために不利なんですが、誠意をもってお話しいたそうとしておりますことは仏様がご存じでしょう」

と源氏は言ったが、相当な年配の貴女が静かに前にいることを思うと急に希望の件が持ち出されないのである。

「思いがけぬ所で、お泊まり合わせになりました。あなた様から御相談を承りますのを前《ぜん》生《しょう》に根を置いていないこととどうして思えましょう」

と尼君は言った。

「お母様をお亡《な》くしになりましたお気の毒な女王さんを、お母様の代わりとして私へお預けくださいませんでしょうか。私も早く母や祖母に別れたものですから、私もじっと落ち着いた気持ちもなく今日に至りました。女王さんも同じような御境遇なんですから、私たちが将来結婚することを今から許して置いていただきたいと、私はこんなことを前から御相談したかったので、今は悪くおとりになるかもしれない時である、折《お》りがよろしくないと思いながら申し上げてみます」

「それは非常にうれしいお話でございますが、何か話をまちがえて聞いておいでになるのではないかと思いますと、どうお返辞を申し上げてよいかに迷います。私のような者一人をたよりにしております子供が一人おりますが、まだごく幼稚なもので、どんなに寛大なお心ででも、将来の奥様にお擬しになることは無理でございますから、私のほうで御相談に乗せていただきようもございません」

と尼君は言うのである。

「私は何もかも存じております。そんな年齢の差などはお考えにならずに、私がどれほどそうなるのを望むかという熱心の度を御覧ください」

源氏がこんなに言っても、尼君のほうでは女王の幼齢なことを知らないでいるのだと思う先入見があって源氏の希望を問題にしようとはしない。僧都《そうず》が源氏の部屋《へや》のほうへ来るらしいのを機会に、

「まあよろしいです。御相談にもう取りかかったのですから、私は実現を期します」と言って、源氏は屛風《びょうぶ》をもとのように直して去った。もう明け方になっていた。法華《ほっけ》の三昧《ざんまい》を行なう堂の尊い懺法《せんぼう》の声が山おろしの音に混じり、滝がそれらと和する響きを作っているのである。

吹き迷ふ深山《みやま》おろしに夢さめて涙催す滝の音かな

これは源氏の作。

「さしぐみに袖濡《ぬ》らしける山水にすめる心は騒ぎやはする

もう馴《な》れ切ったものですよ」

と僧都は答えた。

夜明けの空は十二分に霞んで、山の鳥声がどこで啼《な》くとなしに多く聞こえてきた。都人《みやこびと》には名のわかりにくい木や草の花が多く咲き多く地に散っていた。こんな深山の錦《にしき》の上へ鹿《しか》が出て来たりするのも珍しいながめで、源氏は病苦からまったく解放されたのである。聖人は動くことも容易でない老体であったが、源氏のために僧都の坊へ来て護身の法を行なったりしていた。嗄々《かれがれ》な所々が消えるような声で経を読んでいるのが身にしみもし、尊くも思われた。経は陀羅《だら》尼《に》である。

京から源氏の迎えの一行が山へ着いて、病気の全快された喜びが述べられ、御所のお使いも来た。僧都は珍客のためによい菓子を種々《くさぐさ》作らせ、渓間《たにま》へまでも珍しい料理の材料を求めに人を出して饗応《きょうおう》に骨を折った。

「まだ今年じゅうは山籠《やまごも》りのお誓いがしてあって、お帰りの際に京までお送りしたいのができませんから、かえって御訪問が恨めしく思われるかもしれません」

などと言いながら僧都は源氏に酒をすすめた。

「山の風景に十分愛着を感じているのですが、陛下に御心配をおかけ申すのももったいないことですから、またもう一度、この花の咲いているうちに参りましょう、

　宮人に行きて語らん山ざくら風よりさきに来ても見るべく」

歌の発声も態度もみごとな源氏であった。僧都が、

　優曇華《うどんげ》の花まち得たるここちして深山《みやま》桜に目こそ移らね

と言うと源氏は微笑しながら、

「長い間にまれに一度咲くという花は御覧になることが困難でしょう。私とは違います」

と言っていた。巌窟《がんくつ》の聖人《しょうにん》は酒杯を得て、

　奥山の松の戸ぼそを稀《まれ》に開《あ》けてまだ見ぬ花の顔を見るかな

と言って泣きながら源氏をながめていた。聖人は源氏を護《まも》る法のこめられてある独鈷《どっこ》を献上

した。それを見て僧都は聖徳太子が百済《くだら》の国からお得になった金剛子《こんごうし》の数珠《じゅず》に宝玉の飾りのついたのを、その当時のいかにも日本の物らしくない箱に入れたままで薄物の袋に包んだのを五葉の木の枝につけた物と、紺瑠璃《こんるり》などの宝石の壺《つぼ》へ薬を詰めた幾個かを藤《ふじ》や桜の枝につけた物と、山寺の僧都の贈り物らしい物を出した。源氏は巌窟の聖人をはじめとして、上の寺で経を読んだ僧たちへの布施の品々、料理の詰め合わせなどを京へ取りにやってあったので、それらが届いた時、山の仕事をする下級労働者までが皆相当な贈り物を受けたのである。なお僧都の堂で誦経《ずきょう》をしてもらうための寄進もして、山を源氏の立って行く前に、僧都は姉の所に行って源氏から頼まれた話を取り次ぎしたが、

「今のところでは何ともお返辞の申しようがありません。御縁がもしありましたならもう四、五年して改めておっしゃってくだすったら」

と尼君は言うだけだった。源氏は前夜聞いたのと同じような返辞を僧都から伝えられて自身の気持ちの理解されないことを歎《なげ》いた。手紙を僧都の召使の小童に持たせてやった。

　　夕まぐれほのかに花の色を見て今朝《けさ》は霞の立ちぞわづらふ

という歌である。返歌は、

　　まことにや花のほとりは立ち憂《う》きと霞《かす》むる空のけしきをも見ん

こうだった。貴女《きじょ》らしい品のよい手で飾りけなしに書いてあった。

ちょうど源氏が車に乗ろうとするころに、左大臣家から、どこへ行くともなく源氏が京を出かけて行ったので、その迎えとして家司《けいし》の人々や、子息たちなどがおおぜい出て来た。頭中《とうのちゅう》将《じょう》、左中弁《さちゅうべん》またそのほかの公達《きんだち》もいっしょに来たのである。

「こうした御旅行などにはぜひお供をしようと思っていますのに、お知らせがなくて」

などと恨んで、

「美しい花の下で遊ぶ時間が許されないですぐにお帰りのお供をするのは惜しくてならないことですね」

とも言っていた。岩の横の青い苔《こけ》の上に新しく来た公達は並んで、また酒盛りが始められたのである。前に流れた滝も情趣のある場所だった。頭中将は懐《ふところ》に入れてきた笛を出して吹き澄ましていた。弁は扇拍子をとって、「葛城《かつらぎ》の寺の前なるや、豊浦《とよら》の寺の西なるや」という歌を歌っていた。この人たちは決して平凡な若い人ではないが、悩ましそうに岩へよりかかっている源氏の美に比べてよい人はだれもなかった。いつも篳篥《ひちりき》を吹く役にあたる随身がそれを吹き、またわざわざ笙《しょう》の笛を持ち込んで来た風流好きもあった。僧都が自身で琴《きん》(七絃《げん》の唐風の楽器)を運んで来て、

「これをただちょっとだけでもお弾《ひ》きくだすって、それによって山の鳥に音楽の何であるかを知らせてやっていただきたい」

こう熱望するので、

「私はまだ病気に疲れていますが」

と言いながらも、源氏が快く少し弾いたのを最後として皆帰って行った。名残《なごり》惜しく思って山の僧俗は皆涙をこぼした。家の中では年を取った尼君主従がまだ源氏のような人に出逢《であ》ったことのない人たちばかりで、その天才的な琴の音をも現実の世のものでないと評し合った。僧都も、

「何の約束事でこんな末世にお生まれになって人としてのうるさい束縛や干渉をお受けにならなければならないかと思ってみると悲しくてならない」

と源氏の君のことを言って涙をぬぐっていた。兵部卿《ひょうぶきょう》の宮の姫君は子供心に美しい人であると思って、

「宮様よりも御様子がごりっぱね」

などとほめていた。

「ではあの方のお子様におなりなさいまし」

と女房が言うとうなずいて、そうなってもよいと思う顔をしていた。それからは人形遊びをしても絵をかいても源氏の君というのをこしらえて、それにはきれいな着物を着せて大事がった。

帰京した源氏はすぐに宮中へ上がって、病中の話をいろいろと申し上げた。ずいぶん痩《や》せてしまったと仰せられて帝《みかど》はそれをお気におかけあそばされた。聖人の尊敬すべき祈禱《きとう》力などについての御下問もあったのである。詳しく申し上げると、

「阿闍梨《あじゃり》にもなっていいだけの資格がありそうだね。名誉を求めないで修行一方で来た人な

んだろう。それで一般人に知られなかったのだ」

と敬意を表しておいでになった。左大臣も御所に来合わせていて、

「私もお迎えに参りたく思ったのですが、御微行《おしのび》の時にはかえって御迷惑かとも思いまして遠慮をしました。しかしまだ一日二日は静かにお休みになるほうがよろしいでしょう」

と言って、また、

「ここからのお送りは私がいたしましょう」

とも言ったので、その家へ行きたい気もなかったが、やむをえず源氏は同道して行くことにした。自分の車へ乗せて大臣自身はからだを小さくして乗って行ったのである。娘のかわいさからこれほどまでに誠意を見せた待遇を自分にしてくれるのだと思うと、大臣の親心なるものに源氏は感動せずにはいられなかった。

こちらへ退出して来ることを予期した用意が左大臣家にできていた。しばらく行って見なかった源氏の目に美しいこの家がさらに磨き上げられた気もした。源氏の夫人は例のとおりにほかの座敷へはいってしまって出て来ようとしない。大臣がいろいろとなだめてやっと源氏と同席させた。絵にかいた何かの姫君というようにきれいに飾り立てられていて、身動きすることも自由でないようにきちんとした妻であったから、源氏は、山の二日の話をするとすればすぐに同感を表してくれるような人であれば情味が覚えられるであろう、いつまでも他人に対する羞恥《しゅうち》と同じものを見せて、同棲《どうせい》の歳月は重なってもこの傾向がますます目だってくるばかりであると思うと苦しくて、

「時々は普通の夫婦らしくしてください。ずいぶん病気で苦しんだのですから、どうだったかというぐらいは問うてくだすっていいのに、あなたは問わない。今はじめてのことではないが私としては恨めしいことですよ」

と言った。

「問われないのは恨めしいものでしょうか」

こう言って横に源氏のほうを見た目つきは恥ずかしそうで、そして気高《けだか》い美が顔に備わっていた。

「たまに言ってくださることがそれだ。情けないじゃありませんか。訪うて行かぬなどという間柄は、私たちのような神聖な夫婦の間柄とは違うのですよ。そんなこととといっしょにして言うものじゃありません。時がたてばたつほどあなたは私を露骨に軽蔑《けいべつ》するようになるから、こうすればあなたの心持ちが直るか、そうしたら効果《ききめ》があるだろうかと私はいろんな試みをしているのですよ。そうすればするほどあなたはよそよそしくなる。まあいい。長い命さえあればよくわかってもらえるでしょう」

と言って源氏は寝室のほうへはいったが、夫人はそのままもとの座にいた。就寝を促してみても聞かぬ人を置いて、歎息《たんそく》をしながら源氏は枕についていたというのも、夫人を動かすことにそう骨を折る気にはなれなかったのかもしれない。ただくたびれて眠いというふうを見せながらもいろいろな物思いをしていた。若草と祖母に歌われていた兵部卿の宮の小王女の登場する未来の舞台がしきりに思われる。年の不つりあいから先方の人たちが自分の提議を問題にしようとしなかったのも道理である。先方がそうでは積極的には出られない。しかし何らかの手段で自邸へ入れて、あの愛らしい人を物思いの慰めにながめていたい。兵部卿の宮は上品な艶《えん》なお顔ではあるがはなやかな美しさなどはおありにならないのに、どうして叔母《おば》君にそっくりなように見えたのだろう、宮と藤壺の宮とは同じお后《きさき》からお生まれになったからであろうか、などと考えるだけでもその子と恋人との縁故の深さがうれしくて、ぜひとも自分の希望は実現させないではならないものであると源氏は思った。

源氏は翌日北山へ手紙を送った。僧都《そうず》へ書いたものにも女王《にょおう》の問題をほのめかして置かれたに違いない。尼君のには、

問題にしてくださいませんでしたあなた様に気おくれがいたしまして、思っておりますこともことごとくは言葉に現わせませんでした。こう申しますだけでも並み並みでない執心のほどをおくみ取りくださいましたらうれしいでしょう。

などと書いてあった。別に小さく結んだ手紙が入れてあって、

「面《おも》かげは身をも離れず山ざくら心の限りとめてこしかど

どんな風が私の忘れることのできない花を吹くかもしれないと思うと気がかりです」

内容はこうだった。源氏の字を美しく思ったことは別として、老人たちは手紙の包み方などにさえ感心していた。困ってしまう。こんな問題はどうお返事すればいいことかと尼君は当惑していた。

あの時のお話は遠い未来のことでございましたから、ただ今何とも申し上げませんでもと存じておりましたのに、またお手紙で仰せになりましたので恐縮いたしております。まだ手習いの難波津《なにわづ》の歌さえも続けて書けない子供でございますから失礼をお許しくださいませ、それにいたしましても、

嵐《あらし》吹く尾上《をのへ》のさくら散らぬ間を心とめけるほどのはかなさ

こちらこそたよりない気がいたします。

というのが尼君からの返事である。僧都の手紙にしるされたことも同じようであったから源氏は残念に思って二、三日たってから惟光《これみつ》を北山へやろうとした。

「少納言《しょうなごん》の乳母《めのと》という人がいるはずだから、その人に逢《あ》って詳しく私のほうの心持ちを伝えて来てくれ」

などと源氏は命じた。どんな女性にも関心を持つ方だ、姫君はまだきわめて幼稚であったようだのにと惟光は思って、真正面から見たのではないが、自身がいっしょに隙見《すきみ》をした時のことを思ってみたりもしていた。

今度は五位の男を使いにして手紙をもらったことに僧都は恐縮していた。惟光は少納言に面会を申し込んで逢った。源氏の望んでいることを詳しく伝えて、そのあとで源氏の日常の生活ぶりなどを語った。多弁な惟光は相手を説得する心で上手《じょうず》にいろいろ話したが、僧都も尼君も少納言も稚《おさな》い女王への結婚の申し込みはどう解釈すべきであろうとあきれているばかりだった。

手紙のほうにもねんごろに申し入れが書かれてあって、

一つずつ離してお書きになる姫君のお字をぜひ私に見せていただきたい。

ともあった。例の中に封じたほうの手紙には、

浅香山浅くも人を思はぬになど山の井のかけ離るらん

この歌が書いてある。返事、

汲《く》み初《そ》めてくやしと聞きし山の井の浅きながらや影を見すべき

尼君が書いたのである。惟光《これみつ》が聞いて来たのもその程度の返辞であった。

「尼様の御容体が少しおよろしくなりましたら京のお邸《やしき》へ帰りますから、そちらから改めてお返事を申し上げることにいたします」

と言っていたというのである。源氏はたよりない気がしたのであった。

藤壺の宮が少しお病気におなりになって宮中から自邸へ退出して来ておいでになった。帝《みかど》が日々恋しく思召《おぼしめ》す御様子に源氏は同情しながらも、稀《まれ》にしかないお実家《さと》住まいの機会をとらえないではまたいつ恋しいお顔が見られるかと夢中になって、それ以来どの恋人の所へも行かず宮中の宿直所《とのいどころ》ででも、二条の院ででも、昼間は終日物思いに暮らして、王命婦《おうみょうぶ》に手引きを迫ることのほかは何もしなかった。王命婦がどんな方法をとったのか与えられた無理なわずかな逢《おう》瀬《せ》の中にいる時も、幸福が現実の幸福とは思えないで夢としか思われないのが、源氏はみずか

ら残念であった。宮も過去のある夜の思いがけぬ過失の罪悪感が一生忘れられないもののように思っておいでになって、せめてこの上の罪は重ねまいと深く思召したのであるのに、またもこうしたことを他動的に繰り返すことになったのを悲しくお思いになって、恨めしいふうでおありになりながら、柔らかな魅力があって、しかも打ち解けておいでにならない最高の貴女の態度が美しく思われる源氏は、やはりだれよりもすぐれた女性である、なぜ一所でも欠点を持っておいでにならないのであろう、それであれば自分の心はこうして死ぬほどにまで惹《ひ》かれないで楽であろうと思うと源氏はこの人の存在を自分に知らせた運命さえも恨めしく思われるのである。源氏の恋の万分の一も告げる時間のあるわけはない。永久の夜が欲《ほ》しいほどであるのに、逢わない時よりも恨めしい別れの時が至った。

見てもまた逢《あ》ふ夜稀《まれ》なる夢の中《うち》にやがてまぎるるわが身ともがな

涙にむせ返って言う源氏の様子を見ると、さすがに宮も悲しくて、

世語りに人やつたへん類《たぐ》ひなく憂《う》き身をさめぬ夢になしても

とお言いになった。宮が煩悶《はんもん》しておいでになるのも道理なことで、恋にくらんだ源氏の目にももったいなく思われた。源氏の上着などは王命婦がかき集めて寝室の外へ持ってきた。源氏は二条の院へ帰って泣き寝に一日を暮らした。手紙を出しても、例のとおり御覧にならぬという王命婦の返事以外には得られないのが非常に恨めしくて、源氏は御所へも出ず二、三日引き

こもっていた。これをまた病気のように解釈あそばして帝がお案じになるに違いないと思うともったいなく空恐ろしい気ばかりがされるのであった。

宮も御自身の運命をお歎《なげ》きになって煩悶が続き、そのために御病気の経過もよろしくないのである。宮中のお使いが始終来て御所へお帰りになることを促されるのであったが、なお宮は里居《さとい》を続けておいでになった。宮は実際おからだが悩ましくて、しかもその悩ましさの中に生理的な現象らしいものもあるのを、宮御自身だけには思いあたることがないのではなかった。情けなくて、これで自分は子を産むのであろうかと煩悶をしておいでになった。まして夏の暑い間は起き上がることもできずにお寝みになったきりだった。御妊娠が三月であるから女房たちも気がついてきたようである。宿命の恐ろしさを宮はお思いになっても、人は知らぬことであったから、こんなに月が重なるまで御内奏もあそばされなかったと皆驚いてささやき合った。宮の御入浴のお世話などもきまってしていた宮の乳母の娘である弁とか、王命婦とかだけは不思議に思うことはあっても、この二人の間でさえ話し合うべき問題ではなかった。命婦は人間がどう努力しても避けがたい宿命というものの力に驚いていたのである。宮中へは御病気やら物怪《もののけ》やらで気のつくことのおくれたように奏上したはずである。だれも皆そう思っていた。帝はいっそうの熱愛を宮へお寄せになることになって、以前よりもおつかわしになるお使いの度数の多くなったことも、宮にとっては空恐ろしくお思われになることだった。煩悶の合い間というものがなくなった源氏の中将も変わった夢を見て夢解きを呼んで合わさせてみたが、及びもない、思いもかけぬ占いをした。そして、

「しかし順調にそこへお達しになろうとするのにはお慎みにならなければならぬ故障が一つございます」

と言った。夢を現実にまざまざ続いたことのように言われて、源氏は恐怖を覚えた。

「私の夢ではないのだ。ある人の夢を解いてもらったのだ。今の占いが真実性を帯びるまではだれにも秘密にしておけ」

とその男に言ったのであるが、源氏はそれ以来、どんなことがおこってくるのかと思っていた。その後に源氏は藤壺の宮の御懐妊を聞いて、そんなことがあの占いの男に言われたことなのではないかと思うと、恋人と自分の間に子が生まれてくるということに若い源氏は昂奮《こうふん》して、以前にもまして言葉を尽くして逢瀬《おうせ》を望むことになったが、王命婦《おうみょうぶ》も宮の御懐妊になって以来、以前に自身が、はげしい恋に身を亡《ほろぼ》しかねない源氏に同情してとった行為が重大性を帯びていることに気がついて、策をして源氏を宮に近づけようとすることを避けたのである。源氏はたまさかに宮から一行足らずのお返事の得られたこともあるが、それも絶えてしまった。

初秋の七月になって宮は御所へおはいりになった。最愛の方が懐妊されたのであるから、帝のお志はますます藤壺の宮にそそがれるばかりであった。少しお腹《なか》がふっくりとなって悪阻《つわり》の悩みに顔の少しお痩《や》せになった宮のお美しさは、前よりも増したのではないかと見えた。以前もそうであったように帝は明け暮れ藤壺にばかり来ておいでになって、もう音楽の遊びをするのにも適した季節にもなっていたから、源氏の中将をも始終そこへお呼び出しになって、琴や笛の役をお命じになった。物思わしさを源氏は極力おさえていたが、時々には忍びがたい様子もうかがわれるのを、宮もお感じになって、さすがにその人にまつわるものの愁《うれ》わしさをお覚えになった。

北山へ養生に行っていた按察使《あぜち》大納言の未亡人は病が快《よ》くなって京へ帰って来ていた。源氏は惟光《これみつ》などに京の家を訪《たず》ねさせて時々手紙などを送っていた。先方の態度は春も今も変わったところがないのである。それも道理に思えることであったし、またこの数月間というものは、過去の幾年間にもまさった恋の煩悶《はんもん》が源氏にあって、ほかのことは何一つ熱心にしようとは思われないのでもあったりして、より以上積極性を帯びていくようでもなかった。

秋の末になって、恋する源氏は心細さを人よりも深くしみじみと味わっていた。ある月夜にある女の所を訪ねる気にやっとなった源氏が出かけようとするとさっと時雨《しぐれ》がした。源氏の行く所は六条の京極辺であったから、御所から出て来たのではやや遠い気がする。荒れた家の庭の木立ちが大家《たいけ》らしく深いその土塀《どべい》の外を通る時に、例の傍去《そばさ》らずの惟光が言った。

「これが前の按察使大納言の家でございます。先日ちょっとこの近くへ来ました時に寄ってみますと、あの尼さんからは、病気に弱ってしまっていまして、何も考えられませんという挨《あい》拶《さつ》がありました」

「気の毒だね。見舞いに行くのだった。なぜその時にそう言ってくれなかったのだ。ちょっと私が訪問に来たがと言ってやれ」

源氏がこう言うので惟光は従者の一人をやった。この訪問が目的で来たと最初言わせたので、そのあとでまた惟光がはいって行って、

「主人が自身でお見舞いにおいでになりました」

と言った。大納言家では驚いた。

「困りましたね。近ごろは以前よりもずっと弱っていらっしゃるから、お逢いにはなれないでしょうが、お断わりするのはもったいないことですから」

などと女房は言って、南向きの縁座敷をきれいにして源氏を迎えたのである。

「見苦しい所でございますが、せめて御厚志のお礼を申し上げませんではと存じまして、思《おぼ》召《め》しでもございませんでしょうが、こんな部屋《へや》などにお通しいたしまして」

という挨拶《あいさつ》を家の者がした。そのとおりで、意外な所へ来ているという気が源氏にはした。

「いつも御訪問をしたく思っているのでしたが、私のお願いをとっぴなものか何かのようにこちらではお扱いになるので、きまりが悪かったのです。それで自然御病気もこんなに進んでいることを知りませんでした」

と源氏が言った。

「私は病気であることが今では普通なようになっております。しかしもうこの命の終わりに近づきましたおりから、かたじけないお見舞いを受けました喜びを自分で申し上げません失礼をお許しくださいませ。あの話は今後もお忘れになりませんでしたら、もう少し年のゆきました時にお願いいたします。一人ぼっちになりますあの子に残る心が、私の参ります道の障《さわ》りになることかと思われます」

取り次ぎの人に尼君が言いつけている言葉が隣室であったから、その心細そうな声も絶え絶え聞こえてくるのである。

「失礼なことでございます。孫がせめてお礼を申し上げる年になっておればよろしいのでございますのに」

とも言う。源氏は哀れに思って聞いていた。

「今さらそんな御挨拶《ごあいさつ》はなさらないでください。通り一遍な考えでしたなら、風変わりな酔《すい》狂者《きょうもの》と誤解されるのも構わずに、こんな御相談は続けません。どんな前生の因縁でしょうか、女王さんをちょっとお見かけいたしました時から、女王さんのことをどうしても忘れられないようなことになりましたのも不思議なほどで、どうしてもこの世界だけのことでない、約束事としか思われません」

などと源氏は言って、また、

「自分を理解していただけない点で私は苦しんでおります。あの小さい方が何か一言お言いになるのを伺えればと思うのですが」

と望んだ。

「それは姫君は何もご存じなしに、もうお寝《やす》みになっていまして」

女房がこんなふうに言っている時に、向こうからこの隣室へ来る足音がして、

「お祖母《ばあ》様、あのお寺にいらっしった源氏の君が来ていらっしゃるのですよ。なぜ御覧にならないの」

と女王は言った。女房たちは困ってしまった。

「静かにあそばせよ」

と言っていた。

「でも源氏の君を見たので病気がよくなったと言っていらしたからよ」

自分の覚えているそのことが役に立つ時だと女王は考えている。源氏はおもしろく思って聞いていたが、女房たちの困りきったふうが気の毒になって、聞かない顔をして、まじめな見舞いの言葉を残して去った。子供らしい子供らしいというのはほんとうだ、けれども自分はよく教えていける気がすると源氏は思ったのであった。

翌日もまた源氏は尼君へ丁寧に見舞いを書いて送った。例のように小さくしたほうの手紙には、

いはけなき鶴《たづ》の一声聞きしより葦間《あしま》になづむ船ぞえならぬ

いつまでも一人の人を対象にして考えているのですよ。

わざわざ子供にも読めるふうに書いた源氏のこの手紙の字もみごとなものであったから、そのまま姫君の習字の手本にしたらいいと女房らは言った。源氏の所へ少納言が返事を書いてよこした。

お見舞いくださいました本人は、今日も危《あぶな》いようでございまして、ただ今から皆で山の寺へ移ってまいるところでございます。

かたじけないお見舞いのお礼はこの世界で果たしませんでもまた申し上げる時がございまし

ょう。

というのである。秋の夕べはまして人の恋しさがつのって、せめてその人に縁故のある少女を得られるなら得たいという望みが濃くなっていくばかりの源氏であった。「消えん空なき」と尼君の歌った晩春の山の夕べに見た面影が思い出されて恋しいとともに、引き取って幻滅を感じるのではないかと危《あや》ぶむ心も源氏にはあった。

手に摘みていつしかも見ん紫の根に通ひける野辺《のべ》の若草

このころの源氏の歌である。

この十月に朱雀《すざく》院へ行幸があるはずだった。その日の舞楽には貴族の子息たち、高官、殿上役人などの中の優秀な人が舞い人に選ばれていて、親王方、大臣をはじめとして音楽の素養の深い人はそのために新しい稽古《けいこ》を始めていた。それで源氏の君も多忙であった。北山の寺へも久しく見舞わなかったことを思って、ある日わざわざ使いを立てた。山からは僧都《そうず》の返事だけが来た。

先月の二十日にとうとう姉は亡《な》くなりまして、これが人生の掟《おきて》であるのを承知しながらも悲しんでおります。

源氏は今さらのように人間の生命の脆《もろ》さが思われた。尼君が気がかりでならなかったらしい小女王はどうしているだろう。小さいのであるから、祖母をどんなに恋しがってばかりいることであろうと想像しながらも、自身の小さくて母に別れた悲哀も確かに覚えないなりに思われるのであった。源氏からは丁寧な弔慰品が山へ贈られたのである。そんな場合にはいつも少納言が行き届いた返事を書いて来た。

尼君の葬式のあとのことが済んで、一家は京の邸《やしき》へ帰って来ているということであったから、それから少しあとに源氏は自身で訪問した。凄《すご》いように荒れた邸に小人数で暮らしているのであったから、小さい人などは怖《おそろ》しい気がすることであろうと思われた。以前の座敷へ迎えて少納言が泣きながら哀れな若草を語った。源氏も涙のこぼれるのを覚えた。

「宮様のお邸へおつれになることになっておりますが、お母様の御生前にいろんな冷酷なことをなさいました奥さまがいらっしゃるのでございますから、それがいっそずっとお小さいとか、また何でもおわかりになる年ごろになっていらっしゃるとかすればいいのでございますが、中途半端《はんぱ》なお年で、おおぜいお子様のいらっしゃる中で軽い者にお扱われになることになってはと、尼君も始終それを苦労になさいましたが、宮様のお内のことを聞きますと、まったく取り越し苦労でなさそうなんでございますから、あなた様のお気まぐれからおっしゃってくださいますことも、遠い将来にまでにはたとえどうなりますにしましても、お救いの手に違いないと私どもは思われますが、奥様になどとは想像も許されませんようなお子供らしさでございまして、普通のあの年ごろよりももっともっと赤様《あかさま》なのでございます」

と少納言が言った。

「そんなことはどうでもいいじゃありませんか、私が繰り返し繰り返しこれまで申し上げてあることをなぜ無視しようとなさるのですか。その幼稚な方を私が好きでたまらないのは、こればかりは前生《ぜんしょう》の縁に違いないと、それを私が客観的に見ても思われます。許してくだすって、この心持ちを直接女王さんに話させてくださいませんか。

あしわかの浦にみるめは難《かた》くともこは立ちながら帰る波かは

私をお見くびりになってはいけません」

源氏がこう言うと、

「それはもうほんとうにもったいなく思っているのでございます。

寄る波の心も知らで和歌の浦に玉藻《たまも》なびかんほどぞ浮きたる

このことだけは御信用ができませんけれど」

物馴《な》れた少納言の応接のしように、源氏は何を言われても不快には思われなかった。「年を経てなど越えざらん逢坂《あふさか》の関」という古歌を口ずさんでいる源氏の美音に若い女房たちは酔ったような気持ちになっていた。女王は今夜もまた祖母を恋しがって泣いていた時に、遊び相手の童女が、

「直衣《のうし》を着た方が来ていらっしゃいますよ。宮様が来ていらっしゃるのでしょう」

と言ったので、起きて来て、

「少納言、直衣着た方どちら、宮様なの」

こう言いながら乳母《めのと》のそばへ寄って来た声がかわいかった。これは父宮ではなかったが、や

はり深い愛を小女王に持つ源氏であったから、心がときめいた。

「こちらへいらっしゃい」

と言ったので、父宮でなく源氏の君であることを知った女王は、さすがにうっかりとしたことを言ってしまったと思うふうで、乳母のそばへ寄って、

「さあ行こう。私は眠いのだもの」

と言う。

「もうあなたは私に御遠慮などしないでもいいんですよ。私の膝《ひざ》の上へお寝《やす》みなさい」

と源氏が言った。

「お話しいたしましたとおりでございましょう。こんな赤様なのでございます」

乳母に源氏のほうへ押し寄せられて、女王はそのまま無心にすわっていた。源氏が御簾《みす》の下から手を入れて探ってみると柔らかい着物の上に、ふさふさとかかった端の厚い髪が手に触れて美しさが思いやられるのである。手をとらえると、父宮でもない男性の近づいてきたことが恐ろしくて、

「私、眠いと言っているのに」

と言って手を引き入れようとするのについて源氏は御簾の中へはいって来た。

「もう私だけがあなたを愛する人なんですよ。私をお憎みになってはいけない」

源氏はこう言っている。少納言が、

「よろしくございません。たいへんでございます。お話しになりましても何の効果《ききめ》もござい

ませんでしょうのに」

と困ったように言う。

「いくら何でも私はこの小さい女王さんを情人にしようとはしない。まあ私がどれほど誠実であるかを御覧なさい」

外には霙《みぞれ》が降っていて凄《すご》い夜である。

「こんなに小人数でこの寂しい邸《やしき》にどうして住めるのですか」

と言って源氏は泣いていた。捨てて帰って行けない気がするのであった。

「もう戸をおろしておしまいなさい。こわいような夜だから、私が宿直《とのい》の男になりましょう。女房方は皆女王《にょおう》さんの室へ来ていらっしゃい」

と言って、馴《な》れたことのように女王さんを帳台の中へ抱いてはいった。だれもだれも意外なことにあきれていた。乳母は心配をしながらも普通の闖入者《ちんにゅうしゃ》を扱うようにはできぬ相手に歎息《たんそく》をしながら控えていた。小女王は恐ろしがってどうするのかと慄《ふる》えているので肌《はだ》も毛穴が立っている。かわいく思う源氏はささやかな異性を単衣《ひとえ》に巻きくるんで、それだけを隔てに寄り添っていた。この所作がわれながら是認しがたいものとは思いながらも愛情をこめていろいろと話していた。

「ねえ、いらっしゃいよ、おもしろい絵がたくさんある家で、お雛《ひな》様遊びなんかのよくできる私の家《うち》へね」

こんなふうに小さい人の気に入るような話をしてくれる源氏の柔らかい調子に、姫君は恐ろしさから次第に解放されていった。しかし不気味であることは忘れずに、眠り入ることはなくて身じろぎしながら寝ていた。この晩は夜通し風が吹き荒れていた。

「ほんとうにお客様がお泊まりにならなかったらどんなに私たちは心細かったでしょう。同じことなら女王様がほんとうの御結婚のできるお年であればね」

などと女房たちはささやいていた。心配でならない乳母は帳台の近くに侍していた。風の少し吹きやんだ時はまだ暗かったが、帰る源氏はほんとうの恋人のもとを別れて行く情景に似ていた。

「かわいそうな女王さんとこんなに親しくなってしまった以上、私はしばらくの間もこんな家へ置いておくことは気がかりでたまらない。私の始終住んでいる家《うち》へお移ししよう。こんな寂しい生活をばかりしていらっしゃっては女王さんが神経衰弱におなりになるから」

と源氏が言った。

「宮様もそんなにおっしゃいますが、あちらへおいでになることも、四十九日が済んでからがよろしかろうと存じております」

「お父様のお邸《やしき》ではあっても、小さい時から別の所でお育ちになったのだから、私に対するお気持ちと親密さはそう違わないでしょう。今からいっしょにいることが将来の障《さわ》りになるようなことは断じてない。私の愛が根底の深いものになるだけだと思う」

と女王の髪を撫《な》でながら源氏は言って顧みながら去った。深く霧に曇った空も艶《えん》であって、大地には霜が白かった。ほんとうの恋の忍び歩きにも適した朝の風景であると思うと、源氏は少し物足りなかった。近ごろ隠れて通っている人の家が途中にあるのを思い出して、その門をたたかせたが内へは聞こえないらしい。しかたがなくて供の中から声のいい男を選んで歌わせた。

　朝ぼらけ霧立つ空の迷ひにも行き過ぎがたき妹《いも》が門かな

二度繰り返させたのである。気のきいたふうをした下仕《しもづか》えの女中を出して、

　立ちとまり霧の籬《まがき》の過ぎうくば草の戸ざしに障《さは》りしもせじ

と言わせた。女はすぐに門へはいってしまった。それきりだれも出て来ないので、帰ってしまうのも冷淡な気がしたが、夜がどんどん明けてきそうで、きまりの悪さに二条の院へ車を進めさせた。

かわいかった小女王を思い出して、源氏は独《ひと》り笑《え》みをしながら又寝《またね》をした。朝おそくなって起きた源氏は手紙をやろうとしたが、書く文章も普通の恋人扱いにはされないので、筆を休め休め考えて書いた。よい絵なども贈った。

今日は按察《あぜ》使《ち》大納言家へ兵部卿《ひょうぶきょう》の宮が来ておいでになった。以前よりもずっと邸が荒れて、広くて古い家に小人数でいる寂しさが宮のお心を動かした。

「こんな所にしばらくでも小さい人がいられるものではない。やはり私の邸のほうへつれて行こう。たいしたむずかしい所ではないのだよ。乳母《めのと》は部屋《へや》をもらって住んでいればいいし、

女王は何人も若い子がいるからいっしょに遊んでいれば非常にいいと思う」

などとお言いになった。そばへお呼びになった小女王の着物には源氏の衣服の匂《にお》いが深く沁《し》んでいた。

「いい匂いだね。けれど着物は古くなっているね」

心苦しく思召《おぼしめ》す様子だった。

「今までからも病身な年寄りとばかりいっしょにいるから、時々は邸のほうへよこして、母と子の情合いのできるようにするほうがよいと私は言ったのだけれど、絶対的にお祖母《ばあ》さんはそれをおさせにならなかったから、邸のほうでも反感を起こしていた。そしてついにその人が亡《な》くなったからといってつれて行くのは済まないような気もする」

と宮がお言いになる。

「そんなに早くあそばす必要はございませんでしょう。お心細くても当分はこうしていらっしゃいますほうがよろしゅうございましょう。少し物の理解がおできになるお年ごろになりましてからおつれなさいますほうがよろしいかと存じます」

少納言はこう答えていた。

「夜も昼もお祖母《ばあ》様が恋しくて泣いてばかりいらっしゃいまして、召し上がり物なども少のうございます」

とも歎《なげ》いていた。実際姫君は痩《や》せてしまったが、上品な美しさがかえって添ったかのように見える。

「なぜそんなにお祖母様のことばかりをあなたはお思いになるの、亡《な》くなった人はしかたがないんですよ。お父様がおればいいのだよ」

と宮は言っておいでになった。日が暮れるとお帰りになるのを見て、心細がって姫君が泣くと、宮もお泣きになって、

「なんでもそんなに悲しがってはしかたがない。今日明日にでもお父様の所へ来られるようにしよう」

などと、いろいろになだめて宮はお帰りになった。母も祖母も失った女の将来の心細さなどを女王は思うのでなく、ただ小さい時から片時の間も離れず付き添っていた祖母が死んだと思うことだけが非常に悲しいのである。子供ながらも悲しみが胸をふさいでいる気がして遊び相手はいても遊ぼうとしなかった。それでも昼間は何かと紛れているのであったが、夕方ごろからめいりこんでしまう。こんなことで小さいおからだがどうなるかと思って、乳母も毎日泣いていた。その日源氏の所からは惟光《これみつ》をよこした。

伺うはずですが宮中からお召しがあるので失礼します。おかわいそうに拝見した女王さんのことが気になってなりません。

源氏からの挨拶《あいさつ》はこれで惟光が代わりの宿直《とのい》をするわけである。

「困ってしまう。将来だれかと御結婚をなさらなければならない女王様を、これではもう源氏の君が奥様になすったような形をお取りになるのですもの。宮様がお聞きになったら私たちの責任だと言っておしかりになるでしょう」

「ねえ女王様、お気をおつけになって、源氏の君のことは宮様がいらっしゃいました時にうっかり言っておしまいにならないようになさいませね」

と少納言が言っても、小女王は、それが何のためにそうしなければならないかがわからないのである。少納言は惟光の所へ来て、身にしむ話をした。

「将来あるいはそうおなりあそばす運命かもしれませんが、ただ今のところはどうしてもこれは不つりあいなお間柄だと私らは存じますのに、御熱心に御縁組のことをおっしゃるのですもの、御酔興か何かと私どもは思うばかりでございます。今日も宮様がおいでになりまして、女の子だからよく気をつけてお守りをせい、うっかり油断をしていてはいけないなどとおっしゃいました時は、私ども何だか平気でいられなく思われました。昨晩のことなんか思い出すものですから」

などと言いながらも、あまりに歎《なげ》いて見せては姫君の処女であることをこの人に疑わせることになると用心もしていた。惟光もどんな関係なのかわからない気がした。帰って惟光が報告した話から、源氏はいろいろとその家のことが哀れに思いやられてならないのであったが、形式的には良人《おっと》らしく一泊したあとであるから、続いて通って行かねばならぬが、それはさすがに躊躇《ちゅうちょ》された。酔興な結婚をしたように世間が批評しそうな点もあるので、心がおけて行けないのである。二条の院へ迎えるのが良策であると源氏は思った。手紙は始終送った。日が暮れると惟光を見舞いに出した。

やむをえぬ用事があって出かけられないのを、私の不誠実さからだとお思いにならぬかと不安です。

などという手紙が書かれてくる。

「宮様のほうから、にわかに明日迎えに行くと言っておよこしになりましたので、取り込んでおります。長い馴染《なじみ》の古いお邸《やしき》を離れますのも心細い気のすることと私どももめいめい申し合っております」

と言葉数も少なく言って、大納言家の女房たちは今日はゆっくりと話し相手になっていなかった。忙しそうに物を縫ったり、何かを仕度《したく》したりする様子がよくわかるので、惟光《これみつ》は帰って行った。源氏は左大臣家へ行っていたが、例の夫人は急に出て来て逢《あ》おうともしなかったのである。面倒《めんどう》な気がして、源氏は東琴《あずまごと》（和琴《わごん》に同じ）を手すさびに弾《ひ》いて、「常陸《ひたち》には田をこそ作れ、仇心《あだごころ》かぬとや君が山を越え、野を越え雨夜《あまよ》来ませる」という田舎《いなか》めいた歌詞を、優美な声で歌っていた。惟光が来たというので、源氏は居間へ呼んで様子を聞こうとした。惟光によって、女王が兵部卿《ひょうぶきょう》の宮邸へ移転する前夜であることを源氏は聞いた。源氏は残念な気がした。宮邸へ移ったあとで、そういう幼い人に結婚を申し込むということも物好きに思われることだろう。小さい人を一人盗んで行ったという批難を受けるほうがまだよい。確かに秘密の保ち得られる手段を取って二条の院へつれて来ようと源氏は決心した。

「明日夜明けにあすこへ行ってみよう。ここへ来た車をそのままにして置かせて、随身を一人か二人仕度させておくようにしてくれ」

という命令を受けて惟光は立った。源氏はそののちもいろいろと思い悩んでいた。人の娘を盗み出した噂《うわさ》の立てられる不名誉も、もう少しあの人が大人で思い合った仲であればその犠牲も自分は払ってよいわけであるが、これはそうでもないのである。父宮に取りもどされる時の不体裁も考えてみる必要があると思ったが、その機会をはずすことはどうしても惜しいことであると考えて、翌朝は明け切らぬ間に出かけることにした。

夫人は昨夜の気持ちのままでまだ打ち解けてはいなかった。

「二条の院にぜひしなければならないことのあったのを私は思い出したから出かけます。用を済ませたらまた来ることにしましょう」

と源氏は不機嫌《ふきげん》な妻に告げて、寝室をそっと出たので、女房たちも知らなかった。自身の部屋になっているほうで直衣《のうし》などは着た。馬に乗せた惟光だけを付き添いにして源氏は大納言家へ来た。門をたたくと何の気なしに下男が門をあけた。車を静かに中へ引き込ませて、源氏の伴った惟光が妻戸をたたいて、しわぶきをすると、少納言が聞きつけて出て来た。

「来ていらっしゃるのです」

と言うと、

「女王様はやすんでいらっしゃいます。どちらから、どうしてこんなにお早く」

と少納言が言う。源氏が人の所へ通って行った帰途だと解釈しているのである。

「宮様のほうへいらっしゃるそうですから、その前にちょっと一言お話をしておきたいと思って」

と源氏が言った。

「どんなことでございましょう。まあどんなに確かなお返辞がおできになりますことやら」

少納言は笑っていた。源氏が室内へはいって行こうとするので、この人は当惑したらしい。

「不行儀に女房たちがやすんでおりまして」

「まだ女王さんはお目ざめになっていないのでしょうね。私がお起こししましょう。もう朝霧がいっぱい降る時刻だのに、寝ているというのは」

と言いながら寝室へはいる源氏を少納言は止めることもできなかった。源氏は無心によく眠っていた姫君を抱き上げて目をさまさせた。女王は父宮がお迎えにおいでになったのだと、まだまったくさめない心では思っていた。髪を撫《な》でて直したりして、

「さあ、いらっしゃい。宮様のお使いになって私が来たのですよ」

と言う声を聞いた時に姫君は驚いて、恐ろしく思うふうに見えた。

「いやですね。私だって宮様だって同じ人ですよ。鬼などであるものですか」

源氏の君が姫君をかかえて出て来た。少納言と、惟光《これみつ》と、外の女房とが、

「あ、どうなさいます」

と同時に言った。

「ここへは始終来られないから、気楽な所へお移ししようと言ったのだけれど、それには同意をなさらないで、ほかへお移りになることになったから、そちらへおいでになってはいろいろ面倒《めんどう》だから、それでなのだ。だれか一人ついておいでなさい」

こう源氏の言うのを聞いて少納言はあわててしまった。

「今日では非常に困るかと思います。宮様がお迎えにおいでになりました節、何とも申し上げようがないではございませんか。ある時間がたちましてから、ごいっしょにおなりになる御縁があるものでございましたら自然にそうなることでございましょう。まだあまりに御幼少でいらっしゃいますから。ただ今そんなことは皆の者の責任になることでございますから」

と言うと、

「じゃいい。今すぐについて来られないのなら、人はあとで来るがよい」

こんなふうに言って源氏は車を前へ寄せさせた。姫君も怪しくなって泣き出した。少納言は止めようがないので、昨夜縫った女王の着物を手にさげて、自身も着がえをしてから車に乗った。

二条の院は近かったから、まだ明るくならないうちに着いて、西の対に車を寄せて降りた。源氏は姫君を軽そうに抱いて降ろした。

「夢のような気でここまでは参りましたが、私はどうしたら」

少納言は下車するのを躊躇《ちゅうちょ》した。

「どうでもいいよ。もう女王さんがこちらへ来てしまったのだから、君だけ帰りたければ送らせよう」

源氏が強かった。しかたなしに少納言も降りてしまった。このにわかの変動に先刻から胸が鳴り続けているのである。宮が自分をどうお責めになるだろうと思うことも苦労の一つであった。それにしても姫君はどうなっておしまいになる運命なのであろうと思って、ともかくも母や祖母に早くお別れになるような方は紛れもない不幸な方であることがわかると思うと、涙がとめどなく流れそうであったが、しかもこれが姫君の婚家へお移りになる第一日であると思うと、縁起悪く泣くことは遠慮しなくてはならないと努めていた。

ここは平生あまり使われない御殿であったから帳台《ちょうだい》なども置かれてなかった。源氏は惟光《これみつ》を呼んで帳台、屏風《びょうぶ》などをその場所場所に据《す》えさせた。これまで上へあげて掛けてあった几帳《きちょう》の垂《た》れ絹はおろせばいいだけであったし、畳の座なども少し置き直すだけで済んだのである。東の対へ夜着類を取りにやって寝た。姫君は恐ろしがって、自分をどうするのだろうと思うと慄《ふる》えが出るのであったが、さすがに声を立てて泣くことはしなかった。

「少納言の所で私は寝るのよ」

子供らしい声で言う。

「もうあなたは乳母《めのと》などと寝るものではありませんよ」

と源氏が教えると、悲しがって泣き寝をしてしまった。乳母は眠ることもできず、ただむやみに泣かれた。

明けてゆく朝の光を見渡すと、建物や室内の装飾はいうまでもなくりっぱで、庭の敷き砂なども玉を重ねたもののように美しかった。少納言は自身が貧弱に思われてきまりが悪かったが、この御殿には女房がいなかった。あまり親しくない客などを迎えるだけの座敷になっていたから、男の侍だけが縁の外で用を聞くだけだった。そうした人たちは新たに源氏が迎え入れた女性のあるのを聞いて、

「だれだろう、よほどお好きな方なんだろう」

などとささやいていた。源氏の洗面の水も、朝の食事もこちらへ運ばれた。遅《おそ》くなってから起きて、源氏は少納言に、

「女房たちがいないでは不自由だろうから、あちらにいた何人かを夕方ごろに迎えにやればいい」

と言って、それから特に小さい者だけが来るようにと東の対《たい》のほうへ童女を呼びにやった。しばらくして愛らしい姿の子が四人来た。女王は着物にくるまったままでまだ横になっていたのを源氏は無理に起こして、

「私に意地悪をしてはいけませんよ。薄情な男は決してこんなものじゃありませんよ。女は気持ちの柔らかなのがいいのですよ」

もうこんなふうに教え始めた。姫君の顔は少し遠くから見ていた時よりもずっと美しかった。気に入るような話をしたり、おもしろい絵とか遊び事をする道具とかを東の対へ取りにやるとかして、源氏は女王の機嫌《きげん》を直させるのに骨を折った。やっと起きて喪服のやや濃い鼠《ねずみ》の服の着古して柔らかになったのを着た姫君の顔に笑《え》みが浮かぶようになると、源氏の顔にも自然笑みが上った。源氏が東の対へ行ったあとで姫君は寝室を出て、木立ちの美しい築山《つきやま》や池のほうなどを御簾《みす》の中からのぞくと、ちょうど霜枯れ時の庭の植え込みが描《か》いた絵のようによくて、平生見ることの少ない黒の正装をした四位や、赤を着た五位の官人がまじりまじりに出はいりしていた。源氏が言っていたようにほんとうにここはよい家であると女王は思った。屏風にか

かれたおもしろい絵などを見てまわって、女王はたよりない今日の心の慰めにしているらしかった。

源氏は二、三日御所へも出ずにこの人をなつけるのに一所懸命だった。手本帳に綴《と》じさせるつもりの字や絵をいろいろに書いて見せたりしていた。皆美しかった。「知らねどもむさし野と云《い》へばかこたれぬよしやさこそは紫の故《ゆゑ》」という歌の紫の紙に書かれたことによくできた一枚を手に持って姫君はながめていた。また少し小さい字で、

ねは見ねど哀れとぞ思ふ武蔵野《むさしの》の露分けわぶる草のゆかりを

とも書いてある。

「あなたも書いてごらんなさい」

と源氏が言うと、

「まだよくは書けませんの」

見上げながら言う女王の顔が無邪気でかわいかったから、源氏は微笑をして言った。

「まずくても書かないのはよくない。教えてあげますよ」

からだをすぼめるようにして字をかこうとする形も、筆の持ち方の子供らしいのもただかわいくばかり思われるのを、源氏は自分の心ながら不思議に思われた。

「書きそこねたわ」

と言って、恥ずかしがって隠すのをしいて読んでみた。

かこつべき故を知らねばおぼつかないかなる草のゆかりなるらん

子供らしい字ではあるが、将来の上達が予想されるような、ふっくりとしたものだった。死んだ尼君の字にも似ていた。現代の手本を習わせたならもっとよくなるだろうと源氏は思った。雛《ひな》なども屋根のある家などもたくさんに作らせて、若紫の女王と遊ぶことは源氏の物思いを紛らすのに最もよい方法のようだった。

大納言家に残っていた女房たちは、宮がおいでになった時に御挨拶《ごあいさつ》のしようがなくて困った。当分は世間へ知らせずにおこうと、源氏も言っていたし、少納言もそれと同感なのであるから、秘密にすることをくれぐれも言ってやって、少納言がどこかへ隠したように申し上げさせたのである。宮は御落胆あそばされた。尼君も宮邸へ姫君の移って行くことを非常に嫌《きら》っていたから、乳母の出すぎた考えから、正面からは拒《こば》まずにおいて、そっと勝手に姫君をつれ出してしまったのだとお思いになって、宮は泣く泣くお帰りになったのである。

「もし居所がわかったら知らせてよこすように」

宮のこのお言葉を女房たちは苦しい気持ちで聞いていたのである。宮は僧都《そうず》の所へも捜しにおやりになったが、姫君の行くえについては何も得る所がなかった。美しかった小女王の顔をお思い出しになって宮は悲しんでおいでになった。夫人はその母君をねたんでいた心も長い時間に忘れていって、自身の子として育てるのを楽しんでいたことが水泡《すいほう》に帰したのを残念に思った。

そのうち二条の院の西の対に女房たちがそろった。若紫のお相手の子供たちは、大納言家から来たのは若い源氏の君、東の対のはきれいな女王といっしょに遊べるのを喜んだ。若紫は源氏が留守《るす》になったりした夕方などには尼君を恋しがって泣きもしたが、父宮を思い出すふうもなかった。初めから稀々《まれまれ》にしか見なかった父宮であったから、今は第二の父と思っている源氏にばかり馴染《なじ》んでいった。外から源氏の帰って来る時は、自身がだれよりも先に出迎えてかわいいふうにいろいろな話をして、懐《ふところ》の中に抱かれて少しもきまり悪くも恥ずかしくも思わない。こんな風変わりな交情がここにだけ見られるのである。

大人の恋人との交渉には微妙な面倒《めんどう》があって、こんな障害で恋までもそこねられるのではないかと我ながら不安を感じることがあったり、女のほうはまた年じゅう恨み暮らしに暮らすことになって、ほかの恋がその間に芽ばえてくることにもなる。この相手にはそんな恐れは少しもない。ただ美しい心の慰めであるばかりであった。娘というものも、これほど大きくなれば父親はこんなにも接近して世話ができず、夜も同じ寝室にはいることは許されないわけであるから、こんなおもしろい間柄というものはないと源氏は思っているらしいのである。

末摘花

皮ごろも上に着たれば我妹子《わぎもこ》は聞くこ
とのみな身に沁《し》まぬらし　（晶子）

源氏の君の夕顔を失った悲しみは、月がたち年が変わっても忘れることができなかった。左大臣家にいる夫人も、六条の貴女《きじょ》も強い思い上がりと源氏の他の愛人を寛大に許すことのできない気むずかしさがあって、扱いにくいことによっても、源氏はあの気楽な自由な気持ちを与えてくれた恋人ばかりが追慕されるのである。どうかしてたいそうな身分のない女で、可憐《かれん》で、そして世間的にあまり恥ずかしくもないような恋人を見つけたいと懲りもせずに思っている。少しよいらしく言われる女にはすぐに源氏の好奇心は向く。さて接近して行こうと思うのにはまず短い手紙などを送るが、もうそれだけで女のほうからは好意を表してくる。冷淡な態度を取りうる者はあまりなさそうなのに源氏はかえって失望を覚えた。ある場合条件どおりなのがあっても、それは頭に欠陥のあるのとか、理智《りち》一方の女であって、源氏に対して一度は思い上がった態度に出ても、あまりにわが身知らずのようであるとか思い返してはつまらぬ男と結婚をしてしまったりするのもあったりして、話をかけたままになっている向きも多かった。空蟬《うつせみ》が何かのおりおりに思い出されて敬服するに似た気持ちもおこるのであった。軒端《のきば》の荻《おぎ》へは今も時々手紙が送られることと思われる。灯影《ほかげ》に見た顔のきれいであったことを思い出しては情人としておいてよい気が源氏にするのである。源氏の君は一度でも関係を作った女を忘れて捨てしまうようなことはなかった。

左衛門《さえもん》の乳母《めのと》といって、源氏からは大弐《だいに》の乳母の次にいたわられていた女の、一人娘は大輔《たゆう》の命婦《みょうぶ》といって御所勤めをしていた。王氏の兵部大輔《ひょうぶ》である人が父であった。多情な若い女であったが、源氏も宮中の宿直所《とのいどころ》では女房のようにして使っていた。左衛門の乳母は今は筑前守《ちくぜんのかみ》と結婚していて、九州へ行ってしまったので、父である兵部大輔の家を実家として女官を勤めているのである。常陸《ひたち》の太守であった親王（兵部大輔はその息《そく》である）が年をおとりになってからお持ちになった姫君が孤児になって残っていることを何かのついでに命婦が源氏へ話した。気の毒な気がして源氏は詳しくその人のことを尋ねた。

「どんな性質でいらっしゃるとか御容貌《ごきりょう》のこととか、私はよく知らないのでございます。内気なおとなしい方ですから、時々は几帳《きちょう》越しくらいのことでお話をいたします。琴《きん》がいちばんお友だちらしゅうございます」

「それはいいことだよ。琴と詩と酒を三つの友というのだよ。酒だけはお嬢さんの友だちにはいけないがね」

こんな冗談《じょうだん》を源氏は言ったあとで、

「私にその女王さんの琴の音《ね》を聞かせないか。常陸の宮さんは、そうした音楽などのよくできた方らしいから、平凡な芸ではなかろうと思われる」

と言った。

「そんなふうに思召《おぼしめ》してお聞きになりますほど価値がございますか、どうか」

「思わせぶりをしないでもいいじゃないか。このごろは朧月《おぼろづき》があるからね、そっと行ってみよう。君も家《うち》へ退《さが》っていてくれ」

源氏が熱心に言うので、大輔の命婦は迷惑になりそうなのを恐れながら、御所も御用のひまな時であったから、春の日永《ひなが》に退出をした。父の大輔は宮邸には住んでいないのである。その継母の家へ出入りすることをきらって、命婦は祖父の宮家へ帰るのである。

源氏は言っていたように十六夜《いざよい》の月の朧《おぼ》ろに霞《かす》んだ夜に命婦を訪問した。

「困ります。こうした天気は決して音楽に適しませんのですもの」

「まあいいから御殿へ行って、ただ一声でいいからお弾《ひ》かせしてくれ。聞かれないで帰るのではあまりつまらないから」

と強《し》いて望まれて、この貴公子を取り散らした自身の部屋へ置いて行くことを済まなく思いながら、命婦が寝殿《しんでん》へ行ってみると、まだ格子《こうし》をおろさないで梅の花のにおう庭を女王はながめていた。よいところであると命婦は心で思った。

「琴の声が聞かせていただけましたらと思うような夜分でございますから、部屋を出てまいりました。私はこちらへ寄せていただいていましても、いつも時間が少なくて、伺わせていただく間のないのが残念でなりません」

と言うと、

「あなたのような批評家がいては手が出せない。御所に出ている人などに聞いてもらえる芸なものですか」

こう言いながらも、すぐに女王が琴を持って来させるのを見ると、命婦がかえってはっとした。源氏の聞いていることを思うからである。女王はほのかな爪音《つまおと》を立てて行った。源氏はおもしろく聞いていた。たいした深い芸ではないが、琴の音というものは他の楽器の持たない異国風な声であったから、聞きにくくは思わなかった。この邸《やしき》は非常に荒れているが、こんな寂しい所に女王の身分を持っていて、大事がられた時代の名残《なごり》もないような生活をするのでは、どんなに味気ないことが多かろう。昔の小説にもこんな背景の前によく佳人が現われてくるものだなどと源氏は思って今から交渉の端緒を作ろうかとも考えたが、ぶしつけに思われることが恥ずかしくて座を立ちかねていた。

命婦は才気のある女であったから、名手の域に遠い人の音楽を長く源氏に聞かせておくことは女王の損になると思った。

「雲が出て月が見えないがちの晩でございますわね。今夜私のほうへ訪問してくださるお約束の方がございましたから、私がおりませんとわざと避けたようにも当たりますから、またゆるりと聞かせていただきます。お格子をおろして行きましょう」

命婦は琴を長く弾《ひ》かせないで部屋へ帰った。

「あれだけでは聞かせてもらいがいもない。どの程度の名手なのかわからなくてつまらない」

源氏は女王に好感を持つらしく見えた。

「できるなら近いお座敷のほうへ案内して行ってくれて、よそながらでも女王さんの衣摺《きぬず》れの音のようなものを聞かせてくれないか」

と言った。命婦は近づかせないで、よりよい想像をさせておきたかった。

「それはだめでございますよ。お気の毒なお暮らしをして、めいりこんでいらっしゃる方に、男の方を御紹介することなどはできません」

と命婦の言うのが道理であるように源氏も思った。男女が思いがけなく会合して語り合うというような階級にははいらない、ともかくも貴女なんであるからと思ったのである。

「しかし、将来は交際ができるように私の話をしておいてくれ」

こう命婦に頼んでから、源氏はまた今夜をほかに約束した人があるのか帰って行こうとした。

「あまりにまじめ過ぎるからと陛下がよく困るようにおっしゃっていらっしゃいますのが、私にはおかしくてならないことがおりおりございます。こんな浮気《うわき》なお忍び姿を陛下は御覧になりませんからね」

と命婦が言うと、源氏は二足三足帰って来て、笑いながら言う。

「何を言うのだね。品行方正な人間でも言うように。これを浮気《うわき》と言ったら、君の恋愛生活は何なのだ」

多情な女だと源氏が決めていて、おりおりこんなことを面と向かって言われるのを命婦は恥ずかしく思って何とも言わなかった。

女暮らしの家の座敷の物音を聞きたいように思って源氏は静かに庭へ出たのである。大部分は朽ちてしまったあとの少し残った透垣《すいがき》のからだが隠せるほどの蔭《かげ》へ源氏が寄って行くと、そこに以前から立っていた男がある。だれであろう女王に恋をする好色男があるのだと思って、暗いほうへ隠れて立っていた。初めから庭にいたのは頭中将《とうのちゅうじょう》なのである。今日《きょう》も夕方御所を同時に退出しながら、源氏が左大臣家へも行かず、二条の院へも帰らないで、妙に途中で別れて行ったのを見た中将が、不審を起こして、自身のほうにも行く家があったのを行かずに、源氏のあとについて来たのである。わざと貧弱な馬に乗って狩衣《かりぎぬ》姿をしていた中将に源氏は気づかなかったのであったが、こんな思いがけない邸《やしき》へはいったのがまた中将の不審を倍にして、立ち去ることができなかったところに、琴を弾く音《ね》がしてきたので、それに心も惹《ひ》かれて庭に立ちながら、一方では源氏の出て来るのを待っていた。源氏はまだだれであるかに気がつかないで、顔を見られまいとして抜き足をして庭を離れようとする時にその男が近づいて来て言った。

「私をお撒《ま》きになったのが恨めしくて、こうしてお送りしてきたのですよ。

もろともに大内山は出《い》でつれど入る方見せぬいざよひの月」

さも秘密を見現わしたように得意になって言うのが腹だたしかったが、源氏は頭中将であったことに安心もされ、おかしくなりもした。

「そんな失敬なことをする者はあなたのほかにありませんよ」

憎らしがりながらまた言った。

「里分かぬかげを見れども行く月のいるさの山を誰《たれ》かたづぬる

こんなふうに私が始終あなたについて歩いたらお困りになるでしょう、あなたはね」

「しかし、恋の成功はよい随身をつれて行くか行かないかで決まることもあるでしょう。これからはごいっしょにおつれください。お一人歩きは危険ですよ」

頭中将はこんなことを言った。頭中将に得意がられていることを源氏は残念にも思ったが、あの撫子《なでしこ》の女が自身のものになったことを中将が知らないことだけが内心には誇らしかった。

源氏にも頭中将にも第二の行く先は決まっていたが、戯談《じょうだん》を言い合っていることがおもしろくて、別れられずに一つの車に乗って、朧月夜《おぼろづきよ》の暗くなった時分に左大臣家に来た。前駆に声も立てさせずに、そっとはいって、人の来ない廊の部屋で直衣《のうし》に着かえなどしてから、素知らぬ顔で、今来たように笛を吹き合いながら源氏の住んでいるほうへ来たのである。その音《ね》に促されたように左大臣は高麗笛《こまぶえ》を持って来て源氏へ贈った。その笛も源氏は得意であったからおもしろく吹いた。合奏のために琴も持ち出されて女房の中でも音楽のできる人たちが選ばれて弾《ひ》き手になった。琵琶《びわ》が上手《じょうず》である中将という女房は、頭中将に恋をされながら、それにはなびかないで、このたまさかにしか来ない源氏の心にはたやすく従ってしまった女であって、源氏との関係がすぐに知れて、このごろは大臣の夫人の内親王様も中将を快くお思いにならなくなったのに悲観して、今日も仲間から離れて物蔭《ものかげ》で横になっていた。源氏を見る機会のない所へ行ってしまうのもさすがに心細くて、煩悶《はんもん》をしているのである。楽音の中にいながら二人の貴公子はあの荒れ邸の琴の音を思い出していた。ひどくなった家もおもしろいもののようにばかり思われて、空想がさまざまに伸びていく。可憐《かれん》な美人が、あの家の中で埋没されたようになって暮らしていたあとで、発見者の自分の情人にその人がなったら、自分はまたその人の愛におぼれてしまうかもしれない。それで方々で物議が起こることになったらまたちょっと自分は困るであろうなどとまで頭中将は思った。源氏が決してただの気持ちであの邸を訪問したのではないことだけは確かである。先を越すのはこの人であるかもしれないと思うと、頭中将は口《く》惜《お》しくて、自身の期待が危《あぶな》かしいようにも思われた。

それからのち二人の貴公子が常陸《ひたち》の宮の姫君へ手紙を送ったことは想像するにかたくない。しかしどちらへも返事は来ない。それが気になって頭中将は、いやな態度だ、あんな家に住んでいるような人は物の哀れに感じやすくなっていねばならないはずだ、自然の木や草や空のながめにも心と一致するものを見いだしておもしろい手紙を書いてよこすようでなければならない、いくら自尊心のあるのはよいものでも、こんなに返事をよこさない女には反感が起こるなどと思っていらいらとするのだった。仲のよい友だちであったから頭中将は隠し立てもせずにその話を源氏にするのである。

「常陸の宮の返事が来ますか、私もちょっとした手紙をやったのだけれど何にも言って来ない。侮辱された形ですね」

自分の想像したとおりだ、頭中将はもう手紙を送っているのだと思うと源氏はおかしかった。

「返事を格別見たいと思わない女だからですか、来たか来なかったかよく覚えていませんよ」

源氏は中将をじらす気なのである。返事の来ないことは同じなのである。中将は、そこへ行きこちらへは来ないのだと口惜《くちお》しがった。源氏はたいした執心を持つのでない女の冷淡な態度に厭気《いやき》がして捨てて置く気になっていたが、頭中将の話を聞いてからは、口上手《くちじょうず》な中将のほうに女は取られてしまうであろう、女はそれで好《い》い気になって、初めの求婚者のことなどは、それは止《よ》してしまったと冷ややかに自分を見くびるであろうと思うと、あるもどかしさを覚えたのである。それから大輔《たゆう》の命婦《みょうぶ》にまじめに仲介を頼んだ。

「いくら手紙をやっても冷淡なんだ。私がただ一時的な浮気《うわき》で、そうしたことを言っているのだと解釈しているのだね。私は女に対して薄情なことのできる男じゃない。いつも相手のほうが気短に私からそむいて行くことから悪い結果にもなって、結局私が捨ててしまったように言われるのだよ。孤独の人で、親や兄弟が夫婦の中を干渉するようなうるさいこともない、気楽な妻が得られたら、私は十分に愛してやることができるのだ」

「いいえ、そんな、あなた様が十分にお愛しになるようなお相手にあの方はなられそうもない気がします。非常に内気で、おとなしい点はちょっと珍らしいほどの方ですが」

命婦は自分の知っているだけのことを源氏に話した。

「貴婦人らしい聡明《そうめい》さなどが見られないのだろう、いいのだよ、無邪気でおっとりとしていれば私は好きだ」

命婦に逢《あ》えばいつもこんなふうに源氏は言っていた。その後源氏は瘧病《わらわやみ》になったり、病気がなおると少年時代からの苦しい恋の悩みに世の中に忘れてしまうほどに物思いをしたりして、この年の春と夏とが過ぎてしまった。秋になって、夕顔の五条の家で聞いた砧《きぬた》の耳についてうるさかったことさえ恋しく源氏に思い出されるころ、源氏はしばしば常陸の宮の女王へ手紙を送った。返事のないことは秋の今も初めに変わらなかった。あまりに人並みはずれな態度をとる女だと思うと、負けたくないというような意地も出て、命婦へ積極的に取り持ちを迫ることが多くなった。

「どんなふうに思っているのだろう。私はまだこんな態度を取り続ける女に出逢ったことはないよ」

不快そうに源氏の言うのを聞いて命婦も気の毒がった。

「私は格別この御縁はよろしくございませんとも言っておりませんよ。ただあまり内気過ぎる方で男の方との交渉に手が出ないのでしょうと、お返事の来ないことを私はそう解釈しております」

「それがまちがっているじゃないか。とても年が若いとか、また親がいて自分の意志では何もできないというような人たちこそ、それがもっともだとは言えるが、あんな一人ぼっちの心細い生活をしている人というものは、異性の友だちを作って、それから優しい慰めを言われたり、自分のことも人に聞かせたりするのがよいことだと思うがね。私はもう面倒《めんどう》な結婚なんかどうでもいい。あの古い家を訪問して、気の毒なような荒れた縁側へ上がって話すだけのことをさせてほしいよ。あの人がよいと言わなくても、ともかくも私をあの人に接近させるようにしてくれないか。気短になって取り返しのならないような行為に出るようなことは断じてないだろう」

などと源氏は言うのであった。女の噂《うわさ》を関心も持たないように聞いていながら、その中のある者に特別な興味を持つような癖が源氏にできたころ、源氏の宿直所《とのいどころ》のつれづれな夜話に、命婦が何の気なしに語った常陸の宮の女王のことを始終こんなふうに責任のあるもののように言われるのを命婦は迷惑に思っていた。女王の様子を思ってみると、それが似つかわしいこととは仮にも思えないのであったから、よけいな媒介役を勤めて、結局女王を不幸にしてしまうのではないかとも思えたが、源氏がきわめてまじめに言い出していることであったから、同意のできない理由もまたない気がした。常陸の太守の宮が御在世中でも古い御代《みよ》の残りの宮様として世間は扱って、御生活も豊かでなかった。お訪《たず》ねする人などはその時代から皆無といってよい状態だったのだから、今になってはまして草深い女王の邸へ出入りしようとする者はなかった。その家へ光源氏の手紙が来たのであるから、女房らは一陽来復の夢を作って、女王に返事を書くことも勧めたが、世間のあらゆる内気の人の中の最も引っ込み思案の女王は、手紙に語られる源氏の心に触れてみる気も何もなかったのである。命婦はそんなに源氏の望むことなら、自分が手引きして物越しにお逢わせしよう、お気に入らなければそれきりにすればいいし、また縁があって情人関係になっても、それを干渉して止める人は宮家にないわけであるなどと、命婦自身が恋愛を軽いものとして考えつけている若い心に思って、女王の兄にあたる自身の父にも話しておこうとはしなかった。

八月の二十日過ぎである。八、九時にもまだ月が出ずに星だけが白く見える夜、古い邸《やしき》の松風が心細くて、父宮のことなどを言い出して、女王は命婦といて泣いたりしていた。源氏に訪《たず》ねて来させるのによいおりであると思った命婦のしらせが行ったか、この春のようにそっと源氏が出て来た。その時分になって昇《のぼ》った月の光が、古い庭をいっそう荒涼たるものに見せるのを寂しい気持ちで女王がながめていると命婦が勧めて琴を弾かせた。まずくはない、もう少し近代的の光沢が添ったらいいだろうなどと、ひそかなことを企てて心の落ち着かぬ命婦は思っていた。人のあまりいない家であったから源氏は気楽に中へはいって命婦を呼ばせた。命婦ははじめて知って驚くというふうに見せて、

「いらっしったお客様って、それは源氏の君なんですよ。始終御交際をする紹介役をするようにってやかましく言っていらっしゃるのですが、そんなことは私にだめでございますってお断わりばかりしておりますの、そしたら自分で直接お話しに行くってよくおっしゃるのです。お帰しはできませんわね。ぶしつけをなさるような方なら何ですが、そんな方じゃございませんの。物越しでお話をしておあげになることだけを許してあげてくださいましね」

と言うと女王は非常に恥ずかしがって、

「私はお話のしかたも知らないのだから」

と言いながら部屋の奥のほうへ膝行《いざ》って行くのがういういしく見えた。命婦は笑いながら、

「あまりに子供らしくいらっしゃいます。どんな貴婦人といいましても、親が十分に保護していてくださる間だけは子供らしくしていてよろしくても、こんな寂しいお暮らしをしていらっしゃりながら、あまりあなたのように羞恥《しゅうち》の観念の強いことはまちがっています」

こんな忠告をした。人の言うことにそむかれない内気な性質の女王は、

「返辞をしないでただ聞いてだけいてもいいというのなら、格子でもおろしてここにいていい」

と言った。

「縁側におすわらせすることなどは失礼でございます。無理なことは決してなさいませんでしょう」

体裁よく言って、次の室との間の襖子《からかみ》を命婦自身が確かに閉《し》めて、隣室へ源氏の座の用意をしたのである。源氏は少し恥ずかしい気がした。人としてはじめて逢《あ》う女にはどんなことを言ってよいかを知らないが、命婦が世話をしてくれるであろうと決めて座についた。乳母のような役をする老女たちは部屋へはいって宵惑《よいまど》いの目を閉じているころである。若い二、三人の女房は有名な源氏の君の来訪に心をときめかせていた。よい服に着かえさせられながら女王自身は何の心の動揺もなさそうであった。男はもとよりの美貌《びぼう》を目だたぬように化粧して、今夜はことさら艶《えん》に見えた。美の価値のわかる人などのいない所だのにと命婦は気の毒に思った。命婦には女王がただおおようにしているに相違ない点だけが安心だと思われた。会話に出過ぎた失策をしそうには見えないからである。自分の責めのがれにしたことで、気の毒な女王をいっそう不幸にしないだろうかという不安はもっていた。源氏は相手の身柄を尊敬している心から利巧《りこう》ぶりを見せる洒落《しゃれ》気の多い女よりも、気の抜けたほどおおようなこんな人のほうが感じがよいと思っていたが、襖子の向こうで、女房たちに勧められて少し座を進めた時に、かすかな衣被香《えびこう》のにおいがしたので、自分の想像はまちがっていなかったと思い、長い間思い続けた恋であったことなどを上手《じょうず》に話しても、手紙の返事をしない人からはまた口ずからの返辞を受け取ることができなかった。

「どうすればいいのです」

と源氏は歎息《たんそく》した。

「いくそ度《たび》君が沈黙《しじま》に負けぬらん物な云《い》ひそと云はぬ頼みに

言いきってくださいませんか。私の恋を受けてくださるのか、受けてくださらないかを」

女王の乳母の娘で侍従という気さくな若い女房が、見かねて、女王のそばへ寄って女王らしくして言った。

鐘つきてとぢめんことはさすがにて答へまうきぞかつはあやなき

若々しい声で、重々しくものの言えない人が代人でないようにして言ったので、貴女《きじょ》としては甘ったれた態度だと源氏は思ったが、はじめて相手にものを言わせたことがうれしくて、

「こちらが何とも言えなくなります、

云《い》はぬをも云ふに勝《まさ》ると知りながら押しこめたるは苦しかりけり」

いろいろと、それは実質のあることではなくても、誘惑的にもまじめにも源氏は語り続けたが、あの歌きりほかの返辞はなかった、こんな態度を男にとるのは特別な考えをもっている人

なんだろうかと思うと、源氏は自身が軽侮されているような口惜《くちお》しい気がした。その時に源氏は女王の室のほうへ襖子《からかみ》をあけてはいったのである。命婦はうかうかと油断をさせられたことで女王を気の毒に思うと、そこにもおられなくて、そしらぬふうをして自身の部屋のほうへ帰った。侍従などという若い女房は光源氏ということに好意を持っていて、主人をかばうことにもたいして力が出なかったのである。こんなふうに何の心の用意もなくて結婚してしまう女王に同情しているばかりであった。女王はただ羞恥《しゅうち》の中にうずもれていた。源氏は結婚の初めのうちはこんなふうである女がよい、独身で長く大事がられてきた女はこんなものであろうと酌《しゃく》量《りょう》して思いながらも、手探りに知った女の様子に腑《ふ》に落ちぬところもあるようだった。愛情が新しく湧《わ》いてくるようなことは少しもなかった。歎息《たんそく》しながらまだ暁方に帰ろうと源氏はした。命婦はどうなったかと一夜じゅう心配で眠れなくて、この時の物音も知っていたが、黙っているほうがよいと思って、「お送りいたしましょう」と挨拶《あいさつ》の声も立てなかった。源氏は静かに門を出て行ったのである。

二条の院へ帰って、源氏は又寝《またね》をしながら、何事も空想したようにはいかないものであると思って、ただ身分が並み並みの人でないために、一度きりの関係で退《の》いてしまうような態度の取れない点を煩悶《はんもん》するのだった。そんな所へ頭中将《とうのちゅうじょう》が訪問してきた。

「たいへんな朝寝なんですね。なんだかわけがありそうだ」

と言われて源氏は起き上がった。

「気楽な独《ひと》り寝なものですから、いい気になって寝坊をしてしまいましたよ。御所からですか」

「そうです。まだ家《うち》へ帰っていないのですよ。朱雀院《すざく》の行幸の日の楽の役と舞《まい》の役の人選が今日あるのだそうですから、大臣にも相談しようと思って退出したのです。そしてまたすぐに御所へ帰ります」

頭中将は忙しそうである。

「じゃあいっしょに行きましょう」

こう言って、源氏は粥《かゆ》や強飯《こわめし》の朝食を客とともに済ませた。源氏の車も用意されてあったが二人は一つの車に乗ったのである。あなたは眠そうだなどと中将は言って、

「私に隠すような秘密をあなたはたくさん持っていそうだ」

とも恨んでいた。

その日御所ではいろんな決定事項が多くて源氏も終日宮中で暮らした。新郎はその翌朝に早く手紙を送り、第二夜からの訪問を忠実に続けることが一般の礼儀であるから、自身で出かけられないまでも、せめて手紙を送ってやりたいと源氏は思っていたが、閑暇《ひま》を得て夕方に使いを出すことができた。雨が降っていた。こんな夜にちょっとでも行ってみようというほどにも源氏の心を惹《ひ》くものは昨夜の新婦に見いだせなかった。

あちらでは時刻を計って待っていたが源氏は来ない。命婦《みょうぶ》も女王をいたましく思っていた。女王自身はただ恥ずかしく思っているだけで、今朝来るべきはずの手紙が夜になってまで来ないことが何の苦労にもならなかった。

夕霧の晴るるけしきもまだ見ぬにいぶせさ添ふる宵《よひ》の雨かな

この晴れ間をどんなに私は待ち遠しく思うことでしょう。

と源氏の手紙にはあった。来そうもない様子に女房たちは悲観した。返事だけはぜひお書きになるようにと勧めても、まだ昨夜から頭を混乱させている女王は、形式的に言えばいいこんな時の返歌も作れない。夜が更《ふ》けてしまうからと侍従が気をもんで代作した。

晴れぬ夜の月待つ里を思ひやれ同じ心にながめせずとも

書くことだけは自身でなければならないと皆から言われて、紫色の紙であるが、古いので灰色がかったのへ、字はさすがに力のある字で書いた。中古の書風である。一所も散らしては書かず上下そろえて書かれてあった。

失望して源氏は手紙を手から捨てた。今夜自分の行かないことで女はさぞ煩悶《はんもん》をしているであろうとそんな情景を心に描いてみる源氏も煩悶はしているのだった。けれども今さらしかたのないことである、いつまでも捨てずに愛してやろうと、源氏は結論としてこう思ったのであるが、それを知らない常陸《ひたち》の宮家の人々はだれもだれも暗い気持ちから救われなかった。

夜になってから退出する左大臣に伴われて源氏はその家へ行った。行幸の日を楽しみにして、若い公達《きんだち》が集まるとその話が出る。舞曲の勉強をするのが仕事のようになっていたころであったから、どこの家でも楽器の音をさせているのである。左大臣の子息たちも、平生の楽器のほかの大篳篥《おおひちりき》、尺八などの、大きいものから太い声をたてる物も混ぜて、大がかりの合奏の稽古《けいこ》をしていた。太鼓までも高欄の所へころがしてきて、そうした役はせぬことになっている公達が自身でたたいたりもしていた。こんなことで源氏も毎日閑暇《ひま》がない。心から恋しい人の所へ行く時間を盗むことはできても、常陸の宮へ行ってよい時間はなくて九月が終わってしまった。それでいよいよ行幸の日が近づいて来たわけで、試楽とか何とか大騒ぎするころに命婦《みょうぶ》は宮中へ出仕した。

「どうしているだろう」

源氏は不幸な相手をあわれむ心を顔に見せていた。大輔《たゆう》の命婦はいろいろと近ごろの様子を話した。

「あまりに御冷淡です。その方でなくても見ているものがこれではたまりません」

泣き出しそうにまでなっていた。悪い感じも源氏にとめさせないで、きれいに結末をつけようと願っていたこの女の意志も尊重しなかったことで、どんなに恨んでいるだろうとさえ源氏は思った。またあの人自身は例の無口なままで物思いを続けていることであろうと想像されてかわいそうであった。

「とても忙しいのだよ。恨むのは無理だ」

歎息《たんそく》をして、それから、

「こちらがどう思っても感受性の乏しい人だからね。懲らそうとも思って」

こう言って源氏は微笑を見せた。若い美しいこの源氏の顔を見ていると、命婦も自身までが笑顔《えがお》になっていく気がした。だれからも恋の恨みを負わされる青春を持っていらっしゃるのだ、女に同情が薄くて我儘《わがまま》をするのも道理なのだと思った。この行幸準備の用が少なくなってから時々源氏は常陸の宮へ通った。そのうち若紫を二条の院へ迎えたのであったから、源氏は小女王を愛することに没頭していて、六条の貴女に逢うことも少なくなっていた。人の所へ通って行くことは始終心にかけながらもおっくうにばかり思えた。

常陸の女王のまだ顔も見せない深い羞恥《しゅうち》を取りのけてみようとも格別しないで時がたった。あるいは源氏がこの人を顕《あら》わに見た刹那《せつな》から好きになる可能性があるとも言えるのである。手探りに不審な点があるのか、この人の顔を一度だけ見たいと思うこともあったが、引っ込みのつかぬ幻滅を味わわされることも思うと不安だった。だれも人の来ることを思わない、まだ深夜にならぬ時刻に源氏はそっと行って、格子の間からのぞいて見た。けれど姫君はそんな所から見えるものでもなかった。几帳《きちょう》などは非常に古びた物であるが、昔作られたままに皆きちんとかかっていた。どこからか隙見《すきみ》ができるかと源氏は縁側をあちこちと歩いたが、隅《すみ》の部屋にだけいる人が見えた。四、五人の女房である。食事台、食器、これらは支那《しな》製のものであるが、古くきたなくなって見る影もない。女王の部屋から下げたそんなものを置いて、晩の食事をこの人たちはしているのである。皆寒そうであった。白い服の何ともいえないほど煤《すす》けてきたなくなった物の上に、堅気《かたぎ》らしく裳《も》の形をした物を後ろにくくりつけている。しかも古風に髪を櫛《くし》で後ろへ押えた額のかっこうなどを見ると、内教坊《ないきょうぼう》（宮中の神前奉仕の女房が音楽の練習をしている所）や内侍所《ないしどころ》ではこんなかっこうをした者がいると思えて源氏はおかしかった。こんなふうを人間に仕える女房もしているものとはこれまで源氏は知らなんだ。

「まあ寒い年。長生きをしているとこんな冬にも逢《あ》いますよ」

そう言って泣く者もある。

「宮様がおいでになった時代に、なぜ私は心細いお家《うち》だなどと思ったのだろう。その時よりもまたどれだけひどくなったかもしれないのに、やっぱり私らは我慢して御奉公している」

その女は両袖《そで》をばたばたといわせて、今にも空中へ飛び上がってしまうように慄《ふる》えている。生活についての剝《む》き出しな、きまりの悪くなるような話ばかりするので、聞いていて恥ずかしくなった源氏は、そこから退《の》いて、今来たように格子をたたいたのであった。

「さあ、さあ」

などと言って、灯《ひ》を明るくして、格子を上げて源氏を迎えた。侍従は一方で斎院《さいいん》の女房を勤めていたからこのごろは来ていないのである。それがいないのでいっそうすべての調子が野暮《やぼ》らしかった。先刻老人たちの愁《うれ》えていた雪がますます大降りになってきた。すごい空の下を暴風が吹いて、灯の消えた時にも点《つ》け直そうとする者はない。某《なにがし》の院の物怪《もののけ》の出た夜が源氏に思い出されるのである。荒廃のしかたはそれに劣らない家であっても、室の狭いのと、人間があの時よりは多い点だけを慰めに思えば思えるのであるが、ものすごい夜で、不安な思いに絶えず目がさめた。こんなことはかえって女への愛を深くさせるものなのであるが、心を惹《ひ》きつける何物をも持たない相手に源氏は失望を覚えるばかりであった。やっと夜が明けて行きそうであったから、源氏は自身で格子を上げて、近い庭の雪の景色《けしき》を見た。人の踏み開いた跡もなく、遠い所まで白く寂しく雪が続いていた。今ここから出て行ってしまうのもかわいそうに思われて言った。

「夜明けのおもしろい空の色でもいっしょにおながめなさい。いつまでもよそよそしくしていらっしゃるのが苦しくてならない」

まだ空はほの暗いのであるが、積もった雪の光で常よりも源氏の顔は若々しく美しく見えた。老いた女房たちは目の楽しみを与えられて幸福であった。

「さあ早くお出なさいまし、そんなにしていらっしゃるのはいけません。素直になさるのがいいのでございますよ」

などと注意をすると、この極端に内気な人にも、人の言うことは何でもそむけないところがあって、姿を繕いながら膝行《いざ》って出た。源氏はその方は見ないようにして雪をながめるふうはしながらも横目は使わないのでもない。どうだろう、この人から美しい所を発見することができたらうれしかろうと源氏の思うのは無理な望みである。すわった背中の線の長く伸びていることが第一に目へ映った。はっとした。その次に並みはずれなものは鼻だった。注意がそれに引かれる。普賢菩薩《ふげんぼさつ》の乗った象という獣が思われるのである。高く長くて、先のほうが下に垂《た》れた形のそこだけが赤かった。それがいちばんひどい容貌《きりょう》の欠陥だと見える。顔色は雪以上に白くて青みがあった。額が腫《ふく》れたように高いのであるが、それでいて下方の長い顔に見えるというのは、全体がよくよく長い顔であることが思われる。痩《や》せぎすなことはかわいそうなくらいで、肩のあたりなどは痛かろうと思われるほど骨が着物を持ち上げていた。なぜすっかり見てしまったのであろうと後悔をしながらも源氏は、あまりに普通でない顔に気を取られていた。頭の形と、髪のかかりぐあいだけは、平生美人だと思っている人にもあまり劣っていないようで、裾《すそ》が袿《うちぎ》の裾をいっぱいにした余りがまだ一尺くらいも外へはずれていた。その女王の服装までも言うのはあまりにはしたないようではあるが、昔の小説にも女の着ている物のことは真《ま》先《さき》に語られるものであるから書いてもよいかと思う。桃色の変色してしまったのを重ねた上に、何色かの真黒《まつくろ》に見える袿《うちぎ》、黒貂《ふるき》の毛の香のする皮衣を着ていた。毛皮は古風な貴族らしい着用品ではあるが、若い女に似合うはずのものでなく、ただ目だって異様だった。しかしながらこの服装でなければ寒気が堪えられぬと思える顔であるのを源氏は気の毒に思って見た。何ともものが言えない。相手と同じように無言の人に自身までがなった気がしたが、この人が初めからものを言わなかったわけも明らかにしようとして何かと尋ねかけた。袖《そで》で深く口を被《おお》うているのもたまらなく野暮《やぼ》な形である。自然肱《ひじ》が張られて練って歩く儀式官の袖が思われた。さすがに笑顔《えがお》になった女の顔は品も何もない醜さを現わしていた。源氏は長く見ていることがかわいそうになって、思ったよりも早く帰って行こうとした。

「どなたもお世話をする人のないあなたと知って結婚した私には何も御遠慮なんかなさらないで、必要なものがあったら言ってくださると私は満足しますよ。私を信じてくださらないから恨めしいのですよ」

などと、早く出て行く口実をさえ作って、

朝日さす軒のたるひは解けながらなどかつららの結ぼほるらん

と言ってみても、「むむ」と口の中で笑っただけで、返歌の出そうにない様子が気の毒なので、源氏はそこを出て行ってしまった。

中門の車寄せの所が曲がってよろよろになっていた。夜と朝とは荒廃の度が違って見えるものである、どこもかしこも目に見える物はみじめでたまらない姿ばかりであるのに、松の木へだけは暖かそうに雪が積もっていた。田舎《いなか》で見るような身にしむ景色《けしき》であることを源氏は感じながら、いつか品定めに葎《むぐら》の門の中ということを人が言ったが、これはそれに相当する家であろう。ほんとうにあの人たちの言ったように、こんな家に可憐《かれん》な恋人を置いて、いつもその人を思っていたらおもしろいことであろう、自分の、思ってならぬ人を思う苦しみはそれによって慰められるであろうがと思って、これは詩的な境遇にいながらなんらの男を引きつける力のない女であると断案を下しながらも、自分以外の男はあの人を終世変わりない妻として置くことはできまい、自分があの人の良人《おっと》になったのも、気がかりにお思いになったはずの父宮の霊魂が導いて行ったことであろうと思ったのであった。うずめられている橘《たちばな》の木の雪を随身に払わせた時、横の松の木がうらやましそうに自力で起き上がって、さっと雪をこぼした。たいした教養はなくてもこんな時に風流を言葉で言いかわす人がせめて一人でもいないのだろうかと源氏は思った。車の通れる門はまだ開《あ》けてなかったので、供の者が鍵《かぎ》を借りに行くと、非常な老人《としより》の召使が出て来た。そのあとから、娘とも孫とも見える、子供と大人の間くらいの女が、着物は雪との対照であくまできたなく汚《よご》れて見えるようなのを着て、寒そうに何か小さい物に火を入れて袖《そで》の中で持ちながらついて来た。雪の中の門が老人の手で開《あ》かぬのを見てその娘が助けた。なかなか開かない。源氏の供の者が手伝ったのではじめて扉が左右に開かれた。

ふりにける頭《かしら》の雪を見る人も劣らずぬらす朝の袖かな

と歌い、また、「霰雪白紛紛《さんせつはくふんぶん》、幼者形不蔽《えうしやはかたちをおおはず》」と吟じていたが、白楽天のその詩の終わりの句に鼻のことが言ってあるのを思って源氏は微笑された。頭中将があの自分の新婦を見たらどんな批評をすることだろう、何の譬喩《ひゆ》を用いて言うだろう、自分の行動に目を離さない人であるから、そのうちこの関係に気がつくであろうと思うと源氏は救われがたい気がした。女王が普通の容貌《きりよう》の女であったら、源氏はいつでもその人から離れて行ってもよかったであろうが、醜い姿をはっきりと見た時から、かえってあわれむ心が強くなって、良人《おっと》らしく、物質的の補助などもよくしてやるようになった。黒貂《ふるき》の毛皮でない絹、綾《あや》、綿、老いた女たちの着料になる物、門番の老人に与える物までも贈ったのである。こんなことは自尊心のある女には堪えがたいことに違いないが常陸《ひたち》の宮の女王はそれを素直に喜んで受けるのに源氏は安心して、せめてそうした世話をよくしてやりたいという気になり、生活費などものちには与えた。

灯影《ほかげ》で見た空蟬《うつせみ》の横顔が美しいものではなかったが、姿態の優美さは十分の魅力があった。常陸《ひたち》の宮の姫君はそれより品の悪いはずもない身分の人ではないか、そんなことを思うと上品であるということは身柄によらぬことがわかる。男に対する洗練された態度、正義の観念の強さ、ついには負けて退却をしたなどと源氏は何かのことにつけて空蟬が思い出された。

その年の暮れの押しつまったころに、源氏の御所の宿直所《とのいどころ》へ大輔《たゆう》の命婦《みょうぶ》が来た。源氏は髪を梳《す》かせたりする用事をさせるのには、恋愛関係などのない女で、しかも戯談《じょうだん》の言えるような女を選んで、この人などがよくその役に当たるのである。呼ばれない時でも大輔はそうした心安さからよく桐壺《きりつぼ》へ来た。

「変なことがあるのでございますがね。申し上げないでおりますのも意地が悪いようにとられることですし、困ってしまって上がったのでございます」

微笑《ほほえみ》を見せながらそのあとを大輔は言わない。

「なんだろう。私には何も隠すことなんかない君だと思っているのに」

「いいえ、私自身のことでございましたら、もったいないことですがあなた様に御相談に上がって申し上げます。この話だけは困ってしまいました」

なお言おうとしないのを、源氏は例のようにこの女がまた思わせぶりを始めたと見ていた。

「常陸の宮から参ったのでございます」

こう言って命婦は手紙を出した。

「じゃ何も君が隠さねばならぬわけもないじゃないか」

こうは言ったが、受け取った源氏は当惑した。もう古くて厚ぼったくなった檀紙《だんし》に薫香《くんこう》のにおいだけはよくつけてあった。ともかくも手紙の体《てい》はなしているのである。歌もある。

唐衣《からごろも》君が心のつらければ袂《たもと》はかくぞそぼちつつのみ

何のことかと思っていると、おおげさな包みの衣裳箱《いしょうばこ》を命婦は前へ出した。

「これがきまり悪くなくてきまりの悪いことってございませんでしょう。お正月のお召《めし》にというつもりでわざわざおつかわしになったようでございますから、お返しする勇気も私にございません。私の所へ置いておきましても先様の志を無視することになるでしょうから、とにかくお目にかけましてから処分をいたすことにしようと思うのでございます」

「君の所へ留めて置かれたらたいへんだよ。着物の世話をしてくれる家族もないのだからね、御親切をありがたく受けるよ」

とは言ったが、もう戯談《じょうだん》も口から出なかった。それにしてもまずい歌である。これは自作に違いない、侍従がおれば筆を入れるところなのだが、そのほかには先生はないのだからと思うと、その人の歌作に苦心をする様子が想像されておかしくて、

「もったいない貴婦人と言わなければならないのかもしれない」

と言いながら源氏は微笑して手紙と贈り物の箱をながめていた。命婦は真赤《まっか》になっていた。臙脂《えんじ》の我慢のできないようないやな色に出た直衣《のうし》で、裏も野暮《やぼ》に濃い、思いきり下品なその端々が外から見えているのである。悪感を覚えた源氏が、女の手紙の上へ無駄《むだ》書きをするようにして書いているのを命婦が横目で見ていると、

なつかしき色ともなしに何にこの末摘花《すゑつむはな》を袖《そで》に触れけん

色濃き花と見しかども、とも読まれた。花という字にわけがありそうだと、月のさし込んだ夜などに時々見た女王の顔を命婦は思い出して、源氏のいたずら書きをひどいと思いながらもしまいにはおかしくなった。

「くれなゐのひとはな衣《ごろも》うすくともひたすら朽たす名をし立てずば

その我慢も人生の勤めでございますよ」

理解があるらしくこんなことを言っている命婦もたいした女ではないが、せめてこれだけの才分でもあの人にあればよかったと源氏は残念な気がした。身分が身分である、自分から捨てられたというような気の毒な名は立てさせたくないと思うのが源氏の真意だった。ここへ伺候して来る人の足音がしたので、

「これを隠そうかね。男はこんな真似《まね》も時々しなくてはならないのかね」

源氏はいまいましそうに言った。なぜお目にかけたろう、自分までが浅薄な人間に思われるだけだったと恥ずかしくなり命婦はそっと去ってしまった。

翌日命婦が清涼殿に出ていると、その台盤所《だいばんどころ》を源氏がのぞいて、

「さあ返事だよ。どうも晴れがましくて堅くなってしまったよ」

と手紙を投げた。おおぜいいた女官たちは源氏の手紙の内容をいろいろに想像した。「たた

らめの花のごと、三笠《みかさ》の山の少女《をとめ》をば棄《す》てて」という歌詞を歌いながら源氏は行ってしまった。また赤い花の歌であると思うと、命婦はおかしくなって笑っていた。理由を知らない女房らは口々に、

「なぜひとり笑いをしていらっしゃるの」

と言った。

「いいえ寒い霜の朝にね、『たたらめの花のごと掻練《かいねり》好むや』という歌のように、赤くなった鼻を紛らすように赤い掻練を着ていたのをいつか見つかったのでしょう」

と大輔の命婦が言うと、

「わざわざあんな歌をお歌いになるほど赤い鼻の人もここにはいないでしょう。左近《さこん》の命婦さんか肥後《ひご》の采女《うねめ》がいっしょだったのでしょうか、その時は」

などと、その人たちは源氏の謎《なぞ》の意味に自身らが関係のあるようにもないようにも言って騒いでいた。

命婦が持たせてよこした源氏の返書を、常陸《ひたち》の宮では、女房が集まって大騒ぎして読んだ。

逢《あ》はぬ夜を隔つる中の衣手《ころもで》に重ねていとど身も沁《し》みよとや

ただ白い紙へ無造作《むぞうさ》に書いてあるのが非常に美しい。

三十日の夕方に宮家から贈った衣箱の中へ、源氏が他から贈られた白い小袖《こそで》の一重ね、赤紫の織物の上衣《うわぎ》、そのほかにも山吹《やまぶき》色とかいろいろな物を入れたのを命婦が持たせてよこした。

「こちらでお作りになったのがよい色じゃなかったというあてつけの意味があるのではないでしょうか」

と一人の女房が言うように、だれも常識で考えてそうとれるのであるが、

「でもあれだって赤くて、重々しいできばえでしたよ。まさかこちらの好意がむだになるということはないはずですよ」

老いた女どもはそう決めてしまった。

「お歌だって、こちらのは意味が強く徹底しておできになっていましたよ。御返歌は技巧が勝ち過ぎてますね」

これもその連中の言うことである。末摘花《すえつむはな》も大苦心をした結晶であったから、自作を紙に書いておいた。

元三日が過ぎてまた今年は男踏歌《おとことうか》であちらこちらと若い公達《きんだち》が歌舞をしてまわる騒ぎの中でも、寂しい常陸の宮を思いやっていた源氏は、七日の白馬《あおうま》の節会《せちえ》が済んでから、お常御殿を下がって、桐壺《きりつぼ》で泊まるふうを見せながら夜がふけてから末摘花の所へ来た。これまでに変わってこの家が普通の家らしくなっていた。女王の姿も少し女らしいところができたように思われた。すっかり見違えるほどの人にできればどんなに犠牲の払いがいがあるであろうなどとも源氏は思っていた。日の出るころまでもゆるりと翌朝はとどまっていたのである。東側の妻戸をあけると、そこから向こうへ続いた廊がこわれてしまっているので、すぐ戸口から日がはいってきた。少しばかり積もっていた雪の光も混じって室内の物が皆よく見えた。源氏が直衣《のうし》を着

たりするのをながめながら横向きに寝た末摘花の頭の形もその辺の畳にこぼれ出している髪も美しかった。この人の顔も美しく見うる時が至ったらと、こんなことを未来に望みながら格子《こうし》を源氏が上げた。かつてこの人を残らず見てしまった雪の夜明けに後悔されたことも思い出して、ずっと上へは格子を押し上げずに、脇息《きょうそく》をそこへ寄せて支えにした。源氏が髪の乱れたのを直していると、非常に古くなった鏡台とか、支那《しな》出来の櫛箱《くしばこ》、掻《か》き上げの箱などを女房が運んで来た。さすがに普通の所にはちょっとそろえてあるものでもない男専用の髪道具もあるのを源氏はおもしろく思った。末摘花が現代人風になったと見えるのは三十日に贈られた衣箱の中の物がすべてそのまま用いられているからであるとは源氏の気づかないところであった。よい模様であると思った袿《うちぎ》にだけは見覚えのある気がした。

「春になったのですからね。今日は声も少しお聞かせなさいよ。鶯《うぐいす》よりも何よりもそれが待ち遠しかったのですよ」

と言うと、「さへづる春は」(百千鳥《ももちどり》囀《さへづ》る春は物ごとに改まれどもわれぞ古《ふ》り行《ゆ》く)とだけをやっと小声で言った。

「ありがとう。二年越しにやっと報いられた」

と笑って、「忘れては夢かとぞ思ふ」という古歌を口にしながら帰って行く源氏を見送るが、口を被《おお》うた袖《そで》の蔭《かげ》から例の末摘花が赤く見えていた。見苦しいことであると歩きながら源氏は思った。

二条の院へ帰って源氏の見た、半分だけ大人のような姿の若紫がかわいかった。紅《あか》い色の感じはこの人からも受け取れるが、こんなになつかしい紅もあるのだったと見えた。無地の桜色の細長を柔らかに着なした人の無邪気な身の取りなしが美しくかわいいのである。昔風の祖母の好みでまだ染めてなかった歯を黒くさせたことによって、美しい眉《まゆ》も引き立って見えた。自分のすることであるがなぜつまらぬいろいろな女を情人に持つのだろう、こんなに可憐《かれん》な人とばかりいないでと源氏は思いながらいつものように雛《ひな》遊びの仲間になった。紫の君は絵をかいて彩色したりもしていた。何をしても美しい性質がそれにあふれて見えるようである。源氏もいっしょに絵をかいた。髪の長い女をかいて、鼻に紅をつけて見た。絵でもそんなのは醜い。源氏はまた鏡に写る美しい自身の顔を見ながら、筆で鼻を赤く塗ってみると、どんな美貌《びぼう》にも赤い鼻の一つ混じっていることは見苦しく思われた。若紫が見て、おかしがって笑った。

「私がこんな不具者になったらどうだろう」

と言うと、

「いやでしょうね」

と言って、しみ込んでしまわないかと紫の君は心配していた。源氏は拭《ふ》く真似《まね》だけをして見せて、

「どうしても白くならない。ばかなことをしましたね。陛下はどうおっしゃるだろう」

まじめな顔をして言うと、かわいそうでならないように同情して、そばへ寄って硯《すずり》の水入れの水を檀紙《だんし》にしませて、若紫が鼻の紅を拭く。

「平仲《へいちゅう》の話のように墨なんかをこの上に塗ってはいけませんよ。赤いほうはまだ我慢ができ

る」

こんなことをしてふざけている二人は若々しく美しい。

初春らしく霞《かすみ》を帯びた空の下に、いつ花を咲かせるのかとたよりなく思われる木の多い中に、梅だけが美しく花を持っていて特別なすぐれた木のように思われたが、緑の階隠《はしかく》しのそばの紅梅はことに早く咲く木であったから、枝がもう真赤《まつか》に見えた。

くれなゐの花ぞあやなく疎《うと》まるる梅の立枝《たちえ》はなつかしけれど

そんなことをだれが予期しようぞと源氏は歎息《たんそく》した。末摘花、若紫、こんな人たちはそれからどうなったか。

（訳注）この巻は「若紫」の巻と同年の一月から始まっている。

紅葉賀

青海の波しづかなるさまを舞ふ若き心
は下に鳴れども　（晶子）

朱雀院《すざく》の行幸は十月の十幾日ということになっていた。その日の歌舞の演奏はことに選《よ》りすぐって行なわれるという評判であったから、後宮《こうきゅう》の人々はそれが御所でなくて陪観のできないことを残念がっていた。帝《みかど》も藤壺《ふじつぼ》の女御《にょご》にお見せになることのできないことを遺憾に思召《おぼしめ》して、当日と同じことを試楽として御前でやらせて御覧になった。

源氏の中将は青海波《せいがいは》を舞ったのである。二人舞の相手は左大臣家の頭中将《とうのちゅうじょう》だった。人よりはすぐれた風采《ふうさい》のこの公子も、源氏のそばで見ては桜に隣った深山《みやま》の木というより言い方がない。夕方前のさっと明るくなった日光のもとで青海波は舞われたのである。地をする音楽もことに冴《さ》えて聞こえた。同じ舞ながらも面《おもて》づかい、足の踏み方などのみごとさに、ほかでも舞う青海波とは全然別な感じであった。舞い手が歌うところなどは、極楽の迦陵頻伽《かりようびんが》の声と聞かれた。源氏の舞の巧妙さに帝は御落涙あそばされた。陪席した高官たちも親王方も同様である。歌が終わって袖《そで》が下へおろされると、待ち受けたようににぎわしく起こる楽音に舞い手の頰《ほお》が染まって常よりもまた光る君と見えた。東宮の母君の女御は舞い手の美しさを認識しながらも心が平らかでなかったのである。

「神様があの美貌《びぼう》に見入ってどうかなさらないかと思われるね、気味の悪い」

こんなことを言うのを、若い女房などは情けなく思って聞いた。

藤壺の宮は自分にやましい心がなかったらまして美しく見える舞であろうと見ながらも夢のような気があそばされた。その夜の宿直《とのい》の女御はこの宮であった。

「今日の試楽は青海波が王だったね。どう思いましたか」

宮はお返辞がしにくくて、

「特別に結構でございました」

とだけ。

「もう一人のほうも悪くないようだった。曲の意味の表現とか、手づかいとかに貴公子の舞はよいところがある。専門家の名人は上手《じょうず》であっても、無邪気な艶《えん》な趣をよう見せないよ。こんなに試楽の日に皆見てしまっては朱雀院の紅葉《もみじ》の日の興味がよほど薄くなると思ったが、あなたに見せたかったからね」

など仰せになった。

翌朝源氏は藤壺の宮へ手紙を送った。

どう御覧くださいましたか。苦しい思いに心を乱しながらでした。

物思ふに立ち舞ふべくもあらぬ身の袖うち振りし心知りきや

失礼をお許しください。

とあった。目にくらむほど美しかった昨日の舞を無視することがおできにならなかったのか、宮はお書きになった。

　から人の袖ふることは遠けれど起《た》ち居《ゐ》につけて哀れとは見き

一観衆として。

　たまさかに得た短い返事も、受けた源氏にとっては非常な幸福であった。支那《しな》における青海波の曲の起源なども知って作られた歌であることから、もう十分に后《きさき》らしい見識を備えていられると源氏は微笑して、手紙を仏の経巻のように拡《ひろ》げて見入っていた。

　行幸の日は親王方も公卿《くぎょう》もあるだけの人が帝の供奉《ぐぶ》をした。必ずあるはずの奏楽の船がこの日も池を漕《こ》ぎまわり、唐の曲も高麗《こうらい》の曲も舞われて盛んな宴賀だった。試楽の日の源氏の舞い姿のあまりに美しかったことが魔障《ましょう》の耽美心《たんびしん》をそそりはしなかったかと帝は御心配になって、寺々で経をお読ませになったりしたことを聞く人も、御親子の情はそうあることと思ったが、東宮の母君の女御だけはあまりな御関心ぶりだとねたんでいた。楽人は殿上役人からも地下《じげ》からもすぐれた技倆を認められている人たちだけが選《よ》り整えられたのである。参議が二人、それから左衛門督《さえもんのかみ》、右衛門督が左右の楽を監督した。舞い手はめいめい今日まで良師を選んでした稽古《けいこ》の成果をここで見せたわけである。四十人の楽人が吹き立てた楽音に誘われて吹く松の風はほんとうの深山《みやま》おろしのようであった。いろいろの秋の紅葉《もみじ》の散りかう中へ青海波の舞い手が歩み出た時には、これ以上の美は地上にないであろうと見えた。挿《かざ》しにした紅葉が風のために葉数の少なくなったのを見て、左大将がそばへ寄って庭前の菊を折ってさし変えた。日暮れ前になってさっと時雨《しぐれ》がした。空もこの絶妙な舞い手に心を動かされたように。

美貌の源氏が紫を染め出したころの白菊を冠《かむり》に挿《さ》して、今日は試楽の日に超《こ》えて細かな手までもおろそかにしない舞振りを見せた。終わりにちょっと引き返して来て舞うところなどでは、人が皆清い寒気をさえ覚えて、人間界のこととは思われなかった。物の価値のわからぬ下人《げにん》で、木の蔭《かげ》や岩の蔭、もしくは落ち葉の中にうずもれるようにして見ていた者さえも、少し賢い者は涙をこぼしていた。承香殿《じょうきょうでん》の女御を母にした第四親王がまだ童形《どうぎょう》で秋風楽をお舞いになったのがそれに続いての見物《みもの》だった。この二つがよかった。あとのはもう何の舞も人の興味を惹《ひ》かなかった。ないほうがよかったかもしれない。今夜源氏は従三位《じゅさんみ》から正三位に上った。頭中将は正四位下が上になった。他の高官たちにも波及して昇進するものが多いのである。当然これも源氏の恩であることを皆知っていた。この世でこんなに人を喜ばしうる源氏は前生《ぜんしょう》ですばらしい善業《ぜんごう》があったのであろう。

それがあってから藤壺の宮は宮中から実家へお帰りになった。逢う機会をとらえようとして、源氏は宮邸の訪問にばかりかかずらっていて、左大臣家の夫人もあまり訪わなかった。その上紫の姫君を迎えてからは、二条の院へ新たな人を入れたと伝えた者があって、夫人の心はいっそう恨めしかった。真相を知らないのであるから恨んでいるのがもっともであるが、正直に普通の人のように口へ出して恨めば自分も事実を話して、自分の心持ちを説明もし慰めもできるのであるが、一人でいろいろな忖度《そんたく》をして恨んでいるという態度がいやで、自分はついほかの人に浮気《うわき》な心が寄っていくのである。とにかく完全な女で、欠点といっては何もない、だれよりもいちばん最初に結婚した妻であるから、どんなに心の中では尊重しているかしれない、それがわからない間はまだしかたがない。将来はきっと自分の思うような妻になしうるだろうと源氏は思って、その人が少しのことで源氏から離れるような軽率な行為に出ない性格であることも源氏は信じて疑わなかったのである。永久に結ばれた夫婦としてその人を思う愛にはまた特別なものがあった。

若紫は馴《な》れていくにしたがって、性質のよさも容貌《ようぼう》の美も源氏の心を多く惹《ひ》いた。姫君は無邪気によく源氏を愛していた。家の者にも何人《なにびと》であるか知らすまいとして、今も初めの西の対《たい》を住居《すまい》にさせて、そこに華麗な設備をば加え、自身も始終こちらに来ていて若い女王《にょおう》を教育していくことに力を入れているのである。手本を書いて習わせなどもして、今までよそにいた娘を呼び寄せた善良な父のようになっていた。事務の扱い所を作り、家司《けいし》も別に命じて貴族生活をするのに何の不足も感じさせなかった。しかも惟光《これみつ》以外の者は西の対の主の何人《なにびと》であるかをいぶかしく思っていた。女王は今も時々は尼君を恋しがって泣くのである。源氏のいる間は紛れていたが、夜などまれにここで泊まることはあっても、通う家が多くて日が暮れると出かけるのを、悲しがって泣いたりするおりがあるのを源氏はかわいく思っていた。二、三日御所にいて、そのまま左大臣家へ行っていたりする時は若紫がまったくめいり込んでしまっているので、母親のない子を持っている気がして、恋人を見に行っても落ち着かぬ心になっているのである。僧都《そうず》はこうした報告を受けて、不思議に思いながらもうれしかった。尼君の法事の北山の寺であった時も源氏は厚く布施《ふせ》を贈った。

藤壺《ふじつぼ》の宮の自邸である三条の宮へ、様子を知りたさに源氏が行くと王命婦《おうみょうぶ》、中納言の君、中《なか》務《つかさ》などという女房が出て応接した。源氏はよそよそしい扱いをされることに不平であったが自分をおさえながらただの話をしている時に兵部卿《ひょうぶきょう》の宮がおいでになった。源氏が来ていると聞いてこちらの座敷へおいでになった。貴人らしい、そして艶《えん》な風流男とお見えになる宮を、このまま女にした顔を源氏はかりに考えてみてもそれは美人らしく思えた。藤壺の宮の兄君で、また可憐《かれん》な若紫の父君であることにことさら親しみを覚えて源氏はいろいろな話をしていた。兵部卿の宮もこれまでよりも打ち解けて見える美しい源氏を、婿であるなどとはお知りにならないで、この人を女にしてみたいなどと若々しく考えておいでになった。夜になると兵部卿の宮は女御の宮のお座敷のほうへはいっておしまいになった。源氏はうらやましくて、昔は陛下が愛子としてよく藤壺の御簾《みす》の中へ自分をお入れになり、今日のように取り次ぎが中に立つ話ではなしに、宮口ずからのお話が伺えたものであると思うと、今の宮が恨めしかった。

「たびたび伺うはずですが、参っても御用がないと自然怠《なま》けることになります。命じてくださることがありましたら、御遠慮なく言っておつかわしくださいましたら満足です」

などと堅い挨拶《あいさつ》をして源氏は帰って行った。王命婦も策動のしようがなかった。宮のお気持ちをそれとなく観察してみても、自分の運命の陥穽《かんせい》であるものはこの恋である、源氏を忘れないことは自分を滅ぼす道であるということを過去よりもまた強く思っておいでになる御様子であったから手が出ないのである。はかない恋であると消極的に悲しむ人は藤壺の宮であって、積極的に思いつめている人は源氏の君であった。

少納言は思いのほかの幸福が小女王の運命に現われてきたことを、死んだ尼君が絶え間ない祈願に愛孫のことを言って仏にすがったその効験《ききめ》であろうと思うのであったが、権力の強い左大臣家に第一の夫人があることであるし、そこかしこに愛人を持つ源氏であることを思うと、真実の結婚を見るころになって面倒《めんどう》が多くなり、姫君に苦労が始まるのではないかと恐れていた。しかしこれには特異性がある。少女の日にすでにこんなに愛している源氏であるから将来もたのもしいわけであると見えた。母方の祖母の喪は三か月であったから、師走《しわす》の三十日に喪服を替えさせた。母代わりをしていた祖母であったから除喪のあとも派手《はで》にはせず濃くはない紅の色、紫、山吹《やまぶき》の落ち着いた色などで、そして地質のきわめてよい織物の小袿《こうちぎ》を着た元日の紫の女王は、急に近代的な美人になったようである。源氏は宮中の朝拝の式に出かけるところで、ちょっと西の対へ寄った。

「今日からは、もう大人になりましたか」

と笑顔《えがお》をして源氏は言った。光源氏の美しいことはいうまでもない。紫の君はもう雛《ひな》を出して遊びに夢中であった。三尺の据棚《すえだな》二つにいろいろな小道具を置いて、またそのほかに小さく作った家などを幾つも源氏が与えてあったのを、それらを座敷じゅうに並べて遊んでいるのである。

「儺追《なやら》いをするといって犬君《いぬき》がこれをこわしましたから、私よくしていますの」

と姫君は言って、一所懸命になって小さい家を繕おうとしている。

「ほんとうにそそっかしい人ですね。すぐ直させてあげますよ。今日は縁起を祝う日ですかられね、泣いてはいけませんよ」

言い残して出て行く源氏の春の新装を女房たちは縁に近く出て見送っていた。紫の君も同じように見に立ってから、雛人形の中の源氏の君をきれいに装束させて真似《まね》の参内をさせたりしているのであった。

「もう今年からは少し大人におなりあそばせよ。十歳《とお》より上の人はお雛様遊びをしてはよくないと世間では申しますのよ。あなた様はもう良人《おっと》がいらっしゃる方なんですから、奥様らしく静かにしていらっしゃらなくてはなりません。髪をお梳《す》きするのもおうるさがりになるようなことではね」

などと少納言が言った。遊びにばかり夢中になっているのを恥じさせようとして言ったのであるが、女王は心の中で、私にはもう良人があるのだって、源氏の君がそうなんだ。少納言などの良人は皆醜い顔をしている、私はあんなに美しい若い人を良人にした、こんなことをはじめて思った。というのも一つ年が加わったせいかもしれない。何ということなしにこうした幼稚さが御簾《みす》の外まで来る家司《けいし》や侍たちにも知れてきて、怪しんではいたが、だれもまだ名ばかりの夫人であるとは知らなんだ。

源氏は御所から左大臣家のほうへ退出した。例のように夫人からは高いところから多情男を見くだしているというようなよそよそしい態度をとられるのが苦しくて、源氏は、

「せめて今年からでもあなたが暖かい心で私を見てくれるようになったらうれしいと思うのだが」

と言ったが、夫人は、二条の院へある女性が迎えられたということを聞いてからは、本邸へ置くほどの人は源氏の最も愛する人で、やがては正夫人として公表するだけの用意がある人であろうとねたんでいた。自尊心の傷つけられていることはもとよりである。しかも何も気づかないふうで、戯談《じょうだん》を言いかけて行きなどする源氏に負けて、余儀なく返辞をする様子などに魅力がなくはなかった。四歳《よっつ》ほどの年上であることを夫人自身でもきまずく恥ずかしく思っているが、美の整った女盛りの貴女《きじょ》であることは源氏も認めているのである。どこに欠点もない妻を持っていて、ただ自分の多情からこの人に怨《うら》みを負うような愚か者になっているのだとこんなふうにも源氏は思った。同じ大臣でも特に大きな権力者である現代の左大臣が父で、内親王である夫人から生まれた唯一の娘であるから、思い上がった性質にでき上がっていて、少しでも敬意の足りない取り扱いを受けては、許すことができない。帝《みかど》の愛子として育った源氏の自負はそれを無視してよいと教えた。こんなことが夫妻の溝《みぞ》を作っているものらしい。左大臣も二条の院の新夫人の件などがあって、頼もしくない婿君の心をうらめしがりもしていたが、逢えば恨みも何も忘れて源氏を愛した。今もあらゆる歓待を尽くすのである。

翌朝源氏が出て行こうとする時に、大臣は装束を着けている源氏に、有名な宝物になっている石の帯を自身で持って来て贈った。正装した源氏の形《すがた》を見て、後ろのほうを手で引いて直したりなど大臣はしていた。沓《くつ》も手で取らないばかりである。娘を思う親心が源氏の心を打った。

「こんないいのは、宮中の詩会があるでしょうから、その時に使いましょう」

と贈り物の帯について言うと、

「それにはまたもっといいのがございます。これはただちょっと珍しいだけの物です」

と言って、大臣はしいてそれを使わせた。この婿君を斎《かしず》くことに大臣は生きがいを感じていた。たまさかにもせよ婿としてこの人を出入りさせていれば幸福感は十分大臣にあるであろうと見えた。

源氏の参賀の場所は数多くもなかった。東宮、一院、それから藤壺の三条の宮へ行った。

「今日はまたことにおきれいに見えますね、年がお行きになればなるほどごりっぱにおなりになる方なんですね」

女房たちがこうささやいている時に、宮はわずかな几帳《きちょう》の間から源氏の顔をほのかに見て、お心にはいろいろなことが思われた。御出産のあるべきはずの十二月を過ぎ、この月こそと用意して三条の宮の人々も待ち、帝《みかど》もすでに、皇子女御出生についてのお心づもりをしておいでになったが、何ともなくて一月もたった。物怪《もののけ》が御出産を遅れさせているのであろうかとも世間で噂《うわさ》をする時、宮のお心は非常に苦しかった。このことによって救われない悪名を負う人になるのかと、こんな煩悶《はんもん》をされることが自然おからだにさわってお加減も悪いのであった。そ れを聞いても源氏はいろいろと思い合わすことがあって、目だたぬように産婦の宮のために修《しゅ》法《ほう》などをあちこちの寺でさせていた。この間に御病気で宮が亡《な》くなっておしまいにならぬかという不安が、源氏の心をいっそう暗くさせていたが、二月の十幾日に皇子が御誕生になったので、帝も御満足をあそばし、三条の宮の人たちも愁眉《しゅうび》を開いた。なお生きようとする自分の心は未練で恥ずかしいが、弘徽殿《こきでん》あたりで言う詛《のろ》いの言葉が伝えられている時に自分が死んでしまってはみじめな者として笑われるばかりであるから、とそうお思いになった時からつとめて今は死ぬまいと強くおなりになって、御衰弱も少しずつ恢復《かいふく》していった。

帝は新皇子を非常に御覧になりたがっておいでになった。人知れぬ父性愛の火に心を燃やしながら源氏は伺候者の少ない隙《すき》をうかがって行った。

「陛下が若宮にどんなにお逢いになりたがっていらっしゃるかもしれません。それで私がまずお目にかかりまして御様子でも申し上げたらよろしいかと思います」

と源氏は申し込んだのであるが、

「まだお生まれたての方というものは醜うございますからお見せしたくございません」

という母宮の御挨拶で、お見せにならないのにも理由があった。それは若宮のお顔が驚くほど源氏に生き写しであって、別のものとは決して見えなかったからである。宮はお心の鬼からこれを苦痛にしておいでになった。この若宮を見て自分の過失に気づかぬ人はないであろう、何でもないことも捜し出して人をとがめようとするのが世の中である。どんな悪名を自分は受けることかとお思いになると、結局不幸な者は自分であると熱い涙がこぼれるのであった。源氏は稀《まれ》に都合よく王命婦が呼び出された時には、いろいろと言葉を尽くして宮にお逢いさせてくれと頼むのであるが、今はもう何のかいもなかった。新皇子拝見を望むことに対しては、

「なぜそんなにまでおっしゃるのでしょう。自然にその日が参るのではございませんか」

と答えていたが、無言で二人が読み合っている心が別にあった。口で言うべきことではないから、そのほうのことはまた言葉にしにくかった。

「いつまた私たちは直接にお話ができるのだろう」

と言って泣く源氏が王命婦の目には気の毒でならない。

「いかさまに昔結べる契りにてこの世にかかる中の隔てぞ

わからない、わからない」

とも源氏は言うのである。命婦は宮の御煩悶《はんもん》をよく知っていて、それだけ告げるのが恋の仲《なか》介《だち》をした者の義務だと思った。

「見ても思ふ見ぬはたいかに歎《なげ》くらんこや世の人の惑ふてふ闇《やみ》

どちらも同じほどお気の毒だと思います」

と命婦は言った。取りつき所もないように源氏が悲しんで帰って行くことも、度が重なれば邸《やしき》の者も不審を起こしはせぬかと宮は心配しておいでになって王命婦をも昔ほどお愛しにはならない。目に立つことをはばかって何ともお言いにはならないが、源氏への同情者として宮のお心では命婦をお憎みになることもあるらしいのを、命婦はわびしく思っていた。意外なことにもなるものであると歎《なげ》かれたであろうと思われる。

四月に若宮は母宮につれられて宮中へおはいりになった。普通の乳児《ちのみご》よりはずっと大きく小児《こども》らしくなっておいでになって、このごろはもうからだを起き返らせるようにもされるのであった。紛らわしようもない若宮のお顔つきであったが、帝には思いも寄らぬことでおありになって、すぐれた子どうしは似たものであるらしいと思召《おぼしめ》した。帝は新皇子をこの上なく御大切にあそばされた。源氏の君を非常に愛しておいでになりながら、東宮にお立てになることは世上の批難を恐れて御実行ができなかったのを、帝は常に終生の遺憾事に思召して、長じてますます王者らしい風貌《ふうぼう》の備わっていくのを御覧になっては心苦しさに堪えないように思召したのであるが、こんな尊貴な女御から同じ美貌の皇子が新しくお生まれになったのであるから、これこそは瑕《きず》なき玉であると御寵愛《ちょうあい》になる。女御の宮はそれをまた苦痛に思っておいでになった。源氏の中将が音楽の遊びなどに参会している時などに帝は抱いておいでになって、

「私は子供がたくさんあるが、おまえだけをこんなに小さい時から毎日見た。だから同じように思うのかよく似た気がする。小さい間は皆こんなものだろうか」

とお言いになって、非常にかわいくお思いになる様子が拝された。源氏は顔の色も変わる気がしておそろしくも、もったいなくも、うれしくも、身にしむようにもいろいろに思って涙がこぼれそうだった。ものを言うようなかっこうにお口をお動かしになるのが非常にお美しかったから、自分ながらもこの顔に似ているといわれる顔は尊重すべきであるとも思った。宮はあまりの片腹痛さに汗を流しておいでになった。源氏は若宮を見て、また予期しない父性愛の心を乱すもののあるのに気がついて退出してしまった。

源氏は二条の院の東の対《たい》に帰って、苦しい胸を休めてから後刻になって左大臣家へ行こうと思っていた。前の庭の植え込みの中に何木となく、何草となく青くなっている中に、目だつ色を作って咲いた撫子《なでしこ》を折って、それに添える手紙を長く王命婦《おうみょうぶ》へ書いた。

よそへつつ見るに心も慰まで露けさまさる撫子の花

花を子のように思って愛することはついに不可能であることを知りました。

とも書かれてあった。だれも来ぬ隙《すき》があったか命婦はそれを宮のお目にかけて、

「ほんの塵《ちり》ほどのこのお返事を書いてくださいませんか。この花片《はなびら》にお書きになるほど、少しばかり」

と申し上げた。宮もしみじみお悲しい時であった。


袖濡《そでぬ》るる露のゆかりと思ふにもなほうとまれぬやまと撫子

とだけ、ほのかに、書きつぶしのもののように書かれてある紙を、喜びながら命婦は源氏へ送った。例のように返事のないことを予期して、なおも悲しみくずおれている時に宮の御返事が届けられたのである。胸騒ぎがしてこの非常にうれしい時にも源氏の涙は落ちた。

じっと物思いをしながら寝ていることは堪えがたい気がして、例の慰め場所西の対へ行って見た。少し乱れた髪をそのままにして部屋着の袿姿《うちかけすがた》で笛を懐しい音《ね》に吹きながら座敷をのぞくと、紫の女王はさっきの撫子が露にぬれたような可憐《かれん》なふうで横になっていた。非常に美しい。こぼれるほどの愛嬌《あいきょう》のある顔が、帰邸した気配《けはい》がしてからすぐにも出て来なかった源氏を恨めしいと思うように向こうに向けられているのである。座敷の端のほうにすわって、

「こちらへいらっしゃい」

と言っても素知らぬ顔をしている。「入りぬる磯《いそ》の草なれや」（みらく少なく恋ふらくの多き）と口ずさんで、袖《そで》を口もとにあてている様子にかわいい怜悧《りこう》さが見えるのである。

「つまらない歌を歌っているのですね。始終見ていなければならないと思うのはよくないことですよ」

源氏は琴を女房に出させて紫の君に弾《ひ》かせようとした。

「十三絃《げん》の琴は中央の絃《いと》の調子を高くするのはどうもしっくりとしないものだから」

と言って、柱《じ》を平調に下げて掻《か》き合わせだけをして姫君に与えると、もうすねてもいず美しく弾き出した。小さい人が左手を伸ばして絃《いと》をおさえる手つきを源氏はかわいく思って、自身は笛を吹きながら教えていた。頭がよくてむずかしい調子などもほんの一度くらいで習い取った。何ごとにも貴女《きじょ》らしい素質の見えるのに源氏は満足していた。保曾呂倶世利《ほそろぐせり》というのは変な名の曲であるが、それをおもしろく笛で源氏が吹くのに、合わせる琴の弾き手は小さい人であったが音の間が違わずに弾けて、上手《じょうず》になる手筋と見えるのである。灯《ひ》を点《とも》させてから絵などをいっしょに見ていたが、さっき源氏はここへ来る前に出かける用意を命じてあったから、供をする侍たちが促すように御簾《みす》の外から、

「雨が降りそうでございます」

などと言うのを聞くと、紫の君はいつものように心細くなってめいり込んでいった。絵も見さしてうつむいているのがかわいくて、こぼれかかっている美しい髪をなでてやりながら、

「私がよそに行っている時、あなたは寂しいの」

と言うと女王はうなずいた。

「私だって一日あなたを見ないでいるともう苦しくなる。けれどあなたは小さいから私は安心していてね、私が行かないといろいろな意地悪を言っておこる人がありますからね。今のうちはそのほうへ行きます。あなたが大人になれば決してもうよそへは行かない。人からうらまれたくないと思うのも、長く生きていて、あなたを幸福にしたいと思うからです」

などとこまごま話して聞かせると、さすがに恥じて返辞もしない。そのまま膝《ひざ》に寄りかかって寝入ってしまったのを見ると、源氏はかわいそうになって、

「もう今夜は出かけないことにする」

と侍たちに言うと、その人らはあちらへ立って行って。間もなく源氏の夕飯が西の対へ運ばれた。源氏は女王を起こして、

「もう行かないことにしましたよ」

と言うと慰んで起きた。そうしていっしょに食事をしたが、姫君はまだはかないようなふうでろくろく食べなかった。

「ではお寝《やす》みなさいな」

出ないということは嘘《うそ》でないかと危《あぶ》ながってこんなことを言うのである。こんな可憐《かれん》な人を置いて行くことは、どんなに恋しい人の所があってもできないことであると源氏は思った。

こんなふうに引き止められることも多いのを、侍などの中には左大臣家へ伝える者もあって

あちらでは、

「どんな身分の人でしょう。失礼な方ですわね。二条の院へどこのお嬢さんがお嫁《かたづ》きになったという話もないことだし、そんなふうにこちらへのお出かけを引き止めたり、またよくふざけたりしていらっしゃるというのでは、りっぱな御身分の人とは思えないじゃありませんか。御所などで始まった関係の女房級の人を奥様らしく二条の院へお入れになって、それを批難さすまいとお思いになって、だれということを秘密にしていらっしゃるのですよ。幼稚な所作が多いのですって」

などと女房が言っていた。

御所にまで二条の院の新婦の問題が聞こえていった。

「気の毒じゃないか。左大臣が心配しているそうだ。小さいおまえを婿にしてくれて、十二分に尽くした今日までの好意がわからない年でもないのに、なぜその娘を冷淡に扱うのだ」

と陛下がおっしゃっても、源氏はただ恐縮したふうを見せているだけで、何とも御返答をしなかった。帝《みかど》は妻が気に入らないのであろうとかわいそうに思召《おぼしめ》した。

「格別おまえは放縦な男ではなし、女官や女御たちの女房を情人にしている噂《うわさ》などもないのに、どうしてそんな隠し事をして舅《しゅうと》や妻に恨まれる結果を作るのだろう」

と仰せられた。帝はもうよい御年配であったが美女がお好きであった。采女《うねめ》や女蔵人《にょくろうど》なども容色のある者が宮廷に歓迎される時代であった。したがって美人も宮廷には多かったが、そんな人たちは源氏さえその気になれば情人関係を成り立たせることが容易であったであろうが、源氏は見馴《な》れているせいか女官たちへはその意味の好意を見せることは皆無であったから、怪しがってわざわざその人たちが戯談《じょうだん》を言いかけることがあっても、源氏はただ冷淡でない程度にあしらっていて、それ以上の交際をしようとしないのを物足らず思う者さえあった。よほど年のいった典侍《ないしのすけ》で、いい家の出でもあり、才女でもあって、世間からは相当にえらく思われていながら、多情な性質であってその点では人を顰蹙《ひんしゅく》させている女があった。源氏はなぜこう年がいっても浮気《うわき》がやめられないのであろうと不思議な気がして、恋の戯談を言いかけてみると、不似合いにも思わず相手になってきた。あさましく思いながらも、さすがに風変わりな衝動を受けてつい源氏は関係を作ってしまった。噂されてもきまりの悪い不つりあいな老いた情人であったから、源氏は人に知らせまいとして、ことさら表面は冷淡にしているのを、女は常に恨んでいた。典侍は帝のお髪上《くしあ》げの役を勤めて、それが終わったので、帝はお召《めし》かえを奉仕する人をお呼びになって出てお行きになった部屋には、ほかの者がいないで、典侍が常よりも美しい感じの受け取れるふうで、頭の形などに艶《えん》な所も見え、服装も派手《はで》にきれいな物を着ているのを見て、いつまでも若作りをするものだと源氏は思いながらも、どう思っているだろうと知りたい心も動いて、後ろから裳《も》の裾《すそ》を引いてみた。はなやかな絵をかいた紙の扇で顔を隠すようにしながら見返った典侍の目は、瞼《まぶた》を張り切らせようと故意に引き伸ばしているが、黒くなって、深い筋のはいったものであった。妙に似合わない扇だと思って、自身のに替えて源典侍《げんてんじ》のを見ると、それは真赤《まっか》な地に、青で厚く森の色が塗られたものである。横のほうに若々しくない字であるが上手《じょうず》に「森の下草老いぬれば駒《こま》もすさめず刈る人もなし」という歌が書かれてある。厭味《いやみ》な恋歌などは書かずともよいのにと源氏は苦笑しながらも、

「そうじゃありませんよ、『大荒木の森こそ夏のかげはしるけれ』で盛んな夏ですよ」

こんなことを言う恋の遊戯にも不似合いな相手だと思うと、源氏は人が見ねばよいがとばかり願われた。女はそんなことを思っていない。

君し来《こ》ば手馴《てな》れの駒《こま》に刈り飼はん盛り過ぎたる下葉なりとも

とても色気たっぷりな表情をして言う。

「笹《ささ》分けば人や咎《とが》めんいつとなく駒馴《な》らすめる森の木隠れ

あなたの所はさしさわりが多いからうっかり行けない」

こう言って、立って行こうとする源氏を、典侍は手で留めて、

「私はこんなにまで煩悶《はんもん》をしたことはありませんよ。すぐ捨てられてしまうような恋をして一生の恥をここでかくのです」

非常に悲しそうに泣く。

「近いうちに必ず行きます。いつもそう思いながら実行ができないだけですよ」

袖《そで》を放させて出ようとするのを、典侍はまたもう一度追って来て「橋柱」（思ひながらに中や絶えなん）と言いかける所作《しょさ》までも、お召《めし》かえが済んだ帝が襖子《からかみ》からのぞいておしまいになった。不つり合いな恋人たちであるのを、おかしく思召《おぼしめ》してお笑いになりながら、帝は、

「まじめ過ぎる恋愛ぎらいだと言っておまえたちの困っている男もやはりそうでなかった

ね」

と典侍《ないしのすけ》へお言いになった。典侍はきまり悪さも少し感じたが、恋しい人のためには濡衣《ぬれぎぬ》でさえも着たがる者があるのであるから、弁解はしようとしなかった。それ以後御所の人たちが意外な恋としてこの関係を噂《うわさ》した。頭中将《とうのちゅうじょう》の耳にそれがはいって、源氏の隠し事はたいてい正確に察して知っている自分も、まだそれだけは気がつかなんだと思うとともに、自身の好奇心も起こってきて、まんまと好色な源典侍の情人の一人になった。この貴公子もざらにある若い男ではなかったから、源氏の飽き足らぬ愛を補う気で関係をしたが、典侍の心に今も恋しくてならない人はただ一人の源氏であった。困った多情女である。きわめて秘密にしていたので頭中将との関係を源氏は知らなんだ。御殿で見かけると恨みを告げる典侍に、源氏は老いている点にだけ同情を持ちながらもいやな気持ちがおさえ切れずに長く逢いに行こうともしなかったが、夕立のしたあとの夏の夜の涼しさに誘われて温明殿《うんめいでん》あたりを歩いていると、典侍はそこの一室で琵琶《びわ》を上手《じょうず》に弾《ひ》いていた。清涼殿の音楽の御遊びの時、ほかは皆男の殿上役人の中へも加えられて琵琶の役をするほどの名手であったから、それが恋に悩みながら弾く絃《いと》の音《ね》には源氏の心を打つものがあった。「瓜《うり》作りになりやしなまし」という歌を、美声ではなやかに歌っているのには少し反感が起こった。白楽天が聞いたという鄂州《がくしゅう》の女の琵琶もこうした妙味があったのであろうと源氏は聞いていたのである。弾きやめて女は物思いに堪えないふうであった。源氏は御簾《みす》ぎわに寄って催馬楽《さいばら》の東屋《あずまや》を歌っていると、「押し開いて来ませ」という所を同音で添えた。源氏は勝手の違う気がした。

立ち濡《ぬ》るる人しもあらじ東屋にうたてもかかる雨そそぎかな

と歌って女は歎息《たんそく》をしている。自分だけを対象としているのではなかろうが、どうしてそんなに人が待たれるのであろうと源氏は思った。

人妻はあなわづらはし東屋のまやのあまりも馴《な》れじとぞ思ふ

と言い捨てて、源氏は行ってしまいたかったのであるが、あまりに侮辱したことになると思って典侍の望んでいたように室内へはいった。源氏は女と朗らかに戯談《じょうだん》などを言い合っているうちに、こうした境地も悪くない気がしてきた。頭中将は源氏がまじめらしくして、自分の恋愛問題を批難したり、注意を与えたりすることのあるのを口惜《くちお》しく思って、素知らぬふうでいて源氏には隠れた恋人が幾人かあるはずであるから、どうかしてそのうちの一つの事実でもつかみたいと常に思っていたが、偶然今夜の会合を来合わせて見た。頭中将はうれしくて、こんな機会に少し威嚇《おど》して、源氏を困惑させて懲りたと言わせたいと思った。それでしかるべく油断を与えておいた。冷ややかに風が吹き通って夜のふけかかった時分に源氏らが少し寝入ったかと思われる気配《けはい》を見計らって、頭中将はそっと室内へはいって行った。自嘲《じちょう》的な思いに眠りなどにはいりきれなかった源氏は物音にすぐ目をさまして人の近づいて来るのを知ったのである。典侍の古い情人で今も男のほうが離れたがらないという噂のある修理《しゅり》大夫《だゆう》であろうと思うと、あの老人にとんでもないふしだらな関係を発見された場合の気まずさを思って、

「迷惑になりそうだ、私は帰ろう。旦那《だんな》の来ることは初めからわかっていただろうに、私をごまかして泊まらせたのですね」

と言って、源氏は直衣《のうし》だけを手でさげて屛風《びょうぶ》の後ろへはいった。中将はおかしいのをこらえて源氏が隠れた屛風を前から横へ畳み寄せて騒ぐ。年を取っているが美人型の華奢《きゃしゃ》なからだつきの典侍が以前にも情人のかち合いに困った経験があって、あわてながらも源氏をあとの男がどうしたかと心配して、床の上にすわって慄《ふる》えていた。自分であることを気づかれないようにして去ろうと源氏は思ったのであるが、だらしなくなった姿を直さないで、冠《かむり》をゆがめたまま逃げる後ろ姿を思ってみると、恥な気がしてそのまま落ち着きを作ろうとした。中将はぜひとも自分でなく思わせなければならないと知って物を言わない。ただ怒《おこ》ったふうをして太刀《たち》を引き抜くと、

「あなた、あなた」

典侍は頭中将を拝んでいるのである。中将は笑い出しそうでならなかった。平生派手《はで》に作っている外見は相当な若さに見せる典侍も年は五十七、八で、この場合は見得《みえ》も何も捨てて二十《はたち》前後の公達《きんだち》の中にいて気をもんでいる様子は醜態そのものであった。わざわざ恐ろしがらせよう自分でないように見せようとする不自然さがかえって源氏に真相を教える結果になった。自分と知ってわざとしていることであると思うと、どうでもなれという気になった。いよいよ頭中将であることがわかるとおかしくなって、抜いた太刀を持つ肱《ひじ》をとらえてぐっとつねると、中将は見顕《みあら》わされたことを残念に思いながらも笑ってしまった。

「本気なの、ひどい男だね。ちょっとこの直衣《のうし》を着るから」
と源氏が言っても、中将は直衣を放してくれない。
「じゃ君にも脱がせるよ」
と言って、中将の帯を引いて解いてから、直衣を脱がせようとすると、脱ぐまいと抵抗した。引き合っているうちに縫い目がほころんでしまった。
「包むめる名や洩《も》り出《い》でん引きかはしかくほころぶる中の衣に
明るみへ出ては困るでしょう」
と中将が言うと、
隠れなきものと知る知る夏衣きたるをうすき心とぞ見る
と源氏も負けてはいないのである。双方ともだらしない姿になって行ってしまった。源氏は友人に威嚇《おど》されたことを残念に思いながら宿直所《とのいどころ》で寝ていた。驚かされた典侍は翌朝残っていた指貫《さしぬき》や帯などを持たせてよこした。
「恨みても云《い》ひがひぞなき立ち重ね引きて帰りし波のなごりに
悲しんでおります。恋の楼閣のくずれるはずの物がくずれてしまいました」
という手紙が添えてあった。面目なく思うのであろうと源氏はなおも不快に昨夜を思い出したが、気をもみ抜いていた女の様子にあわれんでやってよいところもあったので返事を書いた。

荒《あれ》だちし波に心は騒がねどよせけん磯《いそ》をいかが恨みぬ

とだけである。帯は中将の物であった。自分のよりは少し色が濃いようであると、源氏が昨夜の直衣に合わせて見ている時に、直衣の袖《そで》がなくなっているのに気がついた。なんというはずかしいことだろう、女をあさる人になればこんなことが始終あるのであろうと源氏は反省した。頭中将の宿直所のほうから、

何よりもまずこれをお綴《と》じつけになる必要があるでしょう。

と書いて直衣の袖を包んでよこした。どうして取られたのであろうと源氏はくやしかった。中将の帯が自分の手にはいっていなかったらこの争いは負けになるのであったとうれしかった。帯と同じ色の紙に包んで、

中絶えばかごとや負ふと危ふさに縹《はなだ》の帯はとりてだに見ず

と書いて源氏は持たせてやった。女の所で解いた帯に他人の手が触れるとその恋は解消してしまうとも言われているのである。中将からまた折り返して、

君にかく引き取られぬる帯なればかくて絶えぬる中とかこたん

なんといっても責任がありますよ。

と書いてある。昼近くになって殿上の詰め所へ二人とも行った。取り澄ました顔をしている源氏を見ると中将もおかしくてならない。その日は自身も蔵人頭《くろうどのかみ》として公用の多い日であったから至極まじめな顔を作っていた。しかしどうかした拍子に目が合うと互いにほほえまれるのである。だれもいぬ時に中将がそばへ寄って来て言った。

「隠し事には懲りたでしょう」

尻目《しりめ》で見ている。優越感があるようである。

「なあに、それよりもせっかく来ながら無駄だった人が気の毒だ。まったくは君やっかいな女だね」

秘密にしようと言い合ったが、それからのち中将はどれだけあの晩の騒ぎを言い出して源氏を苦笑させたかしれない。それは恋しい女のために受ける罰でもないのである。女は続いて源氏の心を惹《ひ》こうとしていろいろに技巧を用いるのを源氏はうるさがっていた。中将は妹にもその話はせずに、自分だけが源氏を困らせる用に使うほうが有利だと思っていた。よい外戚をお持ちになった親王方も帝《みかど》の殊寵《しゅちょう》される源氏には一目置いておいでになるのであるが、この頭中将だけは、負けていないでもよいという自信を持っていた。ことごとに競争心を見せるのである。左大臣の息子《むすこ》の中でこの人だけが源氏の夫人と同腹の内親王の母君を持っていた。源氏の君はただ皇子であるという点が違っているだけで、自分も同じ大臣といっても最大の権力のある大臣を父として、皇女から生まれてきたのである、たいして違わない尊貴さが自分にあると思うものらしい。人物も怜悧《れいり》で何の学問にも通じたりっぱな公子であった。つまらぬ事までも二人は競争して人の話題になることも多いのである。

この七月に皇后の冊立《さくりつ》があるはずであった。源氏は中将から参議に上《のぼ》った。帝が近く譲位をあそばしたい思召《おぼしめ》しがあって、藤壺《ふじつぼ》の宮のお生みになった若宮を東宮にしたくお思いになったが将来御後援をするのに適当な人がない。母方の御伯父《おじ》は皆親王で実際の政治に携わることのできないのも不文律になっていたから、母宮をだけでも后の位に据《す》えて置くことが若宮の強味になるであろうと思召して藤壺の宮を中宮《ちゅうぐう》に擬しておいでになった。弘徽殿の女御がこれに平《たい》らかでないことに道理はあった。

「しかし皇太子の即位することはもう近い将来のことなのだから、その時は当然皇太后になりうるあなたなのだから、気をひろくお持ちなさい」

帝はこんなふうに女御を慰めておいでになった。皇太子の母君で、入内して二十幾年になる女御をさしおいて藤壺を后にあそばすことは当を得たことであるいはないかもしれない。例のように世間ではいろいろに言う者があった。

儀式のあとで御所へおはいりになる新しい中宮のお供を源氏の君もした。后と一口に申し上げても、この方の御身分は后腹の内親王であった。全《まった》い宝玉のように輝やくお后と見られたのである。それに帝の御寵愛《ちょうあい》もたいしたものであったから、満廷の官人がこの后に奉仕することを喜んだ。道理のほかまでの好意を持った源氏は、御輿《みこし》の中の恋しいお姿を想像して、いよいよ遠いはるかな、手の届きがたいお方になっておしまいになったと心に歎《なげ》かれた。気が変になるほどであった。

つきもせぬ心の闇《やみ》にくるるかな雲井に人を見るにつけても

こう思われて悲しいのである。

若宮のお顔は御生育あそばすにつれてますます源氏に似ておいきになった。だれもそうした秘密に気のつく者はないようである。何をどう作り変えても源氏と同じ美貌《びぼう》を見うることはないわけであるが、この二人の皇子は月と日が同じ形で空にかかっているように似ておいでになると世人も思った。

（訳注）　この巻も前二巻と同年の秋に始まって、源氏十九歳の秋までが書かれている。

花宴

春の夜のもやにそひたる月ならん手枕かしぬ我が仮ぶしに　（晶子）

二月の二十幾日に紫宸殿《ししんでん》の桜の宴があった。玉座の左右に中宮《ちゅうぐう》と皇太子の御見物の室が設けられた。弘徽殿《こきでん》の女御《にょご》は藤壺《ふじつぼ》の宮が中宮になっておいでになることで、何かのおりごとに不快を感じるのであるが、催し事の見物は好きで、東宮席で陪観していた。日がよく晴れて青空の色、鳥の声も朗らかな気のする南庭を見て親王方、高級官人をはじめとして詩を作る人々は皆探韻《たんいん》をいただいて詩を作った。源氏は、

「春という字を賜わる」

と、自身の得る韻字《いんじ》を披露《ひろう》したが、その声がすでに人よりすぐれていた。次は頭中将《とうのちゅうじょう》で、この順番を晴れがましく思うことであろうと見えたが、きわめて無難に得た韻字を告げた。声《こわ》づかいに貫目があると思われた。その他の人は臆《おく》してしまったようで、態度も声もものにならぬのが多かった。地下《じげ》の詩人はまして、帝も東宮も詩のよい作家で、またよい批評家でおありになったし、そのほかにもすぐれた詩才のある官人の多い時代であったから、恥ずかしくて、清い広庭に出て行くことが、ちょっとしたことなのであるが難事に思われた。博士《はかせ》などがみすぼらしい風采《ふうさい》をしながらも場馴《ばな》れて進退するのにも御同情が寄ったりして、この御覧になる方はおもしろく思召《おぼしめ》された。奏せられる音楽も特にすぐれた人たちが選ばれていた。春の永日《ながび》

がようやく入り日の刻になるころ、春鶯囀《しゅんおうてん》の舞がおもしろく舞われた。源氏の紅葉賀《もみじのが》の青海波《せいがいは》の巧妙であったことを忘れがたく思召《おぼしめ》して、東宮が源氏へ挿《かざし》の花を下賜あそばして、ぜひこの舞に加わるようにと切望あそばされた。辞しがたくて、一振りゆるゆる袖《そで》を反《かえ》す春鶯囀の一節を源氏も舞ったが、だれも追随しがたい巧妙さはそれだけにも見えた。左大臣は恨めしいことも忘れて落涙していた。

「頭中将はどうしたか、早く出て舞わぬか」

次いでその仰せがあって、柳花苑《りゅうかえん》という曲を、これは源氏のよりも長く、こんなことを予期して稽古がしてあったか上手《じょうず》に舞った。それによって中将は御衣《ぎょい》を賜わった。花の宴にこのことのあるのを珍しい光栄だと人々は見ていた。高級の官人もしまいには皆舞ったが、暗くなってからは芸の巧拙《こうせつ》がよくわからなくなった。詩の講ぜられる時にも源氏の作は簡単には済まなかった。句ごとに讃美の声が起こるからである。博士たちもこれを非常によい作だと思った。こんな時にもただただその人が光になっている源氏を、父君陛下がおろそかに思召すわけはない。中宮はすぐれた源氏の美貌がお目にとまるにつけても、東宮の母君の女御がどんな心でこの人を憎みうるのであろうと不思議にお思いになり、そのあとではまたこんなふうに源氏に関心を持つのもよろしくない心であると思召した。

大かたに花の姿を見ましかばつゆも心のおかれましやは

こんな歌はだれにもお見せになるはずのものではないが、どうして伝わっているのであろうか。夜がふけてから南殿の宴は終わった。

公卿《こうけい》が皆退出するし、中宮と東宮はお住居《すまい》の御殿へお帰りになって静かになった。明るい月が上ってきて、春の夜の御所の中が美しいものになっていった。酔いを帯びた源氏はこのままで宿直所《とのいどころ》へはいるのが惜しくなった。殿上《てんじょう》の役人たちももう寝《やす》んでしまっているこんな夜ふけにもし中宮へ接近する機会を拾うことができたらと思って、源氏は藤壺の御殿をそっとうかがってみたが、女房を呼び出すような戸口も皆閉じてしまってあったので、歎息《たんそく》しながら、なお物足りない心を満たしたいように弘徽殿の細殿の所へ歩み寄ってみた。三の口があいている。女御は宴会のあとそのまま宿直に上がっていたから、女房たちなどもここには少しよりいないふうがうかがわれた。この戸口の奥にあるくるる戸もあいていて、そして人音がない。こうした不用心な時に男も女もあやまった運命へ踏み込むものだと思って源氏は静かに縁側へ上がって中をのぞいた。だれももう寝てしまったらしい。若々しく貴女らしい声で、「朧月夜《おぼろづきよ》に似るものぞなき」と歌いながらこの戸口へ出て来る人があった。源氏はうれしくて突然袖《そで》をとらえた。女はこわいと思うふうで、

「気味が悪い、だれ」

と言ったが、

「何もそんなこわいものではありませんよ」

と源氏は言って、さらに、

深き夜の哀れを知るも入る月のおぼろげならぬ契りとぞ思ふ

とささやいた。抱いて行った人を静かに一室へおろしてから三の口をしめた。この不謹慎な闖入者《ちんにゅうしゃ》にあきれている女の様子が柔らかに美しく感ぜられた。慄《ふる》え声で、

「ここに知らぬ人が」

と言っていたが、

「私はもう皆に同意させてあるのだから、お呼びになってもなんにもなりませんよ。静かに話しましょうよ」

この声に源氏であると知って女は少し不気味でなくなった。困りながらも冷淡にしたくはないと女は思っている。源氏は酔い過ぎていたせいでこのままこの女と別れることを残念に思ったか、女も若々しい一方で抵抗をする力がなかったか、二人は陥るべきところへ落ちた。可憐《かれん》な相手に心の惹《ひ》かれる源氏は、それからほどなく明けてゆく夜に別れを促されるのを苦しく思った。女はまして心を乱していた。

「ぜひ言ってください、だれであるかをね。どんなふうにして手紙を上げたらいいのか、これきりとはあなただって思わないでしょう」

などと源氏が言うと、

うき身世にやがて消えなば尋ねても草の原をば訪はじとや思ふ

という様子にきわめて艶《えん》な所があった。

「そう、私の言ったことはあなたのだれであるかを捜す努力を惜しんでいるように聞こえましたね」

と言って、また、

「何《いづ》れぞと露のやどりをわかむ間に小笹《こざさ》が原に風もこそ吹け

私との関係を迷惑にお思いにならないのだったら、お隠しになる必要はないじゃありませんか。わざとわからなくするのですか」

と言い切らぬうちに、もう女房たちが起き出して女御を迎えに行く者、あちらから下がって来る者などが廊下を通るので、落ち着いていられずに扇だけをあとのしるしに取り替えて源氏はその室を出てしまった。

源氏の桐壺《きりつぼ》には女房がおおぜいいたから、主人が暁に帰った音に目をさました女もあるが、忍び歩きに好意を持たないで、

「いつもいつも、まあよくも続くものですね」

という意味を仲間で肱《ひじ》や手を突き合うことで言って、寝入ったふうを装うていた。寝室にはいったが眠れない源氏であった。美しい感じの人だった。女御の妹たちであろうが、処女であったから五の君か六の君に違いない。太宰帥親王《だざいのそつ》の夫人や頭中将が愛しない四の君などは美人だと聞いたが、かえってそれであったらおもしろい恋を経験することになるのだろうが、六の

君は東宮の後宮《こうきゅう》へ入れるはずだとか聞いていた、その人であったら気の毒なことになったというべきである。幾人もある右大臣の娘のどの人であるかを知ることは困難なことであろう。もう逢うまいとは思わぬ様子であった人が、なぜ手紙を往復させる方法について何ごとも教えなかったのであろうなどとしきりに考えられるのも心が惹《ひ》かれているといわねばならない。思いがけぬことの行なわれたについても、藤壺《ふじつぼ》にはいつもああした隙《すき》がないと、昨夜の弘徽殿《こきでん》のつけこみやすかったことと比較して主人《あるじ》の女御にいくぶんの軽蔑《けいべつ》の念が起こらないでもなかった。

この日は後宴《ごえん》であった。終日そのことに携わっていて源氏はからだの閑暇《ひま》がなかった。十三絃《げん》の箏《そう》の琴の役をこの日は勤めたのである。昨日の宴よりも長閑《のどか》な気分に満ちていた。中宮は夜明けの時刻に南殿へおいでになったのである。弘徽殿の有明《ありあけ》の月に別れた人はもう御所を出て行ったであろうかなどと、源氏の心はそのほうへ飛んで行っていた。気のきいた良清《よしきよ》や惟光《これみつ》に命じて見張らせておいたが、源氏が宿直所《とのいどころ》のほうへ帰ると、

「ただ今北の御門のほうに早くから来ていました車が皆人を乗せて出てまいるところでございますが、女御さん方の実家の人たちがそれぞれ行きます中に、四位少将、右中弁などが御前から下がって来てついて行きますのが弘徽殿の実家の方々だと見受けました。ただ女房たちだけの乗ったのでないことはよく知れていまして、そんな車が三台ございました」

と報告をした。源氏は胸のとどろくのを覚えた。どんな方法によって何女《なにじょ》であるかを知ればよいか、父の右大臣にその関係を知られて婿としてたいそうに待遇されるようなことになって、それでいいことかどうか。その人の性格も何もまだよく知らないのであるから、結婚をしてし

まうのは危険である、そうかといってこのまま関係が進展しないことにも堪えられない、どうすればいいのかとつくづく物思いをしながら源氏は寝ていた。姫君がどんなに寂しいことだろう、幾日も帰らないのであるからとかわいく二条の院の人を思いやってもいた。取り替えてきた扇は、桜色の薄様を三重に張ったもので、地の濃い所に霞《かす》んだ月が描《か》いてあって、下の流れにもその影が映してある。珍しくはないが貴女《きじょ》の手に使い馴《な》らされた跡がなんとなく残っていた。「草の原をば」と言った時の美しい様子が目から去らない源氏は、

世に知らぬここちこそすれ有明の月の行方《ゆくへ》を空にまがへて

と扇に書いておいた。

翌朝源氏は、左大臣家へ久しく行かないことも思われながら、二条の院の少女が気がかりで、寄ってなだめておいてから行こうとして自邸のほうへ帰った。二、三日ぶりに見た最初の瞬間にも若紫の美しくなったことが感ぜられた。愛嬌《あいきょう》があって、そしてまた凡人から見いだしがたい貴女らしさを多く備えていた。理想どおりに育て上げようとする源氏の好みにあっていくようである。教育にあたるのが男であるから、いくぶんおとなしさが少なくなりはせぬかと思われて、その点だけを源氏は危《あや》ぶんだ。この二、三日間に宮中であったことを語って聞かせたり、琴を教えたりなどしていて、日が暮れると源氏が出かけるのを、紫の女王は少女心に物足らず思っても、このごろは習慣づけられていて、無理に留めようなどとはしない。

左大臣家の源氏の夫人は例によってすぐには出て来なかった。いつまでも座に一人でいてつ

れづれな源氏は、夫人との間柄に一抹《いちまつ》の寂しさを感じて、琴をかき鳴らしながら、「やはらかに寝《ぬ》る夜はなくて」と歌っていた。左大臣が来て、花の宴のおもしろかったことなどを源氏に話していた。

「私がこの年になるまで、四代の天子の宮廷を見てまいりましたが、今度ほどよい詩がたくさんできたり、音楽のほうの才人がそろっていたりしまして、寿命の延びる気がするようなおもしろさを味わわせていただいたことはありませんでした。ただ今は専門家に名人が多うございますからね、あなたなどは師匠の人選がよろしくてあのおできぶりだったのでしょう。老人までも舞って出たい気がいたしましたよ」

「特に今度のために稽古《けいこ》などはしませんでした。ただ宮廷付きの中でのよい楽人に参考になることを教えてもらいなどしただけです。何よりも頭中将の柳花苑《りゅうかえん》がみごとでした。話になって後世へ伝わる至芸だと思ったのですが、その上あなたがもし当代の礼讃《らいさん》に一手でも舞を見せてくださいましたら歴史上に残ってこの御代《みよ》の誇りになったでしょうが」

こんな話をしていた。弁や中将も出て来て高欄に背中を押しつけながらまた熱心に器楽の合奏を始めた。

有明《ありあけ》の君は短い夢のようなあの夜を心に思いながら、悩ましく日を送っていた。東宮の後宮へこの四月ごろはいることに親たちが決めているのが苦悶《くもん》の原因である。源氏もまったく何人《なにびと》であるかの見分けがつかなかったわけではなかったが、右大臣家の何女であるかがわからないことであったし、自分へことさら好意を持たない弘徽殿の女御の一族に恋人を求めようと働きかけることは世間体《せけんてい》のよろしくないことであろうとも躊躇《ちゆうちよ》されて、煩悶《はんもん》を重ねているばかりであった。

三月の二十日過ぎに右大臣は自邸で弓の勝負の催しをして、親王方をはじめ高官を多く招待した。藤花《とうか》の宴も続いて同じ日に行なわれることになっているのである。もう桜の盛りは過ぎているのであるが、「ほかの散りなんあとに咲かまし」と教えられてあったか二本だけよく咲いたのがあった。新築して外孫の内親王方の裳着《もぎ》に用いて、美しく装飾された客殿があった。派手《はで》な邸《やしき》で何事も皆近代好みであった。右大臣は源氏の君にも宮中で逢った日に来会を申し入れたのであるが、その日に美貌の源氏が姿を見せないのを残念に思って、息子《むすこ》の四位少将を迎えに出した。

わが宿の花しなべての色ならば何かはさらに君を待たまし

右大臣から源氏へ贈った歌である。源氏は御所にいた時で、帝《みかど》にこのことを申し上げた。

「得意なのだね」

帝はお笑いになって、

「使いまでもよこしたのだから行ってやるがいい。孫の内親王たちのために将来兄として力になってもらいたいと願っている大臣の家《うち》だから」

など仰せられた。ことに美しく装って、ずっと日が暮れてから待たれて源氏は行った。桜の色の支那錦《しなにしき》の直衣《のうし》、赤紫の下襲《したがさね》の裾《すそ》を長く引いて、ほかの人は皆正装の袍《ほう》を着て出ている席へ、艶《えん》な宮様姿をした源氏が、多数の人に敬意を表されながらはいって行った。桜の花の美がこの時にわかに減じてしまったように思われた。音楽の遊びも済んでから、夜が少しふけた時分である。源氏は酒の酔いに悩むふうをしながらそっと席を立った。中央の寝殿《しんでん》に女一《にょいち》の宮《みや》、女三の宮が住んでおいでになるのであるが、そこの東の妻戸の口へ源氏はよりかかっていた。藤《ふじ》はこの縁側と東の対の間の庭に咲いているので、格子は皆上げ渡されていた。御簾《みす》ぎわには女房が並んでいた。その人たちの外へ出している袖口《そでぐち》の重なりようの大ぎょうさは踏歌《とうか》の夜の見物席が思われた。今日などのことにつりあったことではないと見て、趣味の洗練された藤壺辺のことがなつかしく源氏には思われた。

「苦しいのにしいられた酒で私は困っています。もったいないことですがこちらの宮様にはかばっていただく縁故があると思いますから」

妻戸に添った御簾の下から上半身を少し源氏は中へ入れた。

「困ります。あなた様のような尊貴な御身分の方は親類の縁故などをおっしゃるものではございませんでしょう」

と言う女の様子には、重々しさはないが、ただの若い女房とは思われぬ品のよさと美しい感じのあるのを源氏は認めた。薫物《たきもの》が煙いほどに焚《た》かれていて、この室内に起《た》ち居《い》する女の衣摺《きぬず》れの音がはなやかなものに思われた。奥ゆかしいところは欠けて、派手《はで》な現代型の贅沢《ぜいたく》さが見えるのである。令嬢たちが見物のためにこの辺へ出ているので、妻戸がしめられてあったものらしい。貴女《きじょ》がこんな所へ出ているというようなことに賛意は表されなかったが、さすがに若い源氏としておもしろいことに思われた。この中のだれを恋人と見分けてよいのかと源氏の胸はとどろいた。「扇を取られてからき目を見る」（高麗人《こまうど》に帯を取られてからき目を見る）戯談《じょうだん》らしくこう言って御簾に身を寄せていた。

「変わった高麗人《こまうど》なのね」

と言う一人は無関係な令嬢なのであろう。何も言わずに時々溜息《ためいき》の聞こえる人のいるほうへ源氏は寄って行って、几帳《きちょう》越しに手をとらえて、

「あづさ弓いるさの山にまどふかなほの見し月の影や見ゆると

なぜでしょう」

と当て推量に言うと、その人も感情をおさえかねたか、

心いる方《かた》なりませば弓張《ゆみはり》の月なき空に迷はましやは

と返辞をした。弘徽殿《こきでん》の月夜に聞いたのと同じ声である。源氏はうれしくてならないのであるが。

葵

恨めしと人を目におくこともこそ身の
おとろへにほかならぬかな　（晶子）

天子が新しくお立ちになり、時代の空気が変わってから、源氏は何にも興味が持てなくなっていた。官位の昇進した窮屈《きゅうくつ》さもあって、忍び歩きももう軽々しくできないのである。あちらにもこちらにも待って訪《と》われぬ恋人の悩みを作らせていた。そんな恨みの報いなのか源氏自身は中宮《ちゅうぐう》の御冷淡さを歎《なげ》く苦しい涙ばかりを流していた。位をお退《ひ》きになった院と中宮は普通の家の夫婦のように暮らしておいでになるのである。前《さき》の弘徽殿《こきでん》の女御《にょご》である新皇太后はねたましく思召《おぼしめ》すのか、院へはおいでにならずに当帝の御所にばかり行っておいでになったから、いどみかかる競争者もなくて中宮はお気楽に見えた。おりおりは音楽の会などを世間の評判になるほど派手《はで》にあそばして、院の陛下の御生活はきわめて御幸福なものであった。ただ恋しく思召すのは内裏《だいり》においでになる東宮だけである。御後見をする人のないことを御心配になって、源氏へそれをお命じになった。源氏はやましく思いながらもうれしかった。

あの六条の御息所《みやすどころ》の生んだ前皇太子の忘れ形見の女王が斎宮《さいぐう》に選定された。源氏の愛のたよりなさを感じている御息所は、斎宮の年少なのに托《たく》して自分も伊勢《いせ》へ下ってしまおうかとその時から思っていた。この噂《うわさ》を院がお聞きになって、

「私の弟の東宮が非常に愛していた人を、おまえが何でもなく扱うのを見て、私はかわいそ

うでならない。斎宮なども姪《めい》でなく自分の内親王と同じように思っているのだから、どちらからいっても御息所を尊重すべきである。多情な心から、熱したり、冷たくなったりしてみせては世間がおまえを批難する」

と源氏へお小言《こごと》をお言いになった。源氏自身の心にもそう思われることであったから、ただ恐縮しているばかりであった。

「相手の名誉をよく考えてやって、どの人をも公平に愛して、女の恨みを買わないようにするがいいよ」

御忠告を承りながらも、中宮を恋するあるまじい心が、こんなふうにお耳へはいったらどうしようと恐ろしくなって、かしこまりながら院を退出したのである。院までも御息所との関係を認めての仰せがあるまでになっているのであるから、女の名誉のためにも、自分のためにも軽率なことはできないと思って、以前よりもいっそうその恋人を尊重する傾向にはなっているが、源氏はまだ公然に妻である待遇はしないのである。女も年長である点を恥じて、しいて夫人の地位を要求しない。源氏はいくぶんそれをよいことにしている形で、院も御承知になり、世間でも知らぬ人がないまでになってなお今も誠意を見せないと女は深く恨んでいた。この噂《うわさ》が世間から伝わってきた時、式部卿《しきぶきょう》の宮の朝顔の姫君は、自分だけは源氏の甘いささやきに酔って、やがては苦《にが》い悔いの中に自己を見いだす愚を学ぶまいと心に思うところがあって、源氏の手紙に時には短い返事を書くことも以前はあったが、それももう多くの場合書かぬことになった。そうといっても露骨に反感を見せたり、軽蔑《けいべつ》的な態度をとったりすることのないのを源氏はうれしく思った。こんな人であるから長い年月の間忘れることもなく恋しいのであると思ってい た。左大臣家にいる葵《あおい》夫人（この人のことを主《おも》にして書かれた巻の名を用いて書く）はこんなふうに源氏の心が幾つにも分かれているのを憎みながらも、たいしてほかの恋愛を隠そうともしない人には、恨みを言っても言いがいがないと思っていた。夫人は妊娠していて気分が悪く心細い気になっていた。源氏はわが子の母になろうとする葵夫人にまた新しい愛を感じ始めた。そしてこれも喜びながら不安でならなく思う舅《しゅうと》夫婦とともに妊婦の加護を神仏へ祈ることにつとめていた。こうしたことのある間は源氏も心に余裕が少なくて、愛してはいながらも訪《たず》ねて行けない恋人の家が多かったであろうと思われる。

そのころ前代の加茂《かも》の斎院《さいいん》がおやめになって皇太后腹の院の女三の宮が新しく斎院に定まった。院も太后もことに愛しておいでになった内親王であるから、神の奉仕者として常人と違った生活へおはいりになることを御親心に苦しく思召《おぼしめ》したが、ほかに適当な方がなかったのである。斎院就任の初めの儀式は古くから決まった神事の一つで簡単に行なわれる時もあるが、今度はきわめて派手《はで》なふうに行なわれるらしい。斎院の御勢力の多少にこんなこともよるらしいのである。御禊《ごけい》の日に供奉《ぐぶ》する大臣は定員のほかに特に宣旨《せんじ》があって源氏の右大将をも加えられた。物見車で出ようとする人たちは、その日を楽しみに思い晴れがましくも思っていた。

二条の大通りは物見の車と人とで隙《すき》もない。あちこちにできた桟敷《さじき》は、しつらいの趣味のよさを競って、御簾《みす》の下から出された女の袖口《そでぐち》にも特色がそれぞれあった。祭りも祭りであるがこれらは見物する価値を十分に持っている。左大臣家にいる葵夫人はそうした所へ出かけるよ

うなことはあまり好まない上に、生理的に悩ましいころであったから、見物のことを、念頭に置いていなかったが、

「それではつまりません。私たちどうしで見物に出ますのではみじめで張り合いがございません、今日はただ大将様をお見上げすることに興味が集まっておりまして、労働者も遠い地方の人までも、はるばると妻や子をつれて京へ上って来たりしておりますのに奥様がお出かけにならないのはあまりでございます」

と女房たちの言うのを母君の宮様がお聞きになって、

「今日はちょうどあなたの気分もよくなっていることだから。出ないことは女房たちが物足りなく思うことだし、行っていらっしゃい」

こうお言いになった。それでにわかに供廻《ともまわ》りを作らせて、葵夫人は御禊《みそぎ》の行列の物見車の人となったのである。邸《やしき》を出たのはずっと朝もおそくなってからだった。この一行はそれほどたいそうにも見せないふうで出た。車のこみ合う中へ幾つかの左大臣家の車が続いて出て来たので、どこへ見物の場所を取ろうかと迷うばかりであった。貴族の女の乗用らしい車が多くとまっていて、つまらぬ物の少ない所を選んで、じゃまになる車は皆除《の》けさせた。その中に外見《そとみ》は網代車《あじろぐるま》の少し古くなった物にすぎぬが、御簾の下のとばりの好みもきわめて上品で、ずっと奥のほうへ寄って乗った人々の服装の優美な色も童女の上着の汗衫《かざみ》の端の少しずつ洩《も》れて見える様子にも、わざわざ目立たぬふうにして貴女《きじょ》の来ていることが思われるような車が二台あった。

「このお車はほかのとは違う。除《の》けられてよいようなものじゃない」

と言ってその車の者は手を触れさせない。双方に若い従者があって、祭りの酒に酔って気の立った時にすることははなはだしく手荒いのである。馬に乗った大臣家の老家従などが、

「そんなにするものじゃない」

と止めているが、勢い立った暴力を止めることは不可能である。斎宮《さいぐう》の母君の御息所《みやすどころ》が物思いの慰めになろうかと、これは微行で来ていた物見車であった。素知らぬ顔をしていても左大臣家の者は皆それを心では知っていた。

「それくらいのことでいばらせないぞ、大将さんの引きがあると思うのかい」

などと言うのを、供の中には源氏の召使も混じっているのであるから、抗議をすれば、いっそう面倒《めんどう》になることを恐れて、だれも知らない顔を作っているのである。とうとう前へ大臣家の車を立て並べられて、御息所の車は葵夫人の女房が乗った幾台かの車の奥へ押し込まれて、何も見えないことになった。それを残念に思うよりも、こんな忍び姿の自身のだれであるかを見現わしてののしられていることが口惜《くちお》しくてならなかった。車の轅《ながえ》を据《す》える台なども脚《あし》は皆折られてしまって、ほかの車の胴へ先を引き掛けてようやく中心を保たせてあるのであるから、体裁の悪さもはなはだしい。どうしてこんな所へ出かけて来たのかと御息所は思うのであるが今さらしかたもないのである。見物するのをやめて帰ろうとしたが、他の車を避《よ》けて出て行くことは困難でできそうもない。そのうちに、

「見えて来た」

と言う声がした。行列をいうのである。それを聞くと、さすがに恨めしい人の姿が待たれる

というのも恋する人の弱さではなかろうか。

源氏は御息所の来ていることなどは少しも気がつかないのであるから、振り返ってみるはずもない。気の毒な御息所である。前から評判のあったとおりに、風流を尽くした物見車にたくさんの女の乗り込んでいる中には、素知らぬ顔は作りながらも源氏の好奇心を惹《ひ》くのもあった。微笑《ほほえみ》を見せて行くあたりには恋人たちの車があったことと思われる。左大臣家の車は一目で知れて、ここは源氏もきわめてまじめな顔をして通ったのである。行列の中の源氏の従者がこの一団の車には敬意を表して通った。侮辱されていることをまたこれによっても御息所はいたましいほど感じた。

影をのみみたらし川のつれなさに身のうきほどぞいとど知らるる

こんなことを思って、涙のこぼれるのを、同車する人々に見られることを御息所は恥じながらも、また常よりもいっそうきれいだった源氏の馬上の姿を見なかったならとも思われる心があった。行列に参加した人々は皆分《ぶん》相応に美しい装いで身を飾っている中でも高官は高官らしい光を負っていると見えたが、源氏に比べるとだれも見栄《みば》えがなかったようである。大将の臨時の随身を、殿上にも勤める近衛《このえ》の尉《じょう》がするようなことは例の少ないことで、何かの晴れの行幸などばかりに許されることであったが、今日は蔵人《くろうど》を兼ねた右近衛《うこんえ》の尉が源氏に従っていた。そのほかの随身も顔姿ともによい者ばかりが選ばれてあって、源氏が世の中で重んぜられていることは、こんな時にもよく見えた。この人にはなびかぬ草木もないこの世であった。壺装束《つぼしょうぞく》といって頭の髪の上から上着をつけた、相当な身分の女たちや尼さんなども、群集の中に倒れかかるようになって見物していた。平生こんな場合に尼などを見ると、世捨て人がどうしてあんなことをするかと醜く思われるのであるが、今日だけは道理である。光源氏を見ようとするのだからと同情を引いた。着物の背中を髪でふくらませた、卑しい女とか、労働者階級の者まででも皆手を額に当てて源氏を仰いで見て、自身が笑えばどんなおかしい顔になるかも知らずに喜んでいた。また源氏の注意を惹《ひ》くはずもないちょっとした地方官の娘なども、せいいっぱいに装った車に乗って、気どったふうで見物しているとか、こんないろいろな物で一条の大路《おおじ》はうずまっていた。源氏の情人である人たちは、恋人のすばらしさを眼前に見て、今さら自身の価値に反省をしいられた気がした。だれもそうであった。式部卿の宮は桟敷《さじき》で見物しておいでになった。まぶしい気がするほどきれいになっていく人である。あの美に神が心を惹《ひ》かれそうな気がすると宮は不安をさえお感じになった。宮の朝顔の姫君はよほど以前から今日までも忘れずに愛を求めてくる源氏には普通の男性に見られない誠実さがあるのであるから、それほどの志を持った人は少々欠点があっても好意が持たれるのに、ましてこれほどの美貌《びぼう》の主であったかと思うと一種の感激を覚えた。けれどもそれは結婚をしてもよい、愛に報いようとまでする心の動きではなかった。宮の若い女房たちは聞き苦しいまでに源氏をほめた。

翌日の加茂祭りの日に左大臣家の人々は見物に出なかった。源氏に御禊《みそぎ》の日の車の場所争いを詳しく告げた人があったので、源氏は御息所《みやすどころ》に同情して葵夫人の態度を飽き足らず思った。貴婦人としての資格を十分に備えながら、情味に欠けた強い性格から、自身はそれほどに憎んではいなかったであろうが、そうした一人の男を巡って愛の生活をしている人たちの間はまた一種の愛で他を見るものであることを知らない女主人の意志に習って付き添った人間が御息所を侮辱したに違いない、見識のある上品な貴女である御息所はどんなにいやな気がさせられたであろうと、気の毒に思ってすぐに訪問したが、斎宮がまだ邸《やしき》においでになるから、神への遠慮という口実で逢《あ》ってくれなかった。源氏には自身までもが恨めしくてならない、現在の御息所の心理はわかっていながらも、どちらもこんなに自己を主張するようなことがなくて柔らかに心が持てないのであろうかと歎息《たんそく》されるのであった。

祭りの日の源氏は左大臣家へ行かずに二条の院にいた。そして町へ見物に出て見る気になっていたのである。西の対へ行って、惟光《これみつ》に車の用意を命じた。

「女連も見物に出ますか」

と言いながら、源氏は美しく装うた紫の姫君の姿を笑顔《えがお》でながめていた。

「あなたはぜひおいでなさい。私がいっしょにつれて行きましょうね」

平生よりも美しく見える少女の髪を手でなでて、

「先を久しく切らなかったね。今日は髪そぎによい日だろう」

源氏はこう言って、陰陽道《おんみょうどう》の調べ役を呼んでよい時間を聞いたりしながら、

「女房たちは先に出かけるといい」

と言っていた。きれいに装った童女たちを点見したが、少女らしくかわいくそろえて切られた髪の裾《すそ》が紋織の派手《はで》な袴《はかま》にかかっているあたりがことに目を惹《ひ》いた。

「女王《にょおう》さんの髪は私が切ってあげよう」

と言った源氏も、

「あまりたくさんで困るね。大人《おとな》になったらしまいにはどんなになろうと髪は思っているのだろう」

と困っていた。

「長い髪の人といっても前の髪は少し短いものなのだけれど、あまりそろい過ぎているのはかえって悪いかもしれない」

こんなことも言いながら源氏の仕事は終わりになった。

「千尋《ちひろ》」

と、これは髪そぎの祝い言葉である。少納言は感激していた。

はかりなき千尋の底の海松《みる》房《ぶさ》の生《お》ひ行く末はわれのみぞ見ん

源氏がこう告げた時に、女王は、

千尋ともいかでか知らん定めなく満ち干《ひ》る潮ののどけからぬに

と紙に書いていた。貴女らしくてしかも若やかに美しい人に源氏は満足を感じていた。

今日も町には隙間《すきま》なく車が出ていた。馬場殿あたりで祭りの行列を見ようとするのであったが、都合のよい場所がない。

「大官連がこの辺にはたくさん来ていて面倒《めんどう》な所だ」

源氏は言って、車をやるのでもなく、停《と》めるのでもなく、躊躇《ちゅうちょ》している時に、よい女車で人がいっぱいに乗りこぼれたのから、扇を出して源氏の供を呼ぶ者があった。

「ここへおいでになりませんか。こちらの場所をお譲りしてもよろしいのですよ」

という挨拶《あいさつ》である。どこの風流女のすることであろうと思いながら、そこは実際よい場所でもあったから、その車に並べて源氏は車を据《す》えさせた。

「どうしてこんなよい場所をお取りになったかとうらやましく思いました」

と言うと、品のよい扇の端を折って、それに書いてよこした。


はかなしや人のかざせるあふひ故《ゆゑ》神のしるしの今日を待ちける

注連《しめ》を張っておいでになるのですもの。

源典侍《げんてんじ》の字であることを源氏は思い出したのである。どこまで若返りたいのであろうと醜く思った源氏は皮肉に、

かざしける心ぞ仇《あだ》に思ほゆる八十《やそ》氏人《うぢ》になべてあふひを

と書いてやると、恥ずかしく思った女からまた歌が来た。

くやしくも挿《かざ》しけるかな名のみして人だのめなる草葉ばかりを

今日の源氏が女の同乗者を持っていて、簾《みす》さえ上げずに来ているのをねたましく思う人が多かった。御禊の日の端麗だった源氏が今日はくつろいだふうに物見車の主になっている、並んで乗っているほどの人は並み並みの女ではないはずであるとこんなことを皆想像したものである。源典侍では競争者と名のって出られても問題にはならないと思うと、源氏は少しの物足りなさを感じたが、源氏の愛人がいると思うと晴れがましくて、源典侍のようなあつかましい老女でもさすがに困らせるような戯談《じようだん》もあまり言い出せないのである。

御息所《みやすどころ》の煩悶《はんもん》はもう過去何年かの物思いとは比較にならないほどのものになっていた。信頼のできるだけの愛を持っていない人と源氏を決めてしまいながらも、断然別れて斎宮について伊勢へ行ってしまうことは心細いことのようにも思われたし、捨てられた女と見られたくない世間体も気になった。そうかと言って安心して京にいることも、全然無視された車争いの日の記憶がある限り可能なことではなかった。自身の心を定めかねて、寝てもさめても煩悶をするせいか、次第に心がからだから離れて行き、自身は空虚なものになっているという気分を味わうようになって、病気らしくなった。源氏は初めから伊勢へ行くことに断然不賛成であるとも言い切らずに、

「私のようなつまらぬ男を愛してくだすったあなたが、いやにおなりになって、遠くへ行ってしまうという気になられるのはもっともですが、寛大な心になってくだすって変わらぬ恋を続けてくださることで前生《ぜんしよう》の因縁を全《まつた》くしたいと私は願っている」

こんなふうにだけ言って留めているのであったから、そうした物思いも慰むかと思って出た

御禊川《みそぎがわ》に荒い瀬が立って不幸を見たのである。

葵《あおい》夫人は物怪《もののけ》がついたふうの容体で非常に悩んでいた。父母たちが心配するので、源氏もほかへ行くことが遠慮される状態なのである。二条の院などへもほんの時々帰るだけであった。夫婦の中は睦《むつ》まじいものではなかったが、妻としてどの女性よりも尊重する心は十分源氏にあって、しかも妊娠しての煩いであったから憐《あわれ》みの情も多く加わって、修法《しゅほう》や祈禱《きとう》も大臣家でする以外にいろいろとさせていた。物怪《もののけ》、生霊《いきりょう》というようなものがたくさん出て来て、いろいろな名乗りをする中に、仮に人へ移そうとしても、少しも移らずにただじっと病む夫人にばかり添っていて、そして何もはげしく病人を悩まそうとするのでもなく、また片時も離れない物怪《もののけ》が一つあった。どんな修験僧《しゅげんそう》の技術ででも自由にすることのできない執念のあるのは、並み並みのものであるとは思われなかった。左大臣家の人たちは、源氏の愛人をだれかれと数えて、それらしいのを求めると、結局六条の御息所と二条の院の女は源氏のことに愛している人であるだけ夫人に恨みを持つことも多いわけであると、こう言って、物怪に言わせる言葉からその主を知ろうとしても、何の得るところもなかった。物怪といっても、育てた姫君に愛を残した乳母《めのと》というような人、もしくはこの家を代々敵視して来た亡魂とかが弱り目につけこんでくるような、そんなのは決して今度の物怪の主たるものではないらしい。夫人は泣いてばかりいて、おりおり胸がせき上がってくるようにして苦しがるのである。どうなることかとだれもだれも不安でならなかった。院の御所からも始終お見舞いの使いが来る上に祈禱までも別にさせてお いでになった。こんな光栄を持つ夫人に万一のことがなければよいとだれも思った。世間じゅうが惜しんだり歎《なげ》いたりしているこの噂《うわさ》も御息所を不快な気分にした。これまでは決してこうではなかったのである。競争心を刺戟《しげき》したのは車争いという小さいことにすぎないが、それがどれほど大きな恨みになっているかを左大臣家の人は想像もしなかった。

物思いは御息所の病をますます昂《こう》じさせた。斎宮をはばかって、他の家へ行って修法などをさせていた。源氏はそれを聞いてどんなふうに悪いのかと哀れに思って訪ねて行った。自邸でない人の家であったから、人目を避けてこの人たちは逢った。本意ではなくて長く逢いに来なかったことを御息所の気も済むほどこまごまと源氏は語っていた。妻の病状も心配げに話すのである。

「私はそれほど心配しているのではないのですが、親たちがたいへんな騒ぎ方をしていますから、気の毒で、少し容体がよくなるまでは謹慎を表していようと思うだけなのです。あなたが心を大きく持って見ていてくだすったら私は幸福です」

などと言う。女に平生よりも弱々しいふうの見えるのを、もっともなことに思って源氏は同情していた。疑いも恨みも氷解したわけでもなく源氏が帰って行く朝の姿の美しいのを見て、自分はとうていこの人を離れて行きうるものではないと御息所は思った。正夫人である上に子供が生まれるとなれば、その人以外の女性に持っている愛などはさめて淡《うす》いものになっていくであろう時、今のように毎日待ち暮らすことも、その辛抱《しんぼう》に命の続かなくなることであろうと、それでいてまた思われもして、たまたま逢って物思いの決して少なくはならない御息所へ、次の日は手紙だけが暮れてから送られた。

この間うち少し癒《よ》くなっていたようでした病人にまたにわかに悪い様子が見えてきて苦しんでいるのを見ながら出られないのです。

とあるのを、例の上手《じょうず》な口実である、と見ながらも御息所は返事を書いた。

袖濡《そでぬ》るるこひぢとかつは知りながら下《お》り立つ田子の自《みづか》らぞ憂《う》き

古い歌にも「悔《くや》しくぞ汲《く》みそめてける浅ければ袖のみ濡るる山の井の水」とございます。

というのである。幾人かの恋人の中でもすぐれた字を書く人であると、源氏は御息所の返事をながめて思いながらも、理想どおりにこの世はならないものである。性質にも容貌《ようぼう》にも教養にもとりどりの長所があって、捨てることができず、ある一人に愛を集めてしまうこともできないことを苦しく思った。そのまた返事を、もう暗くなっていたが書いた。

袖が濡れるとお言いになるのは、深い恋を持ってくださらない方の恨みだと思います。

あさみにや人は下《お》り立つわが方《かた》は身もそぼつまで深きこひぢを

この返事を口ずから申さないで、筆をかりてしますことはどれほど苦痛なことだかしれません。

などと言ってあった。

葵の君の容体はますます悪い。六条の御息所の生霊であるとも、その父である故人の大臣の亡霊が憑《つ》いているとも言われる噂《うわさ》の聞こえて来た時、御息所は自分自身の薄命を歎《なげ》くほかに人を呪《のろ》う心などはないが、物思いがつのればからだから離れることのあるという魂はあるいはそんな恨みを告げに源氏の夫人の病床へ出没するかもしれないと、こんなふうに悟られることもあるのであった。物思いの連続といってよい自分の生涯《しょうがい》の中に、いまだ今度ほど苦しく思ったことはなかつた。御禊《みそぎ》の日の屈辱感から燃え立った恨みは自分でももう抑制のできない火になってしまったと思っている御息所は、ちょっとでも眠ると見る夢は、姫君らしい人が美しい姿ですわっている所へ行って、その人の前では乱暴な自分になって、武者ぶりついたり撲《なぐ》ったり、現実の自分がなしうることでない荒々しい力が添う、こんな夢で、幾度となく同じ筋を見る、情けないことである、魂がからだを離れて行ったのであろうかと思われる。失神状態に御息所がなっている時もあった。ないことも悪くいうのが世間である、ましてこの際の自分は彼らの慢罵欲《まんばよく》を満足させるのによい人物であろうと思うと、御息所は名誉の傷つけられることが苦しくてならないのである。死んだあとにこの世の人へ恨みの残った霊魂が現われるのはありふれた事実であるが、それさえも罪の深さの思われる悲しむべきことであるのに、生きている自分がそうした悪名を負うというのも、皆源氏の君と恋する心がもたらした罪である、その人への愛を今自分は根柢《こんてい》から捨てねばならぬと御息所は考えた。努めてそうしようとしても実現性のないむずかしいことに違いない。

斎宮は去年にもう御所の中へお移りになるはずであったが、いろいろな障《さわ》りがあって、この秋いよいよ潔斎生活の第一歩をお踏み出しになることとなった。そしてもう九月からは嵯峨《さが》の野の宮へおはいりになるのである。それとこれと二度ある御禊の日の仕度《したく》に邸《やしき》の人々は忙殺されているのであるが御息所は頭をぼんやりとさせて、寝て暮らすことが多かった。邸の男女はまたこのことを心配して祈禱を頼んだりしていた。何病というほどのことはなくて、ぶらぶらと病んでいるのである。源氏からも始終見舞いの手紙は来るが、愛する妻の容体の悪さは、自分でこの人を訪ねて来ることなどをできなくしているようであった。

まだ産期には早いように思って一家の人々が油断しているうちに葵の君はにわかに生みの苦しみにもだえ始めた。病気の祈禱のほかに安産の祈りも数多く始められたが、例の執念深い一つの物怪《もののけ》だけはどうしても夫人から離れない。名高い僧たちもこれほどの物怪には出あった経験がないと言って困っていた。さすがに法力におさえられて、哀れに泣いている。

「少しゆるめてくださいな、大将さんにお話しすることがあります」

そう夫人の口から言うのである。

「あんなこと。わけがありますよ。私たちの想像が当たりますよ」

女房はこんなことも言って、病床に添え立てた几帳《きちよう》の前へ源氏を導いた。父母たちは頼み少なくなった娘は、良人《おっと》に何か言い置くことがあるのかもしれないと思って座を避けた。この時に加持をする僧が声を低くして法華経《ほけきよう》を読み出したのが非常にありがたい気のすることであった。几帳の垂《た》れ絹《ぎぬ》を引き上げて源氏が中を見ると、夫人は美しい顔をして、そして腹部だけが盛り上がった形で寝ていた。他人でも涙なしには見られないのを、まして良人である源氏が見て惜しく悲しく思うのは道理である。白い着物を着ていて、顔色は病熱ではなやかになっている。たくさんな長い髪は中ほどで束ねられて、枕《まくら》に添えてある。美女がこんなふうでいることと

は最も魅惑的なものであると見えた。源氏は妻の手を取って、

「悲しいじゃありませんか。私にこんな苦しい思いをおさせになる」

多くものが言われなかった。ただ泣くばかりである。平生は源氏に真正面から見られるととてもきまりわるそうにして、横へそらすその目でじっと良人を見上げているうちに涙がそこから流れて出るのであった。それを見て源氏が深い憐《あわれ》みを覚えたことはいうまでもない。あまりに泣くのを見て、残して行く親たちのことを考えたり、また自分を見て、別れの堪えがたい悲しみを覚えるのであろうと源氏は思った。

「そんなに悲しまないでいらっしゃい。それほど危険な状態でないと私は思う。またたとえどうなっても夫婦は来世でも逢えるのだからね。御両親も親子の縁の結ばれた間柄はまた特別な縁で来世で再会ができるのだと信じていらっしゃい」

と源氏が慰めると、

「そうじゃありません。私は苦しくてなりませんからしばらく法力をゆるめていただきたいとあなたにお願いしようとしたのです。私はこんなふうにしてこちらへ出て来ようなどとは思わないのですが、物思いをする人の魂というものはほんとうに自分から離れて行くものなのです」

なつかしい調子でそう言ったあとで、
歎《なげ》きわび空に乱るるわが魂《たま》を結びとめてよ下がひの褄《つま》

という声も様子も夫人ではなかった。まったく変わってしまっているのである。怪しいと思って考えてみると、夫人はすっかり六条の御息所になっていた。源氏はあさましかった。人がいろいろな噂《うわさ》をしても、くだらぬ人が言い出したこととして、これまで源氏の否定してきたことが眼前に事実となって現われているのであった。こんなことがこの世にありもするのだと思うと、人生がいやなものに思われ出した。

「そんなことをお言いになっても、あなたがだれであるか私は知らない。確かに名を言ってごらんなさい」

源氏がこう言ったのちのその人はますます御息所そっくりに見えた。あさましいなどという言葉では言い足りない悪感《おかん》を源氏は覚えた。女房たちが近く寄って来る気配《けはい》にも、源氏はそれを見現わされはせぬかと胸がとどろいた。病苦にもだえる声が少し静まったのは、ちょっと楽になったのではないかと宮様が飲み湯を持たせておよこしになった時、その女房に抱き起こされて間もなく子が生まれた。源氏が非常にうれしく思った時、他の人間に移してあったのが皆口惜《くちお》しがって物怪は騒ぎ立った。それにまだ後産《あとざん》も済まぬのであるから少なからぬ不安があった。良人と両親が神仏に大願を立てたのはこの時である。そのせいであったかすべてが無事に済んだので、叡山《えいざん》の座主《ざす》をはじめ高僧たちが、だれも皆誇らかに汗を拭《ぬぐ》い拭い帰って行った。これまで心配をし続けていた人はほっとして、危険もこれで去ったという安心を覚えて恢復《かいふく》の曙光《しょこう》も現われたとだれもが思った。修法などはまた改めて行なわせていたが、今目前に新しい命が一つ出現したことに対する歓喜が大きくて、左大臣家は昨日に変わる幸福に満たされた形である。院をはじめとして親王方、高官たちから派手《はで》な産養《うぶやしない》の賀宴が毎夜持ち込まれた。出生したのは男子でさえもあったからそれらの儀式がことさらはなやかであった。

六条の御息所《みやすどころ》はそういう取り沙汰《ざた》を聞いても不快でならなかった。夫人はもう危《あぶな》いと聞いていたのに、どうして子供が安産できたのであろうと、こんなことを思って、自身が失神したようにしていた幾日かのことを、静かに考えてみると、着た衣服などにも祈りの僧が焚《た》く護摩《ごま》の香《か》が沁《し》んでいた。不思議に思って、髪を洗ったり、着物を変えたりしても、やはり改まらない。御息所は世間で言う生霊《いきりょう》の説の否認しがたいことを悲しんで、人がどう批評するであろうかと、だれに話してみることでもないだけに心一つで苦しんでいた。いよいよ自分の恋愛を清算してしまわないではならないと、それによってまた強く思うようになった。

少し安心を得た源氏は、生霊をまざまざと目で見、御息所の言葉を聞いた時のことを思い出しながらも、長く訪《たず》ねて行かない心苦しさを感じたり、また今後御息所に接近してもあの醜い記憶が心にある間は、以前の感情でその人が見られるかということは自身の心ながらも疑わしくて、苦悶《くもん》をしたりしながら、御息所の体面を傷つけまいために手紙だけは書いて送った。産前の重かった容体から、油断のできないように両親たちは今も見て、心配しているのが道理なことに思えて、源氏はまだ恋人などの家を微行で訪うようなことをしないのである。夫人はまだ衰弱がはなはだしくて、病気から離れたとは見えなかったから、夫婦らしく同室で暮らすことはなくて、源氏は小さいながらもまばゆいほど美しい若君の愛に没頭していた。非常に大事がっているのである。自家の娘から源氏の子が生まれて、すべてのことが理想的になっていくと、大臣は喜んでいるのであるが、葵夫人の恢復が遅々としているのだけを気がかりに思っていた。しかしあんなに重体でいたあとはこれを普通としなければならないと思ってもいるであろうから、大臣の幸福感はたいして割引きしたものではないのである。若君の目つきの美しさなどが東宮と非常によく似ているのを見ても、何よりも恋しく幼い皇太弟をお思いする源氏は、御所のそちらへ上がらないでいることに堪えられなくなって、出かけようとした。

「御所などへあまり長く上がらないで気が済みませんから、今日私ははじめてあなたから離れて行こうとするのですが、せめて近い所に行って話をしてからにしたい。あまりよそよそし過ぎます。こんなのでは」

と源氏は夫人へ取り次がせた。

「ほんとうにそうでございますよ。体裁を気にあそばすあなた様がたのお間柄ではないのでございますから。あなた様が御衰弱していらっしゃいましても、物越しなどでお話しになればいかがでしょう」

こう女房が夫人に忠告をして、病床の近くへ座を作ったので、源氏は病室へはいって行って話をした。夫人は時々返辞もするがまだずいぶん様子が弱々しい。それでも絶望状態になっていたころのことを思うと、夢のような幸福にいると源氏は思わずにはいられないのである。不安に堪えられなかったころのことを話しているうちに、あの呼吸も絶えたように見えた人が、にわかにいろんなことを言い出した光景が目に浮かんできて、たまらずいやな気がするので源氏は話を打ち切ろうとした。

「まああまり長話はよしましょう。いろいろと聞いてほしいこともありますがね。まだまだあなたはだるそうで気の毒だから」

こう言ったあとで、

「お湯をお上げするがいい」

と女房に命じた。病妻の良人《おっと》らしいこんな気のつかい方をする源氏に女房たちは同情した。非常な美人である夫人が、衰弱しきって、あるかないかのようになって寝ているのは痛々しく可憐《かれん》であった。少しの乱れもなくはらはらと枕《まくら》にかかった髪の美しさは男の魂を奪うだけの魅力があった。なぜ自分は長い間この人を飽き足らない感情を持って見ていたのであろうかと、不思議なほど長くじっと源氏は妻を見つめていた。

「院の御所などへ伺って、早く帰って来ましょう。こんなふうにして始終逢うことができればうれしいでしょうが、宮様がじっと付いていらっしゃるから、ぶしつけにならないかと思って御遠慮しながら蔭《かげ》で煩悶《はんもん》をしていた私にも同情ができるでしょう。だから自分でも早くよくなろうと努めるようにしてね、これまでのように私たちでいっしょにいられるようになってください。あまりお母様にあなたが甘えるものだから、あちらでもいつまでも子供のようにお扱いになるのですよ」

などと言い置いてきれいに装束した源氏の出かけるのを病床の夫人は平生よりも熱心にながめていた。

秋の官吏の昇任の決まる日であったから、大臣も参内したので、子息たちもそれぞれの希望があってこのごろは大臣のそばを離れまいとしているのであるから皆続いてそのあとから出て行った。いる人数が少なくなって、邸内が静かになったころに、葵の君はにわかに胸がせきあげるようにして苦しみ出したのである。御所へ迎えの使いを出す間もなく夫人の息は絶えてしまった。左大臣も源氏もあわてて退出して来たので、除目《じもく》の夜であったが、この障《さわ》りで官吏の任免は決まらずに終わった形である。若い夫人の突然の死に左大臣邸は混乱するばかりで、夜中のことであったから叡山《えいざん》の座主《ざす》も他の僧たちも招く間がなかった。もう危篤な状態から脱したものとして、だれの心にも油断のあった隙《すき》に、死が忍び寄ったのであるから、皆呆然《ぼうぜん》としている。所々の慰問使が集まって来ていても、挨拶《あいさつ》の取り次ぎを託されるような人もなく、泣き声ばかりが邸内に満ちていた。大臣夫婦、故人の良人《おっと》である源氏の歎《なげ》きは極度のものであった。これまで物怪《もののけ》のために一時的な仮死状態になったこともたびたびあったのを思って、死者として枕を直すこともなく、二、三日はなお病夫人として寝させて、蘇生《そせい》を待っていたが、時間はすでに亡骸《なきがら》であることを証明するばかりであった。もう死を否定してみる理由は何一つないことをだれも認めたのである。源氏は妻の死を悲しむとともに、人生の厭《いと》わしさが深く思われて、所々から寄せてくる弔問の言葉も、どれもうれしく思われなかった。院もお悲しみになってお使いをくだされた。大臣は娘の死後の光栄に感激する涙も流しているのである。人の忠告に従い蘇生の術として、それは遺骸《いがい》に対して傷《いた》ましい残酷な方法で行なわれることまでも大臣はさせて、娘の息の出てくることを待っていたが皆だめであった。もう幾日かになるのである。いよいよ夫人を鳥辺野《とりべの》の火葬場へ送ることになった。こうしてまた人々は悲しんだのである。左大臣の愛嬢として、源氏の夫人として葬送の式に列《つらな》る人、念仏のために集められた寺々の僧、そんな人たちで鳥辺野がうずめられた。院はもとよりのこと、お后方、東宮から賜わった御使いが次々に葬場へ参着して弔詞を読んだ。悲しみにくれた大臣は立ち上がる力も失っていた。

「こんな老人になってから、若盛りの娘に死なれて無力に私は泣いているじゃないか」

恥じてこう言って泣く大臣を悲しんで見ぬ人もなかった。夜通しかかったほどの大がかりな儀式であったが、終局は煙にすべく遺骸を広い野に置いて来るだけの寂しいことになって皆早暁に帰って行った。死はそうしたものであるが、前《さき》に一人の愛人を死なせただけの経験よりない源氏は今また非常な哀感を得たのである。八月の二十日過ぎの有明月《ありあけづき》のあるころで、空の色も身にしむのである。亡《な》き子を思って泣く大臣の悲歎に同情しながらも見るに忍びなくて、源氏は車中から空ばかりを見ることになった。

昇《のぼ》りぬる煙はそれと分《わ》かねどもなべて雲井の哀れなるかな

源氏はこう思ったのである。家へ帰っても少しも眠れない。故人と二人の長い間の夫婦生活を思い出して、なぜ自分は妻に十分の愛を示さなかったのであろう、信頼していてさえもらえば、異性に対する自分の愛は妻に帰るよりほかはないのだと暢気《のんき》に思って、一時的な衝動を受けては恨めしく思わせるような罪をなぜ自分は作ったのであろう。そんなことで妻は生涯《しょうがい》心から打ち解けてくれなかったのだなどと、源氏は悔やむのであるが今はもう何のかいのある時でもなかった。淡鈍《うすにび》色の喪服を着るのも夢のような気がした。もし自分が先に死んでいたら、妻はこれよりも濃い色の喪服を着て歎いているであろうと思ってもまた源氏の悲しみは湧《わ》き上がってくるのであった。

限りあればうす墨衣浅けれど涙ぞ袖《そで》を淵《ふち》となしける

と歌ったあとでは念誦《ねんず》をしている源氏の様子は限りもなく艶《えん》であった。経を小声で読んで「法界三昧《ざんまい》普賢大士」と言っている源氏は、仏勤めをし馴《な》れた僧よりもかえって尊く思われた。若君を見ても「結び置くかたみの子だになかりせば何に忍ぶの草を摘ままし」こんな古歌が思われていっそう悲しくなったが、この形見だけでも残して行ってくれたことに慰んでいなければならないとも源氏は思った。左大臣の夫人の宮様は、悲しみに沈んでお寝《やす》みになったきりである。お命も危《あぶな》く見えることにまた家の人々はあわてて祈禱《きとう》などをさせていた。寂しい日がずんずん立っていって、もう四十九日の法会《ほうえ》の仕度《したく》をするにも、宮はまったく予期あそばさないことであったからお悲しかった。欠点の多い娘でも死んだあとでの親の悲しみはどれほど深いものかしれない、まして母君のお失いになったのは、貴女《きじょ》として完全に近いほどの姫君なのであるから、このお歎きは至極道理なことと申さねばならない。ただ姫君が一人であるということも寂しくお思いになった宮であったから、その唯一の姫君をお失いになったお心は、袖《そで》の上に置いた玉の砕けたよりももっと惜しく残念なことでおありになったに違いない。

源氏は二条の院へさえもまったく行かないのである。専念に仏勤めをして暮らしているのであった。恋人たちの所へ手紙だけは送っていた。六条の御息所《みやすどころ》は左衛門《さえもん》の庁舎へ斎宮がおはいりになったので、いっそう厳重になった潔斎的な生活に喪中の人の交渉を遠慮する意味に託《たく》してその人へだけは消息もしないのである。早くから悲観的に見ていた人生がいっそうこのごろいとわしくなって、将来のことまでも考えてやらねばならぬ幾人かの情人たち、そんなものがなければ僧になってしまうがと思う時に、源氏の目に真先《まっさき》に見えるものは西の対の姫君の寂しがっている面影であった。夜は帳台の中へ一人で寝た。侍女たちが夜の宿直《とのい》におおぜいでそれを巡ってすわっていても、夫人のそばにいないことは限りもない寂しいことであった。「時しもあれ秋やは人の別るべき有るを見るだに恋しきものを」こんな思いで源氏は寝ざめがちであった。声のよい僧を選んで念仏をさせておく、こんな夜の明け方などの心持ちは堪えられないものであった。秋が深くなったこのごろの風の音《ね》が身にしむのを感じる、そうしたある夜明けに、白菊が淡色《うすいろ》を染めだした花の枝に、青がかった灰色の紙に書いた手紙を付けて、置いて行った使いがあった。

「気どったことをだれがするのだろう」

と源氏は言って、手紙をあけて見ると御息所の字であった。

今まで御遠慮してお尋ねもしないでおりました私の心持ちはおわかりになっていらっしゃることでしょうか。

人の世を哀れときくも露けきにおくるる露を思ひこそやれ

あまりに身にしむ今朝《けさ》の空の色を見ていまして、つい書きたくなってしまったのです。

平生よりもいっそうみごとに書かれた字であると源氏はさすがにすぐに下へも置かれずにながめながらも、素知らぬふりの慰問状であると思うと恨めしかった。たとえあのことがあったとしても絶交するのは残酷である、そしてまた名誉を傷つけることになってはならないと思って源氏は煩悶《はんもん》した。死んだ人はとにかくあれだけの寿命だったに違いない。なぜ自分の目はあした明らかな御息所の生霊《いきりょう》を見たのであろうとこんなことを源氏は思った。源氏の恋が再び帰りがたいことがうかがわれるのである。斎宮の御潔斎中の迷惑にならないであろうかとも久しく考えていたが、わざわざ送って来た手紙に返事をしないのは無情過ぎるとも思って、紫の灰色がかった紙にこう書いた。

ずいぶん長くお目にかかりませんが、心で始終思っているのです。謹慎中のこうした私に同情はしてくださるでしょうと思いました。

　とまる身も消えしも同じ露の世に心置くらんほどぞはかなき

ですから憎いとお思いになることなどもいっさい忘れておしまいなさい。忌中の者の手紙などは御覧にならないかと思いまして私も御無沙汰《ごぶさた》をしていたのです。

御息所は自宅のほうにいた時であったから、そっと源氏の手紙を読んで、文意にほのめかしてあることを、心にとがめられていないのでもない御息所はすぐに悟ったのである。これも皆自分の薄命からだと悲しんだ。こんな生霊の噂《うわさ》が伝わって行った時に院はどう思召《おぼしめ》すだろう。前皇太弟とは御同胞といっても取り分けお睦《むつ》まじかった、斎宮の将来のことも院へお頼みになって東宮はお薨《かく》れになったので、その時代には第二の父になってやろうという仰せがたびたびあって、そのまままた御所で後宮生活をするようにとまで仰せになった時も、あるまじいこととして自分は御辞退をした。それであるのに若い源氏と恋をして、しまいには悪名を取ることになるのかと御息所は重苦しい悩みを心にして健康もすぐれなかった。この人は昔から、教養があって見識の高い、趣味の洗練された貴婦人として、ずいぶん名高い人になっていたので、斎宮が野の宮へいよいよおはいりになると、そこを風流な遊び場として、殿上役人などの文学好きな青年などは、はるばる嵯峨《さが》へまで訪問に出かけるのをこのごろの仕事にしているという噂が源氏の耳にはいると、もっともなことであると思った。すぐれた芸術的な存在であることは否定できない人である。悲観してしまって伊勢《いせ》へでも行かれたらずいぶん寂しいことであろうと、さすがに源氏は思ったのである。

日を取り越した法会《ほうえ》はもう済んだが、正しく四十九日まではこの家で暮らそうと源氏はしていた。過去に経験のない独《ひと》り棲《ず》みをする源氏に同情して、現在の三位《さんみ》中将は始終訪《たず》ねて来て、世間話も多くこの人から源氏に伝わった。まじめな問題も、恋愛事件もある。滑稽《こっけい》な話題にはよく源典侍《げんてんじ》がなった。源氏は、

「かわいそうに、お祖母《ばあ》様を安っぽく言っちゃいけないね」

と言いながらも、典侍のことは自身にもおかしくてならないふうであった。常陸《ひたち》の宮の春の月の暗かった夜の話も、そのほかの互いの情事の素破《すっぱ》抜きもした。長く語っているうちにそうした話は皆影をひそめてしまって、人生の寂しさを言う源氏は泣きなどもした。

さっと通り雨がした後の物の身にしむ夕方に中将は鈍色《にび》の喪服の直衣指貫《のうしさしぬき》を今までのよりは淡《うす》い色のに着かえて、力強い若さにあふれた、公子らしい風采《ふうさい》で出て来た。源氏は西側の妻戸の前の高欄にからだを寄せて、霜枯れの庭をながめている時であった。荒い風が吹いて、時雨《しぐれ》もばらばらと散るのを見ると、源氏は自分の涙と競うもののように思った。「相逢相失両《あひあひあひうしなふたつなが》如夢、為雨為雲今不知《らゆめのごとしあめとやなるくもとやなるいまはしらず》」と口ずさみながら頰杖《ほおづえ》をついた源氏を、女であれば先だって死んだ場合に魂は必ず離れて行くまいと好色な心に中将を思って、じっとながめながら近づいて来て一礼してすわった。源氏は打ち解けた姿でいたのであるが、客に敬意を表するために、直衣の紐《ひも》だけは掛けた。源氏のほうは中将よりも少し濃い鈍色にきれいな色の紅の単衣《ひとえ》を重ねていた。こうした喪服姿はきわめて艶《えん》である。中将も悲しい目つきで庭のほうをながめていた。

雨となりしぐるる空の浮き雲をいづれの方と分《わ》きてながめん

どこだかわからない。
と独言《ひとりごと》のように言っているのに源氏は答えて、

見し人の雨となりにし雲井さへいとど時雨《しぐれ》に搔《か》きくらす頃《ころ》

というのに、故人を悲しむ心の深さが見えるのである。中将はこれまで、院の思召《おぼしめ》しと、父の大臣の好意、母宮の叔母《おば》君である関係、そんなものが源氏をここに引き止めているだけで、妹を熱愛するとは見えなかった、自分はそれに同情も表していたつもりであるが、表面とは違った動かぬ愛を妻に持っていた源氏であったのだとこの時はじめて気がついた。それによってまた妹の死が惜しまれた。ただ一人の人がいなくなっただけであるが、家の中の光明をことごとく失ったようにだれもこのごろは思っているのである。源氏は枯れた植え込みの草の中に竜胆《りん どう》や撫子《なでしこ》の咲いているのを見て、折らせたのを、中将が帰ったあとで、若君の乳母《めのと》の宰相の君を使いにして、宮様のお居間へ持たせてやった。

草枯れの籬《まがき》に残る撫子を別れし秋の形見とぞ見る

この花は比較にならないものとあなた様のお目には見えるでございましょう。こう挨拶《あいさつ》をさせたのである。撫子にたとえられた幼児はほんとうに花のようであった。宮様の涙は風の音にも木の葉より早く散るころであるから、まして源氏の歌はお心を動かした。

今も見てなかなか袖《そで》を濡《ぬ》らすかな垣《かき》ほあれにしやまと撫子

というお返辞があった。

源氏はまだつれづれさを紛らすことができなくて、朝顔の女王《にょおう》へ、情味のある性質の人は今日の自分を哀れに思ってくれるであろうという頼みがあって手紙を書いた。もう暗かったが使いを出したのである。親しい交際はないが、こんなふうに時たま手紙の来ることはもう古くからのことで馴《な》れている女房はすぐに女王へ見せた。秋の夕べの空の色と同じ唐紙《とうし》に、

わきてこの暮《くれ》こそ袖《そで》は露けけれ物思ふ秋はあまた経ぬれど

「神無月いつも時雨は降りしかど」というように。

と書いてあった。ことに注意して書いたらしい源氏の字は美しかった。これに対してもと女房たちが言い、女王自身もそう思ったので返事は書いて出すことになった。

このごろのお寂しい御起居は想像いたしながら、お尋ねすることもまた御遠慮されたのでございます。

秋霧に立ちおくれぬと聞きしより時雨《しぐ》るる空もいかがとぞ思ふ

とだけであった。ほのかな書きようで、心憎さの覚えられる手紙であった。結婚したあとに以前恋人であった時よりも相手がよく思われることは稀《まれ》なことであるが、源氏の性癖からもまだ得られない恋人のすることは何一つ心を惹《ひ》かないものはないのである。冷静は冷静でもその場合場合に同情を惜しまない朝顔の女王とは永久に友愛をかわしていく可能性があるとも源氏は思った。あまりに非凡な女は自身の持つ才識がかえって禍《わざわ》いにもなるものであるから、西の対の姫君をそうは教育したくないとも思っていた。自分が帰らないことでどんなに寂しがっているることであろうと、紫の女王のあたりが恋しかったが、それはちょうど母親を亡《な》くした娘を家に置いておく父親に似た感情で思うのであって、恨まれはしないか、疑ってはいないだろうかと不安なようなことはなかった。

すっかり夜になったので、源氏は灯《ひ》を近くへ置かせてよい女房たちだけを皆居間へ呼んで話し合うのであった。中納言の君というのはずっと前から情人関係になっている人であったが、この忌中はかえってそうした人として源氏が取り扱わないのを、中納言の君は夫人への源氏の志としてそれをうれしく思った。ただ主従としてこの人ともきわめて睦《むつま》じく語っているのである。

「このごろはだれとも毎日こうしていっしょに暮らしているのだから、もうすっかりこの生活に馴《な》れてしまった私は、皆といっしょにいられなくなったら、寂しくないだろうか。奥さんの亡《な》くなったことは別として、ちょっと考えてみても人生にはいろいろな悲しいことが多いね」

と源氏が言うと、初めから泣いているものもあった女房たちは、皆泣いてしまって、

「奥様のことは思い出しますだけで世界が暗くなるほど悲しゅうございますが、今度またあなた様がこちらから行っておしまいになって、すっかりよその方におなりあそばすことを思いますと」

言う言葉が終わりまで続かない。源氏はだれにも同情の目を向けながら、

「すっかりよその人になるようなことがどうしてあるものか。私をそんな軽薄なものと見ているのだね。気長に見ていてくれる人があればわかるだろうがね。しかしまた私の命がどうなるだろう、その自信はない」

と言って、灯《ひ》を見つめている源氏の目に涙が光っていた。特別に夫人がかわいがっていた親

もない童女が、心細そうな顔をしているのを、もっともであると源氏は哀れに思った。

「あてきはもう私にだけしかかわいがってもらえない人になったのだね」

源氏がこう言うと、その子は声を立てて泣くのである。からだ相応な短い衵《あこめ》を黒い色にして、黒い汗衫《かざみ》に樺《かば》色の袴《はかま》という姿も可憐《かれん》であった。

「奥さんのことを忘れない人は、つまらなくても我慢して、私の小さい子供といっしょに暮らしていてください。皆が散り散りになってしまってはいっそう昔が影も形もなくなってしまうからね。心細いよそんなことは」

源氏が互いに長く愛を持っていこうと行っても、女房たちはそうだろうか、昔以上に待ち遠しい日が重なるのではないかと不安でならなかった。

大臣は女房たちに、身分や年功で差をつけて、故人の愛した手まわりの品、それから衣類などを、目に立つほどにはしないで上品に分けてやった。

源氏はこうした籠居《こもりい》を続けていられないことを思って、院の御所へ今日は伺うことにした。車の用意がされて、前駆の者が集まって来た時分に、この家の人々と源氏の別れを同情してこぼす涙のような時雨《しぐれ》が降りそそいだ。木の葉をさっと散らす風も吹いていた。源氏の居間にいた女房は非常に皆心細く思って、夫人の死から日がたって、少し忘れていた涙をまた滝のように流していた。今夜から二条の院に源氏の泊まることを予期して、家従や侍はそちらで主人を迎えようと、だれも皆仕度《したく》をととのえて帰ろうとしているのである。今日ですべてのことが終わるのではないが非常に悲しい光景である。大臣も宮もまた新しい悲しみを感じておいでになった。宮へ源氏は手紙で御挨拶《あいさつ》をした。

院が非常に逢《あ》いたく思召《おぼしめ》すようですから、今日はこれからそちらへ伺うつもりでございます。かりそめにもせよ私がこうして外へ出かけたりいたすようになってみますと、あれほどの悲しみをしながらよくも生きていたというような不思議な気がいたします。お目にかかりましてはいっそう悲しみに取り乱しそうな不安がございますから上がりません。

というのである。宮様のお心に悲しみがつのって涙で目もお見えにならない。お返事はなかった。しばらくして源氏の居間へ大臣が出て来た。非常に悲しんで、袖《そで》を涙の流れる顔に当てたままである。それを見る女房たちも悲しかった。人生の悲哀の中に包まれて泣く源氏の姿は、そんな時も艶《えん》であった。大臣はやっとものを言い出した。

「年を取りますと、何でもないことにもよく涙が出るものですが、ああした打撃がやって来たのですから、もう私は涙から解放される時間といってはございません。私がこんな弱い人間であることを人に見せたくないものですから、院の御所へも伺候しないのでございます。お話のついでにあなたからよろしくお取りなしになっておいてください。もう余命いくばくもない時になって、子に捨てられましたことが恨めしゅうございます」

一所懸命に悲しみをおさえながら言うことはこれであった。源氏も幾度か涙を飲みながら言った。

「いつだれが死に取られるかしれないのが人生の相であると承知しておりましても、目前にそれを体験しましたわれわれの悲しみは理窟《りくつ》で説明も何もできません。院にもあなたの御様子をよく申し上げます。必ず御同情をあそばすでしょう」

「それではもうお出かけなさいませ。時雨《しぐれ》があとからあとから追っかけて来るようですから、せめて暮れないうちにおいでになるがよい」

と大臣は勧めた。源氏が座敷の中を見まわすと几帳《きちょう》の後ろとか、襖子《からかみ》の向こうとか、ずっと見える所に女房の三十人ほどが幾つものかたまりを作っていた。濃い喪服も淡鈍《うすにび》色も混じっているのである。皆心細そうにめいったふうであるのを源氏は哀れに思った。

「御愛子もここにいられるのだから、今後この邸《やしき》へお立ち寄りになることも決してないわけでないと私どもはみずから慰めておりますが、単純な女たちは、今日限りこの家はあなた様の故郷にだけなってしまうのだと悲観しておりまして、生死の別れをした時よりも、時々おいでの節御用を奉仕させていただきました幸福が失われたようにお別れを悲しがっておりますのももっともに思われます。長くずっと来てくださるようなことはございませんでしたが、そのころ私はいつかはこうでない幸いが私の家へまわって来るものと信じたり、その反対な寂しさを思ってみたりしたものですが、とにかく今日の夕方ほど寂しいことはございません」

と大臣は言ってもまた泣くのである。

「つまらない忖度《そんたく》をして悲しがる女房たちですね。ただ今のお言葉のように、私はどんなことも自分の信頼する妻は許してくれるものと暢気《のんき》に思っておりまして、わがままに外を遊びまわりまして御無沙汰《ごぶさた》をするようなこともありましたが、もう私をかばってくれる妻がいなくなったのですから私は暢気な心などを持っていられるわけもありません。すぐにまた御訪問をしましょう」

と言って、出て行く源氏を見送ったあとで、大臣は今日まで源氏の住んでいた座敷、かつては娘夫婦の暮らした所へはいって行った。物の置き所も、してある室内の装飾も、以前と何一つ変わっていないが、はなはだしく空虚なものに思われた。帳台の前には硯《すずり》などが出ていて、むだ書きをした紙などもあった。涙をしいて払って、目をみはるようにして大臣はそれを取って読んでいた。若い女房たちは悲しんでいながらもおかしがった。古い詩歌がたくさん書かれてある。草書《そうしょ》もある、楷書《かいしょ》もある。

「上手《じょうず》な字だ」

歎息《たんそく》をしたあとで、大臣はじっと空間をながめて物思わしいふうをしていた。源氏が婿でなくなったことが老大臣には惜しんでも惜しんでも足りなく思えるらしい。「旧枕故衾誰与共《きうちんこきんたれとともにせん》」という詩の句の書かれた横に、

亡《な》き魂《たま》ぞいと悲しき寝し床《とこ》のあくがれがたき心ならひに

と書いてある。「鴛鴦瓦冷霜花重《ゑんあうかはらにひえてさうくわおもし》」と書いた所にはこう書かれてある。

君なくて塵《ちり》積もりぬる床なつの露うち払ひいく夜寝《い》ぬらん

ここにはいつか庭から折らせて源氏が宮様へ贈ったのと同じ時の物らしい撫子《なでしこ》の花の枯れたのがはさまれていた。大臣は宮にそれらをお見せした。

「私がこれほどかわいい子供というものがあるだろうかと思うほどかわいかった子は、私と長く親子の縁を続けて行くことのできない因縁の子だったかと思うと、かえってなまじい親子でありえたことが恨めしいと、こんなふうにしいて思って忘れようとするのですが、日がたつにしたがって堪えられなく恋しくなるのをどうすればいいかと困っている。それに大将さんが他人になっておしまいになることがどうしても悲しくてならない。一日二日と中があき、またずっとおいでにならない日のあったりした時でさえも、私はあの方にお目にかかれないことで胸が痛かったのです。もう大将を一家の人と見られなくなって、どうして私は生きていられるか」

とうとう声を惜しまずに大臣は泣き出したのである。部屋にいた少し年配な女房たちが皆同時に声を放って泣いた。この夕方の家の中の光景は寒気《さむけ》がするほど悲しいものであった。若い女房たちはあちらこちらにかたまって、それはまた自身たちの悲しみを語り合っていた。

「殿様がおっしゃいますようにして、若君にお仕えして、私はそれを悲しい慰めにしようと思っていますけれど、あまりにお形見は小さい公子様ですわね」

と言う者もあった。

「しばらく実家へ行っていて、また来るつもりです」

こんなふうに希望している者もあった。自分らどうしの別れも相当に深刻に名残《なごり》惜しがった。

院では源氏を御覧になって、

「たいへん痩《や》せた。毎日精進をしていたせいかもしれない」

と御心配をあそばして、お居間で食事をおさせになったりした。いろいろとおいたわりになる御親心を源氏はもったいなく思った。中宮《ちゅうぐう》の御殿へ行くと、女房たちは久しぶりの源氏の伺候を珍しがって、皆集まって来た。中宮も命婦《みょうぶ》を取り次ぎにしてお言葉があった。

「大きな打撃をお受けになったあなたですから、時がたちましてもなかなかお悲しみはゆるくなるようなこともないでしょう」

「人生の無常はもうこれまでにいろいろなことで教訓されて参った私でございますが、目前にそれが証明されてみますと、厭世的《えんせいてき》にならざるをえませんで、いろいろと煩悶《はんもん》をいたしましたが、たびたびかたじけないお言葉をいただきましたことによりまして、今日までこうしていることができたのでございます」

と源氏は挨拶《あいさつ》をした。こんな時でなくても心の湿ったふうのよく見える人が、今日はまたそのほかの寂しい影も添って人々の同情を惹《ひ》いた。無紋の袍《ほう》に灰色の下襲《したがさね》で、冠《かむり》は喪中の人の用いる巻纓《けんえい》であった。こうした姿は美しい人に落ち着きを加えるもので艶《えん》な趣が見えた。東宮へも久しく御無沙汰《ごぶさた》申し上げていることが心苦しくてならぬというような話を源氏は命婦にして夜ふけになってから退出した。

二条の院はどの御殿もきれいに掃除《そうじ》ができていて、男女が主人の帰りを待ちうけていた。身分のある女房も今日は皆そろって出ていた。はなやかな服装をしてきれいに粧《よそお》っているこの女房たちを見た瞬間に源氏は、気をめいらせはてた女房が肩を連ねていた、左大臣家を出た時の光景が目に浮かんで、あの人たちが哀れに思われてならなかった。源氏は着がえをしてから西の対《たい》へ行った。残らず冬期の装飾に変えた座敷の中がはなやかに見渡された。若い女房や童女たちの服装も皆きれいにさせてあって、少納言の計らいに敬意が表されるのであった。紫の女《によ》王《おう》は美しいふうをしてすわっていた。

「長くお逢《あ》いしなかったうちに、とても大人になりましたね」

几帳《きちよう》の垂《た》れ絹を引き上げて顔を見ようとすると、少しからだを小さくして恥ずかしそうにする様子に一点の非も打たれぬ美しさが備わっていた。灯《ひ》に照らされた側面、頭の形などは初恋の日から今まで胸の中へ最もたいせつなものとしてしまってある人の面影と、これとは少しの違ったものでもなくなったと知ると源氏はうれしかった。そばへ寄って逢えなかった間の話など少ししてから、

「たくさん話はたまっていますから、ゆっくりと聞かせてあげたいのだけれど、私は今日まで忌《いみ》にこもっていた人なのだから、気味が悪いでしょう。あちらで休息することにしてまた来ましょう。もうこれからはあなたとばかりいるのだから、しまいにはあなたからうるさがられるかもしれませんよ」

立ちぎわにこんなことを源氏が言っていたのを、少納言は聞いてうれしく思ったが、全然安心したのではない、りっぱな愛人の多い源氏であるから、また姫君にとっては面倒《めんどう》な夫人が代わりに出現するのではないかと疑っていたのである。

源氏は東の対へ行って、中将という女房に足などを撫《な》でさせながら寝たのである。翌朝はすぐにまた大臣家にいる子供の乳母《めのと》へ手紙を書いた。あちらからは哀れな返事が来て、しばらく

源氏を悲しませた。つれづれな独居生活であるが源氏は恋人たちの所へ通って行くことも気が進まなかった。女王がもうりっぱな一人前の貴女《きじょ》に完成されているのを見ると、もう実質的に結婚をしてもよい時期に達しているように思えた。おりおり過去の二人の間でかわしたことのないような戯談《じょうだん》を言いかけても紫の君にはその意が通じなかった。つれづれな源氏は西の対にばかりいて、姫君と扁隠《へんかく》しの遊びなどをして日を暮らした。相手の姫君のすぐれた芸術的な素質と、頭のよさは源氏を多く喜ばせた。ただ肉親のように愛撫《あいぶ》して満足ができた過去とは違って、愛すれば愛するほど加わってくる悩ましさは堪えられないものになって、心苦しい処置を源氏は取った。そうしたことの前もあとも女房たちの目には違って見えることもなかったのであるが、源氏だけは早く起きて、姫君が床を離れない朝があった。女房たちは、

「どうしてお寝《やす》みになったままなのでしょう。御気分がお悪いのじゃないかしら」

とも言って心配していた。源氏は東の対へ行く時に硯《すずり》の箱を帳台の中へそっと入れて行ったのである。だれもそばへ出て来そうでない時に若紫は頭を上げて見ると、結んだ手紙が一つ枕《まくら》の横にあった。なにげなしにあけて見ると、

あやなくも隔てけるかな夜を重ねさすがに馴《な》れし中の衣を

と書いてあるようであった。源氏にそんな心のあることを紫の君は想像もして見なかったのである。なぜ自分はあの無法な人を信頼してきたのであろうと思うと情けなくてならなかった。

昼ごろに源氏が来て、

「気分がお悪いって、どんなふうなのですか。今日は碁もいっしょに打たないで寂しいじゃありませんか」

のぞきながら言うとますます姫君は夜着を深く被《かず》いてしまうのである。女房が少し遠慮をして遠くへ退《の》いて行った時に、源氏は寄り添って言った。

「なぜ私に心配をおさせになる。あなたは私を愛していてくれるのだと信じていたのにそうじゃなかったのですね。さあ機嫌《きげん》をお直しなさい、皆が不審がりますよ」

夜着をめくると、女王は汗をかいて、額髪もぐっしょりと濡《ぬ》れていた。

「どうしたのですか、これは。たいへんだ」

いろいろと機嫌をとっても、紫の君は心から源氏を恨めしくなっているふうで、一言ものを言わない。

「私はもうあなたの所へは来ない。こんなに恥ずかしい目にあわせるのだから」

源氏は恨みを言いながら硯箱をあけて見たが歌ははいっていなかった。あまりに少女《おとめ》らしい人だと可憐《かれん》に思って、一日じゅうそばについていて慰めたが、打ち解けようともしない様子がいっそうこの人をかわゆく思わせた。

その晩は亥《い》の子の餅《もち》を食べる日であった。不幸のあったあとの源氏に遠慮をして、たいそうにはせず、西の対へだけ美しい檜破子《ひわりご》詰《づ》めの物をいろいろに作って持って来てあった。それらを見た源氏が、南側の座敷へ来て、そこへ惟光《これみつ》を呼んで命じた。

「餅をね、今晩のようにたいそうにしないでね、明日の日暮れごろに持って来てほしい。今日は吉日じゃないのだよ」

微笑しながら言っている様子で、利巧《りこう》な惟光はすべてを察してしまった。

「そうでございますとも、おめでたい初めのお式は吉日を選びませんでは。それにいたしましても、今晩の亥の子でない明晩の子《ね》の子餅はどれほど作ってまいったものでございましょう」

まじめな顔で聞く。

「今夜の三分の一くらい」

と源氏は答えた。心得たふうで惟光は立って行った。きまりを悪がらせない世馴《よな》れた態度が取れるものだと源氏は思った。だれにも言わずに、惟光はほとんど手ずからといってもよいほどにして、主人の結婚の三日の夜の餅の調製を家でした。源氏は新夫人の機嫌《きげん》を直させるのに困って、今度はじめて盗み出して来た人を扱うほどの苦心を要すると感じることによっても源氏は興味を覚えずにいられない。人間はあさましいものである、もう自分は一夜だってこの人と別れていられようとも思えないと源氏は思うのであった。命ぜられた餅を惟光はわざわざ夜ふけになるのを待って持って来た。少納言のような年配な人に頼んではきまり悪くお思いになるだろうと、そんな思いやりもして、惟光は少納言の娘の弁という女房を呼び出した。

「これはまちがいなく御寝室のお枕《まくら》もとへ差し上げなければならない物なのですよ。お頼みします。たしかに」

弁はちょっと不思議な気はしたが、

「私はまだ、いいかげんなごまかしの必要なような交渉をだれともしたことがありませんわ」

と言いながら受け取った。

「そうですよ、今日はそんな不誠実とか何とかいう言葉を慎まなければならなかったのですよ。私ももう縁起のいい言葉だけを選《よ》って使います」

と惟光は言った。若い弁は理由のわからぬ気持ちのままで、主人の寝室の枕《まくら》もとの几帳《きちょう》の下から、三日の夜の餅のはいった器を中へ入れて行った。この餅の説明も新夫人に源氏が自身でしたに違いない。だれも何の気もつかなかったが、翌朝その餅の箱が寝室から下げられた時に、側近している女房たちにだけはうなずかれることがあった。皿などもいつ用意したかと思うほど見事な華足《けそく》付きであった。餅もことにきれいに作られてあった。少納言は感激して泣いていた。結婚の形式を正しく踏んだ源氏の好意がうれしかったのである。

「それにしても私たちへそっとお言いつけになればよろしいのにね。あの人が不思議に思わなかったでしょうかね」

とささやいていた。

若紫と新婚後は宮中へ出たり、院へ伺候していたりする間も絶えず源氏は可憐《かれん》な妻の面影を心に浮かべていた。恋しくてならないのである。不思議な変化が自分の心に現われてきたと思っていた。恋人たちの所からは長い途絶えを恨めしがった手紙も来るのであるが、無関心ではいられないものもそれらの中にはあっても、新婚の快い酔いに身を置いている源氏に及ぼす力はきわめて微弱なものであったに違いない。厭世的《えんせい》になっているというふうを源氏は表面に作っていた。いつまでこんな気持ちが続くかしらぬが、今とはすっかり別人になりえた時に逢《あ》いたいと思うと、こんな返事ばかりを源氏は恋人にしていたのである。

皇太后は妹の六の君がこのごろもまだ源氏の君を思っていることから父の右大臣が、

「それもいい縁のようだ、正夫人が亡《な》くなられたのだから、あの方も改めて婿にすることは家の不名誉では決してない」

と言っているのに憤慨しておいでになった。

「宮仕えだって、だんだん地位が上がっていけば悪いことは少しもないのです」

こう言って宮廷入りをしきりに促しておいでになった。その噂《うわさ》の耳にはいる源氏は、並み並みの恋愛以上のものをその人に持っていたのであるから、残念な気もしたが、現在では紫の女王のほかに分ける心が見いだせない源氏であって、六の君が運命に従って行くのもしかたがない。短い人生なのだから、最も愛する一人を妻に定めて満足すべきである。恨みを買うような原因を少しでも作らないでおきたいと、こう思っていた。六条の御息所《みやすどころ》と先夫人の葛藤《かっとう》が源氏を懲りさせたともいえることであった。御息所の立場には同情されるが、同棲《どうせい》して精神的の融和がそこに見いだせるかは疑問である。これまでのような関係に満足していてくれれば、高等な趣味の友として自分は愛することができるであろうと源氏は思っているのである。これきり別れてしまう心はさすがになかった。

二条の院の姫君が何人《なにびと》であるかを世間がまだ知らないことは、実質を疑わせることであるから、父宮への発表を急がなければならないと源氏は思って、裳着《もぎ》の式の用意を自身の従属関係になっている役人たちにも命じてさせていた。こうした好意も紫の君はうれしくなかった。純粋な信頼を裏切られたのは自分の認識が不足だったのであると悔やんでいるのである。目も見合わないようにして源氏を避けていた。戯談《じょうだん》を言いかけられたりすることは苦しくてならぬふうである。鬱々《うつうつ》と物思わしそうにばかりして以前とはすっかり変わった夫人の様子を源氏は美しいことども、可憐なことども思っていた。

「長い間どんなにあなたを愛して来たかもしれないのに、あなたのほうはもう私がきらいになったというようにしますね。それでは私がかわいそうじゃありませんか」

恨みらしく言ってみることもあった。

こうして今年が暮れ、新しい春になった。元日には院の御所へ先に伺候してから参内をして、東宮の御殿へも参賀にまわった。そして御所からすぐに左大臣家へ源氏は行った。大臣は元日も家にこもっていて、家族と故人の話をし出しては寂しがるばかりであったが、源氏の訪問にあって、しいて、悲しみをおさえようとするのがさも堪えがたそうに見えた。重ねた一歳は源氏の美に重々しさを添えたと大臣家の人は見た。以前にもまさってきれいでもあった。大臣の前を辞して昔の住居《すまい》のほうへ行くと、女房たちは珍しがって皆源氏を見に集まって来たが、だれも皆つい涙をこぼしてしまうのであった。若君を見るとしばらくのうちに驚くほど大きくなっていて、よく笑うのも哀れであった。目つき口もとが東宮にそっくりであるから、これを人が怪しまないであろうかと源氏は見入っていた。夫人のいたころと同じように初春の部屋が装飾してあった。衣服掛けの棹《さお》に新調された源氏の春着が掛けられてあったが、女の服が並んで掛けられてないことは見た目だけにも寂しい。

宮様の挨拶《あいさつ》を女房が取り次いで来た。

「今日だけはどうしても昔を忘れていなければならないと辛抱《しんぼう》しているのですが、御訪問くださいましたことでかえってその努力がむだになってしまいました」

それから、また、

「昔からこちらで作らせますお召し物も、あれからのちは涙で私の視力も曖昧《あいまい》なんですから不出来にばかりなりましたが、今日だけはこんなものでもお着かえくださいませ」

と言って、掛けてある物のほかに、非常に凝った美しい衣裳《いしょう》一揃《そろ》いが贈られた。当然今日の着料になる物としてお作らせになった下襲《したがさね》は、色も織り方も普通の品ではなかった。着ねば力をお落としになるであろうと思って源氏はすぐに下襲をそれに変えた。もし自分が来なかったら失望あそばしたであろうと思うと心苦しくてならないものがあった。お返辞の挨拶は、

「春の参りましたしるしに、当然参るべき私がお目にかかりに出たのですが、あまりにいろいろなことが思い出されまして、お話を伺いに上がれません。

あまたとし今日改めし色ごろもきては涙ぞ降るここちする

自分をおさえる力もないのでございます」

と取り次がせた。宮から、

新しき年ともいはず降るものはふりぬる人の涙なりけり

という御返歌があった。どんなにお悲しかったことであろう。

（訳注）　源氏二十二歳より二十三歳まで。

榊

五十鈴《いすず》川神のさかひへのがれきぬおもひあがりしひとの身のはて（晶子）

斎宮《さいぐう》の伊勢へ下向《げこう》される日が近づけば近づくほど御息所《みやすどころ》は心細くなるのであった。左大臣家の源氏の夫人がなくなったあとでは、世間も今度は源氏と御息所が公然と夫婦になるものと噂《うわさ》していたことであるし、六条の邸《やしき》の人々もそうした喜びを予期して興奮していたものであるが、現われてきたことは全然反対で、以前にまさって源氏は冷淡な態度を取り出したのである。これだけの反感を源氏に持たれるようなことが夫人の病中にあったことも、もはや疑う余地もないことであると御息所の心のうちでは思っていた。苦痛を忍んで御息所は伊勢行きを断行することにした。斎宮に母君がついて行くような例はあまりないことでもあったが、年少でおありになるということに託して、御息所はきれいに恋から離れてしまおうとしているのであるが、源氏はさすがに冷静ではいられなかった。いよいよ御息所に行ってしまわれることは残念で、手紙だけは愛をこめてたびたび送っていた。情人として逢《あ》うようなことは思いもよらないようにもう今の御息所は思っていた。自分に逢っても恨めしく思った記憶のまだ消えない源氏は冷静にも別れうるであろうが、その人をより多く愛している弱味のある自分は心を乱さないではいられないであろう、逢うことはこの上にいっそう苦痛を加えるだけであると思って、御息所はしいて冷ややかになっているのである。野の宮から六条の邸《やしき》へそっと帰って行っていることもあるのであるが、源氏はそれを知らなかった。野の宮といえば情人として男の通ってよい場所でもないから、二人のためには相見る時のない月日がたった。院が御大病というのでなしに、時々発作的に悪くおなりになるようなことがあったりして、源氏はいよいよ心の余裕の少ない身になっていたが、恨んでいるままに終わることは女のためにかわいそうであったし、人が聞いて肯定しないことでもあろうからと思って、源氏は御息所を野の宮へ訪問することにした。

九月七日であったから、もう斎宮の出発の日は迫っているのである。女のほうも今はあわただしくてそうしていられないと言って来ていたが、たびたび手紙が行くので、最後の会見をすることなどはどうだろうと躊躇《ちゅうちょ》しながらも、物越しで逢うだけにとめておけばいいであろうと決めて、心のうちでは昔の恋人の来訪を待っていた。

町を離れて広い野に出た時から、源氏は身にしむものを覚えた。もう秋草の花は皆衰えてしまって、かれがれに鳴く虫の声と松風の音が混じり合い、その中をよく耳を澄まさないでは聞かれないほどの楽音が野の宮のほうから流れて来るのであった。艶《えん》な趣である。前駆をさせるのに睦《むつま》じい者を選んだ十幾人と随身とをあまり目だたせないようにして伴った微行《しのび》の姿ではあるが、ことさらにきれいに装うて来た源氏がこの野を行くことを風流好きな供の青年はおもしろがっていた。源氏の心にも、なぜ今までに幾度もこの感じのよい野中の路《みち》を訪問に出なかったのであろうとくやしかった。

野の宮は簡単な小柴垣《こしばがき》を大垣にして連ねた質素な構えである。丸木の鳥居などはさすがに神々《こうごう》しくて、なんとなく神の奉仕者以外の者を恥ずかしく思わせた。神官らしい男たちがあちらこちらに何人かずついて、咳《せき》をしたり、立ち話をしたりしている様子なども、ほかの場所に見られぬ光景であった。篝火《かがり》を焚《た》いた番所がかすかに浮いて見えて、全体に人少なな湿っぽい空気の感ぜられる、こんな所に物思いのある人が幾月も暮らし続けていたのかと思うと、源氏は恋人がいたましくてならなかった。北の対の下の目だたない所に立って案内を申し入れると音楽の声はやんでしまって、若い何人もの女の衣摺《きぬず》れらしい音が聞こえた。取り次ぎの女があとではまた変わって出て来たりしても、自身で逢おうとしないらしいのを源氏は飽き足らず思った。

「恋しい方を訪《たず》ねて参るようなことも感情にまかせてできた私の時代はもう過ぎてしまいまして、どんなに世間をはばかって来ているかしれませんような私に、同情してくださいますなら、こんなよそよそしいお扱いはなさらないで、逢ってくだすってお話ししたくてならないことも聞いてくださいませんか」

とまじめに源氏が頼むと女房たちも、

「おっしゃることのほうがごもっともでございます。お気の毒なふうにいつまでもお立たせしておきましては済みません」

ととりなす。どうすればよいかと御息所は迷った。潔斎所《けっさいじょ》についている神官たちにどんな想像をされるかしれないことであるし、心弱く面会を承諾することによって、またも源氏の軽蔑《けいべつ》を買うのではないかと躊躇《ちゅうちょ》はされても、どこまでも冷淡にはできない感情に負けて、歎息《たんそく》を洩《も》らしながら座敷の端のほうへ膝行《いざっ》てくる御息所の様子には艶《えん》な品のよさがあった。源氏は、

「お縁側だけは許していただけるでしょうか」

と言って、上に上がっていた。長い時日を中にした会合に、無情でなかった言いわけを散文的に言うのもきまりが悪くて、榊《さかき》の枝を少し折って手に持っていたのを、源氏は御簾《みす》の下から入れて、

「私の心の常磐《ときわ》な色に自信を持って、恐れのある場所へもお訪《たず》ねして来たのですが、あなたは冷たくお扱いになる」

と言った。

神垣《かみがき》はしるしの杉《すぎ》もなきものをいかにまがへて折れる榊ぞ
御息所はこう答えたのである。

少女子《おとめご》があたりと思へば榊葉の香《か》をなつかしみとめてこそ折れ
と源氏は言ったのであった。潔斎所の空気に威圧されながらも御簾の中へ上半身だけは入れて長押《なげし》に源氏はよりかかっているのである。御息所が完全に源氏のものであって、しかも情熱の度は源氏よりも高かった時代に、源氏は慢心していた形でこの人の真価を認めようとはしなかった。またいやな事件も起こって来た時からは、自身の心ながらも恋を成るにまかせてあった。それが昔のようにして語ってみると、にわかに大きな力が源氏をとらえて御息所のほうへ引き寄せるのを源氏は感ぜずにいられなかった。自分はこの人が好きであったのだという認識

の上に立ってみると、二人の昔も恋しくなり、別れたのちの寂しさも痛切に考えられて、源氏は泣き出してしまったのである。女は感情をあくまでもおさえていようとしながらも、堪えられないように涙を流しているのを見るといよいよ源氏は心苦しくなって、伊勢行きを思いとどまらせようとするのに身を入れて話していた。もう月が落ちたのか、寂しい色に変わっている空をながめながら、自身の真実の認められないことで歎《なげ》く源氏を見ては、御息所の積もり積もった恨めしさも消えていくことであろうと見えた。ようやくあきらめができた今になって、また動揺することになってはならない危険な会見を避けていたのであるが、予感したとおりに御息所の心はかき乱されてしまった。

若い殿上役人が始終二、三人連れで来てはここの文学的な空気に浸っていくのを喜びにしているという、この構えの中のながめは源氏の目にも確かに艶《えん》なものに見えた。あるだけの恋の物思いを双方で味わったこの二人のかわした会話は写しにくい。ようやく白んできた空がそこにあるということもわざとこしらえた背景のようである。

暁の別れはいつも露けきをこは世にしらぬ秋の空かな

と歌った源氏は、帰ろうとしてまた女の手をとらえてしばらく去りえないふうであった。冷ややかに九月の風が吹いて、鳴きからした松虫の声の聞こえるのもこの恋人たちの寂しい別れの伴奏のようである。何でもない人にも身にしむ思いを与えるこうした晩秋の夜明けにいて、あまりに悲しみ過ぎたこの人たちはかえって実感をよい歌にすることができなかったと見える。

大方《おほかた》の秋の別れも悲しきに鳴く音《ね》な添へそ野辺《のべ》の松虫

御息所《みやすどころ》の作である。この人を永久につなぐことのできた糸は、自分の過失で切れてしまったと悔やみながらも、明るくなっていくのを恐れて源氏は去った。そして二条の院へ着くまで絶えず涙がこぼれた。女も冷静でありえなかった。別れたのちの物思いを抱いて弱々しく秋の朝に対していた。ほのかに月の光に見た源氏の姿をなお幻に御息所は見ているのである。源氏の衣服から散ったにおい、そんなものは若い女房たちを忌垣《いがき》の中で狂気にまでするのではないかと思われるほど今朝《けさ》もほめそやしていた。

「どんないい所へだって、あの大将さんをお見上げすることのできない国へは行く気がしませんわね」

こんなことを言う女房は皆涙ぐんでいた。この日源氏から来た手紙は情がことにこまやかに出ていて、御息所に旅を断念させるに足る力もあったが、官庁への通知も済んだ今になって変更のできることでもなかった。男はそれほど思っていないことでも恋の手紙には感情を誇張して書くものであるが、今の源氏の場合は、ただの恋人とは決して思っていなかった御息所が、愛の清算をしてしまったふうに遠国へ行こうとするのであるから、残念にも思われ、気の毒であるとも反省しての煩悶《はんもん》のかなりひどい実感で書いた手紙であるから、女へそれが響いていったものに違いない。御息所の旅中の衣服から、女房たちのまで、そのほかの旅の用具もりっぱな物をそろえた餞別《せんべつ》が源氏から贈られて来ても、御息所はうれしいなどと思うだけの余裕も心

ったということを、今度始まったことのように噂《うわさ》に歌われるような恋をして、最後には捨てられたのであった。お若い斎宮は、いつのこともしれなかった出発の日の決まったことを口惜《くちお》しく悲しくばかり思われるのであった。世間では、母君がついて行くことが異例であると批難したり、ある者はまた御息所の強い母性愛に同情したりしていた。御息所が平凡な人であったら、決してこうではなかったことと思われる。傑出した人の行動は目に立ちやすくて気の毒である。

十六日に桂川で斎宮の御禊《みそぎ》の式があった。常例以上はなやかにそれらの式も行なわれたのである。長奉送使《ちょうぶそうし》、その他官庁から参列させる高官も勢名のある人たちばかりを選んであった。院が御後援者でいらせられるからである。出立の日に源氏から別離の情に堪えがたい心を書いた手紙が来た。ほかにまた斎の宮のお前へといって、斎布《ゆふ》につけたものもあった。

いかずちの神でさえ恋人の中を裂くものではないと言います。

八洲《やしま》もる国つ御神《みかみ》もこころあらば飽かぬ別れの中をことわれ

どう考えましても神慮がわかりませんから、私は満足できません。

と書かれてあった。取り込んでいたが返事をした。宮のお歌を女別当《にょべっとう》が代筆したものであった。

国つ神空にことわる中ならばなほざりごとを先《ま》づやたださん

源氏は最後に宮中である式を見たくも思ったが、捨てて行かれる男が見送りに出るというきまり悪さを思って家にいた。源氏は斎宮の大人《おとな》びた返歌を微笑しながらながめていた。年齢以上によい貴女《きじょ》になっておられる気がすると思うと胸が鳴った。恋をすべきでない人に好奇心の動くのが源氏の習癖で、顔を見ようとすれば、よくそれもできた斎宮の幼少時代をそのままで終わったことが残念である。けれども運命はどうなっていくものか予知されないのが人生であるから、またよりよくその人を見ることのできる日を自分は待っているかもしれないのであるとも源氏は思った。見識の高い、美しい貴婦人であると名高い存在になっている御息所の添った斎宮の出発の列をながめようとして物見車《ものみぐるま》が多く出ている日であった。斎宮は午後四時に宮中へおはいりになった。宮の輿《こし》に同乗しながら御息所は、父の大臣が未来の后に擬《きさき》して東宮の後宮に備えた自分を、どんなにはなやかに取り扱ったことであったか、不幸な運命のはてに、后の輿でない輿へわずかに陪乗して自分は宮廷を見るのであると思うと感慨が無量であった。十六で皇太子の妃《ひ》になって、二十で寡婦になり、三十で今日また内裏《だいり》へはいったのである。

そのかみを今日《けふ》はかけじと思へども心のうちに物ぞ悲しき

御息所の歌である。斎宮は十四でおありになった。きれいな方である上に、錦繡《きんしゅう》に包まれておいでになったから、この世界の女人《にょにん》とも見えないほどお美しかった。斎王の美に御心《みこころ》を打たれながら、別れの御櫛《みぐし》を髪に挿《さ》してお与えになる時、帝《みかど》は悲しみに堪えがたくおなりになったふうで悄然《しょうぜん》としておしまいになった。式の終わるのを八省院《はっしょういん》の前に待っている斎宮の女房たちの乗った車から見える袖《そで》の色の美しさも今度は特に目を引いた。若い殿上役人が寄って行って、個人個人の別れを惜しんでいた。暗くなってから行列は動いて、二条から洞院《とういん》の大路《おおじ》を折れる所に二条の院はあるのであったから、源氏は身にしむ思いをしながら、榊《さかき》に歌を挿《さ》して送った。

ふりすてて今日は行くとも鈴鹿《すずか》川八十《やそ》瀬《せ》の波に袖は濡れじや

その時はもう暗くもあったし、あわただしくもあったので、翌日逢坂山《おうさかやま》の向こうから御息所の返事は来たのである。

鈴鹿川八十瀬の波に濡れ濡れず伊勢までたれか思ひおこせん

簡単に書かれてあるが、貴人らしさのある巧妙な字であった。優しさを少し加えたら最上の字になるであろうと源氏は思った。霧が濃くかかっていて、身にしむ秋の夜明けの空をながめて、源氏は、

行くかたをながめもやらんこの秋は逢坂山を霧な隔てそ

こんな歌を口ずさんでいた。西の対へも行かずに終日物思いをして源氏は暮らした。旅人になった御息所はまして堪えがたい悲しみを味わっていたことであろう。

院の御病気は十月にはいってから御重体になった。この君をお惜しみしていないものはない。帝《みかど》も御心配のあまりに行幸あそばされた。御衰弱あそばされた院は東宮のことを返す返す帝へ

お頼みになった。次いで源氏に及んだ。

「私が生きていた時と同じように、大事も小事も彼を御相談相手になさい。年は若くても国家の政治をとるのに十分資格が備わっていると私は認める。一国を支配する骨相を持っている人です。だから私は彼がその点で逆に誤解を受けることがあってはならないとも思って、親王にしないで人臣の列に入れておいた。将来大臣として国務を任せようとしたのです。亡《な》くなったあとでも私のこの言葉を尊重してください」

前《さき》の帝《みかど》、今の君主の御父として御希望を述べられた御遺言も多かったが、女である筆者は気がひけて書き写すことができない。帝もこれが最後の御会見に院のお言いになることを悲しいふうで聞いておいでになったが、御遺言を違《たが》えぬということを繰り返してお誓いになった。風《ふう》采《さい》もごりっぱで、以前よりもいっそうお美しくお見えになる帝に院は御満足をお感じになり、頼もしさもお覚えになるのであった。高貴な御身でいらせられるのであるから、感情のままに父帝のもとにとどまっておいでになることはできない。その日のうちに還幸されたのであるから、お二方のお心は、お逢いになったあとに長く悲しみが残った。東宮も同時に行啓《ぎょうけい》になるはずであったがたいそうになることを思召《おぼしめ》して別の日に院のお見舞いをあそばされた。御年齢以上に大人らしくなっておいでになる愛らしい御様子で、しばらくぶりでお逢いになる喜びが勝って、今の場合も深くおわかりにならず、無邪気にうれしそうにして院の前へおいでになったのも哀れであった。その横で中宮《ちゅうぐう》が泣いておいでになるのであるから、院のお心はさまざまにお悲しいのである。種々と御教訓をお残しになるのであるが、幼齢の東宮にこれがわかるかどうかと疑っておいでになる御心《みこころ》からそこに寂しさと悲しさがかもされていった。源氏にも朝家《ちょうけ》の政治に携わる上に心得ていねばならぬことをお教えになり、東宮をお援《たす》けせよということを繰り返し繰り返し仰せられた。夜がふけてから東宮はお帰りになった。還啓に供奉《ぐぶ》する公卿《こうけい》の多さは行幸にも劣らぬものだった。御秘蔵子の東宮のお帰りになったのちの院の御心は最もお悲しかった。皇太后もおいでになるはずであったが、中宮がずっと院に添っておいでになる点が御不満で、躊躇《ちゅうちょ》あそばされたうちに院は崩御《ほうぎょ》になった。御仁慈の深い君にお別れしてどんなに多数の人が悲しんだかしれない。院の御位《みくらい》にお変わりあそばしただけで、政治はすべて思召しどおりに行なわれていたのであるから、今の帝はまだお若くて外戚の大臣が人格者でもなかったから、その人に政権を握られる日になれば、どんな世の中が現出するであろうと官吏たちは悲観しているのである。院が最もお愛しになった中宮や源氏の君はまして悲しみの中におぼれておいでになった。崩御後の御仏事なども多くの御遺子たちの中で源氏は目だって誠意のある弔い方をした。それが道理ではあるが源氏の孝心に同情する人が多かった。喪服姿の源氏がまた限りもなく清く見えた。去年今年と続いて不幸にあっていることについても源氏の心は厭《えん》世的《せい》に傾いて、この機会に僧になろうかとも思うのであったが、いろいろな絆《ほだし》を持っている源氏にそれは実現のできる事ではなかった。

四十九日までは女御《にょご》や更衣《こうい》たちが皆院の御所にこもっていたが、その日が過ぎると散り散りに別な実家へ帰って行かねばならなかった。これは十月二十日のことである。この時節の寂しい空の色を見てはだれも世がこれで終わっていくのではないかと心細くなるころである。中宮は最も悲しんでおいでになる。皇太后の性格をよく知っておいでになって、その方の意志で動く当代において、今後はどんなつらい取り扱いを受けねばならぬかというお心細さよりも、またない院の御愛情に包まれてお過ごしになった過去をお忍びになる悲しみのほうが大きかった。しかも永久に院の御所で人々とお暮らしになることはできずに、皆帰って行かねばならぬことも宮のお心を寂しくしていた。中宮は三条の宮へお帰りになるのである。お迎えに兄君の兵部卿《ひょうぶきょう》の宮がおいでになった。はげしい風の中に雪も混じって散る日である。すでに古御所《ふるごしょ》になろうとする人少なさが感ぜられて静かな時に、源氏の大将が中宮の御殿へ来て院の御在世中の話を宮としていた。前の庭の五葉が雪にしおれて下葉の枯れたのを見て、

蔭《かげ》ひろみ頼みし松や枯れにけん下葉散り行く年の暮《くれ》かな

宮がこうお歌いになった時、それが傑作でもないが、迫った実感は源氏を泣かせてしまった。すっかり凍ってしまった池をながめながら源氏は、

さえわたる池の鏡のさやけさに見なれし影を見ぬぞ悲しき

と言った。これも思ったままを三十一字にしたもので、源氏の作としては幼稚である。王命婦《おうみょうぶ》、

年暮れて岩井の水も氷とぢ見し人影のあせも行くかな

そのほかの女房の作は省略する。中宮の供奉《ぐぶ》を多数の高官がしたことなどは院の御在世時代と少しも変わっていなかったが、宮のお心持ちは寂しくて、お帰りになった御実家がかえって他家であるように思召されることによっても、近年はお許しがなくて御実家住まいがほとんどなかったことがおしのばれになった。

年が変わっても諒闇《りょうあん》の春は寂しかった。源氏はことさら寂しくて家に引きこもって暮らした。一月の官吏の更任期などには、院の御代《みよ》はいうまでもないがその後もなお同じように二条の院の門は訪客の馬と車でうずまったのだったのに、今年は目に見えてそうした来訪者の数が少なくなった。宿直《とのい》をしに来る人たちの夜具類を入れた袋もあまり見かけなくなった。親しい家司《けいし》たちだけが暢気《のんき》に事務を取っているのを見ても、主人である源氏は、自家の勢力の消長と人々の信頼が比例するものであることが思われておもしろくなかった。右大臣家の六の君は二月に尚侍《ないしのかみ》になった。院の崩御によって前尚侍《さきの》が尼になったからである。大臣家が全力をあげて後援していることであったし、自身に備わった美貌《びぼう》も美質もあって、後宮の中に抜け出た存在を示していた。皇太后は実家においでになることが多くて、稀《まれ》に参内になる時は梅壺《うめつぼ》の御殿を宿所に決めておいでになった。それで弘徽殿《こきでん》が尚侍の曹司《ぞうし》になっていた。隣の登花殿などは長く捨てられたままの形であったが、二つが続けて使用されて今ははなやかな場所になった。女房なども無数に侍していて、派手《はで》な後宮《こうきゅう》生活をしながらも、尚侍の人知れぬ心は源氏をばかり思っていた。源氏が忍んで手紙を送って来ることも以前どおり絶えなかった。人目につくことがあったらと恐れながら、例の癖で、六の君が後宮へはいった時から源氏の情炎がさらに盛んになった。院がおいでになったころは御遠慮があったであろうが、積年の怨みを源氏に酬《むく》いるのはこれからであると烈《はげ》しい気質の太后は思っておいでになった。源氏に対して何かの場合に意を得ないことを政府がする、それが次第に多くなっていくのを見て、源氏は予期していたことではあっても、過去に経験しなかった不快さを始終味わうのに堪えがたくなって、人との交際もあまりしないのであった。左大臣も不愉快であまり御所へも出なかった。亡《な》くなった令嬢へ東宮のお話があったにもかかわらず源氏の妻にさせたことで太后は含んでおいでになった。右大臣との仲は初めからよくなかった上に、左大臣は前代にいくぶん専横的にも政治を切り盛りしたのであったから、当帝の外戚として右大臣が得意になっているのに対しては喜ばないのは道理である。源氏は昔の日に変わらずよく左大臣家を訪《たず》ねて行き故夫人の女房たちを愛護してやることを忘れなかった。非常に若君を源氏の愛することにも大臣家の人たちは感激していて、そのためにまたいっそう小公子は大切がられた。過去の源氏の君は社会的に見てあまりに幸福過ぎた、見ていて目まぐるしい気がするほどであったが、このごろは通っていた恋人たちとも双方の事情から関係が絶えてしまったのも多かったし、それ以下の軽い関係の恋人たちの家を訪ねて行くようなことにも、もうきまりの悪さを感じる源氏であったから、余裕ができてはじめてのどかな家庭の主人《あるじ》になっていた。兵部卿《ひょうぶきょう》の宮の王女の幸福であることを言ってだれも祝った。少納言なども心のうちでは、この結果を得たのは祖母の尼君が姫君のことを祈った熱誠が仏に通じたのであろうと思っていた。父の親王も朗らかに二条の院に出入りしておいでになった。夫人から生まれて大事がっておいでになる王女方にたいした幸運もなくて、ただ一人がすぐれた運命を負った女と見える点で、継母にあたる夫人は嫉妬《しっと》を感じていた。紫夫人は小説にある継娘《ままこ》の幸運のようなものを実際に得ていたのである。

加茂の斎院は父帝の喪のために引退されたのであって、そのかわりに式部卿《しきぶきょう》の宮の朝顔の姫君が職をお継ぎになることになった。伊勢へ女王が斎宮になって行かれたことはあっても、加茂の斎院はたいてい内親王の方がお勤めになるものであったが、相当した女御腹《にょごばら》の宮様がおいでにならなかったか、この卜定《ぼくじょう》があったのである。源氏は今もこの女王に恋を持っているのであるが、結婚も不可能な神聖な職にお決まりになった事を残念に思った。女房の中将は今もよく源氏の用を勤めたから、手紙などは始終やっているのである。当代における自身の不遇などは何とも思わずに、源氏は恋を歎《なげ》いていた、斎院と尚侍《ないしのかみ》のために。帝は院の御遺言のとおりに源氏を愛しておいでになったが、お若い上に、きわめてお気の弱い方でいらせられて、母后や祖父の大臣の意志によって行なわれることをどうあそばすこともおできにならなくて、朝政に御不満足が多かったのである。昔よりもいっそう恋の自由のない境遇にいても尚侍は文《ふみ》によって絶えず恋をささやく源氏を持っていて幸福感がないでもなかった。

宮中で行なわせられた五壇の御修法《みずほう》のために帝が御謹慎をしておいでになるころ、源氏は夢のように尚侍へ近づいた。昔の弘徽殿の細殿《ほそどの》の小室へ中納言の君が導いたのである。御修法のために御所へ出入りする人の多い時に、こうした会合が、自分の手で行なわれることを中納言の君は恐ろしく思った。朝夕に見て見飽かぬ源氏と稀《まれ》に見るのを得た尚侍の喜びが想像される。女も今が青春の盛りの姿と見えた。貴女《きじょ》らしい端厳さなどは欠けていたかもしれぬが、美しく

て、艶《えん》で、若々しくて男の心を十分に惹《ひ》く力があった。もうつい夜が明けていくのではないかと思われる頃、すぐ下の庭で、

「宿直《とのい》をいたしております」

と高い声で近衛《このえ》の下士が言った。中少将のだれかがこの辺の女房の局《つぼね》へ来て寝ているのを知って、意地悪な男が教えてわざわざ挨拶《あいさつ》をさせによこしたに違いないと源氏は聞いていた。御所の庭の所々をこう言ってまわるのは感じのいいものであるがうるさくもあった。また庭のあなたこなたで「寅《とら》一つ」(午前四時)と報じて歩いている。

心からかたがた袖《そで》を濡《ぬ》らすかな明くと教ふる声につけても

尚侍のこう言う様子はいかにもはかなそうであった。

歎《なげ》きつつ我が世はかくて過ぐせとや胸のあくべき時ぞともなく

落ち着いておられなくて源氏は別れて出た。まだ朝に遠い暁月夜で、霧が一面に降っている中を簡単な狩衣《かりぎぬ》姿で歩いて行く源氏は美しかった。この時に承香殿《じょうきょうでん》の女御《にょご》の兄である頭中将《とうのちゅうじょう》が、藤壺《ふじつぼ》の御殿から出て、月光の蔭《かげ》になっている立蔀《たてじとみ》の前に立っていたのを、不幸にも源氏は知らずに来た。批難の声はその人たちの口から起こってくるであろうから。

源氏は尚侍とまた新しく作ることのできた関係によっても、隙《すき》をまったくお見せにならない中宮《ちゅうぐう》をごりっぱであると認めながらも、恋する心に恨めしくも悲しくも思うことが多かった。

御所へ参内することも気の進まない源氏であったが、そのために東宮にお目にかからないことを寂しく思っていた。東宮のためにはほかの後援者がなく、ただ源氏だけを中宮も力にしておいでになったが、今になっても源氏は宮を御当惑させるようなことを時々した。院が最後まで秘密の片はしすらご存じなしにお崩《かく》れになったことでも、宮は恐ろしい罪であると感じておいでになったのに、今さらまた悪名《あくみよう》の立つことになっては、自分はともかくも東宮のために必ず大きな不幸が起こるであろうと、宮は御心配になって、源氏の恋を仏力《ぶつりき》で止めようと、ひそかに祈禱《きとう》までもさせてできる限りのことを尽くして源氏の情炎から身をかわしておいでになるが、ある時思いがけなく源氏が御寝所に近づいた。慎重に計画されたことであったから宮様には夢のようであった。源氏が御心《みこころ》を動かそうとしたのは偽らぬ誠を盛った美しい言葉であったが、宮はあくまでも冷静をお失いにならなかった。ついにはお胸の痛みが起こってきてお苦しみになった。命婦《みようぶ》とか弁《べん》とか秘密に与《あずか》っている女房が驚いていろいろな世話をする。源氏は宮が恨めしくてならない上に、この世が真暗《まつくら》になった気になって呆然《ぼうぜん》として朝になってもそのまま御寝室にとどまっていた。御病気を聞き伝えて御帳台のまわりを女房が頻繁《ひんぱん》に往来することにもなって、源氏は無意識に塗籠《ぬりごめ》(屋内の蔵)の中へ押し入れられてしまった。源氏の上着などをそっと持って来た女房も怖《おそ》しがっていた。宮は未来と現在を御悲観あそばしたあまりに逆上《のぼせ》をお覚えになって、翌朝になってもおからだは平常のようでなかった。

兄君の兵部卿の宮とか中宮大夫などが参殿し、祈りの僧を迎えようなどと言われているのを源氏は苦しく聞いていたのである。日が暮れるころにやっと御病悩はおさまったふうであった。

源氏が塗籠で一日を暮らしたとも中宮様はご存じでなかった。命婦や弁なども御心配をさせまいために申さなかったのである。宮は昼の御座へ出てすわっておいでになった。御恢復《かいふく》になったものらしいと言って、兵部卿の宮もお帰りになり、お居間の人数が少なくなった。平生からごく親しくお使いになる人は多くなかったので、そうした人たちだけが、そここの几帳《きちょう》の後ろや襖子《からかみ》の蔭《かげ》などに侍していた。命婦などは、

「どう工夫《くふう》して大将さんをそっと出してお帰ししましょう。またそばへおいでになると今夜も御病気におなりあそばすでしょうから、宮様がお気の毒ですよ」

などとささやいていた。源氏は塗籠の戸を初めから細目にあけてあった所へ手をかけて、そっとあけてから、屏風《びょうぶ》と壁の間を伝って宮のお近くへ出て来た。ご存じのない宮のお横顔を蔭からよく見ることのできる喜びに源氏は胸をおどらせ涙も流しているのである。

「まだ私は苦しい。死ぬのではないかしら」

とも言って外のほうをながめておいでになる横顔が非常に艶《えん》である。これだけでも召し上がるようにと思って、女房たちが持って来たお菓子の台がある、そのほかにも箱の蓋《ふた》などに感じよく調理された物が積まれてあるが、宮はそれらにお気がないようなふうで、物思いの多い様子をして静かに一所をながめておいでになるのがお美しかった。髪の質、頭の形、髪のかかりぎわなどの美しさは西の対の姫君とそっくりであった。よく似たことなどを近ごろは初めほど感ぜずにいた源氏は、今さらのように驚くべく酷似した二女性であると思って、苦しい片恋のやり場所を自分は持っているのだという気が少しした。高雅な所も別人とは思えないのである

が、初恋の宮は思いなしか一段すぐれたものに見えた。華麗な気の放たれることは昔にましたお姿であると思った源氏は前後も忘却して、そっと静かに帳台へ伝って行き、宮のお召し物の褄《つま》先を手で引いた。源氏の服の薫香《くんこう》の香《か》がさっと立って、宮は様子をお悟りになった。驚きと恐れに宮は前へひれ伏しておしまいになったのである。せめて見返ってもいただけないのかと、源氏は飽き足らずも思い、恨めしくも思って、お裾《すそ》を手に持って引き寄せようとした。宮は上着を源氏の手にとめて、御自身は外のほうへお退《の》きになろうとしたが、宮のお髪《ぐし》はお召し物とともに男の手がおさえていた。宮は悲しくてお自身の薄倖《はっこう》であることをお思いになるのであったが、非常にいたわしい御様子に見えた。源氏も今日の高い地位などは皆忘れて、魂も顚倒《てんとう》させたふうに泣き泣き恨みを言うのであるが、宮は心の底からおくやしそうでお返辞もあそばさない。ただ、

「私はからだが今非常によくないのですから、こんな時でない機会がありましたら詳しくお話をしようと思います」

とお言いになっただけであるのに、源氏のほうでは苦しい思いを告げるのに千言万語を費やしていた。さすがに身に沁《し》んでお思われになることも混じっていたに違いない。以前になかったことではないが、またも罪を重ねることは堪えがたいことであると思召《おぼしめ》す宮は、柔らかい、なつかしいふうは失わずに、しかも迫る源氏を強く避けておいでになる。ただこんなふうで今夜も明けていく。この上で力で勝つことはなすに忍びない清い気高《けだか》さの備わった方であったから、源氏は、

「私はこれだけで満足します。せめて今夜ほどに接近するのをお許しくだすって、今後も時時は私の心を聞いてくださいますなら、私はそれ以上の無礼をしようとは思いません」

こんなふうに言って油断をおさせしようとした。今後の場合のために。

こうした深刻な関係でなくても、これに類したあぶない逢瀬《おうせ》を作る恋人たちは別れが苦しいものであるから、まして源氏にここは離れがたい。夜が明けてしまったので王命婦と弁とが源氏の退去をいろいろに言って頼んだ。宮様は半ば死んだようになっておいでになるのである。

「恥知らずの男がまだ生きているかとお思われしたくありませんから、私はもうそのうち死ぬでしょう。そしたらまた死んだ魂がこの世に執着を持つことで罰せられるのでしょう」

恐ろしい気がするほど源氏は真剣になっていた。

「逢ふことの難《かた》きを今日に限らずばなほ幾世をか歎《なげ》きつつ経ん

どうなってもこうなっても私はあなたにつきまとっているのですよ」

宮は吐息《といき》をおつきになって、

長き世の恨みを人に残してもかつは心をあだとしらなん

とお言いになった。源氏の言葉をわざと軽く受けたようにしておいでになる御様子の優美さに源氏は心を惹《ひ》かれながらも宮の御軽蔑《けいべつ》を受けるのも苦しく、わがためにも自重しなければならないことを思って帰った。

あれほど冷酷に扱われた自分はもうその方に顔もお見せしたくない。同情をお感じになるまでは沈黙をしているばかりであると源氏は思って、それ以来宮へお手紙を書かないでいた。ずっともう御所へも東宮へも出ずに引きこもっていて、夜も昼も冷たいお心だとばかり恨みながらも、自分の今の態度を裏切るように恋しさがつのった。魂もどこかへ行っているようで、病気にさえかかったらしく感ぜられた。心細くて人間的な生活を捨てないからますます悲しみが多いのである、自分などは僧房の人になるべきであると、こんな決心をしようとする時にいつも思われるのは若い夫人のことであった。優しく自分だけを頼みにして生きている妻を捨てえようとは思われないのであった。

宮のお心も非常に動揺したのである。源氏はその時きり引きこもって手紙も送って来ないことで命婦などは気の毒がった。宮も東宮のためには源氏に好意を持たせておかねばならないのに、自分の態度から人生を悲観して僧になってしまわれることになってはならぬとさすがに思召すのであった。そうといってああしたことが始終あっては瑕《きず》を捜し出すことの好きな世間はどんな噂《うわさ》を作るかが想像される。自分が尼になって、皇太后に不快がられている后の位から退いてしまおうと、こうこのごろになって宮はお思いになるようになった。院が自分のためにどれだけ重い御遺言をあそばされたかを考えると何ごとも当代にそれが実行されていないことが思われる。漢の初期の戚《せき》夫人が呂后《りょこう》に苛《さいな》まれたようなことまではなくても、必ず世間の嘲笑《ちょうしょう》を負わねばならぬ人に自分はなるに違いないと中宮はお思いになるのである。これを転機にして尼の生活にはいるのがいちばんよいことであるとお考えになったが、東宮にお逢いしないままで姿を変えてしまうことはおかわいそうなことであるとお思いになって、目だたぬ形式で御所へおはいりになった。源氏はそんな時でなくても十二分に好意を表する慣《なら》わしであったが、病気に托《たく》して供奉《ぐぶ》もしなかった。贈り物その他は常に変わらないが、来ようとしないことはよくよく悲観しておいでになるに違いないと、事情を知っている人たちは同情した。

東宮はしばらくの間に美しく御成長しておいでになった。ひさびさ母宮とお逢いになった喜びに夢中になって、甘えて御覧になったりもするのが非常におかわいいのである。この方から離れて信仰の生活にはいれるかどうかと御自身で疑問が起こる。しかも御所の中の空気は、時の推移に伴う人心の変化をいちじるしく見せて人生は無常であるとお教えしないではおかなかった。太后の復讐心《ふくしゅうしん》に燃えておいでになることも面倒《めんどう》であったし、宮中への出入りにも不快感を与える官辺のことも堪えられぬほど苦しくて、自分が現在の位置にいることは、かえって東宮を危うくするものでないかなどとも煩悶《はんもん》をあそばすのであった。

「長くお目にかからないでいる間《ま》に、私の顔がすっかり変わってしまったら、どうお思いになりますか」

と中宮がお言いになると、じっと東宮はお顔を見つめてから、

「式部のようにですか。そんなことはありませんよ」

とお笑いになった。たよりない御幼稚さがおかわいそうで、

「いいえ。式部は年寄りですから醜いのですよ。そうではなくて、髪なんか式部よりも短くなって、黒い着物などを着て、夜居《よい》のお坊様のように私はなろうと思うのですから、今度など

よりもっと長くお目にかかれませんよ」

宮がお泣きになると、東宮はまじめな顔におなりになって、

「長く御所へいらっしゃらないと、私はお逢いしたくてならなくなるのに」

とお言いになったあとで、涙がこぼれるのを、恥ずかしくお思いになって顔をおそむけになった。お肩にゆらゆらとするお髪《ぐし》がきれいで、お目つきの美しいことなど、御成長あそばすにしたがってただただ源氏の顔が一つまたここにできたとより思われないのである。お歯が少し朽ちて黒ばんで見えるお口に笑《え》みをお見せになる美しさは、女の顔にしてみたいほどである。こうまで源氏に似ておいでになることだけが玉の瑕《きず》であると、中宮がお思いになるのも、取り返しがたい罪で世間を恐れておいでになるからである。

源氏は中宮を恋しく思いながらも、どんなに御自身が冷酷であったかを反省おさせする気で引きこもっていたが、こうしていればいるほど見苦しいほど恋しかった。この気持ちを紛らそうとして、ついでに秋の花野もながめがてらに雲林院へ行った。源氏の母君の桐壺《きりつぼ》の御息所《みやすどころ》の兄君の律師《りつし》がいる寺へ行って、経を読んだり、仏勤めもしようとして、二、三日こもっているうちに身にしむことが多かった。木立ちは紅葉《もみじ》をし始めて、そして移ろうていく秋草の花の哀れな野をながめていては家も忘れるばかりであった。学僧だけを選んで討論をさせて聞いたりした。場所が場所であるだけ人生の無常さばかりが思われたが、その中でなお源氏は恨めしい人に最も心を惹《ひ》かれている自分を発見した。朝に近い月光のもとで、僧たちが閼伽《あか》を仏に供える仕度《したく》をするのに、からからと音をさせながら、菊とか紅葉とかをその辺いっぱいに折り散ら

している。こんなことは、ちょっとしたことではあるが、僧にはこんな仕事があって退屈を感じる間もなかろうし、未来の世界に希望が持てるのだと思うとうらやましい、自分は自分一人を持てあましているではないかなどと源氏は思っていた。律師が尊い声で「念仏衆生摂取不捨《ねんぶつしゅじゃうせつしゅふしゃ》」と唱えて勤行《ごんぎょう》をしているのがうらやましくて、この世が自分に捨てえられない理由はなかろうと思うのといっしょに紫の女王《にょおう》が気がかりになったというのは、たいした道心でもないわけである。幾日かを外で暮らすというようなことをこれまで経験しなかった源氏は恋妻に手紙を何度も書いて送った。

出家ができるかどうかと試みているのですが、寺の生活は寂しくて、心細さがつのるばかりです。もう少しいて法師たちから教えてもらうことがあるので滞留しますが、あなたはどうしていますか。

などと檀紙に飾り気もなく書いてあるのが美しかった。

　あさぢふの露の宿りに君を置きて四方《よも》の嵐《あらし》ぞしづ心なき

という歌もある情のこもったものであったから紫夫人も読んで泣いた。返事は白い式紙《しきし》に、

　風吹けば先《ま》づぞ乱るる色かはる浅茅《あさぢ》が露にかかるささがに

とだけ書かれてあった。

「字はますますよくなるようだ」

と独言《ひとりごと》を言って、微笑しながらながめていた。始終手紙や歌を書き合っている二人は、夫人の字がまったく源氏のに似たものになっていて、それよりも少し艶《えん》な女らしいところが添っていた。どの点からいっても自分は教育に成功したと源氏は思っているのである。斎院のいられる加茂はここに近い所であったから手紙を送った。女房の中将あてのには、

物思いがつのって、とうとう家を離れ、こんな所に宿泊していますことも、だれのためであるかとはだれもご存じのないことでしょう。

などと恨みが述べてあった。当の斎院には、

かけまくも畏《かしこ》けれどもそのかみの秋思ほゆる木綿《ゆふ》襷《だすき》かな

昔を今にしたいと思いましてもしかたのないことですね。自分の意志で取り返しうるもののように。

となれなれしく書いた浅緑色の手紙を、榊《さかき》に木綿《ゆう》をかけ神々《こうごう》しくした枝につけて送ったのである。中将の返事は、

同じような日ばかりの続きます退屈さからよく昔のことを思い出してみるのでございますが、それによってあなた様を聯想《れんそう》することもたくさんございます。しかしここでは何も現在へは続いて来ていないのでございます、別世界なのですから。

まだいろいろと書かれてあった。女王のは木綿《ゆう》の片《はし》に、

そのかみやいかがはありし木綿《ゆふ》襷《だすき》心にかけて忍ぶらんゆゑ

とだけ書いてあった。斎院のお字には細かな味わいはないが、高雅で漢字のくずし方など以前よりももっと巧みになられたようである。ましてその人自身の美はどんなに成長していることであろうと、そんな想像をして胸をとどろかせていた。神罰を思わないように。

源氏はまた去年の野の宮の別れがこのころであったと思い出して、自分の恋を妨げるものは、神たちであるとも思った。むずかしい事情が間にあればあるほど情熱のたかまる癖をみずから知らないのである。それを望んだのであったら加茂の女王との結婚は困難なことでもなかったのであるが、当時は暢気《のんき》にしていて、今さら後悔の涙を無限に流しているのである。斎院も普通の多情で書かれる手紙でないものを、これまでどれだけ受けておいでになるかしれないのであって、源氏をよく理解したお心から手紙の返事もたまにはお書きになるのである。厳正にいえば、神聖な職を持っておいでになって、少し謹慎が足りないともいうべきことであるが。

天台の経典六十巻を読んで、意味の難解な所を僧たちに聞いたりなどして源氏が寺にとどまっているのを、僧たちの善行によって仏力《ぶつりき》でこの人が寺へつかわされたもののように思って、法師の名誉であると、下級の輩までも喜んでいた。静かな寺の朝夕に人生を観じては帰ることがどんなにいやなことに思われたかしれないのであるが、紫の女王一人が捨てがたい絆《ほだし》になって、長く滞留せずに帰ろうとする源氏は、その前に盛んな誦経《ずきょう》を行なった。あるだけの法師はむろん、その辺の下層民にも物を多く施した。帰って行く時には、寺の前の広場のそここにそうした人たちが集まって、涙を流しながら見送っていた。諒闇《りようあん》中の黒い車に乗った喪服姿の源氏は平生よりもすぐれて見えるわけもないが、美貌《びぼう》に心の惹《ひ》かれない人もなかった。

夫人は幾日かのうちに一段ときれいになったように思われた。高雅に落ち着いている中に、源氏の愛を不安がる様子の見えるのが可憐《かれん》であった。幾人かの人を思う幾つかの煩悶《はんもん》は外へ出て、この人の目につくほどのことがあったのであろう、「色変はる」というような歌を詠《よ》んできたのではないかと哀れに思って、源氏は常よりも強い愛を夫人に感じた。山から折って帰った紅葉《もみじ》は庭のに比べるとすぐれて紅《あか》くきれいであったから、それを、長く何とも手紙を書かないでいることによって、また堪えがたい寂しさも感じている源氏は、ただ何でもない贈り物として、御所においでになる中宮《ちゆうぐう》の所へ持たせてやった。手紙は命婦《みようぶ》へ書いたのであった。

珍しく御所へおはいりになりましたことを伺いまして、両宮様いずれへも御無沙汰《ごぶさた》しておりますので、その際にも上がってみたかったのですが、しばらく宗教的な勉強をしようとその前から思い立っていまして、日どりなどを決めていたものですから失礼いたしました。紅葉《もみじ》は私一人で見ていましては、錦を暗い所へ置いておく気がしてなりませんから持たせてあげます。よろしい機会に宮様のお目にかけてください。

と言うのである。実際珍しいほどにきれいな紅葉であったから、中宮も喜んで見ておいでになったが、その枝に小さく結んだ手紙が一つついていた。女房たちがそれを見つけ出した時、宮はお顔の色も変わって、まだあの心を捨てていない、同情心の深いりっぱな人格を持ちながら、こうしたことを突発的にする矛盾があの人にある、女房たちも不審を起こすに違いないと反感をお覚えになって、瓶《かめ》に挿《さ》させて、庇《ひさし》の間《ま》の柱の所へ出しておしまいになった。

ただのこと、東宮の御上についてのことなどには信頼あそばされることを、丁寧に感情を隠して告げておよこしになる中宮を、どこまでも理智《りち》だけをお見せになると源氏は恨んでいた。東宮のお世話はことごとく源氏がしていて、それを今度に限って冷淡なふうにしてみせては人が怪しがるであろうと思って、源氏は中宮が御所をお出になる日に行った。まず帝《みかど》のほうへ伺ったのである。帝はちょうどお閑暇《ひま》で、源氏を相手に昔の話、今の話をいろいろとあそばされた。帝の御容貌は院によく似ておいでになって、それへ艶《えん》な分子がいくぶん加わった、なつかしみと柔らかさに満ちた方でましますのである。帝も源氏と同じように、源氏によって院のことをお思い出しになった。尚侍《ないしのかみ》との関係がまだ絶えていないことも帝のお耳にはいっていたし、御自身でお気づきになることもないのではなかったが、それもしかたがない、今はじめて成り立った間柄ではなく、自分の知るよりも早く源氏のほうがその人の情人であったのであるからと思召《おぼしめ》して、恋愛をするのに最もふさわしい二人であるから、やむをえないともお心の中で許しておいでになって、源氏をとがめようなどとは、少しも思召さないのである。詩文のことで源氏に質問をあそばしたり、また風流な歌の話をかわしたりするうちに、斎宮の下向の式の日のこと、美しい人だったことなども帝は話題にあそばした。源氏も打ち解けた心持ちになって、野の宮の曙《あけぼの》の別れの身にしんだことなども皆お話しした。二十日《はつか》の月がようやく照り出して、夜の趣がおもしろくなってきたころ、帝は、

「音楽が聞いてみたいような晩だ」

と仰せられた。

「私は今晩中宮が退出されるそうですから御訪問に行ってまいります。院の御遺言を承っていまして、だれもほかにお世話をする人もない方でございますから、親切にしてさしあげております。東宮と私どもとの関係からもお捨てしておけませんのです」

と源氏は奏上した。

「院は東宮を自分の子と思って愛するようにと仰せなすったからね、自分はどの兄弟よりも大事に思っているが、目に立つようにしてもと思って、自分で控え目にしている。東宮はもう字などもりっぱなふうにお書きになる。すべてのことが平凡な自分の不名誉をあの方が回復してくれるだろうと頼みにしている」

「それはいろんなことを大人のようになさいますが、まだ何と申しても御幼齢ですから」

源氏は東宮の御勉学などのことについて奏上をしたのちに退出して行く時皇太后の兄である藤大納言の息子《むすこ》の頭《とう》の弁《べん》という、得意の絶頂にいる若い男は、妹の女御《にょご》のいる麗景殿《れいげいでん》に行く途中で源氏を見かけて、「白虹《はくこう》日を貫けり、太子懼《お》ぢたり」と漢書の太子丹が刺客を秦王《しんのう》に放った時、その天象《てんしょう》を見て不成功を恐れたという章句をあてつけにゆるやかに口ずさんだ。源氏はきまり悪く思ったがとがめる必要もなくそのまま素知らぬふうで行ってしまったのであった。

「ただ今まで御前におりまして、こちらへ上がりますことが深更になりました」

と源氏は中宮に挨拶《あいさつ》をした。明るい月夜になった御所の庭を中宮はながめておいでになって、院が御位《みくらい》においでになったころ、こうした夜分などには音楽の遊びをおさせになって自分をお喜ばせになったことなどと昔の思い出がお心に浮かんで、ここが同じ御所の中であるようにも思召しがたかった。

九重《ここのへ》に霧や隔つる雲の上の月をはるかに思ひやるかな

これを命婦《みようぶ》から源氏へお伝えさせになった。宮のお召し物の動く音などもほのかではあるが聞こえてくると、源氏は恨めしさも忘れてまず涙が落ちた。

「月影は見し世の秋に変はらねど隔つる霧のつらくもあるかな

霞《かすみ》が花を隔てる作用にも人の心が現われるとか昔の歌にもあったようでございます」

などと源氏は言った。中宮は悲しいお別れの時に、将来のことをいろいろ東宮へ教えて行こうとあそばすのであるが、深くもお心にはいっていないらしいのを哀れにお思いになった。平生は早くお寝《やす》みになるのであるが、宮のお帰りあそばすまで起きていようと思召すらしい。御自身を残して母宮の行っておしまいになることがお恨めしいようであるが、さすがに無理に引き止めようともあそばさないのが御親心には哀れであるに違いなかった。

源氏は頭の弁の言葉を思うと人知れぬ昔の秘密も恐ろしくて、尚侍にも久しく手紙を書かないでいた。時雨《しぐれ》が降りはじめたころ、どう思ったか尚侍のほうから、

木枯《こがら》しの吹くにつけつつ待ちし間《ま》におぼつかなさの頃《ころ》も経にけり

こんな歌を送ってきた。ちょうど物の身にしむおりからであったし、どんなに人目を避けてこの手紙が書かれたかを想像しても恋人の情がうれしく思われたし、返事をするために使いを待たせて、唐紙《からかみ》のはいった置き棚《だな》の戸をあけて紙を選び出したり、筆を気にしたりして源氏が書いている返事はただ事であるとは女房たちの目にも見えなかった。相手はだれくらいだろうと肱《ひじ》や目で語っていた。

どんなに苦しい心を申し上げてもお返事がないので、そのかいのないのに私の心はすっかりめいり込んでいたのです。

あひ見ずて忍ぶる頃の涙をもなべての秋のしぐれとや見る

心が通うものでしたなら、通っても来るものでしたなら、空も寂しい色とばかりは見えないでしょう。

などと情熱のある文字が列《つら》ねられた。こんなふうに女のほうから源氏を誘い出そうとする手紙はほかからも来るが、情のある返事を書くにとどまって、深くは源氏の心にしまないものらしかった。

中宮は院の御一周忌をお営みになったのに続いてまたあとに法華経《ほけきょう》の八講を催されるはずでいろいろと準備をしておいでになった。十一月の初めの御命日に雪がひどく降った。源氏から中宮へ歌が送られた。

別れにし今日《けふ》は来れども見し人に行き逢《あ》ふほどをいつと頼まん

中宮のためにもお悲しい日で、すぐにお返事があった。

ながらふるほどは憂《う》けれど行きめぐり今日はその世に逢ふ心地《ここち》して

巧みに書こうともしてない字が雅趣に富んだ気高《けだか》いものに見えるのも源氏の思いなしであろう。特色のある派手《はで》な字というのではないが決して平凡ではないのである。今日だけは恋も忘れて終日御父の院のために雪の中で仏勤めをして源氏は暮らしたのである。

十二月の十幾日に中宮の御八講があった。非常に崇厳《すうごん》な仏事であった。五日の間どの日にも仏前へ新たにささげられる経は、宝玉の軸に羅《うすもの》の絹の表紙の物ばかりで、外包みの装飾などもきわめて精巧なものであった。日常の品にも美しい好みをお忘れにならない方であるから、まして御仏《みほとけ》のためにあそばされたことが人目を驚かすほどの物であったことはもっともなことである。仏像の装飾、花机《はなづくえ》の被《おお》いなどの華美さに極楽世界もたやすく想像することができた。初めの日は中宮の父帝の御菩提《ぼだい》のため、次の日は母后のため、三日目は院の御菩提のためであって、これは法華経の第五巻の講義のある日であったから、高官たちも現在の宮廷派の人々に斟酌《しんしゃく》をしていず数多く列席した。今日の講師にはことに尊い僧が選ばれていて「法華経はいかにして得し薪《たきぎ》こり菜摘み水汲み仕《つか》へてぞ得し」という歌の唱えられるころからは特に感動させられることが多かった。仏前に親王方もさまざまの捧《ささ》げ物を持っておいでになったが、源氏の姿が最も優美に見えた。筆者はいつも同じ言葉を繰り返しているようであるが、見るたびに美しさが新しく感ぜられる人なのであるからしかたがないのである。最終の日は中宮御自身が御仏に結合を誓わせられるための供養になっていて、御自身の御出家のことがこの儀式の場で仏前へ報告されて、だれもだれも意外の感に打たれた。兵部卿《ひょうぶきょう》の宮のお心も、源氏の大将の心もあわてた。驚きの度をどの言葉が言い現わしえようとも思えない。宮は式の半ばで席をお立ちになって簾中《れんちゅう》へおはいりになった。中宮は堅い御決心を兄宮へお告げになって、叡山《えいざん》の座主《ざす》をお招きになって、授戒のことを仰せられた。伯父《おじ》君にあたる横川《よかわ》の僧都《そうず》が帳中に参ってお髪《ぐし》をお切りする時に人々の啼泣《ていきゅう》の声が宮をうずめた。平凡な老人でさえいよいよ出家するのを見ては悲しいものである。まして何の予告もあそばさずにたちまちに脱履の実行をなされたのであるから、兵部卿の宮も非常にお悲しみになった。参列していた人々も同情の禁ぜられない中宮のお立場と、この寂しい結末の場を拝して泣く者が多かった。院の皇子方は、父帝がどれほど御愛寵《あいちょう》なされたお后であったかを、現状のお気の毒さに比べて考えては皆暗然としておいでになった。方々《かたがた》は慰問の御挨拶《あいさつ》をなされたのであるが、源氏は最後に残って、驚きと悲しみに言葉も心も失った気もしたが、人目が考えられ、やっと気を引き立てるようにしてお居間へ行った。落ち着かれずに人々がうろうろしたことや、すすり泣きの声もひとまずやんで、女房は涙をふきながらあなたこなたにかたまっていた。明るい月が空にあって、雪の光と照り合っている庭をながめても、院の御在世中のことが目に浮かんできて堪えがたい気のするのを源氏はおさえて、

「何が御動機になりまして、こんなに突然な御出家をあそばしたのですか」

と挨拶を取り次いでもらった。

「これはただ今考えついたことではなかったのですが、昨年の悲しみがありました時、すぐにそういたしましては人騒がせにもなりますし、それでまた私自身も取り乱しなどしてはと思いまして」

例の命婦《みょうぶ》がお言葉を伝えたのである。源氏は御簾《みす》の中のあらゆる様子を想像して悲しんだ。おおぜいの女の衣摺《きぬず》れなどから、身もだえしながら悲しみをおさえているのがわかるのであった。風がはげしく吹いて、御簾の中の薫香《くんこう》の落ち着いた黒方香《くろぼうこう》の煙も仏前の名香のにおいもほのかに洩《も》れてくるのである。源氏の衣服の香もそれに混じって極楽が思われる夜であった。東宮のお使いも来た。お別れの前に東宮のお言いになった言葉などが宮のお心にまた新しくよみがえってくることによって、冷静であろうとあそばすお気持ちも乱れて、お返事の御挨拶を完全にお与えにならないので、源氏がお言葉を補った。だれもだれも常識を失っているといってもよいほど悲しみに心を乱しているおりからであるから、不用意に秘密のうかがわれる恐れのある言葉などは発せられないと源氏は思った。

「月のすむ雲井をかけてしたふともこのよの闇《やみ》になほや惑はん
私にはそう思えますが、御出家のおできになったお心持ちには敬服いたされます」

とだけ言って、お居間に女房たちも多い様子であったから源氏は捨てられた男の悲痛な心持ちを簡単な言葉にして告げることもできなかった。

「大方《おほかた》の憂《う》きにつけては厭《いと》へどもいつかこの世を背《そむ》きはつべき

りっぱな信仰を持つようにはいつなれますやら」

宮の御挨拶は東宮へのお返事を兼ねたお心らしかった。悲しみに堪えないで源氏は退出した。二条の院へ帰っても西の対へは行かずに、自身の居間のほうに一人臥《ぶ》しをしたが眠りうるわけもない。ますます人生が悲しく思われて自身も僧になろうという心の起こってくるのを、そうしては東宮がおかわいそうであると思い返しもした。せめて母宮だけを最高の地位に置いておけばと院は思召したのであったが、その地位も好意を持たぬ者の苦しい圧迫のためにお捨てになることになった。尼におなりになっては后《きさき》としての御待遇をお受けになることもおできにならないであろうし、その上自分までが東宮のお力になれぬことになってはならないと源氏は思うのである。夜通しこのことを考え抜いて最後に源氏は中宮のために尼僧用のお調度、お衣服を作ってさしあげる善行をしなければならぬと思って、年内にすべての物を調えたいと急いだ。王命婦《おうみようぶ》もお供をして尼になったのである。この人へも源氏は尼用の品々を贈った。こんな場合にりっぱな詩歌《しいか》ができてよいわけであるから、宮の女房の歌などが当時の詳しい記事とともに見いだせないのを筆者は残念に思う。

源氏が三条の宮邸を御訪問することも気楽にできるようになり、宮のほうでも御自身でお話をあそばすこともあるようになった。少年の日から思い続けた源氏の恋は御出家によって解消されはしなかったが、これ以上に御接近することは源氏として、今日考えるべきことでなかったのである。

春になった。御所では内宴とか、踏歌《とうか》とか続いてはなやかなことばかりが行なわれていたが中宮は人生の悲哀ばかりを感じておいでになって、後世《ごせ》のための仏勤めに励んでおいでになると、頼もしい力もおのずから授けられつつある気もあそばされたし、源氏の情火から脱《のが》れえられたことにもお悦《よろこ》びがあった。お居間に隣った念誦《ねんず》の室のほかに、新しく建築された御堂《みどう》が西の対の前を少し離れた所にあってそこではまた尼僧らしい厳重な勤めをあそばされた。源氏が伺候した。正月であっても来訪者は稀《まれ》で、お付き役人の幾人だけが寂しい恰好《かっこう》をして、力のないふうに事務を取っていた。白馬《あおうま》の節会《せちえ》であったから、これだけはこの宮へも引かれて来て、女房たちが見物したのである。高官が幾人となく伺候していたようなことはもう過去の事実になって、それらの人々は宮邸を素通りして、向かい側の現太政大臣邸へ集まって行くのも、当然といえば当然であるが、寂しさに似た感じを宮もお覚えになった。そんな所へ千人の高官にあたるような姿で源氏がわざわざ参賀に来たのを御覧になった時は、わけもなく宮は落涙をあそばした。源氏もなんとなく身にしむふうにあたりをながめていて、しばらくの間はものが言えなかった。純然たる尼君のお住居《すまい》になって、御簾《みす》の縁《ふち》の色も几帳《きちょう》も鈍色《にび》であった。そんな物の間から見えるのも女房たちの淡鈍色《うすにび》の服、黄色な下襲《したがさね》の袖口《そでぐち》などであったが、かえって艶《えん》に上品に見えないこともなかった。解けてきた池の薄氷にも、芽をだしそめた柳にも自然の春だけが見えて、いろいろに源氏の心をいたましくした。「音に聞く松が浦島《うらしま》今日ぞ見るうべ心ある海人《あま》は住みけり」という古歌を口ずさんでいる源氏の様子が美しかった。

ながめかる海人の住処《すみか》と見るからにまづしほたるる松が浦島

と源氏は言った。今はお座敷の大部分を仏に譲っておいでになって、お居間は端のほうへ変えられたお住居《すまい》であったから、宮の御座と源氏自身の座の近さが覚えられて、

ありし世の名残《なご》りだになき浦島に立ちよる波のめづらしきかな

と取り次ぎの女房へお教えになるお声もほのかに聞こえるのであった。源氏の涙がほろほろとこぼれた。今では人生を悟りきった尼になっている女房たちにこれを見られるのが恥ずかしくて、長くはいずに源氏は退出した。

「ますますごりっぱにお見えになる。あらゆる幸福を御自分のものにしていらっしゃったころは、ただ天下の第一の人であるだけで、それだけではまだ人生がおわかりにならなかったわけで、ごりっぱでもおきれいでも、正しい意味では欠けていらっしゃるところがあったのです。御幸福ばかりでなくおなりになって、深味がおできになりましたね。しかしお気の毒なことですよ」

などと老いた女房が泣きながらほめていた。中宮もお心にいろいろな場合の過去の源氏の面影を思っておいでになった。

春期の官吏の除目《じもく》の際にも、この宮付きになっている人たちは当然得ねばならぬ官も得られ

ず、宮に付与されてある権利で推薦あそばされた人々の位階の陞叙《しょうじょ》もそのままに捨て置かれて、不幸を悲しむ人が多かった。尼におなりになったことで后の御位《みくらい》は消滅して、それとともに給封もなくなるべきであると法文を解釈して、その口実をつけて政府の御待遇が変わってきた。宮は予期しておいでになったことで、何の執着もそれに対して持っておいでにならなかったが、お付きの役人たちにたより所を失った悲しいふうの見える時などはお心にいささかの動揺をお感じにならないこともなかった。しかも自分は犠牲になっても東宮の御即位に支障を起こさないように祈るべきであると、宮はどんな時にもお考えになっては専心に仏勤めをあそばされた。お心の中に人知れぬ恐怖と不安があって、御自身の信仰によって、その罪の東宮に及ばないことを期しておいでになった。そうしてみずから慰められておいでになったのである。源氏もこの宮のお心持ちを知っていて、ごもっともであると感じていた。一方では家司《けいし》として源氏に属している官吏も除目《じもく》の結果を見れば不幸であった。不面目な気がして源氏は家にばかり引きこもっていた。左大臣も公人として、また個人として幸福の去ってしまった今日を悲観して致仕の表を奉った。帝は院が非常に御信用あそばして、国家の柱石は彼であると御遺言あそばしたことを思召《おぼしめ》すと、辞表を御採用になることができなくて、たびたびお返しになったが、大臣のほうではまた何度も繰り返して、辞意を奏上して、そしてそのまま出仕をしないのであったから、太政大臣一族だけが栄えに栄えていた。国家の重鎮である大臣が引きこもってしまったので、帝も心細く思召されるし、世間の人たちも歎《なげ》いていた。左大臣家の公子たちもりっぱな若い官吏で、皆順当に官位も上りつつあったが、もうその時代は過ぎ去ってしまった。三位《さんみ》中将などもこうした世の中に気をめいらせていた。太政大臣の四女の所へ途絶えがちに通いは通っているが、誠意のない婿であるということに反感を持たれていて、思い知れというように今度の除目にはこの人も現官のままで置かれた。この人はそんなことは眼中に置いていなかった。源氏の君さえも不遇の歎《なげ》きがある時代であるのだから、まして自分などはこう取り扱わるべきであるとあきらめていて、始終源氏の所へ来て、学問も遊び事もいっしょにしていた。青年時代の二人の間に強い競争心のあったことを思い出して、今でも遊び事の時などに、一方のすることをそれ以上に出ようとして一方が力を入れるというようなことがままあった。春秋の読経《どきょう》の会以外にもいろいろと宗教に関した会を開いたり、現代にいれられないでいる博士《はかせ》や学者を集めて詩を作ったり、韻《いん》ふたぎをしたりして、官吏の職務を閑却した生活をこの二人がしているという点で、これを問題にしようとしている人もあるようである。

夏の雨がいつやむともなく降ってだれもつれづれを感じるころである、三位中将はいろいろな詩集を持って二条の院へ遊びに来た。源氏も自家の図書室の中の、平生使わない棚《たな》の本の中から珍しい詩集を選《え》り出して来て、詩人たちを目だつようにはせずに、しかもおおぜい呼んで左右に人を分けて、よい賭物《かけもの》を出して韻ふたぎに勝負をつけようとした。隠した韻字をあてはめていくうちに、むずかしい字がたくさん出てきて、経験の多い博士《はかせ》なども困った顔をする場合に、時々源氏が注意を与えることがよくあてはまるのである。非常な博識であった。

「どうしてこんなに何もかもがおできになるのだろう。やはり前生《ぜんしょう》の因に特別なもののある方に違いない」

などと学者たちがほめていた。とうとう右のほうが負けになった。それから二日ほどして三位中将が負けぶるまいをした。たいそうにはしないで雅趣のある檜破子《ひわりご》弁当が出て、勝ち方に出す賭物《かけもの》も多く持参したのである。今日も文士が多く招待されていて皆席上で詩を作った。階前の薔薇《ばら》の花が少し咲きかけた初夏の庭のながめには濃厚な春秋の色彩以上のものがあった。自然な気分の多い楽しい会であった。中将の子で今年から御所の侍童に出る八、九歳の少年でおもしろく笙《しょう》の笛を吹いたりする子を源氏はかわいがっていた。これは四の君が生んだ次男である。よい背景を持っていて世間から大事に扱われている子であった。才があって顔も美しいのである。主客が酔いを催したころにこの子が「高砂《たかさご》」を歌い出した。非常に愛らしい。（「高砂の尾上《をのへ》に立てる白玉椿《しらたまつばき》、それもがと、ましもがと、今朝《けさ》咲いたる初花に逢《あ》はましものを云々《うんぬん》」という歌詞である）源氏は服を一枚脱いで与えた。平生よりも打ち解けたふうの源氏はことさらにまた美しいのであった。着ている直衣《のうし》も単衣《ひとえ》も薄物であったから、きれいな肌《はだ》の色が透いて見えた。老いた博士たちは遠くからながめて源氏の美に涙を流していた。「逢はましものを小百合葉《さゆりば》の」という高砂の歌の終わりのところになって、中将は杯を源氏に勧めた。

それもがと今朝《けさ》開けたる初花に劣らぬ君がにほひをぞ見る

と乾杯の辞を述べた。源氏は微笑をしながら杯を取った。

「時ならで今朝咲く花は夏の雨に萎《しを》れにけらし匂《にほ》ふほどなく

すっかり衰えてしまったのに」

あとはもう酔ってしまったふうをして源氏が飲もうとしない酒を中将は許すまいとしてしいていた。席上でできた詩歌の数は多かったが、こんな時のまじめでない態度の作をたくさん列《つら》ねておくことのむだであることを貫之《つらゆき》も警告しているのであるからここには書かないでおく。歌も詩も源氏の君を讃美《さんび》したものが多かった。源氏自身もよい気持ちになって、「文王の子武王の弟」と史記の周公伝の一節を口にした。その文章の続きは成王の伯父《おじ》というのであるが、これは源氏が明瞭《めいりょう》に言いえないはずである。兵部卿《ひょうぶきょう》の宮も始終二条の院へおいでになって、音楽に趣味を持つ方であったから、よくいっしょにそんな遊びをされるのであった。

その時分に尚侍《ないしのかみ》が御所から自邸へ退出した。前から瘧病《わらわやみ》にかかっていたので、禁厭《まじない》などの宮中でできない療法も実家で試みようとしてであった。修法《しゅほう》などもさせて尚侍の病の全快したことで家族は皆喜んでいた。こんなころである、得がたい機会であると恋人たちはしめし合わせて、無理な方法を講じて毎夜源氏は逢いに行った。若い盛りのはなやかな容貌《ようぼう》を持った人の病で少し痩《や》せたあとの顔は非常に美しいものであった。皇太后も同じ邸《やしき》に住んでおいでになるころであったから恐ろしいことなのであるが、こんなことのあればあるほどその恋がおもしろくなる源氏は忍んで行く夜を多く重ねることになったのである。こんなにまでなっては気がつく人もあったであろうが、太后に訴えようとはだれもしなかった。大臣ももろん知らなかった。

雨がにわかに大降りになって、雷鳴が急にはげしく起こってきたある夜明けに、公子たちや太后付きの役人などが騒いであなたこなたと走り歩きもするし、そのほか平生この時間に出ていない人もその辺に出ている様子がうかがわれたし、また女房たちも恐ろしがって帳台の近くへ寄って来ているし、源氏は帰って行くにも行かれぬことになって、どうすればよいかと惑った。秘密に携わっている二人ほどの女房が困りきっていた。雷鳴がやんで、雨が少し小降りになったころに、大臣が出て来て、最初に太后の御殿のほうへ見舞いに行ったのを、ちょうどまた雨がさっと音を立てて降り出していたので、源氏も尚侍も気がつかなかった。

大臣は軽輩がするように突然座敷の御簾《みす》を上げて顔を出した。

「どうだね、とてもこわい晩だったから、こちらのことを心配していたが出て来られなかった。中将や宮の亮《すけ》は来ていたかね」

などという様子が、早口で大臣らしい落ち着きも何もない。源氏は発見されたくないということに気をつかいながらも、この大臣を左大臣に比べて思ってみるとおかしくてならなかった。せめて座敷の中へはいってからものを言えばよかったのである。尚侍は困りながらいざり出て来たが、顔の赤くなっているのを大臣はまだ病気がまったく快《よ》くはなっていないのかと見た。熱があるのであろうと心配したのである。

「なぜあなたはこんな顔色をしているのだろう。しつこい物怪《もののけ》だからね。修法《しゅほう》をもう少しさせておけばよかった」

こう言っている時に、淡《うす》お納戸《なんど》色の男の帯が尚侍の着物にまといついてきているのを大臣は見つけた。不思議なことであると思っていると、また男の懐中紙《ふところがみ》にむだ書きのしてあるものが几帳《きちょう》の前に散らかっているのも目にとまった。なんという恐ろしいことが起こっているのだろ

う と大臣は驚いた。

「それはだれが書いたものですか、変なものじゃないか。ください。だれの字であるかを私は調べる」

と言われて振り返った尚侍は自身もそれを見つけた。もう紛らわす術《すべ》はないのである。返事のできることでもないのである。

尚侍が失心したようになっているのであるから、大臣ほどの貴人であれば、娘が恥に堪えぬ気がするであろうという上品な遠慮がなければならないのであるが、そんな思いやりもなく、気短な、落ち着きのない大臣は、自身で紙を手で拾った時に几帳の隙《すき》から、なよなよとした姿で、罪を犯している者らしく隠れようともせず、のんびりと横になっている男も見た。大臣に見られてはじめて顔を夜着の中に隠して紛らわすようにした。大臣は驚愕《きょうがく》した。無礼《ぶれい》だと思った。くやしくてならないが、さすがにその場で面と向かって怒りを投げつけることはできなかったのである。目もくらむような気がして歌の書かれた紙を持って寝殿へ行ってしまった。尚侍は気が遠くなっていくようで、死ぬほどに心配した。源氏も恋人がかわいそうで、不良な行為によって、ついに恐るべき糺弾《きゅうだん》を受ける運命がまわって来たと悲しみながらもその心持ちを隠して尚侍をいろいろに言って慰めた。

大臣は思っていることを残らず外へ出してしまわねば我慢のできないような性質である上に老いの僻《ひが》みも添って、ある点は斟酌《しんしゃく》して言わないほうがよいなどという遠慮もなしに雄弁に、源氏と尚侍の不都合を太后に訴えるのであった。まず目撃した事実を述べた。

「この畳紙の字は右大将の字です。以前にも彼女は大将の誘惑にかかって情人関係が結ばれていたのですが、人物に敬意を表して私は不服も言わずに結婚もさせようと言っていたのです。その時にはいっこうに気がないふうを見せられて、私は残念でならなかったのですが、これも因縁であろうと我慢して、寛容な陛下はまた私への情誼《じょうぎ》で過去の罪はお許しくださるであろうとお願いして、最初の目的どおりに宮中へ入れましても、あの関係がありましたために公然と女御《にょご》にはしていただけないことででも、私は始終寂しく思っているのです。それにまたこんな罪を犯すではありませんか、私は悲しくてなりません。男は皆そうであるとはいうものの大将もけしからん方です。神聖な斎院に恋文を送っておられるというようなことを言う者もありましたが、私は信じることはできませんでした。そんなことをすれば世の中全体が神罰をこうむるとともに、自分自身もそのままではいられないことはわかっていられるだろうと思いますし、学問知識で天下をなびかしておいでになる方はまさかと思って疑いませんでした」

聞いておいでになった太后の源氏をお憎みになることは大臣の比ではなかったから、非常なお腹だちがお顔の色に現われてきた。

「陛下は陛下であっても昔から皆に軽蔑《けいべつ》されていらっしゃる。致仕の大臣も大事がっていた娘を、兄君で、また太子でおありになる方にお上げしようとはしなかった。その娘は弟で、貧弱な源氏で、しかも年のゆかない人に婚《めあわ》せるために取っておいたのです。またあの人も東宮の後宮《こうきゅう》に決まっていた人ではありませんか。それだのに誘惑してしまってそれをその時両親だってだれだって悪いことだと言った人がありますか。皆大将をひいきにして、結婚をさせたがっておいでになった。不本意なふうで陛下にお上げなすったじゃありませんか。私は妹をかわいそうだと思って、ほかの女御《にょご》たちに引けを取らせまい、後宮の第一の名誉を取らせてやろう、そうすれば薄情な人への復讐《ふくしゅう》ができるのだと、こんな気で私は骨を折っていたのですが、好きな人の言うとおりになっているほうがあの人にはよいと見える。斎院を誘惑しようとかかっていることなどはむろんあるべきことですよ。何事によらず当代を詛《のろ》ってかかる人なのです。それは東宮の御代《みよ》が一日も早く来るようにと願っている人としては当然のことでしょう」

きつい調子で、だれのこともぐんぐん悪くお言いになるのを、聞いていて大臣は、ののしられている者のほうがかわいそうになった。なぜお話ししたろうと後悔した。

「でもこのことは当分秘密にしていただきましょう。陛下にも申し上げないでください。どんなことがあっても許してくださるだろうと、あれは陛下の御愛情に甘えているだけだと思う。私がいましめてやって、それでもあれが聞きません時は私が責任を負います」

などと大臣は最初の意気込みに似ない弱々しい申し出をしたが、もう太后の御機嫌《きげん》は直りもせず、源氏に対する憎悪《ぞうお》の減じることもなかった。皇太后である自分もいっしょに住んでいる邸内に来て不謹慎きわまることをするのも、自分をいっそう侮辱して見せたい心なのであろうとお思いになると、残念だというお心持ちがつのるばかりで、これを動機にして源氏の排斥を企てようともお思いになった。

花散里

橘《たちばな》も恋のうれひも散りかへば香《か》をなつかしみほととぎす鳴く　（晶子）

みずから求めてしている恋愛の苦は昔もこのごろも変わらない源氏であるが、ほかから受ける忍びがたい圧迫が近ごろになってますます加わるばかりであったから、心細くて、人間の生活というものからのがれたい欲求も起こるが、さてそうもならない絆《ほだし》は幾つもあった。麗景殿《れいげいでん》の女御《にょご》といわれた方は皇子女もなくて、院がお崩《かく》れになって以後はまったくたよりない身の上になっているのであるが、源氏の君の好意で生活はしていた。この人の妹の三の君と源氏は若い時代に恋愛をした。例の性格から関係を絶つこともなく、また夫人として待遇することもなしにまれまれ通っているのである。女としては煩悶《はんもん》をすることの多い境遇である。物哀れな心持ちになっているこのごろの源氏は、急にその人を訪《と》うてやりたくなった心はおさえきれないほどのものだったから、五月雨《さみだれ》の珍しい晴れ間に行った。目だたない人数を従えて、ことさら簡素なふうをして出かけたのである。中川辺を通って行くと、小さいながら庭木の繁《しげ》りようなどのおもしろく見える家で、よい音のする琴を和琴《わごん》に合わせて派手《はで》に弾《ひ》く音がした。源氏はちょっと心が惹《ひ》かれて、往来にも近い建物のことであるから、なおよく聞こうと、少しからだを車から出してながめて見ると、その家の大木の桂《かつら》の葉のにおいが風に送られて来て、加茂の祭りのころが思われた。なんとなく好奇心の惹《ひ》かれる家であると思って、考えてみると、それはただ一度だけ来たことのある女の家であった。長く省みなかった自分が訪《たず》ねて行っても、もう忘れているかもしれないがなどと思いながらも、通り過ぎる気にはなれないで、じっとその家を見ている時に杜鵑《ほととぎす》が啼《な》いて通った。源氏に何事かを促すようであったから、車を引き返させて、こんな役に馴《な》れた惟光《これみつ》を使いにやった。

をちかへりえぞ忍ばれぬ杜鵑ほの語らひし宿の垣根《かきね》に

この歌を言わせたのである。惟光がはいって行くと、この家の寝殿ともいうような所の西の端の座敷に女房たちが集まって、何か話をしていた。以前にもこうした使いに来て、聞き覚えのある声であったから、惟光は声をかけてから源氏の歌を伝えた。座敷の中で若い女房たちらしい声で何かささやいている。だれの訪れであるかがわからないらしい。

ほととぎす語らふ声はそれながらあなおぼつかな五月雨《さみだれ》の空

こんな返歌をするのは、わからないふうをわざと作っているらしいので、

「では門違いなのでしょうよ」

と惟光が言って、出て行くのを、主人《あるじ》の女だけは心の中でくやしくも思い、寂しくも思った。知らぬふりをしなければならないのであろう、もっともであると源氏は思いながらも物足らぬ気がした。この女と同じほどの階級の女としては九州に行っている五節《ごせち》が可憐《かれん》であったと源氏は思った。どんな所にも源氏の心を惹《ひ》くものがあって、それがそれ相応に源氏を悩ましている

のである。長い時間を中に置いていても、同じように愛し、同じように愛されようと望んでいて、多数の女の物思いの原因は源氏から与えられているとも言えるのである。
目的にして行った家は、何事も想像していたとおりで、人少なで、寂しくて、身にしむ思いのする家だった。最初に女御の居間のほうへ訪ねて行って、話しているうちに夜がふけた。二十日月が上って、大きい木の多い庭がいっそう暗い蔭《かげ》がちになって、軒に近い橘《たちばな》の木がなつかしい香を送る。女御はもうよい年配になっているのであるが、柔らかい気分の受け取れる上品な人であった。すぐれて時めくようなことはなかったが、愛すべき人として院が見ておいでになったと、源氏はまた昔の宮廷を思い出して、それから次々に昔恋しいいろいろなことを思って泣いた。杜鵑がさっき町で聞いた声で啼《な》いた。同じ鳥が追って来たように思われて源氏はおもしろく思った。「いにしへのこと語らへば杜鵑いかに知りてか」という古歌を小声で歌ってみたりもした。

「橘の香をなつかしみほととぎす花散る里を訪ねてぞとふ

昔の御代《みよ》が恋しくてならないような時にはどこよりもこちらへ来るのがよいと今わかりました。非常に慰められることも、また悲しくなることもあります。時代に順応しようとする人ばかりですから、昔のことを言うのに話し相手がだんだん少なくなってまいります。しかしあなたは私以上にお寂しいでしょう」

と源氏に言われて、もとから孤独の悲しみの中に浸っている女御も、今さらのようにまた心がしんみりと寂しくなって行く様子が見える。人柄も同情をひく優しみの多い女御なのであった。

人目なく荒れたる宿は橘の花こそ軒のつまとなりけれ

とだけ言うのであるが、さすがにこれは貴女《きじょ》であると源氏は思った。さっきの家の女以来幾人もの女性を思い出していたのであるが、それとこれとが比べ合わせられたのである。西座敷のほうへは、静かに親しいふうではいって行った。忍びやかに目の前へ現われて来た美しい恋人を見て、どれほどの恨みが女にあっても忘却してしまったに違いない。恋しかったことをいろいろな言葉にして源氏は告げていた。嘘《うそ》ではないのである。源氏の恋人である人は初めから平凡な階級でないせいであるか、何らかの特色を備えてない人は稀《まれ》であった。好意を持ち合って長く捨てない、こんな間柄でいることを肯定のできない人は去って行く。それもしかたがないと源氏は思っているのである。さっきの町の家の女もその一人で、現在はほかに愛人を持つ女であった。

須磨

人恋ふる涙をわすれ大海へ引かれ行く
べき身かと思ひぬ　（晶子）

当帝の外戚の大臣一派が極端な圧迫をして源氏に不愉快な目を見せることが多くなって行く。つとめて冷静にはしていても、このままで置けば今以上な禍《わざわ》いが起こって来るかもしれぬと源氏は思うようになった。源氏が隠栖《いんせい》の地に擬している須磨《すま》という所は、昔は相当に家などもあったが、近ごろはさびれて人口も稀薄《きはく》になり、漁夫の住んでいる数もわずかであると源氏は聞いていたが、田舎《いなか》といっても人の多い所で、引き締まりのない隠栖になってしまってはいやであるし、そうかといって、京にあまり遠くては、人には言えぬことではあるが夫人のことが気がかりでならぬであろうしと、煩悶《はんもん》した結果須磨へ行こうと決心した。この際は源氏の心に上ってくる過去も未来も皆悲しかった。いとわしく思った都も、いよいよ遠く離れて行こうとする時になっては、捨て去りがたい気のするものの多いことを源氏は感じていた。その中でも若い夫人が、近づく別れを日々に悲しんでいる様子の哀れさは何にもまさっていたましかった。この人とはどんなことがあっても再会を遂げようという覚悟はあっても、考えてみれば、一日二日の外泊をしていても恋しさに堪えられなかったし、女王《にょおう》もその間は同じように心細がっていたそんな間柄であるから、幾年と期間の定まった別居でもなし、無常の人世では、仮の別れが永久の別れになるやも計られないのであると、源氏は悲しくて、そっといっしょに伴って行こうという気持ちになることもあるのであるが、そうした寂しい須磨のような所に、海岸へ波の寄ってくるほかは、人の来訪することもない住居《すまい》に、この華麗な貴女《きじょ》と同棲《どうせい》していることは、あまりに不似合いなことではあるし、自身としても妻のいたましさに苦しまねばならぬであろうと源氏は思って、それはやめることにしたのを、夫人は、

「どんなひどい所だって、ごいっしょでさえあれば私はいい」

と言って、行きたい希望のこばまれるのを恨めしく思っていた。

花散里《はなちるさと》の君も、源氏の通って来ることは少なくても、一家の生活は全部源氏の保護があってできているのであるから、この変動の前に心をいためているのはもっともなことと言わねばならない。源氏の心にたいした愛があったのではなくても、とにかく情人として時々通って来ていた所々では、人知れず心をいためている女も多数にあった。入道の宮からも、またこんなことで自身の立場を不利に導く取り沙汰が作られるかもしれぬという遠慮を世間へあそばしながらの御慰問が始終源氏にあった。昔の日にこの熱情が見せていただけたことであったならと源氏は思って、この方のために始終物思いをせねばならぬ運命が恨めしかった。三月の二十幾日に京を立つことにしたのである。世間へは何とも発表せずに、きわめて親密に思っている家司《けいし》七、八人だけを供にして、簡単な人数で出かけることにしていた。恋人たちの所へは手紙だけを送って、ひそかに別れを告げた。形式的なものでなくて、真情のこもったもので、いつまでも自分を忘れさすまいとした手紙を書いたのであったから、きっと文学的におもしろいものもあったに違いないが、その時分に筆者はこのいたましい出来事に頭を混乱させていて、それら

のことを注意して聞いておかなかったのが残念である。

出発前二、三日のことである、源氏はそっと左大臣家へ行った。簡単な網代車《あじろぐるま》で、女の乗っているようにして奥のほうへ寄っていることなども、近侍者には悲しい夢のようにばかり思われた。昔使っていた住居《すまい》のほうは源氏の目に寂しく荒れているような気がした。若君の乳母《めのと》たちとか、昔の夫人の侍女で今も残っている人たちとかが、源氏の来たのを珍しがって集まって来た。今日の不幸な源氏を見て、人生の認識のまだ十分できていない若い女房なども皆泣く。かわいい顔をした若君がふざけながら走って来た。

「長く見ないでいても父を忘れないのだね」

と言って、膝《ひざ》の上へ子をすわらせながらも源氏は悲しんでいた。左大臣がこちらへ来て源氏に逢《あ》った。

「おひまな間に伺って、なんでもない昔の話ですがお目にかかってしたくてなりませんでしたものの、病気のために御奉公もしないで、官庁へ出ずにいて、私人としては暢気《のんき》に人の交際もすると言われるようでは、それももうどうでもいいのですが、今の社会はそんなことででもなんらかの危害が加えられますから恐《こわ》かったのでございます。あなたの御失脚を拝見して、私は長生きをしているから、こんな情けない世の中も見るのだと悲しいのでございます。末世です。天地をさかさまにしてもありうることでない現象でございます。何もかも私はいやになってしまいました」

としおれながら言う大臣であった。

「何事も皆前生の報いなのでしょうから、根本的にいえば自分の罪なのです。私のように官位を剝奪《はくだつ》されるほどのことでなくても、勅勘《ちょっかん》の者は普通人と同じように生活していることはよろしくないとされるのはこの国ばかりのことでもありません。私などのは遠くへ追放するという条項もあるのですから、このまま京におりましてはなおなんらかの処罰を受けることと思われます。冤罪《えんざい》であるという自信を持って京に留まっていますことも朝廷へ済まない気がしますし、今以上の厳罰にあわない先に、自分から遠隔の地へ移ったほうがいいと思ったのです」

などと、こまごま源氏は語っていた。大臣は昔の話をして、院がどれだけ源氏を愛しておいでになったかと、その例を引いて、涙をおさえる直衣《のうし》の袖《そで》を顔から離すことができないのである。源氏も泣いていた。若君が無心に祖父と父の間を歩いて、二人に甘えることを楽しんでいるのに心が打たれるふうである。

「亡《な》くなりました娘のことを、私は少しも忘れることができずに悲しんでおりましたが、今度の事によりまして、もしあれが生きておりましたなら、どんなに歎《なげ》くことであろうと、短命で死んで、この悪夢を見ずに済んだことではじめて慰めたのでございます。小さい方が老祖父母の中に残っておいでになって、りっぱな父君に接近されることのない月日の長かろうと思われますことが私には何よりも最も悲しゅうございます。昔の時代には真実罪を犯した者も、これほどの扱いは受けなかったものです。宿命だと見るほかはありません。外国の朝廷にもずいぶんありますように冤罪にお当たりになったのでございます。しかし、それにしてもなんとか言い出す者があって、世間が騒ぎ出して、処罰はそれからのものですが、どうも訳がわかりません」

大臣はいろいろな意見を述べた。三位《さんみ》中将も来て、酒が出たりなどして夜がふけたので源氏は泊まることにした。女房たちをその座敷に集めて話し合うのであったが、源氏の隠れた恋人である中納言の君が、人には言えない悲しみを一人でしている様子を源氏は哀れに思えてならないのである。皆が寝たあとに源氏は中納言を慰めてやろうとした。源氏の泊まった理由はそこにあったのである。翌朝は暗い間に源氏は帰ろうとした。明け方の月が美しくて、いろいろな春の花の木が皆盛りを失って、少しの花が若葉の蔭《かげ》に咲き残った庭に、淡く霧がかかって、花を包んだ霞《かすみ》がぼうとその中を白くしている美は、秋の夜の美よりも身にしむことが深い。隅《すみ》の欄干によりかかって、しばらく源氏は庭をながめていた。中納言の君は見送ろうとして妻戸をあけてすわっていた。

「あなたとまた再会ができるかどうか。むずかしい気のすることだ。こんな運命になることを知らないで、逢えば逢うことのできたころにのんきでいたのが残念だ」

と源氏は言うのであったが、女は何も言わずに泣いているばかりである。

若君の乳母《めのと》の宰相の君が使いになって、大臣夫人の宮の御挨拶《あいさつ》を伝えた。

「お目にかかってお話も伺いたかったのですが、悲しみが先だちまして、どうしようもございませんでしたうちに、もうこんなに早くお出かけになるそうです。そうなさらないではならないことになっておりますことも何という悲しいことでございましょう。哀れな人が眠りからさめますまでお待ちになりませんで」

聞いていて源氏は、泣きながら、

鳥部《とりべ》山燃えし煙もまがふやと海人《あま》の塩焼く浦見にぞ行く

これをお返事の詞《ことば》ともなく言っていた。

「夜明けにする別れはみなこんなに悲しいものだろうか。あなた方は経験を持っていらっしゃるでしょう」

「どんな時にも別れは悲しゅうございますが、今朝《けさ》の悲しゅうございますことは何にも比較ができると思えません」

宰相の君の声は鼻声になっていて、言葉どおり深く悲しんでいるふうであった。

「ぜひお話ししたく存じますこともあるのでございますが、さてそれも申し上げられませんで煩悶《はんもん》をしております心をお察しください。ただ今よく眠っております人に今朝また逢ってまいることは、私の旅の思い立ちを躊躇《ちゅうちょ》させることになるでございましょうから、冷酷であるでしょうがこのままいります」

と源氏は宮へ御挨拶《あいさつ》を返したのである。帰って行く源氏の姿を女房たちは皆のぞいていた。落ちようとする月が一段明るくなった光の中を、清艶《せいえん》な容姿で、物思いをしながら出て行く源氏を見ては、虎《とら》も狼《おおかみ》も泣かずにはいられないであろう。ましてこの人たちは源氏の少年時代から侍していたのであるから、言いようもなくこの別れを悲しく思ったのである。源氏の歌に対して宮のお返しになった歌は、

亡《な》き人の別れやいとど隔たらん煙となりし雲井ならでは

というのである。今の悲しみに以前の死別の日の涙も添って流れる人たちばかりで、左大臣家は女のむせび泣きの声に満たされた。

源氏が二条の院へ帰って見ると、ここでも女房は宵《よい》からずっと歎《なげ》き明かしたふうで、所々にかたまって世の成り行きを悲しんでいた。家職の詰め所を見ると、親しい侍臣は源氏について行くはずで、その用意と、家族たちとの別れを惜しむために各自が家のほうへ行っていてだれもいない。家職以外の者も始終集まって来ていたものであるが、訪《たず》ねて来ることは官辺の目が恐ろしくてだれもできないのである。これまで門前に多かった馬や車はもとより影もないのである。人生とはこんなに寂しいものであったのだと源氏は思った。食堂の大食卓なども使用する人数が少なくて、半分ほどは塵《ちり》を積もらせていた。畳は所々裏向けにしてあった。自分がいるうちにすでにこうである、まして去ってしまったあとの家はどんなに荒涼たるものになるだろうと源氏は思った。西の対《たい》へ行くと、格子《こうし》を宵のままおろさせないで、物思いをする夫人が夜通し起きていたあとであったから、縁側の所々に寝ていた童女などが、この時刻にやっと皆起き出して、夜の姿のままで往来するのも趣のあることであったが、気の弱くなっている源氏はこんな時にも、何年かの留守《るす》の間にはこうした人たちも散り散りにほかへ移って行ってしまうだろうと、そんなはずのないことまでも想像されて心細くなるのであった。源氏は夫人に、左大臣家を別れに訪《たず》ねて、夜がふけて一泊したことを言った。

「それをあなたはほかの事に疑って、くやしがっていませんでしたか。もうわずかしかない私の京の時間だけは、せめてあなたといっしょにいたいと私は望んでいるのだけれど、いよいよ遠くへ行くことになると、ここにもかしこにも行っておかねばならない家が多いのですよ。人間はだれがいつ死ぬかもしれませんから、恨めしいなどと思わせたままになっては悪いと思うのですよ」

「あなたのことがこうなった以外のくやしいことなどは私にない」

とだけ言っている夫人の様子にも、他のだれよりも深い悲しみの見えるのを、源氏はもっともであると思った。父の親王は初めからこの女王《にょおう》に、手もとで育てておいでになる姫君ほどの深い愛を持っておいでにならなかったし、また現在では皇太后派をはばかって、よそよそしい態度をおとりになり、源氏の不幸も見舞いにおいでにならないのを、夫人は人聞きも恥ずかしいことであると思って、存在を知られないままでいたほうがかえってよかったとも悔やんでいた。継母である宮の夫人が、ある人に、

「あの人が突然幸福な女になって出現したかと思うと、すぐにもうその夢は消えてしまうじゃないか。お母《かあ》さん、お祖母《ばあ》さん、今度は良人《おっと》という順にだれにも短い縁よりない人らしい」

と言った言葉を、宮のお邸《やしき》の事情をよく知っている人があって話したので、女王は情けなく恨めしく思って、こちらからも音信をしない絶交状態であって、そのほかにはだれ一人たよりになる人を持たない孤独の女王であった。

「私がいつまでも現状に置かれるのだったら、どんなひどい侘《わ》び住居《ずまい》であってもあなたを迎

えます。今それを実行することは人聞きが穏やかでないから、私は遠慮してしないだけです。勅勘の人というものは、明るい日月の下へ出ることも許されていませんからね。のんきになっていては罪を重ねることになるのです。私は犯した罪のないことは自信しているが、前生の因縁か何かでこんなことにされているのだから、まして愛妻といっしょに配所へ行ったりすることは例のないことだから、常識では考えることもできないようなことをする政府にまた私を迫害する口実を与えるようなものですからね」

などと源氏は語っていた。昼に近いころまで源氏は寝室にいたが、そのうちに帥《そつ》の宮がおいでになり、三位中将も来邸した。面会をするために源氏は着がえをするのであったが、

「私は無位の人間だから」

と言って、無地の直衣《のうし》にした。それでかえって艶《えん》な姿になったようである。鬢《びん》を掻《か》くために鏡台に向かった源氏は、痩《や》せの見える顔が我ながらきれいに思われた。

「ずいぶん衰えたものだ。こんなに痩せているのが哀れですね」

と源氏が言うと、女王は目に涙を浮かべて鏡のほうを見た。源氏の心は悲しみに暗くなるばかりである。

　身はかくてさすらへぬとも君があたり去らぬ鏡のかげははなれじ

と源氏が言うと、

別れても影だにとまるものならば鏡を見てもなぐさめてまし

言うともなくこう言いながら、柱に隠されるようにして涙を紛らしている若紫の優雅な美は、なおだれよりもすぐれた恋人であると源氏にも認めさせた。親王と三位中将は身にしむ話をして夕方帰った。

花散里《はなちるさと》が心細がって、今度のことが決まって以来始終手紙をよこすのも、源氏にはもっともなことと思われて、あの人ももう一度逢いに行ってやらねば恨めしく思うであろうという気がして、今夜もまたそこへ行くために家を出るのを、源氏は自身ながらも物足らず寂しく思われて、気が進まなかったために、ずっとふけてから来たのを、

「ここまでも別れにお歩きになる所の一つにしてお寄りくださいましたとは」

こんなことを言って喜んだ女御《にょご》のことなどは少し省略して置く。この心細い女兄弟は源氏の同情によってわずかに生活の体面を保っているのであるから、今後はどうなって行くかというような不安が、寂しい家の中に漂っているように源氏は見た。おぼろな月がさしてきて、広い池のあたり、木の多い築山《つきやま》のあたりが寂しく見渡された時、まして須磨の浦は寂しいであろうと源氏は思った。西座敷にいる姫君は、出発の前二日になってはもう源氏の来訪は受けられないものと思って、気をめいらせていたのであったが、しめやかな月の光の中を、源氏がこちらへ歩いて来たのを知って、静かに膝行《いざ》って出た。そしてそのまま二人は並んで月をながめながら語っているうちに明け方近い時になった。

「夜が短いのですね。ただこんなふうにだけでもいっしょにいられることがもうないかもしれませんね。私たちがまだこんないやな世の中の渦中《かちゅう》に巻き込まれないでいられたころを、なぜむだにばかりしたのでしょう。過去にも未来にも例の少ないような不幸な男になるのを知らないで、あなたといっしょにいてよい時間をなぜこれまでにたくさん作らなかったのだろう」

恋の初めから今日までのことを源氏が言い出して、感傷的な話の尽きないのであるが、鶏もうたびたび鳴いた。源氏はやはり世間をはばかって、ここからも早暁に出て行かねばならないのである。月がすっとはいってしまう時のような気がして女心は悲しかった。月の光がちょうど花散里《はなちるさと》の袖の上にさしているのである。「宿る月さへ濡《ぬ》るる顔なる」という歌のようであった。

月影の宿れる袖《そで》は狭くともとめてぞ見ばや飽かぬ光を

こう言って、花散里の悲しがっている様子があまりに哀れで、源氏のほうから慰めてやらねばならなかった。

「行きめぐりつひにすむべき月影のしばし曇らん空なながめそ

はかないことだ。私は希望を持っているのだが、反対に涙が流れてきて心を暗くされますよ」

と源氏は言って、夜明け前の一時的に暗くなるころに帰って行った。

源氏はいよいよ旅の用意にかかった。源氏に誠意を持って仕えて、現在の権勢に媚《こ》びることを思わない人たちを選んで、家司《けいし》として留守《るす》中の事務を扱う者をまず上から下まで定めた。随行するのは特にまたその中から選ばれた至誠の士である。隠栖《いんせい》の用に持って行くのは日々必要な物だけで、それも飾りけのない質素な物を選んだ。それから書籍類、詩集などを入れた箱、そのほかには琴を一つだけ携えて行くことにした。たくさんにある手道具や華奢《かしゃ》な工芸品は少しも持って行かない。一平民の質素な隠栖者になろうとするのである。源氏は今まで召し使っていた男女をはじめ、家のこと全部を西の対へ任せることにした。私領の荘園、牧場、そのほか所有権のあるものの証券も皆夫人の手もとへ置いて行くのであった。なおそのほかに物資の蓄蔵されてある幾つの倉庫、納殿《おさめどの》などのことも、信用する少納言の乳母《めのと》を上にして何人かの家司をそれにつけて、夫人の物としてある財産の管理上の事務を取らせることに計らったのである。

これまで東の対の女房として源氏に直接使われていた中の、中務《なかつかさ》、中将などという源氏の愛人らは、源氏の冷淡さに恨めしいところはあっても、接近して暮らすことに幸福を認めて満足していた人たちで、今後は何を楽しみに女房勤めができようと思ったのであるが、

「長生きができてまた京へ帰るかもしれない私の所にいたいと思う人は西の対で勤めているがいい」

と源氏は言って、上から下まですべての女房を西の対へ来させた。そして女の生活に必要な絹布類を豊富に分けて与えた。左大臣家にいる若君の乳母たちへも、また花散里へもそのこと

をした。華美な物もあったが、何年間かに必要な実用的な物も多くそろえて贈ったのである。源氏はまた途中の人目を気づかいながら尚侍《ないしのかみ》の所へも別れの手紙を送った。

あなたから何とも言ってくださらないのも道理なようには思えますが、いよいよ京を去る時になってみますと、悲しいと思われることも、恨めしさも強く感ぜられます。

逢瀬《あふせ》なき涙の川に沈みしや流るるみをの初めなりけん

こんなに人への執着が強くては仏様に救われる望みもありません。

間で盗み見されることがあやぶまれて細かには書けなかったのである。手紙を読んだ尚侍は非常に悲しがった。流れて出る涙はとめどもなかった。

涙川浮ぶ水沫《みなわ》も消えぬべし別れてのちの瀬をもまたずて

泣き泣き乱れ心で書いた、乱れ書きの字の美しいのを見ても、源氏の心は多く惹《ひ》かれて、この人と最後の会見をしないで自分は行かれるであろうかとも思ったが、いろいろなことが源氏を反省させた。恋しい人の一族が源氏の排斥を企てたのであることを思って、またその人の立場の苦しさも推し量って、手紙を送る以上のことはしなかった。

出立の前夜に源氏は院のお墓へ謁するために北山へ向かった。明け方にかけて月の出るころであったから、それまでの時間に源氏は入道の宮へお暇乞《いとまご》いに伺候した。お居間の御簾《みす》の前に源氏の座が設けられて、宮御自身でお話しになるのであった。宮は東宮のことを限りもなく不安に思召《おぼしめ》す御様子である。聡明《そうめい》な男女が熱を内に包んで別れの言葉をかわしたのであるが、それには洗練された悲哀というようなものがあった。昔に少しも変わっておいでにならないなつかしい美しい感じの受け取れる源氏は、過去の十数年にわたる思慕に対して、冷たい理智《りち》の一面よりお見せにならなかった恨みも言ってみたい気になるのであったが、今は尼であって、いっそう道義的になっておいでになる方にうとましいと思われまいとも考え、自分ながらもその口火を切ってしまえば、どこまで頭が混乱してしまうかわからない恐れもあって心をおさえた。

「こういたしました意外な罪に問われますことになりましても、私は良心に思い合わされることが一つございまして空恐ろしく存じます。私はどうなりましても東宮が御無事に即位あそばせば私は満足いたします」

とだけ言った。それは真実の告白であった。宮も皆わかっておいでになることであったから源氏のこの言葉で大きな衝動をお受けになっただけで、何ともお返辞はあそばさなかった。初恋人への怨恨《えんこん》、父性愛、別離の悲しみが一つになって泣く源氏の姿はあくまでも優雅であった。

「これから御陵へ参りますが、お言《こと》づてがございませんか」

と源氏は言ったが、宮のお返辞はしばらくなかった。躊躇《ちゅうちょ》をしておいでになる御様子である。

見しは無く有るは悲しき世のはてを背《そむ》きしかひもなくなくぞ経《ふ》る

宮はお悲しみの実感が余って、歌としては完全なものがおできにならなかった。

別れしに悲しきことは尽きにしをまたもこの世の憂《う》さは勝《まさ》れる

これは源氏の作である。やっと月が出たので、三条の宮を源氏は出て御陵へ行こうとした。供はただ五、六人つれただけである。下の侍も親しい者ばかりにして馬で行った。今さらなことではあるが以前の源氏の外出に比べてなんという寂しい一行であろう。家従たちも皆悲しんでいたが、その中に昔の斎院の御禊《みそぎ》の日に大将の仮の随身になって従って出た蔵人《くろうど》を兼ねた右近衛将曹《こんえしょうそう》は、当然今年は上がるはずの位階も進められず、蔵人所の出仕は止められ、官を奪われてしまったので、これも進んで須磨へ行く一人になっているのであるが、この男が下加茂《しもがも》の社《やしろ》がはるかに見渡される所へ来ると、ふと昔が目に浮かんで来て、馬から飛びおりるとすぐに源氏の馬の口を取って歌った。

ひきつれて葵《あふひ》かざせしそのかみを思へばつらし加茂のみづがき

どんなにこの男の心は悲しいであろう、その時代にはだれよりもすぐれてはなやかな青年であったのだから、と思うと源氏は苦しかった。自身もまた馬からおりて加茂の社《やしろ》を遥拝《ようはい》してお暇乞《いとまご》いを神にした。

うき世をば今ぞ離るる留《とど》まらん名をばただすの神に任せて

と歌う源氏の優美さに文学的なこの青年は感激していた。

父帝の御陵に来て立った源氏は、昔が今になったように思われて、御在世中のことが目の前に見える気がするのであったが、しかし尊い君王も過去の方になっておしまいになっては、最愛の御子の前へも姿をお出しになることができないのは悲しいことである。いろいろのことを源氏は泣く泣く訴えたが、何のお答えも承ることができない。自分のためにあそばされた数々の御遺言はどこへ皆失われたものであろうと、そんなことがまたここで悲しまれる源氏であった。御墓のある所は高い雑草がはえていて、分けてはいる人は露に全身が潤うのである。この時は月もちょうど雲の中へ隠れていて、前方の森が暗く続いているためにきわまりもなくものすごい。もうこのまま帰らないでもいいような気がして、一心に源氏が拝んでいる時に、昔のままのお姿が幻に見えた。それは寒けがするほどはっきりと見えた幻であった。

亡《な》き影やいかで見るらんよそへつつ眺《なが》むる月も雲隠れぬる

もう朝になるころ源氏は二条の院へ帰った。源氏は東宮へもお暇乞いの御挨拶《あいさつ》をした。中宮は王命婦《おうみょうぶ》を御自身の代わりに宮のおそばへつけておありになるので、その部屋のほうへ手紙を持たせてやったのである。

いよいよ今日京を立ちます。もう一度伺って宮に拝顔を得ませぬことが、何の悲しみよりも大きい悲しみに私は思われます。何事も胸中を御推察くだすって、よろしきように宮へ申し上げてください。

いつかまた春の都の花を見ん時うしなへる山がつにして

この手紙は、桜の花の大部分は散った枝へつけてあった。命婦は源氏の今日の出立を申し上げて、この手紙を東宮にお目にかけると、御幼年ではあるがまじめになって読んでおいでになった。

「お返事はどう書きましたらよろしゅうございましょう」

「しばらく逢わないでも私は恋しいのであるから、遠くへ行ってしまったら、どんなに苦しくなるだろうと思うとお書き」

と宮は仰せられる。なんという御幼稚さだろうと思って命婦はいたましく宮をながめていた。苦しい恋に夢中になっていた昔の源氏、そのある日の場合、ある夜の場合を命婦は思い出して、その恋愛がなかったならお二人にあの長い苦労はさせないでよかったのであろうと思うと、自身に責任があるように思われて苦しかった。返事は、

何とも申しようがございません。宮様へは申し上げました。お心細そうな御様子を拝見いたします私も非常に悲しゅうございます。

と書いたあとは、悲しみに取り乱してよくわからぬ所があった。

咲きてとく散るは憂《う》けれど行く春は花の都を立ちかへり見よ

また御運の開けることがきっとございましょう。

とも書いて出したが、そのあとでも他の女房たちといっしょに悲しい話をし続けて、東宮の御殿は忍び泣きの声に満ちていた。一日でも源氏を見た者は皆不幸な旅に立つことを悲しんで惜しまぬ人もないのである。まして常に源氏の出入りしていた所では、源氏のほうへは知られていない長女《おさめ》、御厠人《みかわやうど》などの下級の女房までも源氏の慈愛を受けていて、たとえ短い期間で悪夢は終わるとしても、その間は源氏を見ることのできないのを歎《なげ》いていた。世間もだれ一人今度の当局者の処置を至当と認める者はないのであった。七歳から夜も昼も父帝のおそばにいて、源氏の言葉はことごとく通り、源氏の推薦はむだになることもなかった。官吏はだれも源氏の恩をこうむらないものはないのである。源氏に対して感謝の念のない者はないのである。大官の中にも弁官の中にもそんな人は多かった。それ以下は無数である。皆が皆恩を忘れているのではないが、報復に手段を選ばない恐ろしい政府をはばかって、現在の源氏に好意を表示しに来る人はないのである。社会全体が源氏を惜しみ、陰では政府をそしる者、恨む者はあっても、自己を犠牲にしてまで、源氏に同情しても、それが源氏のために何ほどのことにもならぬと思うのであろうが、恨んだりすることは紳士らしくないことであると思いながらも、源氏の心にはつい恨めしくなる人たちもさすがに多くて、人生はいやなものであると何につけても思われた。

当日は終日夫人と語り合っていて、そのころの例のとおりに早暁に源氏は出かけて行くのであった。狩衣《かりぎぬ》などを着て、簡単な旅装をしていた。

「月が出てきたようだ。もう少し端のほうへ出て来て、見送ってだけでもください。あなたに話すことがたくさん積もったと毎日毎日思わなければならないでしょうよ。一日二日ほかにいても話がたまり過ぎる苦しい私なのだ」

と言って、御簾《みす》を巻き上げて、縁側に近く女王《にょおう》を誘うと、泣き沈んでいた夫人はためらいながら膝行《いざ》って出た。月の光のさすところに非常に美しく女王はすわっていた。自分が旅中に死んでしまえばこの人はどんなふうになるであろうと思うと、源氏は残して行くのが気がかりになって悲しかったが、そんなことを思い出せば、いっそうこの人を悲しませることになると思って、

「生ける世の別れを知らで契りつつ命を人に限りけるかな

はかないことだった」

とだけ言った。悲痛な心の底は見せまいとしているのであった。

惜しからぬ命に代へて目の前の別れをしばしとどめてしがな

と夫人は言う。それが真実の心の叫びであろうと思うと、立って行けない源氏であったが、夜が明けてから家を出るのは見苦しいと思って別れて行った。

道すがらも夫人の面影が目に見えて、源氏は胸を悲しみにふさがらせたまま船に乗った。日の長いころであったし、追い風でもあって午後四時ごろに源氏の一行は須磨に着いた。旅をしたことのない源氏には、心細さもおもしろさも皆はじめての経験であった。大江殿という所は

荒廃していて松だけが昔の名残《なごり》のものらしく立っていた。

唐国《からくに》に名を残しける人よりもゆくへ知られぬ家居《いへゐ》をやせん

と源氏は口ずさまれた。渚《なぎさ》へ寄る波がすぐにまた帰る波になるのをながめて、「いとどしく過ぎ行く方の恋しきにうらやましくも帰る波かな」これも源氏の口に上った。だれも知った業《なり》平朝臣《ひらあそん》の古歌であるが、感傷的になっている人々はこの歌に心を打たれていた。来たほうを見ると山々が遠く霞《かす》んでいて、三千里外の旅を歌って、櫂《かい》の雫《しずく》に泣いた詩の境地にいる気もした。

ふる里を峯の霞《かすみ》は隔つれど眺《なが》むる空は同じ雲井か

総てのものが寂しく悲しく見られた。隠栖《いんせい》の場所は行平《ゆきひら》が「藻塩垂《もしほた》れつつ侘《わ》ぶと答へよ」と歌って住んでいた所に近くて、海岸からはややはいったあたりで、きわめて寂しい山の中である。めぐらせた垣根《かきね》も見馴《みな》れぬ珍しい物に源氏は思った。茅葺《かやぶ》きの家であって、それに葦葺《あし》きの廊にあたるような建物が続けられた風流な住居《すまい》になっていた。都会の家とは全然変わったこの趣も、ただの旅にとどまる家であったならきっとおもしろく思われるに違いないと平生の趣味から源氏は思ってながめていた。ここに近い領地の預かり人などを呼び出して、いろいろな仕事を命じたり、良清朝臣《よしきよあそん》などが家職の下役しかせぬことにも奔走するのも哀れであった。きわめて短時日のうちにその家もおもしろい上品な山荘になった。水の流れを深くさせたり、木を植えさせたりして落ち着いてみればみるほど夢の気がした。摂津守《せっつのかみ》も以前から源氏に隷属していた男であったから、公然ではないが好意を寄せていた。そんなことで、準配所であるべき家も人出入りは多いのであるが、はかばかしい話し相手はなくて外国にでもいるように源氏は思われるのであった。こうしたつれづれな生活に何年も辛抱《しんぼう》することができるであろうかと源氏はみずから危《あやぶ》んだ。

旅住居《ずまい》がようやく整った形式を備えるようになったころは、もう五月雨《さみだれ》の季節になっていて、源氏は京の事がしきりに思い出された。恋しい人が多かった。歎《なげ》きに沈んでいた夫人、東宮のこと、無心に元気よく遊んでいた若君、そんなことばかりを思って悲しんでいた。源氏は京へ使いを出すことにした。二条の院へと入道の宮へとの手紙は容易に書けなかった。宮へは、

松島のあまの苫屋《とまや》もいかならん須磨の浦人しほたるる頃《ころ》

いつもそうでございますが、ことに五月雨にはいりましてからは、悲しいことも、昔の恋しいこともひときわ深く、ひときわ自分の世界が暗くなった気がいたされます。

というのであった。尚侍《ないしのかみ》の所へは、例のように中納言の君への私信のようにして、その中へ入れたのには、

流人《るにん》のつれづれさに昔の追想されることが多くなればなるほど、お逢いしたくてならない気ばかりがされます。

こりずまの浦のみるめのゆかしきを塩焼くあまやいかが思はん

と書いた。なお言葉は多かった。左大臣へも書き、若君の乳母《めのと》の宰相の君へも育児についての注意を源氏は書いて送った。

京では須磨の使いのもたらした手紙によって思い乱れる人が多かった。二条の院の女王《にょおう》は起き上がることもできないほどの衝撃を受けたのである。焦《こが》れて泣く女王を女房たちはなだめかねて心細い思いをしていた。源氏の使っていた手道具、常に弾《ひ》いていた楽器、脱いで行った衣服の香などから受ける感じは、夫人にとっては人の死んだ跡のようにはげしいものらしかった。夫人のこの状態がまた苦労で、少納言は北山の僧都《そうず》に祈禱《きとう》のことを頼んだ。北山では哀れな肉親の夫人のためと、源氏のために修法《しゅほう》をした。夫人の歎《なげ》きの心が静まっていくことと、幸福な日がまた二人の上に帰ってくることを仏に祈ったのである。二条の院では夏の夜着類も作って須磨へ送ることにした。無位無官の人の用いる縑《かとり》の絹の直衣《のうし》、指貫《さしぬき》の仕立てられていくのを見ても、かつて思いも寄らなかった悲哀を夫人は多く感じた。鏡の影ほどの確かさで心は常にあなたから離れないだろうと言った、恋しい人の面影はその言葉のとおりに目から離れなくても、現実のことでないことは何にもならなかった。源氏がそこから出入りした戸口、よりかかっていることの多かった柱も見ては胸が悲しみでふさがる夫人であった。今の悲しみの量を過去の幾つの事に比べてみることができたりする年配の人であっても、こんなことは堪えられないに違いないのを、だれよりも睦《むつ》まじく暮らして、ある時は父にも母にもなって愛撫《あいぶ》された保護者で良人《おっと》だった人ににわかに引き離されて女王が源氏を恋しく思うのはもっともである。死んだ人であれば悲しい中にも、時間があきらめを教えるのであるが、これは遠い十万億土ではないが、いつ帰るとも定めて思えない別れをしているのであるのを夫人はつらく思うのである。

入道の宮も東宮のために源氏が逆境に沈んでいることを悲しんでおいでになった。そのほか源氏との宿命の深さから思っても宮のお歎《なげ》きは、複雑なものであるに違いない。これまではただ世間が恐ろしくて、少しの憐《あわれ》みを見せれば、源氏はそれによって身も世も忘れた行為に出ることが想像されて、動く心もおさえる一方にして、御自身の心までも無視して冷淡な態度を取り続けられたことによって、うるさい世間であるにもかかわらず何の噂《うわさ》も立たないで済んだのである。源氏の恋にも御自身の内の感情にも成長を与えなかったのは、ただ自分の苦しい努力があったからであると思召《おぼしめ》される宮が、尼におなりになって、源氏が対象とすべくもない解放された境地から源氏を悲しくも恋しくも今は思召されるのであった。お返事も以前のものに比べて情味があった。

このごろはいっそう、

しほたるることをやくにて松島に年経《ふ》るあまもなげきをぞ積む

というのであった。尚侍《ないしのかみ》のは、

浦にたくあまたにつつむ恋なれば燻《くゆ》る煙よ行く方《かた》ぞなき

今さら申し上げるまでもないことを略します。

という短いので、中納言の君は悲しんでいる尚侍の哀れな状態を報じて来た。身にしむ節々《ふしぶし》もあって源氏は涙がこぼれた。紫の女王のは特別にこまやかな情のこめられた源氏の手紙の返事であったから、身にしむことも多く書かれてあった。

浦人の塩汲《く》む袖《そで》にくらべ見よ波路隔つる夜の衣を

という夫人から、使いに託してよこした夜着や衣服類に洗練された趣味のよさが見えた。源氏はどんなことにもすぐれた女になった女王がうれしかった。青春時代の恋愛も清算して、この人と静かに生を楽しもうとする時になっていたものをと思うと、源氏は運命が恨めしかった。夜も昼も女王の面影を思うことになって、堪えられぬほど恋しい源氏は、やはり若紫は須磨へ迎えようという気になった。左大臣からの返書には若君のことがいろいろと書かれてあって、それによってまた平生以上に子と別れている親の情は動くのであるが、頼もしい祖父母たちがついていられるのであるから、気がかりに思う必要はないとすぐに考えられて、子の闇《やみ》という言葉も、愛妻を思う煩悩《ぼんのう》の闇に比べて薄いものらしくこの人には見えた。

源氏が須磨へ移った初めの記事の中に筆者は書き洩《も》らしてしまったが伊勢《いせ》の御息所《みやすどころ》のほうへも源氏は使いを出したのであった。あちらからもまたはるばると文《ふみ》を持って使いがよこされた。熱情的に書かれた手紙で、典雅な筆つきと見えた。

どうしましても現実のことと思われませんような御隠栖《いんせい》のことを承りました。あるいはこれもまだ私の暗い心から、夜の夢の続きを見ているのかもしれません。なお幾年もそうした運命の中にあなたがお置かれになることはおそらくなかろうと思われます。それを考えますと、罪の深い私は何時をはてともなくこの海の国にさすらえていなければならないことかと思われます。

うきめかる伊勢をの海人《あま》を思ひやれもしほ垂《た》るてふ須磨の浦にて

世の中はどうなるのでしょう。不安な思いばかりがいたされます。

伊勢島や潮干《しほひ》のかたにあさりても言ふかひなきはわが身なりけり

などという長いものである。源氏の手紙に衝動を受けた御息所はあとへあとへと書き続《つ》いで、白い支那《しな》の紙四、五枚を巻き続けてあった。書風も美しかった。愛していた人であったが、その人の過失的な行為を、同情の欠けた心で見て恨んだりしたことから、御息所も恋をなげうって遠い国へ行ってしまったのであると思うと、源氏は今も心苦しくて、済まない目にあわせた人として御息所を思っているのである。そんな所へ情のある手紙が来たのであったから、使いまでも恋人のゆかりの親しい者に思われて、二、三日滞留させて伊勢の話を侍臣たちに問わせたりした。若やかな気持ちのよい侍であった。閑居のことであるから、そんな人もやや近い所でほのかに源氏の風貌《ふうぼう》に接することもあって侍は喜びの涙を流していた。伊勢の消息に感動した源氏の書く返事の内容は想像されないこともない。

こうした運命に出逢う日を予知していましたなら、どこよりも私はあなたとごいっしょの旅に出てしまうべきだったなどと、つれづれさから癖になりました物思いの中にはそれがよく思われます。心細いのです。

伊勢人の波の上漕ぐ小船《をぶね》にもうきめは刈らで乗らましものを

あまがつむ歎《なげ》きの中にしほたれて何時《いつ》まで須磨の浦に眺《なが》めん

いつ口ずからお話ができるであろうと思っては毎日同じように悲しんでおります。

というのである。こんなふうに、どの人へも相手の心の慰むに足るような愛情を書き送って来た。

は返事を得る喜びにまた自身を慰めている源氏であった。花散里《はなちるさと》も悲しい心を書き送って

どれにも個性が見えて、恋人の手紙は源氏を慰めぬものもないが、また物思いの催される種《たね》と

もなるのである。

荒れまさる軒のしのぶを眺めつつ繁《しげ》くも露のかかる袖かな

と歌っている花散里は、高くなったという雑草のほかに後見《うしろみ》をする者のない身の上なのであ

ると源氏は思いやって、長雨に土塀《どべい》がところどころ崩《くず》れたことも書いてあったために、京の家《けい》

司《し》へ命じてやって、近国にある領地から人夫を呼ばせて花散里の邸《やしき》の修理をさせた。

尚侍《ないしのかみ》は源氏の追放された直接の原因になった女性であるから、世間からは嘲笑《ちょうしょう》的に注視さ

れ、恋人には遠く離れて、深い歎《なげ》きの中に溺《おぼ》れているのを、大臣は最も愛している娘であった

から憐《あわ》れに思って、熱心に太后へ取りなしをしたし、帝《みかど》へもお詫びを申し上げたので、尚侍は

公式の女官長であって、燕寝《えんしん》に侍する女御《にょご》、更衣《こうい》が起こした問題ではないから、過失として勅

免があればそれでよいということになった。帝の御愛寵《あいちょう》を裏切って情人を持った点をお憎みになったのであるが、赦免の宣旨《せんじ》が出て宮中へまたはいることになっても、尚侍の心は源氏の恋しさに満たされていた。七月になってその事が実現された。非常なお気に入りであったのであるから、人の譏《そし》りも思召《おぼしめ》さずに、お常御殿の宿直所《とのいどころ》にばかり尚侍は置かれていた。お恨みになったり、永久に変わらぬ愛の誓いを仰せられたりする帝の御風采《ふうさい》はごりっぱで、優美な方なのであるが、これを飽き足らぬものとは自覚していないが、なお尚侍には源氏ばかりが恋しいというのはもったいない次第である。音楽の合奏を侍臣たちにさせておいでになる時に、帝は尚侍へ、

「あの人がいないことは寂しいことだ。私でもそう思うのだから、ほかにはもっと痛切にそう思われる人があるだろう。何の上にも光というものがなくなった気がする」

と仰せられるのであった。それからまた、

「院の御遺言にそむいてしまった。私は死んだあとで罰せられるに違いない」

と涙ぐみながらお言いになるのを聞いて、尚侍は泣かずにいられなかった。

「人生はつまらないものだという気がしてきて、それとともにもう決して長くは生きていられないように思われる。私がなくなってしまった時、あなたはどう思いますか、旅へ人の行った時の別れ以上に悲しんでくれないでは私は失望する。生きている限り愛し合おうという約束をして満足している人たちに、私のあなたを思う愛の深さはわからないだろう。私は来世に行ってまであなたと愛し合いたいのだ」

となつかしい調子で仰せられる、それにはお心の底からあふれるような愛が示されていることであったから、尚侍の涙はほろほろとこぼれた。

「そら、涙が落ちる、どちらのために」

と帝はお言いになった。

「今まで私に男の子のないのが寂しい。東宮を院のお言葉どおりに自分の子のように私は考えているのだが、いろいろな人間が間にいて、私の愛が徹底しないから心苦しくてならない」

などとお語りになる。御意志によらない政治を行なう者があって、それを若いお心の弱さはどうなされようもなくて御煩悶《はんもん》が絶えないらしい。

秋風が須磨の里を吹くころになった。海は少し遠いのであるが、須磨の関も越えるほどの秋の波が立つと行平《ゆきひら》が歌った波の音が、夜はことに高く響いてきて、堪えがたく寂しいものは謫《たっ》居《きょ》の秋であった。居間に近く宿直《とのい》している少数の者も皆眠っていて、一人の源氏だけがさめて一つ家の四方の風の音を聞いていると、すぐ近くにまで波が押し寄せて来るように思われた。落ちるともない涙にいつか枕《まくら》は流されるほどになっている。琴《きん》を少しばかり弾《ひ》いてみたが、自身ながらもすごく聞こえるので、弾きさして、

恋ひわびて泣く音《ね》に紛《まが》ふ浦波は思ふ方より風や吹くらん

と歌っていた。惟光《これみつ》たちは悽惨《せいさん》なこの歌声に目をさましてから、いつか起き上がって訳もなくすすり泣きの声を立てていた。その人たちの心を源氏が思いやるのも悲しかった。自分一人

のために、親兄弟も愛人もあって離れがたい故郷に別れて漂泊の人に彼らはなっているのである と思うと、自分の深い物思いに落ちたりしていることは、その上彼らを心細がらせることであろうと源氏は思って、昼間は皆といっしょに戯談《じようだん》を言って旅愁を紛らそうとしたり、いろいろの紙を継がせて手習いをしたり、珍しい支那《しな》の綾《あや》などに絵を描《か》いたりした。その絵を屛風《びようぶ》に貼《は》らせてみると非常におもしろかった。源氏は京にいたころ、風景を描くのに人の話した海陸の好風景を想像して描いたが、写生のできる今日になって描かれる絵は生き生きとした生命《いのち》があって傑作が多かった。

「現在での大家だといわれる千枝《ちえだ》とか、常則《つねのり》とかいう連中を呼び寄せて、ここを密画に描かせたい」

とも人々は言っていた。美しい源氏と暮らしていることを無上の幸福に思って、四、五人はいつも離れずに付き添っていた。庭の秋草の花のいろいろに咲き乱れた夕方に、海の見える廊のほうへ出てながめている源氏の美しさは、あたりの物が皆素描《あらがき》の画《え》のような寂しい物であるだけいっそう目に立って、この世界のものとは思えないのである。柔らかい白の綾《あや》に薄紫を重ねて、藍《あい》がかった直衣《のうし》を、帯もゆるくおおように締めた姿で立ち「釈迦牟尼仏弟子《しやかむにぶつでし》」と名のって経文を暗誦《そらよ》みしている声もきわめて優雅に聞こえた。幾つかの船が唄声《うたごえ》を立てながら沖のほうを漕《こ》ぎまわっていた。形はほのかで鳥が浮いているほどにしか見えぬ船で心細い気がするのであった。上を通る一列の雁《かり》の声が楫《かじ》の音によく似ていた。涙を払う源氏の手の色が、掛けた黒木の数珠《じゆず》に引き立って見える美しさは、故郷《ふるさと》の女恋しくなっている青年たちの心を十分に緩和させる力があった。

初雁《はつかり》は恋しき人のつらなれや旅の空飛ぶ声の悲しき

と源氏が言う。良清《よしきよ》、

かきつらね昔のことぞ思ほゆる雁はそのよの友ならねども

民部大輔惟光《みんぶたゆうこれみつ》、

心から常世《とこよ》を捨てて鳴く雁を雲のよそにも思ひけるかな

前右近丞《ぜんうこんのじよう》が、

「常世《とこよ》出《い》でて旅の空なるかりがねも列《つら》に後《おく》れぬほどぞ慰む

仲間がなかったらどんなだろうと思います」

と言った。常陸介《ひたちのすけ》になった親の任地へも行かずに彼はこちらへ来ているのである。煩悶《はんもん》はしているであろうが、いつもはなやかな誇りを見せて、屈託なくふるまう青年である。明るい月が出て、今日が中秋の十五夜であることに源氏は気がついた。宮廷の音楽が思いやられて、どこでもこの月をながめているであろうと思うと、月の顔ばかりが見られるのであった。「二千《にせん》里外故人心《りぐわいこじんのこころ》」と源氏は吟じた。青年たちは例のように涙を流して聞いているのである。

この月を入道の宮が「霧や隔つる」とお言いになった去年の秋が恋しく、それからそれへといろいろな場合の初恋人への思い出に心が動いて、しまいには声を立てて源氏は泣いた。

「もうよほど更《ふ》けました」

と言う者があっても源氏は寝室へはいろうとしない。

見るほどぞしばし慰むめぐり合はん月の都ははるかなれども

その去年の同じ夜に、なつかしい御調子で昔の話をいろいろあそばすふうが院によく似ておいでになった帝も源氏は恋しく思い出していた。「恩賜御衣今在此《おんしのぎょいいまここにあり》」と口ずさみながら源氏は居間へはいった。恩賜の御衣もそこにあるのである。

憂《う》しとのみひとへに物は思ほえで左右にも濡《ぬ》るる袖《そで》かな

とも歌われた。

このころに九州の長官の大弐《だいに》が上って来た。大きな勢力を持っていて一門郎党の数が多く、また娘たくさんな大弐でもあったから、婦人たちにだけ船の旅をさせた。そして所々で陸を行く男たちと海の一行とが合流して名所の見物をしながら来たのであるが、どこよりも風景の明媚《めいび》な須磨の浦に源氏の大将が隠栖《いんせい》していられるということを聞いて、若いお洒落《しゃれ》な年ごろの娘たちは、だれも見ぬ船の中にいながら身なりを気に病んだりした。その中に源氏の情人であった五節《ごせち》の君は、須磨に上陸ができるのでもなくて哀愁の情に堪えられないものがあった。源氏の弾《ひ》く琴の音《ね》が浦風の中に混じってほのかに聞こえて来た時、この寂しい海べと薄倖《はっこう》な貴人とを考え合わせて、人並みの感情を持つ者は皆泣いた。大弐は源氏へ挨拶《あいさつ》をした。

「はるかな田舎《いなか》から上ってまいりました私は、京へ着けばまず伺候いたしまして、あなた様から都のお話を伺わせていただきますことを空想したものでございました。意外な政変のために御隠栖《いんせい》になっておりますす土地を今日通ってまいります。非常にもったいないことと存じ、悲しいことと思うのでございます。親戚と知人とがもう京からこの辺へ迎えにまいっておりまして、それらの者がうるそうございますから、お目にかかりに出ないのでございますが、またそのうち別に伺わせていただきます」

というのであって、子の筑前守《ちくぜんのかみ》が使いに行ったのである。源氏が蔵人《くろうど》に推薦して引き立てた男であったから、心中に悲しみながらも人目をはばかってすぐに帰ろうとしていた。

「京を出てからは昔懇意にした人たちともなかなか逢《あ》えないことになっていたのに、わざわざ訪《たず》ねて来てくれたことを満足に思う」

と源氏は言った。大弐への返答もまたそんなものであった。筑前守は泣く泣く帰って、源氏の住居《すまい》の様子などを報告すると、大弐をはじめとして、京から来ていた迎えの人たちもいっしょに泣いた。五節《ごせち》の君は人に隠れて源氏へ手紙を送った。

琴の音にひきとめらるる綱手《つなて》縄《なは》たゆたふ心君知るらめや

音楽の横好きをお笑いくださいますな。

と書かれてあるのを、源氏は微笑しながらながめていた。若い娘のきまり悪そうなところのよく出ている手紙である。

心ありてひくての綱のたゆたはば打ち過ぎましや須磨の浦波

漁村の海人《あま》になってしまうとは思わなかったことです。

これは源氏の書いた返事である。明石《あかし》の駅長に詩を残した菅公のように源氏が思われて、五節は親兄弟に別れてもここに残りたいと思うほど同情した。

京では月日のたつにしたがって光源氏のない寂寥《せきりょう》を多く感じた。陛下もそのお一人であった。まして東宮は常に源氏を恋しく思召《おぼしめ》して、人の見ぬ時には泣いておいでになるのを、乳母《めのと》たちは哀れに拝見していた。王命婦《おうみょうぶ》はその中でもことに複雑な御同情をしているのである。入道の宮は東宮の御地位に動揺をきたすようなことのないかが常に御不安であった。源氏までも失脚してしまった今日では、ただただ心細くのみ思っておいでになった。源氏の御弟の宮たちそのほか親しかった高官たちは初めのころしきりに源氏と文通をしたものである。人の身にしむ詩歌が取りかわされて、それらの源氏の作が世上にほめられることは非常に太后のお気に召さないことであった。

「勅勘を受けた人というものは、自由に普通の人らしく生活することができないものなのだ。風流な家に住んで現代を誹謗《ひぼう》して鹿《しか》を馬だと言おうとする人間に阿《おもね》る者がある」

とお言いになって、報復の手の伸びて来ることを迷惑に思う人たちは警戒して、もう消息を近来しなくなった。二条の院の姫君は時がたてばたつほど、悲しむ度も深くなっていった。東の対にいた女房もこちらへ移された初めは、自尊心の多い彼女たちであるから、たいしたこともなくて、ただ源氏が特別に心を惹《ひ》かれているだけの女性であろうと女王を考えていたが、馴《な》れてきて夫人のなつかしく美しい容姿に、誠実な性格に、暖かい思いやりのある人扱いに敬服して、だれ一人暇《いとま》を乞《こ》う者もない。良い家から来ている人たちには夫人も顔を合わせていた。だれよりも源氏が愛している理由がわかったように彼女たちは思うのであった。

須磨のほうでは紫の女王《にょおう》との別居生活がこのまま続いて行くことは堪えうることでないと源氏は思っているのであるが、自分でさえ何たる宿命でこうした生活をするのかと情けない家に、花のような姫君を迎えるという事はあまりに思いやりのないことであるとまた思い返されもするのである。下男や農民に何かと人の小言《こごと》を言う事なども居間に近い所で行なわれる時、あまりにもったいないことであると源氏自身で自身を思うことさえもあった。近所で時々煙の立つのを、これが海人《あま》の塩を焼く煙なのであろうと源氏は長い間思っていたが、それは山荘の後ろの山で柴《しば》を燻《く》べている煙であった。これを聞いた時の作、

山がつの庵《いほり》に焚《た》けるしばしばも言問ひ来なむ恋ふる里人

冬になって雪の降り荒れる日に灰色の空をながめながら源氏は琴を弾《ひ》いていた。良清《よしきよ》に歌を歌わせて、惟光《これみつ》には笛の役を命じた。細かい手を熱心に源氏が弾き出したので、他の二人は命ぜられたことをやめて琴の音に涙を流していた。漢帝が北夷《ほくい》の国へおつかわしになった宮女の

琵琶《びわ》を弾いてみずから慰めていた時の心持ちはましてどんなに悲しいものであったであろう、それが現在のことで、自分の愛人などをそうして遠くへやるとしたら、とそんなことを源氏は想像したが、やがてそれが真実のことのように思われて来て、悲しくなった。源氏は「胡角一声霜後夢《こかくいっせいそうごのゆめ》」と王昭君《おうしょうくん》を歌った詩の句が口に上った。月光が明るくて、狭い家は奥の隅々《すみずみ》まで顕《あら》わに見えた。深夜の空が縁側の上にあった。もう落ちるのに近い月がすごいほど白いのを見て、「唯是西行不左遷《ただこれにしへゆくさせんにあらず》」と源氏は歌った。

何方《いづかた》の雲路にわれも迷ひなん月の見るらんことも恥《はづ》かし

とも言った。例のように源氏は終夜眠れなかった。明け方に千鳥が身にしむ声で鳴いた。

友千鳥諸声《もろごゑ》に鳴く暁は一人寝覚《ねざ》めの床《とこ》も頼もし

だれもまだ起きた影がないので、源氏は何度もこの歌を繰り返して唱えていた。まだ暗い間に手水《ちょうず》を済ませて念誦《ねんず》をしていることが侍臣たちに新鮮な印象を与えた。この源氏から離れて行く気が起こらないで、仮に京の家へ出かけようとする者もない。

明石《あかし》の浦は這《は》ってでも行けるほどの近さであったから、良清朝臣《よしきよあそん》は明石の入道の娘を思い出して手紙を書いて送ったりしたが返書は来なかった。父親の入道から相談したいことがあるからちょっと逢いに来てほしいと言って来た。求婚に応じてくれないことのわかった家を訪問して、失望した顔でそこを出て来る恰好《かっこう》は馬鹿《ばか》に見えるだろうと、良清は悪いほうへ解釈して行こうとしない。すばらしく自尊心は強くても、現在の国の長官の一族以外にはだれにも尊敬を払わない地方人の心理を知らない入道は、娘への求婚者を皆門外に追い払う態度を取り続けていたが、源氏が須磨に隠栖《いんせい》をしていることを聞いて妻に言った。

「桐壺《きりつぼ》の更衣《こうい》のお生みした光源氏の君が勅勘で須磨に来ていられるのだ。私の娘の運命についてある暗示を受けているのだから、どうかしてこの機会に源氏の君に娘を差し上げたいと思う」

「それはたいへんまちがったお考えですよ。あの方はりっぱな奥様を何人も持っていらっしって、その上陛下の御愛人をお盗みになったことが問題になって失脚をなすったのでしょう。そんな方が田舎《いなか》育ちの娘などを眼中にお置きになるものですか」

と妻は言った。入道は腹を立てて、

「あなたに口を出させないよ。私には考えがあるのだ。結婚の用意をしておきなさい。機会を作って明石へ源氏の君をお迎えするから」

と勝手ほうだいなことを言うのにも、風変わりな性格がうかがわれた。娘のためにはまぶしい気がするほどの華奢《かしゃ》な設備のされてある入道の家であった。

「なぜそうしなければならないのでしょう。どんなにごりっぱな方でも娘のはじめての結婚に罪があって流されて来ていらっしゃる方を婿にしようなどと、私はそんな気がしません。それも愛してくださればよろしゅうございますが、そんなことは想像もされない。戯談《じょうだん》にでもそんなことはおっしゃらないでください」

と妻が言うと、入道はくやしがって、何か口の中でぶつぶつ言っていた。

「罪に問われることは、支那《しな》でもここでも源氏の君のようなすぐれた天才的な方には必ずある災厄なのだ、源氏の君は何だと思う、私の叔父《おじ》だった按察使《あぜち》大納言の娘が母君なのだ。すぐれた女性で、宮仕えに出すと帝王の恩寵《おんちょう》が一人に集まって、それで人の嫉妬《しっと》を多く受けて亡《な》くなられたが、源氏の君が残っておいでになるということは結構なことだ。女という者は皆桐壺《きりつぼ》の更衣《こうい》になろうとすべきだ。私が地方に土着した田舎者だといっても、その古い縁故でお近づきは許してくださるだろう」

などと入道は言っていた。この娘はすぐれた容貌《ようぼう》を持っているのではないが、優雅な上品な女で、見識の備わっている点などは貴族の娘にも劣らなかった。境遇をみずから知って、上流の男は自分を眼中にも置かないであろうし、それかといって身分相当な男とは結婚をしようと思わない、長く生きていることになって両親に死に別れたら尼にでも自分はなろう、海へ身を投げてもいいという信念を持っていた。入道は大事がって年に二度ずつ娘を住吉《すみよし》の社《やしろ》へ参詣《さんけい》させて、神の恩恵を人知れず頼みにしていた。

須磨は日の永《なが》い春になってつれづれを覚える時間が多くなった上に、去年植えた若木の桜の花が咲き始めたのにも、霞《かす》んだ空の色にも京が思い出されて、源氏の泣く日が多かった。二月二十幾日である、去年京を出た時に心苦しかった人たちの様子がしきりに知りたくなった。また院の御代《みよ》の最後の桜花の宴の日の父帝、艶《えん》な東宮時代の御兄陛下のお姿が思われ、源氏の詩をお吟じになったことも恋しく思い出された。

いつとなく大宮人《おほみやびと》の恋しきに桜かざしし今日も来にけり

と源氏は歌った。

源氏が日を暮らし侘《わ》びているころ、須磨の謫居《たつきょ》へ左大臣家の三位《さんみ》中将が訪《たず》ねて来た。現在は参議になっていて、名門の公子でりっぱな人物であるから世間から信頼されていることも格別なのであるが、その人自身は今の社会の空気が気に入らないで、何かのおりごとに源氏が恋しくなるあまりに、そのことで罰を受けても自分は悔やまないと決心してにわかに源氏と逢うために京を出て来たのである。親しい友人であって、しかも長く相見る時を得なかった二人はたまたま得た会合の最初にまず泣いた。宰相は源氏の山荘が非常に唐風であることに気がついた。絵のような風光の中に、竹を編んだ垣《かき》がめぐらされ、石の階段、松の黒木の柱などの用いられてあるのがおもしろかった。源氏は黄ばんだ薄紅の服の上に、青みのある灰色の狩衣指貫《かりぎぬさしぬき》の質素な装いでいた。わざわざ都風を避けた服装もいっそう源氏を美しく引き立てて見せる気がされた。室内の用具も簡単な物ばかりで、起臥《きが》する部屋も客の座から残らず見えるのである。碁盤、双六《すごろく》の盤、弾棊《たぎ》の具なども田舎《いなか》風のそまつにできた物が置かれてあった。数珠《じゅず》などがさっきまで仏勤めがされていたらしく出ていた。客の饗応《きょうおう》に出された膳部《ぜんぶ》にもおもしろい地方色が見えた。漁から帰った海人《あま》たちが貝などを届けに寄ったので、源氏は客といる座敷の前へその人々を呼んでみることにした。漁村の生活について質問をすると、彼らは経済的に苦しい世渡りをこぼした。小鳥のように多弁にさえずる話も根本になっていることは処世難である、われわれも同じことであると貴公子たちは憐《あわれ》んでいた。それぞれに衣服などを与えられた海人たちは生まれてはじめての生きがいを感じたらしかった。山荘の馬を幾疋《ひき》も並べて、それもここから見える倉とか納屋とかいう物から取り出す稲を食わせていたりするのが源氏にも客にも珍しかった。催馬楽《さいばら》の飛鳥井《あすかい》を二人で歌ってから、源氏の不在中の京の話を泣きもし、笑いもしながら、宰相はしだした。若君が何事のあるとも知らずに無邪気でいることが哀れでならないと大臣が始終歎《なげ》いているという話のされた時、源氏は悲しみに堪えないふうであった。二人の会話を書き尽くすことはとうていできないことであるから省略する。

終夜眠らずに語って、そして二人で詩も作った。政府の威厳を無視したとはいうものの、宰相も事は好まないふうで、翌朝はもう別れて行く人になった。好意がかえってあとの物思いを作らせると言ってもよい。杯を手にしながら「酔悲泪灑春杯裏《ゑひのかなしみのなみだをそそぐはるのさかづきのうち》」と二人がいっしょに歌った。供をして来ている者も皆涙を流していた。双方の家司たちの間に惜しまれる別れもあるのである。朝ぼらけの空を行く雁《かり》の列があった。源氏は、

故郷《ふるさと》を何《いづ》れの春か行きて見ん羨《うらや》ましきは帰るかりがね

と言った。宰相は出て行く気がしないで、

飽かなくに雁の常世《とこよ》を立ち別れ花の都に道やまどはん

と言って悲しんでいた。宰相は京から携えて来た心をこめた土産《みやげ》を源氏に贈った。源氏から

はかたじけない客を送らせるためにと言って、黒馬を贈った。

「妙なものを差し上げるようですが、ここの風の吹いた時に、あなたのそばで嘶《いなな》くようにと思うからですよ」

と言った。珍しいほどすぐれた馬であった。

「これは形見だと思っていただきたい」

宰相も名高い品になっている笛を一つ置いて行った。人目に立って問題になるようなことは双方でしなかったのである。上って来た日に帰りを急ぎ立てられる気がして、宰相は顧みばかりしながら座を立って行くのを、見送るために続いて立った源氏は悲しそうであった。

「いつまたお逢いすることができるでしょう。このまま無限にあなたが捨て置かれるようなことはありません」

と宰相は言った。

「雲近く飛びかふ鶴《たづ》も空に見よわれは春日の曇りなき身ぞ
みずからやましいと思うことはないのですが、一度こうなっては、昔のりっぱな人でももう一度世に出た例は少ないのですから、私は都というものをぜひまた見たいとも願っていませんよ」

こう源氏は答えて言うのであった。

「たづかなき雲井に独《ひと》り音《ね》をぞ鳴く翅《つばさ》並べし友を恋ひつつ

失礼なまでお親しくさせていただいたころのことをもったいないことだと後悔される事が多いのですよ」

と宰相は言いつつ去った。

友情がしばらく慰めたあとの源氏はまた寂しい人になった。

今年は三月の一日に巳《み》の日があった。

「今日です、お試みなさいませ。不幸な目にあっている者が御禊《みそぎ》をすれば必ず効果があるといわれる日でございます」

賢がって言う者があるので、海の近くへまた一度行ってみたいと思ってもいた源氏は家を出た。ほんの幕のような物を引きまわして仮の御禊場《みそぎば》を作り、旅の陰陽師《おんみようじ》を雇って源氏は禊《はら》いをさせた。船にやや大きい禊いの人形を乗せて流すのを見ても、源氏はこれに似た自身のみじめさを思った。

知らざりし大海の原に流れ来て一方にやは物は悲しき

と歌いながら沙上《しやじよう》の座に着く源氏は、こうした明るい所ではまして水ぎわだって見えた。少し霞《かす》んだ空と同じ色をした海がうららと凪《な》ぎ渡っていた。果てもない天地をながめていて、源氏は過去未来のことがいろいろと思われた。

八百《やほ》よろづ神も憐《あは》れと思ふらん犯せる罪のそれとなければ

と源氏が歌い終わった時に、風が吹き出して空が暗くなってきた。御禊《みそぎ》の式もまだまったく終わっていなかったが人々は立ち騒いだ。肱笠雨《ひじがさあめ》というものらしくにわか雨が降ってきてこの上もなくあわただしい。一行は浜べから引き上げようとするのであったが笠を取り寄せる間もない。そんな用意などは初めからされてなかった上に、海の風は何も何も吹き散らす。夢中で家のほうへ走り出すころに、海のほうは蒲団《ふとん》を拡《ひろ》げたように腫《ふく》れながら光っていて、雷鳴と電光が襲うてきた。すぐ上に落ちて来る恐れも感じながら人々はやっと家に着いた。

「こんなことに出あったことはない。風の吹くことはあっても、前から予告的に天気が悪くなるものであるが、こんなににわかに暴風雨になるとは」

こんなことを言いながら山荘の人々はこの天候を恐ろしがっていたが雷鳴もなおやまない。雨の脚《あし》の当たる所はどんな所も突き破られるような強雨《ごうう》が降るのである。こうして世界が滅亡するのかと皆が心細がっている時に、源氏は静かに経を読んでいた。日が暮れるころから雷は少し遠ざかったが、風は夜も吹いていた。神仏へ人々が大願を多く立てたその力の顕《あら》われがこれであろう。

「もう少し暴風雨が続いたら、浪《なみ》に引かれて海へ行ってしまうに違いない。海嘯《つなみ》というものはにわかに起こって人死《ひとじ》にがあるものだと聞いていたが、今日のは雨風が原因になっていてそれとも違うようだ」

などと人々は語っていた。夜の明け方になって皆が寝てしまったころ、源氏は少しうとうととしたかと思うと、人間でない姿の者が来て、

「なぜ王様が召していらっしゃるのにあちらへ来ないのか」

と言いながら、源氏を求めるようにしてその辺を歩きまわる夢を見た。さめた時に源氏は驚きながら、それではあの暴風雨も海の竜王《りゅうおう》が美しい人間に心を惹《ひ》かれて自分に見入っての仕業《しわざ》であったと気がついてみると、恐ろしくてこの家にいることが堪えられなくなった。

明石

わりなくもわかれがたしとしら玉の涙をながす琴のいとかな　（晶子）

まだ雨風はやまないし、雷鳴が始終することも同じで幾日かたった。今は極度に侘《わび》しい須磨《すま》の人たちであった。今日までのことも明日からのことも心細いことばかりで、源氏も冷静にはしていられなかった。どうすればいいであろう、京へ帰ることもまだ免職になったままで本官に復したわけでもなんでもないのであるから見苦しい結果を生むことになるであろうし、まだもっと深い山のほうへはいってしまうことも波風に威嚇《いかく》されて恐怖した行為だと人に見られ、後世に誤られることも堪えられないことであるからと源氏は煩悶《はんもん》していた。このごろの夢は怪しい者が来て誘おうとする初めの夜に見たのと同じ夢ばかりであった。幾日も雲の切れ目がないような空ばかりをながめて暮らしていると京のことも気がかりになって、自分という者はこうした心細い中で死んで行くのかと源氏は思われるのであるが、首だけでも外へ出すことのできない天気であったから京へ使いの出しようもない。二条の院のほうからその中を人が来た。濡《ぬ》れ鼠《ねずみ》になった使いである。雨具で何重にも身を固めているから、途中で行き逢っても人間か何かわからぬ形をした、まず奇怪な者として追い払わなければならない下侍に親しみを感じる点だけでも、自分はみじめな者になったと源氏はみずから思われた。夫人の手紙は、

申しようのない長雨は空までもなくしてしまうのではないかという気がしまして須磨の方角

をながめることもできません。

浦風やいかに吹くらん思ひやる袖《そで》うち濡らし波間なき頃《ころ》

というような身にしむことが数々書かれてある。開封した時からもう源氏の涙は潮時《しおどき》が来たような勢いで、内から湧《わ》き上がってくる気がしたものであった。

「京でもこの雨風は天変だと申して、なんらかを暗示するものだと解釈しておられるようでございます。仁王会《にんおうえ》を宮中であそばすようなことも承っております。大官方が参内《さんだい》もできないのでございますから、政治も雨風のために中止の形でございます」

こんな話を、はかばかしくもなく下士級の頭で理解しているだけのことを言うのであるが、京のことに無関心でありえない源氏は、居間の近くへその男を呼び出していろいろな質問をしてみた。

「ただ例のような雨が少しの絶え間もなく降っておりまして、その中に風も時々吹き出すというような日が幾日も続くのでございますから、それで皆様の御心配が始まったものだと存じます。今度のように地の底までも通るような荒い雹《ひょう》が降ったり、雷鳴の静まらないことはこれまでにないことでございます」

などと言う男の表情にも深刻な恐怖の色の見えるのも源氏をより心細くさせた。

こんなことでこの世は滅んでいくのでないかと源氏は思っていたが、その翌日からまた大風が吹いて、海潮が満ち、高く立つ波の音は岩も山も崩《くず》してしまうように響いた。雷鳴と電光のさすことの烈《はげ》しくなったことは想像もできないほどである。この家へ雷が落ちそうにも近く鳴った。もう理智《りち》で物を見る人もなくなっていた。

「私はどんな罪を前生で犯してこうした悲しい目に逢《あ》うのだろう。親たちにも逢えずかわいい妻子の顔も見ずに死なねばならぬとは」

こんなふうに言って歎く者がある。源氏は心を静めて、自分にはこの寂しい海辺で命を落とさねばならぬ罪業《ざいごう》はないわけであると自信するのであるが、ともかくも異常である天候のためにはいろいろの幣帛《へいはく》を神にささげて祈るほかがなかった。

「住吉《すみよし》の神、この付近の悪天候をお鎮《しず》めください。真実垂跡《すいじゃく》の神でおいでになるのでしたら慈悲そのものであなたはいらっしゃるはずですから」

と源氏は言って多くの大願を立てた。惟光《これみつ》や良清《よしきよ》らは、自身たちの命はともかくも源氏のような人が未曾有《みぞう》な不幸に終わってしまうことが大きな悲しみであることから、気を引き立てて、少し人心地《ひとごこち》のする者は皆命に代えて源氏を救おうと一所懸命になった。彼らは声を合わせて仏神に祈るのであった。

「帝王の深宮に育ちたまい、もろもろの歓楽に驕《おご》りたまいしが、絶大の愛を心に持ちたまい、慈悲をあまねく日本国じゅうに垂《た》れたまい、不幸なる者を救いたまえること数を知らず、今何の報いにて風波の牲《にえ》となりたまわん。この理を明らかにさせたまえ。罪なくして罪に当たり、官位を剝奪《はくだつ》され、家を離れ、故郷を捨て、朝暮歎きに沈淪《ちんりん》したもう。今またかかる悲しみを見て命の尽きなんとするは何事によるか、前生の報いか、この世の犯しか、神、仏、明らかにましまさばこの憂《うれ》いを息《やす》めたまえ」

住吉《すみよし》の御社《みやしろ》のほうへ向いてこう叫ぶ人々はさまざまの願を立てた。また竜王《りゅうおう》をはじめ大海の諸神にも源氏は願を立てた。いよいよ雷鳴ははげしくとどろいて源氏の居間に続いた廊へ落雷した。火が燃え上がって廊は焼けていく。人々は心も肝《きも》も皆失ったようになっていた。後ろのほうの廚《くりや》その他に使っている建物のほうへ源氏を移転させ、上下の者が皆いっしょにいて泣く声は一つの大きな音響を作って雷鳴にも劣らないのである。空は墨を磨《す》ったように黒くなって日も暮れた。そのうち風が穏やかになり、雨が小降りになって星の光も見えてきた。そうなるとこの人々は源氏の居場所があまりにもったいなく思われて、寝殿のほうへ席を移そうとしたが、そこも焼け残った建物がすさまじく見え、座敷は多数の人間が逃げまわった時に踏みしだかれてあるし、御簾《みす》なども皆風に吹き落とされていた。今夜夜通しに後始末《あとしまつ》をしてからのことに決めて、皆がそんなことに奔走している時、源氏は心経《しんぎょう》を唱えながら、静かに考えてみるとあわただしい一日であった。月が出てきて海潮の寄せた跡が顕《あら》わにながめられる。遠く退《の》いてもまだ寄せ返しする浪《なみ》の荒い海べのほうを戸をあけて源氏はながめていた。今日までのこと明日からのことを意識していて、対策を講じ合うに足るような人は近い世界に絶無であると源氏は感じた。漁村の住民たちが貴人の居所を気にかけて、集まって来て訳のわからぬ言葉でしゃべり合っているのも礼儀のないことであるが、それを追い払う者すらない。

「あの大風がもうしばらくやまなかったら、潮はもっと遠くへまで上って、この辺なども形を残していまい。やはり神様のお助けじゃ」

こんなことの言われているのも聞く身にとっては非常に心細いことであった。

海にます神のたすけにかからずば潮の八百会《やほあひ》にさすらへなまし

と源氏は口にした。終日風の揉《も》み抜いた家にいたのであるから、源氏も疲労して思わず眠った。ひどい場所であったから、横になったのではなく、ただ物によりかかって見る夢に、お亡《な》くなりになった院がはいっておいでになったかと思うと、すぐそこへお立ちになって、

「どうしてこんなひどい所にいるか」

こうお言いになりながら、源氏の手を取って引き立てようとあそばされる。

「住吉の神が導いてくださるのについて、早くこの浦を去ってしまうがよい」

と仰せられる。源氏はうれしくて、

「陛下とお別れいたしましてからは、いろいろと悲しいことばかりがございますから私はもうこの海岸で死のうかと思います」

「とんでもない。これはね、ただおまえが受けるちょっとしたことの報いにすぎないのだ。私は位にいる間に過失もなかったつもりであったが、犯した罪があって、その罪の贖《つぐな》いをする間は忙《せわ》しくてこの世を顧みる暇がなかったのだが、おまえが非常に不幸で、悲しんでいるのを見ると堪えられなくて、海の中を来たり、海べを通ったりまったく困ったがやっとここまで来ることができた。このついでに陛下へ申し上げることがあるから、すぐに京へ行く」

と仰せになってそのまま行っておしまいになろうとした。源氏は悲しくて、

「私もお供してまいります」

と泣き入って、父帝のお顔を見上げようとした時に、人は見えないで、月の顔だけがきらきらとして前にあった。源氏は夢とは思われないで、まだ名残《なごり》がそこらに漂っているように思われた。空の雲が身にしむように動いてもいるのである。長い間夢の中で見ることもできなかった恋しい父帝をしばらくだけではあったが明瞭《めいりよう》に見ることのできた、そのお顔が面影に見えて、自分がこんなふうに不幸の底に落ちて、生命《いのち》も危うくなったのを、助けるために遠い世界からおいでになったのであろうと思うと、よくあの騒ぎがあったことであると、こんなことを源氏は思うようになった。なんとなく力がついてきた。その時は胸がはっとした思いでいっぱいになって、現実の悲しいことも皆忘れていたが、夢の中でももう少しお話をすればよかったと飽き足らぬ気のする源氏は、もう一度続きの夢が見られるかとわざわざ寝入ろうとしたが、眠りえないままで夜明けになった。

渚《なぎさ》のほうに小さな船を寄せて、二、三人が源氏の家のほうへ歩いて来た。だれかと山荘の者が問うてみると、明石《あかし》の浦から前播磨守《さきのはりまのかみ》入道が船で訪《たず》ねて来ていて、その使いとして来た者であった。

「源《げん》少納言さんがいられましたら、お目にかかって、お訪ねいたしました理由を申し上げます」

と使いは入道の言葉を述べた。驚いていた良清《よしきよ》は、

「入道は播磨での知人で、ずっと以前から知っておりますが、私との間には双方で感情の害

されていることがあって、格別に交際《つきあい》をしなくなっております。それが風波の害のあった際に何を言って来たのでしょう」

と言って訳がわからないふうであった。源氏は昨夜の夢のことが胸中にあって、

「早く逢《あ》ってやれ」

と言ったので、良清《よしきよ》は船へ行って入道に面会した。あんなにはげしい天気のあとでどうして船が出されたのであろうと良清はまず不思議に思った。

「この月一日の夜に見ました夢で異形《いぎよう》の者からお告げを受けたのです。信じがたいこととは思いましたが、十三日が来れば明瞭になる、船の仕度《したく》をしておいて、必ず雨風がやんだら須磨の源氏の君の住居《すまい》へ行けというようなお告げがありましたから、試みに船の用意をして待っていますと、たいへんな雨風でしょう、そして雷でしょう、支那《しな》などでも夢の告げを信じてそれで国難を救うことができたりした例もあるのですから、こちら様ではお信じにならなくても、示しのあった十三日にはこちらへ伺ってお話だけは申し上げようと思いまして、船を出してみますと、特別なような風が細く、私の船だけを吹き送ってくれますような風でこちらへ着きましたが、やはり神様の御案内だったと思います。何かこちらでも神の告げというようなことがなかったでしょうか、と申すことを失礼ですがあなたからお取り次ぎくださいませんか」

と入道は言うのである。良清はそっと源氏へこのことを伝えた。源氏は夢も現実も静かでなく、何かの暗示らしい点の多かったことを思って、世間の譏《そし》りなどばかりを気にかけ神の冥助《みようじよ》にそむくことをすれば、またこれ以上の苦しみを見る日が来るであろう、人間を怒らせること

すら結果は相当に恐ろしいのである、気の進まぬことも自分より年長者であったり、上の地位にいる人の言葉には随《したが》うべきである。退いて咎《とが》なしと昔の賢人も言った、あくまで謙遜《けんそん》であるべきである。もう自分は生命《いのち》の危《あぶな》いほどの目を幾つも見せられた、臆病《おくびょう》であったと言われることを不名誉だと考える必要もない。夢の中でも父帝は住吉《すみよし》の神のことを仰せられたのであるから、疑うことは一つも残っていないと思って、源氏は明石へ居を移す決心をして、入道へ返辞を伝えさせた。

「知るべのない所へ来まして、いろいろな災厄《さいやく》にあっていましても、京のほうからは見舞いを言い送ってくれる者もありませんから、ただ大空の月日だけを昔馴染《なじみ》のものと思ってながめているのですが、今日船を私のために寄せてくだすってありがたく思います。明石には私の隠《いん》栖《せい》に適した場所があるでしょうか」

入道は申し入れの受けられたことを非常によろこんで、恐縮の意を表してきた。ともかく夜が明けきらぬうちに船へお乗りになるがよいということになって、例の四、五人だけが源氏を護《まも》って乗船した。入道の話のような清い涼しい風が吹いて来て、船は飛ぶように明石へ着いた。それはほんの短い時間のことであったが不思議な海上の気であった。

明石の浦の風光は、源氏がかねて聞いていたように美しかった。ただ須磨に比べて住む人間の多いことだけが源氏の本意に反したことのようである。入道の持っている土地は広くて、海岸のほうにも、山手のほうにも大きな邸宅があった。渚《なぎさ》には風流な小亭《しょうてい》が作ってあり、山手のほうには、渓流《けいりゅう》に沿った場所に、入道がこもって後世《ごせ》の祈りをする三昧堂《さんまいどう》があって、老後のために蓄積してある財物のための倉庫町もある。高潮を恐れてこのごろは娘その他の家族は山手の家のほうに移らせてあったから、浜のほうの本邸に源氏一行は気楽に住んでいることができるのであった。船から車に乗り移るころにようやく朝日が上って、ほのかに見ることのできた源氏の美貌《びぼう》に入道は老いを忘れることもでき、命も延びる気がした。満面に笑《え》みを見せてまず住吉の神をはるかに拝んだ。月と日を掌《てのひら》の中に得たような喜びをして、入道が源氏を大事がるのはもっともなことである。おのずから風景の明媚《めいび》な土地に、林泉の美が巧みに加えられた庭が座敷の周囲にあった。入り江の水の姿の趣などは想像力の乏しい画家には描《か》けないであろうと思われた。須磨の家に比べるとここは非常に明るくて朗らかであった。座敷の中の設備にも華奢《かしゃ》が尽くされてあった。生活ぶりは都の大貴族と少しも変わっていないのである。それよりもまだ派手《はで》なところが見えないでもない。

明石へ移って来た初めの落ち着かぬ心が少しなおってから、源氏は京へ手紙を書いた。

「こんなことになろうとは知らずに来て、ここで死ぬ運命だった」

などと言って、悲しんでいた京の使いが須磨にまだいたのを呼んで、過分な物を報酬に与えた上で、京でするいろいろの用が命ぜられた。頼みつけの祈りの僧たちや寺々へはこの間からのことが言いやられ、新たな祈りが依頼されたのである。私人には入道の宮へだけ、稀有《けう》にして命をまっとうした須磨の生活の終わりを源氏はお知らせした。二条の院の憐《あわ》れな手紙の返事は一気には書かれずに、一章を書いては泣き一章を書いては涙を拭《ふ》きして書いている様子にも源氏がその人を思う深さが見られるのであった。

あとへあとへと悲しいことが起こってきて、もう苦しい経験はし尽くしたような私ですからしきりに出家したい心も湧《わ》きますが、鏡を見てもとお言いになったあなたの面影が目を離れないのですから、あなたに再会をしないでは、それを実行することもできません。何の苦しみよりも私にはあなたと離れている苦痛が最もつらいことに思われます。あなたにまた逢うことができれば、ほかのいとわしいことは皆忍んでいこうと思います。

はるかにも思ひやるかな知らざりし浦より遠《をち》に浦づたひして

まだ夢の続きで、明石の浦にまで来ているような気がしてなりません。こんな時に書く手紙はまちがったこともあるでしょうが許してください。

正しくは書かれずに乱れ書きになっているような美しい手紙を、横から見ていて、源氏が二条の院の夫人を愛する深さを惟光《これみつ》たちは思った。そうした人たちもわが家への音信をこの使いへ託した。あの晴れ間もないようだった天気は名残《なごり》なく晴れて、明石の浦の空は澄み返っていた。ここの漁業をする人たちは得意そうだった。須磨は寂しく静かで、漁師の家もまばらにしかなかったのである。最初ここへ来た時にはそれと変わった漁村のにぎやかに見えるのを、いとわしく思った源氏も、ここにはまた特殊ないろいろのよさのあるのが、発見されていって慰んでいた。

主人《あるじ》の入道は信仰生活をする精神的な人物で、俗気《ぞつけ》のない愛すべき男であるが、溺愛《できあい》する一人娘のことでは、源氏の迷惑に思うことを知らずに、注意を引こうとする言葉もおりおり洩《も》らすのである。源氏もかねて興味を持って噂《うわさ》を聞いていた女であったから、こんな意外な土地へ来ることになったのは、その人との前生の縁に引き寄せられているのではないかとも思うことはあるが、こうした境遇にいる間は仏勤め以外のことに心をつかうまい。京の女王《にょおう》に聞かれてもやましくない生活をしているのとは違って、そうなれば誓ってきたことも皆嘘《うそ》にとられるのが恥ずかしいと思って、入道の娘に求婚的な態度をとるようなことは絶対にしなかった。何かのことに触れては平凡な娘ではなさそうであると心の動いて行くことはないのではなかった。源氏のいる所へは入道自身すら遠慮をしてあまり近づいて来ない。ずっと離れた仮屋建てのほうに詰めきっていた。心の中では美しい源氏を始終見ていたくてならないのである。ぜひ希望することを実現させたいと思って、いよいよ仏神を念じていた。年は六十くらいであるがきれいな老人で、仏勤めに痩《や》せて、もとの身柄のよいせいであるか、頑固《がんこ》な、そしてまた老いぼけたようなところもありながら、古典的な趣味がわかっていて感じはきわめてよい。素養も相当にあることが何かの場合に見えるので、若い時に見聞したことを語らせて聞くことで源氏のつれづれさも紛れることがあった。昔から公人として、私人として少しの閑暇《ひま》もない生活をしていた源氏であったから、古い時代にあった実話などをぽつぽつと少しずつ話してくれる老人のあることは珍重すべきであると思った。この人に逢わなかったら歴史の裏面にあったようなことはわからないでしまったかもしれぬとまでおもしろく思われることも話の中にはあった。こんなふうで入道は源氏に親しく扱われているのであるが、この気高《けだか》い貴人に対しては、以前はあんなに独《ひと》り決めをしていた入道ではあっても、無遠慮に娘の婿になってほしいなどとは言い出せないのを、自身で歯がゆく思っては妻と二人で歎《なげ》いていた。娘自身も並み並みの男さえも見ることの稀《まれ》な田舎《いなか》に育って、源氏を隙見《すきみ》した時から、こんな美貌《びぼう》を持つ人もこの世にはいるのであったかと驚歎《きょうたん》はしたが、それによっていよいよ自身とその人との懸隔《けんかく》を明瞭《めいりょう》に悟ることになって、恋愛の対象などにすべきでないと思っていた。親たちが熱心にその成立を祈っているのを見聞きしては、不似合いなことを思うものであると見ているのであるが、それとともに低い身のほどの悲しみを覚え始めた。

四月になった。衣がえの衣服、美しい夏の帳《とばり》などを入道は自家で調製した。よけいなことをするものであるとも源氏は思うのであるが、入道の思い上がった人品に対しては何とも言えなかった。京からも始終そうした品物が届けられるのである。のどかな初夏の夕月夜に海上が広く明るく見渡される所にいて、源氏はこれを二条の院の月夜の池のように思われた。恋しい紫の女王《にょおう》がいるはずでいてその人の影すらもない。ただ目の前にあるのは淡路《あわじ》の島であった。「泡《あわ》とはるかに見し月の」などと源氏は口ずさんでいた。

泡と見る淡路の島のあはれさへ残るくまなく澄める夜の月

と歌ってから、源氏は久しく触れなかった琴を袋から出して、はかないふうに弾《ひ》いていた。惟光《これみつ》たちも源氏の心中を察して悲しんでいた。源氏は「広陵《こうりょう》」という曲を細やかに弾いているのであった。山手の家のほうへも松風と波の音に混じって聞こえてくる琴の音に若い女性たちは身にしむ思いを味わったことであろうと思われる。名手の弾く琴も何も聞き分けえられそうにない土地の老人たちも、思わず外へとび出して来て浜風を引き歩いた。入道も供養法を修していたが、中止することにして、急いで源氏の居間へ来た。

「私は捨てた世の中がまた恋しくなるのではないかと思われますほど、あなた様の琴の音で昔が思い出されます。また死後に参りたいと願っております世界もこんなのではないかという気もいたされる夜でございます」

入道は泣く泣くほめたたえていた。源氏自身も心に、おりおりの宮中の音楽の催し、その時のだれの琴、だれの笛、歌手を勤めた人の歌いぶり、いろいろ時々につけて自身の芸のもてはやされたこと、帝をはじめとして音楽の天才として周囲から自身に尊敬の寄せられたことなどについての追憶がこもごも起こってきて、今日は見がたい他の人も、不運な自身の今も深く思えば夢のような気ばかりがして、深刻な愁《うれ》いを感じながら弾いているのであったから、すごい音楽といってよいものであった。老人は涙を流しながら、山手の家から琵琶《びわ》と十三絃《げん》の琴を取り寄せて、入道は琵琶法師然とした姿で、おもしろくて珍しい手を一つ二つ弾いた。十三絃を源氏の前に置くと源氏はそれも少し弾いた。また入道は敬服してしまった。あまり上手《じょうず》がする音楽でなくても場所場所で感じ深く思われることの多いものであるから、これははるかに広い月夜の海を前にして春秋の花紅葉《もみじ》の盛りに劣らないいろいろの木の若葉がそこここに盛り上がっていて、そのまた陰影の地に落ちたところなどに水鶏《くいな》が戸をたたく音に似た声で鳴いているのもおもしろい庭も控えたこうした所で、優秀な楽器に対していることに源氏は興味を覚えて、「この十三絃という物は、女が柔らかみをもってあまり定《き》まらないふうに弾いたのが、おもしろくていいのです」

などと言っていた。源氏の意はただおおまかに女ということであったが、入道は訳もなくうれしい言葉を聞きつけたように、笑《え》みながら言う、

「あなた様があそばす以上におもしろい音《ね》を出しうるものがどこにございましょう。私は延《えん》喜《ぎ》の聖帝から伝わりまして三代目の芸を継いだ者でございますが、不運な私は俗界のことともに音楽もいったんは捨ててしまったのでございましたが、憂鬱《ゆううつ》な気分になっております時などに時々弾いておりますのを、聞き覚えて弾きます子供が、どうしたのでございますか私の祖父の親王によく似た音を出します。それは法師の僻耳《ひがみみ》で、松風の音をそう感じているのかもしれませんが、一度お聞きに入れたいものでございます」

興奮して慄《ふる》えている入道は涙もこぼしているようである。

「松風が邪魔《じゃま》をしそうな所で、よくそんなにお稽古《けいこ》ができたものですね、うらやましいことですよ」

源氏は琴を前へ押しやりながらまた言葉を続けた。

「不思議に昔から十三絃の琴には女の名手が多いようです。嵯峨《さが》帝のお伝えで女五《にょご》の宮《みや》が名人でおありになったそうですが、その芸の系統は取り立てて続いていると思われる人が見受けられない。現在の上手《じょうず》というのは、ただちょっとその場きりな巧みさだけしかないようですが、ほんとうの上手がこんな所に隠されているとはおもしろいことですね。ぜひお嬢さんのを聞かせていただきたいものです」

「お聞きくださいますのに何の御遠慮もいることではございません。おそばへお召しになりましても済むことでございます。潯陽江《じんようこう》では商人のためにも名曲をかなでる人があったのでございますから。そのまた琵琶と申す物はやっかいなものでございまして、昔にもあまり琵琶の名人という者はなかったようでございますが、これも宅の娘はかなりすらすらと弾きこなします。品のよい手筋が見えるのでございます。どうしてその域に達しましたか。娘のそうした芸をただ荒い波の音が合奏してくるばかりの所へ置きますことは私として悲しいことに違いございませんが、不快なことのあったりいたします節にはそれを聞いて心の慰めにいたすこともございます」

音楽通の自信があるような入道の言葉を、源氏はおもしろく思って、今度は十三絃を入道に与えて弾かせた。実際入道は玄人《くろうと》らしく弾く。現代では聞けないような手も出てきた。弾く指の運びに唐風が多く混じっているのである。左手でおさえて出す音などはことに深く出される。ここは伊勢《いせ》の海ではないが「清き渚《なぎさ》に貝や拾はん」という催馬楽《さいばら》を美音の者に歌わせて、源氏自身も時々拍子を取り、声を添えることがあると、入道は琴を弾きながらそれをほめていた。珍しいふうに作られた菓子も席上に出て、人々には酒も勧められるのであったから、だれの旅愁も今夜は紛れてしまいそうであった。夜がふけて浜の風が涼しくなった。落ちようとする月が明るくなって、また静かな時に、入道は過去から現在までの身の上話をしだした。明石へ来たころに苦労のあったこと、出家を遂げた経路などを語る。娘のことも問わず語りにする。源氏はおかしくもあるが、さすがに身にしむ節《ふし》もあるのであった。

「申し上げにくいことではございますが、あなた様が思いがけなくこの土地へ、仮にもせよ移っておいでになることになりましたのは、もしかいたしますと、長年の間老いた法師がお祈りいたしております神や仏が憐《あわれ》みを一家におかけくださいまして、それでしばらくこの僻地《へきち》へあなた様がおいでになったのではないかと思われます。その理由は住吉の神をお頼み申すことになりまして十八年になるのでございます。女の子の小さい時から私は特別なお願いを起こしまして、毎年の春秋に子供を住吉へ参詣《さんけい》させることにいたしております。また昼夜に六回の仏前のお勤めをいたしますのにも自分の極楽往生はさしおいて私はただこの子によい配偶者を与えたまえと祈っております。私自身は前生の因縁が悪くて、こんな地方人に成り下がっておりましても、親は大臣にもなった人でございます。自分はこの地位に甘んじていましても子はまたこれに準じたほどの者にしかなれませんでは、孫、曾孫《そうそん》の末は何になることであろうと悲しんでおりましたが、この娘は小さい時から親に希望を持たせてくれました。どうかして京の貴人に娶《めと》っていただきたいと思います心から、私どもと同じ階級の者の間に反感を買い、敵を作りましたし、つらい目にもあわされましたが、私はそんなことを何とも思っておりません。命のある限りは微力でも親が保護をしよう、結婚をさせないままで親が死ねば海へでも身を投げてしまえと私は遺言がしてございます」

などと書き尽くせないほどのことを泣く泣く言うのであった。源氏も涙ぐみながら聞いていた。

「冤罪《えんざい》のために、思いも寄らぬ国へ漂泊《さまよ》って来ていますことを、前生に犯したどんな罪によってであるかとわからなく思っておりましたが、今晩のお話で考え合わせますと、深い因縁によってのことだったとはじめて気がつかれます。なぜ明瞭にわかっておいでになったあなたが早く言ってくださらなかったのでしょう。京を出ました時から私はもう無常の世が悲しくて、信仰のこと以外には何も思わずに時を送っていましたが、いつかそれが習慣になって、若い男らしい望みも何もなくなっておりました。今お話のようなお嬢さんのいられるということだけは聞いていましたが、罪人にされている私を不吉にお思いになるだろうと思いまして希望もかけなかったのですが、それではお許しくださるのですね、心細い独《ひと》り住みの心が慰められることでしょう」

などと源氏の言ってくれるのを入道は非常に喜んでいた。

「ひとり寝は君も知りぬやつれづれと思ひあかしのうら寂しさを

私はまた長い間口へ出してお願いすることができませんで悶々《もんもん》としておりました」

こう言うのに身は慄《ふる》わせているが、さすがに上品なところはあった。

「寂しいと言ってもあなたはもう法師生活に慣れていらっしゃるのですから」

それから、

旅衣うら悲しさにあかしかね草の枕《まくら》は夢も結ばず

戯談《じょうだん》まじりに言う、源氏にはまた平生入道の知らない愛嬌《あいきょう》が見えた。入道はなおいろいろと娘について言っていたが、読者はうるさいであろうから省いておく。まちがって書けばいっそう非常識な入道に見えるであろうから。

やっと思いがかなった気がして、涼しい心に入道はなっていた。その翌日の昼ごろに源氏は山手の家へ手紙を持たせてやることにした。ある見識をもつ娘らしい、かえってこんなところに意外なすぐれた女がいるのかもしれないからと思って、心づかいをしながら手紙を書いた。朝鮮紙の胡桃《くるみ》色のものへきれいな字で書いた。

遠近《をちこち》もしらぬ雲井に眺《なが》めわびかすめし宿の梢《こずゑ》をぞとふ

思うには。（思ふには忍ぶることぞ負けにける色に出《い》でじと思ひしものを）

こんなものであったようである。人知れずこの音信を待つために山手の家へ来ていた入道は、予期どおりに送られた手紙の使いを大騒ぎしてもてなした。娘は返事を容易に書かなかった。娘の居間へはいって行って勧めても娘は父の言葉を聞き入れない。返事を書くのを恥ずかしくきまり悪く思われるのといっしょに、源氏の身分、自己の身分の比較される悲しみを心に持って、気分が悪いと言って横になってしまった。これ以上勧められなくなって入道は自身で返事を書いた。

もったいないお手紙を得ましたことで、過分な幸福をどう処置してよいかわからぬふうでございます。

それをこんなふうに私は見るのでございます。

眺むらん同じ雲井を眺むるは思ひも同じ思ひなるらん

だろうと私には思われます。柄にもない風流気を私の出しましたことをお許しください。とあった。檀紙に古風ではあるが書き方に一つの風格のある字で書かれてあった。なるほど風流気を出したものであると源氏は入道を思い、返事を書かぬ娘には軽い反感が起こった。使いはたいした贈り物を得て来たのである。翌日また源氏は書いた。代筆のお返事などは必要がありません。

と書いて、

いぶせくも心に物を思ふかなやよやいかにと問ふ人もなみ

言うことを許されないのですから。

今度のは柔らかい薄様《うすよう》へはなやかに書いてやった。若い女がこれを不感覚に見てしまったと思われるのは残念であるが、その人は尊敬してもつりあわぬ女であることを痛切に覚える自分を、さも相手らしく認めて手紙の送られることに涙ぐまれて返事を書く気に娘はならないのを、入道に責められて、香のにおいの沁《し》んだ紫の紙に、字を濃く淡《うす》くして紛らすようにして娘は書いた。

思ふらん心のほどややよいかにまだ見ぬ人の聞きか悩まん

手も書き方も京の貴女《きじょ》にあまり劣らないほど上手《じょうず》であった。こんな女の手紙を見ていると京の生活が思い出されて源氏の心は楽しかったが、続いて毎日手紙をやることも人目がうるさかったから、二、三日置きくらいに、寂しい夕方とか、物哀れな気のする夜明けとかに書いてはそっと送っていた。あちらからも返事は来た。相手をするに不足のない思い上がった娘であることがわかってきて、源氏の心は自然惹《ひ》かれていくのであるが、良清《よしきよ》が自身の縄張《なわば》りの中であるように言っていた女であったから、今眼前横取りする形になることは彼にかわいそうであるとなお躊躇《ちゅうちょ》はされた。あちらから積極的な態度をとってくれば良清への責任も少なくなるわけであるからと、そんなことも源氏は期待していたが女のほうは貴女と言われる階級の女以上に思い上がった性質であったから、自分を卑しくして源氏に接近しようなどとは夢にも思わないのである。結局どちらが負けるかわからない。何ほども遠くなってはいないのであるが、ともかくも須磨の関が中にあることになってからは、京の女王がいっそう恋しくて、どうすればいいことであろう、短期間の別れであるとも思って捨てて来たことが残念で、そっとここへ迎えることを実現させてみようかと時々は思うのではあるが、しかしもうこの境遇に置かれていることも先の長いことと思われない今になって、世間体のよろしくないことはやはり忍ぶほうがよいのであるとして、源氏はしいて恋しさをおさえていた。

この年は日本に天変地異ともいうべきことがいくつも現われてきた。三月十三日の雷雨の烈《はげ》しかった夜、帝《みかど》の御夢に先帝が清涼殿の階段《きざはし》の所へお立ちになって、非常に御機嫌《ごきげん》の悪い顔つきでおにらみになったので、帝がかしこまっておいでになると、先帝からはいろいろの仰せがあった。それは多く源氏のことが申されたらしい。おさめになったあとで帝は恐ろしく思召《おぼしめ》した。また御子として、他界におわしましてなお御心労を負わせられることが堪えられないことであると悲しく思召した。太后へお話しになると、

「雨などが降って、天気の荒れている夜などというものは、平生神経を悩ましていることが悪夢にもなって見えるものですから、それに動かされたと外へ見えるようなことはなさらないほうがよい。軽々しく思われます」

と母君は申されるのであった。おにらみになる父帝の目と視線をお合わせになったためでか、帝は眼病におかかりになって重くお煩《わずら》いになることになった。御謹慎的な精進を宮中でもあそばすし、太后の宮でもしておいでになった。また太政大臣が突然亡《な》くなった。もう高齢であったから不思議でもないのであるが、そのことから不穏な空気が世上に醸《かも》されていくことにもなったし、太后も何ということなしに寝ついておしまいになって、長く御平癒《へいゆ》のことがない。御衰弱が進んでいくことで帝は御心痛をあそばされた。

「私はやはり源氏の君が犯した罪もないのに、官位を剝奪《はくだつ》されているようなことは、われわれの上に報いてくることだろうと思います。どうしても本官に復させてやらねばなりません」

このことをたびたび帝は太后へ仰せになるのであった。

「それは世間の非難を招くことですよ。罪を恐れて都を出て行った人を、三年もたたないでお許しになっては天下の識者が何と言うでしょう」

などとお言いになって、太后はあくまでも源氏の復職に賛成をあそばさないままで月日がた

ち、帝と太后の御病気は依然としておよろしくないのであった。

明石ではまた秋の浦風の烈《はげ》しく吹く季節になって、源氏もしみじみ独棲《ひとりず》みの寂しさを感じるようであった。入道へ娘のことをおりおり言い出す源氏であった。

「目だたぬようにしてこちらの邸《やしき》へよこさせてはどうですか」

こんなふうに言っていて、自分から娘の住居《すまい》へ通って行くことなどはあるまじいことのように思っていた。女にはまたそうしたことのできない自尊心があった。田舎《いなか》の並み並みの家の娘は、仮に来て住んでいる京の人が誘惑すれば、そのまま軽率に情人にもなってしまうのであるが、自身の人格が尊重されてかかったことではないのであるから、そのあとで一生物思いをする女になるようなことはいやである。不つりあいの結婚をありがたいことのように思って、成り立たせようと心配している親たちも、自分が娘でいる間はいろいろな空想も作れていいわけなのであるが、そうなった時から親たちは別なつらい苦しみをするに違いない。源氏が明石に滞留している間だけ、自分は手紙を書きかわす女として許されるということがほんとうの幸福である。長い間噂《うわさ》だけを聞いていて、いつの日にそうした方を隙見《すきみ》することができるだろうと、はるかなことに思っていた方が思いがけなくこの土地へおいでになって、隙見ではあったがお顔を見ることができたし、有名な琴の音を聞くこともかない、日常の御様子も詳しく聞くことができている、その上自分へお心をお語りになるような手紙も来る。もうこれ以上を自分は望みたくない。こんな田舎に生まれた娘にこれだけの幸いのあったのは確かに果報のあった自分と思わなければならないと思っているのであって、源氏の情人になる夢などは見ていないのである。親たちは長い間祈ったことの事実になろうとする時になったことを知りながら、結婚をさせて源氏の愛の得られなかった時はどうだろうと、悲惨な結果も想像されて、どんなりっぱな方であっても、その時は恨めしいことであろうし、悲しいことでもあろう、目に見ることもない仏とか神とかいうものにばかり信頼していたが、それは源氏の心持ちも娘の運命も考えに入れずにしていたことであったなどと、今になって二の足が踏まれ、それについてする煩悶《はんもん》もはなはだしかった。源氏は、

「この秋の季節のうちにお嬢さんの音楽を聞かせてほしいものです。前から期待していたのですから」

などとよく入道に言っていた。入道はそっと婚姻の吉日を暦で調べさせて、まだ心の決まらないように言っている妻を無視して、弟子《でし》にも言わずに自身でいろいろと仕度《したく》をしていた。そうして娘のいる家の設備を美しく整えた。十三日の月がはなやかに上ったころに、ただ「あたら夜の」（月と花とを同じくば心知られん人に見せばや）とだけ書いた迎えの手紙を浜の館《やかた》の源氏の所へ持たせてやった。風流がりな男であると思いながら源氏は直衣《のうし》をきれいに着かえて、夜がふけてから出かけた。よい車も用意されてあったが、目だたせぬために馬で行くのである。惟光《これみつ》などばかりの一人二人の供をつれただけである。山手の家はやや遠く離れていた。途中の入り江の月夜の景色《けしき》が美しい。紫の女王《にょおう》が源氏の心に恋しかった。この馬に乗ったままで京へ行ってしまいたい気がした。

秋の夜の月毛の駒《こま》よ我が恋ふる雲井に駈《か》けれ時の間も見ん

と独言《ひとりごと》が出た。山手の家は林泉の美が浜の邸《やしき》にまさっていた。浜の館《やかた》は派手《はで》に作り、これは幽邃《ゆうすい》であることを主にしてあった。若い女のいる所としてはきわめて寂しい。こんな所にいては人生のことが皆身にしむことに思えるであろうと源氏は恋人に同情した。三昧堂《さんまいどう》が近くて、そこで鳴らす鐘の音が松風に響き合って悲しい。岩にはえた松の形が皆よかった。植え込みの中にはあらゆる秋の虫が集まって鳴いているのである。源氏は邸内をしばらくあちらこちらと歩いてみた。娘の住居《すまい》になっている建物はことによく作られてあった。月のさし込んだ妻戸が少しばかり開かれてある。そこの縁へ上がって、源氏は娘へものを言いかけた。これほどには接近して逢おうとは思わなかった娘であるから、よそよそしくしか答えない。貴族らしく気どる女である。もっとすぐれた身分の女でも今日までこの女に言い送ってあるほどの熱情を見せれば、皆好意を表するものであると過去の経験から教えられている。この女は現在の自分を侮《あなど》って見ているのではないかなどと、焦慮の中には、こんなことも源氏は思われた。力で勝つことは初めからの本意でもない、女の心を動かすことができずに帰るのは見苦しいとも思う源氏が追い追いに熱してくる言葉などは、明石の浦でされることが少し場所違いでもったいなく思われるものであった。几帳《きちょう》の紐《ひも》が動いて触れた時に、十三絃《げん》の琴の緒《お》が鳴った。それによってさっきまで琴などを弾《ひ》いていた若い女の美しい室内の生活ぶりが想像されて、源氏はますます熱していく。

「今音が少ししたようですね。琴だけでも私に聞かせてくださいませんか」

とも源氏は言った。

むつ言を語りあはせん人もがなうき世の夢もなかば覚《さ》むやと

明けぬ夜にやがてまどへる心には何《いづ》れを夢と分《わ》きて語らん

前のは源氏の歌で、あとのは女の答えたものである。ほのかに言う様子は伊勢《いせ》の御息所《みやすどころ》にそっくり似た人であった。源氏がそこへはいって来ようなどとは娘の予期しなかったことであったから、それが突然なことでもあって、娘は立って近い一つの部屋へはいってしまった。そしてどうしたのか、戸はまたあけられないようにしてしまった。源氏はしいてはいろうとする気にもなっていなかった。しかし源氏が躊躇《ちゅうちょ》したのはほんの一瞬間のことで、結局は行く所まで行ってしまったわけである。女はやや背が高くて、気高《けだか》い様子の受け取れる人であった。源氏自身の内にたいした衝動も受けていないでこうなったことも、前生の因縁であろうと思うと、そのことで愛が湧《わ》いてくるように思われた。源氏から見て近まさりのした恋と言ってよいのである。平生は苦しくばかり思われる秋の長夜もすぐ明けていく気がした。人に知らせたくないと思う心から、誠意のある約束をした源氏は朝にならぬうちに帰った。

その翌日は手紙を送るのに以前よりも人目がはばかられる気もした。源氏の心の鬼からである。入道のほうでも公然のことにはしたくなくて、結婚の第二日の使いも、そのこととして派手《はで》に扱うようなことはしなかった。こんなことにも娘の自尊心は傷つけられたようである。それ以後時々源氏は通って行った。少し道程《みちのり》のある所でもあったから、土地の者の目につくことも思って間を置くのであるが、女のほうではあらかじめ愁《うれ》えていたことが事実になったように取って、煩悶《はんもん》しているのを見ては親の入道も不安になって、極楽の願いも忘れたように、仏勤めは怠《なま》けて、源氏の君の通って来ることを大事だと考えている。入道からいえば事が成就しているのであるが、その境地で新しく物思いをしているのが憐《あわ》れであった。二条の院の女王《にょおう》にこの噂《うわさ》が伝わっては、恋愛問題では嫉妬《しっと》する価値のあることでないとわかっていても、秘密にしておく自分の態度を恨めしがられては苦しくもあり、気恥ずかしくもあると思っていた源氏が紫夫人をどれほど愛しているかはこれだけでも想像することができるのである。女王も源氏を愛することの深いだけ、他の愛人との関係に不快な色を見せたそのおりおりのことを今思い出して、なぜつまらぬことで恨めしい心にさせたかと、取り返したいくらいにそれを後悔している源氏なのである。新しい恋人は得ても女王へ焦《こが》れている心は慰められるものでもなかったから、平生よりもまた情けのこもった手紙を源氏は京へ書いたのであるが、奥に今度のことを書いた。

私は過去の自分のしたことではあるが、あなたを不快にさせたつまらぬいろいろな事件を思い出しては胸が苦しくなるのですが、それだのにまたここでよけいな夢を一つ見ました。この告白でどれだけあなたに隔てのない心を持っているかを思ってみてください。「誓ひしことも」(忘れじと誓ひしことをあやまたば三笠《みかさ》の山の神もことわれ)という歌のように私は信じています。

と書いて、また、

何事も、

しほしほと先《ま》づぞ泣かるるかりそめのみるめは海人《あま》のすさびなれども

と書き添えた手紙であった。

京の返事は無邪気な可憐《かれん》なものであったが、それも奥に源氏の告白による感想が書かれてあった。

お言いにならないではいらっしゃれないほど現在のお心を占めていますことをお報《し》らせくださいまして承知いたしましたが、私には新しい恋人に傾倒していらっしゃる御様子が昔のいろいろな場合と思い合わせて想像することもできます。

うらなくも思ひけるかな契りしを松より波は越えじものぞと

おおようではあるがくやしいと思う心も確かにかすめて書かれたものであるのを、源氏は哀れに思った。この手紙を手から離しがたくじっとながめていた。この当座幾日は山手の家へ行く気もしなかった。女は長い途絶えを見て、この予感はすでに初めからあったことであると歎《なげ》いて、この親子の間では最後には海へ身を投げればよいという言葉が以前によく言われたものであるが、いよいよそうしたいほどつらく思った。年取った親たちだけをたよりにして、いつ人並みの娘のような幸福が得られるものとも知れなかった過去は、今に比べて懊悩《おうのう》の片はしも知らない自分だった。世の中のことはこんなに苦しいものなのであろうか、恋愛も結婚も処女の時に考えていたより悲しいものであると、女は心に思いながらも源氏には平静なふうを見せて、不快を買うような言動もしない。源氏の愛は月日とともに深くなっていくのであるが、最愛の夫人が一人京に残っていて、今の女の関係をいろいろに想像すれば恨めしい心が動くことであろうと思われる苦しさから、浜の館《やかた》のほうで一人寝をする夜のほうが多かった。

源氏はいろいろに絵を描《か》いて、その時々の心を文章にしてつけていった。京の人に訴える気持ちで描いているのである。女王の返辞がこの絵巻から得られる期待で作られているのであった。感傷的な文学および絵画としてすぐれた作品である。どうして心が通じたのか二条の院の女王もものの身にしむ悲しい時々に、同じようにいろいろの絵を描《か》いていた。そしてそれに自身の生活を日記のようにして書いていた。この二つの絵巻の内容は興味の多いものに違いない。

春になったが帝《みかど》に御悩《ごのう》があって世間も静かでない。当帝の御子は右大臣の女《むすめ》の承香殿《じょうきょうでん》の女御《にょご》の腹に皇子があった。それはやっとお二つの方であったから当然東宮へ御位《みくらい》はお譲りになるのであるが、朝廷の御後見をして政務を総括的に見る人物にだれを決めてよいかと帝はお考えになった末、源氏の君を不運の中に沈淪《ちんりん》させておいて、起用しないことは国家の損失であると思召《おぼしめ》して、太后が御反対になったにもかかわらず赦免の御沙汰《ごさた》が、源氏へ下ることになった。去年から太后も物怪《もののけ》のために病んでおいでになり、そのほか天の諭《さと》しめいたことがしきりに起こることでもあったし、祈禱《きとう》と御精進《しょうじん》で一時およろしかった御眼疾もまたこのごろお悪くばかりなっていくことに心細く思召して、七月二十幾日に再度御沙汰《ごさた》があって、京へ帰ることを源氏は命ぜられた。いずれはそうなることと源氏も期していたのではあるが、無常の人生であるから、それがまたどんな変わったことになるかもしれないと不安がないでもなかったのに、にわかな宣旨《せんじ》で帰洛《きらく》のことの決まったのはうれしいことではあったが、明石《あかし》の浦を捨てて出ねばならぬことは相当に源氏を苦しませた。入道も当然であると思いながらも、胸に蓋《ふた》がされたほど悲しい気持ちもするのであったが、源氏が都合よく栄えねば自分のかねての理想は実現されないのであるからと思い直した。

その時分は毎夜山手の家へ通う源氏であった。今年の六月ごろから女は妊娠していた。別離の近づくことによってあやにくなと言ってもよいように源氏は女を深く好きになった。どこまでも恋の苦から離れられない自分なのであろうと源氏は煩悶《はんもん》していた。女はもとより思い乱れていた。もっともなことである。思いがけぬ旅に京は捨ててもまた帰る日のないことなどは源氏の思わなかったことであった。慰める所がそれにはあった。今度は幸福な都へ帰るのであって、この土地との縁はこれで終わると見ねばならないと思うと、源氏は物哀れでならなかった。侍臣たちにも幸運は分かたれていて、だれもおどる心を持っていた。京の迎えの人たちもその日からすぐに下って来た者が多数にあって、それらも皆人生が楽しくばかり思われるふうであるのに、主人の入道だけは泣いてばかりいた。そして七月が八月になった。色の身にしむ秋の空をながめて、自分は今も昔も恋愛のために絶えない苦を負わされる、思い死にもしなければならないようにと源氏は思い悶《もだ》えていた。女との関係を知っている者は、

「反感が起こるよ。例のお癖だね」

と言って、困ったことだと思っていた。源氏が長い間この関係を秘密にしていて、人目を紛らして通っていたことが近ごろになって人々にわかったのであったから、

「女からいえば一生の物思いを背負い込んだようなものだ」

とも言ったりした。少納言がよく話していた女であるともその連中が言っていた時、良清《よしきよ》は少しくやしかった。

出発が明後日に近づいた夜、いつもよりは早く山手の家へ源氏は出かけた。まだはっきりとは今日までよく見なかった女は、貴女《きじょ》らしい気高《けだか》い様子が見えて、この身分にふさわしくない端麗さが備わっていた。捨てて行きがたい気がして、源氏はなんらかの形式で京へ迎えようという気になったのであった。そんなふうに言って女を慰めていた。女からもつくづくと源氏の見られるのも今夜がはじめてであった。長い苦労のあとは源氏の顔に痩《や》せが見えるのであるが、それがまた言いようもなく艶《えん》であった。あふれるような愛を持って、涙ぐみながら将来の約束を女にする源氏を見ては、これだけの幸福をうければもうこの上を願わないであきらめることもできるはずであると思われるのであるが、女は源氏が美しければ美しいだけ自身の価値の低さが思われて悲しいのであった。秋風の中で聞く時にことに寂しい波の音がする。塩を焼く煙がうっすり空の前に浮かんでいて、感傷的にならざるをえない風景がそこにはあった。

このたびは立ち別るとも藻《も》塩《しほ》焼く煙は同じ方《かた》になびかん

と源氏が言うと、

かきつめて海人《あま》の焼く藻《も》の思ひにも今はかひなき恨みだにせじ

とだけ言って、可憐《かれん》なふうに泣いていて多くは言わないのであるが、源氏に時々答える言葉には情のこまやかさが見えた。源氏が始終聞きたく思っていた琴を今日まで女の弾《ひ》こうとしなかったことを言って源氏は恨んだ。

「ではあとであなたに思い出してもらうために私も弾くことにしよう」

と源氏は、京から持って来た琴を浜の家へ取りにやって、すぐれたむずかしい曲の一節を弾いた。深夜の澄んだ気の中であったから、非常に美しく聞こえた。入道は感動して、娘へも促すように自身で十三絃の琴を几帳《きちょう》の中へ差し入れた。女もとめどなく流れる涙に誘われたように、低い音で弾き出した。きわめて上手《じょうず》である。入道の宮の十三絃の技は現今第一であると思うのは、はなやかにきれいな音で、聞く者の心も朗らかになって、弾き手の美しさも目に髣髴《ほうふつ》と描かれる点などが非常な名手と思われる点である。これはあくまでも澄み切った芸で、真の音楽として批判すれば一段上の技倆《ぎりょう》があるとも言えると、こんなふうに源氏は思った。源氏のような音楽の天才である人が、はじめて味わう妙味であると思うような手もあった。飽満するまでには聞かせずにやめてしまったのであるが、源氏はなぜ今日までにしいても弾かせなかったかと残念でならない。熱情をこめた言葉で源氏はいろいろに将来を誓った。

「この琴はまた二人で合わせて弾く日まで形見にあげておきましょう」

と源氏が琴のことを言うと、女は、

なほざりに頼めおくめる一ことをつきせぬ音《ね》にやかけてしのばん

言うともなくこう言うのを、源氏は恨んで、

逢《あ》ふまでのかたみに契る中の緒《を》のしらべはことに変はらざらなん

と言ったが、なおこの琴の調子が狂わない間に必ず逢おうとも言いなだめていた。信頼はしていても目の前の別れがただただ女には悲しいのである。もっともなことと言わねばならない。もう出立の朝になって、しかも迎えの人たちもおおぜい来ている騒ぎの中に、時間と人目を盗んで源氏は女へ書き送った。

うち捨てて立つも悲しき浦波の名残《なごり》いかにと思ひやるかな

返事、

年経つる苫屋《とまや》も荒れてうき波の帰る方にや身をたぐへまし

これは実感そのまま書いただけの歌であるが、手紙をながめている源氏はほろほろと涙をこぼしていた。女の関係を知らない人々はこんな住居《すまい》も、一年以上いられて別れて行く時は名残があれほど惜しまれるものなのであろうと単純に同情していた。良清などはよほどお気に入った女なのであろうと憎く思った。侍臣たちは心中のうれしさをおさえて、今日限りに立って行

く明石の浦との別れに湿っぽい歌を作りもしていたが、それは省いておく。

出立の日の饗応《きょうおう》を入道は派手《はで》に設けた。全体の人へ餞別《せんべつ》にりっぱな旅装一揃《そろ》いずつを出すともした。いつの間にこの用意がされたのであるかと驚くばかりであった。源氏の衣服はもとより質を精選して調製してあった。幾個かの衣櫃《ころもびつ》が列に加わって行くことになっているのである。今日着て行く狩衣《かりぎぬ》の一所に女の歌が、

寄る波にたち重ねたる旅衣しほどけしとや人のいとはん

と書かれてあるのを見つけて、立ちぎわではあったが源氏は返事を書いた。

かたみにぞかふべかりける逢ふことの日数へだてん中の衣を

というのである。

「せっかくよこしたのだから」

と言いながらそれに着かえた。今まで着ていた衣服は女の所へやった。思い出させる恋の技巧というものである。自身のにおいの沁《し》んだ着物がどれだけ有効な物であるかを源氏はよく知っていた。

「もう捨てました世の中ですが、今日のお送りのできませんことだけは残念です」

などと言っている入道が、両手で涙を隠しているのがかわいそうであると源氏は思ったが、他の若い人たちの目にはおかしかったに違いない。

「世をうみにここらしほじむ身となりてなほこの岸をえこそ離れね

子供への申しわけにせめて国境まではお供をさせていただきます」

と入道は言ってから、

「出すぎた申し分でございますが、思い出しておやりくださいます時がございましたら御音信をいただかせてくださいませ」

などと頼んだ。悲しそうで目のあたりの赤くなっている源氏の顔が美しかった。

「私には当然の義務であることもあるのですから、決して不人情な者でないとすぐにまたよく思っていただくような日もあるでしょう。私はただこの家と離れることが名残《なごり》惜しくてならない、どうすればいいことなんだか」

と言って、

都出《い》でし春の歎《なげ》きに劣らめや年ふる浦を別れぬる秋

と涙を袖《そで》で源氏は拭《ぬぐ》っていた。これを見ると入道は気も遠くなったように萎《しお》れてしまった。外へはそれきり起居《たちい》もよろよろとするふうである。明石の君の心は悲しみに満たされていた。外へは現わすまいとするのであるが、自身の薄倖《はっこう》であることが悲しみの根本になっていて、捨てて行く恨めしい源氏がまた恋しい面影になって見えるせつなさは、泣いて僅かに洩《も》らすほかはどうしようもない。母の夫人もなだめかねていた。

「どうしてこんなに苦労の多い結婚をさせたろう。固意地《かたいじ》な方の言いなりに私までもがついて行ったのがまちがいだった」

と夫人は歎息《たんそく》していた。

「うるさい、これきりにあそばされないことも残っているのだから、お考えがあるに違いない。湯でも飲んでまあ落ち着きなさい。ああ苦しいことが起こってきた」

入道はこう妻と娘に言ったままで、室の片隅《かたすみ》に寄っていた。妻と乳母《めのと》とが口々に入道を批難した。

「お嬢様を御幸福な方にしてお見上げしたいと、どんなに長い間祈って来たことでしょう。いよいよそれが実現されますことかと存じておりましたのに、お気の毒な御経験をあそばすことになったのでございますね。最初の御結婚で」

こう言って歎《なげ》く人たちもかわいそうに思われて、そんなこと、こんなことで入道の心は前よりずっとぼけていった。昼は終日寝ているかと思うと、夜は起き出して行く。

「数珠《じゅず》の置き所も知れなくしてしまった」

と両手を擦《す》り合わせて絶望的な歎息《たんそく》をしているのであった。弟子《でし》たちに批難されては月夜に出て御堂《みどう》の行道《ぎょうどう》をするが池に落ちてしまう。風流に作った庭の岩角《いわかど》に腰をおろしそこねて怪我《けが》をした時には、その痛みのある間だけ煩悶《はんもん》をせずにいた。

源氏は浪速《なにわ》に船を着けて、そこで祓《はら》いをした。住吉《すみよし》の神へも無事に帰洛《きらく》の日の来た報告をして、幾つかの願《がん》を実行しようと思う意志のあることも使いに言わせた。自身は参詣《さんけい》しなかった。

途中の見物などもせずにすぐに京へはいったのであった。

二条の院へ着いた一行の人々と京にいた人々は夢心地《ゆめごこち》で逢い、夢心地で話が取りかわされた。喜び泣きの声も騒がしい二条の院であった。紫夫人も生きがいなく思っていた命が、今日まであって、源氏を迎えたことに満足したことであろうと思われる。美しかった人のさらに完成された姿を二年半の時間ののちに源氏は見ることができたのである。寂しく暮らした間に、あまりに多かった髪の量の少し減ったまでもがこの人をより美しく思わせた。こうしてこの人と永久に住む家へ帰って来ることができたのであると、源氏の心の落ち着いたのとともに、またも別離を悲しんだ明石の女がかわいそうに思いやられた。源氏は恋愛の苦にどこまでもつきまとわれる人のようである。源氏は夫人に明石の君のことを話した。女王はどう感じたか、恨みを言うともなしに「身をば思はず」(忘らるる身をば思はず誓ひてし人の命の惜しくもあるかな)などとはかなそうに言っているのを、美しいとも可憐《かれん》であるとも源氏は思った。見ても見ても見飽かぬこの人と別れ別れにいるようなことは何がさせたかと思うと今さらまた恨めしかった。

間もなく源氏は本官に復した上、権大納言《ごんだいなごん》も兼ねる辞令を得た。侍臣たちの官位もそれぞれ元にかえされたのである。枯れた木に春の芽が出たようなめでたいことである。

お召しがあって源氏は参内した。お常御殿に上がると、源氏のさらに美しくなった姿をあれで田舎《いなか》住まいを長くしておいでになったのかと人は驚いた。前代から宮中に奉仕していて、年を取った女房などは、悲しがって今さらまた泣き騒いでいた。帝《みかど》も源氏にお逢いになるのを晴れがましく思召《おぼしめ》されて、お身なりなどをことにきれいにあそばしてお出ましになった。ずっと御病気でおありになったために、衰弱が御見えになるのであるが、昨今になって陛下の御気分はおよろしかった。しめやかにお話をあそばすうちに夜になった。十五夜の月の美しく静かなもとで昔をお忍びになって帝はお心をしめらせておいでになった。お心細い御様子である。

「音楽をやらせることも近ごろはない。あなたの琴の音もずいぶん長く聞かなんだね」

と仰せられた時、

わたつみに沈みうらぶれひるの子の足立たざりし年は経にけり

と源氏が申し上げると、帝は兄君らしい憐《あわれ》みと、君主としての過失をみずからお認めになる情を優しくお見せになって、

宮ばしらめぐり逢ひける時しあれば別れし春の恨み残すな

と仰せられた。艶《えん》な御様子であった。

源氏は院の御為《おんため》に法華経《ほけきよう》の八講を行なう準備をさせていた。東宮にお目にかかると、ずっとお身大きくなっておいでになって、珍しい源氏の出仕をお喜びになるのを、限りもなくおかわいそうに源氏は思った。学問もよくおできになって、御位《みくらい》におつきになってもさしつかえはないと思われるほど御聡明《そうめい》であることがうかがわれた。少し日がたって気の落ち着いたころに御訪問した入道の宮ででも、感慨無量な御会談があったはずで

ある。

源氏は明石から送って来た使いに手紙を持たせて帰した。夫人にはばかりながらこまやかな情を女に書き送ったのである。

毎夜毎夜悲しく思っているのですか、

歎きつつ明石の浦に朝霧の立つやと人を思ひやるかな

こんな内容であった。大弐《だいに》の娘の五節《ごせち》は、一人でしていた心の苦も解消したように喜んで、どこからとも言わせない使いを出して、二条の院へ歌を置かせた。

須磨の浦に心を寄せし船人のやがて朽《く》たせる袖《そで》を見せばや

字は以前よりずっと上手《じょうず》になっているが、五節に違いないと源氏は思って返事を送った。

かへりてはかごとやせまし寄せたりし名残《なごり》に袖の乾《ひ》がたかりしを

源氏はずいぶん好きであった女であるから、誘いかけた手紙を見ては訪ねたい気がしきりにするのであるが、当分は不謹慎なこともできないように思われた。花散里《はなちるさと》などへも手紙を送るだけで、逢いには行こうとしないのであったから、かえって京に源氏のいなかったころよりも寂しく思っていた。

澪標

みをつくし逢《あ》はんと祈るみてぐらもわれのみ神にたてまつるらん　（晶子）

須磨《すま》の夜の源氏の夢にまざまざとお姿をお現わしになって以来、父帝のことで痛心していた源氏は、帰京ができた今日になってその御菩提《ごぼだい》を早く弔いたいと仕度《したく》をしていた。そして十月に法華経《ほけきよう》の八講が催されたのである。参列者の多く集まって来ることは昔のそうした場合のとおりであった。今日も重く煩っておいでになる太后は、その中ででも源氏を不運に落としおおせなかったことを口惜《くちお》しく思召《おぼしめ》すのであったが、帝《みかど》は院の御遺言をお思いになって、当時も報いが御自身の上へ落ちてくるような恐れをお感じになったのであるから、このごろはお心持がきわめて明るくおなりあそばされた。時々はげしくお煩いになった御眼疾も快くおなりになったのであるが、短命でお終わりになるような予感があってお心細いためによく源氏をお召しになった。政治についても隔てのない進言をお聞きになることができて、一般の人も源氏の意見が多く採用される宮廷の現状を喜んでいた。

帝は近く御遜位《ごそんい》の思召《おぼしめ》しがあるのであるが、尚侍《ないしのかみ》がたよりないふうに見えるのを憐《あわ》れに思召した。

「大臣は亡《な》くなるし、大宮も始終お悪いのに、私さえも余命がないような気がしているのだから、だれの保護も受けられないあなたは、孤独になってどうなるだろうと心配する。初めからあなたの愛はほかの人に向かっていて、私を何とも思っていないのだが、私はだれよりもあなたが好きなのだから、あなたのことばかりがこんな時にも思われる。私よりも優越者がまたあなたと恋愛生活をしても、私ほどにはあなたを思ってはくれないことはないかと、私はそんなことまでも考えてあなたのために泣かれるのだ」

帝は泣いておいでになった。羞恥《しゅうち》に頰《ほお》を染めているためにいっそうはなやかに、愛嬌《あいきょう》がこぼれるように見える尚侍も涙を流しているのを御覧になると、どんな罪も許すに余りあるように思召されて、御愛情がそのほうへ傾くばかりであった。

「なぜあなたに子供ができないのだろう。残念だね。前生の縁の深い人とあなたの中にはすぐにまたその悦《よろこ》びをする日もあるだろうと思うとくやしい。それでも気の毒だね、親王を生むのでないから」

こんな未来のことまでも仰せになるので、恥ずかしい心がしまいには悲しくばかりなった。帝は御容姿もおきれいで、深く尚侍をお愛しになる御心は年月とともに顕著になるのを、尚侍は知っていて、源氏はすぐれた男であるが、自分を思う愛はこれほどのものでなかったということもようやく悟ることができてきては、若い無分別さからあの大事件までも引き起こし、自分の名誉を傷つけたことはもとより、あの人にも苦労をさせることになったとも思われて、それも皆自分が薄倖《はっこう》な女だからであるとも悲しんでいた。

翌年の二月に東宮の御元服があった。十二でおありになるのであるが、御年齢のわりには御《おん》大人《おとな》らしくて、おきれいで、ただ源氏の大納言の顔が二つできたようにお見えになった。まぶしいほどの美を備えておいでになるのを、世間ではおほめしているが、母宮はそれを人知れず苦労にしておいでになった。帝も東宮のごりっぱでおありになることに御満足をあそばして御即位後のことをなつかしい御様子でお教えあそばした。

この同じ月の二十幾日に譲位のことが行なわれた。太后はお驚きになった。

「ふがいなく思召すでしょうが、私はこうして静かにあなたへ御孝養がしたいのです」

と帝はお慰めになったのであった。東宮には承香殿《じょうきょうでん》の女御《にょご》のお生みした皇子がお立ちになった。

すべてのことに新しい御代《みよ》の光の見える日になった。見聞きする眼《め》に耳にはなやかな気分の味わわれることが多かった。源氏の大納言は内大臣になった。左右の大臣の席がふさがっていたからである。そして摂政《せっしょう》にこの人がなることも当然のことと思われていたが、

「私はそんな忙しい職に堪えられない」

と言って、致仕《ちし》の左大臣に摂政を譲った。

「私は病気によっていったん職をお返しした人間なのですから、今日はまして年も老いてしまったし、そうした重任に当たることなどはだめです」

と大臣は言って引き受けない。

「支那《しな》でも政界の混沌《こんとん》としている時代は退《しりぞ》いて隠者になっている人も治世の君がお決まりになれば、白髪も恥じずお仕えに出て来るような人をほんとうの聖人だと言ってほめています。御病気で御辞退になった位を次の天子の御代に改めて頂戴《ちょうだい》することはさしつかえがありません

よ」

と源氏も、公人として私人として忠告した。大臣も断わり切れずに太政大臣になった。年は六十三であった。事実は先朝に権力をふるった人たちに飽き足りないところがあって引きこもっていたのであるから、この人に栄えの春がまわってきたわけである。一時不遇なように見えた子息たちも浮かび出たようである。その中でも宰相中将は権中納言になった。四の君が生んだ今年十二になる姫君を早くから後宮に擬して中納言は大事に育てていた。以前二条の院につれられて来て高砂《たかさご》を歌った子も元服させて幸福な家庭を中納言は持っていた。腹々に生まれた子供が多くて一族がにぎやかであるのを源氏はうらやましく思っていた。太政大臣家で育てられていた源氏の子はだれよりも美しい子供で、御所へも東宮へも殿上童《てんじょうわらわ》として出入りしているのである。源氏の葵《あおい》夫人の死んだことを、父母はまたこの栄えゆく春に悲しんだ。しかしすべてが昔の婿の源氏によってもたらされた光明であって、何年かの暗い影が源氏のためにこの家から取り去られたのである。源氏は今も昔のとおりに老夫妻に好意を持っていて何かの場合によく訪《なず》ねて行った。若君の乳母《めのと》そのほかの女房も長い間そのままに勤めている者に、厚く酬《むく》いてやることも源氏は忘れなかった。幸せ者が多くできたわけである。二条の院でもそのとおりに、主人を変えようともしなかった女房を源氏は好遇した。また中将とか、中務《なかつかさ》とかいう愛人関係であった人たちにも、多年の孤独が慰むるに足るほどな愛撫《あいぶ》が分かたれねばならないのであったから、暇がなくて外歩きも源氏はしなかった。二条の院の東に隣った邸《やしき》は院の御遺産で源氏の所有になっているのをこのごろ源氏は新しく改築させていた。花散里《はなちるさと》などという恋人たちを住ませるための設計をして造られているのである。

源氏は明石《あかし》の君の妊娠していたことを思って、始終気にかけているのであったが、公私の事の多さに、使いを出して尋ねることもできない。三月の初めにこのごろが産期になるはずであると思うと哀れな気がして使いをやった。

「先月の十六日に女のお子様がお生まれになりました」

という報《しら》せを聞いた源氏は愛人によってはじめての女の子を得た喜びを深く感じた。なぜ京へ呼んで産をさせなかったかと残念であった。源氏の運勢を占って、子は三人で、帝《みかど》と后《きさき》が生まれる、いちばん劣った運命の子は太政大臣で、人臣の位をきわめるであろう、その中のいちばん低い女が女の子の母になるであろうと言われた。また源氏が人臣として最高の位置を占めることも言われてあったので、それは有名な相人《そうにん》たちの言葉が皆一致するところであったが、逆境にいた何年間はそんなことも心に否定するほかはなかったのである。当帝が即位されたことは源氏にうれしかったが、自身の上に高御座《たかみくら》の栄誉を希《ねが》わないことは少年の日と少しも異なっていなかった。あるまじいことと思っている。多くの皇子たちの中にすぐれてお愛しになった父帝が人臣の列に自分をお置きになった御精神を思うと、自分の運と天位とは別なものであると思う源氏であった。源氏は相人の言葉のよく合う実証として、今帝の御即位が思われた。后《きさき》が一人自分から生まれるということに明石の報《しら》せが符合することから、住吉《すみよし》の神の庇護《ひご》によってあの人も后の母になる運命から、父の入道が自然片寄った婿選びに身命を打ち込むほどの狂態も見せたのであろう。后の位になるべき人を田舎《いなか》で生まれさせたのはもったいない気の毒なことであると源氏は思って、しばらくすれば京へ呼ぼうと思って、東の院の建築を急がせていた。明石のような田舎に相当な乳母《めのと》がありえようとは思われないので、父帝の女房をしていた宣旨《せんじ》という女の娘で父は宮内卿《くないきよう》宰相だった人であったが、母にも死に別れ、寂しい生活をするうちに恋愛関係から子供を生んだという話を近ごろ源氏は聞き、その噂《うわさ》を伝えた人を呼び出して、宰相の娘に、源氏の姫君の乳母《あば》として明石へ赴《おもむ》くことの交渉を始めさせた。この女はまだ若くて無邪気な性質から、寂しい荒ら屋で物思いをばかりして暮らす朝夕の生活に飽いていて、深くも考えずに、源氏の縁のかかった所に生活のできることほどよいこともないようにこれまでから焦《こが》れていて、すぐに承諾して来た。源氏は田舎《いなか》下りをしてくれる宰相の娘を哀れに思って、いろいろと出立の用意をしてやっていた。

外出したついでに源氏はそっとわが子の新しい乳母の家へ寄った。快諾を伝えてもらったのであるが、なお女はどうしようかと煩悶《はんもん》していた所へ源氏みずからが来てくれたので、それで旅に出る心も慰んで、あきらめもついた。

「御意のとおりにいたします」

と言っていた。ちょうど吉日でもあったのですぐに立たせることに源氏はした。

「同情がないようだけれど、私は将来に特別な考えもある子なのだからね、それに私も経験して来た土地の生活だから、そう思ってまあ初めだけしばらく我慢をすれば馴《な》れてしまうよ」

と源氏は明石の入道家のことをくわしく話して聞かせた。母といっしょに父帝のおそばに来ていたこともあって、時々は見た顔であったが、以前に比べると容貌《ようぼう》が衰えていた。家の様子などもずいぶんひどい荒れ方になっている。さすがに広いだけは広いが気味悪く思われるほど木なども繁《しげ》りほうだいになっていて、こんな家にどうして暮らしてきたかと思われるほどである。若やかで美しいたちの女であったから、源氏が戯談《じようだん》を言ったりするのにもおもしろい相手であった。

「私は取り返したい気がする。遠くへなどおまえをやりたくない。どう」

と言われて、直接源氏のそばで使われる身になれたなら、過去のどんな不幸も忘れることができるであろうと、物哀れな気持ちに女はなった。

「かねてより隔てぬ中とならはねど別れは惜しきものにぞありける

いっしょに行こうかね」

と源氏が言うと、女は笑って、

うちつけの別れを惜しむかごとにて思はん方に慕ひやはせぬ

と冷やかしもした。

京の間だけは車でやった。親しい侍を一人つけて、あくまでも秘密のうちに乳母《めのと》は送られたのである。守り刀ようの姫君の物、若い母親への多くの贈り物等が乳母に託されたのであった。乳母にも十分の金品が支給されてあった。源氏は入道がどんなに孫を大事がっていることであろうと、いろいろな場合を想像することで微笑がされた。母になった恋人も哀れに思いやられた。このごろの源氏の心は明石の浦へ傾き尽くしていた。手紙にも姫君を粗略にせぬようにと繰り返し繰り返し誡《いまし》めてあった。

いつしかも袖《そで》うちかけんをとめ子が世をへて撫《な》でん岩のおひさき

こんな歌も送ったのである。摂津の国境《くにざかい》までは船で、それからは馬に乗って乳母は明石へ着いた。入道は非常に喜んでこの一行を受け取った。感激して京のほうを拝んだほどである。そしていよいよ姫君は尊いものに思われた。おそろしいほどたいせつなものに思われた。乳母が小さい姫君の美しい顔を見て、聡明《そうめい》な源氏が将来を思って大事にするのであると言ったことはもっともなことであると思った。来る途中で心細いように、恐ろしいように思った旅の苦痛などもこれによって忘れてしまうことができた。非常にかわいく思って乳母は幼い姫君を扱った。若い母は幾月かの連続した物思いのために衰弱したからだで出産をして、なお命が続くものとも思っていなかったが、この時に見せられた源氏の至誠にはおのずから慰められて、力もついていくようであった。送って来た侍に対しても入道は心をこめた歓待をした。あまり丁寧な待遇に侍は困って、

「こちらの御様子を聞こうとお待ちになっていらっしゃるでしょうから早く帰京いたしませんと」

とも言うのであった。明石の君は感想を少し書いて、

一人して撫《な》づるは袖《そで》のほどなきに覆《おほ》ふばかりの蔭《かげ》をしぞ待つ

と歌も添えて来た。怪しいほど源氏は明石の子が心にかかって、見たくてならぬ気がした。夫人には明石の話をあまりしないのであるが、ほかから聞こえて来て不快にさせてはと思って、源氏は明石の君の出産の話をした。

「人生は意地の悪いものですね。そうありたいと思うあなたにはできそうでなくて、そんな所に子が生まれるなどとは。しかも女の子ができたのだからね、悲観してしまう。うっちゃって置いてもいいのだけれど、そうもできないことでね、親であって見ればね。京へ呼び寄せてあなたに見せてあげましょう。憎んではいけませんよ」

「いつも私がそんな女であるとしてあなたに言われるかと思うと私自身もいやになります。けれど女が恨みやすい性質になるのはこんなことばかりがあるからなのでしょう」

と女王《にょおう》は怨《うら》んだ。

「そう、だれがそんな習慣をつけたのだろう。あなたは実際私の心持ちをわかろうとしてくれない。私の思っていないことを忖度《そんたく》して恨んでいるから私としては悲しくなる」

と言っているうちに源氏は涙ぐんでしまった。どんなにこの人が恋しかったろうと別居時代のことを思って、おりおり書き合った手紙にどれほど悲しい言葉が盛られたものであろうと思い出していた源氏は、明石の女のことなどはそれに比べて命のある恋愛でもないと思われた。

「子供に私が大騒ぎして使いを出したりしているのも考えがあるからですよ。今から話せばまた悪くあなたが取るから」
　とその話を続けずに、
「すぐれた女のように思ったのは場所のせいだったと思われる。とにかく平凡でない珍しい存在だと思いましたよ」
などと子の母について語った。別れの夕べに前の空を流れた塩焼きの煙のこと、女の言った言葉、ほんとうよりも控え目な女の容貌《ようぼう》の批評、名手らしい琴の弾《ひ》きようなどを忘られぬふうに源氏の語るのを聞いている女王は、その時代に自分は一人でどんなに寂しい思いをしていたことであろう、仮にもせよ良人《おっと》は心を人に分けていた時代にと思うと恨めしくて、明石の女のために歎息《たんそく》をしている良人は良人であるというように、横のほうを向いて、
「どんなに私は悲しかったろう」
歎息しながら独言《ひとりごと》のようにこう言ってから、
　思ふどち靡《なび》く方にはあらずとも我《われ》ぞ煙に先立ちなまし
「何ですって、情けないじゃありませんか、
　たれにより世をうみやまに行きめぐり絶えぬ涙に浮き沈む身ぞ
そうまで誤解されては私はもう死にたくなる。つまらぬことで人の感情を害したくないと思うのも、ただ一つの私の願いのあなたと永《なが》く幸福でいたいためじゃないのですか」

源氏は十三絃の搔《か》き合わせをして、弾《ひ》けと女王に勧めるのであるが、名手だと思ったと源氏に言われている女がねたましいか手も触れようとしない。おおようで美しく柔らかい気持ちの女性であるが、さすがに嫉妬《しっと》はして、恨むことも腹を立てることもあるのが、いっそう複雑な美しさを添えて、この人をより引き立てて見せることだと源氏は思っていた。

五月の五日が五十日《いか》の祝いにあたるであろうと源氏は人知れず数えていて、その式が思いやられ、その子が恋しくてならないのであった。紫の女王に生まれた子であったなら、どんなにはなやかにそれらの式を自分は行なってやったことであろうと残念である。あの田舎《いなか》で父のいぬ場所で生まれるとは憐《あわ》れな者であると思っていた。男の子であれば源氏もこうまでこの事実に苦しまなかったであろうが、后《きさき》の望みを持ってよい女の子にこの引け目をつけておくことが堪えられないように思われて、自分の運はこの一点で完全でないとさえ思った。五十日《いか》のために源氏は明石へ使いを出した。

「ぜひ当日着くようにして行け」

と源氏に命ぜられてあった使いは五日に明石へ着いた。華奢《かしゃ》な祝品の数々のほかには実用品も多く添えて源氏は贈ったのである。

海松や時ぞともなきかげにゐて何のあやめもいかにわくらん

からだから魂が抜けてしまうほど恋しく思います。私はこの苦しみに堪えられないと思う。ぜひ京へ出て来ることにしてください。こちらであなたに不愉快な思いをさせることは断じてない。

という手紙であった。入道は例のように感激して泣いていた。源氏の出立の日の泣き顔とは違った泣き顔である。明石でも式の用意は派手《はで》にしてあった。見て報告をする使いが来なかったなら、それがどんなに晴れをしなかったことだろうと思われた。乳母《めのと》も明石の君の優しい気質に馴染《なじ》んで、よい友人を得た気になって、京のことは思わずに暮らしていた。入道の身分に近いほどの家の女《むすめ》もここに来て女房勤めをしているようなのが幾人かはあるが、それがどうかといえば京の宮仕えに磨り尽《す》くされたような年配の者が生活の苦から脱《のが》れるために田舎《いなか》下りをしたのが多いのに、この乳母はまだ娘らしくて、しかも思い上がった心を持っていて、自身の見た京を語り、宮廷を語り、縉紳《しんしん》の家の内部の派手な様子を語って聞かせることができた。源氏の大臣がどれほど社会から重んぜられているかということも、女心にしたいだけの誇張もして始終話した。乳母の話から、その人が別れたのちの今日までも好意を寄せて、また自分の生んだ子を愛してくれているのは幸福でなくて何であろうと明石の君はようやくこのごろになって思うようになった。乳母は源氏の手紙をいっしょに読んでいて、人間にはこんなに意外な幸運を持っている人もあるのである、みじめなのは自分だけであると悲しまれたが、乳母はどうしているかということも奥に書かれてあって、源氏が自分に関心を持っていることを知ることができたので満足した。返事は、

数ならぬみ島がくれに鳴く鶴《たづ》を今日もいかにと訪《と》ふ人ぞなき

いろいろに物思いをいたしながら、たまさかのおたよりを命にしておりますのもはかない私でございます。仰せのように子供の将来に光明を認めとうございます。

というので、信頼した心持ちが現われていた。何度も同じ手紙を見返しながら、

「かわいそうだ」

と長く声を引いて独言《ひとりごと》を言っているのを、夫人は横目にながめて、「浦より遠《をち》に漕《こ》ぐ船の」(我をば他《よそ》に隔てつるかな)と低く言って、物思わしそうにしていた。

「そんなにあなたに悪く思われるようにまで私はこの女を愛しているのではない。それはただそれだけの恋ですよ。そこの風景が目に浮かんできたりする時々に、私は当時の気持ちになってね、つい歎息《たんそく》が口から出るのですよ。なんでも気にするのですね」

などと、恨みを言いながら上包みに書かれた字だけを夫人に見せた。品のよい手跡で貴女《きじょ》も恥ずかしいほどなのを見て、夫人はこうだからであると思った。

こんなふうに紫の女王《にょおう》の機嫌《きげん》を取ることにばかり追われて、花散里《はなちるさと》を訪《たず》ねる夜も源氏の作られないのは女のためにかわいそうなことである。このごろは公務も忙しい源氏であった。外出に従者も多く従えて出ねばならぬ身分の窮屈《きゅうくつ》さもある上に、花散里その人がきわだつ刺戟《しげき》も与えぬ人であることを知っている源氏は、今日逢わねばと心の湧《わ》き立つこともないのであった。五月雨《さみだれ》のころは源氏もつれづれを覚えたし、ちょうど公務も閑暇《ひま》であったので、思い立ってその人の所へ行った。訪ねては行かないでも源氏の君はこの一家の生活を保護することを怠っていなかったのである。それにたよっている人は恨むことがあっても、ただみずからの薄命を

歎《なげ》く程度のものであったから源氏は気楽に見えた。何年かのうちに邸内《やしきうち》はいよいよ荒れて、すごいような広い住居《すまい》であった。姉の女御《にょご》の所で話をしてから、夜がふけたあとで西の妻戸をたたいた。朧《おぼ》ろな月のさし込む戸口から艶《えん》な姿で源氏ははいって来た。美しい源氏と月のさす所に出ていることは恥ずかしかったが、初めから花散里はそこに出ていたのでそのままいた。この態度が源氏の気持ちを楽にした。水鶏《くいな》が近くで鳴くのを聞いて、

水鶏だに驚かさずばいかにして荒れたる宿に月を入れまし

なつかしい調子で言うともなくこう言う女が感じよく源氏に思われた。どの人にも自身を惹《ひ》く力のあるのを知って源氏は苦しかった。

「おしなべてたたく水鶏に驚かばうはの空なる月もこそ入れ

私は安心していられない」

とは言っていたが、それは言葉の戯れであって、源氏は貞淑な花散里を信じ切っている。何に動揺することもなく長く留守《るす》の間を静かに待っていてくれた人を、源氏はおろそかには思っていなかった。当分悲しくならないがために空はながめないで暮らすようにと、行く前に源氏が言った夜のことなどを思い出して言うのであった。

「なぜあの時に私は非常に悲しいことだと思ったのでしょう。私などはあなたに幸福の帰って来た今だってもやはり寂しいのでしたのに」

と恨みともなしにおおように言っているのが可憐《かれん》であった。例のように源氏は言葉を尽くして女を慰めていた。平生どうしまってあったこの人の熱情かと思われるようである。こんな機会がまた作られたならば、大弐《だいに》の五節《ごせち》に逢いたいと源氏は願っていたが、五節の訪問も実現がむずかしいと見なければならない。女は源氏を忘れることができないで、物思いの多い日を送っていて、親が心配してかれこれと勧める結婚話には取り合わずに、人並みの女の幸福などはいらないと思っていた。源氏は東の院は本邸でなく、そんな人たちを集めて住ませようと建築をさせているのであったから、もし理想どおりにかしずき娘ができてくることがあったら、顧問格の女として才女の五節などは必要な人物であると源氏は思っていた。東の院はおもしろい設計で建てられているのである。近代的な生活に適するような明るい家である。地方官の中のよい趣味を持つ一人一人に殿舎をわり当てにして作らせていた。

源氏は今も尚侍《ないしのかみ》を恋しく思っていた。懲りたことのない人のように、また危《あぶな》いこともしかねないほど熱心になっているが、環境のために恋には奔放な力を見せた女もつつましくなっていて、昔のように源氏の誘惑に反響を見せるようなこともない。源氏は自身の地位ができて世の中が窮屈になり、冷たいものになり、物足りなくなったと感じていた。

院は暢気《のんき》におなりあそばされて、よくお好きの音楽の会などをあそばして風流に暮らしておいでになった。女御《にょご》も更衣《こうい》も御在位の時のままに侍しているが、東宮の母君の女御だけは、以前取り立てて御寵愛《ちょうあい》があったというのではなく、尚侍にけおされた後宮の一人に過ぎなかったが、思いがけぬ幸福に恵まれた結果になって、一人だけ離れて御所の中の東宮の御在所に侍しているのである。源氏の現在の宿直所《とのいどころ》もやはり昔の桐壺《きりつぼ》であって、梨壺《なしつぼ》に東宮は住んでおいでになるのであったから、御近所であるために源氏はその御殿とお親しくして、自然東宮の御後見もするようになった。

入道の宮をまた新たに御母后《ごぼこう》の位にあそばすことは無理であったから、太上天皇に準じて女院《にょいん》にあそばされた。封国が決まり、院司の任命があって、これはまた一段立ちまさったごりっぱなお身の上と見えた。仏法に関係した善行功徳をお営みになることを天職のように思召《おぼしめ》して、精励しておいでになった。長い間御所への出入りも御遠慮しておいでになったが、今はそうでなく自由なお気持ちで宮中へおはいりになり、お出《で》になりあそばすのであった。皇太后は人生を恨んでおいでになった。何かの場合に源氏はこの方にも好意のある計らいをして敬意を表していた。太后としてはおつらいことであろうとささやく者が多かった。兵部卿《ひょうぶきょう》親王は源氏の官位剝奪《はくだつ》時代に冷淡な態度をお見せになって、ただ世間の聞こえばかりをはばかって、御娘に対してもなんらの保護をお与えにならなかったことで、当時の源氏は恨めしい思いをさせられて、もう昔のように親しい御交際はしていなかった。一般の人にはあまねく慈悲を分かとうとする人であったが、兵部卿の宮一家にだけはやや復讐《ふくしゅう》的な扱いもするのを、入道の宮は苦しく思召された。現代には二つの大きな勢力があって、一つは太政大臣、一つは源氏の内大臣がそれで、この二人の意志で何事も断ぜられ、何事も決せられるのであった。権中納言の娘がその年の八月に後宮へはいった。すべての世話は祖父の大臣がしていてはなやかな仕度《したく》であった。兵部卿親王も第二の姫君を後宮へ入れる志望を持っておいでになって、大事にお傅《かし》ずきになる評判のあるのを、源氏はその姫君に光栄あれとも思われないのであった。源氏はまたどんな人を後宮へ推薦しようとしているかそれはわからない。

この秋に源氏は住吉詣《すみよしもう》でをした。須磨《すま》、明石《あかし》で立てた願《がん》を神へ果たすためであって、非常な大がかりな旅になった。廷臣たちが我も我もと随行を望んだ。ちょうどこの日であった、明石の君が毎年の例で参詣《さんけい》するのを、去年もこの春も障《さわ》りがあって果たすことのできなかった謝罪も兼ねて、船で住吉へ来た。海岸のほうへ寄って行くと華美な参詣の行列が寄進する神宝を運び続けて来るのが見えた。楽人、十列《とつら》の者もきれいな男を選んであった。

「どなたの御参詣なのですか」

と船の者が陸へ聞くと、

「おや、内大臣様の御願《ごがん》はたしの御参詣を知らない人もあるね」

供男《ともおとこ》階級の者もこう得意そうに言う。何とした偶然であろう、ほかの月日もないようにと明石の君は驚いたが、はるかに恋人のはなばなしさを見ては、あまりに懸隔のありすぎるわが身の上であることを痛切に知って悲しんだ。さすがによそながら巡り合うだけの宿命につながれていることはわかるのであったが、笑って行った侍さえ幸福に輝いて見える日に、罪障の深い自分は何も知らずに来て恥ずかしい思いをするのであろうと思い続けると悲しくばかりなった。深い緑の松原の中に花紅葉《もみじ》が撒《ま》かれたように見えるのは袍《ほう》のいろいろであった。赤袍は五位、浅葱《あさぎ》は六位であるが、同じ六位も蔵人《くろうど》は青色で目に立った。加茂の大神を恨んだ右近丞《うこんのじょう》は靫負《ゆぎえ》になって、随身をつれた派手《はで》な蔵人になって来ていた。良清《よしきよ》も同じ靫負佐《ゆぎえのすけ》になってはなやかな赤袍の一人であった。明石に来ていた人たちが昔の面影とは違ったはなやかな姿で人々の中に混じっているのが船から見られた。若い顕官たち、殿上役人が競うように凝った姿をして、馬や鞍《くら》にまで華奢《かしゃ》を尽くしている一行は、田舎《いなか》の見物人の目を楽しませた。源氏の乗った車が来た時、明石の君はきまり悪さに恋しい人をのぞくことができなかった。河原《かわら》の左大臣の例で童《どう》形《ぎょう》の儀仗《ぎじょう》の人を源氏は賜わっているのである。それらは美しく装うていて、髪は分けて二つの輪のみずらを紫のぼかしの元結いでくくった十人は、背たけもそろった美しい子供である。近年はあまり許される者のない珍しい随身である。大臣家で生まれた若君は馬に乗せられていて、一班ずつを揃《そろ》えの衣裳《いしょう》にした幾班かの馬添い童《わらわ》がつけられてある。最高の貴族の子供というものはこうしたものであるというように、多数の人から大事に扱われて通って行くのを見た時、明石の君は自分の子も兄弟でいながら見る影もなく扱われていると悲しかった。いよいよ御社《みやしろ》に向いて子のために念じていた。

　摂津守が出て来て一行を饗応《きょうおう》した。普通の大臣の参詣《さんけい》を扱うのとはおのずから違ったことになるのは言うまでもない。明石の君はますます自分がみじめに見えた。

　こんな時に自分などが貧弱な御幣《みてぐら》を差し上げても神様も目にとどめにならぬだろうし、帰ってしまうこともできない、今日は浪速《なにわ》のほうへ船をまわして、そこで祓《はら》いでもするほうがよいと思って、明石の君の乗った船はそっと住吉を去った。こんなことを源氏は夢にも知らないでいた。夜通しいろいろの音楽舞楽を広前《ひろまえ》に催して、神の喜びたもうようなことをし尽くした。過去の願に神へ約してあった以上のことを源氏は行なったのである。惟光《これみつ》などという源氏と辛苦をともにした人たちは、この住吉の神の徳を偉大なものと感じていた。ちょっと外へ源氏の出て来た時に惟光《これみつ》が言った。

住吉の松こそものは悲しけれ神代のことをかけて思へば

源氏もそう思っていた。

「荒かりし浪《なみ》のまよひに住吉の神をばかけて忘れやはする

確かに私は霊験を見た人だ」

と言う様子も美しい。こちらの派手《はで》な参詣ぶりに畏縮《いしゅく》して明石の船が浪速のほうへ行ってしまったことも惟光が告げた。その事実を少しも知らずにいたと源氏は心で憐《あわれ》んでいた。初めのことも今日のことも住吉の神が二人を愛しての導きに違いないと思われて、手紙を送って慰めてやりたい、近づいてかえって悲しませたことであろうと思った。住吉を立ってから源氏の一行は海岸の風光を愛しながら浪速に出た。そこでは祓いをすることになっていた。淀《よど》川の七瀬に祓いの幣が立てられてある堀江のほとりをながめて、「今はた同じ浪速なる」(身をつくしても逢はんとぞ思ふ)と我知らず口に出た。車の近くから惟光が口ずさみを聞いたのか、その用があろうと例のように懐中に用意していた柄の短い筆などを、源氏の車の留められた際に提供した。源氏は懐紙に書くのであった。

みをつくし恋ふるしるしにここまでもめぐり逢ひける縁《えに》は深しな

惟光に渡すと、明石へついて行っていた男で、入道家の者と心安くなっていた者を使いにして明石の君の船へやった。派手な一行が浪速を通って行くのを見ても、女は自身の薄倖《はっこう》さばかりが思われて悲しんでいた所へ、ただ少しの消息ではあるが送られて来たことで感激して泣いた。

数ならでなにはのこともかひなきに何みをつくし思ひ初《そ》めけん

田蓑島《たみのじま》での祓《はら》いの木綿《ゆう》につけてこの返事は源氏の所へ来たのである。ちょうど日暮れになっていた。夕方の満潮時で、海べにいる鶴《つる》も鳴き声を立て合って身にしむ気が多くすることから、人目を遠慮していずに逢いに行きたいとさえ源氏は思った。

露けさの昔に似たる旅衣《たびごろも》田《た》蓑《みの》の島の名には隠れず

と源氏は歌われるのであった。遊覧の旅をおもしろがっている人たちの中で源氏一人は時々暗い心になった。高官であっても若い好奇心に富んだ人は、小船を漕《こ》がせて集まって来る遊女たちに興味を持つふうを見せる。源氏はそれを見てにがにがしい気になっていた。恋のおもしろさも対象とする者に尊敬すべき価値が備わっていなければ起こってこないわけである。恋愛というほどのことではなくても、軽薄な者には初めから興味が持てないわけであるのにと思って、彼女らを相手にはしゃいでいる人たちを軽蔑《けいべつ》した。

明石の君は源氏の一行が浪速《なにわ》を立った翌日は吉日でもあったから住吉へ行って御幣《みてぐら》を奉った。その人だけの願も果たしたのである。郷里へ帰ってからは以前にも増した物思いをする人になって、人数《ひとかず》でない身の上を歎《なげ》き暮らしていた。もう京へ源氏の着くころであろうと思ってから間もなく源氏の使いが明石へ来た。近いうちに京へ迎えたいという手紙を持って来たのである。頼もしいふうに恋人の一人として認められている自分であるが、故郷を立って京へ出たのちにまで源氏の愛は変わらずに続くものであろうかと考えられることによって女は苦しんでいた。入道も手もとから娘を離してやることは不安に思われるのであるが、そうかといってこのまま田舎に置くことも悲惨な気がして源氏との関係が生じなかった時代よりもかえって苦労は多くなったようであった。女からは源氏をめぐるまぶしい人たちの中へ出て行く自信がなくて出京はできないという返事をした。

この御代《みよ》になった初めに斎宮もお変わりになって、六条の御息所《みやすどころ》は伊勢《いせ》から帰って来た。それ以来源氏はいろいろと昔以上の好意を表しているのであるが、なお若かった日すらも恨めしい所のあった源氏の心のいわば余炎ほどの愛を受けようとは思わない、もう二人に友人以上の交渉があってはならないと御息所は決めていたから、源氏も自身で訪ねて行くようなことはしないのである。しいて旧情をあたためることに同意をさせても、自分ながらもまた女を恨めしがらせる結果にならないとは保証ができないというように源氏は思っていたし、女の家へ通うことなども今では人目を引くことが多くなっていることでもあって、待つと言わない人をしい

斎宮がどんなにりっぱな貴女《きじょ》になっておいでになるであろうと、それを目に見たく思っていた。に暮らしていた。洗練された趣味は今も豊かで、よい女房の多い所として風流男の訪問が絶えない。寂しいようではあるが思い上がった貴女にふさわしい生活であると見えたが、にわかに重い病気になって心細くなった御息所は、伊勢という神の境にあって仏教に遠ざかっていた幾年かのことが恐ろしく思われて尼になった。源氏は聞いて、恋人として考えるよりも、首肯されるる意見を持つよき相談相手と信じていたその人の生命《いのち》が惜しまれて、驚きながら六条邸を見舞った。源氏は真心から御息所をいたわり、御息所を慰める言葉を続けた。病床の近くに源氏の座があって、御息所は脇息《きょうそく》に倚りかかりながらものを言っていた。非常に衰弱の見える昔の恋人のために源氏は泣いた。どれほど愛していたかをこの人に実証して見せることができないままで死別をせねばならぬかと残念でならないのである。この源氏の心が御息所に通じたらしくて、誠意の認められる昔の恋人に御息所は斎宮のことを頼んだ。

「孤児になるのでございますから、何かの場合に子の一人と思ってお世話をしてくださいませ。ほかに頼んで行く人はだれもない心細い身の上なのです。私のような者でも、もう少し人生というもののわかる年ごろまでついていてあげたかったのです」

こう言ったあとで、そのまま気を失うのではないかと思われるほど御息所は泣き続けた。

「あなたのお言葉がなくてもむろん私は父と変わらない心で斎宮を思っているのですから、ましてあなたが御病中にもこんなに御心配になって私へお話しになることは、どこまでも責任を持ってお受け合いします。気がかりになどは少しもお思いになることはありませんよ」

などと源氏が言うと、

「でもなかなかお骨の折れることでございますよ。あとを頼まれた人がほんとうの父親であっても、それでも母親のない娘は心細いことだろうと思われますからね。まして恋人の列にならお入れになっては、思わぬ苦労をすることでしょうし、またほかの方を不快にもさせることだろうと思います。悪い想像ですが決してそんなふうにお取り扱いにならないでね。私自身の経験から、あの人は恋愛もせず一生処女でいる人にさせたいと思います」

御息所はこう言った。意外な忖度《そんたく》までもするものであると思ったが源氏はまた、

「近年の私がどんなにまじめな人間になっているかをご存じでしょう。昔の放縦な生活の名残《なごり》をとどめているようにおっしゃるのが残念です。自然おわかりになってくることでしょうが」

と言った。もう外は暗くなっていた。ほのかな灯影《ほかげ》が病牀《びようしよう》の几帳《きちよう》をとおしてさしていたから、あるいは見えることがあろうかと静かに寄って几帳の綻《ほころ》びからのぞくと、明るくはない光の中に昔の恋人の姿があった。美しくはなやかに思われるほどに切り残した髪が背にかかっていて、脇息によった姿は絵のようであった。源氏は哀れでたまらないような気がした。帳台の東寄りの所で身を横たえている人は前斎宮でおありになるらしい。几帳の垂《た》れ絹が乱れた間からじっと目を向けていると、宮は頰杖《ほおづえ》をついて悲しそうにしておいでになる。少ししか見えないのであるが美人らしく見えた。髪のかかりよう、頭の形などに気高《けだか》い美が備わりながらまた近代的

なはなやかな愛嬌《あいきょう》のある様子もわかった。御息所があんなに阻止的に言っているのであるから
と思って、源氏は動く心をおさえた。
「私はとてもまた苦しくなってまいりました。失礼でございますからもうお帰りくださいま
せ」
と御息所は言って、女房の手を借りて横になった。
「私が伺ったので少しでも御気分がよくなればよかったのですが、お気の毒ですね。どんな
ふうに苦しいのですか」
と言いながら、源氏が牀《とこ》をのぞこうとするので、御息所は女房に別れの言葉を伝えさせた。
「長くおいでくださいましては物怪《もののけ》の来ている所でございますからお危《あぶの》うございます。病気
のこんなに悪くなりました時分に、おいでくださいましたことも深い御因縁のあることとうれ
しく存じます。平生思っておりましたことを少しでもお話のできましたことで、あなたは遺族
にお力を貸してくださるでしょうと頼もしく思われます」
「大事な御遺言を私にしてくださいましたことをうれしく存じます。院の皇女がたはたくさ
んいらっしゃるのですが、私と親しくしてくださいます方はあまりないのですから、斎宮を院
が御自身の皇女の列に思召《おぼしめ》されましたとおりに私も思いまして、兄弟として睦《むつ》まじくいたしま
しょう。それに私はもう幾人もの子があってよい年ごろになっているのですから、私の物足り
なさを斎宮は補ってくださるでしょう」
などと言い置いて源氏は帰った。それからは源氏の見舞いの使いが以前よりもまた繁々《しげしげ》行っ

た。そうして七、八日ののちに御息所は死んだ。無常の人生が悲しまれて、心細くなった源氏は参内もせずに引きこもっていて、御息所の葬儀についての指図《さしず》を下しなどしていた。前の斎宮司の役人などで親しく出入りしていた者などがわずかに来て葬式の用意に奔走するにすぎない六条邸であった。侍臣を送ったあとで源氏自身も葬家へ来た。斎宮に弔詞を取り次がせると、

「ただ今は何事も悲しみのためにわかりませんので」

と女別当《にょべっとう》を出してお言わせになった。

「私に御遺言をなすったこともありますから、ただ今からは私を睦《むつ》まじい者と思召《おぼしめ》してくださいましたら幸《しあわ》せです」

と源氏は言ってから、宮家の人々を呼び出していろいろすることを命じた。非常に頼もしい態度であったから、昔は多少恨めしがっていた一家の人々の感情も解消されていくようである。源氏のほうから葬儀員が送られ、無数の使用人が来て御息所の葬儀はきらやかに執行されたのであった。

源氏は寂しい心を抱いて、昔を思いながら居間の御簾《みす》を下《お》ろしこめて精進の日を送り仏勤めをしていた。前斎宮へは始終見舞いの手紙を送っていた。宮のお悲しみが少し静まってきたころからは御自身で返事もお書きになるようになった。それを恥ずかしく思召すのであったが、乳母《めのと》などから、

「もったいないことでございますから」

と言って、自筆で書くことをお勧めになるのである。雪が霙《みぞれ》となり、また白く雪になる

ような荒日和《あれびより》に、宮がどんなに寂しく思っておいでになるであろうと想像をしながら源氏は使いを出した。

こういう天気の日にどういうお気持ちでいられますか。

降り乱れひまなき空に亡《な》き人の天《あま》がけるらん宿ぞ悲しき

という手紙を送ったのである。紙は曇った空色のが用いられてあった。若い人の目によい印象があるようにと思って、骨を折って書いた源氏の字はまぶしいほどみごとであった。宮は返事を書きにくく思召したのであるが、

「われわれから御挨拶《あいさつ》をいたしますのは失礼でございますから」

と女房たちがお責めするので、灰色の紙の薫香《くんこう》のにおいを染ませた艶《えん》なのへ、目だたぬような書き方にして、

消えがてにふるぞ悲しきかきくらしわが身それとも思ほえぬ世に

とお書きになった。おとなしい書風で、そしておおようで、すぐれた字ではないが品のあるものであった。斎宮になって伊勢へお行きになったころから源氏はこの方に興味を持っていたのである。もう今は忌垣《いがき》の中の人でもなく、保護者からも解放された一人の女性と見てよいのであるから、恋人として思う心をささやいてよい時になったのであると、こんなふうに思われるのと同時に、それはすべきでない、おかわいそうであると思った。御息所がその点を気づか

っていたことでもあるし、世間もその疑いを持って見るであろうことが、自分は全然違った清い扱いを宮にしよう、陛下が今少し大人らしくものを認識される時を待って、前斎宮を後宮に入れよう、子供が少なくて寂しい自分は養女をかしずくことに楽しみを見いだそうと源氏は思いついた。親切に始終尋ねの手紙を送っていて、何かの時には自身で六条邸へ行きもした。

「失礼ですが、お母様の代わりと思ってくだすって、御遠慮のないおつきあいをくだすったら、私の真心がわかっていただけたという気がするでしょう」

などと言うのであるが、宮は非常に内気で羞恥心《しゅうち》がお強くて、異性にほのかな声でも聞かせることは思いもよらぬことのようにお考えになるのであったから、女房たちも勧めかねて、宮のおとなしさを苦労にしていた。女別当《にょべっとう》、内侍《ないし》、そのほか御親戚関係の王家の娘などもお付きしているのである。自分の心に潜在している望みが実現されることがあっても、他の恋人たちの中に混じって劣る人ではないらしいこの人の顔を見たいものであると、こんなことも思っている源氏であったから、養父として打ちとけない人が聡明《そうめい》であったのであろう。自身の心もまだどうなるかしれないのであるから、前斎宮を入内《じゅだい》させる希望などは人に言っておかぬほうがよいと源氏は思っていた。故人の仏事などにとりわけ力を入れてくれる源氏に六条邸の人々は感謝していた。

六条邸は日がたつにしたがって寂しくなり、心細さがふえてくる上に、御息所《みやすどころ》の女房なども次第に下がって行く者が多くなって、京もずっと下《しも》の六条で、東に寄った京極通りに近いのであるから、郊外ほどの寂しさがあって、山寺の夕べの鐘の音にも斎宮の御涙は誘われがちであった。同じく母といっても、宮と御息所は親一人子一人で、片時離れることもない十幾年の御生活であった。斎宮が母君とごいっしょに行かれることはあまり例のないことであったが、しいてごいっしょにお誘いになったほどの母君が、死の道だけはただ一人でおいでになったとお思いになることが、斎宮の尽きぬお悲しみであった。女房たちを仲介にして求婚をする男は各階級に多かったが、源氏は乳母《めのと》たちに、

「自分勝手なことをして問題を起こすようなことを宮様にしてはならない」

と親らしい注意を与えていたので、源氏を不快がらせるようなことは慎まねばならぬとおのおの思いもし諫《いさ》め合いもしているのである。それで情実のためにどう計らおうというようなことも皆はしなかった。院は宮が斎宮としてお下りになる日の荘厳だった大極殿《だいごくでん》の儀式に、この世の人とも思われぬ美貌《びぼう》を御覧になった時から、恋しく思召されたのであって、帰京後に、

「院の御所へ来て、私の妹の宮などと同じようにして暮らしては」

と宮のことを、故人の御息所へお申し込みになったこともあるのである。御息所のほうでは院に寵姫《ちょうき》が幾人も侍している中へ、後援者らしい者もなくて行くことはみじめであるし、院が始終御病身であることも、母の自分と同じ未亡人の悲しみをさせる結果になるかもしれぬと院参を躊躇《ちゅうちょ》したものであったが、今になってはましてだれが宮のお世話をして院の後宮へなどおはいりになることができようと女房たちは思っているのである。院のほうでは御熱心に今なおその仰せがある。源氏はこの話を聞いて、院が望んでおいでになる方を横取りのようにして宮中へお入れすることは済まないと思ったが、宮の御様子がいかにも美しく可憐《かれん》で、これを全然

ほかの所へ渡してしまうことが残念な気になって、入道の宮へ申し上げた。こんな隠れた事実があって決断ができないということをお話しした。

「お母様の御息所はきわめて聡明《そうめい》な人だったのですが、私の若気のあやまちから浮き名を流させることになりました上、私は一生恨めしい者と思われることになったのですが、私は心苦しく思っているのでございます。私は許されることなしにその人を死なせてしまいましたが、亡《な》くなります少し前に斎宮のことを言い出したのでございます。私としましては、さすがに聞いた以上は遺言を実行する誠意のある者として頼んで行くのであると思えてうれしゅうございまして、無関係な人でも、孤児の境遇になった人には同情されるものなのですから、まして以前のことがございまして、亡くなりましたあとでも、昔の恨みを忘れてもらえるほどのことをしたいと思いまして、斎宮の将来をいろいろと考えている次第なのですが、陛下もずいぶん大人らしくはなっていらっしゃいますが、お年からいえばまだお若いのですから、少しお年上の女御《にょご》が侍していられる必要があるかとも思われるのでございます。それもしかしながらあなた様がこうするようにと仰せになるのに随《したが》わせていただこうと思います」

と言うと、

「非常によいことを考えてくださいました。院もそんなに御熱心でいらっしゃることは、お気の毒なようで、済まないことかもしれませんが、お母様の御遺言であったからということにして、何もお知りにならない顔で御所へお上げになればよろしいでしょう。このごろ院は実際そうしたことに淡泊なお気持ちになって、仏勤めばかりに気を入れていらっしゃるということも聞きますから、そういうことになさいましてもお腹だちになるようなことはないでしょう」

「ではあなた様の仰せが下ったことにしまして、私としてはそれに賛成の意を表したというぐらいのことにいたしておきましょう。私はこんなに院を御尊敬して、御感情を害することのないようにと百方考えてかかっているのですが、世間は何と批評をいたすことでしょう」

などと源氏は申していた。のちにはまた何事も素知らぬ顔で二条の院へ斎宮を迎えて、入内《じゅだい》は自邸からおさせしようという気にも源氏はなった。夫人にその考えを言って、

「あなたのいい友だちになると思う。仲よくして暮らすのに似合わしい二人だと思う」

と語ったので、女王《にょおう》も喜んで斎宮の二条の院へ移っておいでになる用意をしていた。入道の宮は兵部卿《ひょうぶきょう》の宮が、後宮入りを目的にして姫君を教育していられることを知っておいでになるのであったから、源氏と宮が不和になっている今日では、その姫君に源氏はどんな態度を取ろうとするのであろうと心苦しく思召した。中納言の姫君は弘徽殿《こきでん》の女御《にょご》と呼ばれていた。太政大臣の猶子《ゆうし》になっていて、その一族がすばらしい背景を作っているはなやかな後宮人であった。陛下もよいお遊び相手のように思召された。

「兵部卿の宮の中姫君《なかひめぎみ》も弘徽殿の女御と同じ年ごろなのだから、それではあまりお雛《ひな》様遊びの連中がふえるばかりだから、少し年の行った女御がついていて陛下のお世話を申し上げることはうれしいことですよ」

と入道の宮は人へ仰せられて、前斎宮の入内の件を御自身の意志として宮家へお申し入れになったのであった。源氏が当帝のために行き届いた御後見をする誠意に御信頼あそばされて、

御自身はおからだがお弱いために御所へおはいりになることはあっても、永《なが》くはおとどまりになることがおできにならないで、退出しておしまいになるため、そんな点でも少し大人になった女御はあるべきであった。

蓬生

道もなき蓬《よもぎ》をわけて君ぞこし誰《たれ》にもま
さる身のここちする　（晶子）

源氏が須磨《すま》、明石《あかし》に漂泊《さすら》っていたころは、京のほうにも悲しく思い暮らす人の多数にあった中でも、しかとした立場を持っている人は、苦しい一面はあっても、たとえば二条の夫人などは、源氏が旅での生活の様子もかなりくわしく通信されていたし、便宜が多くて手紙を書いて出すこともよくできたし、当時無官になっていた源氏の無紋の衣裳《いしよう》も季節に従って仕立てて送るような慰みもあった。真実悲しい境遇に落ちた人というのは、源氏が京を出発した際のこともよそに想像するだけであった女性たち、無視して行かれた恋人たちがそれであった。常陸《ひたち》の宮の末摘花《すえつむはな》は、父君がおかくれになってから、だれも保護する人のない心細い境遇であったのを、思いがけず生じた源氏との関係から、それ以来物質的に補助されることになって、源氏の富からいえば物の数でもない情けをかけていたにすぎないのであったが、受けるほうの貧しい女王《にょおう》一家のためには、盥《たらい》へ星が映ってきたほどの望外の幸福になって、生活苦から救われて幾年かを来たのであるが、あの事変後の源氏は、いっさい世の中がいやになって、恋愛というほどのものでもなかった女性との関係は心から消しもし、消えもしたふうで、遠くへ立ってからははるばると手紙を送るようなこともしなかった。まだ源氏から恵まれた物があってしばらくは泣く泣くも前の生活を続けることができたのであるが、次の年になり、また次の年になりす

るうちにはまったく底なしの貧しい身の上になってしまった。古くからいた女房たちなどは、

「ほんとうに運の悪い方ですよ。思いがけなく神か仏の出現なすったような親切をお見せになる方ができて、人というものはどこに幸運があるかわからないなどと、私たちはありがたく思ったのですがね、人生というものは移り変わりがあるものだといっても、またまたこんな頼りない御身分になっておしまいになるって、悲しゅうございますね、世の中は」

と歎《なげ》くのであった。昔は長い貧しい生活に慣れてしまって、だれにもあきらめができていたのであるが、中で一度源氏の保護が加わって、世間並みの暮らしができたことによって、今の苦痛はいっそう烈《はげ》しいものに感ぜられた。よかった時代に昔から縁故のある女房ははじめてここに皆居つくことにもなって、数が多くなっていたのも、またちりぢりにほかへ行ってしまった。そしてまた老衰して死ぬ女もあって、月日とともに上から下まで召使の数が少なくなっていく。もとから荒廃していた邸《やしき》はいっそう狐《きつね》の巣のようになった。気味悪く大きくなった木立ちになく梟《ふくろう》の声を毎日邸の人は聞いていた。人が多ければそうしたものは影も見せない木精《こだま》などという怪しいものも次第に形を顕《あら》わしてきたりする不快なことが数しらずあるのである。まだ少しばかり残っている女房は、

「これではしようがございません。近ごろは地方官などがよい邸を自慢に造りますが、こちらのお庭の木などに目をつけて、お売りになりませんかなどと近所の者から言わせてまいりますが、そうあそばして、こんな怖《おそろ》しい所はお捨てになってほかへお移りなさいましよ。いつまでも残っております私たちだってたまりませんから」

などと女主人に勧めるのであったが、

「そんなことをしてはたいへんよ。世間体もあります。私が生きている間は邸を人手に渡すなどということはできるものでない。こんなに恐《こわ》い気がするほど荒れていても、お父様の魂が残っていると思う点で、私はあちこちをながめても心が慰むのだからね」

女王は泣きながらこう言って、女房たちの進言を思いも寄らぬことにしていた。手道具なども昔の品の使い慣らしたりっぱな物のあるのを、生物《なま》識りの骨董《こっとう》好きの人が、だれに製作させた物、某の傑作があると聞いて、譲り受けたいと、想像のできる貧乏さを軽蔑《けいべつ》して申し込んでくるのを、例のように女房たちは、

「しかたのないことでございますよ。困れば道具をお手放しになるのは」

と言って、それを金にかえて目前の窮迫から救われようとする時があると、末摘花は頑強《がんきょう》にそれを拒む。

「私が見るようにと思って作らせておいてくだすったに違いないのだから、それをつまらない家の装飾品になどさせてよいわけはない。お父様のお心持ちを無視することになるからね、お父様がおかわいそうだ」

ただ少しの助力でもしようとする人をも持たない女王であった。兄の禅師《ぜんじ》だけは稀《まれ》に山から京へ出た時に訪《たず》ねて来るが、その人も昔風な人で、同じ僧といっても生活する能力が全然ない、脱俗したとほめて言えば言えるような男であったから、庭の雑草を払わせればきれいになるものとも気がつかない。浅茅《あさじ》は庭の表も見えぬほど茂って、蓬《よもぎ》は軒の高さに達するほど、葎《むぐら》は西

門、東門を閉じてしまったというと用心がよくなったようにも聞こえるが、くずれた土塀《どべい》は牛や馬が踏みならしてしまい、春夏には無礼な牧童が放牧をしに来た。八月に野分《のわき》の風が強かった年以来廊などは倒れたままになり、下屋の板葺《いたぶ》きの建物のほうはわずかに骨が残っているだけ、下男などのそこにとどまっている者はない。厨《くりや》の煙が立たないでなお生きた人が住んでいるという悲しい邸《やしき》である。盗人というようながむしゃらな連中も外見の貧弱さに愛想《あいそ》をつかせて、ここだけは素通りにしてやって来なかったから、こんな野良藪《のらやぶ》のような邸の中で、寝殿《しんでん》だけは普通りの飾りつけがしてあった。しかしきれいに掃除《そうじ》をしようとするような心がけの人もない。埃《ちり》は積もってもあるべき物の数だけはそろった座敷に末摘花《すえつむはな》は暮らしていた。古い歌集を読んだり、小説を見たりすることでつれづれが慰められることにもなるし、物質的に不足の多い境遇も忍んで行けるのであるが、末摘花はそんな趣味も持っていない。それは必ずしもよいことではないが、暇な女性の間で友情を盛った手紙を書きかわすことなどは、多感な年ごろではそれによって自然の見方も深くなっていき、木や草にも慰められることにもなるが、この女王は父宮が大事にお扱いになった時と同じ心持ちでいて、普通の人との交際はいっさい避けて友人を持っていないのである。親戚関係があっても親しもうとせず、好意を寄せようとしない態度は手紙を書かぬ所にうかがわれもするのである。古くさい書物棚《だな》から、唐守《からもり》、藐姑射《はこや》の刀自《とじ》、赫耶姫《かぐやひめ》物語などを絵に描いた物を引き出して退屈しのぎにしていた。古歌などもよい作を選《よ》って、端書きも作者の名も書き抜いて置いて見るのがおもしろいのであるが、この人は古《ふる》紙屋紙《かんやがみ》とか、檀紙《だんし》とかの湿り気を含んで厚くなった物などへ、だれもの知っている新味などは微塵《みじん》もないようなものの書き抜いてしまってあるのを、物思いのつのった時などには出して拡《ひろ》げていた。今の婦人がだれもするように経を読んだり仏勤めをしたりすることは生意気だと思うのかだれも見る人はないのであるが、数珠《じゅず》を持つようなことは絶対にない。こんなふうに末摘花は古典的であった。

侍従という乳母《めのと》の娘などは、主家を離れないで残っている女房の一人であったが、以前から半分ずつは勤めに出ていた斎院がお亡《か》くれになってからは、侍従もしかたなしに女王《にょおう》の母君の妹で、その人だけが身分違いの地方官の妻になっている人があって、娘をかしずいて、若いよい女房を幾人でもほしがる家へ、そこは死んだ母もおりふし行っていた所であるからと思って、時々そこへ行って勤めていた。末摘花は人に親しめない性格であったから、叔母《おば》ともあまり交際をしなかった。

「お姉様は私を軽蔑《けいべつ》なすって、私のいることを不名誉にしていらっしゃったから、姫君が気の毒な一人ぼっちでも私は世話をしてあげないのだよ」

などという悪態口も侍従に聞かせながら、時々侍従に手紙を持たせてよこした。初めから地方官級の家に生まれた人は、貴族をまねて、思想的にも思い上がった人になっている者も多いのに、この夫人は貴族の出でありながら、下の階級へはいって行く運命を生まれながらに持っていたものか、卑しい性格の叔母君であった。自身が、家門の顔汚しのように思われていた昔の腹いせに、常陸《ひたち》の宮の女王を自身の娘たちの女房にしてやりたい、昔風なところはあるが気だてのよい後見役ができるであろうとこんなことを思って、時々私の宅へもおいでくだすったらいかがですか。あなたのお琴の音《ね》も伺いたがる娘たちもおります。

と言って来た。これを実現させようと叔母は侍従にも促すのであるが、末摘花は負けじ魂からではなく、ただ恥ずかしくきまりが悪いために、叔母の招待に応じようとしないのを、叔母のほうではくやしく思っていた。そのうちに叔母の良人《おっと》が九州の大弐《だいに》に任命された。娘たちをそれぞれ結婚させておいて、夫婦で任地へ立とうとする時にもまだ叔母は女王を伴って行きたがって、

「遠方へ行くことになりますと、あなたが心細い暮らしをしておいでになるのを捨てておくことが気になってなりません。ただ今までもお構いはしませんでしたが、近い所にいるうちはいつでもお力になれる自信がありましたので」

と体裁よく言《こと》づてて誘いかけるのも、女王が聞き入れないから、

「まあ憎らしい。いばっていらっしゃる。自分だけはえらいつもりでも、あの藪《やぶ》の中の人を大将さんだって奥様らしくは扱ってくださらないだろう」

と言ってののしった。そのうちに源氏宥免《ゆうめん》の宣旨が下り、帰京の段になると、忠実に待っていた志操の堅さをだれよりも先に認められようとする男女に、それぞれ有形無形の代償を喜んで源氏の払った時期にも、末摘花だけは思い出されることもなくて幾月かがそのうちたった。もう何の望みもかけられない。長い間不幸な境遇に落ちていた源氏のために、その勢力が宮廷に復活する日があるようにと念じ暮らしたものであるのに、賤《いや》しい階級の人でさえも源氏の再

び得た輝かしい地位を喜んでいる時にも、ただよそのこととして聞いていねばならぬ自分でなければならなかったか、源氏が京から追われた時には自分一人の不幸のように悲しんだが、この世はこんな不公平なものであるのかと思って末摘花は恨めしく苦しく切なく一人で泣いてばかりいた。

大弐の夫人は、私の言ったとおりじゃないか。どうしてあんな見る影もない人を源氏の君が奥様の一人だとお思いになるものかね、仏様だって罪の軽い者ほどよく導いてくださるのだ。手もつけられないほどの貧乏女でいて、いばっていて、宮様や奥さんのいらっしゃった時と同じように思い上がっているのだから始末が悪いなどと思っていっそう軽蔑《けいべつ》的に末摘花を見た。

「ぜひ決心をして九州へおいでなさい。世の中が悲しくなる時には、人は進んでも旅へ出るではありませんか。田舎《いなか》とはいやな所のようにお思いになるかしりませんが、私は受け合ってあなたを楽しくさせます」

口前よく熱心に同行を促すと、貧乏に飽いた女房などは、

「そうなればいいのに、何のたのむ所もない方が、どうしてまた意地をお張りになるのだろう」

と言って、末摘花を批難した。侍従も大弐の甥《おい》のような男の愛人になっていて、京へ残ることもできない立場から、その意志でもなく女王のもとを去って九州行きをすることになっていた。

「京へお置きして参ることは気がかりでなりませんからいらっしゃいませ」

と誘うのであるが、女王の心はなお忘れられた形になっている源氏を頼みにしていた。どんなに時がたっても自分の思い出される機会のないわけはない、あれほど堅い誓いを自分にしてくれた人の心は変わっていないはずであるが、自分の運の悪いために捨てられたとも人からは見られるようなことになっているのであろう、風の便《たよ》りででも自分の哀れな生活が源氏の耳にはいればきっと救ってくれるに違いないと、これはずっと以前から女王の信じているところであって、邸《やしき》も家も昔に倍した荒廃のしかたではあるが、部屋の中の道具類をそこばくの金に変えていくようなことは、源氏の来た時に不都合であるからと忍耐を続けているのである。気をめいらせて泣いている時のほうが多い末摘花の顔は、一つの木の実だけを大事に顔に当てて持っている仙人《せんにん》とも言ってよい奇怪な物に見えて、異性の興味を惹《ひ》く価値などはない。気の毒であるからくわしい描写はしないことにする。

冬にはいればはいるほど頼りなさはひどくなって、悲しく物思いばかりして暮らす女王だった。源氏のほうでは故院のための盛んな八講を催して、世間がそれに湧《わ》き立っていた。僧などは平凡な者を呼ばずに学問と徳行のすぐれたのを選んで招じたその物事に、女王の兄の禅師も出た帰りに妹君を訪《たず》ねて来た。

「源大納言さんの八講に行ったのです。たいへんな準備でね、この世の浄土のように法要の場所はできていましたよ。音楽も舞楽もたいしたものでしたよ。あの方はきっと仏様の化身《けしん》だろう、五濁《ごじょく》の世にどうして生まれておいでになったろう」

こんな話をして禅師はすぐに帰った。普通の兄弟《きょうだい》のようには話し合わない二人であるから、生活苦も末摘花《すえつむはな》は訴えることができないのである。それにしてもこの不幸なみじめな女を捨て置くというのは、情けない仏様であると末摘花は恨めしかった。こんな気のした時から、自分はもう顧みられる望みがないのだろうとようやく思うようになった。

そんなころであるが大弐の夫人が突然訪ねて来た。平生はそれほど親密にはしていないのであるが、つれて行きたい心から、作った女王の衣裳《いしょう》なども持って、よい車に乗って来た得意な顔の夫人がにわかに常陸の宮邸へ現われたのである。門をあけさせている時から目にはいってくるものは荒廃そのもののような寂しい庭であった。門の扉も安定がなくなっていて倒れたのを、供の者が立て直したりする騒ぎである。この草の中にもどこかに三つだけの道はついているはずであると皆が捜した。そしてやっと建物の南向きの縁の所へ車を着けた。きまりの悪い迷惑なことと思いながら女王は侍従を応接に出した。煤《すす》けた几帳《きちょう》を押し出しながら侍従は客と対したのである。容貌《ようぼう》は以前に比べてよほど衰えていた。しかしやつれながらもきれいで、女王の顔に代えたい気がする。

「もう出発しなければならないのですが、こちらのことが気がかりなものですから、今日は侍従の迎えがてらお訪《たず》ねしました。私の好意をくんでくださらないで、御自分がちょっとでも来てくださることを御承知にならないことはやむをえませんが、せめて侍従だけをよこしていただくお許しをいただきに来たのです。まあお気の毒なふうで暮らしていらっしゃるのですね」

こう言ったのであるから、続いて泣いてみせねばならないのであるが、実は大弐夫人は九州の長官夫人になって出発して行く希望に燃えているのである。

「宮様がおいでになったころ、私の結婚相手が悪いからって、交際するのをおきらいになったものですから、私らもついかけ離れた冷淡なふうになっていましたものの、それからもこちら様は源氏の大将さんなどと御結婚をなさるような御幸運でいらっしゃいましたから、晴れがましくてお出入りもしにくかったのです。しかし人間世界は幸福なことばかりもありませんからね、その中でわれわれ階級の者がかえって気楽なんですよ。及びもない懸隔のあるお家《うち》でしたが、こちらはお気の毒なことになってしまいまして、私も心配なんですが、近くにおりますうちは、何かの場合にお力にもなれると思っていましたものの、遠い所へ出て行くことになりますと、とてもあなたのことが気になってなりません」

と夫人は言うのであるが、女王は心の動いたふうもなかった。

「御好意はうれしいのですが、人並みの人にもなれない私はこのままここで死んで行くのが何よりもよく似合うことだろうと思います」

とだけ末摘花は言う。

「それはそうお思いになるのはごもっともですが、生きている人間であって、こんなひどい場所に住んでいるのなどはほかにめったにないでしょう。大将さんが修繕をしてくだすったら、またもう一度玉の台《うてな》にもなるでしょうと期待されますがね。近ごろはどうしたことでしょう、兵部卿《ひょうぶきょう》の宮の姫君のほかはだれも嫌《きら》いになっておしまいになったふうですね。昔から恋愛関係をたくさん持っていらっしゃった方でしたが、それも皆清算しておしまいになりましたってね。

ましてこんなみじめな生き方をしていらっしゃる人を、操《みさお》を立てて自分を待っていてくれたかと受け入れてくださることはむずかしいでしょうね」

こんなよけいなことまで言われてみると、そうであるかもしれないと末摘花は悲しく泣き入ってしまった。しかも九州行きを肯《うべな》うふうは微塵《みじん》もない。夫人はいろいろと誘惑を試みたあとで、

「では侍従だけでも」

と日の暮れていくのを見てせきたてた。侍従は名残《なごり》を惜しむ間もなくて、泣く泣く女王《にょおう》に、

「それでは、今日はあんなにおっしゃいますから、お送りにだけついてまいります。あちらがああおっしゃるのももっともですし、あなた様が行きたく思召《おぼしめ》さないのも御無理だとは思われませんし、私は中に立ってつらくてなりませんから」

と言う。この人までも女王を捨てて行こうとするのを、恨めしくも悲しくも末摘花は思うのであるが、引き止めようもなくてただ泣くばかりであった。形見に与えたい衣服も皆悪くなっていて長い間のこの人の好意に酬《むく》いる物がなくて、末摘花は自身の抜け毛を集めて鬘《かずら》にした九尺ぐらいの髪の美しいのを、雅味のある箱に入れて、昔のよい薫香《くんこう》一壺《つぼ》をそれにつけて侍従へ贈った。

「絶ゆまじきすぢを頼みし玉かづら思ひのほかにかけ離れぬる

死んだ乳母《まま》が遺言したこともあるからね、つまらない私だけれど一生あなたの世話をしたい

と思っていた。あなたが捨ててしまうのももっともだけれど、だれがあなたの代わりになって私を慰めてくれる者があると思って立って行くのだろうと思うと恨めしいのよ」

と言って、女王は非常に泣いた。侍従も涙でものが言えないほどになっていた。

「乳母《まま》が申し上げましたことはむろんでございますが、そのほかにもごいっしょに長い間苦労をしてまいりましたのに、思いがけない縁に引かれて、しかも遠方へまで行ってしまいますとは」

と言って、また、

「玉かづら絶えてもやまじ行く道のたむけの神もかけて誓はん
命のございます間はあなた様に誠意をお見せします」

などとも言う。

「侍従はどうしました。暗くなりましたよ」

と大弐《だいに》夫人に小言《こごと》を言われて、侍従は夢中で車に乗ってしまった。そしてあとばかりが顧みられた。困りながらも長い間離れて行かなかった人が、こんなふうにして別れて行ったことで、女王はますます心細くなった。だれも雇い手のないような老いた女房までが、

「もっともですよ。どうしてこのままいられるものですか。私たちだってもう我慢ができませんよ」

こんなことを言って、ほかへ勤める手蔓《てづる》を捜し始めて、ここを出る決心をしたらしいことを

言い合うのを聞くことも末摘花の身にはつらいことであった。十一月になると雪や霙《みぞれ》の日が多くなって、ほかの所では消えている間があっても、ここでは丈の高い枯れた雑草の蔭《かげ》などに深く積もったものは量《かさ》が高くなるばかりで越《こし》の白山《はくさん》をそこに置いた気がする庭を、今はもうだれ一人出入りする下男もなかった。こんな中につれづれな日を送るよりしかたのない末摘花の女王であった。泣き合い笑い合うこともあった侍従がいなくなってからは、夜の塵《ちり》のかかった帳台の中でただ一人寂しい思いをして寝た。

源氏は長くこがれ続けた紫夫人のもとへ帰りえた満足感が大きくて、ただの恋人たちの所などへは足が向かない時期でもあったから、常陸《ひたち》の宮の女王はまだ生きているだろうかというほどのことは時々心に上らないことはなかったが、捜し出してやりたいと思うことも、急ぐことと思われないでいるうちにその年も暮れた。四月ごろに花散里《はなちるさと》を訪ねて見たくなって夫人の了解を得てから源氏は二条の院を出た。幾日か続いた雨の残り雨らしいものが降ってやんだあとで月が出てきた。青春時代の忍び歩きの思い出される艶《えん》な夕月夜であった。車の中の源氏は昔をうつらうつらと幻に見ていると、形もないほどに荒れた大木が森のような邸《やしき》の前に来た。高い松に藤《ふじ》がかかって月の光に花のなびくのが見え、風といっしょにその香がなつかしく送られてくる。橘《たちばな》とはまた違った感じのする花の香に心が惹《ひ》かれて、車から少し顔を出すようにしてながめると、長く枝をたれた柳も、土塀《どべい》のない自由さに乱れ合っていた。見たことのある木立ちであると源氏は思ったが、以前の常陸の宮であることに気がついた。源氏は物哀れな気持ちになって車を止めさせた。例の惟光《これみつ》はこんな微行にはずれたことのない男で、ついて来ていた。

「ここは常陸の宮だったね」

「さようでございます」

「ここにいた人がまだ住んでいるかもしれない。私は訪ねてやらねばならないのだが、わざわざ出かけることもたいそうになるから、この機会に、もしその人がいれば逢ってみよう。はいって行って尋ねて来てくれ。住み主がだれであるかを聞いてから私のことを言わないと恥をかくよ」

と源氏は言った。

末摘花の君は物悩ましい初夏の日に、その昼間うたた寝をした時の夢に父宮を見て、さめてからも名残《なごり》の思いにとらわれて、悲しみながら雨の洩《も》って濡《ぬ》れた廂《ひさし》の室の端のほうを拭《ふ》かせたり部屋の中を片づけさせたりなどして、平生にも似ず歌を思ってみたのである。

亡《な》き人を恋ふる袂《たもと》のほどなきに荒れたる軒の雫《しづく》さへ添ふ

こんなふうに、寂しさを書いていた時が、源氏の車の止められた時であった。

惟光は邸の中へはいってあちらこちらと歩いて見て、人のいる物音の聞こえる所があるかと捜したのであるが、そんな物はない。自分の想像どおりにだれもいない、自分は往《ゆ》き返りにこの邸《やしき》は見るが、人の住んでいる所とは思われなかったのだからと思って惟光が足を返そうとする時に、月が明るくさし出したので、もう一度見ると、格子《こうし》を二間ほど上げて、そこの御簾《みす》は人ありげに動いていた。これが目にはいった刹那《せつな》は恐ろしい気さえしたが、寄って行って声をかけると、老人らしく咳《せき》を先に立てて答える女があった。

「いらっしゃったのはどなたですか」

惟光《これみつ》は自分の名を告げてから、

「侍従さんという方にちょっとお目にかかりたいのですが」

と言った。

「その人はよそへ行きました。けれども侍従の仲間の者がおります」

と言う声は、昔よりもずっと老人じみてきてはいるが、聞き覚えのある声であった。家の中の人は惟光が何であったかを忘れていた。狩衣《かりぎぬ》姿の男がそっとはいって来て、柔らかな調子でものを言うのであったから、あるいは狐《きつね》か何かではないかと思ったが、惟光が近づいて行って、

「確かなことをお聞かせください。こちら様が昔のままでおいでになるかどうかお聞かせください。私の主人のほうでは変心も何もしておいでにならない御様子です。今晩も門をお通りになって、訪ねてみたく思召すふうで車を止めておいでになります。どうお返辞をすればいいでしょう、ありのままのお話を私には御遠慮なくして下さい」

と言うと、女たちは笑い出した。

「変わっていらっしゃればこんなお邸にそのまま住んでおいでになるはずもありません。御推察なさいましてあなたからよろしくお返辞を申し上げてください。私どものような老人でさえ経験したことのないような苦しみをなめて今日までお待ちになったのでございますよ」

女たちは惟光にもっともっと話したいというふうであったが、惟光は迷惑に思って、

「いやわかりました。ともかくそう申し上げます」

と言い残して出て来た。

「なぜ長くかかったの、どうだったかね、昔の路《みち》を見いだせない蓬原《よもぎがはら》になっているね」

源氏に問われて惟光は初めからの報告をするのであった。

「そんなふうにして、やっと人間を発見したのでございます。侍従の叔母《おば》で少将とか申しました老人が昔の声で話しました」

惟光はなお目に見た邸内の様子をくわしく言う。源氏は非常に哀れに思った。この廃邸じみた家に、どんな気持ちで住んでいることであろう、それを自分は今まで捨てていたと思うと、源氏は自分ながらも冷酷であったと省みられるのであった。

「どうしようかね、こんなふうに出かけて来ることも近ごろは容易でないのだから、この機会でなくては訪ねられないだろう。すべてのことを綜合《そうごう》して考えてみても昔のままに独身でいる想像のつく人だ」

と源氏は言いながらも、この邸へはいって行くことにはなお躊躇《ちゅうちょ》がされた。この実感からよい歌を詠《よ》んでまず贈りたい気のする場合であるが、機敏に返歌のできないことも昔のままであったなら、待たされる使いがどんなに迷惑をするかしれないと思ってそれはやめることにした。惟光も源氏がすぐにはいって行くことは不可能だと思った。

「とても中をお歩きになれないほどの露でございます。蓬《よもぎ》を少し払わせましてからおいでになりましたら」

この惟光《これみつ》の言葉を聞いて、源氏は、

尋ねてもわれこそ訪《と》はめ道もなく深き蓬のもとの心を

と口ずさんだが、やはり車からすぐに下《お》りてしまった。惟光は草の露を馬の鞭《むち》で払いながら案内した。木の枝から散る雫《しずく》も秋の時雨《しぐれ》のように荒く降るので、傘《かさ》を源氏にさしかけさせた。惟光が、

「木の下露は雨にまされり（みさぶらひ御笠《みかさ》と申せ宮城野《みやぎの》の）でございます」

と言う。源氏の指貫《さしぬき》の裾《すそ》はひどく濡《ぬ》れた。昔でさえあるかないかであった中門などは影もなくなっている。家の中へはいるのもむき出しな気のすることであったが、だれも人は見ていなかった。

女王《にょおう》は望みをかけて来たことの事実になったことはうれしかったが、りっぱな姿の源氏に見られる自分を恥ずかしく思った。大弐《だいに》の夫人の贈った衣服はそれまで、いやな気がしてよく見ようともしなかったのを、女房らが香を入れる唐櫃《からびつ》にしまって置いたからよい香のついたのに、その人々からしかたなしに着かえさせられて、煤《すす》けた几帳《きちょう》を引き寄せてすわっていた。源氏は座に着いてから言った。

「長くお逢いしないでも、私の心だけは変わらずにあなたを思っていたのですが、何ともあなたが言ってくださらないものだから、恨めしくて、今までためすつもりで冷淡を装っていたのですよ。しかし、三輪《みわ》の杉《すぎ》ではないが、この前の木立ちを目に見ると素通りができなくてね、

私から負けて出ることにしましたよ」

几帳《きちょう》の垂《た》れ絹を少し手であけて見ると、女王は例のようにただ恥ずかしそうにすわっていて、すぐに返辞はようしない。こんな住居《すまい》にまで訪《たず》ねて来た源氏の志の身にしむことによってやっと力づいて何かを少し言った。

「こんな草原の中で、ほかの望みも起こさずに待っていてくだすったのだから私は幸福を感じる。またあなただって、あなたの近ごろの心持ちもよく聞かないままで、自分の愛から推して、愛を持っていてくださると信じて訪ねて来た私を何と思いますか。今日まであなたに苦労をさせておいたことも、私の心からのことでなくて、その時は世の中の事情が悪かったのだと思って許してくださるでしょう。今後の私が誠実の欠けたようなことをすれば、その時は私が十分に責任を負いますよ」

などと、それほどに思わぬことも、女を感動さすべく源氏は言った。泊まって行くこともこの家の様子と自身とが調和の取れないことを思って、もっともらしく口実を作って源氏は帰ろうとした。自身の植えた松ではないが、昔に比べて高くなった木を見ても、年月の長い隔たりが源氏に思われた。そして源氏の自身の今日の身の上と逆境にいたころとが思い比べられもした。

「藤波《ふぢなみ》の打ち過ぎがたく見えつるはまつこそ宿のしるしなりけれ

数えてみればずいぶん長い月日になることでしょうね。物哀れになりますよ。またゆるりと悲しい旅人だった時代の話も聞かせに来ましょう。あなたもどんなに苦しかったかという辛苦の跡も、私でなくては聞かせる人がないでしょう。とまちがいかもしれぬが私は信じているのですよ」

などと源氏が言うと、

年を経て待つしるしなきわが宿は花のたよりに過ぎぬばかりか

と低い声で女王は言った。身じろぎに知れる姿も、袖《そで》に含んだにおいも昔よりは感じよくなった気がすると源氏は思った。落ちようとする月の光が西の妻戸の開いた口からさしてきて、その向こうにあるはずの廊もなくなっていたし、廂《ひさし》の板もすっかり取れた家であるから、明るく室内が見渡された。昔のままに飾りつけのそろっていることは、忍ぶ草のおい茂った外見よりも風流に見えるのであった。昔の小説に親の作った堂を毀《こぼ》った話もあるが、これは親のしたままを長く保っていく人として心の惹《ひ》かれるところがあると源氏は思った。この人の羞恥《しゅうち》心の多いところもさすがに貴女《きじょ》であるとうなずかれて、この人を一生風変わりな愛人と思おうとした考えも、いろいろなことに紛れて忘れてしまっていたころ、この人はどんなに恨めしく思ったであろうと哀れに思われた。ここを出てから源氏の訪ねて行った花散里も、美しい派手《はで》な女というのではなかったから、末摘花の醜さも比較して考えられることがなく済んだのであろうと思われる。

賀茂祭り、斎院の御禊《ごけい》などのあるころは、その用意の品という名義で諸方から源氏へ送って来る物の多いのを、源氏はまたあちらこちらへ分配した。その中でも常陸の宮へ贈るのは、源氏自身が何かと指図《さしず》をして、宮邸に足らぬ物を何かと多く加えさせた。親しい家司《けいし》に命じて下男などを宮家へやって邸内の手入れをさせた。庭の蓬《よもぎ》を刈らせ、応急に土塀《どべい》の代わりの板塀を作らせなどした。源氏が妻と認めての待遇をし出したと世間から見られるのは不名誉な気がして、自身で訪ねて行くことはなかった。手紙はこまごまと書いて送ることを怠らない。二条の院にすぐ近い地所へこのごろ建築させている家のことを、源氏は末摘花に告げて、そこへあなたを迎えようと思う、今から童女として使うのによい子供を選んで馴《な》らしておきなさい。

ともその手紙には書いてあった。女房たちの着料までも気をつけて送って来る源氏に感謝して、それらの人々は源氏の二条の院のほうを向いて拝んでいた。一時的の恋にも平凡な女を相手にしなかった源氏で、ある特色の備わった女性には興味を持って熱心に愛する人として源氏をだれも知っているのであるが、何一つすぐれた所のない末摘花をなぜ妻の一人としてこんな取り扱いをするのであろう。これも前生の因縁ごとであるに違いない。もう暗い前途があるばかりのように見切りをつけて、女王の家を去った人々、それは上から下まで幾人もある旧召使が、われもわれもと再勤を願って来た。善良さは稀《まれ》に見るほどの女性である末摘花のもとに使われて、気楽に暮らした女房たちが、ただの地方官の家などに雇われて、気まずいことの多いのにあきれて帰って来る者もある。見えすいたような追従も皆言ってくる。昔よりいっそう強い勢力を得ている源氏は、思いやりも深くなった今の心から、扶《たす》け起こそうとしている女王の家は、人影もにぎやかに見えてきて、繁《しげ》りほうだいですごいものに見えた木や草も整理されて、流れに水の通るようになり、立ち木や草の姿も優美に清い感じのするものになっていった。職を欲《ほ》しがっている下家司《しもけいし》級の人は、源氏が一人の夫人の家として世話をやく様子を見て、仕えたいと申し込んで来て、宮家に執事もできた。

末摘花は二年ほどこの家にいて、のちには東の院へ源氏に迎えられ、夫婦として同室に暮らすようなことはめったになかったのであるが、近い所であったから、ほかの用で来た時に話して行くようなことくらいはよくして、軽蔑《けいべつ》した扱いは少しもしなかったのである。大弐の夫人が帰京した時に、どんな驚き方をしたか、侍従が女王の幸福を喜びながらも、時が待ち切れずに姫君を捨てて行った自身のあやまちをどんなに悔いたかというようなことも、もう少し述べておきたいのであるが、筆者は頭が痛くなってきたから、またほかの機会に思い出して書くことにする。

関屋

逢坂《あふさか》は関の清水《しみづ》も恋人のあつき涙もながるるところ　（晶子）

以前の伊予介《いよのすけ》は院がお崩《かく》れになった翌年常陸介《ひたちのすけ》になって任地へ下ったので、昔の帚木《ははきぎ》もつれて行った。源氏が須磨《すま》へ引きこもった噂《うわさ》も、遠い国で聞いて、悲しく思いやらないのではなかったが、音信をする便《たより》すらなくて、筑波《つくば》おろしに落ち着かぬ心を抱きながら消息の絶えた年月を空蟬《うつせみ》は重ねたのである。限定された国司の任期とは違って、いつを限りとも予想されなかった源氏の放浪の旅も終わって、帰京した翌年の秋に常陸介は国を立って来た。一行が逢坂《おうさか》の関を越えようとする日は、偶然にも源氏が石山寺へ願ほどきに参詣《さんけい》する日であった。京から以前紀伊守《きいのかみ》であった息子《むすこ》その他の人が迎えに来ていて源氏の石山詣《もう》でを告げた。途中が混雑するであろうから、こちらは早く逢坂山を越えておこうとして、常陸介は夜明けに近江《おうみ》の宿を立って道を急いだのであるが、女車が多くてはかがゆかない。打出《うちで》の浜を来るころに、源氏はもう粟田山《あわたやま》を越えたということで、前駆を勤めている者が無数に東へ向かって来た。道を譲るくらいでは済まない人数なのであったから、関山で常陸の一行は皆下馬してしまって、あちらこちらの杉《すぎ》の下に車などを舁《かつ》ぎおろして、木の間にかしこまりながら源氏の通過を目送しようとした。女車も一部分はあとへ残し、一部分は先へやりなどしてあったのであるが、なおそれでも族類の多い派手《はで》な地方長官の一門と見えた。そこには十台ほどの車があって、外に出した袖《そで》の色の好みは田舎《いなか》びずにきれいであった。斎宮《さいぐう》の下向《げこう》の日に出る物見車が思われた。源氏の光がまた発揮される時代になっていて、希望して来た多数の随従者は常陸《ひたち》の一行に皆目を留めて過ぎた。九月の三十日であったから、山の紅葉《もみじ》は濃く淡《うす》く紅を重ねた間に、霜枯れの草の黄が混じって見渡される逢坂山の関の口から、またさっと一度に出て来た襖姿《あおすがた》の侍たちの旅装の厚織物やくくり染めなどは一種の美をなしていた。源氏の車は簾《みす》がおろされていた。今は右衛門佐《うえもんのすけ》になっている昔の小君《こぎみ》を近くへ呼んで、

「今日こうして関迎えをした私を姉さんは無関心にも見まいね」

などと言った。心のうちにはいろいろな思いが浮かんで来て、恋しい人と直接言葉がかわしたかった源氏であるが、人目の多い場所ではどうしようもないことであった。女も悲しかった。昔が昨日のように思われて、煩悶《はんもん》もそれに続いた煩悶がされた。

行くと来《く》とせきとめがたき涙をや絶えぬ清水《しみづ》と人は見るらん

自分のこの心持ちはお知りにならないであろうと思うとはかなまれた。

源氏が石山寺を出る日に右衛門佐が迎えに来た。源氏に従って寺へ来ずに、姉夫婦といっしょに京へはいってしまったことを佐《すけ》は謝した。少年の時から非常に源氏に愛されていて、源氏の推薦で官につくこともできた恩もあるのであるが、源氏の免職されたころ、当路者ににらまれることを恐れて常陸へ行ってしまったことで、少しおもしろくなく源氏は思っていたが、だれにもそのことは言わなかった。昔ほどではないがその後も右衛門佐《うえもんのすけ》は家に属した男として源

氏の庇護《ひご》を受けることになっていた。紀伊守《きいのかみ》といった男も今はわずかな河内守《かわちのかみ》であった。その弟の右近衛丞《うこんえのじょう》で解職されて、須磨へ源氏について行った男が特別に取り立てられていくのを見て、右衛門佐も河内守も過去の非を悔いた。なぜ一時の損得などを大事に考えたのであろうと自身を責めていた。

佐《すけ》を呼び出して、源氏は姉君へ手紙をことづてたいと言った。他の人ならもう忘れていそうな恋を、なおも思い捨てない源氏に右衛門佐は驚いていた。

あの日私は、あなたとの縁はよくよく前生で堅く結ばれて来たものであろうと感じましたが、あなたはどうお思いになりましたか。

　わくらはに行き逢《あ》ふみちを頼みしもなほかひなしや塩ならぬ海

あなたの関守《せきもり》がどんなにうらやましかったか。

という手紙である。

「あれから長い時間がたっていて、きまりの悪い気もするが、忘れない私の心ではいつも現在の恋人のつもりでいるよ。でもこんなことをしてはいっそう嫌《きら》われるのではないかね」

こう言って源氏は渡した。佐はもったいない気がしながら受け取って姉の所へ持参した。

「ぜひお返事をしてください。以前どおりにはしてくださらないだろう、疎外されるだろうと私は覚悟していましたが、やはり同じように親切にしてくださるのですよ。この使いだけは困ると思いましたけれど、お断わりなどできるものじゃありません。女のあなたがあの御愛情にほだされるのは当然で、だれも罪とは考えませんよ」
などと右衛門佐は姉に言うのであった。今はましてがらでない気がする空蟬《うつせみ》であったが、久しぶりで得た源氏の文字に思わずほんとうの心が引き出されたか返事を書いた。

逢坂《あふさか》の関やいかなる関なれば繁《しげ》きなげきの中を分くらん

夢のような気がいたしました。

とある。恨めしかった点でも、恋しかった点でも源氏には忘れがたい人であったから、なおおりおりは空蟬の心を動かそうとする手紙を書いた。そのうち常陸介《ひたちのすけ》は老齢のせいか病気ばかりするようになって、前途を心細がり、悲観してしまい、息子《むすこ》たちに空蟬のことばかりをくどく遺言していた。

「何もかも私の妻の意志どおりにせい。私の生きている時と同じように仕えねばならん」
と繰り返すのである。空蟬は薄命な自分はこの良人《おっと》にまで死別して、またも険《けわ》しい世の中に漂泊《さすら》えるのであろうかと歎《なげ》いている様子を、常陸介は病床に見ると死ぬことが苦しく思われた。生きていたいと思っても、それは自己の意志だけでどうすることもできないことであったから、せめて愛妻のために魂だけをこの世に残して置きたい、自分の息子たちの心も絶対には信ぜられないのであるからと、言いもし、思いもして悲しんだがやはり死んでしまった。息子たちが、当分は、

「あんなに父が頼んでいったのだから」

と表面だけでも言っていてくれたが、空蟬の堪えられないような意地の悪さが追い追いに見えて来た。世間ありきたりの法則どおりに継母はこうして苦しめられるのであると思って、空蟬はすべてを自身の薄命のせいにして悲しんでいた。河内守だけは好色な心から、継母に今も追従をして、

「父があんなにあなたのことを頼んで行かれたのですから、無力ですが、それでもあなたの御用は勤めたいと思いますから、遠慮をなさらないでください」

などと言って来るのである。あさましい下心《したごころ》も空蟬は知っていた。不幸な自分は良人に死に別れただけで済まず、またまたこんな情けないことが近づいてこようとすると悲しがって、だれにも相談をせずに尼になってしまった。常陸介の息子や娘もさすがにこれを惜しがった。河内守は恨めしかった。

「私をきらって尼におなりになったって、まだ今後長く生きて行かねばならないのだから、どうして生活をするつもりだろう、余計なことをしたものだ」

などと言った。

繪合

あひがたきいつきのみことおもひてき
さらに遥《はる》かになりゆくものを　（晶子）

前斎宮《ぜんさいぐう》の入内《じゆだい》を女院は熱心に促しておいでになった。こまごまとした入用の品々もあろうがすべてを引き受けてする人物がついていないことは気の毒であると、源氏は思いながらも院への御遠慮があって、今度は二条の院へお移しすることも中止して、傍観者らしく見せてはいたが、大体のことは皆源氏が親らしくしてする指図《さしず》で運んでいった。院は残念がっておいでになったが、負けた人は沈黙すべきであると思召《おぼしめ》して、手紙をお送りになることも絶えた形であった。しかも当日になって院からのたいしたお贈り物が来た。御衣服、櫛《くし》の箱、乱れ箱、香壺《こうご》の箱には幾種類かの薫香《くんこう》がそろえられてあった。源氏が拝見することを予想して用意あそばされた物らしい。源氏の来ていた時であったから、女別当《にょべっとう》はその報告をして品々を見せた。源氏はただ櫛の箱だけを丁寧に拝見した。繊細な技巧でできた結構な品である。挿《さ》し櫛のはいった小箱につけられた飾りの造花に御歌が書かれてあった。

別れ路《ぢ》に添へし小櫛をかごとにてはるけき中と神やいさめし

この御歌に源氏は心の痛くなるのを覚えた。もったいないことを計らったものであると、源氏は自身のかつてした苦しい思いに引き比べて院の今のお心持ちも想像することができてお気の毒でならない。斎王として伊勢へおいでになる時に始まった恋が、幾年かの後に神聖な職務を終えて女王《にょおう》が帰京され御希望の実現されてよい時になって、弟君の陛下の後宮《こうきゅう》へその人がはいられるということでどんな気があそばすだろう。閑暇《かんか》な地位へお退《の》きになった現今の院は、何事もなしうる主権に離れた寂しさというようなものをお感じにならないであろうか、自分であれば世の中が恨めしくなるに違いないなどと思うと心が苦しくて、何故女王を宮中へ入れるようなよけいなことを自分は考えついて御心《みこころ》を悩ます結果を作ったのであろう、お恨めしく思われた時代もあったが、もともと優しい人情深い方であるのにと、源氏は歎息《たんそく》をしながらしばらく考え込んでいた。

「この御返歌はどうなさるだろう、またお手紙もあったでしょうがお答えにならないではいけないでしょう」

などと源氏は言ってもいたが、女房たちはお手紙だけは源氏に見せることをしなかった。宮は気分がおすぐれにならないで、御返歌をしようとされないのを、

「それではあまりに失礼で、もったいないことでございます」

こんなことを言って、女房たちが返事をお書かせしようと苦心している様子を知ると、源氏は、

「むろんお返事をなさらないではいけません。ちょっとだけでよいのですからお書きなさい」

と言った。源氏にそう言われることが斎宮にはまたお恥ずかしくてならないのであった。昔

を思い出して御覧になると、艶《えん》に美しい帝《みかど》が別れを惜しんでお泣きになるのを、少女心《おとめごころ》においたわしくお思いになったことも目の前に浮かんできた。同時に、母君のことも思われてお悲しいのであった。

別るとてはるかに言ひしひと言《こと》もかへりて物は今ぞ悲しき

とだけお書きになったようである。お使いの幾人かはそれぞれ差のあるいただき物をして帰った。源氏は斎宮の御返歌を知りたかったのであるが、それも見たいとは言えなかった。院は美男でいらせられるし、女王もそれにふさわしい配偶のように思われる、少年でいらせられる帝の女御《にょご》におさせすることは、女王の心に不満足なことであるかもしれないなどと思いやりのありすぎることまでも考えてみると、源氏は胸が騒いでならなかったが、今日になって中止のできることでもなかったから儀式その他についての注意を言い置いて、親しい修理大夫参議《しゅりだゆうさんぎ》である人にすべてを委託して源氏は六条邸を出て御所へ参った。養父として一切を源氏が世話していることにしては院へ済まないという遠慮から、単に好意のある態度を取っているというふうを示していた。もとからよい女房の多い宮であったから、実家に引いていがちだった人たちも皆出て来て、すでにはなやかな女御の形態が調ったように見えた。御息所《みやすどころ》が生きていたならば、どんなにこうしたことをよろこぶことであろう、聡明《そうめい》な後見役として女御の母であるのに最も適した性格であったと源氏は故人が思い出されて、恋人としてばかりでなく、あの人を失ったことはこの世の損失であるとも源氏は思った。洗練された高い趣味の人といっても、あれほどにすぐれた人は見いだせないのであると、源氏は物のおりごとに御息所を思った。

このごろは女院も御所に来ておいでになった。帝は新しい女御の参ることをお聞きになって、少年らしく興奮しておいでになった。御年齢よりはずっと大人びた方なのである。女院も、

「りっぱな方が女御に上がって来られるのですから、お気をおつけになってお逢いなさい」

と御注意をあそばした。帝は人知れず大人の女御は恥ずかしいであろうと思召されたが、深更になってから上の御局《みつぼね》へ上がって来た女御は、おとなしいおおような、そして小柄な若々しい人であったから自然に愛をお感じになった。弘徽殿《こきでん》の女御は早くからおそばに上がっていたからその人を睦《むつ》まじい者に思召され、この新女御《しんにょご》は品よく柔らかい魅力があるとともに、源氏が大きな背景を作って、きわめて大事に取り扱う点で侮りがたい人に思召されて宿直《とのい》に召される数は正しく半々になっていたが、少年らしくお遊びになる相手には弘徽殿がよくて、昼などおいでになることは弘徽殿のほうが多かった。権中納言は后《きさき》にも立てたい心で後宮に入れた娘に、競争者のできたことで不安を感じていた。

院は櫛《くし》の箱の返歌を御覧になってからいっそう恋しく思召された。ちょうどそのころに源氏は院へ伺候した。親しくお話を申し上げているうちに、斎宮が下向されたことから、院の御代《みよ》の斎宮の出発の儀式にお話が行った。院も回想していろいろとお語りになったが、ぜひその人を得たく思っていたとはお言いにならないのである。源氏はその問題を全然知らぬ顔もしながら、どう思召していられるかが知りたくて、話をその方向へ向けた時、院の御表情に失恋の深

い御苦痛が現われてきたのをお気の毒に思った。美しい人としてそれほど院が忘れがたく思召す前斎宮は、どんな美貌《びぼう》をお持ちになるのであろうと源氏は思って、おりがあればお顔を見たいと思っているが、その機会の与えられないことを口惜《くちお》しがっていた。貴女らしい奥深さをあくまで持っていて、うかとして人に見られる隙《すき》のあるような人でない斎宮の女御を源氏は一面では敬意の払われる養女であると思って満足しているのであった。

こんなふうに隙間《すきま》もないふうに二人の女御が侍しているのであったから、兵部卿《ひょうぶきょう》の宮は女王の後宮入りを実現させにくくて煩悶《はんもん》をしておいでになったが、帝が青年におなりになったなら、外戚の自分の娘を疎外あそばすことはなかろうとなお希望をつないでおいでになった。宮廷の二人の女御ははなやかに挑《いど》み合った。帝は何よりも絵に興味を持っておいでになった。特別にお好きなせいかお描《か》きになることもお上手《じょうず》であった。斎宮の女御は絵をよく描くのでそれがお気に入って、女御の御殿へおいでになってはごいっしょに絵をお描きになることを楽しみにあそばした。殿上の若い役人の中でも絵の描ける者を特にお愛しになる帝であったから、まして美しい人が、雅味《がみ》のある絵を上手に墨で描いて、からだを横たえながら、次の筆の下《お》ろしようを考えたりしている可憐《かれん》さが御心《みこころ》に沁《し》んで、しばしばこちらへおいでになるようになり、御寵愛《ちょうあい》が見る見る盛んになった。権中納言がそれを聞くと、どこまでも負けぎらいな性質から有名な画家の幾人を家にかかえて、よい絵をよい紙に、描かせることをひそかにさせていた。

「小説を題にして描いた絵が最もおもしろい」

と言って、権中納言は選んだよい小説の内容を絵にさせているのである。一年十二季の絵も平凡でない文学的価値のある詞書《ことば》きをつけて帝のお目にかけた。おもしろい物であるがそれは非常に大事な物らしくして、帝のおいでになっている間にも、長くは御前へ出して置かずにしまわせてしまうのである。帝が斎宮の女御に見せたく思召して、お持ちになろうとするのを弘徽殿の人々は常にはばむのであった。源氏がそれを聞いて、

「中納言の競争心はいつまでも若々しく燃えているらしい」

などと笑った。

「隠そう隠そうとしてあまり御前へ出さずに陛下をお悩ましするなどということはけしからんことだ」

と源氏は言って、帝へは

「私の所にも古い絵はたくさんございますから差し上げることにいたしましょう」

と奏して、源氏は二条の院の古画新画のはいった棚《たな》をあけて夫人といっしょに絵を見分けた。古い絵に属する物と現代的な物とを分類したのである。長恨歌、王昭君などを題目にしたのはおもしろいが縁起はよろしくない。そんなのを今度は省くことに源氏は決めたのである。旅中に日記代わりに描いた絵巻のはいった箱を出して来て源氏ははじめて夫人にも見せた。何の予備知識を備えずに見る者があっても、少し感情の豊かな者であれば泣かずにはいられないだけの力を持った絵であった。まして忘れようもなくその悲しかった時代を思っている源氏にとって、夫人にとって今また旧作がどれほどの感動を与えるものであるかは想像するにかたくはない。夫人は今まで源氏の見せなかったことを恨んで言った。

「一人居《ゐ》て眺《なが》めしよりは海人《あま》の住むかたを書きてぞ見るべかりける

あなたにはこんな慰めがおありになったのですわね」

源氏は夫人の心持ちを哀れに思って言った。

「うきめ見しそのをりよりは今日はまた過ぎにし方に帰る涙か

中宮《ちゆうぐう》にだけはお目にかけねばならない物ですよ」

源氏はその中のことにできのよいものでしかも須磨《すま》と明石《あかし》の特色のよく出ている物を一帖《じよう》ずつ選んでいながらも、明石の家の描《か》かれてある絵にも、どうしているであろうと、恋しさが誘われた。源氏が絵を集めていると聞いて、権中納言はいっそう自家で傑作をこしらえることに努力した。巻物の軸、紐《ひも》の装幀《そうてい》にも意匠を凝らしているのである。それは三月の十日ごろのことであったから、最もうららかな好季節で、人の心ものびのびとしておもしろくばかり物が見られる時であったし、宮廷でも定まった行事の何もない時で、絵画や文学の傑作をいかにして集めようかと苦心をするばかりが仕事になっていた。これを皆陛下へ差し上げることにして公然の席で勝負を決めるほうが興味のあってよいことであると源氏がまず言い出した。双方から出すのであるから宮中へ集まった絵巻の数は多かった。小説を絵にした物は、見る人がすでに心に作っている幻想をそれに加えてみることによって絵の効果が倍加されるものであるからその種類の物が多い。梅壺《うめつぼ》の王女御《おうにようご》のほうのは古典的な価値の定まった物を絵にしたのが多く、弘徽殿のは新作として近ごろの世間に評判のよい物を描かせたのが多かったから、見た目のにぎやかで派手《はで》なのはこちらにあった。典侍《ないしのすけ》や内侍《ないし》や命婦《みょうぶ》も絵の価値を論じることに一所懸命になっていた。女院も宮中においでになるころであったから、女官たちの論議する者を二つにして説をたたかわせて御覧になった。左右に分けられたのである。梅壺方は左で、平典侍《へいてんじ》、侍従の内侍、少将の命婦などで、右方は大弐《だいに》の典侍、中将の命婦、兵衛《ひょうえ》の命婦などであった。皆世間から有識者として認められている女性である。思い思いのことを主張する弁論を女院は興味深く思召《おぼしめ》して、まず日本最初の小説である竹取の翁《おきな》と空穂《うつぼ》の俊蔭《としかげ》の巻を左右にして論評をお聞きになった。

「竹取の老人と同じように古くなった小説ではあっても、思い上がった主人公の赫耶姫《かぐや》の性格に人間の理想の最高のものが暗示されていてよいのです。卑近なことばかりがおもしろい人にはわからないでしょうが」

と左は言う。右は、

「赫耶姫の上った天上の世界というものは空想の所産にすぎません。この世の生活の写してある所はあまりに非貴族的で美しいものではありません。宮廷の描写などは少しもないではありませんか。赫耶姫は竹取の翁の一つの家を照らすだけの光しかなかったようですね。安部《あべ》の多《おおし》が大金で買った毛皮がめらめらと焼けたと書いてあったり、あれだけ蓬莱《ほうらい》の島を想像して言える倉持《くらもち》の皇子《みこ》が贋物《にせもの》を持って来てごまかそうとしたりするところがとてもいやです」

この竹取の絵は巨勢《こせ》の相覧《おうみ》の筆で、詞書《ことば》きは貫之《つらゆき》がしている。紙屋紙《かんやがみ》に唐錦《からにしき》の縁が付けられてあって、赤紫の表紙、紫《し》檀《たん》の軸で穏健な体裁である。

「俊蔭は暴風と波に弄《もてあそ》ばれて異境を漂泊しても芸術を求める心が強くて、しまいには外国にも日本にもない音楽者になったという筋が竹取物語よりずっとすぐれております。それに絵も日本と外国との対照がおもしろく扱われている点ですぐれております」

と右方は主張するのであった。これは式紙《しきし》地《じ》の紙に書かれ、青い表紙と黄玉《おうぎよく》の軸が付けられてあった。絵は常則《つねのり》、字は道風であったから派手《はで》な気分に満ちている。左はその点が不足であった。次は伊勢《いせ》物語と正三位《しようさんみ》が合わされた。この論争も一通りでは済まない。今度も右は見た目がおもしろくて刺戟《しげき》的で宮中の模様も描かれてあるし、現代に縁の多い場所や人が写されてある点でよさそうには見えた。平典侍が言った。

「伊勢の海の深き心をたどらずて古《ふ》りにし跡と波や消つべき

ただの恋愛談を技巧だけで綴《つづ》ってあるような小説に業平朝臣《なりひらあそん》を負けさせてなるものですか」

右の典侍が言う。

雲の上に思ひのぼれる心には千《ち》尋《ひろ》の底もはるかにぞ見る

女院が左の肩をお持ちになるお言葉を下された。

「兵衛王《ひようえおう》の精神はりっぱだけれど在五中将以上のものではない。

見るめこそうらぶれぬらめ年経にし伊勢をの海人《あま》の名をや沈めん」

婦人たちの言論は長くかかって、一回分の勝負が容易につかないで時間がたち、若い女房たちが興味をそれに集めている陛下と梅壺《うめつぼ》の女御の御絵はいつ席上に現われるか予想ができないのであった。源氏も参内して、双方から述べられる支持と批難の言葉をおもしろく聞いた。

「これは御前で最後の勝負を決めましょう」

と源氏が言って、絵合わせはいっそう広く判者を求めることになった。こんなこともかねて思われたことであったから、須磨、明石の二巻を左の絵の中へ源氏は混ぜておいたのである。中納言も劣らず絵合わせの日に傑作を出そうとすることに没頭していた。世の中はもうよい絵を製作することと、捜し出すことのほかに仕事がないように見えた。

「今になって新しく作ることは意味のないことだ。持っている絵の中で優劣を決めなければ」

と源氏は言っているが、中納言は人にも知らせず自邸の中で新画を多く作らせていた。院もこの勝負のことをお聞きになって、梅壺へ多くの絵を御寄贈あそばされた。宮中で一年じゅうにある儀式の中のおもしろいのを昔の名家が描いて、延喜《えんぎ》の帝が御自身で説明をお添えになった古い巻き物のほかに、御自身の御代《みよ》の宮廷にあったはなやかな儀式などをお描かせになった絵巻には、斎宮《さいぐう》発足の日の大極殿《だいごくでん》の別れの御櫛《みぐし》の式は、御心《みこころ》に沁《し》んで思召されたことなのであったから、特に構図なども公茂《きんもち》画伯《がはく》に詳しくお指図《さしず》をあそばして製作された非常にりっぱな絵もあった。沈《じん》の木の透かし彫りの箱に入れて、同じ木で作った上飾りを付けた新味のある御贈り物であった。御挨拶《あいさつ》はただお言葉だけで院の御所への勤務もする左近の中将がお使いをしたのである。大極殿の御輿《みこし》の寄せてある神々しい所に御歌があった。

身こそかくしめの外《ほか》なれそのかみの心のうちを忘れしもせず

と言うのである。返事を差し上げないこともおそれおおいことであると思われて、斎宮の女御は苦しく思いながら、昔のその日の儀式に用いられた簪《かんざし》の端を少し折って、それに書いた。

しめのうちは昔にあらぬここちして神代のことも今ぞ恋しき

藍《あい》色の唐紙に包んでお上げしたのであった。院はこれを限りもなく身に沁《し》んで御覧になった。このことで御位《みくらい》も取り返したく思召した。源氏をも恨めしく思召されたに違いない。かつて源氏に不合理な厳罰をお加えになった報いをお受けになったのかもしれない。院のお絵は太后の手を経て弘徽殿《こきでん》の女御《にょご》のほうへも多く来ているはずである。尚侍《ないしのかみ》も絵の趣味を多く持っている人であったから、姪《めい》の女御のためにいろいろと名画を集めていた。

定められた絵合わせの日になると、それはいくぶんにわかなことではあったが、おもしろく意匠をした風流な包みになって、左右の絵が会場へ持ち出された。女官たちの控え座敷に臨時の玉座が作られて、北側、南側と分かれて判者が座についた。それは清涼殿《せいりょうでん》のことで、西の後涼殿の縁には殿上役人が左右に思い思いの味方をしてすわっていた。左の紫檀《したん》の箱に蘇枋《すおう》の木の飾り台、敷き物は紫地の唐錦《からにしき》、帛紗《ふくさ》は赤紫の唐錦である。六人の侍童の姿は朱色の服の上に桜襲《さくらがさね》の汗衫《かざみ》、袙《あこめ》は紅の裏に藤襲《ふじがさね》の厚織物で、からだのとりなしがきわめて優美である。右は沈の木の箱に浅香《せんこう》の下机《したづくえ》、帛紗は青地の高麗錦《こうらいにしき》、机の脚《あし》の組み紐《ひも》の飾りがはなやかであった。右は侍童らは青色に柳の色の汗衫《かざみ》、山吹襲《やまぶきかさね》の袙《あこめ》を着ていた。双方の侍童がこの絵の箱を御前に据《す》えたのである。源氏の内大臣と権中納言とが御前へ出た。太宰帥《だざいのそつ》の宮も召されて出ておいでになった。この方は芸術に趣味をお持ちになる方であるが、ことに絵画がお好きであったから、初めに源氏からこのお話もしてあった。公式のお召しではなくて、殿上の間に来ておいでになったのに仰せが下ったのである。この方に今日の審判役を下命された。評判どおりに入念に描《か》かれた絵巻が多かった。優劣をにわかにお決めになるのは困難なようである。例の四季を描いた絵も、大家がよい題材を選んで筆力も雄健に描き流した物は価値が高いように見えるが、今度は皆紙絵であるから、山水画の豊かに描かれた大作などとは違って、凡庸な者に思われている今の若い絵師も昔の名画に近い物を作ることができ、それにはまた現代人の心を惹《ひ》くものも多量に含まれていて、左右はそうした絵の優劣を論じ合っているが、今日の論争は双方ともまじめであったからおもしろかった。襖子《からかみ》をあけて朝餉《あさがれい》の間《ま》に女院は出ておいでになった。絵の鑑識に必ず自信がおありになるのであろうと思って、源氏はそれさえありがたく思われた。判者が断定のしきれないような時に、お伺いを女院へするのに対して、短いお言葉の下されるのも感じのよいことであった。左右の勝ちがまだ決まらずに夜が来た。最後の番に左から須磨の巻が出てきたことによって中納言の胸は騒ぎ出した。右もことに最後によい絵巻が用意されていたのであるが、源氏のような天才が清澄な心境に達した時に写生した風景画は何者の追随をも許さない。判者の親王をはじめとしてだれも皆涙を流して見た。その時代に同情しながら想像した須磨よりも、絵によって教えられる浦住まいはもっと悲しいものであった。作者の感情が豊かに現われていて、現在をもその時代に引きもどす力があった。須磨からする海のながめ、寂しい住居《すまい》、崎々浦々が皆あざやかに描かれてあった。草書で仮名混じりの文体の日記がその所々には混ぜられてある。身にしむ歌もあった。だれも他の絵のことは忘れて恍惚《こうこつ》となってしまった。圧巻はこれであると決まって左が勝ちになった。

明け方近くなって古い回想から湿った心持ちになった源氏は杯を取りながら帥《そつ》の宮に語った。

「私は子供の時代から学問を熱心にしていましたが、詩文の方面に進む傾向があると御覧になったのですか、院がこうおっしゃいました、文学というものは世間から重んぜられるせいか、そのほうのことを専門的にまでやる人の長寿と幸福を二つともそろって得ている人は少ない。不足のない身分は持っているのであるから、あながちに文学で名誉を得る必要はない。その心得でやらねばならないって。以来私に本格的な学問をいろいろとおさせになりましたが、できが悪い課目もなく、またすぐれた深い研究のできたこともありませんでした。絵を描くことだけは、それは大きいことではありませんが、満足のできるほど精神を集中させて描いて見たいという希望がおりおり起こったものですが、思いがけなく放浪者になりました時に、はじめて大自然の美しさにも接する機会を得まして、描くべき物は十分に与えられたのですが、技巧がまずくて、思いどおりの物を紙上に表現することはできませんでした。そんなものですからこれだけをお目にかけることは恥ずかしくていたされませんから、今度のような機会に持ち出しただけなのですが、私の行為が突飛《とっぴ》なように評されないかと心配しております」

「何の芸でも頭がなくては習えませんが、それでもどの芸にも皆師匠があって、導く道ができているものですから、深さ浅さは別問題として、師匠の真似《まね》をして一通りにやるだけのことはだれにもまずできるでしょう。ただ字を書くことと囲碁だけは芸を熱心に習ったとも思われない者からもひょっくりりっぱな書を書く者、碁の名人が出ているものの、やはり貴族の子の中からどんな芸も出抜けてできる人が出るように思われます。院が御自身の親王、内親王たちに皆何かの芸はお仕込みになったわけですが、その中でもあなたへは特別に御熱心に御教授あそばしましたし、熱心にもお習いになったのですから、詩文のほうはむろんごりっぱだし、そのほかでは琴《きん》をお弾《ひ》きになることが第一の芸で、次は横笛、琵琶《びわ》、十三絃《げん》という順によくおできになる芸があると院も仰せになりました。世間もそう信じているのですが、絵などはほんのお道楽だと私も今までは思っていましたのに、あまりにお上手《じょうず》過ぎて墨絵描きの画家が恥じて死んでしまう恐れがある傑作をお見せになるのは、けしからんことかもしれません」

宮はしまいには戯談《じょうだん》をお言いになったが酔い泣きなのか、故院のお話をされてしおれておしまいになった。二十幾日の月が出てまだここへはさしてこないのであるが、空には清い明るさが満ちていた。書司に保管されてある楽器が召し寄せられて、中納言が和琴《わごん》の弾《ひ》き手になったが、さすがに名手であると人を驚かす芸であった。帥の宮は十三絃、源氏は琴、琵琶の役は少将の命婦に仰せつけられた。殿上役人の中の音楽の素養のある者が召されて拍子を取った。稀《まれ》なよい合奏になった。夜が明けて桜の花も人の顔もほのかに浮き出し、小鳥のさえずりが聞こえ始めた。美しい朝ぼらけである。下賜品は女院からお出しになったが、なお親王は帝《みかど》からも御衣《ぎょい》を賜わった。この当座はだれもだれも絵合わせの日の絵の噂《うわさ》をし合った。

「須磨、明石の二巻は女院の御座右に差し上げていただきたい」

こう源氏は申し出た。女院はこの二巻の前後の物も皆見たく思召すとのことであったが、

「またおりを見まして」

と源氏は御挨拶《あいさつ》を申した。帝が絵合わせに満足あそばした御様子であったのを源氏はうれしく思った。二人の女御の挑《いど》みから始まったちょっとした絵の上のことでも源氏は大形《おおぎょう》に力を入れて梅壺《うめつぼ》を勝たせずには置かなかったことから中納言は娘の気《け》押されて行く運命も予感して口《くち》惜《お》しがった。帝は初めに参った女御であって、御愛情に特別なもののあることを、女御の父の中納言だけは想像のできる点もあって、頼もしくは思っていて、すべては自分の取り越し苦労であるとしいて思おうとも中納言はしていた。

宮中の儀式などもこの御代《みよ》から始まったというものを起こそうと源氏は思うのであった。絵合わせなどという催しでも単なる遊戯でなく、美術の鑑賞の会にまで引き上げて行なわれるような盛りの御代が現出したわけである。しかも源氏は人生の無常を深く思って、帝がいま少し大人におなりになるのを待って、出家がしたいと心の底では思っているようである。昔の例を見ても、年が若くて官位の進んだ、そして世の中に卓越した人は長く幸福でいられないもので

ある、自分は過分な地位を得ている、以前不幸な日のあったことで、ようやくまだ今日まで運が続いているのである、今後もなお順境に身を置いていては長命のほうが危《あぶな》い、静かに引きこもって後世《ごせ》のための仏勤めをして長寿を得たいと、源氏はこう思って、郊外の土地を求めて御《み》堂《どう》を建てさせているのであった。仏像、経巻などもそれとともに用意させつつあった。しかし子供たちをよく教育してりっぱな人物、すぐれた女性にしてみようと思う精神と出家のことは両立しないのであるから、どっちがほんとうの源氏の心であるかわからない。

松風

あぢきなき松の風かな泣けばなき小琴
　をとればおなじ音を弾《ひ》く　　（晶子）

東の院が美々しく落成したので、花散里《はなちるさと》といわれていた夫人を源氏は移らせた。西の対から渡殿《わたどの》へかけてをその居所に取って、事務の扱い所、家司《けいし》の詰め所なども備わった、源氏の夫人の一人としての体面を損じないような住居《すまい》にしてあった。東の対には明石《あかし》の人を置こうと源氏はかねてから思っていた。北の対をばことに広く立てて、かりにも源氏が愛人と見て、将来のことまでも約束してある人たちのすべてをそこへ集めて住ませようという考えをもっていた源氏は、そこを幾つにも仕切って作らせた点で北の対は最もおもしろい建物になった。中央の寝《しん》殿《でん》はだれの住居《すまい》にも使わせずに、時々源氏が来て休息をしたり、客を招いたりする座敷にしておいた。

明石へは始終手紙が送られた。このごろは上京を促すことばかりを言う源氏であった。女はまだ躊躇《ちゅうちょ》をしているのである。わが身の上のかいなさをよく知っていて、自分などとは比べられぬ都の貴女《きじょ》たちでさえ捨てられるのでもなく、また冷淡でなくもないような扱いを受けて、源氏のために物思いを多く作るという噂《うわさ》を聞くのであるから、どれだけ愛されているという自信があってその中へ出て行かれよう、姫君の生母の貧弱さを人目にさらすだけで、たまさかの訪問を待つにすぎない京の暮らしを考えるほど不安なことはないと煩悶《はんもん》をしながらも明石は、そうかといって姫君をこの田舎《いなか》に置いて、世間から源氏の子として取り扱われないような不幸な目にあわせることも非常に哀れなことであると思って、出京は断然しないとも源氏へ答えることはできなかった。両親も娘の煩悶するのがもっともに思われて歎息《たんそく》ばかりしていた。入道夫人の祖父の中務卿《なかつかさきよう》親王が昔持っておいでになった別荘が嵯峨《さが》の大井川のそばにあって、宮家の相続者にしかとした人がないままに別荘などもそのままに荒廃させてあるのを思い出して、親王の時からずっと預かり人のようになっている男を明石へ呼んで相談をした。

「私はもう京の生活を二度とすまいという決心で田舎へ引きこもったのだが、子供になってみるとそうはいかないもので、その人たちのためにまた一軒京に家を持つ必要ができたのだが、こうした静かな所にいて、にわかに京の町中の家へはいって気も落ち着くものでないと思われるので、古い別荘のほうへでもやろうかと思う。そちらで今まで使っているだけの建物は君のほうへあげてもいいから、そのほかの所を修繕して、とにかく人が住めるだけの別荘にこしらえ上げてもらいたいと思うのだが」

と入道が言った。

「もう長い間持ち主がおいでにならない別荘になって、ひどく荒れたものですから、私たちは下屋《しもや》のほうに住んでおりますが、しかし今年の春ごろから内大臣さんが近くへ御堂《みどう》の普請をお始めになりまして、あすこはもう人がたくさん来る所になっておりますよ、たいした御堂ができるのですから、工事に使われている人数だけでもどんなに大きいかしれません。静かなお住居《すまい》がよろしいのならあすこはだめかもしれません」

「いや、それは構わないのだ。というのは内大臣家にも関係のあることでそこへ行こうとしているのだからね。家の中の設備などは追い追いこちらからさせるが、まず急いで大体の修繕のほうをさせてくれ」

と入道が言う。

「私の所有ではありませんが、持っていらっしゃる方もなかったものですから、一軒家のような所を長く私が守って来たのです。別荘についた田地なども荒れる一方でしたから、お亡《な》くなりになりました民部大輔《みんぶだゆう》さんにお願いして、譲っていただくことにしましてそれだけの金は納めたのでした」

預かり人は自身の物のようにしている田地などを回収されないかと危うがって、権利を主張しておかねばというように、鬚《ひげ》むしゃな醜い顔の鼻だけを赤くしながら顎《あご》を上げて弁じ立てる。

「私のほうでは田地などいらない。これまでどおりに君は思っておればいい。別荘その他証券は私のほうにあるが、もう世捨て人になってしまってからは、財産の権利も義務も忘れてしまって、留守居《るすい》料も払ってあげなかったが、そのうち精算してあげるよ」

こんな話も相手は、入道が源氏に関係のあることをにおわしたことで気味悪く思って、私慾《しよく》をそれ以上たくましくはしかねていた。それからのち、入道家から金を多く受け取って大井の山荘は修繕されていった。そんなことは源氏の想像しないことであったから、上京をしたがらない理由は何にあるかと怪しんでは、姫君がそのまま田舎に育てられていくことによって、のちの歴史にも不名誉な話が残るであろうと源氏は歎息《たんそく》されるのであったが、大井の山荘ができ上がってから、はじめて昔の母の祖父の山荘のあったことを思い出して、そこを家にして上京するつもりであると明石から知らせて来た。東の院へ迎えて住ませようとしたことに同意しなかったのは、そんな考えであったのかと源氏は合点した。聡明《そうめい》なしかただとも思ったのであった。惟光《これみつ》が源氏の隠し事に関係しないことはなくて、明石の上京の件についても源氏はこの人にまず打ち明けて、さっそく大井へ山荘を見にやり、源氏のほうで用意しておくことは皆させた。

「ながめのよい所でございまして、やはりまた海岸のような気のされる所もございます」と惟光は報告した。そうした山荘の風雅な女主人になる資格のある人であると源氏は思っていた。

源氏の作っている御堂は大覚寺の南にあたる所で、滝殿《たきどの》などの美術的なことは大覚寺にも劣らない。明石の山荘は川に面した所で、大木の松の多い中へ素朴《そぼく》に寝殿の建てられてあるのも、山荘らしい寂しい趣が出ているように見えた。源氏は内部の設備までも自身のほうでさせておこうとしていた。親しい人たちをもまたひそかに明石へ迎えに立たせた。

免れがたい因縁に引かれていよいよそこを去る時になったのであると思うと、女の心は馴染《なじみ》深い明石の浦に名残《なごり》が惜しまれた。父の入道を一人ぼっちで残すことも苦痛であった。なぜ自分だけはこんな悲しみをしなければならないのであろうと、朗らかな運命を持つ人がうらやましかった。両親も源氏に迎えられて娘が出京するというようなことは長い間寝てもさめても願っていたことで、それが実現される喜びはあっても、その日を限りに娘たちと別れて孤独にな

る将来を考えると堪えがたく悲しくて、夜も昼も物思いに入道は呆《ぼう》としていた。言うことはいつも同じことで、

「そして私は姫君の顔を見ないでいるのだね」

それぱかりである。夫人の心も非常に悲しかった。これまでもすでに同じ家には住まず別居の形になっていたのであるから、明石が上京したあとに自分だけが残る必要も認めてはいないものの、地方にいる間だけの仮の夫婦の中でも月日が重なって馴染《なじみ》の深くなった人たちは別れがたいものに違いないのであるから、まして夫人にとっては頑固《がんこ》な我意の強い良人《おっと》ではあったが、明石に作った家で終わる命を予想して、信頼して来た妻なのであるからにわかに別れて京へ行ってしまうことは心細かった。光明を見失った人になって田舎《いなか》の生活をしていた若い女房などは、蘇生《そせい》のできたほどにうれしいのであるが、美しい明石の浦の風景に接する日のまたないであろうことを思うことで心のめいることもあった。これは秋のことであったからことに物事が身に沁《し》んで思われた。出立の日の夜明けに、涼しい秋風が吹いていて、虫の声もする時、明石の君は海のほうをながめていた。入道は後夜《ごや》に起きたままでいて、鼻をすすりながら仏前の勤めをしていた。門出の日は縁起を祝って、不吉なことはだれもいっさい避けようとしているが、父も娘も忍ぶことができずに泣いていた。小さい姫君は非常に美しくて、夜光の珠《たま》と思われる麗質の備わっているのを、これまでどれほど入道が愛したかしれない。祖父の愛によく馴染んでいる姫君を入道は見て、

「僧形《そうぎょう》の私が姫君のそばにいることは遠慮すべきだとこれまでも思いながら、片時だってお

顔を見ねばいられなかった私は、これから先どうするつもりだろう」

と泣く。

「行くさきをはるかに祈る別れ路《ぢ》にたへぬは老いの涙なりけり

不謹慎だ私は」

と言って、落ちてくる涙を拭《ぬぐ》い隠そうとした。尼君が、京時代の左近中将の良人《おっと》に、

「もろともに都は出《い》できこのたびや一人野中の道に惑はん」

と言って泣くのも同情されることであった。信頼をし合って過ぎた年月を思うと、どうなるかわからぬ娘の愛人の心を頼みにして、見捨てた京へ帰ることが尼君をはかなくさせるのであった。明石が、

「いきてまた逢ひ見んことをいつとてか限りも知らぬ世をば頼まん

送ってだけでもくださいませんか」

と父に頼んだが、それは事情が許さないことであると入道は言いながらも途中が気づかわれるふうが見えた。

「私は出世することなどを思い切ろうとしていたのだが、いよいよその気になって地方官になったのは、ただあなたに物質的にだけでも十分尽くしてやりたいということからだった。そ

れから地方官の仕事も私に適したものでないことをいろんな形で教えられたから、これをやめて地方官の落伍者《らくご》の一人で、京で軽蔑《けいべつ》される人間にこの上なっては親の名誉を恥ずかしめることだと悲しくて出家したがね、京を出たのが世の中を捨てる門出だったと、世間からも私は思われていて、よく潔くそれを実行したと私自身にも満足感はあったが、あなたが一人前の少女になってきたのを見ると、どうしてこんな珠玉を泥土《でいど》に置くような残酷なことを自分はしたかと私の心はまた暗くなってきた。それからは仏と神を頼んで、この人までが私の不運に引かれて一地方人となってしまうようなことがないようにと願った。思いがけず源氏の君を婿に見る日が来たのであるが、われわれには身分のひけ目があって、よいことにも悲しみが常に添っていた。しかし姫君がお生まれになったことで私もだいぶ自信ができてきた。姫君はこんな土地でお育ちになってはならない高い宿命を持つ方に違いないのだから、お別れすることがどんなに悲しくても私はあきらめる。何事ももうとくにあきらめた私は僧じゃないか。姫君は高い高い宿命の人でいられるが、暫時《ざんじ》の間私に祖父と孫の愛を作って見せてくださったのだ。天に生まれる人も一度は三途《さんず》の川まで行くということにあたることだとそれを思って私はこれで長いお別れをする。私が死んだと聞いても仏事などはしてくれる必要はない。死に別れた悲しみもしないでおおきなさい」

と入道は断言したのであるが、また、

「私は煙になる前の夕べまで姫君のことを六時の勤行《ごんぎょう》に混ぜて祈ることだろう。恩愛が捨てられないで」

と悲しそうに言うのであった。車の数の多くなることも人目を引くことであるし、二度に分けて立たせることも面倒《めんどう》なことであるといって、迎えに来た人たちもまた非常に目だつことを恐れるふうであったから、船を用いてそっと明石親子は立つことになった。

午前八時に船が出た。昔の人も身にしむものに見た明石の浦の朝霧に船の隔たって行くのを見る入道の心は、仏弟子《ぶつでし》の超越した境地に引きもどされそうもなかった。ただ呆然《ぼうぜん》としていた。長い年月を経て都へ帰ろうとする尼君の心もまた悲しかった。

かの岸に心寄りにし海人《あま》船《ぶね》のそむき方に漕《こ》ぎ帰るかな

と言って尼君は泣いていた。明石は、

いくかへり行きかふ秋を過ごしつつ浮き木に乗りてわれ帰るらん

と言っていた。追い風であって、予定どおりに一行の人は京へはいることができた。車に移ってから人目を引かぬ用心をしながら大井の山荘へ行ったのである。

山荘は風流にできていて、大井川が明石でながめた海のように前を流れていたから、住居《すまい》の変わった気もそれほどしなかった。明石の生活がなお近い続きのように思われて、悲しくなることが多かった。増築した廊なども趣があって園内に引いた水の流れも美しかった。欠点もあるが住みついたならきっとよくなるであろうと明石の人々は思った。源氏は親しい家司《けいし》に命じて到着の日の一行の饗応《きょうおう》をさせたのであった。自身で訪《たず》ねて行くことは、機会を作ろう作ろうとしながらもおくれるばかりであった。源氏に近い京へ来ながら物思いばかりがされて、女は明石《あかし》の家も恋しかったし、つれづれでもあって、源氏の形見の琴《きん》の絃《いと》を鳴らしてみた。非常に悲しい気のする日であったから、人の来ぬ座敷で明石がそれを少し弾《ひ》いていると、松風の音が荒々しく合奏をしかけてきた。横になっていた尼君が起き上がって言った。

身を変へて一人帰れる山里に聞きしに似たる松風ぞ吹く

女《むすめ》が言った。

ふるさとに見し世の友を恋ひわびてさへづることを誰《たれ》か分くらん

こんなふうにはかながって暮らしていた数日ののちに、以前にもまして逢《あ》いがたい苦しさを切に感じる源氏は、人目もはばからずに大井へ出かけることにした。夫人にはまだ明石の上京したことは言ってなかったから、ほかから耳にはいっては気まずいことになると思って、源氏は女房を使いにして言わせた。

「桂《かつら》に私が行って指図《さしず》をしてやらねばならないことがあるのですが、それをそのままにして長くなっています。それに京へ来たら訪ねようという約束のしてある人もその近くへ上って来ているのですから、済まない気がしますから、そこへも行ってやります。嵯峨野《さがの》の御堂《みどう》に何もそろっていない所にいらっしゃる仏様へも御挨拶《あいさつ》に寄りますから二、三日は帰らないでしょう」

夫人は桂の院という別荘の新築されつつあることを聞いたが、そこへ明石の人を迎えたのであったかと気づくとうれしいこととは思えなかった。

「斧《おの》の柄を新しくなさらなければ（仙人《せんにん》の碁を見物している間に、時がたって気がついてみるとその樵夫《きこり》の持っていた斧の柄は朽ちていたという話）ならないほどの時間はさぞ待ち遠いことでしょう」

不愉快そうなこんな夫人の返事が源氏に伝えられた。

「また意外なことをお言いになる。私はもうすっかり昔の私でなくなったと世間でも言うではありませんか」

などと言わせて夫人の機嫌《きげん》を直させようとするうちに昼になった。

微行《しのび》で、しかも前駆には親しい者だけを選んで源氏は大井へ来た。夕方前である。いつも狩《かり》衣《ぎぬ》姿をしていた明石時代でさえも美しい源氏であったのが、恋人に逢うがために引き繕った直衣《のうし》姿はまばゆいほどまたりっぱであった。女のした長い愁《うれ》いもこれに慰められた。源氏は今さらのようにこの人に深い愛を覚えながら、二人の中に生まれた子供を見てまた感動した。今まで見ずにいたことさえも取り返されない損失のように思われる。左大臣家で生まれた子の美《び》貌《ぼう》を世人はたたえるが、それは権勢に目がくらんだ批評である。これこそ真の美人になる要素の備わった子供であると源氏は思った。無邪気な笑顔《えがお》の愛嬌《あいきょう》の多いのを源氏は非常にかわいく思った。乳母《めのと》も明石へ立って行ったころの衰えた顔はなくなって美しい女になっている。今日までのことをいろいろとなつかしいふうに話すのを聞いていた源氏は、塩焼き小屋に近い田舎《いなか》の生活をしいてさせられてきたのに同情するというようなことを言った。

「ここだってまだずいぶんと遠すぎる。したがって私が始終は来られないことになるから、やはり私があなたのために用意した所へお移りなさい」

と源氏は明石に言うのであったが、

「こんなふうに田舎者であることが少し直りましてから」

と女の言うのも道理であった。源氏はいろいろに明石の心をいたわったり、将来を堅く誓ったりしてその夜は明けた。なお修繕を加える必要のある所を、源氏はもとの預かり人や新たに任命した家職の者に命じていた。源氏が桂の院へ来るという報《しら》せがあったために、この近くの領地の人たちの集まって来たのは皆そこから明石の家のほうへ来た。そうした人たちに庭の植え込みの草木を直させたりなどした。

「流れの中にあった立石《たていし》が皆倒れて、ほかの石といっしょに紛れてしまったらしいが、そんな物を復旧させたり、よく直させたりすればずいぶんおもしろくなる庭だと思われるが、しかしそれは骨を折るだけかえってあとでいけないことになる。そこに永久いるものでもないから、いつか立って行ってしまう時に心が残って、どんなに私は苦しかったろう、帰る時に」

源氏はまた昔を言い出して、泣きもし、笑いもして語るのであった。こうした打ち解けた様子の見える時に源氏はいっそう美しいのであった。のぞいて見ていた尼君は老いも忘れ、物思いも跡かたなくなってしまう気がして微笑《ほほえ》んでいた。東の渡殿《わたどの》の下をくぐって来る流れの筋を仕変えたりする指図《さしず》に、源氏は袿《うちぎ》を引き掛けたくつろぎ姿でいるのがまた尼君にはうれしいのであった。仏の閼伽《あか》の具などが縁に置かれてあるのを見て、源氏はその中が尼君の部屋であることに気がついた。

「尼君はこちらにおいでになりますか。だらしのない姿をしています」

と言って、源氏は直衣《のうし》を取り寄せて着かえた。几帳《きちょう》の前にすわって、

「子供がよい子に育ちましたのは、あなたの祈りを仏様がいれてくだすったせいだろうとありがたく思います。俗をお離れになった清い御生活から、私たちのためにまた世の中へ帰って来てくだすったことを感謝しています。明石ではまた一人でお残りになって、どんなにこちらのことを想像して心配していてくださるだろうと済まなく私は思っています」

となつかしいふうに話した。

「一度捨てました世の中へ帰ってまいって苦しんでおります心も、お察しくださいましたので、命の長さもうれしく存ぜられます」

尼君は泣きながらまた、

「荒磯《あらいそ》かげに心苦しく存じました二葉《ふたば》の松もいよいよ頼もしい未来が思われます日に到達いたしましたが、御生母がわれわれ風情《ふぜい》の娘でございますことが、御幸福の障《さわ》りにならぬかと苦労にしております」

などという様子に品のよさの見える婦人であったから、源氏はこの山荘の昔の主《あるじ》の親王のことなどを話題にして語った。直された流れの水はこの話に言葉を入れたいように、前よりも高い音を立てていた。

住み馴《な》れし人はかへりてたどれども清水《しみづ》ぞ宿の主人《あるじ》がほなる

歌であるともなくこう言う様子に、源氏は風雅を解する老女であると思った。

「いさらゐははやくのことも忘れじをもとの主人《あるじ》や面《おも》変はりせる

悲しいものですね」

と歎息《たんそく》して立って行く源氏の美しいとりなしにも尼君は打たれて茫《ぼう》となっていた。

源氏は御堂《みどう》へ行って毎月十四、五日と三十日に行なう普賢講《ふげんこう》、阿弥陀《あみだ》、釈迦《しゃか》の念仏の三昧《さんまい》のほかにも日を決めてする法会《ほうえ》のことを僧たちに命じたりした。堂の装飾や仏具の製作などのことも御堂の人々へ指図《さしず》してから、月明の路《みち》を川沿いの山荘へ帰って来た。

明石の別離の夜のことが源氏の胸によみがえって感傷的な気分になっている時に女はその夜の形見の琴を差し出した。弾《ひ》きたい欲求もあって源氏は琴を弾き始めた。まだ絃《いと》の音《ね》が変わっていなかった。その夜が今であるようにも思われる。

契りしに変はらぬ琴のしらべにて絶えぬ心のほどは知りきや

と言うと、女が、

変はらじと契りしことを頼みにて松の響に音《ね》を添へしかな

と言う。こんなことが不つりあいに見えないのは女からいえば過分なことであった。明石を思っている。姫君の顔からもまた目は離せなかった。源氏は永久に離れがたい人になったと明石時代よりも女の美に光彩が加わっていた。源氏は永久に離れがたい人になったと明石を思っている。姫君の顔からもまた目は離せなかった。日蔭《ひかげ》の子として成長していくのが、堪えられないほど源氏はかわいそうで、これを二条の院へ引き取ってできる限りにかしずいてやることにすれば、成長後の肩身の狭さも救われることになるであろうとは源氏の心に思われることであったが、また引き放される明石の心が哀れに思われて口へそのことは出ずにただ涙ぐんで姫君の顔を見ていた。子心にはじめは少し恥ずかしがっていたが、今はもうよく馴《な》れてきて、ものを言って、笑ったりもしてみせた。甘えて近づいて来る顔がまたいっそう美しくてかわいいのである。源氏に抱かれている姫君はすでに類のない幸運に恵まれた人と見えた。

三日目は京へ帰ることになっていたので、源氏は朝もおそく起きて、ここから直接帰って行くつもりでいたが、桂の院のほうへ高官がたくさん集まって来ていて、この山荘へも殿上役人がおおぜいで迎えに来た。源氏は装束をして、

「きまりの悪いことになったものだね、あなたがたに見られてよい家《うち》でもないのに」

と言いながらいっしょに出ようとしたが、心苦しく女を思って、さりげなく紛らして立ち止まった戸口へ、乳母《めのと》は姫君を抱いて出て来た。源氏はかわいい様子で子供の頭を撫《な》でながら、

「見ないでいることは堪えられない気のするのもにわかな愛情すぎるね。どうすればいいだろう、遠いじゃないか、ここは」

と源氏が言うと、

「遠い田舎の幾年よりも、こちらへ参ってたまさかしかお迎えできないようなことになりましては、だれも皆苦しゅうございましょう」

など乳母は言った。姫君が手を前へ伸ばして、立っている源氏のほうへ行こうとするのを見て、源氏は膝《ひざ》をかがめてしまった。

「もの思いから解放される日のない私なのだね、しばらくでも別れているのは苦しい。奥さんはどこにいるの、なぜここへ来て別れを惜しんでくれないのだろう、せめて人心地《ひとごこち》が出てくるかもしれないのに」

と言うと、乳母は笑いながら明石の所へ行ってそのとおりを言った。女は逢《あ》った喜びが二日で尽きて、別れの時の来た悲しみに心を乱していて、呼ばれてもすぐに出ようとしないのを源氏は心のうちであまりにも貴女《きじょ》ぶるのではないかと思っていた。女房たちからも勧められて、明石《あかし》はやっと膝行《いざ》って出て、そして姿は見せないように几帳《きちょう》の蔭《かげ》へはいるようにしている様子に気品が見えて、しかも柔らかい美しさのあるこの人は内親王と言ってもよいほどに気高《けだか》く見えるのである。源氏は几帳の垂《た》れ絹を横へ引いてまたこまやかにささやいた。いよいよ出かける時に源氏が一度振り返って見ると、冷静にしていた明石も、この時は顔を出して見送っていた。源氏の美は今が盛りであると思われた。以前は痩《や》せて背丈《せたけ》が高いように見えたが、今はちょうどいいほどになっていた。これでこそ貫目のある好男子になられたというものであると女たちがながめていて、指貫《さしぬき》の裾《すそ》からも愛嬌《あいきょう》はこぼれ出るように思った。解官されて源氏について漂泊《さすら》えた蔵人《くろうど》もまた旧《もと》の地位に復《かえ》って、靫負尉《ゆぎえのじょう》になった上に今年は五位も得ていたが、この好青年官人が源氏の太刀《たち》を取りに戸口へ来た時に、御簾《みす》の中に明石のいるのを察して挨拶《あいさつ》をした。

「以前の御厚情を忘れておりませんが、失礼かと存じますし、浦風に似た気のいたしました今暁の山風にも、御挨拶を取り次いでいただく便《びん》もございませんでしたから」

「山に取り巻かれておりましては、海べの頼りない住居《すまい》と変わりもなくて、松も昔の（友ならなくに）と思って寂しがっておりましたが、昔の方がお供の中においでになって力強く思います」

などと明石は言った。すばらしいものにこの人はなったものだ、自分だって恋人にしたいと思ったこともある女ではないかなどと思って、驚異を覚えながらも蔵人《くろうど》は、

「また別の機会に」

と言って男らしく肩を振って行った。りっぱな風采《ふうさい》の源氏が静かに歩を運ぶかたわらで先払いの声が高く立てられた。源氏は車へ頭中将《とうのちゅうじょう》、兵衛督《ひょうえのかみ》などを陪乗させた。

「つまらない隠れ家を発見されたことはどうも残念だ」

源氏は車中でしきりにこう言っていた。

「昨夜はよい月でございましたから、嵯峨《さが》のお供のできませんでしたことが口惜《くちお》しくてなりませんで、今朝《けさ》は霧の濃い中をやって参ったのでございます。嵐山《あらしやま》の紅葉《もみじ》はまだ早うございました。今は秋草の盛りでございますね。某朝臣《ぼうあそん》はあすこで小鷹狩《こたかがり》を始めてただ今いっしょに参れませんでしたが、どういたしますか」

などと若い人は言った。

「今日はもう一日桂《かつら》の院で遊ぶことにしよう」

と源氏は言って、車をそのほうへやった。桂の別荘のほうではにわかに客の饗応《きようおう》の仕度《したく》が始められて、鵜《う》飼いなども呼ばれたのであるがその人夫たちの高いわからぬ会話が聞こえてくるごとに海岸にいたころの漁夫の声が思い出される源氏であった。大井の野に残った殿上役人が、しるしだけの小鳥を萩《はぎ》の枝などへつけてあとを追って来た。杯がたびたび巡ったあとで川べの逍遥《しようよう》を危《あや》ぶまれながら源氏は桂の院で遊び暮らした。月がはなやかに上ってきたころから音楽の合奏が始まった。絃楽のほうは琵琶《びわ》、和琴《わごん》などだけで笛の上手《じようず》が皆選ばれて伴奏をした曲は秋にしっくり合ったもので、感じのよいこの小合奏に川風が吹き混じっておもしろかった。月が高く上ったころ、清澄な世界がここに現出したような今夜の桂の院へ、殿上人がまた四、五人連れで来た。殿上に伺候していたのであるが、音楽の遊びがあって、帝《みかど》が、

「今日は六日の謹慎日が済んだ日であるから、きっと源氏の大臣《おとど》は来るはずであるのだ、どうしたか」

と仰せられた時に、嵯峨へ行っていることが奏されて、それで下された一人のお使いと同行者なのである。

「月のすむ川の遠《をち》なる里なれば桂の影はのどけかるらん

うらやましいことだ」

これが蔵人弁《くろうどのべん》であるお使いが源氏に伝えたお言葉である。源氏はかしこまって承った。清涼殿での音楽よりも、場所のおもしろさの多く加わったここの管絃楽に新来の人々は興味を覚えた。また杯が多く巡った。ここには纏頭《てんとう》にする物が備えてなかったために、源氏は大井の山荘のほうへ、

「たいそうでない纏頭の品があれば」

と言ってやった。明石《あかし》は手もとにあった品を取りそろえて持たせて来た。衣服箱二荷であった。お使いの弁は早く帰るので、さっそく女装束が纏頭に出された。

　久方の光に近き名のみして朝夕霧も晴れぬ山ざと

というのが源氏の勅答の歌であった。帝の行幸を待ち奉る意があるのであろう。「中に生《お》ひたる」（久方の中におひたる里なれば光をのみぞ頼むべらなる）と源氏は古歌を口ずさんだ。源氏がまた躬恒《みつね》が「淡路にてあはとはるかに見し月の近き今宵《こよひ》はところがらかも」と不思議がった歌のことを言い出すと、源氏の以前のことを思って泣く人も出てきた。皆酔ってもいるからである。

　めぐりきて手にとるばかりさやけきや淡路の島のあはと見し月

これは源氏の作である。

浮き雲にしばしまがひし月影のすみはつるよぞのどけかるべき

頭中将《とうのちゅうじょう》である。右大弁は老人であって、故院の御代《みよ》にも睦《むつ》まじくお召し使いになった人であるが、その人の作、

雲の上の住みかを捨てて夜半《よは》の月いづれの谷に影隠しけん

なおいろいろな人の作もあったが省略する。歌が出てからは、人々は感情のあふれてくるままに、こうした人間の愛し合う世界を千年も続けて見ていきたい気を起こしたが、二条の院を出て四日目の朝になった源氏は、今日はぜひ帰らねばならぬと急いだ。一行にいろいろな物をかついだ供の人が加わった列は、霧の間を行くのが秋草の園のようで美しかった。近衛府《このえふ》の有名な芸人の舎人《とねり》で、よく何かの時には源氏について来る男に今朝も「その駒《こま》」などを歌わせたが、源氏をはじめ高官などの脱いで与える衣服の数が多くてそこにもまた秋の野の錦《にしき》の翻る趣があった。大騒ぎにはしゃぎにはしゃいで桂の院を人々の引き上げて行く物音を大井の山荘ではるかに聞いて寂しく思った。言《こと》づてもせずに帰って行くことを源氏は心苦しく思った。

二条の院に着いた源氏はしばらく休息をしながら夫人に嵯峨《さが》の話をした。

「あなたと約束した日が過ぎたから私は苦しみましたよ。風流男どもがあとを追って来てね、あまり留めるものだからそれに引かれていたのですよ。疲れてしまった」

と言って源氏は寝室へはいった。夫人が気むずかしいふうになっているのも気づかないよう

に源氏は扱っていた。

「比較にならない人を競争者ででもあるように考えたりなどすることもよくないことですよ。あなたは自分は自分であると思い上がっていればいいのですよ」

と源氏は教えていた。日暮れ前に参内しようとして出かけぎわに、源氏は隠すように紙を持って手紙を書いているのは大井へやるものらしかった。こまごまと書かれている様子がうかがわれるのであった。侍を呼んで小声でささやきながら手紙を渡す源氏を女房たちは憎く思った。その晩は御所で宿直《とのい》もするはずであるが、夫人の機嫌《きげん》の直っていなかったことを思って、夜はふけていたが源氏は夫人をなだめるつもりで帰って来ると、大井の返事を使いが持って来た。隠すこともできずに源氏は夫人のそばでそれを読んだ。夫人を不愉快にするようなことも書いてなかったので、

「これを破ってあなたの手で捨ててください。困るからね、こんな物が散らばっていたりすることはもう私に似合ったことではないのだからね」

と夫人のほうへそれを出した源氏は、脇息《きょうそく》によりかかりながら、心のうちでは大井の姫君が恋しくて、灯《ひ》をながめて、ものも言わずにじっとしていた。手紙はひろがったままであるが、女王《にょおう》が見ようともしないのを見て、

「見ないようにしていて、目のどこかであなたは見ているじゃありませんか」

と笑いながら夫人に言いかけた源氏の顔にはこぼれるような愛嬌《あいきょう》があった。夫人のそばへ寄って、

「ほんとうはね、かわいい子を見て来たのですよ。そんな人を見るとやはり前生の縁の浅くないということが思われたのですがね、とにかく子供のことはどうすればいいのだろう。公然私の子供として扱うことも世間へ恥ずかしいことだし、私はそれで煩悶《はんもん》しています。いっしょにあなたも心配してください。どうしよう、あなたが育ててみませんか、三つになっているのです。無邪気なかわいい顔をしているものだから、どうも捨てておけない気がします。小さいうちにあなたの子にしてもらえば、子供の将来を明るくしてやれるように思うのだが、失敬だとお思いにならなければあなたの手で袴着《はかまぎ》をさせてやってください」

と源氏は言うのであった。

「私を意地悪な者のようにばかり決めておいでになって、これまでから私には大事なことを皆隠していらっしゃるものですもの、私だけがあなたを信頼していることも改めなければならないとこのごろは私思っています。けれども私は小さい姫君のお相手にはなれますよ。どんなにおかわいいでしょう、その方ね」

と言って、女王は少し微笑《ほほえ》んだ。夫人は非常に子供好きであったから、その子を自分がもらって、その子を自分が抱いて、大事に育ててみたいと思った。どうしよう、そうは言ったもののここへつれて来たものであろうかと源氏はまた煩悶《はんもん》した。

源氏が大井の山荘を訪うことは困難であった。嵯峨《さが》の御堂《みどう》の念仏の日を待ってはじめて出かけられるのであったから、月に二度より逢《あ》いに行く日はないわけである。七夕《たなばた》よりは短い期間であっても女にとっては苦しい十五日が繰り返されていった。

薄雲

さくら散る春の夕《ゆふべ》のうすぐもの涙となりて落つる心地《ここち》に　（晶子）

冬になって来て川沿いの家にいる人は心細い思いをすることが多く、気の落ち着くこともない日の続くのを、源氏も見かねて、

「これではたまらないだろう、私の言っている近い家へ引っ越す決心をなさい」

と勧めるのであったが、「宿変へて待つにも見えずなりぬればつらき所の多くもあるかな」という歌のように、恋人の冷淡に思われることも地理的に斟酌《しんしゃく》をしなければならないと、しいて解釈してみずから慰めることなどもできなくなって、男の心を顕《あら》わに見なければならないことは苦痛であろうと明石《あかし》は躊躇《ちゅうちょ》をしていた。

「あなたがいやなら姫君だけでもそうさせてはどう。こうしておくことは将来のためにどうかと思う。私はこの子の運命に予期していることがあるのだから、その暁を思うともったいない。西の対《たい》の人が姫君のことを知っていて、非常に見たがっているのです。しばらく、あの人に預けて、袴着《はかまぎ》の式なども公然二条の院でさせたいと私は思う」

源氏はねんごろにこう言うのであったが、源氏がそう計らおうとするのでないかとは、明石が以前から想像していたことであったから、この言葉を聞くとはっと胸がとどろいた。

「よいお母様の子にしていただきましても、ほんとうのことは世間が知っていまして、何か

と噂《うわさ》が立ちましては、ただ今の御親切がかえって悪い結果にならないでしょうか」

手放しがたいように女は思うふうである。

「あなたが賛成しないのはもっともだけれど、継母の点で不安がったりはしないでおおきなさい。あの人は私の所へ来てずいぶん長くなるのだが、こんなかわいい者のできないのを寂しがってね、前斎宮《ぜんさいぐう》などは幾つも年が違っていない方だけれど、娘として世話をすることに楽しみを見いだしているようなわけだから、ましてこんな無邪気な人にはどれほど深い愛を持つかしれない、と私が思うことのできる人ですよ」

源氏は紫の女王《にょおう》の善良さを語った。それはほんとうであるに違いない、昔はどこへ源氏の愛は落ち着くものか想像もできないという噂《うわさ》が田舎《いなか》にまで聞こえたものであった源氏の多情な、恋愛生活が清算されて、皆過去のことになったのは今の夫人を源氏が得たためであるから、だれよりもすぐれた女性に違いないと、こんなことを明石は考えて、何の価値もない自分は決してそうした夫人の競争者ではないが、京へ源氏に迎えられて自分が行けば、夫人に不快な存在と見られることがあるかもしれない。自分はどうなるもこうなるも同じことであるが、長い未来を持つ子は結局夫人の世話になることであろうから、それならば無心でいる今のうちに夫人の手へ譲ってしまおうかという考えが起こってきた。しかしまた気がかりでならないことであろうし、つれづれを慰めるものを失っては、自分は何によって日を送ろう、姫君がいるためにたまさかに訪《なず》ねてくれる源氏が、立ち寄ってくれることもなくなるのではないかとも煩悶《はんもん》されて、結局は自身の薄倖《はっこう》を悲しむ明石であった。尼君は思慮のある女であったから、

「あなたが姫君を手放すまいとするのはまちがっている。ここにおいでにならなくなることは、どんなに苦しいことかはしれないけれど、あなたは母として姫君の最も幸福になることを考えなければならない。姫君を愛しないでおっしゃることでこれはありませんよ。あちらの奥様を信頼してお渡しなさいよ。母親次第で陛下のお子様だって階級ができるのだからね。源氏の大臣がだれよりもすぐれた天分を持っていらっしゃりながら、御位《みくらい》にお即《つ》きにならずに一臣下で仕えていらっしゃるのは、大納言さんがもう一段出世ができずにお亡《か》くれになって、お嬢さんが更衣《こうい》にしかなれなかった、その方からお生まれになったことで御損をなすったのですよ。まして私たちの身分は問題にならないほど恥ずかしいものなのですからね。また親王様だって、大臣の家だって、良い奥様から生まれたお子さんと、劣った生母を持つお子さんとは人の尊敬のしかたが違うし、親だって公平にはおできにならないものです。姫君の場合を考えれば、まだ幾人もいらっしゃるりっぱな奥様方のどっちかで姫君がお生まれになれば、当然肩身の狭いほうのお嬢さんにおなりになりますよ。一体女というものは親からたいせつにしてもらうことで将来の運も招くことになるものよ。袴着《はかまぎ》の式だっても、どんなに精一杯のことをしても大井の山荘ですることではなやかなものになるわけはない。そんなこともあちらへおまかせして、どれほど尊重されていらっしゃるか、どれほどりっぱな式をしてくだすったかと聞くだけで満足をすることになさいね」

と娘に訓《おし》えた。賢い人に聞いて見ても、占いをさせてみても、二条の院へ渡すほうに姫君の幸運があるとばかり言われて、明石は子を放すまいと固執する力が弱って行った。源氏もそうしたくは思いながらも、女の気持ちを尊重してしいて言うことはしなかった。手紙のついでに、袴着の仕度にかかりましたかと書いた返事に、

何事も無力な母のそばにおりましては気の毒でございます。先日のお言葉のように生《お》い先が哀れに思われます。しかし、そちらへこの子が出ましてはまたどんなにお恥ずかしいことばかりでしょう。

と言って来たのを源氏は哀れに思った。源氏はいよいよ二条の院ですることになった姫君の袴着の吉日を選ばせて、式の用意を命じていた。

式は式でも紫夫人の手へ姫君を渡しきりにすることは今でも堪えがたいことに明石は思いながらも、何事も姫君の幸福を先にして考えねばならぬと悲痛な決心をしていた。乳母《めのと》と別れてしまわねばならぬことでもあったから、

「気がめいってならない時とか、つれづれな時とかに、どんなにあなたの友情が私を助けてくだすったかしれないのに、これから先を思うと、お嬢さんのいなくなることといっしょにまたそれがどんなに寂しいことでしょう」

と乳母《めのと》に言って明石は泣いた。

「前生の因縁だったのでございましょうね、不意にお宅で御厄介《ごやっかい》になることになりましてから、長い間どんなに御親切にしていただいたことでしょう。私の心に御好意は彫《え》りつけられておりますから、これきり疎遠にいたしますようなことは決してないと思われますし、またごいっしょに暮らさせていただく日の参りますことも信じておりますが、しばらくでも別々になり

ましで、知らない方たちの中へはいってまいりますことは苦しゅうございます」

と乳母《めのと》も言うのであった。こんなことを毎日言っているうちに十二月にもなった。雪や霙《みぞれ》の降る日が多くて、心細い気のする明石は、いろいろな形でせねばならない苦労の多い自分であると悲しんで、平生よりもしみじみ姫君を愛撫《あいぶ》していた。大雪になった朝、過去未来が思い続けられて、平生は縁に近く出るようなこともあまりないのであるが、端のほうに来て明石は汀《みぎわ》の氷などにながめ入っていた。柔らかな白を幾枚か重ねたからだつき、頭つき、後ろ姿は最高の貴女《きじょ》というものもこうした気高《けだか》さのあるものであろうと見えた。こぼれてくる涙を払いながら、

「こんな日にはまた特別にあなたが恋しいでしょう」

と可憐《かれん》に言って、また乳母《めのと》に言った。

雪深き深山《みやま》のみちは晴れずともなほふみ通へ跡たえずして

乳母も泣きながら、

雪間なき吉野《よしの》の山をたづねても心の通ふ跡絶えめやは

と慰めるのであった。この雪が少し解けたころに源氏が来た。平生は待たれる人であったが、今度は姫君をつれて行かれるかと思うことで、源氏の訪れに胸騒ぎのする明石であった。自分の意志で決まることである、謝絶すればしいてとはお言いにならないはずである、自分がしっ

かりとしていればよいのであると、こんな気も明石はしたが、約束を変更することなどは軽率に思われることであると反省した。美しい顔をして前にすわっている子を見て源氏は、この子が間に生まれた明石と自分の因縁は並み並みのものではないと思った。今年から伸ばした髪がもう肩先にかかるほどになっていて、ゆらゆらとみごとであった。顔つき、目つきのはなやかな美しさも類のない幼女である。これを手放すことでどんなに苦悶《くもん》していることかと思うと哀れで、一夜がかりで源氏は慰め明かした。

「いいえ、それでいいと思っております。私の生みましたという傷も隠されてしまいますほどにしてやっていただかれれば」

と言いながらも、忍びきれずに泣く明石が哀れであった。姫君は無邪気に父君といっしょに車へ早く乗りたがった。車の寄せられてある所へ明石は自身で姫君を抱いて出た。片言の美しい声で、袖《そで》をとらえて母に乗ることを勧めるのが悲しかった。

末遠き二葉の松に引き分かれいつか木高きかげを見るべき

とよくも言われないままで非常に明石は泣いた。こんなことも想像していたことである、心苦しいことをすることになったと源氏は歎息《たんそく》した。

「生《お》ひ初《そ》めし根も深ければ武隈《たけくま》の松に小松の千代を並べん

気を長くお待ちなさい」

と慰めるほかはないのである。道理はよくわかっていて抑制しようとしても明石《あかし》の悲しさはどうしようもないのである。乳母《めのと》と少将という若い女房だけが従って行くのである。守り刀、天児《あまがつ》などを持って少将は車に乗った。女房車に若い女房や童女などをおおぜい乗せて見送りに出した。源氏は道々も明石の心を思って罪を作ることに知らず知らず自分はなったかとも思った。

暗くなってから着いた二条の院のはなやかな空気はどこにもあふれるばかりに見えて、田舎に馴《な》れてきた自分らがこの中で暮らすことはきまりの悪い恥ずかしいことであると、二人の女は車から下《お》りるのに躊躇《ちゅうちょ》さえした。西向きの座敷が姫君の居間として設けられてあって、小さい室内の装飾品、手道具がそろえられてあった。乳母の部屋は西の渡殿の北側の一室にできていた。姫君は途中で眠ってしまったのである。抱きおろされて目がさめた時にも泣きなどはしなかった。夫人の居間で菓子を食べなどしていたが、そのうちあたりを見まわして母のいないことに気がつくと、かわいいふうに不安な表情を見せた。源氏は乳母を呼んでなだめさせた。残された母親はましてどんなに悲しがっていることであろうと、想像されることは、源氏に心苦しいことであったが、こうして最愛の妻と二人でこのかわいい子をこれから育てていくことは非常な幸福なことであるとも思った。どうしてあの人に生まれて、この人に生まれてこなかったか、自分の娘として完全に瑕《きず》のない所へはなぜできてこなかったのかと、さすがに残念にも源氏は思うのであった。当座は母や祖母や、大井の家で見馴《な》れた人たちの名を呼んで泣くこともあったが、大体が優しい、美しい気質の子であったから、よく夫人に親しんでしまった。

女王《にょおう》は可憐《かれん》なものを得たと満足しているのである。専心にこの子の世話をして、抱いたり、ながめたりすることが夫人のまたとない喜びになって、乳母も自然に夫人に接近するようになった。ほかにもう一人身分ある女の乳の出る人が乳母に添えられた。

袴着《はかまぎ》はたいそうな用意がされたのでもなかったが世間並みなものではなかった。その席上の飾りが雛《ひな》遊びの物のようで美しかった。列席した高官たちなどはこんな日にだけ来るのでもなく、毎日のように出入りするのであったから目だたなかった。ただその式で姫君が袴の紐《ひも》を互いちがいに襷形《たすきがた》に胸へ掛けて結んだ姿がいっそうかわいく見えたことを言っておかねばならない。

大井の山荘では毎日子を恋しがって明石が泣いていた。自身の愛が足らず、考えが足りなかったようにも後悔していた。尼君も泣いてばかりいたが、姫君の大事がられている消息の伝わってくることはこの人にもうれしかった。十分にされていて袴着の贈り物などここから持たせてやる必要は何もなさそうに思われたので、姫君づきの女房たちに、乳母をはじめ新しい一重ねずつの華美な衣裳を寄贈《おく》るだけのことにした。子さえ取ればあとは無用視するように女が思わないかと気がかりに思って年内にまた源氏は大井へ行った。寂しい山荘住まいをして、唯一の慰めであった子供に離れた女に同情して源氏は絶え間なく手紙を送っていた。夫人ももうこのごろではかわいい人に免じて恨むことが少なくなった。

正月が来た。うららかな空の下に二条の院の源氏夫婦の幸福な春があった。出入りする顕官たちは七日に新年の拝礼を行なった。若い殿上役人たちもはなやかに思い上がった顔のそろっている御代《みよ》である。それ以下の人々も心の中には苦労もあるであろうが、表面はそれぞれの職業に楽しんでついているふうに見えた。

東の院の対《たい》の夫人も品位の添った暮らしをしていた。女房や童女の服装などにも洗練されたよい趣味を見せていた。明石の君の山荘に比べて近いことは花散里《はなちるさと》の強味になって、源氏は閑《ひ》暇《ま》な時を見計らってよくここへ来ていた。夜をこちらで泊まっていくようなことはない。性格がきわめて善良で、無邪気で、自分にはこれだけの運よりないのであるとあきらめることを知っていた。源氏にとってはこの人ほど気安く思われる夫人はなかった。何かの場合にも紫夫人とたいした差別のない扱い方を源氏はするのであったから、軽蔑《けいべつ》する者もなく、その方へも敬意を表しに行く人が絶えない。別当も家職も忠実に事務を取っていて整然とした一家をなしていた。

山荘の人のことを絶えず思いやっている源氏は、公私の正月の用が片づいたころのある日、大井へ出かけようとして、ときめく心に装いを凝らしていた。桜の色の直衣《のうし》の下に美しい服を幾枚か重ねて、ひととおり薫物《たきもの》が焚《た》きしめられたあとで、夫人へ出かけの言葉を源氏はかけに来た。明るい夕日の光に今日はいっそう美しく見えた。夫人は恨めしい心を抱きながら見送っているのであった。無邪気な姫君が源氏の裾《すそ》にまつわってついて来る。御簾《みす》の外へも出そうになったので、立ち止まって源氏は哀れにわが子をながめていたが、なだめながら、「明日かへりこん」（桜人その船とどめ島つ田を十町《まち》作れる見て帰りこんや、そよや明日帰りこんや）と口ずさんで縁側へ出て行くのを、女王《にょおう》は中から渡殿の口へ先まわりをさせて、中将という女房に言わせた。

船とむる遠方人《をちかたびと》のなくばこそ明日帰りこん夫《せな》とまち見め

物馴《な》れた調子で歌いかけたのである。源氏ははなやかな笑顔《えがお》をしながら、

行きて見て明日もさねこんなかなかに遠方人《をちかたびと》は心おくとも

と言う。父母が何を言っているとも知らぬ姫君が、うれしそうに走りまわるのを見て夫人の「遠方人《おちかたびと》」を失敬だと思う心も緩和されていった。どんなにこの子のことばかり考えているであろう、自分であれば恋しくてならないであろう、こんなかわいい子供なのだからと思って、女王はじっと姫君の顔をながめていたが、懐《ふところ》へ抱きとって、美しい乳を飲ませると言って口へくくめなどして戯れているのは、外から見ても非常に美しい場面であった。女房たちは、

「なぜほんとうのお子様にお生まれにならなかったのでしょう。同じことならそれであればなおよかったでしょうにね」

などとささやいていた。

大井の山荘は風流に住みなされていた。建物も普通の形式離れのした雅味のある家なのである。明石は源氏が見るたびに美が完成されていくと思う容姿を持っていて、この人は貴女《きじょ》に何ほども劣るところがない。身分から常識的に想像すれば、ありうべくもないことと思うであろうが、それも世間と相いれない偏狭な親の性格などが禍《わざわ》いしているだけで、家柄などは決して

悪くはないのであるから、かくあるのが自然であるとも源氏は思っていた。逢っている時が短くて、すぐに帰邸を思わねばならぬことを苦しがって、「夢のわたりの浮き橋か」（うち渡しつつ物をこそ思へ）と源氏は歎かれて、十三絃の出ていたのを引き寄せ、明石の秋の深夜に聞いた上手《じょうず》な琵琶《びわ》の音《ね》もおもい出されるので、自身はそれを弾《ひ》きながら、女にもぜひ弾けと勧めた。明石は少し合わせて弾いた。なぜこうまでりっぱなことばかりのできる女であろうと源氏は思った。源氏は姫君の様子をくわしく語っていた。大井の山荘も源氏にとっては愛人の家にすぎないのであるが、こんなふうにして泊まり込んでいる時もあるので、ちょっとした菓子、強飯《こわいい》というふうな物くらいを食べることもあった。自家の御堂《みどう》とか、桂《かつら》の院とかへ行って定まった食事はして、貴人の体面はくずさないが、そうかといって並み並みの妾《しょう》の家らしくはして見せず、ある点まではこの家と同化した生活をするような寛大さを示しているのは、明石に持つ愛情の深さがしからしめるのである。明石も源氏のその気持ちを尊重して、出すぎたと思われることはせず、卑下もしすぎないのが、源氏には感じよく思われた。相当に身分のよい愛人の家でもこれほど源氏が打ち解けて暮らすことはないという話も明石は知っていたから。近い東の院などへ移って行っては源氏に珍しがられることもなくなり、飽かれた女になる時期を早くするようなものである、地理的に不便で、特に思い立って来なければならぬ所にいるのが自分の強味であると思っているのである。明石の入道も今後のいっさいのことは神仏に任せるというようなことも言ったのであるが、源氏の愛情、娘や孫の扱われ方などを知りたがって始終使いを出していた。報《しら》せを得て胸のふさがるようなこともあったし、名誉を得た気のすることもあった。

　この時分に太政大臣が薨去《こうきょ》した。国家の柱石であった人であるから帝《みかど》もお惜しみになった。源氏も遺憾《いかん》に思った。これまではすべてをその人に任せて閑暇《ひま》のある地位にいられたわけであるから、死別の悲しみのほかに責任の重くなることを痛感した。帝は御年齢の割に大人びた聡《そう》明《めい》な方であって、御自身だけで政治をあそばすのに危《あぶな》げもないのであるが、だれか一人の御後見の者は必要であった。だれにそのことを譲って静かな生活から、やがては出家の志望も遂げようと思われることで源氏は太政大臣の死によって打撃を受けた気がするのである。源氏は大臣の息子や孫以上に至誠をもってあとの仏事や法要を営んだ。今年はだいたい静かでない年であった。何かの前兆でないかと思われるようなことも頻々《ひんぴん》として起こる。日月星などの天象の上にも不思議が多く現われて世間に不安な気がみなぎっていた。天文の専門家や学者が研究して政府へ報告する文章の中にも、普通に見ては奇怪に思われることで、源氏の内大臣だけには解釈のついて、そして疚《やま》しく苦しく思われることが混じっていた。

　女院は今年の春の初めからずっと病気をしておいでになって、三月には御重体にもおなりになったので、行幸などもあった。陛下の院にお別れになったころは御幼年で、何事も深くはお感じにならなかったのであるが、今度の御大病については非常にお悲しみになるふうであったから、女院もまたお悲しかった。

「今年はきっと私の死ぬ年ということを知っていましたけれど、初めはたいした病気でもございませんでしたから、賢明に死を予感して言うらしく他に見られるのもいかがと思いまして功徳《くどく》のことのほうも例年以上なことは遠慮してしませんでした。参内いたしましてね、故院《こいん》のお話などもお聞かせしようなどとも思っているのでしたが、普通の気分でいられる時が少のうございましたから、お目にも長くかからないでおりました」

と弱々しいふうで女院は帝へ申された。今年は三十七歳でおありになるのである。しかしお年よりもずっとお若くお見えになってまだ盛りの御容姿をお持ちあそばされるのであるから、帝は惜しく悲しく思召《おぼしめ》された。お厄年であることから、はっきりとされない御容体の幾月も続くのをすら帝は悲しんでおいでになりながら、そのころにもっとよく御養生をさせ、熱心に祈禱《きとう》をさせなかったかと帝は悔やんでおいでになった。近ごろになってお驚きになったように急に御快癒《かいゆ》の法などを行なわせておいでになるのである。これまではお弱い方にまた御持病が出たというように解釈して油断のあったことを源氏も深く歎《なげ》いていた。尊貴な御身は御病母のもとにも長くはおとどまりになることができずに間もなくお帰りになるのであった。悲しい日であった。女院は御病苦のためにはかばかしくものもお言われになれないのである。お心の中ではすぐれた高貴の身に生まれて、人間の最上の光栄とする后《きさき》の位にも自分は上った。不満足なことの多いようにも思ったが、考えればだれの幸福よりも大きな幸福のあった自分であるとも思召した。帝が夢にも源氏との重い関係をご存じでないことだけを女院はおいたわしくお思いになって、これがこの世に心の残ることのような気があそばされた。

源氏は一廷臣として太政大臣に続いてまた女院のすでに危篤状態になっておいでになることは歎《なげ》かわしいとしていた。人知れぬ心の中では無限の悲しみをしていて、あらゆる神仏に頼んで宮のお命をとどめようとしているのである。もう長い間禁制の言葉としておさえていた初恋以来の心を告げることが、この際になるまで果たしえないことを源氏は非常に悲しいことであると思った。源氏は伺候して女院の御寝室の境に立った几帳《きちょう》の前で御容体などを女房たちに聞いてみると、ごく親しくお仕えする人たちだけがそこにはいて、くわしく話してくれた。

「もうずっと前からお悪いのを我慢あそばして仏様のお勤めを少しもお休みになりませんでしたのが、積もり積もってどっとお悪くおなりあそばしたのでございます。このごろでは柑子《こうじ》類すらもお口にお触れになりませんから、御衰弱が進むばかりで、御心配申し上げるような御容体におなりあそばしました」

と歎くのであった。

「院の御遺言をお守りくだすって、陛下の御後見をしてくださいますことで、今までどれほど感謝して参ったかしれませんが、あなたにお報いする機会がいつかあることと、のんきに思っておりましたことが、今日になりましてはまことに残念でなりません」

お言葉を源氏へお取り次ぎがせになる女房へ仰せられるお声がほのかに聞こえてくるのである。源氏はお言葉をいただいてもお返辞ができずに泣くばかりである。見ている女房たちにはそれもまた悲しいことであった。どうしてこんなに泣かれるのか、気の弱さを顕わに見せることではないかと人目が思われるのであるが、それにもかかわらず涙が流れる。女院のお若かった日から今日までのことを思うと、恋は別にして考えても惜しいお命が人間の力でどうなることとも思われないことで限りもなく悲しかった。

「無力な私も陛下の御後見にできますだけの努力はしておりますが、太政大臣の薨去されましたことで大きな打撃を受けましたおりから、御重患におなりあそばしたので、頭はただ混乱いたすばかりで、私も長く生きていられない気がいたします」

こんなことを源氏が言っているうちに、あかりが消えていくように女院は崩御《ほうぎょ》あそばされた。源氏は力を落として深い悲しみに浸っていた。尊貴な方でもすぐれた御人格の宮は、民衆のためにも大きな愛を持っておいでになった。権勢があるために知らず知らず一部分の人をしいたげることもできてくるものであるが、女院にはそうしたお過《あやま》ちもなかった。女院をお喜ばせしようと当局者の考えることもそれだけ国民の負担がふえることであるとお認めになることはお受けにならなかった。宗教のほうのことも僧の言葉をお聞きになるだけで、派手《はで》な人目を驚かすような仏事、法要などの行なわれた話は、昔の模範的な聖代にもあることであったが、女院はそれを避けておいでになった。御両親の御遺産、官から年々定まって支給せられる物の中から、実質的な慈善と僧家への寄付をあそばされた。であったから僧の片端にすぎないほどの者までも御恩恵に浴していたことを思って崩御を悲しんだ。世の中の人は皆女院をお惜しみして泣いた。殿上の人も皆真黒《まつくろ》な喪服姿になって寂しい春であった。

源氏は二条の院の庭の桜を見ても、故院の花の宴の日のことが思われ、当時の中宮《ちゆうぐう》が思われた。「今年ばかりは」(墨染めに咲け)と口ずさまれるのであった。人が不審を起こすであろうことをはばかって、念誦《ねんず》堂に引きこもって終日源氏は泣いていた。はなやかに春の夕日がさして、はるかな山の頂《いただき》の立ち木の姿もあざやかに見える下を、薄く流れて行く雲が鈍色《にび》であった。

何一つも源氏の心を惹《ひ》くものもないころであったが、これだけは身に沁《し》んでながめられた。

入り日さす峯にたなびく薄雲は物思ふ袖《そで》に色やまがへる

これはだれも知らぬ源氏の歌である。御葬儀に付帯したことの皆終わったころになってかえって帝はお心細く思召《おぼしめ》した。女院の御母后の時代から祈りの僧としてお仕えしていて、女院も非常に御尊敬あそばされ、御信頼あそばされた人で、朝廷からも重い待遇を受けて、大きな御祈願がこの人の手で多く行なわれたこともある僧都《そうず》があった。年は七十くらいである。もう最後の行をするといって山にこもっていたが僧都は女院の崩御によって京へ出て来た。宮中から御召しがあって、しばしば御所へ出仕していたが、近ごろはまた以前のように君側《くんそく》のお勤めをするようにと源氏から勧められて、

「もう夜居《よい》などはこの健康でお勤めする自信はありませんが、もったいない仰せでもございますし、お崩《かく》れになりました女院様への御奉公になることと思いますから」

と言いながら夜居の僧として帝に侍していた。静かな夜明けにだれもおそばに人がいず、いた人は皆退出してしまった時であった。僧都は昔風に咳《せき》払いをしながら、世の中のお話を申し上げていたが、その続きに、

「まことに申し上げにくいことでございまして、かえってそのことが罪を作りますことになるかもしれませんから、躊躇《ちゆうちよ》はいたされますが、陛下がご存じにならないでは相当な大きな罪をお得になることでございますから、天の目の恐ろしさを思いまして、私は苦しみながら亡《な》く

なりますれば、やはり陛下のおためにはならないばかりでなく、仏様からも卑怯者《ひきょう》としてお憎しみを受けると思いまして」

こんなことを言い出した。しかもすぐにはあとを言わずにいるのである。帝は何のことであろう、今日もまだ意志の通らぬことがあって、それの解決を見た上でなければ清い往生のできぬような不安があるのかもしれない。僧というものは俗を離れた世界に住みながら嫉妬《しっと》排擠《はいせい》が多くてうるさいものだそうであるからと思召して、

「私は子供の時から続いてあなたを最も親しい者として信用しているのであるが、あなたのほうには私に言えないことを持っているような隔てがあったのかと思うと少し恨めしい」

と仰せられた。

「もったいない。私は仏様がお禁じになりました真言秘密の法も陛下には御伝授申し上げました。私個人のことで申し上げにくいことが何ございましょう。この話は過去未来に広く関聯《かんれん》したことでございましてお崩《かく》れになりました院、女院様、現在国務をお預かりになる内大臣のおためにもかえって悪い影響をお与えすることになるかもしれません。老いた僧の身の私はどんな難儀になりましても後悔などはいたしません。仏様からこの告白はお勧めを受けてすることでございます。陛下がお妊《はら》まれになりました時から、故宮はたいへんな御心配をなさいまして、私に御委託あそばしたある祈禱《きとう》がございました。くわしいことは世捨て人の私に想像ができませんでございました。大臣《おとど》が一時失脚をなさいまして難儀にお逢《あ》いになりましたころ宮の御恐怖は非常なものでございまして、重ねてまたお祈りを私へ仰せつけになりました。大臣《おとど》が

それをお聞きになりますと、また御自身のほうからも同じ御祈禱をさらに増してするようにと御下命がございまして、それは御位にお即《つ》きあそばすまで続けました祈禱でございました。そのお祈りの主旨はこうでございました」

と言って、くわしく僧都の奏上するところを聞こし召して、お驚きになった帝の御心《みこころ》は恥ずかしさと、恐しさと、悲しさとの入り乱れて名状しがたいものであった。何とも仰せがないので、僧都は進んで秘密をお知らせ申し上げたことを御不快に思召すのかと恐懼《きょうく》して、そっと退出しようとしたのを、帝はおとどめになった。

「それを自分が知らないままで済んだなら後世《ごせ》までも罪を負って行かなければならなかったと思う。今まで言ってくれなかったことを私はむしろあなたに信用がなかったのかと恨めしく思う。そのことをほかにも知った者があるだろうか」

と仰せられる。

「決してございません。私と王命婦《おうみょうぶ》以外にこの秘密をうかがい知った者はございません。その隠れた事実のために恐ろしい天の譴《さとし》がしきりにあるのでございます。世間に何となく不安な気分のございますのもこのためなのでございます。御幼年で何のお弁《わきま》えもおありあそばさないころは天もとがめないのでございますが、大人におなりあそばされた今日になって天が怒りを示すのでございます。すべてのことは御両親の御代《みよ》から始められなければなりません。何の罪とも知《しろ》し召さないことが恐ろしゅうございますから、いったん忘却の中へ追ったことを私はまた取り出して申し上げました」

泣く泣く僧都の語るうちに朝が来たので退出してしまった。

帝《みかど》は隠れた事実を夢のようにお聞きになって、いろいろと御煩悶《はんもん》をあそばされた。故院のためにも済まないこととお思われになったし、源氏が父君でありながら自分の臣下となっているということももったいなく思召された。お胸が苦しくて朝の時が進んでも御寝室をお離れにならないのを、こうこうと報《しら》せがあって源氏の大臣が驚いて参内した。お出ましになって源氏の顔を御覧になるといっそう忍びがたくおなりあそばされた。帝は御落涙になった。源氏は女院をお慕いあそばされる御親子の情から、夜も昼もお悲しいのであろうと拝見した、その日に式部卿《ぶきょう》親王の薨去が奏上された。いよいよ天の示しが急になったというように帝はお感じになったのであった。こんなころであったからこの日は源氏も自邸へ退出せずにずっとおそばに侍していた。しんみりとしたお話の中で、

「もう世の終わりが来たのではないだろうか。私は心細くてならないし、天下の人心もこんなふうに不安になっている時だから私はこの地位に落ち着いていられない。女院がどう思召すかと御遠慮をしていて、位を退くことなどは言い出せなかったのであるが、私はもう位を譲って責任の軽い身の上になりたく思う」

こんなことを帝は仰せられた。

「それはあるまじいことでございます。死人が多くて人心が恐怖状態になっておりますことは、必ずしも政治の正しいのと正しくないのとによることではございません。聖主の御代《みよ》にも天変と地上の乱のございますことは支那《しな》にもございました。ここにもあったのでございます。

ましてて老人たちの天命が終わって亡《な》くなってまいりますことは大御心《おおみこころ》におかけあそばすことではございません」

などと源氏は言って、譲位のことを仰せられた帝をお諫《いさ》めしていた。問題が問題であるからむずかしい文字は省略する。

じみな黒い喪服姿の源氏の顔と竜顔《りゅうがん》とは常よりもなおいっそうよく似てほとんど同じもののように見えた。帝も以前から鏡にうつるお顔で源氏に似たことは知っておいでになるのであるが、僧都の話をお聞きになった今はしみじみとその顔に御目が注がれて熱い御愛情のお心にわくのをお覚えになる帝は、どうかして源氏にそのことを語りたいと思召すのであったが、さすがに御言葉にはあそばしにくいことであったから、お若い帝は羞恥《しゅうち》をお感じになってお言い出しにならなかった。そんな間帝はただの話も常よりはなつかしいふうにお語りになり、敬意をお見せになったりもあそばして、以前とは変わった御様子がうかがわれるのを、聡明《そうめい》な源氏は、不思議な現象であると思ったが、僧都がお話し申し上げたほど明確に秘密を帝がお知りになったとは想像しなかった。帝は王命婦《おうみょうぶ》にくわしいことを尋ねたく思召したが、今になって女院が秘密を秘密とすることに苦心されたことを、自分が知ったことは命婦にも思われたくない、ただ大臣にだけほのめかして、歴史の上にこうした例があるということを聞きたいと思召されるのであったが、そうしたお話をあそばす機会がお見つかりにならないためにいよいよ御学問に没頭あそばされて、いろいろの書物を御覧になったが、支那にはそうした事実が公然認められている天子も、隠れた事実として伝記に書かれてある天子も多かったが、この国の書物からはさらにこれにあたる例を御発見あそばすことはできなかった。皇子の源氏になった人が納言になり、大臣になり、さらに親王になり、即位される例は幾つもあった。りっぱな人格を尊敬することに託して、自分は源氏に位を譲ろうかとも思召すのであった。

秋の除目《じもく》に源氏を太政大臣に任じようとあそばして、内諾を得るためにお話をあそばした時に、帝は源氏を天子にしたいかねての思召しをはじめてお洩《も》らしになった。源氏はまぶしくも、恐ろしくも思って、あるまじいことに思うと奏上した。

「故院はおおぜいのお子様の中で特に私をお愛しになりながら、御位《みくらい》をお譲りになることはお考えにもならなかったのでございます。その御意志にそむいて、及びない地位に私がどうしてなれましょう。故院の思召しどおりに私は一臣下として政治に携わらせていただきまして、今少し年を取りました時に、静かな出家の生活にもはいろうと存じます」

と平生の源氏らしく御辞退するだけで、御心を解したふうのなかったことを帝は残念に思召した。太政大臣に任命されることも今しばらくのちのことにしたいと辞退した源氏は、位階だけが一級進められて、牛車で禁門を通過する御許可だけを得た。帝はそれも御不満足なことに思召して、親王になることをしきりにお勧めあそばされたが、そうして帝の御後見をする政治家がいなくなる、中納言が今度大納言になって右大将を兼任することになったが、この人がもう一段昇進したあとであったなら、親王になって閑散な位置へ退くのもよいと源氏は思っていた。源氏はこんなふうな態度を帝がおとりあそばすことになったことで苦しんでいた。故中宮のためにもおかわいそうなことで、また陛下には御煩悶《はんもん》をおさせする結果になっている秘密奏上をだれがしたかと怪しく思った。命婦は御匣殿《みくしげどの》がほかへ移ったあとの御殿に部屋をいただいて住んでいたから、源氏はそのほうへ訪《たず》ねて行った。

「あのことをもし何かの機会に少しでも陛下のお耳へお入れになったのですか」

と源氏は言ったが、

「私がどういたしまして。宮様は陛下が秘密をお悟りになることを非常に恐れておいでになりましたが、また一面では陛下へ絶対にお知らせしないことで陛下が御仏の咎《とが》をお受けになりはせぬかと御煩悶をあそばしたようでございました」

命婦はこう答えていた。こんな話にも故宮の御感情のこまやかさが忍ばれて源氏は恋しく思った。

斎宮《さいぐう》の女御《にょご》は予想されたように源氏の後援があるために後宮《こうきゅう》のすばらしい地位を得ていた。すべての点に源氏の理想にする貴女《きじょ》らしさの備わった人であったから、源氏はたいせつにかしずいていた。この秋女御は御所から二条の院へ退出した。中央の寝殿を女御の住居に決めて、輝くほどの装飾をして源氏は迎えたのであった。もう院への御遠慮も薄らいで、万事を養父の心で世話をしているのである。秋の雨が静かに降って植え込みの草の花の濡《ぬ》れ乱れた庭をながめて女院のことがまた悲しく思い出された源氏は、湿ったふうで女御の御殿へ行った。濃い鈍《にび》色の直衣《のうし》を着て、病死者などの多いために政治の局にあたる者は謹慎をしなければならないというのに託して、実は女院のために源氏は続いて精進をしているのであったから、手に掛けた数珠《じゅず》を見せぬように袖《そで》に隠した様子などが艶《えん》であった。御簾《みす》の中へ源氏ははいって行った。几《き》帳《ちょう》だけを隔てて王女御はお逢《あ》いになった。

「庭の草花は残らず咲きましたよ。今年のような恐ろしい年でも、秋を忘れずに咲くのが哀れです」

こう言いながら柱によりかかっている源氏は美しかった。御息所《みやすどころ》のことを言い出して、野の宮に行ってなかなか逢ってもらえなかった秋のことも話した。故人を切に恋しく思うふうが源氏に見えた。宮も「いにしへの昔のことをいとどしくかくれば袖《そで》ぞ露けかりける」というように、少しお泣きになる様子が非常に可憐《かれん》で、みじろぎの音も類のない柔らかさに聞こえた。艶《えん》な人であるに相違ない、今日までまだよく顔を見ることのできないことが残念であると、ふと源氏の胸が騒いだ。困った癖である。

「私は過去の青年時代に、みずから求めて物思いの多い日を送りました。恋愛するのは苦しいものなのですよ。悪い結果を見ることもたくさんありましたが、とうとう終《しま》いまで自分の誠意がわかってもらえなかった二つのことがあるのですが、その一つはあなたのお母様のことです。お恨ませしたままお別れしてしまって、このことで未来までの煩いになることを私はしてしまったかと悲しんでいましたが、こうしてあなたにお尽くしすることのできることで私はみずから慰んでいるもののなおそれでもおかくれになったあなたのお母様のことを考えますと、私の心はいつも暗くなります」

もう一つのほうの話はしなかった。

「私の何もかもが途中で挫折《ざせつ》してしまったころ、心苦しくてなりませんでしたことがどうやら少しずつよくなっていくようです。今東の院に住んでおります妻は、寄るべの少ない点で絶えず私の気がかりになったものですが、それも安心のできるようになりました。善良な女で、私と双方でよく理解し合っていますから朗らかなものです。私がまた世の中へ帰って朝政に与《あずか》るような喜びは私にたいしたこととは思われないで、そうした恋愛問題のほうがたいせつに思われる私なのですから、どんな抑制を心に加えてあなたの御後見だけに満足していることか、それをご存じになっていますか、御同情でもしていただかなければかいがありません」

と源氏は言った。面倒《めんどう》な話になって、宮は何ともお返辞をあそばさないのを見て、

「そうですね、そんなことを言って私が悪い」

と話をほかへ源氏は移した。

「今の私の望みは閑散な身になって風流三昧《ざんまい》に暮らしうることと、のちの世の勤めも十分にすることのほかはありませんが、この世の思い出になることを一つでも残すことのできないのはさすがに残念に思われます。ただ二人の子供がございますが、老い先ははるかで待ち遠しいものです。失礼ですがあなたの手でこの家の名誉をお上げくだすって、私の亡《な》くなりましたのちも私の子供らを護《まも》ってやりください」

などと言った。宮のお返事はおおようで、しかも一言をたいした努力でお言いになるほどのものであるが、源氏の心はまったくそれに惹《ひ》きつけられてしまって、日の暮れるまでとどまっていた。

「人聞きのよい人生の望みなどはたいして持ちませんが、四季時々の美しい自然を生かせる

ようなことで、私は満足を得たいと思っています。春の花の咲く林、秋の野のながめを昔からいろいろに優劣が論ぜられていますが、道理だと思って、どちらかに加担のできるほどのことはまだだれにも言われておりません。支那《しな》では春の花の錦が最上のものに言われておりますし、日本の歌では秋の哀れが大事に取り扱われています。どちらもその時その時に感情が変わっていって、どれが最もよいとは私らに決められないのです。狭い邸《やしき》の中ででも、あるいは春の花の木をもっぱら集めて植えたり、秋草の花を多く作らせて、野に鳴く虫を放しておいたりする庭をこしらえてあなたがたにお見せしたく思いますが、あなたはどちらがお好きですか、春と秋と」

源氏にこうお言われになった宮は、返辞のしにくいことであるとはお思いになったが、何も言わないことはよろしくないとお考えになって、

「私などはまして何もわかりはいたしませんで、いつも皆よろしいように思われますけれど、そのうちでも怪しいと申します夕べ（いつとても恋しからずはあらねども秋の夕べは怪しかりけり）は私のためにも亡《な》くなりました母の思い出される時になっておりまして、特別な気がいたします」

お言葉尻《じり》のしどけなくなってしまう様子などの可憐《かれん》さに、源氏は思わず規《のり》を越した言葉を口に出した。

「君もさは哀れをかはせ人知れずわが身にしむる秋の夕風

忍びきれないおりおりがあるのです」

宮のお返辞のあるわけもない。腑《ふ》に落ちないとお思いになるふうである。いったんおさえたものが外へあふれ出たあとは、その勢いで恋も恨みも源氏の口をついて出てきた。それ以上にも事を進ませる可能性はあったが、宮があまりにもあきれてお思いになる様子の見えるのも道理に思われたし、自身の心もけしからぬことであると思い返されもして源氏はただ歎息《たんそく》をしていた。艶《えん》な姿ももう宮のお目にはうとましいものにばかり見えた。柔らかにみじろぎをして少しずつあとへ引っ込んでお行きになるのを知って、

「そんなに私が不愉快なものに思われますか、高尚《こうしょう》な貴女《きじょ》はそんなにしてお見せになるものではありませんよ。ではもうあんなお話はよしましょうね。これから私をお憎みになってはいけませんよ」

と言って源氏は立ち去った。しめやかな源氏の衣服の香の座敷に残っていることすらを宮は情けなくお思いになった。女房たちが出て来て格子《こうし》などを閉《し》めたあとで、

「このお敷き物の移り香の結構ですこと、どうしてあの方はこんなにすべてのよいものを備えておいでになるのでしょう。柳の枝に桜を咲かせたというのはあの方ね。どんな前生《ぜんしょう》をお持ちになる方でしょう」

などと言い合っていた。

西の対に帰った源氏はすぐにも寝室へはいらずに物思わしいふうで庭をながめながら、端の座敷にからだを横たえていた。燈籠《とうろう》を少し遠くへ掛けさせ、女房たちをそばに置いて話をさせ

などしているのであった。思ってはならぬ人が恋しくなって、悲しみに胸のふさがるような癖がまだ自分には残っているのでないかと、源氏は自身のことながらも思われた。これはまったく似合わしからぬ恋である、おそろしい罪であることはこれ以上であるかもしれぬが若き日の過失は、思慮の足らないためと神仏もお許しになったのであろう、今もまたその罪を犯してはならないと、源氏はみずから思われてきたことによって、年が行けば分別ができるものであるとも悟った。

王女御は身にしむ秋というものを理解したふうにお返辞をされたことすらお悔やみになった。恥ずかしく苦しくて、無気味で病気のようになっておいでになるのを、源氏は素知らぬふうで平生以上に親らしく世話などやいていた。

源氏は夫人に、

「女御の秋がよいとお言いになるのにも同情されるし、あなたの春が好きなことにも私は喜びを感じる。季節季節の草木だけででも気に入った享楽をあなたがたにさせたい。いろいろの仕事を多く持っていてはそんなことも望みどおりにはできないから、早く出家が遂げたいものの、あなたの寂しくなることが思われてそれも実現難になりますよ」

などと語っていた。

大井の山荘の人もどうしているかと絶えず源氏は思いやっているが、ますます窮屈な位置に押し上げられてしまった今では、通って行くことが困難にばかりなった。悲観的に人生を見るようになった明石《あかし》を、源氏はそうした寂しい思いをするのも心がらである、自分の勧めに従って町へ出て来ればよいのであるが、他の夫人たちといっしょに住むのがいやだと思うような思い上がりすぎたところがあるからであると見ながらも、また哀れで、例の嵯峨《さが》の御堂の不断の念仏に託して山荘を訪《たず》ねた。住み馴《な》れるにしたがってますます凄《すご》い気のする山荘に待つ恋人などというものは、この源氏ほどの深い愛情を持たない相手をも引きつける力があるであろうと思われる。ましてたまさかに逢えたことで、恨めしい因縁のさすがに浅くないことも思って歎く女はどう取り扱っていいかと、源氏は力限りの愛撫《あいぶ》を試みて慰めるばかりであった。木の繁《しげ》った中からさす篝《かがり》の光が流れの蛍《ほたる》と同じように見える庭もおもしろかった。

「過去に寂しい生活の経験をしていなかったら、私もこの山荘で逢うことが心細くばかり思われることだろう」

と源氏が言うと、

「いさりせしかげ忘られぬ篝火《かがりび》は身のうき船や慕ひ来にけん

あちらの景色《けしき》によく似ております。不幸な者につきもののような灯影《ほかげ》でございます」

と明石が言った。

「浅からぬ下の思ひを知らねばやなほ篝火の影は騒げる

だれが私の人生観を悲しいものにさせたのだろう」

と源氏のほうからも恨みを言った。少し閑暇《ひま》のできたころであったから、御堂《みどう》の仏勤めにも没頭することができて、二、三日源氏が山荘にとどまっていることで女は少し慰められたはずである。

朝顔

みづからはあるかなきかのあさがほと
言ひなす人の忘られぬかな　（晶子）

斎院は父宮の喪のために職をお辞しになった。源氏は例のように古い恋も忘れることのできぬ癖で、始終手紙を送っているのであったが、斎院御在職時代に迷惑をされた噂《うわさ》の相手である人に、女王《にょおう》は打ち解けた返事をお書きになることもなかった。九月になって旧邸の桃園の宮へお移りになったのを聞いて、そこには御叔母《おば》の女五《にょご》の宮《みや》が同居しておいでになったから、そのお見舞いに託して源氏は訪問して行った。故院がこの御同胞《はらから》がたを懇切にお扱いになったことによって、今もそうした方々と源氏には親しい交際が残っているのである。同じ御殿の西と東に分かれて、老内親王と若い前斎院とは住んでおいでになった。式部卿《しきぶきょう》の宮がお薨《かく》れになって何ほどの時がたっているのでもないが、もう宮のうちには荒れた色が漂っていて、しんみりとした空気があった。女五の宮が御対面あそばして源氏にいろいろなお話があった。老女らしい御様子で咳《せき》が多くお言葉に混じるのである。姉君ではあるが太政大臣の未亡人の宮はもっと若く、美しいところを今もお持ちになるが、これはまったく老人らしくて、女性に遠い気のするほどこちこちしたものごしでおありになるのも不思議である。

「院の陛下がお崩《かく》れになってからは、心細いものに私はなって、年のせいからも泣かれる日が多いところへ、またこの宮が私を置いて行っておしまいになったので、もうあるかないかに生きているにすぎない私を訪《たず》ねてくだすったことで、私は不幸だと思ったこともう忘れてしまいそうですよ」

と宮はお言いになった。ずいぶん老人《としより》めいておしまいになったと思いながらも源氏は畏《かしこ》まって申し上げた。

「院がお崩《かく》れになりまして以来、すべてのことが同じこの世のことと思われませんような変わり方で、思いがけぬ所罰も受けまして、遠国に漂泊《さすら》えておりましたが、たまたま帰京が許されることになりますと、また雑務に追われてばかりおりますようなことで、長い前からお伺いいたして故院のお話を承りもし、お聞きもいただきたいと存じながら果たしえませんことで悶《もん》悶《もん》としておりました」

「あなたの不幸だったころの世の中はまあどうだったろう。昔の御代もそうした時代も同じようにながめていねばならぬことで私は長生きがいやでしたが、またあなたがお栄えになる日を見ることができたために、私の考えはまた違ってきましたよ。あの中途で死んでいたらと思うのでね、長生きがよくなったのですよ」

ぶるぶるとお声が震う。また続けて、

「ますますきれいですね。子供でいらっしった時にはじめてあなたを見て、こんな人も生まれてくるものだろうかとびっくりしましたね。それからもお目にかかるたびにあなたのきれいなのに驚いてばかりいましたよ。今の陛下があなたによく似ていらっしゃるという話ですが、そのとおりには行かないでしょう、やはりいくぶん劣っていらっしゃるだろうと私は想像申し上げますよ」

長々と宮は語られるのであるが、面と向かって美貌《びぼう》をほめる人もないものであると源氏はおかしく思った。

「さすらい人になっておりましたころから非常に私も衰えてしまいました。陛下の御美貌は古今無比とお見上げ申しております。あなた様の御想像は誤っておりますよ」

と源氏は言った。

「では時々陛下を拝んでおればいっそう長生きをする私になりますね。私は今日でもう人生のいやなことも皆忘れてしまいましたよ」

こんなお話のあとでも五の宮はお泣きになるのである。

「お姉様の三の宮がおうらやましい。あなたのお子さんを孫にしておられる御縁で始終あなたにお逢いしておられるのだからね。ここのお亡《な》くなりになった宮様もその思召しだけがあって、実現できなかったことで歎息《たんそく》をあそばしたことがよくあるのです」

というお話だけには源氏も耳のとまる気がした。

「そうなっておりましたら私はすばらしい幸福な人間だったでしょう。宮様がたは私に御愛情が足りなかったとより思われません」

と源氏は恨めしいふうに、しかも言外に意を響かせても言った。

女王《にょおう》のお住まいになっているほうの庭を遠く見ると、枯れ枯れになった花草もなお魅力を持つもののように思われて、それを静かな気分でながめていられる麗人が直ちに想像され、源氏

は恋しかった。逢いたい心のおさえられないままに、

「こちらへ伺いましたついでにお訪《たず》ねいたさないことは、志のないもののように、誤解を受けましょうから、あちらへも参りましょう」

と源氏は言って、縁側伝いに行った。もう暗くなったころであったが、鈍色《にび》の縁の御簾《みす》に黒い几帳《きちょう》の添えて立てられてある透影《すきかげ》は身にしむものに思われた。薫物《たきもの》の香が風について吹き通う艶《えん》なお住居《すまい》である。外は失礼だと思って、女房たちの計らいで南の端の座敷の席が設けられた。女房の宣旨《せんじ》が応接に出て取り次ぐ言葉を待っていた。

「今になりまして、お居間の御簾の前などにお席をいただくことかと私はちょっと戸惑いがされます。どんなに長い年月にわたって私は志を申し続けてきたことでしょう。その労に酬《むく》いられて、お居間へ伺うくらいのことは許されていいかと信じてきましたが」

と言って、源氏は不満足な顔をしていた。

「昔というものは皆夢でございまして、それがさめたのちのはかない世かと、それもまだよく決めて思われません境地《きょうち》にただ今はおります私ですから、あなた様の労などは静かに考えさせていただいたのちに定めなければと存じます」

女王の言葉の伝えられたのはこれだった。だからこの世は定めがたい、頼みにしがたいのだと、こんな言葉の端からも源氏は悲しまれた。

「人知れず神の許しを待ちしまにここらつれなき世を過ぐすかな

ただ今はもう神に託しておのがれになることもできないはずです。一方で私が不幸な目にあっていました時以来の苦しみの記録の片端でもお聞きくださいませんか」

源氏は女王と直接に会見することをこう言って強要するのである。そうした様子なども昔の源氏に比べて、より優美なところが多く添ったように思われた。その時代に比べると年はずっと行ってしまった源氏ではあるが、位の高さにはつりあわぬ若々しさは保存されていた。


なべて世の哀ればかりを問ふからに誓ひしことを神やいさめん

と斎院のお歌が伝えられる。

「そんなことをおとがめになるのですか。その時代の罪は皆科戸《しなど》の風に追ってもらったはずです」

源氏の愛嬌《あいきよう》はこぼれるようであった。

「この御禊《みそぎ》を神は（恋せじとみたらし川にせし御禊《みそぎ》神は受けずもなりにけるかな）お受けになりませんそうですね」

宣旨は軽く戯談《じようだん》にしては言っているが、心の中では非常に気の毒だと源氏に同情していた。羞恥《しゆうち》深い女王は次第に奥へ身を引いておしまいになって、もう宣旨にも言葉をお与えにならない。

「あまりに哀れに自分が見えすぎますから」

と深い歎息《たんそく》をしながら源氏は立ち上がった。

「年が行ってしまうと恥ずかしい目にあうものです。こんな恋の憔悴者《しょうすい》にせめて話を聞いてやろうという寛大な気持ちをお見せになりましたか。そうじゃない」

こんな言葉を女房に残して源氏の帰ったあとで、女房らはどこの女房も言うように源氏をたたえた。空の色も身にしむ夜で、木の葉の鳴る音にも昔が思われて、女房らは古いころからの源氏との交渉のあったある場面場面のおもしろかったこと、身に沁《し》んだことも心に浮かんでくると言って斎院にお話し申していた。

不満足な気持ちで帰って行った源氏はましてその夜が眠れなかった。早く格子《こうし》を上げさせて源氏は庭の朝霧をながめていた。枯れた花の中に朝顔が左右の草にまつわりながらあるかないかに咲いて、しかも香さえも放つ花を折らせた源氏は、前斎院へそれを贈るのであった。

あまりに他人らしくお扱いになりましたから、きまりも悪くなって帰りましたが、哀れな私の後ろ姿をどうお笑いになったことかと口惜《くちお》しい気もしますが、しかし、

見し折りのつゆ忘られぬ朝顔の花の盛りは過ぎやしぬらん

どんなに長い年月の間あなたをお思いしているかということだけは知っていてくださるはずだと思いまして、私は歎《なげ》きながらも希望を持っております。

という手紙を源氏は書いたのである。真正面から恋ばかりを言われているのでもない中年の源氏のおとなしい手紙に対して、返事をせぬことも感情の乏しい女と思われることであろうと女王もお思いになり、女房たちもそう思って硯《すずり》の用意などしたのでお書きになった。

秋はてて霧の籬《まがき》にむすぼほれあるかなきかにうつる朝顔

秋にふさわしい花をお送りくださいましたことででもものの哀れな気持ちになっております。とだけ書かれた手紙はたいしておもしろいものでもないはずであるが、源氏はそれを手から放すのも惜しいようにじっとながめていた。青鈍色《あおにび》の柔らかい紙に書かれた字は美しいようであった。書いた人の身分、書き方などが補ってその時はよい文章、よい歌のように思われたことも、改めて本の中へ書き載せると拙《つたな》い点の現われてくるものであるから、手紙の文章や歌というようなものは、この話の控え帳に筆者は大部分省くことにしていたので、採録したものにも書き誤りがあるであろうと思われる。

今になってまた若々しい恋の手紙を人に送るようなことも似合わしくないことであると源氏は思いながらも、昔から好意も友情もその人に持たれながら、恋の成り立つまでにはならなかったのを思うと、もうあとへは退《ひ》けない気になっていて、再び情火を胸に燃やしながら心をこめた手紙を続いて送っていた。東の対のほうに離れていて、前斎院の宣旨を源氏は呼び寄せて相談をしていた。

女房たちのだれの誘惑にもなびいて行きそうな人々は狂気にもなるほど源氏をほめて夢中になっているこんな家の中で、朝顔の女王だけは冷静でおありになった。お若い時すらも友情以上のものをこの人にお持ちにならなかったのであるから、今はまして自分もその人も恋愛などをする年ではなくなっていて、花や草木のことの言われる手紙にもすぐに返事を出すようなことは人の批評することがうるさいと、それも遠慮をされるようになっていつまでたってもお心の動く様子はなかった。

初めの態度はどこまでもお続けになる朝顔の女王の普通の型でない点が、珍重すべきおもしろいことにも思われてならない源氏であった。世間はもうその噂《うわさ》をして、

「源氏の大臣は前斎院に御熱心でいられるから、女五の宮へ御親切もお尽くしになるのだろう、結婚されて似合いの縁というものであろう」

とも言うのが、紫夫人の耳にも伝わって来た。当座はそんなことがあっても自分へ源氏は話して聞かせるはずであると思っていたが、それ以来気をつけて見ると、源氏の様子はそわそわとして、何かに心の奪われていることがよくわかるのであった。こんなにまじめに打ち込んで結婚までを思う恋を、自分にはただ気紛れですることのように良人《おっと》は言っていた。同じ女王ではあっても世間から重んぜられていることは自分と比較にならない人である。その人に良人の愛が移ってしまったなら自分はみじめであろう、と夫人は歎《なげ》かれた。さすがに第一の夫人として源氏の愛をほとんど一身に集めてきた人であったから、今になって心の満たされない取り扱いを受けることは、外へ対しても堪えがたいことであると夫人は思うのである。顧みられないというようなことはなくても、源氏が重んじる妻は他の人で、自分は少女時代から養ってきた、どんな薄遇をしても甘んじているはずの妻にすぎないことになるのであろうと、こんなことを思って夫人は煩悶《はんもん》しているが、たいしたことでないことはあまり感情を害しない程度の夫人の恨み言にもなって、それで源氏の恋愛行為が牽制《けんせい》されることにもなるのであったが、今度は夫

人の心の底から恨めしく思うことであったから、何ともその問題に触れようとしない。外をながめて物思いを絶えずするのが源氏であって、御所の宿直《とのい》の夜が多くなり、役のようにして自宅ですることは手紙を書くことであった。噂に誤りがないらしいと夫人は思って、少しくらいは打ち明けて話してもよさそうなものであると、飽き足りなくばかり思った。

冬の初めになって今年は神事がいっさい停止されていて寂しい。つれづれな源氏はまた五の宮を訪ねに行こうとした。雪もちらちらと降って艶《えん》な夕方に、少し着て柔らかになった小袖《こそで》になお薫物《たきもの》を多くしたり、化粧に時間を費やしたりして恋人を訪《と》おうとしている源氏であるから、それを見ていて気の弱い女性はどんな心持ちがするであろうと危《あや》ぶまれた。さすがに出かけの声をかけに源氏は夫人の所へ来た。

「女五の宮様が御病気でいらっしゃるからお見舞いに行って来ます」

ちょっとすわってこう言う源氏のほうを、夫人は見ようともせずに姫君の相手をしていたが、不快な気持ちはよく見えた。

「始終このごろは機嫌《きげん》が悪いではありませんか、無理でないかもしれない。長くいっしょにいてはあなたに飽かれると思って、私は時々御所で宿直《とのい》をしたりしてみるのが、それでまたあなたは不愉快になるのですね」

「ほんとうに長く同じであるものは悲しい目を見ます」

とだけ言って向こうを向いて寝てしまった女王を置いて出て行くことはつらいことに源氏は思いながらも、もう御訪問の報《しら》せを宮に申し上げたのちであったから、やむをえず二条の院を出た。こんな日も自分の上にめぐってくるのを知らずに、源氏を信頼して暮らしてきたと寂しい気持ちに夫人はなっていた。喪服の鈍《にび》色ではあるが濃淡の重なりの艶《えん》な源氏の姿が雪の光《あかり》でよく見えるのを、寝ながらのぞいていた夫人はこの姿を見ることも稀《まれ》な日になったらと思うと悲しかった。前駆も親しい者ばかりを選んであったが、

「参内する以外の外出はおっくうになった。桃園の女五《にょご》の宮《みや》様は寂しいお一人ぼっちなのだからね、式部卿《しきぶきょう》の宮がおいでになった間は私もお任せしてしまっていたが、今では私がたよりだとおっしゃるのでね、それもごもっともでお気の毒だから」

などと、前駆を勤める人たちにも言いわけらしく源氏は言っていたが、

「りっぱな方だけれど、恋愛をおやめにならない点が傷だね。御家庭がそれで済むまいと心配だ」

とそうした人たちも言っていた。

桃園のお邸《やしき》は北側にある普通の人の出入りする門をはいるのは自重の足りないことに見られると思って、西の大門から人をやって案内を申し入れた。こんな天気になったから、先触れはあっても源氏は出かけて来ないであろうと宮は思っておいでになったのであるから、驚いて大門をおあけさせになるのであった。出て来た門番の侍が寒そうな姿で、背中がぞっとするというふうをして、門の扉をかたかたといわせているが、これ以外の侍はいないらしい。

「ひどく錠が錆《さ》びていてあきません」

とこぼすのを、源氏は身に沁《し》んで聞いていた。宮のお若いころ、自身の生まれたころを源氏

が考えてみるとそれはもう三十年の昔になる、物の錆びたことによって人間の古くなったことも思われる。それを知りながら仮の世の執着が離れず、人に心の惹《ひ》かれることのやむ時がない自分であると源氏は恥じた。

いつのまに蓬《よもぎ》がもとと結ぼほれ雪ふる里と荒れし垣根《かきね》ぞ

源氏はこんなことを口ずさんでいた。やや長くかかって古い門の抵抗がやっと征服された。源氏はまず宮のお居間のほうで例のように話していたが、昔話の取りとめもないようなのが長く続いて源氏は眠くなるばかりであった。宮もあくびをあそばして、

「私は宵惑《よいまど》いなものですから、お話がもうできないのですよ」

とお言いになったかと思うと、鼾《いびき》という源氏に馴染《なじみ》の少ない音が聞こえだしてきた。源氏は内心に喜びながら宮のお居間を辞して出ようとすると、また一人の老人らしい咳《せき》をしながら御簾《みす》ぎわに寄って来る人があった。

「もったいないことですが、ご存じのはずと思っておりますものの私の存在をとっくにお忘れになっていらっしゃるようでございますから、私のほうから、出てまいりました。院の陛下がお祖母《ばあ》さんとお言いになりました者でございますよ」

と言うので源氏は思い出した。源典侍《げんてんじ》といわれていた人は尼になって女五の宮のお弟子《でし》分でお仕えしていると以前聞いたこともあるが、今まで生きていたとは思いがけないことであるとあきれてしまった。

「あのころのことは皆昔話になって、思い出してさえあまりに今と遠くて心細くなるばかりなのですが、うれしい方がおいでになりましたね。『親なしに臥《ふ》せる旅人』と思ってください」

と言いながら、御簾のほうへからだを寄せる源氏に、典侍《ないしのすけ》はいっそう昔が帰って来た気がして、今も好色女らしく、歯の少なくなった曲がった口もとも想像される声で、甘えかかろうとしていた。

「とうとうこんなになってしまったじゃありませんか」

などとおくめんなしに言う。今はじめて老衰にあったような口ぶりであるとおかしく源氏は思いながらも、一面では哀れなことに予期もせず触れた気もした。この女が若盛りのころの後宮《こう》の女御《きゅう　にょご》、更衣《こうい》はどうなったかというと、みじめなふうになって生き長らえている人もあるであろうが大部分は故人である。入道の宮などのお年はどうであろう、この人の半分にも足らないでお崩《かく》れになったではないか、はかないのが姿である人生であるからと源氏は思いながらも、人格がいいともいえない、ふしだらな女が長生きをして気楽に仏勤めをして暮らすようなことも不定《ふじょう》と仏のお教えになったこの世の相であると、こんなふうに感じて、気分がしんみりとしてきたのを、典侍は自身の魅力の反映が源氏に現われてきたものと解して、若々しく言う。

年経《ふ》れどこの契りこそ忘られね親の親とか言ひし一こと

源氏は悪感《おかん》を覚えて、

「身を変へて後《あと》も待ち見よこの世にて親を忘るるためしありやと

頼もしい縁ですよ。そのうちにまた」

と言って立ってしまった。

西のほうはもう格子が下《お》ろしてあったが、迷惑がるように思われてはと斟酌《しんしゃく》して一間二間はそのままにしてあった。月が出て淡い雪の光といっしょになった夜の色が美しかった。今夜は真剣なふうに恋を訴える源氏であった。

「ただ一言、それは私を憎むということでも御自身のお口から聞かせてください。私はそれだけをしていただいただけで満足してあきらめようと思います」

熱情を見せてこう言うが、女王《にょおう》は、自分も源氏もまだ若かった日、源氏が今日のような複雑な係累もなくて、どんなことも若さの咎《とが》で済む時代にも、父宮などの希望された源氏との結婚問題を、自分はその気になれずに否《いな》んでしまった。ましてこんなに年が行って衰えた今になっては、一言でも直接にものを言ったりすることは恥ずかしくてできないとお思いになって、だれが勧めてもそうしようとされないのを、源氏は非常に恨めしく思った。さすがに冷淡にはお取り扱いにはならないで、人づてのお返辞はくださるというのであったから、源氏は悶々《もんもん》とするばかりであった。次第に夜がふけて、風の音もはげしくなる。心細さに落ちる涙をぬぐいながら源氏は言う。

「つれなさを昔に懲りぬ心こそ人のつらさに添へてつらけれ

『心づから』(恋しさも心づからのものなれば置き所なくもてぞ煩ふ) 苦しみます」

「あまりにお気の毒でございますから」

と言って、女房らが女王に返歌をされるように勧めた。

「改めて何かは見えん人の上にかかりと聞きし心変はりを

私はそうしたふうに変わっていきません」

と女房が斎院のお言葉を伝えた。力の抜けた気がしながらも、言うべきことは言い残して帰って行く源氏は、自身がみじめに思われてならなかった。

「こんなことは愚かな男の例として噂《うわさ》にもなりそうなことですから人には言わないでください。『いさや川』(犬上《いぬがみ》のとこの山なるいさや川いさとこたへてわが名もらすな) などというのも恋の成り立った場合の歌で、ここへは引けませんね」

と言って源氏はなお女房たちに何事かを頼んで行った。

「もったいない気がしました。なぜああまで気強くなさるのでしょう。少し近くへお出ましになっても、まじめに求婚をしていらっしゃるだけですから、失礼なことなどの起こってくる気づかいはないでしょうのに、お気の毒な」

とあとで言う者もあった。斎院は源氏の価値をよく知っておいでになって愛をお感じにならないのではないが、好意を見せても源氏の外貌《がいぼう》だけを愛している一般の女と同じに思われることはいやであると思っておいでになった。接近させて下にかくしたこの恋を源氏に看破されるのもつらく女王はお思いになるのである。友情で書かれた手紙には友情で酬《むく》いることにして、源氏が来れば人づてで話す程度のことにしたいとお思いになって、御自身は神に奉仕していた間怠っていた仏勤めを、取り返しうるほど十分にできる尼になりたいとも願っておいでになるのであるが、この際にわかにそうしたことをするのも源氏へ済まない、反抗的の行為であるとも必ず言われるであろうと、世間が作る噂《うわさ》というものの苦しさを経験されたお心からお思いになった。女房たちが源氏に買収されてどんな行為をするかもしれぬという懸念から女王はその人たちに対してもお気をお許しにならなかった。そして追い追い宗教的な生活へ進んでお行きになるのであった。女王は男の兄弟も幾人か持っておいでになるのであるが同腹でなかったから親しんで来る者もない。宮家の財政も心細くなった際に、源氏が熱心な求婚者として出て来たのであるから、女たちは一人残らず結婚の成り立つことばかりを祈っていた。

源氏はあながちにあせって結婚がしたいのではなかったが、恋人の冷淡なのに負けてしまうのが残念でならなかった。今日の源氏は最上の運に恵まれてはいるが、昔よりはいろいろなことに経験を積んできていて、今さら恋愛に没頭することの不可なことも、世間から受ける批難も知っていながらしていることで、これが成功しなければいよいよ不名誉であると信じて、二条の院に寝ない夜も多くなったのを夫人は恨めしがっていた。悲しみをおさえる力も尽きることがあるわけである。源氏の前で涙のこぼれることもあった。

「なぜ機嫌《きげん》を悪くしているのですか、理由《わけ》がわからない」

と言いながら、額髪《ひたいがみ》を手で払ってやり、憐《あわれ》んだ表情で夫人の顔を源氏がながめている様子などは、絵に描《か》きたいほど美しい夫婦と見えた。

「女院がお崩《かく》れになってから、陛下が寂しそうにばかりしておいでになるのが心苦しいことだし、太政大臣が現在では欠けているのだから、政務は皆私が見なければならなくて、多忙なために家《うち》へ帰らない時の多いのを、あなたから言えば例のなかったことで、寂しく思うのももっともだけれど、ほんとうはもうあなたの不安がることは何もありませんよ。安心しておいでなさい。大人になったけれどまだ少女のように思いやりもできず、私を信じることもできない、可憐《かれん》なばかりのあなたなのだろう」

などと言いながら、優しく妻の髪を直したりして源氏はいるのであったが、夫人はいよいよ顔を向こうへやってしまって何も言わない。

「若々しい我儘《わがまま》をあなたがするのも私のつけた癖なのだ」

歎息《たんそく》をして、短い人生に愛する人からこんなにまで恨まれているのも苦しいことであると源氏は思った。

「斎院との交際で何かあなたは疑っているのではないのですか。それはまったく恋愛などではないのですよ。自然わかってくるでしょうがね。昔からあの人はそんな気のないいっぷう変わった女性なのですよ。私の寂しい時などに手紙を書いてあげると、あちらはひまな方だから時々は返事をくださるのです。忠実に相手になってもくださらないと、そんなことをあなたにこぼすほどのことでもないから、いちいち話さないだけです。気がかりなことではないと思い直してください」

などと言って、源氏は終日夫人をなだめ暮らした。

雪のたくさん積もった上になお雪が降っていて、松と竹がおもしろく変わった個性を見せている夕暮れ時で、人の美貌《びぼう》もことさら光るように思われた。

「春がよくなったり、秋がよくなったり、始終人の好みの変わる中で、私は冬の澄んだ月が雪の上にさした無色の風景が身に沁《し》んで好きに思われる。そんな時にはこの世界のほかの大世界までが想像されてこれが人間の感じる極致の境だという気もするのに、すさまじいものに冬の月を言ったりする人の浅薄《あさはか》さが思われる」

源氏はこんなことを言いながら御簾《みす》を巻き上げさせた。月光が明るく地に落ちてすべての世界が白く見える中に、植え込みの灌木《かんぼく》類の押しつけられた形だけが哀れに見え、流れの音も咽《むせ》び声になっている。池の氷のきらきら光るのもすごかった。源氏は童女を庭へおろして雪まろげをさせた。美しい姿、頭つきなどが月の光にいっそうよく見えて、やや大きな童女たちが、いろいろな袙《あこめ》を着て、上着は脱いだ結び帯の略装で、もうずっと長くなっていて、裾《すそ》の拡《ひろ》がった髪は雪の上で鮮明にきれいに見られるのであった。小さい童女は子供らしく喜んで走りまわるうちには扇を落としてしまったりしている。ますます大きくしようとしても、もう童女たちの力では雪の球《たま》が動かされなくなっている。童女の半分は東の妻戸の外に集まって、自身たちの出て行けないのを残念がりながら、庭の連中のすることを見て笑っていた。

「昔中宮《ちゅうぐう》がお庭に雪の山をお作らせになったことがある。だれもすることだけれど、その場合に非常にしっくりと合ったことをなさる方だった。どんな時にもあの方がおいでになったらと、残念に思われることが多い。私などに対して法《のり》を越えた御待遇はなさらなかったから、細かなことは拝見する機会もなかったが、さすがに尊敬している私を信用はしていてくだすった。私は何かのことがあると歌などを差し上げたが、文学的に見て優秀なお返事でないが、見識があるというよさはおありになって、お言いになることが皆深みのあるものだった。あれほど完全な貴女《きじょ》がほかにもあるとは思われない。柔らかに弱々しくいらっしゃって、気高《けだか》い品のよさがあの方のものだったのですからね。しかしあなただけは血縁の近い女性だけあってあの方によく似ている。少しあなたは嫉妬《しっと》をする点だけが悪いかもしれないね。前斎院の性格はまたまったく変わっておいでになる。私の寂しい時に手紙などを書く交際相手で敬意の払われる、晴れがましい友人としてはあの方だけがまだ残っておいでになると言っていいでしょう」

と源氏が言った。

「尚侍《ないしのかみ》は貴婦人の資格を十分に備えておいでになる、軽佻《けいちょう》な気などは少しもお見えにならないような方だのに、あんなことのあったのが、私は不思議でならない」

「そうですよ。艶《えん》な美しい女の例には、今でもむろん引かねばならない人ですよ。そんなことを思うと自分のしたことで人をそこなった後悔が起こってきてならない。まして多情な生活をしては年が行ったあとでどんなに後悔することが多いだろう。人ほど軽率なことはしないでいる男だと思っていた私でさえこうだから」

源氏は尚侍の話をする時にも涙を少しこぼした。

「あなたが眼中にも置かないように軽蔑《けいべつ》している山荘の女は、身分以上に貴婦人の資格というものを皆そろえて持った人ですがね、思い上がってますますよく見えるのも人によることですから、私はその点をその人によけいなもののようにも見ておりますがね。私はまだずっと下の階級に属する女性たちを知らないが、私の見た範囲でもすぐれた人はなかなかないものですよ。東の院に置いてある人の善良さは、若い時から今まで一貫しています。愛すべき人ですよ。ああはいかないものですよ。私たちは青春時代から信じ合った、そしてつつましい恋を続けてきたものです。今になって別れ別れになることなどはできませんよ。私は深く愛しています」

こんな話に夜はふけていった。月はいよいよ澄んで美しい。夫人が、

氷とぢ岩間の水は行き悩み空澄む月の影ぞ流るる

と言いながら、外を見るために少し傾けた顔が美しかった。髪の性質《たち》、顔だちが恋しい故人の宮にそっくりな気がして、源氏はうれしかった。少し外に分けられていた心も取り返されるものと思われた。鴛鴦《おしどり》の鳴いているのを聞いて、源氏は、

かきつめて昔恋しき雪もよに哀れを添ふる鴛鴦《をし》のうきねか

と言っていた。

寝室にはいってからも源氏は中宮の御事を恋しく思いながら眠りについたのであったが、夢

のようにでもなくほのかに宮の面影が見えた。非常にお恨めしいふうで、

「あんなに秘密を守るとお言いになりましたけれど、私たちのした過失《あやまち》はもう知れてしまって、私は恥ずかしい思いと苦しい思いとをしています。あなたが恨めしく思われます」

とお言いになった。返辞を申し上げるつもりでたてた声が、夢に襲われた声であったから、夫人が、

「まあ、どうなさいました、そんなに」

と言ったので源氏は目がさめた。非常に残り惜しい気がして、張り裂けるほどの鼓動を感じる胸をおさえていると、涙も流れてきた。夢のまったく醒《さ》めたのちでも源氏は泣くことをやめないのであった。夫人はどんな夢であったのであろうと思うと、自分だけが別物にされた寂しさを覚えて、じっとみじろぎもせずに寝ていた。

とけて寝ぬ寝覚《ざ》めさびしき冬の夜に結ぼほれつる夢のみじかさ
源氏の歌である。夢に死んだ恋人を見たことに心は慰まないで、かえって恋しさ悲しさのまさる気のする源氏は、早く起きてしまって、何とは表面に出さずに、誦経《ずきよう》を寺へ頼んだ。苦しい目を見せるとお恨みになったのもきっとそういう気のあそばすことであろうと源氏に悟れるところがあった。仏勤めをなされたほかに民衆のためにも功徳を多くお行ないになった宮が、あの一つの過失のためにこの世での罪障が消滅し尽くさずにいるかと、深く考えてみればみるほど源氏は悲しくなった。自分はどんな苦行をしても寂しい世界に贖罪《しよくざい》の苦しみをしておいで

になる中宮の所へ行って、罪に代わっておあげすることがしたいと、こんなことをつくづくと思い暮らしていた。中宮のために仏事を自分の行なうことはどんな簡単なことであっても世間の疑いを受けることに違いない、帝《みかど》の御心《みこころ》の鬼に思召《おぼしめ》し合わすことになってもよろしくないと源氏ははばかられて、ただ一人心で阿弥陀仏《あみだぶつ》を念じ続けた。同じ蓮華《れんげ》の上に生まれしめたまえと祈ったことであろう。

なき人を慕ふ心にまかせてもかげ見ぬ水の瀬にやまどはん

と思うと悲しかったそうである。

（訳注）　源氏の君三十二歳。

乙女

雁《かり》なくやつらをはなれてただ一つ初恋
をする少年のごと　（晶子）

春になって女院の御一周年が過ぎ、官人が喪服を脱いだのに続いて四月の更衣期になったから、はなやかな空気の満ち渡った初夏であったが、前斎院はなお寂しくつれづれな日を送っておいでになった。庭の桂《かつら》の木の若葉がたてるにおいにも若い女房たちは、宮の御在職中の加茂の院の祭りのころのことを恋しがった。源氏から、神の御禊《みそぎ》の日もただ今はお静かでしょうという挨拶《あいさつ》を持った使いが来た。

今日こんなことを思いました。

かけきやは川瀬の波もたちかへり君が御禊《みそぎ》の藤《ふぢ》のやつれを

紫の紙に書いた正しい立文《たてぶみ》の形の手紙が藤の花の枝につけられてあった。斎院はものの少し身にしむような日でおありになって、返事をお書きになった。

藤衣きしは昨日《きのふ》と思ふまに今日《けふ》はみそぎの瀬にかはる世を

はかないものと思われます。

とだけ書かれてある手紙を、例のように源氏は熱心にながめていた。斎院が父宮の喪の済んでお服直しをされる時も、源氏からたいした贈り物が来た。女王《にょおう》はそれをお受けになることは醜いことであるというように言っておいでになったが、求婚者としての言葉が添えられているこ とであれば辞退もできるが、これまで長い間何かの場合に公然の進物を送り続けた源氏であって、親切からすることであるから返却のしようがないように言って女房たちは困っていた。女五《にょご》の宮《みや》のほうへもこんなふうにして始終物質的に御補助をする源氏であったから、宮は深く源氏を愛しておいでになった。

「源氏の君というと、いつも美しい少年が思われるのだけれど、こんなに大人らしい親切を見せてくださる。顔がきれいな上に心までも並みの人に違ってでき上がっているのだね」

とおほめになるのを、若い女房らは笑っていた。西の女王とお逢いになる時には、

「源氏の大臣から熱心に結婚が申し込まれていらっしゃるのだったら、いいじゃありませんかね、今はじめての話ではなし、ずっと以前からのことなのですからね、お亡《な》くなりになった宮様もあなたが斎院におなりになった時に、結婚がせられなくなったことで失望をなすってね、以前宮様がそれを実行しようとなすった時に、あなたの気の進まなかったことで、話をそのままにしておいたのを御後悔してお話しになることがよくありましたよ。けれどもね、宮様がそうお思い立ちになったころは左大臣家の奥さんがいられたのですからね、そうしては三の宮がお気の毒だと思召して第二の結婚をこちらでおさせにはなりにくかったのですよ。あなたと従妹《いとこ》のその奥様が亡くなられたのだし、そうなすってもいいのにと私は思うし、一方ではまた新しく熱心にお申し込みがあるというのは、やはり前生の約束事だろうと思う」

などと古めかしい御勧告をあそばすのを、女王は苦笑して聞いておいでになった。

「お父様からもそんな強情者《ごうじょう》に思われてきた私なのですから、今さら源氏の大臣の声名が高いからと申して結婚をいたしますのは恥ずかしいことだと思います」

こんなふうに思いもよらぬように言っておいでになったから、宮もしまいにはお勧めにならなかった。邸《やしき》の人は上から下まで皆が皆そうなるのを望んでいることを女王は知って警戒しておいでになったが、源氏自身は至誠で女王を動かしうる日は待っているが、しいて力で結婚を遂げるようなことをしたくないと女王の感情を尊重していた。

故太政大臣家で生まれた源氏の若君の元服の式を上げる用意がされていて、源氏は二条の院で行なわせたく思うのであったが、祖母の宮が御覧になりたく思召すのがもっともで、そうしたことはお気の毒に思われて、やはり今までお育てになった宮の御殿でその式をした。右大将を始め伯父君《おじぎみ》たちが皆りっぱな顕官になっていて勢力のある人たちであったから、母方の親戚からの祝品その他の贈り物もおびただしかった。かねてから京じゅうの騒ぎになるほど華美な祝い事になったのである。初めから四位にしようと源氏は思ってもいたことであったし、世間もそう見ていたが、まだきわめて小さい子を、何事も自分の意志のとおりになる時代にそんな取り計らいをするのは、俗人のすることであるという気がしてきたので、源氏は長男に四位を与えることはやめて、六位の浅葱《あさぎ》の袍《ほう》を着せてしまった。大宮《おおみや》が言語道断のことのようにこれをお歎きになったことはお道理でお気の毒に思われた。源氏は宮に御面会をしてその問題でお話をした。

「ただ今わざわざ低い位に置いてみる必要もないようですが、私は考えていることがございまして、大学の課程を踏ませようと思うのでございます。ここ二、三年をまだ元服以前とみなしていてよかろうと存じます。朝廷の御用の勤まる人間になりますれば自然に出世はして行くことと存じます。私は宮中に育ちまして、世間知らずに御前で教養されたものでございますから、陛下おみずから師になってくださったのですが、やはり刻苦精励を体験いたしませんでしたから、詩を作りますことにも素養の不足を感じたり、音楽をいたしますにも音《ね》足らずな気持ちを痛感したりいたしました。つまらぬ親にまさった子は自然に任せておきましてはできようのないことかと思います。まして孫以下になりましたなら、どうなるかと不安に思われてなりませんことから、そう計らうのでございます。貴族の子に生まれまして、官爵が思いのままに進んでまいり、自家の勢力に慢心した青年になりましては、学問などに身を苦しめたりいたしますことはきっとばかばかしいことに思われるでしょう。遊び事の中に浸っていながら、位だけはずんずん上がるようなことがありましても、家に権勢のあります間は、心で嘲笑《ちょうしょう》はしながらも追従をして機嫌《きげん》を人がそこねまいとしてくれますから、ちょっと見はそれでりっぱにも見えましょうが、家の権力が失墜するとか、保護者に死に別れるとかしました際に、人から軽蔑《けいべつ》されましても、なんらみずから恃《たの》むところのないみじめな者になります。やはり学問が第一でございます。日本魂《やまとだましい》をいかに活《い》かせて使うかは学問の根底があってできることと存じます。ただ今目前に六位しか持たないのを見まして、たよりない気はいたしましても、将来の国家の柱石たる教養を受けておきますほうが、死後までも私の安心できることかと存じます。ただ今のところは、とにかく私がいるのですから、窮迫した大学生と指さす者もなかろうと思います」

と源氏が言うのを、聞いておいでになった宮は歎息《たんそく》をあそばしながら、

「ごもっともなお話だと思いますがね、右大将などもあまりに変わったお好みだと不審がりますし、子供もね、残念なようで、大将や左衛門督《さえもんのかみ》などの息子《むすこ》の、自分よりも低いもののように見下しておりました者の位階が皆上へ上へと進んで行きますのに、自分は浅葱《あさぎ》の袍《ほう》を着ていねばならないのをつらく思うふうですからね。私はそれがかわいそうなのでした」

とお言いになる。

「大人らしく父を恨んでいるのでございますね。どうでしょう、こんな小さい人が」

源氏はかわいくてならぬと思うふうで子を見ていた。

「学問などをいたしまして、ものの理解のできるようになりましたら、その恨みも自然になくなってまいるでしょう」

と言っていた。

若君の師から字《あざな》をつけてもらう式は東の院ですることになって、東の院に式場としての設けがされた。高官たちは皆この式を珍しがって参会する者が多かった。博士《はかせ》たちが晴れがましがって気おくれもしそうである。

「遠慮をせずに定《きま》りどおりに厳格にやってください」

と源氏から言われたので、しいて冷静な態度を見せて、借り物の衣裳《いしょう》の身に合わぬのも恥じずに、顔つき、声づかいに学者の衒気《げんき》を見せて、座にずっと並んでついたのははなはだ異様で

あった。若い役人などは笑いがおさえられないふうである。しかもこれは笑いやすいふうではない、落ち着いた人が酒瓶《しゅへい》の役に選ばれてあったのである。すべてが風変わりである。右大将、民部卿などが丁寧に杯を勧めるのを見ても作法に合わないと叱《しか》り散らす、

「御接待役が多すぎてよろしくない。あなたがたは今日の学界における私を知らずに朝廷へお仕えになりますか。まちがったことじゃ」

などと言うのを聞いてたまらず笑い出す人があると、

「鳴りが高い、おやめなさい。はなはだ礼に欠けた方だ、座をお退《ひ》きなさい」

などと威《おど》す。大学出身の高官たちは得意そうに微笑をして、源氏の教育方針のよいことに敬服したふうを見せているのであった。ちょっと彼らの目の前で話をしても博士らは叱《しか》る、無礼だと言って何でもないこともとがめる。やかましく勝手気ままなことを言い放っている学者たちの顔は、夜になって灯《ひ》がともったころからいっそう滑稽《こっけい》なものに見えた。まったく異様な会である。源氏は、

「自分のような規律に馴《な》れないだらしのない者は粗相をして叱りまわされるであろうから」

と言って、御簾《みす》の中に隠れて見ていた。式場の席が足りないために、あとから来て帰って行こうとする大学生のあるのを聞いて、源氏はその人々を別に釣殿《つりどの》のほうでもてなした。贈り物もした。式が終わって退出しようとする博士と詩人をまた源氏はとどめて詩を作ることにした。高官や殿上役人もそのほうの才のある人は皆残したのである。博士たちは律の詩、源氏その他の人は絶句を作るのであった。おもしろい題を文章博士《もんじょうはかせ》が選んだ。短夜のころであったから、

夜がすっかり明けてから詩は講ぜられた。左中弁《さちゅうべん》が講師の役をしたのである。きれいな男の左中弁が重々しい神さびた調子で詩を読み上げるのが感じよく思われた。この人はことに深い学殖のある博士なのである。こうした大貴族の家に生まれて、栄華に戯れてもいるはずの人が蛍《けい》雪《せつ》の苦を積んで学問を志すということをいろいろの譬《たと》えを借りて讃美《さんび》した作は句ごとにおもしろかった。支那《しな》の人に見せて批評をさせてみたいほどの詩ばかりであると言われた。源氏のはむろん傑作であった。子を思う親の情がよく現われているといって、列席者は皆涙をこぼしながら誦《ず》した。

それに続いてまた入学の式もあった。東の院の中に若君の勉強部屋が設けられて、まじめな学者を一人つけて源氏は学ばせた。若君は大宮の所へもあまり行かないのであった。夜も昼もおかわいがりにばかりなって、いつまでも幼児であるように宮はお扱いになるのであったから、そこでは勉学ができないであろうと源氏が認めて、学問所を別にして若君を入れたわけである。月に三度だけは大宮を御訪問申してよいと源氏は定めた。じっと学問所にこもってばかりいる苦しさに、若君は父君を恨めしく思った。ひどい、こんなに苦しまないでも出世をして世の中に重んぜられる人がないわけはなかろうと考えるのであるが、一体がまじめな性格であって、軽佻《けいちょう》なところのない少年であったから、よく忍んで、どうかして早く読まねばならぬ本だけは皆読んで、人並みに社会へ出て立身の道を進みたいと一所懸命になったから、四、五か月のうちに史記などという書物は読んでしまった。もう大学の試験を受けさせてもよいと源氏は思って、その前に自身の前で一度学力をためすことにした。例の伯父《おじ》の右大将、式部大輔《だゆう》、左中弁などだけを招いて、家庭教師の大内記に命じて史記の中の解釈のむずかしいところの、寮試の問題に出されそうな所々を若君に読ますのであったが、若君は非常に明瞭《めいりょう》に難解なところを幾通りにも読んで意味を説明することができた。師の爪《つめ》じるしは一か所もつける必要のないのを見て、人々は若君に学問をする天分の豊かに備わっていることを喜んだ。伯父の大将はまして感動して、

「父の大臣が生きていられたら」

と言って泣いていた。源氏も冷静なふうを作ろうとはしなかった。

「世間の親が愛におぼれて、子に対しては正当な判断もできなくなっているなどと私は見たこともありますが、自分のことになってみると、それは子が大人になっただけ親はぼけていくのでやむをえないことだと解釈ができます。私などはまだたいした年ではないがやはりそうなりますね」

などと言いながら涙をふいているのを見る若君の教師はうれしかった。名誉なことになったと思っているのである。大将が杯をさすともう深く酔いながら畏《かしこ》まっている顔つきは気の毒なように痩《や》せていた。変人と見られている男で、学問相当な地位も得られず、後援者もなく貧しかったこの人を、源氏は見るところがあってわが子の教師に招いたのである。たちまちに源氏の庇護《ひご》を受ける身の上になって、若君のために生まれ変わったような幸福を得ているのである。将来はましてこの今の若君に重用されて行くことであろうと思われた。

大学へ若君が寮試を受けに行く日は、寮門に顕官の車が無数に止まった。あらゆる廷臣が今

日はここへ来ることかと思われる列席者の派手に並んだ所へ、人の介添えを受けながらはいって来た若君は、大学生の仲間とは見ることもできないような品のよい美しい顔をしていた。例の貧乏学生の多い席末の座につかねばならないことで、若君が迷惑そうな顔をしているのももっともに思われた。ここでもまた叱《しか》るもの威嚇するものがあって不愉快であったが、若君は少しも臆《おく》せずに進んで出て試験を受けた。昔学問の盛んだった時代にも劣らず大学の栄えるころで、上中下の各階級から学生が出ていたから、いよいよ学問と見識の備わった人が輩出するばかりであった。文人《もんにん》と擬生《ぎしょう》の試験も若君は成績よく通ったため、師も弟子《でし》もいっそう励みが出て学業を熱心にするようになった。源氏の家でも始終詩会が催されなどして、博士《はかせ》や文士の得意な時代が来たように見えた。何の道でも優秀な者の認められないのはないのが当代であった。

皇后が冊立《さくりつ》されることになっていたが、斎宮《さいぐう》の女御《にょご》は母君から委託された方であるから、自分としてはぜひこの方を推薦しなければならないという源氏の態度であった。御母后も内親王でいられたあとへ、またも王氏の后《きさき》の立つことは一方に偏したことであると批難を加える者もあった。そうした人たちは弘徽殿《こきでん》の女御《にょご》がだれよりも早く後宮《こうきゅう》にはいった人であるから、その人の后に昇格されるのが当然であるとも言うのである。双方に味方が現われて、だれもどうなることかと不安がっていた。兵部卿《ひょうぶきょう》の宮と申した方は今は式部卿《しきぶきょう》になっておいでになって、当代の御外戚として重んぜられておいでになる宮の姫君も、予定どおりに後宮へはいって、斎宮の女御と同じ王女御で侍しているのであるが、他人でない濃い御親戚関係もあることであって、母后の御代わりとして后に立てられるのが合理的な処置であろうと、そのほうを助ける人たちは言って、三女御の競争になったのであるが、結局梅壺《うめつぼ》の前斎宮が后におなりになった。女王の幸運に世間は驚いた。源氏が太政大臣になって、右大将が内大臣になった。そして関白の仕事を源氏はこの人に譲ったのであった。この人は正義の観念の強いりっぱな政治家である。学問を深くした人であるから韻塞《いんふた》ぎの遊戯には負けたが公務を処理することに賢かった。幾人かの腹から生まれた子息は十人ほどあって、大人になって役人になっているのは次々に昇進するばかりであったが、女は女御のほかに一人よりない。それは親王家の姫君から生まれた人で、尊貴なことは嫡妻の子にも劣らないわけであるが、その母君が今は按察使大納言《あぜちだいなごん》の夫人になっていて、今の良人《おっと》との間に幾人かの子女が生まれている中において継父の世話を受けさせておくことはかわいそうであるといって、大臣は引き取ってわが母君の大宮に姫君をお託ししてあった。大臣は女御を愛するほどには決してこの娘を愛してはいないのであるが、性質も容貌《ようぼう》も美しい少女であった。そうしたわけで源氏の若君とこの人は同じ家で成長したのであるが、双方とも十歳を越えたころからは、別な場所に置かれて、どんなに親しい人でも男性には用心をしなければならぬと、大臣は娘を訓《おし》えて睦《むつ》ませないのを、若君の心に物足らぬ気持ちがあって、花や紅葉《もみじ》を贈ること、雛《ひな》遊びの材料を提供することなどに真心を見せて、なお遊び相手である地位だけは保留していたから、姫君もこの従弟《いとこ》を愛して、男に顔を見せぬというような、普通の慎みなどは無視されていた。乳母《めのと》などという後見役の者も、この少年少女には幼い日からついていた習慣があるのであるから、にわかに厳格に二人の間を隔てることはできないと大目に見ていたが、姫君は無邪気一方であっても、少年のほうの感情は進んでいて、いつの間にか情人の関係にまで到《いた》ったらしい。東の院へ学問のために閉じこめ同様になったことは、このことがあるために若君を懊悩《おうのう》させた。まだ子供らしい、そして未来の上達の思われる字で、二人の恋人が書きかわしている手紙が、幼稚な人たちのすることであるから、抜け目があって、そこらに落ち散らされてもあるのを、姫君付きの女房が見て、二人の交情がどの程度にまでなっているかを合点する者もあったが、そんなことは人に訴えてよいことでもないから、だれも秘密はそっとそのまま秘密にしておいた。后の宮《きさき》、両大臣家の大饗宴《きょうえん》なども済んで、ほかの催し事が続いて仕度《したく》されねばならぬということもなくて、世間の静かなころ、秋の通り雨が過ぎて、荻《おぎ》の上風も寂しい日の夕方に、大宮のお住居《すまい》へ内大臣が御訪問に来た。大臣は姫君を宮のお居間に呼んで琴などを弾《ひ》かせていた。宮はいろいろな芸のおできになる方で、姫君にもよく教えておありになった。

「琵琶《びわ》は女が弾《ひ》くとちょっと反感も起こりますが、しかし貴族的なよいものですね。今日はごまかしでなくほんとうに琵琶の弾けるという人はあまりなくなりました。何親王、何の源氏」

などと大臣は数えたあとで、

「女では太政大臣が嵯峨《さが》の山荘に置いておく人というのが非常に巧《うま》いそうですね。さかのぼって申せば音楽の天才の出た家筋ですが、京官から落伍《らくご》して地方にまで行った男の娘に、どうしてそんな上手《じょうず》が出て来たのでしょう。源氏の大臣はよほど感心していられると見えて、何かのおりにはよくその人の話をせられます。ほかの芸と音楽は少し性質が変わっていて、多く聞き、多くの人と合わせてもらうことでずっと進歩するものですが、独習をしていて、その域に達したというのは珍しいことです」

こんな話もしたが、大臣は宮にお弾きになることをお奨《すす》めした。

「もう絃《いと》を押すことなどが思うようにできなくなりましたよ」

とお言いになりながらも、宮は上手に琴をお弾きになった。

「その山荘の人というのは、幸福な人であるばかりでなく、すぐれた聡明《そうめい》な人らしいですね。私に預けてくだすったのは男の子一人であの方の女の子もできていたらどんなによかったろうと思う女の子をその人は生んで、しかも自分がつれていては子供の不幸になることをよく理解して、りっぱな奥さんのほうへその子を渡したことなどを、感心なものだと私も話に聞きました」

こんな話を大宮はあそばした。

「女は頭のよさでどんなにも出世ができるものですよ」

などと内大臣は人の批評をしていたのであるが、それが自家の不幸な話に移っていった。

「私は女御を完全でなくても、どんなことも人より劣るような娘には育て上げなかったつもりなんですが、意外な人に負ける運命を持っていたのですね。人生はこんなに予期にはずれるものかと私は悲観的になりました。この子だけでも私は思うような幸運をになわせたい、東宮の御元服はもうそのうちのことであろうかと、心中ではその希望を持っていたのですが、今のお話の明石《あかし》の幸運女が生んだお后の候補者があとからずんずん生長してくるのですからね。その人が後宮へはいったら、ましてだれが競争できますか」

大臣が歎息するのを宮は御覧になって、

「必ずしもそうとは言われませんよ。この家からお后の出ないようなことは絶対にないと私は思う。そのおつもりで亡《な》くなられた大臣も女御の世話を引き受けて皆なすったのだものね。大臣がおいでになったらこんな意外な結果は見なかったでしょう」

この問題でだけ大宮は源氏を恨んでおいでになった。姫君がこぢんまりとした美しいふうで、十三絃《げん》の琴を弾いている髪つき、顔と髪の接触点の美などの艶《えん》な上品さに大臣がじっと見入っているのを姫君が知って、恥ずかしそうにからだを少し小さくしている横顔がきれいで、絃《いと》を押す手つきなどの美しいのも絵に描いたように思われるのを、大宮も非常にかわいく思召《おぼしめ》されるふうであった。姫君はちょっと掻《か》き合わせをした程度で弾きやめて琴を前のほうへ押し出した。内大臣は大和琴《やまとごと》を引き寄せて、律の調子の曲のかえって若々しい気のするものを、名手であるこの人が、粗弾《あらび》きに弾き出したのが非常におもしろく聞こえた。外では木の葉がほろほろとこぼれている時、老いた女房などは涙を落としながらあちらこちらの几帳《きちよう》の蔭《かげ》などに幾人かずつ集まってこの音楽に聞き入っていた。「風《かぜ》の力蓋《けだ》し少なし」(落葉俟二微飈一以隕《らくえふびふうをまつてもつておつ》、而《しかうして》風《かぜ》之力蓋寡《のちからけだしすくなし》、孟嘗遭二雍門一而泣《まうしやうがようもんにあひてなく》、琴之感以末《きんのかんもつてすゑなり》。)と文選《もんぜん》の句を大臣は口ずさんで、

「琴の感じではないが身にしむ夕方ですね。もう少しお弾きになりませんか」

と大臣は大宮にお勧めして、秋風楽を弾きながら歌う声もよかった。宮はこの座の人は御孫《ごそん》女《じょ》ばかりでなく、大きな大臣までもかわいく思召された。そこへいっそうの御満足を加えるよ

うに源氏の若君が来た。

「こちらへ」

と宮はお言いになって、お居間の中の几帳を隔てた席へ若君は通された。

「あなたにはあまり逢いませんね。なぜそんなにむきになって学問ばかりをおさせになるのだろう。あまり学問のできすぎることは不幸を招くことだと大臣も御体験なすったことなのだけれど、あなたをまたそうおしつけになるのだね、わけのあることでしょうが、ただそんなふうに閉じ込められていてあなたがかわいそうでならない」

と内大臣は言った。

「時々は違ったこともしてごらんなさい。笛だって古い歴史を持った音楽で、いいものなのですよ」

内大臣はこう言いながら笛を若君へ渡した。若々しく朗らかな音《ね》を吹き立てる笛がおもしろいためにしばらく絃楽のほうはやめさせて、大臣はぎょうさんなふうでなく拍子を取りながら、「萩《はぎ》が花ずり」(衣がへせんや、わが衣は野原篠原《しのはら》萩の花ずり)など歌っていた。

「太政大臣も音楽などという芸術がお好きで、政治のほうのことからお脱《ぬ》けになったのですよ。人生などというものは、せめて好きな楽しみでもして暮らしてしまいたい」

と言いながら甥《おい》に杯を勧めなどしているうちに暗くなったので灯《ひ》が運ばれ、湯漬《づ》け、菓子などが皆の前へ出て食事が始まった。姫君はもうあちらへ帰してしまったのである。しいて二人を隔てて、琴の音すらも若君に聞かせまいとする内大臣の態度を、大宮の古女房たちはささや

き合って、

「こんなことで近いうちに悲劇の起こる気がします」

とも言っていた。

大臣は帰って行くふうだけを見せて、情人である女の部屋にはいっていたが、そっとからだを細くして廊下を出て行く間に、少年たちの恋を問題にして語る女房たちの部屋があった。不思議に思って立ち止まって聞くと、それは自身が批評されているのであった。

「賢がっていらっしゃっても甘いのが親ですね。とんだことが知らぬ間に起こっているのですがね。子を知るは親にしかずなどというのは嘘《うそ》ですよ」

などこそこそと言っていた。情けない、自分の恐れていたことが事実になった。打っちゃって置いたのではないが、子供だから油断をしたのだ。人生は悲しいものであると大臣は思った。すべてを大臣は明らかに悟ったのであるが、そっとそのまま出てしまった。前駆がたてる人払いの声のぎょうさんなのに、はじめて女房たちはこの時間までも大臣がここに留まっていたことを知ったのである。

「殿様は今お帰りになるではありませんか。どこの隅《すみ》にはいっておいでになったのでしょう。あのお年になって浮気《うわき》はおやめにならない方ね」

と女房らは言っていた。内証話をしていた人たちは困っていた。

「あの時非常にいいにおいが私らのそばを通ったと思いましたがね、若君がお通りになるのだとばかり思っていましたよ。まあこわい、悪口がお耳にはいらなかったでしょうか。意地悪をなさらないとも限りませんね」

内大臣は車中で娘の恋愛のことばかりが考えられた。非常に悪いことではないが、従弟《いとこ》どうしの結婚などはあまりにありふれたことすぎるし、野合の初めを世間の噂《うわさ》に上されることもつらい。後宮の競争に女御をおさえた源氏が恨めしい上に、また自分はその失敗に代えてあの娘を東宮へと志していたのではないか、僥倖《ぎょうこう》があるいはそこにあるかもしれぬと、ただ一つの慰めだったこともこわされたと思うのであった。源氏と大臣との交情は睦《むつ》まじく行っているのであるが、昔もその傾向があったように、負けたくない心が断然強くて、大臣はそのことが不快であるために朝まで安眠もできなかった。大宮も様子を悟っておいでになるであろうが、非常におかわいくお思いになる孫であるから勝手なことをさせて、見ぬ顔をしておいでになるのであろうと女房たちの言っていた点で、大臣は大宮を恨めしがっていた。腹がたつとそれを内におさえることのできない性質で大臣はあった。

二日ほどしてまた内大臣は大宮を御訪問した。こんなふうにしきりに出て来る時は宮の御機《き》嫌《げん》がよくて、おうれしい御様子がうかがわれた。形式は尼になっておいでになる方であるが、髪で額を隠して、お化粧もきれいにあそばされ、はなやかな小袿《こうちぎ》などにもお召しかえになる。子ながらも晴れがましくお思われになる大臣で、ありのままのお姿ではお逢いにならないのである。内大臣は不機嫌な顔をしていた。

「こちらへ上がっておりましても私は恥ずかしい気がいたしまして、女房たちはどう批評をしていることだろうかと心が置かれます。つまらない私ですが、生きておりますうちは始終伺って、物足りない思いをおさせせず、私もその点で満足を得たいと思ったのですが、不良な娘のためにあなた様をお恨めしく思わずにいられませんようなことができてまいりました。そんなに真剣にお恨みすべきでないと、自分ながらも心をおさえようとするのでございますが、それができませんで」

大臣が涙を押しぬぐうのを御覧になって、お化粧あそばした宮のお顔の色が変わった。涙のために白粉《おしろい》が落ちてお目も大きくなった。

「どんなことがあって、この年になってからあなたに恨まれたりするのだろう」

と宮の仰せられるのを聞くと、さすがにお気の毒な気のする大臣であったが続いて言った。

「御信頼しているものですから、子供をお預けしまして、親である私はかえって何の世話もいたしませんで、手もとに置きました娘の後宮《こうきゅう》のはげしい競争に敗惨《はいざん》の姿になって、疲れてしまっておりますのことばかりを心配して世話をやいておりまして、こちらに御厄介《やっかい》になります以上は、私がそんなふうに捨てて置きましても、あなた様は彼を一人並みの女にしてくださいますことと期待していたのですが、意外なことになりましたから、私は残念なのです。源氏の大臣は天下の第一人者といわれるりっぱな方ではありますがほとんど家の中どうしのような者のいっしょになりますことは、人に聞こえましても軽率に思われることです。低い身分の人たちの中でも、そんなことは世間へはばかってさせないものです。それはあの人のためにもよいことでは決してありません。全然離れた家へはなやかに婿として迎えられることがどれだけ幸福だかしれません。従姉《いとこ》の縁で強《し》いた結婚だというように取られて、源氏の大臣も不快にお思いになるかもしれませんよ。それにしましてもそのことを私へお知らせくださいましたら、私はまた計らいようがあるというものです。ある形式を踏ませて、少しは人聞きをよくしてやることもできたでしょうが、あなた様が、ただ年若な者のする放縦な行動そのままにお捨て置きになりましたことを私は遺憾《いかん》に思うのです」

くわしく大臣が言うことによって、はじめて真相をお悟りになった宮は、夢にもお思いにならないことであったから、あきれておしまいになった。

「あなたがそうお言いになるのはもっともだけれど、私はまったく二人の孫が何を思って、何をしているかを知りませんでした。私こそ残念でなりませんのに、同じように罪を私が負わせられるとは恨めしいことです。私は手もとへ来た時から、特別にかわいくて、あなたがそれほどにしようとお思いにならないほど大事にして、私はあの人に女の最高の幸福を受けうる価値もつけようとしてました。一方の孫を溺愛《できあい》して、ああしたまだ少年の者に結婚を許そうなどとは思いもよらぬことです。それにしても、だれがあなたにそんなことを言ったのでしょう。人の中傷かもしれぬことで、腹をお立てになったりなさることはよくないし、ないことで娘の名に傷をつけてしまうことにもなりますよ」

「何のないことだものですか。女房たちも批難して、蔭《かげ》では笑っていることでしょうから、私の心中は穏やかでありようがありません」

と言って大臣は立って行った。幼い恋を知っている人たちは、この破局に立ち至った少年少女に同情していた。先夜の内証話をした人たちは逆上もしてしまいそうになって、どうしてあんな秘密を話題にしたのであろうと後悔に苦しんでいた。

姫君は何も知らずにいた。のぞいた居間に可憐《かれん》な美しい顔をして姫君がすわっているのを見て、大臣の心に父の愛が深く湧《わ》いた。

「いくら年が行かないからといって、あまりに幼稚な心を持っているあなただとは知らないで、われわれの娘としての人並みの未来を私はいろいろに考えていたのだ。あなたよりも私のほうが廃《すた》り物になった気がする」

と大臣は言って、それから乳母《めのと》を責めるのであった。乳母は大臣に対して何とも弁明ができない。ただ、

「こんなことでは大事な内親王様がたにもあやまちのあることを昔の小説などで読みましたが、それは御信頼を裏切るおそばの者があって、男の方のお手引きをするとか、また思いがけない隙《すき》ができたとかいうことで起きるのですよ。こちらのことは何年も始終ごいっしょに遊んでおいでになった間なんですもの。お小さくはいらっしゃるし宮様が寛大にお扱いになる以上にわれわれがお制しすることはできないとそのままに見ておりましたけれど、それも一昨年ごろからははっきりと日常のことが御区別できましたし、またあの方が同じ若い人といってもだらしのない不良なふうなどは少しもない方なのでしたから、まったく油断をいたしましたわね」

などと自分たち仲間で歎《なげ》いているばかりであった。

「で、このことはしばらく秘密にしておこう。評判はどんなにしていても立つものだが、せ

めてあなたたちは、事実でないと否定をすることに骨を折るがいい。そのうち私の邸《やしき》へつれて行くことにする。宮様の御好意が足りないからなのだ。あなたがたはいくら何だっても、こうなれと望んだわけではないだろう」

と大臣が言うと、乳母たちは、大宮のそう取られておいでになることをお気の毒に思いながらも、また自家のあかりが立ててもらえたようにうれしく思った。

「さようでございますとも、大納言家への聞こえということも私たちは思っているのでございますもの、どんなに人柄がごりっぱでも、ただの御縁におつきになることなどを私たちは希望申し上げるわけはございません」

と言う。姫君はまったく無邪気で、どう戒めても、訓《おし》えてもわかりそうにないのを見て大臣は泣き出した。

「どういうふうに体裁を繕えばいいか、この人を廃《すた》り物にしないためには」

大臣は二、三人と密議するのであった。この人たちは大宮の態度がよろしくなかったことばかりを言い合った。

大宮はこの不祥事を二人の孫のために悲しんでおいでになったが、その中でも若君のほうをお愛しになる心が強かったのか、もうそんなに大人びた恋愛などのできるようになったかとかわいくお思われにならないでもなかった。もってのほかのように言った内大臣の言葉を肯定あそばすこともできない。必ずしもそうであるまい、たいした愛情のなかった子供を、自分がたいせつに育ててやるようになったため、東宮の後宮というような志望も父親が持つことになったのである。それが実現できなくて、普通の結婚をしなければならない運命になれば、源氏の長男以上のすぐれた婿があるものではない。容貌《ようぼう》をはじめとして何から言っても同等の公達《きんだち》のあるわけはない、もっと価値の低い婿を持たねばならない気がすると、やや公平でない御愛情から、大臣を恨んでおいでになるのであったが、宮のこのお心持ちを知ったならまして大臣はお恨みすることであろう。

自身のことでこんな騒ぎのあることも知らずに源氏の若君が来た。一昨夜は人が多くいて、恋人を見ることのできなかったことから、恋しくなって夕方から出かけて来たものであるらしい。平生大宮はこの子をお迎えになると非常におうれしそうなお顔をあそばしておよろこびになるのであるが、今日はまじめなふうでお話をあそばしたあとで、

「あなたのことで内大臣が来て、私までも恨めしそうに言ってましたから気の毒でしたよ。よくないことをあなたは始めて、そのために人が不幸になるではありませんか。私はこんなふうに言いたくはないのだけれど、そういうことのあったのを、あなたが知らないでいてはと思ってね」

とお言いになった。少年の良心にとがめられていることであったから、すぐに問題の真相がわかった。若君は顔を赤くして、

「なんでしょう。静かな所へ引きこもりましてからは、だれとも何の交渉もないのですから、伯父《おじ》様の感情を害するようなことはないはずだと私は思います」

と言って羞恥《しゅうち》に堪えないように見えるのをかわいそうに宮は思召《おぼしめ》した。

「まあいいから、これから気をおつけなさいね」

とだけお言いになって、あとはほかへ話を移しておしまいになった。これからは手紙の往復もいっそう困難になることであろうと思うと、若君の心は暗くなっていった。晩餐《ばんさん》が出てもあまり食べずに早く寝てしまったふうは見せながらも、どうかして恋人に逢おうと思うことで夢中になっていた若君は、皆が寝入ったころを見計らって姫君の居間との間の襖子《からかみ》をあけようとしたが、平生は別に錠などを掛けることもなかった仕切りが、今夜はしかと鎖《とざ》されてあって、向こう側に人の音も聞こえない。若君は心細くなって、襖子によりかかっていると、姫君も目をさましていて、風の音が庭先の竹にとまってそよそよと鳴ったり、空を雁《かり》の通って行く声のほのかに聞こえたりすると、無邪気な人も身にしむ思いが胸にあるのか、「雲井の雁もわがごとや」（霧深き雲井の雁もわがごとや晴れもせず物の悲しかるらん）と口ずさんでいた。その様子が少女らしくきわめて可憐《かれん》であった。若君の不安さはつのって、

「ここをあけてくださいい、小侍従はいませんか」

と言った。あちらには何とも答える者がない。小侍徒は姫君の乳母《めのと》の娘である。独言《ひとりごと》を聞かれたのも恥ずかしくて、姫君は夜着を顔に被《かぶ》ってしまったのであったが、心では恋人を憐《あわれ》んでいた、大人のように。乳母などが近い所に寝ていてみじろぎも容易にできないのである。それきり二人とも黙っていた。

さ夜中に友よびわたる雁がねにうたて吹きそふ荻《をぎ》のうは風

身にしむものであると若君は思いながら宮のお居間のほうへ帰ったが、歎息《たんそく》してつく吐息《といき》を宮がお目ざめになってお聞きにならぬかと遠慮されて、みじろぎながら寝ていた。

若君はわけもなく恥ずかしくて、早く起きて自身の居間のほうへ行き、手紙を書いたが、二人の味方である小侍従にも逢うことができず、姫君の座敷のほうへ行くこともようせずに煩悶《はんもん》をしていた。女のほうも父親にしかられたり、皆から問題にされたりしたことだけが恥ずかしくて、自分がどうなるとも、あの人がどうなっていくとも深くは考えていない。美しく二人が寄り添って、愛の話をすることが悪いこと、醜いこととは思えなかった。そうした場合がなつかしかった。こんなに皆に騒がれることが至当なこととは思われないのであるが、乳母などからひどい小言《こごと》を言われたあとでは、手紙を書いて送ることもできなかった。大人はそんな中でも隙《すき》をとらえることが不可能でなかろうが、相手の若君も少年であって、ただ残念に思っているだけであった。

内大臣はそれきりお訪《たず》ねはしないのであるが宮を非常に恨めしく思っていた。夫人には雲井の雁の姫君の今度の事件についての話をしなかったが、ただ気むずかしく不機嫌《ふきげん》になっていた。

「中宮がはなやかな儀式で立后後の宮中入りをなすったこの際に、女御《にょご》が同じ御所でめいった気持ちで暮らしているかと思うと私はたまらないから、退出させて気楽に家《うち》で遊ばせてやりたい。さすがに陛下はおそばをお離しにならないようにお扱いになって、夜昼上の御局《みつぼね》へ上がっているのだから、女房たちなども緊張してばかりいなければならないのが苦しそうだから」

こう夫人に語っている大臣はにわかに女御退出のお暇を帝《みかど》へ願い出た。御寵愛《ちょうあい》の深い人であったから、お暇を許しがたく帝《みかど》は思召《おぼしめ》したのであるが、いろいろなことを言い出して大臣が意志を貫徹しようとするので、帝はしぶしぶ許しあそばされた。自邸に帰った女御に大臣は、

「退屈でしょうから、あちらの姫君を呼んでいっしょに遊ぶことなどなさい。宮にお預けしておくことは安心なようではあるが、年の寄った女房があちらには多すぎるから、同化されて若い人の慎み深さがなくなってはと、もうそんなことも考えなければならない年ごろになっていますから」

こんなことを言って、にわかに雲井の雁を迎えることにした。大宮は力をお落としになって、

「たった一人あった女の子が亡《な》くなってから私は心細い気がして寂しがっていた所へ、あなたが姫君をつれて来てくれたので、私は一生ながめて楽しむことのできる宝のように思って世話をしていたのに、この年になってあなたに信用されなくなったかと思うと恨めしい気がします」

とお言いになると、大臣はかしこまって言った。

「遺憾《いかん》な気のしましたことは、その場でありのままに申し上げただけのことでございます。あなた様を御信用申さないようなことが、どうしてあるものでございますか。御所におります娘が、いろいろと朗らかでないふうでこの節邸《やしき》へ帰っておりますから、退屈そうなのが哀れでございまして、いっしょに遊んで暮らせばよいと思いまして、一時的につれてまいるのでございます」

また、

「今日までの御養育の御恩は決して忘れさせません」

とも言った。こう決めたことはとどめても思い返す性質でないことを御承知の宮はただ残念に思召すばかりであった。

「人というものは、どんなに愛するものでもこちらをそれほどには思ってはくれないものだね。若い二人がそうではないか、私に隠して大事件を起こしてしまったではないか。それはそれでも大臣はりっぱなでき上がった人でいながら私を恨んで、こんなふうにして姫君をつれて行ってしまう。あちらへ行ってここにいる以上の平和な日があるものとは思われないよ」

お泣きになりながら、こう女房たちに宮は言っておいでになった。ちょうどそこへ若君が来た。少しの隙《すき》でもないかとこのごろはよく出て来るのである。内大臣の車が止まっているのを見て、心の鬼にきまり悪さを感じた若君は、そっとはいって来て自身の居間へ隠れた。内大臣の息子たちである左少将《さしょうしょう》、少納言《しょうなごん》、兵衛佐《ひょうえのすけ》、侍従《じじゅう》、大夫《だいふ》などという人らもこのお邸《やしき》へ来るが、御簾《みす》の中へはいることは許されていないのである。左衛門督《さえもんのかみ》、権中納言《ごんちゅうなごん》などという内大臣の兄弟はほかの母君から生まれた人であったが、故人の太政大臣が宮へ親子の礼を取らせていた関係から、今も敬意を表しに来て、その子供たちも出入りするのであるが、だれも源氏の若君ほど美しい顔をしたのはなかった。宮のお愛しになることも比類のない御孫であったが、そのほかには雲井の雁だけがお手もとで育てられてきて深い御愛情の注がれている御孫であったのに、突然こうして去ってしまうことになって、お寂しくなることを宮は歎《なげ》いておいでになった。大臣は、

「ちょっと御所へ参りまして、夕方に迎えに来ようと思います」

と言って出て行った。事実に潤色を加えて結婚をさせてもよいとは大臣の心にも思われたのであるが、やはり残念な気持ちが勝って、ともかくも相当な官歴ができたころ、娘への愛の深さ浅さをも見て、許すにしても形式を整えた結婚をさせたい、厳重に監督しても、そこが男の家でもある所に置いては、若いどうしは放縦なことをするに違いない。宮もしいて制しようとはあそばさないであろうからとこう思って、女御《にょご》のつれづれに託して、自家のほうへも官邸へも軽いふうを装って伴い去ろうと大臣はするのである。宮は雲井の雁へ手紙をお書きになった。

大臣は私を恨んでいるかしりませんが、あなたは、私がどんなにあなたを愛しているかを知っているでしょう。こちらへ逢いに来てください。

宮のお言葉に従って、きれいに着かざった姫君が出て来た。年は十四なのである。まだ大人にはなりきってはいないが、子供らしくおとなしい美しさのある人である。

「始終あなたをそばに置いて見ることが、私のなくてならぬ慰めだったのだけれど、行ってしまっては寂しくなることでしょう。私は年寄りだから、あなたの生《お》い先が見られないだろうと、命のなくなるのを心細がったものですがね。私と別れてあなたの行く所はどこかと思うとかわいそうでならない」

と言って宮はお泣きになるのであった。雲井の雁は祖母の宮のお歎《なげ》きの原因に自分の恋愛問題がなっているのであると思うと、羞恥《しゅうち》の感に堪えられなくて、顔も上げることができずに泣いてばかりいた。

若君の乳母の宰相の君が出て来て、

「若様とごいっしょの御主人様だとただ今まで思っておりましたのに行っておしまいになるなどとは残念なことでございます。殿様がほかの方と御結婚をおさせになろうとあそばしましても、お従いにならぬようにあそばせ」

などと小声で言うと、いよいよ恥ずかしく思って、雲井《くもい》の雁《かり》はものも言えないのである。

「そんな面倒《めんどう》な話はしないほうがよい。縁だけはだれも前生から決められているのだからわからない」

と宮がお言いになる。

「でも殿様は貧弱だと思召《おぼしめ》して若様を軽蔑《けいべつ》あそばすのでございましょうから。まあお姫様見ておいであそばせ、私のほうの若様が人におくれをおとりになる方かどうか」

口惜《くちお》しがっている乳母はこんなことも言うのである。若君は几帳《きちょう》の後ろへはいって来て恋人をながめていたが、人目を恥じることなどはもう物の切迫しない場合のことで、今はそんなことも思われずに泣いているのを、乳母はかわいそうに思って、宮へは体裁よく申し上げ、夕方の暗《くら》まぎれに二人をほかの部屋で逢わせた。きまり悪さと恥ずかしさで二人はものも言わずに泣き入った。

「伯父《おじ》様の態度が恨めしいから、恋しくても私はあなたを忘れてしまおうと思うけれど、逢わないでいてはどんなに苦しいだろうと今から心配でならない。なぜ逢えば逢うことのできたころに私はたびたび来なかったろう」

と言う男の様子には、若々しくてそして心を打つものがある。

「私も苦しいでしょう、きっと」

「恋しいだろうとお思いになる」

と男が言うと、雲井の雁が幼いふうにうなずく。座敷には灯《ひ》がともされて、門前からは大臣の前駆の者が大仰《おおぎょう》に立てる人払いの声が聞こえてきた。女房たちが、

「さあ、さあ」

と騒ぎ出すと、雲井の雁は恐ろしがってふるえ出す。男はもうどうでもよいという気になって、姫君を帰そうとしないのである。姫君の乳母《めのと》が捜しに来て、はじめて二人の会合を知った。何といういまわしいことであろう、やはり宮はお知りにならなかったのではなかったかと思うと、乳母は恨めしくてならなかった。

「ほんとうにまあ悲しい。殿様が腹をおたてになって、どんなことをお言い出しになるかしれないばかしか、大納言家でもこれをお聞きになったらどうお思いになることだろう。貴公子でおありになっても、最初の殿様が浅葱《あさぎ》の袍《ほう》の六位の方とは」

こう言う声も聞こえるのであった。すぐ二人のいる屏風《びょうぶ》の後ろに来て乳母はこぼしているのである。若君は自分の位の低いことを言って侮辱しているのであると思うと、急に人生がいやなものに思われてきて、恋も少しさめる気がした。

「そらあんなことを言っている。

くれなゐの涙に深き袖《そで》の色を浅緑とやいひしをるべき

恥ずかしくてならない」

と言うと、

いろいろに身のうきほどの知らるるはいかに染めける中の衣ぞ

と雲井の雁が言ったか言わぬに、もう大臣が家の中にはいって来たので、そのまま雲井の雁は立ち上がった。取り残された見苦しさも恥ずかしくて、悲しみに胸をふさがらせながら、若君は自身の居間へはいって、そこで寝っこうとしていた。三台ほどの車に分乗して姫君の一行は邸《やしき》をそっと出て行くらしい物音を聞くのも若君にはつらく悲しかったから、宮のお居間から、来るようにと、女房を迎えによこしになった時にも、眠ったふうをしてみじろぎもしなかった。涙だけがまだ止まらずに一睡もしないで暁になった。霜の白いころに若君は急いで出かけて行った。泣き腫《は》らした目を人に見られることが恥ずかしいのに、宮はきっとそばへ呼ぼうとされるのであろうから、気楽な場所へ行ってしまいたくなったのである。車の中でも若君はしみじみと破れた恋の悲しみを感じるのであったが、空模様もひどく曇って、まだ暗い寂しい夜明けであった。

霜氷うたて結べる明けぐれの空かきくらし降る涙かな

こんな歌を思った。

今年源氏は五節《ごせち》の舞い姫を一人出すのであった。たいした仕度《したく》というものではないが、付き添いの童女の衣裳《いしょう》などを日が近づくので用意させていた。東の院の花散里《はなちるさと》夫人は、舞い姫の宮中へはいる夜の、付き添いの女房たちの装束を引き受けて手もとで作らせていた。二条の院では全体にわたっての一通りの衣裳が作られているのである。中宮からも、童女、下仕えの女房幾人かの衣服を、華奢《かしゃ》に作って御寄贈になった。去年は諒闇《りょうあん》で五節のなかったせいもあって、だれも近づいて来る五節に心をおどらせている年であるから、五人の舞い姫を一人ずつ引き受けて出す所々では派手《はで》が競われているという評判であった。按察使《あぜち》大納言の娘、左衛門督《さえもんのかみ》の娘などが出ることになっていた。それから殿上役人の中から一人出す舞い姫には、今は近江守《おうみのかみ》で左中弁を兼ねている良清朝臣《よしきよあそん》の娘がなることになっていた。今年の舞い姫はそのまま続いて女官に採用されることになっていたから、愛嬢を惜しまずに出すのであると言われていた。源氏は自身から出す舞い姫に、摂津守兼左京大夫である惟光《これみつ》の娘で美人だと言われている子を選んだのである。惟光は迷惑がっていたが、

「大納言が妾腹の娘を舞い姫に出す時に、君の大事な娘を出したっても恥ではない」

と責められて、困ってしまった惟光は、女官になる保証のある点がよいからとあきらめてしまって、主命に従うことにしたのである。舞の稽古《けいこ》などは自宅でよく習わせて、舞い姫を直接世話するいわゆるかしずきの幾人だけはその家で選んだのをつけて、初めの日の夕方ごろに二条の院へ送った。なお童女幾人、下《しも》仕え幾人が付き添いに必要なのであるから、二条の院、東

の院を通じてすぐれた者を多数の中から選《よ》り出すことになった。皆それ相応に選定される名誉を思って集まって来た。陛下が五節《ごせち》の童女だけを御覧になる日の練習に、縁側を歩かせて見て決めようと源氏はした。落選させてよいような子供もない、それぞれに特色のある美しい顔と姿を持っているのに源氏はかえって困った。

「もう一人分の付き添いの童女を私のほうから出そうかね」

などと笑っていた。結局身の取りなしのよさと、品のよい落ち着きのある者が採られることになった。

大学生の若君は失恋の悲しみに胸が閉じられて、何にも興味が持てないほど心がめいって、書物も読む気のしないほどの気分がいくぶん慰められるかもしれぬと、五節の夜は二条の院に行っていた。風采《ふうさい》がよくて落ち着いた、艶《えん》な姿の少年であったから、若い女房などから憧憬《あこがれ》を持たれていた。夫人のいるほうでは御簾《みす》の前へもあまりすわらせぬように源氏は扱うのである。源氏は自身の経験によって危険がるのか、そういうふうであったから、女房たちすらも若君と親しくする者はいないのであるが、今日は混雑の紛れに室内へもはいって行ったものらしい。車で着いた舞い姫をおろして、妻戸の所の座敷に、屏風《びょうぶ》などで囲いをして、舞い姫の仮の休息所へ入れてあったのを、若君はそっと屏風の後ろからのぞいて見た。苦しそうにして舞い姫はからだを横向きに長くしていた。ちょうど雲井《くもい》の雁《かり》と同じほどの年ごろであった。それよりも少し背が高くて、全体の姿にあざやかな美しさのある点は、その人以上にさえも見えた。暗かったからよくは見えないのであるが、年ごろが同じくらいで恋人の思われる点がうれしくて、恋が移ったわけではないがこれにも関心は持たれた。若君は衣服の褄先《つまさき》を引いて音をさせてみた。思いがけぬことで怪しがる顔を見て、

「天《あめ》にます豊岡《とよをか》姫の宮人もわが志すしめを忘るな

『みづがきの』（久しき世より思ひ初《そ》めてき）」

と言ったが、藪《やぶ》から棒ということのようである。若々しく美しい声をしているが、だれであるかを舞い姫は考え当てることもできない。気味悪く思っている時に、顔の化粧を直しに、騒がしく世話役の女が幾人も来たために、若君は残念に思いながらその部屋を立ち去った。浅葱《あさぎ》の袍《ほう》を着て行くことがいやで、若君は御所へ行くこともしなかったが、五節を機会に、好みの色の直衣《のうし》を着て宮中へ出入りすることを若君は許されたので、その夜から御所へも行った。まだ小柄な美少年は、若公達《わかきんだち》らしく御所の中を遊びまわっていた。帝をはじめとしてこの人をお愛しになる方が多く、ほかには類もないような御恩寵《おんちょう》を若君は身に負っているのであった。

五節の舞い姫がそろって御所へはいる儀式には、どの舞い姫も盛装を凝らしていたが、美しい点では源氏のと、大納言の舞い姫がすぐれていると若い役人たちはほめた。実際二人ともきれいであったが、ゆったりとした美しさはやはり源氏の舞い姫がすぐれていて、大納言のほうのは及ばなかったようである。きれいで、現代的で、五節の舞い姫などというもののようでないつくりにした感じよさがこうほめられるわけであった。例年の舞い姫よりも少し大きくて前から期待されていたのにそむかない五節の舞い姫たちであった。源氏も参内して陪観したが、

五節の舞い姫の少女が目にとまった昔を思い出した。辰の日の夕方に大弐《だいに》の五節へ源氏は手紙を書いた。内容が想像されないでもない。

少女子《をとめご》も神さびぬらし天つ袖《そで》ふるき世の友よはひ経ぬれば

五節は今日までの年月の長さを思って、物哀れになった心持ちを源氏が昔の自分に書いて告げただけのことである、これだけのことを喜びにしなければならない自分であるということをはかなんだ。

かけて言はば今日のこととぞ思ほゆる日かげの霜の袖にとけしも

新嘗祭《にいなめまつり》の小忌《おみ》の青摺《あおず》りを模様にした、この場合にふさわしい紙に、濃淡の混ぜようをおもしろく見せた漢字がちの手紙も、その階級の女には適した感じのよい返事の手紙であった。若君も特に目だった美しい自家の五節を舞の庭に見て、逢ってものを言う機会を作りたく、楽屋のあたりへ行ってみるのであったが、近い所へ人も寄せないような警戒ぶりであったから、羞恥心《しゅうちしん》の多い年ごろのこの人は歎息《たんそく》するばかりで、それきりにしてしまった。美貌《びぼう》であったことが忘られなくて、恨めしい人に逢われない心の慰めにはあの人を恋人に得たいと思っていた。

五節の舞い姫は皆とどまって宮中の奉仕をするようとの仰せであったが、いったんは皆退出させて、近江守《おうみのかみ》のは唐崎《からさき》、摂津守の子は浪速《なにわ》で祓《はら》いをさせたいと願って自宅へ帰った。大納言も別の形式で宮仕えに差し上げることを奏上した。左衛門督《さえもんのかみ》は娘でない者を娘として五節に出

った。惟光《これみつ》は典侍《ないしのすけ》の職が一つあいてある補充に娘を採用されたいと申し出た。源氏もその希望どおりに優遇をしてやってもよいという気になっていることを、若君は聞いて残念に思った。自分がこんな少年でなく、六位級に置かれているのでなければ、女官などにはさせないで、父の大臣に乞《こ》うて同棲《どうせい》を黙認してもらうのであるが、現在では不可能なことである。恋しく思う心だけも知らせずに終わるのかと、たいした思いではなかったが、雲井の雁を思って流す涙といっしょに、そのほうの涙のこぼれることもあった。五節の弟で若君にも丁寧に臣礼を取ってくる惟光の子に、ある日逢った若君は平生以上に親しく話してやったあとで言った。

「五節はいつ御所へはいるの」

「今年のうちだということです」

「顔がよかったから私はあの人が好きになった。君は姉さんだから毎日見られるだろうからうらやましいのだが、私にももう一度見せてくれないか」

「そんなこと、私だってよく顔なんか見ることはできませんよ。男の兄弟だからって、あまりそばへ寄せてくれませんのですもの、それだのにあなたなどにお見せすることなど、だめですね」

と言う。

「じゃあ手紙でも持って行ってくれ」

と言って、若君は惟光《これみつ》の子に手紙を渡した。これまでもこんな役をしてはいつも家庭でしかられるのであったが迷惑に思うのであるが、ぜひ持ってやらせたそうである若君が気の毒で、その子は家へ持って帰った。五節は年よりもませていたのか、若君の手紙をうれしく思った。緑色の薄様《うすよう》の美しい重ね紙に、字はまだ子供らしいが、よい将来のこもった字で感じよく書かれてある。

日かげにもしるかりけめや少女子《をとめご》が天の羽袖にかけし心は

姉と弟がこの手紙をいっしょに読んでいる所へ思いがけなく父の惟光大人が出て来た。隠してしまうこともまた恐ろしくてできぬ若い姉弟《きょうだい》であった。

「それは、だれの手紙」

父が手に取るのを見て、姉も弟も赤くなってしまった。

「よくない使いをしたね」

としかられて、逃げて行こうとする子を呼んで、

「だれから頼まれた」

と惟光が言った。

「殿様の若君がぜひっておっしゃるものだから」

と答えるのを聞くと、惟光は今まで怒っていた人のようでもなく、笑顔《えがお》になって、

「何というかわいいいたずらだろう。おまえなどは同い年でまだまったくの子供じゃないか」

とほめた。妻にもその手紙を見せるのであった。

「こうした貴公子に愛してもらえば、ただの女官のお勤めをさせるより私はそのほうへ上げてしまいたいくらいだ。殿様の御性格を見ると恋愛関係をお作りになった以上、御自身のほうから相手をお捨てになることは絶対にないようだ。私も明石《あかし》の入道になるかな」

などと惟光は言っていたが、子供たちは皆立って行ってしまった。

若君は雲井の雁へ手紙を送ることもできなかった。二つの恋をしているが、一つの重いほうのことばかりが心にかかって、時間がたてばたつほど恋しくなって、目の前を去らない面影の主に、もう一度逢うということもできぬかとばかり歎《なげ》かれるのである。祖母の宮のお邸《やしき》へ行くこともわけなしに悲しくてあまり出かけない。その人の住んでいた座敷、幼い時からいっしょに遊んだ部屋などを見ては、胸苦しさのつのるばかりで、家そのものも恨めしくなって、また勉強所にばかり引きこもっていた。源氏は同じ東の院の花散里《はなちるさと》夫人に、母としての若君の世話を頼んだ。

「大宮はお年がお年だから、いつどうおなりになるかしれない。お薨《かく》れになったあとのことを思うと、こうして少年時代から馴《な》らしておいて、あなたの厄介《やっかい》になるのが最もよいと思う」

と源氏は言うのであった。すなおな性質のこの人は、源氏の言葉に絶対の服従をする習慣から、若君を愛して優しく世話をした。若君は養母の夫人の顔をほのかに見ることもあった。よくないお顔である。こんな人を父は妻としていることができるのである、自分が恨めしい人の顔に執着を絶つことのできないのも、自分の心ができ上がっていないからであろう、こうした優しい性質の婦人と夫婦になりえたら幸福であろうと、こんなことを若君は思ったが、しかしあまりに美しくない顔の妻は向かい合った時に気の毒になってしまうであろう、こんなに長い関係になっていながら、容貌《ようぼう》の醜なる点、性質の美な点を認めた父君は、夫婦生活などは疎《おろそか》にして、妻としての待遇にできるかぎりの好意を尽くしていられるらしい。それが合理的なようであるとも若君は思った。そんなことまでもこの少年は観察しえたのである。大宮は尼姿になっておいでになるがまだお美しかったし、そのほかどこでこの人の見るのも相当な容貌が集められている女房たちであったから、女の顔は皆きれいなものであると思っていたのが、若い時から美しい人でなかった花散里が、女の盛りも過ぎて衰えた顔は、痩《や》せた貧弱なものになり、髪も少なくなっていたりするのを見て、こんなふうに思うのである。

年末には正月の衣裳《いしょう》を大宮は若君のためにばかり仕度《したく》あそばされた。幾重ねも美しい春の衣服のでき上がっているのを、若君は見るのもいやな気がした。

「元旦だって、私は必ずしも参内するものでないのに、何のためにこんなに用意をなさるのですか」

「そんなことがあるものですか。廃人の年寄りのようなことを言う」

「年寄りではありませんが廃人の無力が自分に感じられる」

若君は独言《ひとりごと》を言って涙ぐんでいた。失恋を悲しんでいるのであろうと、哀れに御覧になって宮も寂しいお顔をあそばされた。

「男性というものは、どんな低い身分の人だって、心持ちだけは高く持つものです。あまりめいったそうしたふうは見せないようになさいよ。あなたがそんなに思い込むほどの価値のあるものはないではないか」

「それは別にないのですが、六位だと人が軽蔑《けいべつ》をしますから、それはしばらくの間のことだとは知っていますが、御所へ行くのも気がそれで進まないのです。お祖父《じい》様がおいでになったら、戯談《じょうだん》にでも人は私を軽蔑なんかしないでしょう。ほんとうのお父様ですが、私をお扱いになるのは、形式的に重くしていらっしゃるとしか思われません。二条の院などで私は家族の一人として親しませてもらうようなことは絶対にできません。東の院でだけ私はあの方の子らしくしていただけます。西の対《たい》のお母様だけは優しくしてくださいます。もう一人私にほんとうのお母様があれば、私はそれだけでもう幸福なのでしょうがお祖母《ばあ》様」

涙の流れるのを紛らしている様子のかわいそうなのを御覧になって、宮はほろほろと涙をこぼしてお泣きになった。

「母を亡《な》くした子というものは、各階級を通じて皆そうした心細い思いをしているのだけれど、だれにも自分の運命というものがあって、それぞれに出世してしまえば、軽蔑する人などはないのだから、そのことは思わないほうがいいよ。お祖父様がもうしばらくでも生きていてくだすったらよかったのだね、お父様がおいでなんだから、お祖父様くらいの愛はあなたに掛けていただけると信じてますけれど、思うようには行かないものなのだね。内大臣もりっぱな人格者のように世間で言われていても、私に昔のような平和も幸福もなくなっていくのはどういうわけだろう。私はただ長生きの罪にしてあきらめますが、若いあなたのような人を、こんなふうに少しでも厭世的《えんせい》にする世の中かと思うと恨めしくなります」

と宮は泣いておいでになった。

元日も源氏は外出の要がなかったから長閑《のどか》であった。良房《よしふさ》の大臣の賜わった古例で、七日の白馬《あおうま》が二条の院へ引かれて来た。宮中どおりに行なわれた荘重な式であった。

二月二十幾日に朱雀院《すざく》へ行幸があった。桜の盛りにはまだなっていなかったが、三月は母后の御忌月《おんきづき》であったから、この月が選ばれたのである。早咲きの桜は咲いていて、春のながめはもう美しかった。お迎えになる院のほうでもいろいろの御準備があった。行幸の供奉《ぐぶ》をする顕官も親王方もその日の服装などに苦心を払っておいでになった。その人たちは皆青色の下に桜襲《がさね》を用いた。帝は赤色の御服であった。お召しがあって源氏の大臣が参院した。同じ赤色を着ているのであったから、帝と同じものと見えて、源氏の美貌《びぼう》が輝いた。御宴席に出た人々の様子も態度も非常によく洗練されて見えた。院もますます清艶《せいえん》な姿におなりあそばされた。今日は専門の詩人はお招きにならないで、詩才の認められる大学生十人を召したのである。これを式部省《しきぶしょう》の試験に代えて作詞の題をその人たちはいただいた。これは源氏の長男のためにわざとお計らいになったことである。気の弱い学生などは頭もぼうとさせていて、お庭先の池に放たれた船に乗って出た水上で製作に苦しんでいた。夕方近くなって、音楽者を載せた船が池を往来して、楽音を山風に混ぜて吹き立てている時、若君はこんなに苦しい道を進まないでも自分の才分を発揮させる道はあるであろうがと恨めしく思った。「春鶯囀《しゅんおうてん》」が舞われている時、昔の桜花の宴の日のことを院の帝はお思い出しになって、

「もうあんなおもしろいことは見られないと思う」と源氏へ仰せられたが、源氏はそのお言葉から青春時代の恋愛三昧《ざんまい》を忍んで物哀れな気分になった。源氏は院へ杯を参らせて歌った。

鶯《うぐひす》のさへづる春は昔にてむつれし花のかげぞ変はれる

院は、

九重を霞《かすみ》へだつる住処《すみか》にも春と告げくる鶯の声

とお答えになった。太宰帥の宮《だざいのそつ》といわれた方は兵部卿《ひょうぶきょう》になっておいでになるのであるが、陛下へ杯を献じた。

いにしへを吹き伝へたる笛竹にさへづる鳥の音《ね》さへ変はらぬ

この歌を奏上した宮の御様子がことにりっぱであった。帝は杯をお取りになって、

鶯の昔を恋ひて囀《さへづ》るは木《こ》づたふ花の色やあせたる

と仰せになるのが重々しく気高《けだか》かった。この行幸は御家庭的なお催しで、儀式ばったことでなかったせいなのか、官人一同が詞歌を詠進したのではなかったのかその日の歌はこれだけより書き置かれていない。

奏楽所が遠くて、細かい楽音が聞き分けられないために、楽器が御前へ召された。兵部卿の宮が琵琶《びわ》、内大臣は和琴《わごん》、十三絃《げん》が院の帝《みかど》の御前に差し上げられて、琴《きん》は例のように源氏の役になった。皆名手で、絶妙な合奏楽になった。歌う役を勤める殿上役人が選ばれてあって、「安名尊《あなとうと》」が最初に歌われ、次に桜人《さくらびと》が出た。月が朧《おぼ》ろに出て美しい夜の庭に、中島あたりではそこかしこに篝火《かがりび》が焚《た》かれてあった。そうしてもう合奏が済んだ。

夜ふけになったのであるが、この機会に皇太后を御訪問あそばさないことも冷淡なことであると思召《おぼしめ》して、お帰りがけに帝はそのほうの御殿へおまわりになった。源氏もお供をして参ったのである。太后は非常に喜んでお迎えになった。もう非常に老いておいでになるのを、御覧になっても帝は御母宮をお思い出しになって、こんな長生きをされる方もあるのにと残念に思召された。

「もう老人になってしまいまして、私などはすべての過去を忘れてしまっておりますのに、もったいない御訪問をいただきましたことから、昔の御代《みよ》が忍ばれます」

と太后は泣いておいでになった。

「御両親が早くお崩《かく》れになりまして以来、春を春でもないように寂しく見ておりましたが、今日はじめて春を十分に享楽いたしました。また伺いましょう」

と陛下は仰せられ、源氏も御挨拶《あいさつ》をした。

「また別の日に伺候いたしまして」

還幸の鳳輦《ほうれん》をはなやかに百官の囲繞《いにょう》して行く光景が、物の響きに想像される時にも、太后は過去の御自身の態度の非を悔いておいでになった。源氏はどう自分の昔を思っているであろうと恥じておいでになった。一国を支配する人の持っている運は、どんな咀《のろ》いよりも強いものであるとお悟りにもなった。

朧月夜《おぼろづきよ》の尚侍《ないしのかみ》も静かな院の中にいて、過去を思う時々に、源氏とした恋愛の昔が今も身にしむことに思われた。近ごろでも源氏は好便に託して文通をしているのであった。太后は政治について御註文《ちゅうもん》をお持ちになる時とか、御自身の推薦権の与えられておいでになる限られた官爵の運用についてとかに思召しの通らない時は、長生きをして情けない末世に苦しむというようなことをお言い出しになり、御無理も仰せられた。年を取っておいでになるにしたがって、強い御気質がますます強くなって院もお困りになるふうであった。

源氏の公子はその日の成績がよくて進士になることができた。碩学《せきがく》の人たちが選ばれて答案の審査にあたったのであるが、及第は三人しかなかったのである。そして若君は秋の除目《じもく》の時に侍従に任ぜられた。雲井《くもい》の雁《かり》を忘れる時がないのであるが、大臣が厳重に監視しているのも恨めしくて、無理をして逢ってみようともしなかった。手紙だけは便宜を作って送るというような苦しい恋を二人はしているのであった。

源氏は静かな生活のできる家を、なるべく広くおもしろく作って、別れ別れにいる、たとえば嵯峨《さが》の山荘の人などもいっしょに住ませたいという希望を持って、六条の京極の辺に中宮《ちゅうぐう》の旧邸のあったあたり四町四面を地域にして新邸を造営させていた。式部卿の宮は来年が五十におなりになるのであったから、紫夫人はその賀宴をしたいと思って仕度《したく》をしているのを見て、源氏もそれはぜひともしなければならぬことであると思い、そうした式もなるべくは新邸でするほうがよいと、そのためにも建築を急がせていた。春になってからは専念に源氏は宮の五十の御賀の用意をしていた。落し忌《おといみ》の饗宴《きょうえん》のこと、その際の音楽者、舞い人の選定などは源氏の引き受けていることで、付帯して行なわれる仏事の日の経巻や仏像の製作、法事の僧たちへ出す布施《ふせ》の衣服類、一般の人への纏頭《てんとう》の品々は夫人が力を傾けて用意していることであった。東の院でも仕事を分担して助けていた。花散里《はなちるさと》夫人と紫の女王《にょおう》とは同情を互いに持って美しい交際をしているのである。世間までがこのために騒ぐように見える大仕掛けな賀宴のことを式部卿の宮もお聞きになった。これまではだれのためにも慈父のような広い心を持つ源氏であるが御自身と御自身の周囲の者にだけは冷酷な態度を取り続けられておいでになるのを、源氏の立場になってみれば、恨めしいことが過去にあったのであろうと、その時代の源氏夫婦を今さら気の毒にもお思いになり、こうした現状を苦しがっておいでになったが、源氏の幾人もある妻《さい》妾《しょう》の中の最愛の夫人で女王があって、世間から敬意を寄せられていることも並み並みでない人が娘であることは、その幸福が自家へわけられぬものにもせよ、自家の名誉であることには違いないと思っておいでになった。それに今度の賀宴が、源氏の勢力のもとでかつてない善美を尽くした準備が調えられているということをお知りになったのであるから、思いがけぬ老後の光栄を受けると感激しておいでになるが、宮の夫人は不快に思っていた。女御《にょご》の後宮の競争にも源氏が同情的態度に出ないことで、いよいよ恨めしがっているのである。

八月に六条院の造営が終わって、二条の院から源氏は移転することになった。南西は中宮の旧邸のあった所であるから、そこは宮のお住居《すまい》になるはずである。南の東は源氏の住む所である。北東の一帯は東の院の花散里、西北は明石《あかし》夫人と決めて作られてあった。もとからあった池や築山《つきやま》も都合の悪いのはこわして、水の姿、山の趣も改めて、さまざまに住み主の希望を入れた庭園が作られたのである。南の東は山が高くて、春の花の木が無数に植えられてあった。池がことに自然にできていて、近い植え込みの所には、五葉《ごよう》、紅梅、桜、藤《ふじ》、山吹《やまぶき》、岩躑躅《いわつつじ》などを主にして、その中に秋の草木がむらむらに混ぜてある。中宮のお住居《すまい》の町はもとの築山に、美しく染む紅葉《もみじ》を植え加えて、泉の音の澄んで遠く響くような工作がされ、流れがきれいな音を立てるような石が水中に添えられた。滝を落として、奥には秋の草野が続けられてある。ちょうどその季節であったから、嵯峨《さが》の大井の野の美観がこのために軽蔑《けいべつ》されてしまいそうである。北の東は涼しい泉があって、ここは夏の庭になっていた。座敷の前の庭には呉竹《くれたけ》がたくさん植えてある。下風の涼しさが思われる。大木の森のような木が深く奥にはあって、田舎《いなか》らしい卯《う》の花垣《はながき》などがわざと作られていた。昔の思われる花橘《はなたちばな》、撫子《なでしこ》、薔薇《そうび》、木丹《くたに》などの草木を植えた中に春秋のものも配してあった。東向いた所は特に馬場殿になっていた。庭には埒《らち》が結ばれて、五月の遊び場所ができているのである。菖蒲《しょうぶ》が茂らせてあって、向かいの厩《うまや》には名馬ばかりが飼われていた。北西の町は北側にずっと倉が並んでいるが、隔ての垣《かき》には唐竹《からたけ》が植えられて、松の木の多いのは雪を楽しむためである。冬の初めに初霜のとまる菊の垣根、朗らかな柞原《ははそはら》、そのほかにはあまり名の知れていないような山の木の枝のよく繁《しげ》ったものなどが移されて来てあった。

秋の彼岸のころ源氏一家は六条院へ移って行った。皆一度にと最初源氏は思ったのであるが、仰山《ぎょうさん》らしくなることを思って、中宮のおはいりになることは少しお延ばしさせた。おとなしい、自我を出さない花散里を同じ日に東の院から移転させた。春の住居《すまい》は今の季節ではないようなもののやはり全体として最もすぐれて見えるのがここであった。車の数が十五で、前駆には四位五位が多くて、六位の者は特別な縁故によって加えられたにすぎない。たいそうらしくなることは源氏が避けてしなかった。もう一人の夫人の前駆その他もあまり落とさなかった。長男の侍従がその夫人の子になっているのであるからもっともなことであると見えた。女房たちの部屋の配置、こまごまと分けて部屋数の多くできていることなどが新邸の建築のすぐれた点である。五、六日して中宮が御所から退出しておいでになった。その儀式はさすがにまた派手《はで》なものであった。源氏を後援者にしておいでになる方という幸福のほかにも、御人格の優しさと高潔さが衆望を得ておいでになることがすばらしいお后様《きさき》であった。この四つに分かれた住居《すまい》は、塀《へい》を仕切りに用いた所、廊で続けられた所などもこもごもに混ぜて、一つの大きい美観が形成されてあるのである。九月にはもう紅葉《もみじ》がむらむらに色づいて、中宮の前のお庭が非常に美しくなった。夕方に風の吹き出した日、中宮はいろいろの秋の花紅葉を箱の蓋《ふた》に入れて紫夫人へお贈りになるのであった。やや大柄な童女が深紅《しんく》の袙《あこめ》を着、紫苑《しおん》色の厚織物の服を下に着て、赤朽葉《くちば》色の汗衫《かざみ》を上にした姿で、廊の縁側を通り渡殿《わたどの》の反橋《そりはし》を越えて持って来た。お后が童女をお使いになることは正式な場合にあそばさないことなのであるが、彼らの可憐《かれん》な姿が他の使いにまさると宮は思召したのである。御所のお勤めに馴《な》れている子供は、外の童女と違っ

た洗練された身のとりなしも見えた。お手紙は、

　心から春待つ園はわが宿の紅葉を風のつてにだに見よ

というのであった。若い女房たちはお使いをもてはやしていた。こちらからはその箱の蓋へ、下に苔《こけ》を敷いて、岩を据《す》えたのを返しにした。五葉の枝につけたのは、

　風に散る紅葉は軽し春の色を岩根の松にかけてこそ見め

という夫人の歌であった。よく見ればこの岩は作り物であった。すぐにこうした趣向のできる夫人の才に源氏は敬服していた。女房たちも皆おもしろがっているのである。

「紅葉の贈り物は秋の御自慢なのだから、春の花盛りにこれに対することは言っておあげなさい。このごろ紅葉を悪口することは立田《たつた》姫に遠慮すべきだ。別な時に桜の花を背景にしてものを言えば強いことも言われるでしょう」

　こんなふうにいつまでも若い心の衰えない源氏夫婦が同じ六条院の人として中宮と風流な戯れをし合っているのである。大井の夫人は他の夫人のわたましがすっかり済んだあとで、価値のない自分などはそっと引き移ってしまいたいと思っていて、十月に六条院へ来たのであった。住居《すまい》の中の設備も、移って来る日の儀装のことも源氏は他の夫人に劣らせなかった。それは姫君の将来のことを考えているからで迎えてからも重々しく取り扱った。

源氏物語と晶子源氏

池田亀鑑

一

源氏物語はどのような作品か、まずそのことから概説しよう。源氏物語は、今から九百五十年ばかり前、ダンテよりも三百年、シェクスピアよりも六百年、ゲーテよりも八百年ばかり前に書かれた長編写実小説である。その名まえは「源氏の物語」とも、「光源氏の物語」とも呼ばれたが、それらは主人公の名に由来するし、別に「紫の物語」とも、「紫のゆかりの物語」とも呼ばれたが、それらは女主人公の名によるのである。おそらく世界最古の長編写実小説の一つと言ってよいであろう。

作者については異説があるが、わたくしとしては藤式部、すなわち紫式部だとする古来の説をそのまま認めてよいと思う。もちろん五十四帖の中には、どうもおかしいと思われる巻、たとえば匂宮、紅梅、竹河の三帖、特に竹河の巻など、なお十分考えなおしてみなければならぬ巻もあるが、まずだいたい同一作者の手になるものと認めてよいと思う。多人数の作者が、手を分けて書き継いで行ったとか、藤原道長や式部の父の藤原為時などが大部分を書いたとか、全部にわたって加筆したとか、などという説もあるが、まったく問題にはなるまい。ただ源氏物語という壮麗な一伽藍《がらん》が成り立つまえに、部分的には相当広範囲にわたり、手のこんだ工作が別々にでき上がっていた。それらを作者が巧みに大きな構想の中に取り入れたのではないか、つまり伊勢物語の一つ一つの段のように、それぞれ女主人公をもつ独立した物語があって、それらを作者が源氏物語の雄大な組織の中に取り入れたのではないか――そういうふうに考える考え方は決して無理ではない。実際はおそらくそうなのであろう。しかし、そのような場合でも、わたくしとしては、それらの要素的な個々の物語の作者も、やはり式部自身にちがいないと考えている。もちろんそれらには民間伝説や、先行作品などが参与したのであろうが、それらはどこまでも素材としてであって、わたくしがここで言う「部分的な物語」としてではない。これは重大な問題であるが、ここで詳説している暇はない。この点において、わたくしは、源氏物語の構成はホメーロス的ではなく、ファウスト的であると考えている。なお詳細については拙稿「源氏物語の構成とその技法」(『望郷』八号所載)を参照せられたい。

さて源氏物語は五十四帖という驚くべき巨編であるが、その最初の装幀形式はおそらく冊子であったと思う。特別の場合のほかは、巻き物には仕立てなかったものと思われる。枕草子もその原本は明らかに冊子に書かれている。紫式部日記に中宮彰子が物語の草子――これはおそらく源氏物語であろうと思われるが――を多くの人々に手を分けて清書させられることが見えている。この五十四帖という大部の草子は、更級日記の著者の少女時代には、もう相当広く流行していたらしい。これらの各巻々の成立の時期や順位などについては問題があってはっきりとしたことはいえない。ただ今の巻の順位のとおりに成立したものであるまい、また作者は一度草稿を書いて、その後全体的に何回か増補修正したらしいとは言えると思う。そして五十四帖の中には少し疑問の残る巻々もあるが、まず大体作者みずから筆をとったものであると言って大過なかろうと思う。

二

作者紫式部はどのような人であったであろうか。紫式部という名前は、おそらく「紫の物語の作者たる藤式部」の意でつけられた呼び名であろう。式部が藤式部と呼ばれたことは伊勢大輔集その他によって明らかであるが、「藤」は藤原の略、式部は兄惟規《のぶのり》が式部丞であったのによるのであろう。「藤」のゆかりで、「紫」に改めたとの説もあるが、そのほかにも藤式部と呼ぶ女房はいたのに、惟規の妹だけが紫式部と呼ばれるのもおかしい。やはり「紫」は源氏物語の別名たる「紫の物語」の作者である点に関係があるものとわたくしは考えている。

さて紫式部は、藤原冬嗣《ふゆつぐ》の後裔の越後守為時の女《むすめ》である。父の為時は漢学者であり、歌人としても有名である。曾祖父堤中納言兼輔《かねすけ》は三十六人歌仙の中に列し、祖父雅正《まさただ》、その弟の清正《きよただ》、伯父の為頼《ためより》などみな歌人として知られている。兄の惟規も和歌に巧みであり、母方の祖父為信は最近発見された家集によって本院侍従などとともに有名な歌人であったことが知られ、式部がどの血統からも源氏物語の作者としてふさわしい天分を恵まれていたことが証明された。

式部の生没年代は明らかでない。ここでは安藤為章の考証によって、かりに円融帝の天元元年ごろの生まれと見る通説に従っておこう。老後は出家したであろうが、その年代はわからない。おそくとも長和二年五月から万寿三年正月ごろまでの間に宮仕えをやめたらしい。そのときもう死んでいたか、出家中であったかは不明である。彼女は小さい時から聡明で、その逸話が彼女みずから書いた紫式部日記に見えている。一条帝の長徳二年、十九歳のころ、父の為時が越後守となって赴任するとき、父に伴われてその任国に下り、約一か年ののちに京都に帰った。そうして右衛門権佐《うえもんのごんのすけ》藤原宣孝《のぶたか》の求婚があり、長保元年に結婚した。その時、宣孝は四十八歳ぐらい、式部は二十歳ぐらいであったらしい。やがて二人の間に賢子が生まれた。この人は太宰大弐高階成章の妻となって大弐三位と呼ばれ、また後冷泉帝の御乳母となって越後の弁と呼ばれた。式部はまもなく夫宣孝と死別し、父のもとに帰った。そしてこの一女をかかえて、中流階級の女性のだれもがそうであるように、生活の苦とたたかわねばならなかった。この苦しい生活の中に、源氏物語の構想は成り、そして次々と執筆されていったのであるとわたくしは考えている。

式部は寛弘二、三年ごろ（四年とする説もある）に一条帝の中宮彰子に仕えた。それは家庭教師というような立場であったらしい。この宮仕えの間に見聞した事柄を日記に書いたのがあの紫式部日記である。今日伝えられているこの日記は、寛弘五年七月、中宮が御懐妊によって里邸たる土御門殿に退出されているところから筆をおこし、後一条帝御降誕の模様を詳しく述べ翌々七年正月、後朱雀帝御五十日の御儀式に終わっている。この日記は、彼女の歌を集めた紫式部集とともに、彼女を知るたいせつな資料である。

式部はもの静かな、思慮深い、知性的な婦人であったようである。源氏物語に現われる明石の上という女性は、彼女の自画像であったかもしれない。外見はすこし冷たさを感じさせるような女性であるが、あたたかい愛情をもって人間をみつめている。その美しい人間愛がなくてはこの源氏物語は創作されなかったであろう。彼女においては、温良恭謙譲という東洋的な生き方が女性の美徳とされているが、人間の真実なるものに対しては世にも崇高な美を感じ、その美に酔いしれてわれを忘れるという作家的なほほえましい一面をもっていた。そのことは、彼女の日記の随所に見えるところである。彼女は人間探求の記録として源氏物語を作ったが、その後もなお探求の手をゆるめず、永遠のヒューマニストとしてその生涯を送った。

三

源氏物語は三つの人生のあり方を描こうとしたもののようである。すなわち光源氏的人生と柏木右衛門督《かしわぎうえもんのかみ》的人生と、薫《かおる》大将的人生とがそれである。これを別の言葉で言うならば第一は天皇統治下の明るい叙情的な人生であり、第二は摂関制下の幽暗な悲劇的な人生であり、第三は荘園社会と僧庵生活者の暗黒な求道的な人生である。この三つの人生がいわゆる宿世《すくせ》──宿命の人間観によって結びつけられているところにこの物語の主題と構想の雄大さがあると思う。この物語は、巻から巻へと無方針に書き継いでいったものではない。また右の三つの人生の物語を単純につないでいったものでもない。これらは三部作としてはじめから雄大豪華な長編的組織内のものであったと思う。

第一部においては、平安京を背景として、はなやかな源氏の青春が描かれる。幾多の女性とのさまざまな恋愛が語られる。すべては明るい春の楽しさである。第二部においては、六条院の壮麗な大建築を背景として、人生の分裂と葛藤が描かれる。第三部への橋わたしをなすところの世にも悲しい恋愛の宿命と、破局と、そして深刻な死が語られる。第三部においては、父なる人の罪の重荷を負うてこの世に生まれてきた薫の君の苦悩に満ちた半生が描かれる。はるかに救いを浄土に求める憧憬がしみじみと語られている。この間に、作者は、藤壺、紫の上、葵の上、六条の御息所、明石の上、宇治の姫君、浮舟、夕顔、空蟬、末摘花、花散里、雲井の雁、朧月夜の内侍、玉鬘、近江の君、女三の宮、落葉の宮などさまざまの女性を登場させ、あらゆる女人の群像を克明に描こうと努めている。それらの女性たちは、一人一人はっきりした個性と、それぞれの立場とを与えられ、あたたかい愛情によって見守られた女性たちである。しかも彼らは、彼らを支配する大きな人間の世の宿命の中に、その好むと好まざるとを問わず漂うてゆかねばならない人たちであった。この巨大な物語は、こうして五百人に及ぶ人物と、三代にわたる世の動きを描き、女主人公浮舟の姿を最後に大きく点出し、その心境を象徴的に描写点出することにより、五十四帖の長編の幕を閉じている。そこには幾多の問題が薄明の中に残され、深々とした余情が後ろに遠く引かれている。まさに巨大な小説にふさわしい静かな、そして美しい結末である。

この小説は、古代小説には珍しい手がたい写実的手法によって一貫している。これは作者が蛍の巻に有名な小説論を展開して力説したところを、みずから誠実に実践に移した結果として注意すべきものである。真実性は、筋の上にも、性格表現の上にも、心理描写の上にも、徹底したものがある。たかまりゆく情緒や、精密にして美しい背景の描写、薄明のような象徴性をたたえた文章の風格、あらゆる点において近代的な技法の上乗なものを備えている。約十世紀も昔に書かれた作品であるからには、言語の上にも、環境の上にも、現代人の理解を困難に陥れるもののあるのは当然であり、また小説技巧それ自身としても多少の欠陥があり、いわゆる構図の弱さが感じられないでもないが、まさに稀有の古典的傑作であると断言しておそらく何人といえども異論はなかろうと思う。

四

源氏物語は後代の日本文学に著しい影響を与えた。まず平安時代から鎌倉時代を経て室町時代および江戸時代に至る小説形態の諸作品の上に、どうすることもできない日本的性格というものを与えた。狭衣をはじめ平安朝後期の物語はいうまでもなく、苔の衣以下中世の物語は、ことごとくこの物語の影響のもとに成立しないものはない。近世の仮名草子はもとより、文芸復興期、すなわち市民文芸の栄えた元禄期の諸作品、たとえば近松や西鶴の芸術にも、この物語の影響は決定的であった。また和歌の方面においては、早く藤原俊成が歌人必読の書としてこの物語を推称して以来、甚大な感化を与え、ついにこの物語を規範とする古典主義を確立させるに至った。ことに連歌や俳諧に影響を与えることは非常に多く、ここでいちいち説明している暇はない。こうして源氏物語は日本のあらゆる文芸作品を完全に支配したのである。

源氏物語の影響は、ひとり文芸作品の世界ばかりでなく、広く日本文化の全面にわたり、生活の諸方面に及んだ。この感化は、よい意味でも悪い意味でも、国民生活の各層にしみこんでしまった。こうして一方では不倫の恋愛を取り扱っているとか、皇室の尊厳を傷つけるとか、さまざまな低劣な議論があらわれ、軍閥政権のはなやかであった時代においては、ついに焚書の論さえも一部の過激派の間には叫ばれるに至った。この狂躁は今日から考えると愚にもつかぬことながら、その当時としては真剣な問題であった。この古典を護り続けることは容易ならぬ、命がけの仕事であった。

わが国において、源氏物語がそのような取り扱いをうけようとしていたときに、外国では早くもこの物語の真価が公正に認められ、その堂々たる全訳が完成していたのである。まことに文化の水準の高さを思わざるをえない。すなわち、英国において、Arthur Waley 氏による全六巻の英語訳が成り、それが非常な好評を博し、わずかの間に数版を重ねるという盛況であり、まさに偉大なる世界古典の一つとして全世界に承認されたのである。今日まで源氏物語に対して無関心であった人々も、この英訳源氏物語によって、あらためてその価値を確認しえたというような人も少なくなかった。日本人は、すぐれた外国人に教えられて、自国の古典の価値をはじめて知るという情けない有様であった。これは一つにはわれわれ古典の学問に従っているものの無力無能の責に帰せられるべきでざんきにたえない。今後はそのようなことがないように努力が払われるべきである。

源氏物語の現代語訳は、今日においては、與謝野晶子夫人の労作をはじめとして、窪田空穂氏、谷崎潤一郎氏、五十嵐力氏のそれぞれの力作がある。いずれも特色があって、それぞれすぐれた全訳である。わたくしの考えるところでは、現代語訳はそれ自身一つの芸術品でありうる。したがって今後幾つ出てもよいのである。それぞれ訳者の個性がそれぞれの作品の上に現われてくるからである。

五

晶子夫人が源氏物語の現代語訳に着手せられたのは、明治の末年で、夫人が三十歳を少し越えられたころであったらしい。そのころいち早く源氏物語の偉大さに注目し、これが現代語訳を試みるという大望を抱かれたことは、今日から見れば何でもないように見えるにしても、その当時としては、実に驚くべきことであった。その当時は、湖月抄よりほかに適当な参考書はなかったのであり、一通り全巻を通読するだけでも容易ならぬ仕事であった。主婦の身をもって、しかも多くの子女の母たる責任を負いながら、この五十四帖という大部の古典の翻訳に精進するということは、実に悲壮な決意を必要としたであろう。夫人はあらゆる困難とたたかいつつ、ついにこの驚くべき大事業を完遂されたのである。

與謝野源氏――わたくしはより親しみ深い名をもって晶子源氏と呼びたい――の特色は、必ずしも原文の逐語訳という点にあるのではない。むしろ大胆な意訳という点にあると思う。そこに夫人の意図された特色が存するのである。あの源氏の難解な文章は、このような方法によってきわめて理解されやすい近代的な表現に変わった。これはたしかに一つの新しい試みであり、夫人の才能はよくこの試みに成功したのである。かような手法は、夫人がのちにおいて完成された新訳栄華物語、新訳和泉式部日記、新訳蜻蛉日記などにも共通するものである。そして、これらはすべて同じように成功をおさめたものである。

晶子源氏の特色の第二は、女人の心をもって女人の心を見ているという点である。紫式部という古典的古代の女流天才の心は、約十世紀を隔てた近代の女流天才の心にいみじくも共鳴した。それは竪琴の銀線が、風に触れておのずから鳴りいずるに似ている。女性でなければとらえられない繊麗な女性の心が、約一千年の「時」を隔てて近代によみがえったのである。

晶子源氏の特色の第三は、近代の歌人の心をもって古代の歌人の心をとらえている点である。夫人は源氏の中から多くの歌ごころを学びとるとともに、またみずからの歌ごころをもって源氏を身につけることに努め、その企てに成功している。近代日本浪漫主義の中核をなした「明星」の運動は、源氏における古典的精神と、フランスにおける近代象徴主義精神の美しい抱擁の中に展開した。わたくしはそういう意味でも、この晶子源氏の文学史的役割の重要性を思わざるをえない。

わが国の女性は、世界の文化に何を寄与したか、この課題について考えるときに、わたくしは世界最古の女流天才紫式部を持つことと、これが精神を近代に展開せしめた女流天才與謝野晶子を持つこととを、何のはばかりもなく誇りとして主張したいと思う。そうしてこの一千年の「時」を隔てた二人の女性が、そろって中流階級の家庭の母であったという点を強調し、現代の同性の謙虚な反省と奮起を求めたいと思う。

全訳

源《げん》氏《じ》物語《ものがたり》

上巻　全三冊

與謝野晶子《よさのあきこ》＝訳

角川文庫　851

昭和四十六年八月十日　初　版　発　行
昭和六十三年六月　十　日　三十九版発行

発行者――角川春樹
発行所――株式会社角川書店
東京都千代田区富士見二―十三―三
電話　編集部(〇三)二三八―八四五一
営業部(〇三)二三八―八五二一
〒一〇二　振替東京③一九五二〇八

印刷所――新興印刷　製本所――本間製本
装幀者――杉浦康平

Printed in Japan

ISBN4-04-102001-8　C0193

角川文庫発刊に際して

角川源義

第二次世界大戦の敗北は、軍事力の敗北であった以上に、私たちの若い文化力の敗退であった。私たちの文化が戦争に対して如何に無力であり、単なるあだ花に過ぎなかったかを、私たちは身を以て体験し痛感した。西洋近代文化の摂取にとって、明治以後八十年の歳月は決して短かすぎたとは言えない。にもかかわらず、近代文化の伝統を確立し、自由な批判と柔軟な良識に富む文化層として自らを形成することに私たちは失敗して来た。そしてこれは、各層への文化の普及滲透を任務とする出版人の責任でもあった。

一九四五年以来、私たちは再び振出しに戻り、第一歩から踏み出すことを余儀なくされた。これは大きな不幸ではあるが、反面、これまでの混沌・未熟・歪曲の中にあった我が国の文化に秩序と確たる基礎を齎らすためには絶好の機会でもある。角川書店は、このような祖国の文化的危機にあたり、微力をも顧みず再建の礎石たるべき抱負と決意とをもって出発したが、ここに創立以来の念願を果すべく角川文庫を発刊する。これまで刊行されたあらゆる全集叢書文庫類の長所と短所とを検討し、古今東西の不朽の典籍を、良心的編集のもとに、廉価に、そして書架にふさわしい美本として、多くのひとびとに提供しようとする。しかし私たちは徒らに百科全書的な知識のジレッタントを作ることを目的とせず、あくまで祖国の文化に秩序と再建への道を示し、この文庫を角川書店の栄ある事業として、今後永久に継続発展せしめ、学芸と教養との殿堂として大成せんことを期したい。多くの読書子の愛情ある忠言と支持とによって、この希望と抱負とを完遂せしめられんことを願う。

一九四九年五月三日

女生徒　太宰治
走れメロス　太宰治
斜陽　太宰治
人間失格・桜桃　太宰治
白痴・二流の人　坂口安吾
堕落論　坂口安吾
暗い青春・魔の退屈　坂口安吾
不連続殺人事件　坂口安吾
能面の秘密　坂口安吾
李陵・弟子・名人伝　中島敦
二十四の瞳　壺井栄
まざあ・ぐうす　北原白秋訳
無常という事　小林秀雄
私の人生観　小林秀雄
常識について　小林秀雄
恋愛論　亀井勝一郎
愛の無常について　亀井勝一郎
青春論　亀井勝一郎
現代俳句　山本健吉
新版俳句歳時記　春夏秋冬新年　角川書店編
中原中也詩集　河上徹太郎編

新編立原道造詩集　中村真一郎編
次郎物語　全二冊　下村湖人
女坂　円地文子
千姫春秋記　円地文子
野火　大岡昇平
夏子の冒険　三島由紀夫
不道徳教育講座　三島由紀夫
真田軍記　井上靖
戦国無頼　井上靖
青衣の人　井上靖
満ちて来る潮　井上靖
愛　井上靖
ある落日　井上靖
海峡　井上靖
淀どの日記　井上靖
化石　井上靖
星と祭　井上靖
花壇　井上靖
なまけものの思想　安岡章太郎
大安吉日　源氏鶏太
向日葵娘　源氏鶏太

幸福さん　源氏鶏太
火の誘惑　源氏鶏太
家庭の事情　源氏鶏太
御身　源氏鶏太
東京・丸の内　源氏鶏太
大願成就　源氏鶏太
人事異動　源氏鶏太
川は流れる　源氏鶏太
ボタンとハンカチ　源氏鶏太
花のサラリーマン　源氏鶏太
流れる雲　全二冊　源氏鶏太
浮気の旅　源氏鶏太
愛情の悲しみ　源氏鶏太
社員無頼　源氏鶏太
社長秘書になった女　源氏鶏太
女の頭と心　源氏鶏太
女性自身　源氏鶏太
七人の敵あり　源氏鶏太
三日三月三年　源氏鶏太
艶めいた海　源氏鶏太
夫婦の設計　源氏鶏太

角川文庫　最新刊

藤川桂介	宇宙皇子《うつのみこ》 7 まほろばに熱き轍を	情念の嵐うず巻く華麗なる異次元歴史ロマン、感動の第七弾！	490円
宗田理	春休み少年探偵団	春の小豆島に展開されるスリリングな追跡ミステリー！	460円
泉優二	スリップストリーム	世界グランプリの厚い壁に挑む。GPファンに捧ぐ待望の書下し。	380円
ニュースステーション制作班	久米宏の金曜チェック 第2集	面白さパワーアップ！大ブームをまきおこした自己診断の本。	340円
大下英治	小説早稲田大学 永田町の"都の西北" 前・後	竹下を支える陰の大派閥！与野党横断の学閥集団稲門会の狙い。	各580円
谷恒生	紀・魍魎伝説㈠ 白虎の章	悪霊たちが跳梁する平安期、神の啓示を受けた青年が出現！	380円
平井和正	真幻魔大戦 2 ESPファミリー	悪の思念渦巻く古城に織りなす光と波動の熱き絵図。	380円
富野由悠季＝原案 遠藤明吾＝著	機動戦士ガンダムZZ《ダブル・ゼータ》 第一部 第二部	最強のモビル・スーツを駆る若きヒーローの闘い！	420 540円
ジョナサン・ライダー 小林宏明訳	灼《しゃく》熱《ねつ》の黄金郷 上・下	世界に拡がる陰謀の環とは？大スケールの傑作冒険小説！	490 460円
イブ・メルキオー 山本楡美子・郷原宏訳	最終兵器V-3を追え	V1、V2、最終兵器V3!? ヒトラーの報復兵器は現存するのか。	620円